长乐里
盛世如我愿

骁骑校 著

上海文艺出版社

目录

第 1 章	邂逅	001
第 2 章	拉去做新郎	005
第 3 章	逃婚男女	009
第 4 章	众里寻她千百度	013
第 5 章	阁楼小姑娘	017
第 6 章	牌局	021
第 7 章	约会吗	026
第 8 章	深夜的小馄饨	030
第 9 章	望远镜	034
第 10 章	孤岛陷落	039
第 11 章	深夜磨刀声	044
第 12 章	可以做你老婆，但不能生孩子	048
第 13 章	想在诺曼底公寓和你一起看夕阳	053
第 14 章	把每一天当作生命中的最后一天	057
第 15 章	乃伊做忒	063
第 16 章	胭脂豹	068

| 第 17 章 | 拆白党，白先生黄先生 | 073
| 第 18 章 | 投机客，家有喜事 | 078
| 第 19 章 | 女刺客与七音子 | 083
| 第 20 章 | 神秘礼物 | 088
| 第 21 章 | 孤男寡女除夕夜被困公寓 | 093
| 第 22 章 | 人间值得 | 098
| 第 23 章 | 舞女也要守节 | 102
| 第 24 章 | 南京之旅 | 108
| 第 25 章 | 诗礼传家，我呸 | 113
| 第 26 章 | 吴门望族江南第一家 | 119
| 第 27 章 | 户口米与黄包车 | 123
| 第 28 章 | 臧大咬子的夜校 | 128
| 第 29 章 | 单刀赴会七十六号 | 133
| 第 30 章 | 魔窟 | 140
| 第 31 章 | 黄金大劫案 | 146
| 第 32 章 | 赵公明下凡 | 152
| 第 33 章 | 姹紫嫣红开遍 | 157
| 第 34 章 | 仙客来 | 162

| 第 35 章 | 娘道本道 | 167
| 第 36 章 | 过路财神 | 172
| 第 37 章 | 顶费 | 177
| 第 38 章 | 我们中国啥时候才能有航空母舰 | 183
| 第 39 章 | 侬不信可以一枪崩了我 | 188
| 第 40 章 | 钱如碧的狸猫充太子之计 | 194
| 第 41 章 | 饥饿的城市 | 199
| 第 42 章 | 难以拒绝的诱惑 | 204
| 第 43 章 | 咱们工人有力量 | 210
| 第 44 章 | 夜奔 | 216
| 第 45 章 | 一滴汽油一滴血 | 221
| 第 46 章 | 读书人的办法 | 225
| 第 47 章 | 假作真时真亦假 | 230
| 第 48 章 | 活赵云 | 234
| 第 49 章 | 狸猫换太子 | 238
| 第 50 章 | 暗杀前夜 | 243
| 第 51 章 | 刺潘 | 249

第 52 章	真英雄背对爆炸从不回头	257
第 53 章	捡了一个失忆富豪	262
第 54 章	雨夜故事和小混沌	267
第 55 章	《申报》上太监的记载	272
第 56 章	命不好的潘家三代	277
第 57 章	你大概是我曾祖父	281
第 58 章	我爱上海	286
第 59 章	老赤佬	291
第 60 章	我是你爷爷	296
第 61 章	白蚂蚁	301
第 62 章	重回二十九号	307
第 63 章	无血缘关系	312
第 64 章	杨蔻蔻不是杨丽君	318
第 65 章	活化石朋友	323
第 66 章	梦幻大单	329
第 67 章	二十一世纪奇观与杨家往事	334
第 68 章	跨越东海	340
第 69 章	拼图	345

| 第 70 章 | 娓娓道来 | 350
| 第 71 章 | 牺牲的意义 | 355
| 第 72 章 | 裸露在狼穴 | 359
| 第 73 章 | 谢招娣 | 364
| 第 74 章 | 五百万咨询服务费 | 369
| 第 75 章 | 感情戏 | 374
| 第 76 章 | 神秘长辈 | 379
| 第 77 章 | 刘放歌 | 384
| 第 78 章 | 故园惊梦 | 389
| 第 79 章 | 假如回到过去 | 394
| 第 80 章 | 他回去了 | 398
| 第 81 章 | 尾声 | 405

| 第 1 章 |

邂逅

赵殿元今年虚岁二十五，是上海和记营造厂的一名电工，但他掌握的技术可远不止电工，他当过江轮上的水手，做过酒吧侍应生，会修理汽车，组装矿石收音机，会说熟练的洋泾浜英语，法语和日语也会一点，在电影片场跑过龙套，曾经有个导演夸他长得一副好皮囊，但是不上镜，否则能和金焰、赵丹齐名。

秋雨连绵的夜晚，大西路上满地湿漉漉的梧桐树叶，赵殿元从电车上下来，竖起领子，裹紧衣襟向前走，从一九三七年淞沪会战开始，战争已经打了四年多，难民拥入租界，给这个乱世中的孤岛带来畸形的繁荣，别管什么年月，有技术的人总饿不着肚子，赵殿元是个单身汉，他的收入足以支撑他吃饱穿暖住单间。

忽然一场寒雨来袭，赵殿元匆匆跑进路边门洞避雨，一个女孩几乎和他同时躲了进来，门洞正好容纳两人栖身，雨水夹杂着冰粒子打在雨棚上沙沙响，路灯照耀下的地面泛着清冷的光，寒冷一点点将人身上的温暖逼走，赵殿元用眼角余光看女孩的侧脸，恰好女孩也扭头望过来，黑漆漆的眸子如同受惊的小鹿，两人目光相接，一触即离，女孩仿佛畏惧生人一般，向门洞另一侧缩了缩。

赵殿元虽然生的好相貌，但在男女之事上向来羞涩，没什么经验，他不知道该如何缓解尴尬，只能低头看脚尖，等雨势稍弱便疾步离开，可刚才还害羞的女孩此刻却毫不迟疑地跟上赵殿元的脚步，与他并肩同行，赵殿元扭头看她，大感不解，再回头就明白了。

身后十几米外有一个穿黑色橡胶雨衣的人尾随，如同荒野中尾随人类的孤狼，这年月治安极差，有钱人都经常被绑票，遑论一个孤身女子，就连赵殿元都得随身带着防身的家伙以防万一，区区一个蟊贼，他还不放在眼里。

但赵殿元很快就发现自己轻敌了，对方不止一人，前面还有一个穿同样黑雨衣的人站在雨中，大帽檐下看不见眉目，前有追兵后有堵截，怪不得女孩要拿自己做挡箭牌。

两个黑雨衣慢慢逼过来，缓缓掏出匕首晃了晃，示意他滚蛋，赵殿元把女孩挡在身后，摸出了自己的大号电工刀，打开刀刃，正握刀，这把英国造电工刀削电线皮很利索，削人更利索。

从握刀的姿势就能看出双方的差距，赵殿元十来岁就在江湖上摸爬滚打，群架、独斗经历的都不少，狭路相逢勇者胜，雨中的对峙没有持续太久，两个黑雨衣放弃了猎物，默默离去。

赵殿元收刀，走人，走了十几步忍不住回头，却见那女孩远远跟着，若即若离，灯影下孤单瘦弱。

曾经有一只流浪猫这样跟过赵殿元一路，但人不是猫，哪有跟着萍水相逢陌生人回家的道理，赵殿元判断人家只是顺路罢了，可是当他转弯后，那女孩依然跟了过来，脚步声清晰可闻。

赵殿元住在一个叫作长乐里的地方，位于沪西的大西路和愚园路之间，向东是公共租界，向南是法租界，理论上来说，道路区域属于租界管理，道路之外就归中国，长乐里是封闭式里弄，总弄入口处是一座过街楼，门楼上是三个石刻楷书大字"长乐里"，下方是四个阿拉伯数字1921，过街楼下是总弄的黑色大铁门，平日里除非进出汽车不开，右侧是一扇小铁门，白天开着，天黑就虚掩起来，此时已经过了九点，铁门上了门闩，赵殿元喊看门的老张下来开门，老张就住在过街楼上，此时已经睡下，披了棉袍下来，似乎还没完全清醒，开了门，睡眼惺忪地又上楼去了。

女孩静静站在远处暗影中，赵殿元忽然想到也许她无家可归吧，深更半夜把一个女性丢在大街上无异于见死不救，他恻隐之心上来，进门之后没有立刻上闩，不远处的女孩看懂他的意思，快赶几步闪身进门，低声道了一声谢，随即就站在了过街楼门洞下。

待在封闭式的弄堂里，至少是安全的吧，赵殿元觉得放一个外人进来，已经仁至义尽了，他上了门闩，没再看女孩，径直回住所去了。

回到租住的房子，爬上租住的阁楼，赵殿元给自己倒了一杯水，拿出冷粢饭准备吃，想了想还是放心不下，从老虎窗探出半个身子张望，女孩孤零零的身影站在门洞下，她穿得如此单薄，如何撑过漫长寒夜。

赵殿元将粢饭装进兜里，又带了把伞下楼出门，走到过街楼门洞下，问道："侬住阿里得？"话出口就觉得说得不对，有家的人又岂会流离失所呢。

女孩摇摇头。

赵殿元又问她："侬夜饭吃了伐？"

女孩还是摇头。

这是遭遇了变故的可怜人，乱世如麻，家破人亡只在朝夕之间，这种事赵殿元见得太多，他知道这女孩的结局，勉力坚持几天，最终无非流落风尘，可自己又能救得了谁呢。

赵殿元把伞递给女孩，又拿出自己的晚饭，荷叶包着的粢饭团，他似乎觉得这样做还不够，右手揣进兜里，计算着饭钱和车费，最终还是掏出全部钞票和铜元，全都放在女孩手里。

做完这些，赵殿元头也不回地进门上楼，阁楼空间逼仄不堪，却能遮风挡雨，他躺在床上辗转反侧，每隔一会就从老虎窗探头出去查看，看到第六次的时候，女孩的身影终于不在了，赵殿元的心却悬了起来。

雨又开始下，沙沙的雨点敲击着窗户，一股寒风灌进来，赵殿元去关窗的时候，不经意又看到门洞下的纤细身影，她还在。

这回赵殿元不再纠结，匆匆下楼，来到女孩面前说："不嫌弃的话，到我这里凑合一下。"

女孩不语，赵殿元也觉得自己太唐突了，讪笑一声，往回走的时候却发现女孩默默跟了进来。

长乐里一共七十七个门牌号，赵殿元住二十九号，这是一幢靠总弄的石库门房子，双开间两层带阁楼，原本设计为一家一户的住宅，现在却住了十户人家，天井加了顶，灶披间、亭子间、晒台都住着人，房主还将天花板降低，在一楼天花板和二楼地板之间生生造出一个二层阁，总之每一寸空间都不舍得浪费，上楼的木梯陡峭狭窄，连整个脚面都安置不下，只能侧着身子弓着腰，抓着栏杆如同登山一般攀爬上去，楼梯吱吱呀呀作响，多一个人上楼，响动就不一样，何况他从未带过女性回家，赵殿元心思复杂，揣测着明天邻居们的反应。

阁楼两头低中间高，有一扇朝南的老虎窗，与别家相比，一个人住半个阁楼实属奢靡，赵殿元点上蜡烛，让女孩坐在自己的床上，说是床，其实只是一块木板，单薄的被褥还算干净，枕头下压着赵殿元的工装裤子，上班需要保持仪容，笔直的裤线只能靠枕头压出来，女孩坐在床上，坐姿很端庄，看得出家教良好。

"侬……你叫什么名字？"赵殿元摸不清女孩是哪里人，换成北平官话询问，除此之外，他还能说汉口话和南京官话。

"我叫蔻蔻，杨蔻蔻。"女孩回答道，声音很低，好像受了惊的小鸟。

"家里遭了难了？"赵殿元知道战争爆发之后，大量住在宝山、闸北、南市的百姓拥入租界，家破人亡的多了去了，这简直是一定的。

女孩眼圈红了，默默点了点头，她很羞怯，不愿意多说话。

接下来是长时间的沉默和尴尬，孤男寡女共居一室有伤风化，可除了这方寸之地，又能上哪儿找一个遮风挡雨的地方呢，热水瓶还剩了些温水，赵殿元打了水洗脸，和衣躺下，吹熄了蜡烛，盖上薄被，脸朝内。

黑暗中，鼾声喘息声便溺声透过薄如纸的墙壁传过来，人就像住在蜂巢中的一只蜜蜂，任何秘密都暴露在外，毫无隐私可言，楼下的两口子半夜拌嘴，住亭子间的文化人用被子捂住嘴发出的咳嗽声，都像在耳边一般。

杨蔻蔻继续在黑暗中枯坐，寒风呜呜怪叫着，吹透单薄的墙壁，从老虎窗的缝隙灌进来，地板上满是污渍，偶尔还有老鼠肆无忌惮地窜过，阁楼上唯一安全温暖的地方就是那张床。

终于，杨蔻蔻下定了决定，蹑手蹑脚过来，和衣躺在床的边沿，如同那只赵殿元收留过的野猫一般，小心翼翼地，看人眼色的蜷缩起来，她太冷了，冷到不顾少女的矜持。

赵殿元根本没睡着，此刻他不敢动，就怕稍微一动杨蔻蔻便像受惊的野猫一样逃走，他身侧仿佛躺了一尊冰雕，寒气蔓延过来，被子也在一点点地移动，杨蔻蔻在悄悄扯被子，她扯的速度很慢，动作很轻柔。

木板床因为轻微的动作发出咯吱咯吱的声音，杨蔻蔻停顿下来，不敢再扯，两个人都纹丝不动，也不知道过了多久，赵殿元忍不住了，翻了个身，将被子分过去一大半，不小心碰触到杨蔻蔻的身体，隔着衣服都能感觉到僵硬和寒冷。

两个人距离如此之近，杨蔻蔻的发丝都扫到赵殿元脸上，一股幽香淡淡袭来。

| 第 2 章 |

拉去做新郎

两个人都没说话，更没动作，赵殿元不是趁人之危之辈，但也不是木讷呆子，杨蔻蔻既然敢跟着自己回家，敢上自己的床，说明她判定自己是好人，那就不能辜负人家的信任。

他们就这样并排躺着，沉默不语，杨蔻蔻悄悄用被将自己包裹起来，形成一道可笑的屏障，赵殿元没注意到这个细节，他满脑子胡思乱想，明天怎么办，后天怎么办，两张嘴怎么吃饭，是不是日久生情，杨蔻蔻自然就嫁给自己了……

等他从光怪陆离的梦中醒来，却发现身边空荡荡的，根本没有杨蔻蔻。

赵殿元趴在被褥上嗅了嗅，却分明闻到淡淡的少女体香。

上班路上，赵殿元坐在电车里依旧回味着昨晚的经历，似乎香味还在鼻尖萦绕。电车从沪西进入租界，闸口处有沙包堆成的堡垒，穿卡其色呢子军装的英军背着刺刀枪驻守，包红头的印度巡捕面无表情，再往前就是静安寺路，道路两旁的法国梧桐经历昨夜雨打风吹，不免又凋零了许多。

今天的工作不多，下午五点钟就放工了，赵殿元从厂里出来，步行去电车站。

不知不觉间，一辆汽车缓慢地跟在他身后，赵殿元下意识地回头望去，看到车里坐着四个男人，急忙收回目光，他不怕事，但是也不会主动惹事。

轿车突然加速超过赵殿元，戛然停下，锃亮的黑色车身填满视野，车上下来几双黑色皮鞋，后鞋跟镶嵌的铁掌在石板上敲击出清脆的声音，赵殿元把身子往后缩了缩，可万没想到这些人是冲自己来的，一双圆口直贡呢千层底布鞋停在赵殿元面前，他的目光顺着裤管向上游走，长衫礼帽，鹰钩鼻，饱经风霜的一双眼睛，正上上下下打量着自己，就像人牙子在看货，赵殿元被盯得直发毛。

"小赤佬，侬走运了，半天辰光，廿块钱，跟我走。"鹰钩鼻说。

赵殿元光棍一条，是福不是祸，是祸躲不过，不过既然是生意上门，不是自己主动揽的生意，那就有讨价还价的余地。

"五十。"赵殿元说。

"最多三十。"鹰钩鼻说。

"各让一步，四十五。"赵殿元说。

"册那，四十！去不去。"鹰钩鼻佯怒。

"成交！"

生意谈成，赵殿元坐进轿车后排，问道："让我做什么？"

"去了侬就晓得了。"鹰钩鼻耸了耸鼻翼，眉头微皱："先拉去汏浴。"

赵殿元生活节俭，但个人卫生一直保持得很好，天热的时候他去老虎灶洗澡，正常来说老虎灶是只做热水生意的，但是夏天热水需求少，店里就预备几个木盆，用布帘遮挡起来就是廉价的浴室，洗一次只需要六个铜钿，比浴室便宜一大半。但天冷就必须去公共浴池花上十五个铜钿享受热水了，他每周洗一次澡，在体面人看来显然是不够的。

这辆奥兹莫比尔小轿车停在沧浪池门口，这是一栋二层建筑，一楼接待普通浴客，二楼是贵宾雅间，白相人们上午皮包水，下午水包皮，指的就是泡在浴池里喝茶看报，打发时间，赵殿元经常在一楼消费，脱了衣服交给伙计用长竹竿挂在天花板上的横档上，步入热气腾腾的水池，洗去疲乏与污垢，但二楼他从来没有涉足过，单间和小池子与楼下截然不同，连池子里的水都是清澈的。

赵殿元在池子里泡了半个钟头，出了池子，被扬州师傅上上下下搓了一遍，然后坐起来理发修面，请的不是寻常剃头匠，而是白俄理发师，家伙事就带了一皮箱，一手梳子一手剪刀上下翻飞，又调了肥皂沫抹在脸上，刮得干干净净之后，一面镜子拿到赵殿元面前，镜子里的人面颊干干净净，理着当下时髦的飞机头，一丝不苟，发蜡锃亮。

接下来是更衣，里外全套的新衣服，三件套的黑色华达呢洋服，雪白的衬衫，衣领浆洗过，挺刮无比，内衣都是三枪牌的，还有银袖扣、金怀表、牛津皮鞋，打扮停当的赵殿元陷入困惑，束手束脚，不敢轻举妄动。

"唔，像个新郎官的派头了。"鹰钩鼻打量着赵殿元，很满意自己捯饬出来的作品。

人靠衣装马靠鞍，一点不假，一个钟头前还是个上不得台面的瘪三，捯饬一番居然成了阔少小开，效果着实不错。

这全赖赵殿元底子好，他是个野种，爹是戏班子武生，人称活赵云，娘是大户人家的小姐，生得千娇百媚，赵殿元继承了父母的优点，身量高，细腰窄背，剑眉星目，天生一副好皮囊，就凭这相貌身板，吃软饭都够了，可他骨子里是个硬汉，从不屑于利用这种优势讨生活。

鹰钩鼻打开金质烟盒，递了一支香烟给赵殿元："侬吃香烟伐？"

赵殿元接了，就着火柴点燃，刚抽了两口就被鹰钩鼻喝令掐掉。

"不要抽第三口，咳嗽两声我听听。"鹰钩鼻交代道。

赵殿元学着痨病鬼的样子咳了两声，鹰钩鼻满意地点点头。

从沧浪池出来后，司机看赵殿元的眼神中竟然多了一丝恭敬，帮他拉开车门，依然坐在后座，脱下来的旧衣服卷成一包丢在车厢里，车窗上的帘子拉起，汽车行驶在熟悉的道路上，静安寺路，大西路，转弯，目的地竟然是长乐里。

赵殿元忽然间想起来了，这辆奥兹莫比尔小轿车可不就是潘家花园的嘛！

平日里，站在二十九号阁楼老虎窗前，稍微扭头就能眺望到弄堂东侧潘家花园里冬日的郁郁葱葱，潘家花园藏在长乐里内部，大门开在弄底，这是上海滩豪富之家流行的一种做法，把花园洋房藏在居民众多的里弄中，等于多了一层保护，潘家花园的正门开在弄底，潘家的奥兹莫比尔小轿车要从总弄大门进进出出，车帘总是遮挡得严严实实，看不清坐在里面的人。

汽车在长乐里大门前鸣笛，老张下楼打开铁门，举手行礼，汽车沿着总弄的主路驶向尽头的七十七号大门。

潘家花园的黑色铁门缓缓打开，仿佛另一个世界的大门在开启，整个花园占地极大，一多半是花园，种植着龙柏、香樟、黑松、银杏，一栋白色的西洋建筑在花园的中心位置，汽车可以一直开到大门口门廊下，草坪灌木大树，户外的遮阳伞下摆着木质桌椅，面对着就是网球场。

赵殿元被引入洋楼，一楼进门就是舞厅和餐厅，黑白相间的瓷砖地，旋转楼梯，白衣黑裤的佣人们穿梭忙碌，他们在准备一场西式冷餐会，没人关心这个西装革履的不速之客，鹰钩鼻子先把他带到二楼的吸烟室，烟雾缭绕中，一对男女躺在烟榻上，男的苍老呆滞，女的颧骨高高，一袭碧绿色旗袍。

这想必就是潘家的男女主人了。

鹰钩鼻上前耳语几句，碧绿旗袍摆了摆手，赵殿元被请出吸烟室，鹰钩鼻带他进了一间卧室，说："老爷太太很满意，你先在这里等一歇，待会我会来叫你。"

赵殿元点点头，屋门关上了，他观察自己身处的这间卧室，和石库门房子的客堂间一般大，打蜡地板、西洋雕花铜架子床，红木家具，中西合璧，有青花瓷瓶和西洋油画，最后他的目光落在床头柜上的相框上，相片上的青年个头很高，背带裤、白皮鞋，五官身量与自己竟有六七成相似。

窗外汽车声不断，陆续有轿车驶入潘家花园，在墙边一字排开，楼下热闹起来，赵殿元猜到了一些事情，但又猜不透其中的原委。

门开了，鹰钩鼻进来，已然换上了簇新的黑缎子马褂和蓝缎长袍，胸前一根金色怀表链熠熠生辉，他说你叫我管家或者龙叔都行，你跟着我，切记别乱说话，见人笑笑点头就行，有人问你话，你就咳嗽。

"咳嗽的时候用这个。"鹰钩鼻子递过来一块白色绣花手帕，赵殿元注意到手帕边上绣着JP的缩写字母。

赵殿元点头，跟着龙叔下楼，当他出现在楼梯上的时候，下面欢声雷动，一群衣冠楚楚的宾客手拿香槟杯，笑容灿烂，乐队开始奏乐，小提琴欢快的乐曲声响彻花园，后来赵殿元才知道，那是《婚礼进行曲》。

果然有人和赵殿元搭讪，他依着龙叔的嘱咐只是微笑不语，或者捏着手帕捂着嘴咳嗽，别人看到他喘不上气的模样，也就识趣地走开了。

忽然宾客们闪开一条道路，赵殿元惊呆了，红地毯的另一端是穿着白色婚纱的新娘，虽然戴着头纱，但他还是能认出那是杨蔻蔻。

| 第 3 章 |

逃婚男女

赵殿元明白了,自己是被拉来跑龙套的,不,是配角甚至主角,演的是新郎,这活脱脱就是一场没有彩排的话剧,现拍现映的电影,所有人既是演员又是观众,只是没有导演喊CAMERA喊CUT而已。

现场有司仪宣布开始,这是一个低调的西式婚礼,新郎是潘府少爷潘骄,新娘是杨丽君,蔻蔻大概是小名,丽君才是学名。

赵殿元只知道自己是个赝品,没想到还要承担这么大作用,替正品拜堂成亲,而且新娘竟然是自己朝思暮想的杨蔻蔻,这个意外发现让他错愕之余浮想联翩,他不晓得潘家小开为何不能亲自结婚,但总归是什么难以启齿、不可告人的原因吧,等待杨蔻蔻的或许是守活寡,或许是做姨太太,但话又说回来,在这个乱世之中能有个栖身之所就算是幸运的了,还敢奢望做正房吗。

胡思乱想中,赵殿元被人安排到客厅中央,身旁摆着花瓶挂着油画,杨蔻蔻坐在一把雕花西洋椅子上,坐姿端正贤淑,摄影师让新郎将手搭在椅子靠背上方,保持姿势不要动,布置停当后钻进黑绒布下,镁光灯闪起,赵殿元被炫目的亮光闪花了眼睛。

接下来是Buffet时间,就是西洋自助餐,想怎么吃就怎么吃,随吃随取,潘家请了霞飞路上CHEZ LOUIS饭店的西菜厨子,购买了大量昂贵的食材,法国面包、俄国红肠、花旗橙子、炸猪排、焗蜗牛、罗宋汤、白脱蛋糕,铺着洁白桌布的长条餐桌上,银质刀叉熠熠生辉,烛台上的红蜡烛哔哔啵啵地燃烧,宾客们来往穿梭,窃窃私语,优雅地品着香槟,尝着美食,一对新人却没有进食的权利,坐在餐厅最显耀的位置,宛如被供奉的一对泥塑蜡像。

赵殿元试图和杨蔻蔻进行眼神上的交流,但对方毫无反应,脸上只有漠然,仿佛置身事外的看客,赵殿元只好收回目光,继续当个合格的傀儡。

主持这场婚礼的不是龙叔，而是二楼吸烟室见过的那位太太，高颧骨的面庞显得有些刻薄，做派雷厉风行，手捏念珠转个不停，时不时发出指令支使佣人做事，一转脸金刚怒目又变成满面慈祥，对赵殿元和杨蔻蔻细声慢语："累了吧，上楼休息去吧。"

一对新人被带回楼上，却又分别安置在不同房间，赵殿元枯坐半晌，才看到宾朋们陆续离去，院子里的小汽车走了个精光，更显空旷，他肚子里那点馄饨早就消化完了，此刻发出抗议的咕咕声。

赵殿元决定下楼找点东西吃，赝品也有吃饭的权利，他握住门把手轻轻拧了一下，居然没反锁，打开门，走廊里静悄悄的，打了蜡的柚木地板在壁灯的黯淡光芒下闪着微光，楼梯是铺着地毯的，皮鞋底踩上去悄无声息，赵殿元下了楼，凭着嗅觉找到了厨房，位于客厅隔壁的一个大房间，厨子、佣人都不在，案板上堆积着剩下来的残羹剩饭，赵殿元抓起一块猪排往嘴里塞，裹着面粉炸的猪排酥香无比，如果不是冷的话就更美味了。他吃得忘我，满脑子都是自己咀嚼食物的声音，一口下肚，忽然听到门响，他急忙伏低身子，有人走进厨房，不但偷吃东西，还顺手牵羊，将面包、红肠往口袋里装，赵殿元偷眼观察，目瞪口呆，偷食物的竟然是杨蔻蔻。

杨蔻蔻已经换下了婚纱，穿着呢子大衣，戴着绒线帽子，急匆匆地搜刮食物，她很快装满了袋子，悄然而去，赵殿元这才出来继续吃，他没有袋子可装，只能尽量填在肚子里，正吃得忘我，忽然看到眼前有一双熟悉的圆口直贡呢千层底布鞋，顺着布鞋看上来，果然是龙叔的脸。

赵殿元被撵走了，一身行头留下，换上旧衣服滚蛋，潘家做事还算体面，四十块钱一分不少，还用汽车把他放到上车的地点，赵殿元当然没有告诉他们自己就住在长乐里，潘家只是随意在大街上搜罗一个堪用的演员而已，如果知道是邻居，大家都不免尴尬。

此时天色已经全黑，赵殿元站在原地，一时间有点恍惚，觥筹交错香槟蛋糕的婚礼宛如一个真实到极致的幻梦，只有兜里的钞票提醒他这不是梦。

回到长乐里的时候，大铁门照例是关闭的，侧门依旧虚掩着，推门进去，过街楼门洞下站着两个人，看打扮正是龙叔的手下，潘家的下人，这两人对外面进来的人丝毫不关注，抽着烟窃窃私语，赵殿元没敢和他们打照面，快步穿过门洞，今天的气氛有些古怪，直通到底的总弄道路上有些生面孔打着手电在寻找着什么。

赵殿元没来由的一阵心虚，脚下的方向就变了，沿着横弄绕行，一个人迎面走来，四目相对，二人都愣住了，就在不久前，他们俩刚举行了婚礼，却又在这里相遇，真是造化弄人。

手电光四射，有人朝这边来了，杨蔻蔻上前挽住了赵殿元的胳膊，什么话都没说，一切尽在不言中，赵殿元默契无比地带着她施施然向二十九号走去，手电光在他们背后乱照，但没有人追过来。

这是第二次，赵殿元又将杨蔻蔻带回了自己栖身的阁楼，阁楼划分为左右两半，共用一个朝南的老虎窗采光，阁楼另一半住着一个姓蔡的记者，已经很久没出现了，这个姓蔡的交游广阔，是个游侠儿，所以即便是欠了房租，二房东也不敢把他的东西丢出去。赵殿元家徒四壁，木板搭的小床和桌子，一个柳条箱子，就是他全部的家当。

杨蔻蔻是逃婚的，这简直是一定的，新时代的女性自强自立，是不会屈服于包办婚姻的，他充满了对杨蔻蔻的敬佩之情，想说的话太多，千头万绪不知道从何说起，最后只能化成实际行动，给杨蔻蔻倒了一杯水。

杨蔻蔻端着搪瓷杯，四下打量着单身汉居住的阁楼，举起搪瓷缸咣咣地喝水。

"你……"赵殿元刚要说点什么，杨蔻蔻打开袋子，将面包和红肠摆在桌上，还有一个红色的花旗橙子。

"谢谢侬，请侬吃点心。"杨蔻蔻说，这是今天她第一次开口，声音很清脆。

赵殿元没动，杨蔻蔻自顾自开始吃，她食欲很好，风卷残云一般吃完打了个饱嗝，赵殿元赶忙又给她倒满水。

"蔻蔻，潘家……"赵殿元问道。

杨蔻蔻看了看他："钱如碧雇你给了多少钱？"

"四十块钱。"赵殿元据实以告，钱如碧大概就是那个绿旗袍太太的名字吧。

杨蔻蔻眨眨眼，"潘家祖籍宁波，老太爷潘衡甫还在的时候，和慈溪杨家指腹为婚，为孙子安排好了亲事，后来杨家家道中落，老爷太太相继去世，叔伯就把……就把自家侄女送到上海来完婚，希望能得到一些彩礼，可是潘骄却是个不成器的废物，被酒色鸦片掏空了身子……"

"所以你就逃了。"赵殿元终于搞懂了昨天为什么杨蔻蔻会跟着自己回家，那真是走投无路下的选择，造化弄人，一番折腾后还是又回到这里，这就叫缘分，老天赐的，想不要都不行。

杨蔻蔻点点头。

"可是你为了杨家，还是回去了。"赵殿元继续自己脑补，"杨家用一个假的潘骄欺骗了你们，当你看到我时，知道上当受骗，所以再次逃走，你不怕杨家登报悬赏寻人吗？"

杨蔻蔻嗤笑："如果悬红拿人，你就把我送去换赏钱呗。"

"不不不，我可不会。"

"在你这借宿一晚，不介意吧。"杨蔻蔻说。

"不不不，不介意。"赵殿元涨红了脸，慌忙摆手。

第 4 章
众里寻她千百度

又是一个不眠之夜，这回杨蔻蔻没有和赵殿元挤一张床，而是和衣坐在地板上闭目养神，赵殿元有心想招呼她上床来睡又不好意思开口，辗转反侧不知道过了多久，再次醒来的时候发现人去阁楼空，杨蔻蔻又一次不辞而别。

这个神秘的女子，每一次都是突然出现，悄悄消失，赵殿元怅然若失。

在上海，新的一天是由倒马桶开始的，如大号黑棺材的粪车轰隆驶来，打破黎明的宁静，粪夫拉长腔喊道："咦哎……"

家家户户的女人们拎着或朱紫或金黄色的带着铜箍铁箍的各色马桶从石库门房子里出来，粪夫娴熟地将马桶里的排泄物倒进粪车，再用长柄勺舀些水进去搅拌一下将残余物搜刮一空，这些粪车都会在早晨八点之前赶到曹家渡或者打浦桥的粪码头，把上海人的粪便用船拉到四乡去肥田，人粪尿滋养的庄稼成熟收割后，再由跑单帮的带进上海，换取五洋杂货，针头线脑。

粪车走了之后，主妇们开始刷马桶，她们聚集在靠近阴沟的空地上，用竹刷加蚌壳清理自家的马桶，刷完后倾斜放在门口晾晒，这才去生炉子买菜做饭，这时候倘若在外滩的高楼大厦望过来，用旧报纸废木片生煤球炉的青烟在天空中弥漫，宛如乡村的炊烟袅袅。

赵殿元没有女人，但他也不用自己洗刷马桶，每月只要花五毛钱，二十九号里住二层阁的嫂嫂就会帮他料理好马桶的事情，灶披间里八个煤球炉也没有属于赵殿元的，单身汉不需要生火做饭，在大饼店和普罗餐馆里就能解决一日三餐。

早晨的二十九号充满了烟火气息，邻居们梳洗打扮，烧火做饭喂孩子，灶披间里一排煤球炉上煮着食物，赵殿元从阁楼下来，和每一个人点头致意，打声招呼，他性格好，为人热情，邻里之间相处得不错。

上工的路上，赵殿元买了一份申报，新鲜出炉的申报纸还散发着油墨味，看到第四版，一则新闻让他心头一紧，大亨潘克竞先生府上大喜，潘家小开潘骄与慈溪杨府之女丽君喜结连理，沪上闻人纷纷到场祝贺云云，配图是新人合影，坐着的是身穿婚纱的杨蔻蔻嘛，站在椅子后面的大约是自己吧，可是报纸上刊登的照片太过模糊，别说蒙着头纱的杨蔻蔻辨不出五官，就连自己都认不出自己的脸。

赵殿元将报纸上的新闻翻来覆去看了许多遍，将这一版折叠好放在贴身的兜里，他在畅想，若干年后再拿出来看时会是怎样的心情，或许那时已经儿孙满堂。

和记营造厂在跑马场北面的长沙路新闸路交叉处，再往北就是自来火厂和苏州河，战争期间，营造厂没有了建房子的大订单，只能接一些修修补补的活儿。

今天的活计很简单，去跑马厅路上的仁济育婴堂装电保温箱，赵殿元提着工具箱来到育婴堂，远远就看到空中悬挂着无数条尿布，五颜六色上千条总有，堪比万国旗帜，育婴堂门前一群闲人袖着手看热闹，天井里放着一口薄木板钉的棺材，里面装着三具草苫包裹的婴儿尸体，从闲人们的交谈中得知，育婴堂门口本来有一个砌在墙上的大抽屉，专门用于接收弃婴，通常穷人家会在拂晓时分悄悄将丢弃的婴儿放在抽屉中，冬日严寒，太多穷人家养不起孩子，育婴堂的抽屉不够用，他们就把婴儿放在门前水门汀地面上，等到发现时已经冻死了。

育婴堂的总务主任派了一位工友带赵殿元去干活，工友抱怨说仁济育婴堂是光绪朝时候建立的，房屋和家具早已陈旧，如今每天都收到起码三四十个弃婴，更加不敷使用，几个修女嬷嬷和十几个奶妈根本照顾不过来。

来到保温房准备开工，赵殿元刚拿出工具，忽然惊鸿一瞥，窗外熟悉的身影闪过，他起身望去，正是不辞而别的杨蔻蔻，系着围裙，抱着两匹白布匆匆而过。赵殿元丢下手上的活儿追过去，进了一个大通间，只见数百张小铁床横平竖直的排列，婴儿们嗷嗷待哺，哭声震天，几十个系着围裙的女孩忙碌奔走，冲炼乳、换尿布，哪还能找到杨蔻蔻的影子。

一个修女嬷嬷将赵殿元赶了回去，他只能向工友大哥打听情况，工友说那些女孩子都是两江女子师范的童子军，在她们校长的带领下前来义务帮忙的。

"其中有一个叫杨蔻蔻的吗？"赵殿元问。

"那就不清楚了。"工友摇摇头，又说人手还是不足，这些十七八岁的女孩子不会照顾孩子，还是得上了年纪当过母亲的妇人才合适，除了看护妇，还有大量缝纫和洗涤工作需要人手。

等赵殿元干完活出来，育婴堂的大门口已经排起了长队，全是来募捐的市民，现金、布匹、小床小被、炼乳药物，租界里穷人多，富人也多，三百万人口里，有善心有能力的也不在少数。

下午，赵殿元去别处干活，却总心不在焉，终于还是忍不住又来到仁济育婴堂，他心底存了个念头，想着能再见到杨蔻蔻便是有缘，可是嬷嬷没让他进育婴室，还说根本没有叫杨蔻蔻的人。

隔了一日，赵殿元忽然有机会再去仁济育婴堂维修保温箱，这回他满怀希望，可是只见到一群群穿白衣的女孩，和上次那班童子军的装束明显不同，问工友，答曰这是医院请来的护理人员，她们代替了童子军的工作。

……

再一次见到杨蔻蔻是在南京路上，电车上的赵殿元一眼就认出了她，立刻跳下电车拔腿就追，全国都在打仗，上海却畸形的繁华，南京路上熙熙攘攘，人潮人海，高楼大厦张灯结彩，圣诞树披红挂绿，橱窗内琳琅满目，大街上貂裘礼帽，西装大氅，白俄犹太、外国海员，爵士乐、警笛声、汽笛声响成一片，杨蔻蔻的身影已经不知所踪。

音乐震耳欲聋，涂着白鼻子的小丑当街表演着滑稽戏，赵殿元站在原地，心中的火花逐渐黯淡，熄灭，继而变得冰冷，上海那么大，人海茫茫，上哪儿去寻她。

赵殿元失魂落魄地回家了，电车沿着静安寺路向西行驶，中途上了一帮戴鸭舌帽的汉子，一个个腰间鼓鼓囊囊，满脸毫不掩饰的跋扈，光天化日之下，竟然掏出手枪来抢劫乘客，要知道这可是在租界内，还是在英美电车公司的车辆上。

但是这帮歹徒还真就干了，谁都知道他们可能是沪西极司菲尔路七十六号的特务，为日本人卖命的汉奸，在租界内是不受法律保护的，可谁也不敢和他们讲道理，只能乖乖拿出皮夹子，撸下戒指手表，只有一个人例外，就是赵殿元。

赵殿元心情正郁闷，加上年轻气盛，别说特务了，天王老子来了也不怕，当一只手伸向他索要钞票的时候，他抡起了铁拳。

若论单打独斗，赵殿元不惧任何人，即便是以一敌众，他也有相当信心，但必须是在开阔空间游动中搏斗，电车上空间狭小，他只能背靠车厢做困兽之斗，南方人体型单薄，他一拳就能放倒一个，正打得酣畅，忽然一声枪响，黑洞洞的枪口顶在他脑门前。

再好的身手也敌不过手枪，赵殿元慢慢举起了手。

"宝哥，那天就是他！"有人喊道，赵殿元醒悟过来，初遇杨蔻蔻那天，尾随的黑色橡胶雨衣，寻常人等哪有这种装备，真真是冤家路窄。

被称作宝哥的是个细长脖子的矮个子，他晃晃枪管冷笑道："下车吧。"

赵殿元认栽，很光棍地跟着特务们下了电车，刚说了句："别打脸。"就被人从后面一脚踹在腿弯处，当即扑倒在地，他很有挨打的经验，双手护住头面，佝偻着身子默不作声，任由他们殴打。

这帮特务不是一般的地痞流氓，而是专业的打手，赵殿元的防卫措施起不到太大作用，四周聚拢大批看客，包红头巾的印度巡捕就在不远处的岗亭里，却懒得朝这边多看一眼，赵殿元忍受着雨点一般的拳打脚踢，忽然一记重击落在太阳穴上，他顿时失去了知觉，紧绷的身子松软下来，四肢慢慢摊开，特务们见似乎打死了人，这才悻悻散去。

昏昏沉沉中，赵殿元感觉到有人在剥自己的衣服和鞋子，有人喝止，有人逃跑，有人把自己抬起来，架到一辆黄包车上，等他真正从昏迷中醒过来，发觉已经躺在长乐里二十九号的阁楼上，努力睁开肿成一条缝的眼睛，看到身边坐着的竟然是杨蔻蔻。

她回来了，还救了自己。

第 5 章

阁楼小姑娘

赵殿元正要说些什么,二房东太太,那个刻薄的苏州娘子上楼来了,她假装来探视赵殿元,其实是想催要房租,看到床边坐着杨蔻蔻,便假惺惺问道:"小赵你没事吧,这是你女朋友吧?"

"这边有空房么?"杨蔻蔻莫名其妙问了一句,苏州娘子就回答说有,隔壁正好空着。

"蔡先生的东西还在呢。"赵殿元说。

"姓蔡的死特了,脑壳都挂在法租界的路灯杆上了。"苏州娘子说。

蔡先生的死让赵殿元有些难以接受,老蔡神龙不见首尾,一张大红脸膛,为人豪爽,有钱时大手大脚,没钱时就到处拉饥荒,至今还欠赵殿元二十块钱呢。

他的死并不出乎意料,大家早就猜测他是重庆分子,死只是早晚的事情,只是没料到死得这么惨。

这就显出杨蔻蔻的干练果决了,如今最紧俏的就是住房,租到就是赚到,即便前住客横死又如何,只要不是死在屋里就没什么影响,一个月三十元,价钱算是公道,杨蔻蔻当场就付了一个月的租金,苏州娘子拿了钱喜滋滋地下楼去了,只留下赵殿元面对自己的新芳邻。

杨蔻蔻用毛巾蘸了热水,帮赵殿元擦拭脸上干涸的血迹,动作轻柔,时不时问他疼么,完了又用药棉给伤口涂上红汞水,赵殿元不知不觉间睡去。

这一觉睡了个对时,醒来后他只觉得额头滚烫,浑身疼痛,脸上有口子,肋下有骨折,全身上下遍布各处都是青肿瘀血,外加饥肠辘辘,万幸的是杨蔻蔻在,她忙前跑后,还请了二层阁的阿贵嫂帮忙,阿贵是个烟鬼酒鬼加穷鬼,人送外号阿鬼,但阿贵嫂还是阿贵嫂,伊信佛,勤快热心,打热水,煎中药,每天帮着做两顿饭,有人照顾,赵殿元自然恢复得极快。

这几天，杨蔻蔻就住在隔壁的东阁楼，两边只隔了一道薄薄的硬纸板，那边的声音听得清清楚楚，赵殿元躺在床上，努力捋顺这几天的离奇遭遇，从收留陌生少女，到被人抓去做了新郎官，和前一天晚上见过的杨蔻蔻结了婚，然后被人打了个半死，又被杨蔻蔻救了，还变成了一墙之隔的邻居。

他觉得应该把这个故事讲给住亭子间的文人，说不定能写出个剧本来，拍成电影，在大光明电影院放映自己的故事……

又是一个崭新的清晨，赵殿元从梦中醒来，第一反应是查看杨蔻蔻还在不在，薄墙那一端，均匀的呼吸声还在，空气清冷，弄堂口粪车压过水门汀地面的轰隆声由远及近，新的一天开始了，新的生活也开始了。

赵殿元终于可以起床了，他做的第一件事就是站在老虎窗前远眺，推开属于自己的这半边窗户，恰巧隔壁也在开窗，清晨的第一缕阳光照在杨蔻蔻头上，脖颈上的绒毛清晰可见。

"早啊。"杨蔻蔻说。

"早。"赵殿元回道。

赵殿元到底年轻，恢复得快，他下楼去大饼店买烧饼油条时遇到了一楼客堂间吴先生在外面吃香烟，吴先生眉头一挑："侬哪能了？"赵殿元据实以告，说是在电车上被抢劫了，吴先生是租界巡捕，对这种事情见惯不怪，他说："格帮人就是要制造恐怖气氛，侬晓得伐。"

买了早饭回来，杨蔻蔻也不客气，二人坐在一起分着吃了，真有些小夫妻过日子的感觉。

赵殿元满腹问题，最终还是找了一个合适的询问，他说杨小姐你下一步什么打算？杨蔻蔻歪头看着他，眨眨眼说在这儿过呗，怎么你要把我送回潘家吗？赵殿元忙说不会，心中的石头落了地，暗道你不再不辞而别就好。

做工人的手停口停，赵殿元刚复原就去上班了，在外面忙活了一天，中午随便凑合了一碗阳春面，他的工作好在有时候还能拿到小费，手上有了钱也留不住，买了檀香橄榄和火腿粽子带回来做点心，进门上楼的时候看到杨蔻蔻和主妇们在灶披间里有说有笑，一群煤球炉中赫然添了新成员，灶披间本来就小，要隔出大半做二房东一家人的卧室，角落里还竖着放了一口大棺材，煤球炉们只能摆在过道里，空间容不下主妇们一起煎炒烹炸，只能默契地分批次做饭，炒小菜，煮米饭，做完饭之后还有余热的煤球炉可以炖汤，烧热水。

这才几天，杨蔻蔻就和二十九号的主妇们打成一片，上海人之间，虽然共居同一个屋檐下，但彼此间并不熟悉姓名，也不会刻意打听，通常会用居住位置和姓氏指代，比如二层阁嫂嫂，客堂间阿婆之类，杨蔻蔻是新来的，自然就成了阁楼新娘子，但在她的抗议之下，修改成阁楼小姑娘。

这是赵殿元第一次体验屋里有人的感觉，虽是简单小菜和豆芽咸鱼白米饭，但吃的是家的感觉，是有老婆的感觉，吃到一半他才想起来问，炉子和煤球，米和菜，还有用的这崭新的碗筷杯盘都是哪儿来的。

"赊的啊。"杨蔻蔻说，给赵殿元碗里夹了一筷子咸鱼，"阿贵嫂带我去赊来的，都记你账上了，以后少在外面买着吃，开销太大，不如自家做的省钱，剩下的米饭，早上还能做泡饭，不用再去大饼店买早点。阿贵嫂是个好心肠，她要带我做发网，折锡箔，在家里做做就能挣钱，但是我想做点别的……对了，亭子间那位干什么营生的，总是晚上点灯熬油的……"

饭桌上铺着桌布，暖水瓶里是滚烫的热水，面前的女人在絮絮叨叨，赵殿元有些恍惚，甚至分不清梦幻和现实，被杨蔻蔻在下面踢了一脚才回过神来，忙道："住亭子间的田先生给报馆写文章，豆腐块那么大就能换五块钱，他是有文化的人，白天怕吵，夜里安静才能写文章。"

"他写的什么文章，申报上有吗？"杨蔻蔻似乎很好奇，赵殿元语塞，他并不知道田先生写过什么大作，这些文化人总是又穷又酸，和做工的人打交道时有种居高临下的态度，反倒是住晒台上的小丁为人热情，平时遇到能说上几句话。

吃完了饭，杨蔻蔻拿出一个白瓷茶壶，泡了一壶热茶，茶余饭后，两个人真的如同夫妻一般聊起来，令赵殿元惊讶的是，杨蔻蔻对邻居们的了解程度已经超过了自己，她知道住客堂间的吴先生是老闸捕房的副捕头；知道住一楼厢房的章先生以前在太古轮船和礼和洋行做过职员，现在是光华火油公司的襄理，和太太非常恩爱；知道二楼卧室里住的是重庆外交官员的姨太太梅英，一个人带着女佣独守空房；还知道二楼厢房的男主人周阿大以前是做账房先生的，后来自己做点小买卖也不挣钱，整天被太太训斥；更知道灶披间里那口棺材的来历，是二房东的老娘预备百年之后用的，重达六百斤，每年都要用生桐油刷一遍。

赵殿元在二十九号住了许久，都没杨蔻蔻知道的详细，但这些他并不感兴趣，他只想知道杨蔻蔻能在这里住多久。

聊完家常，杨蔻蔻打个哈欠，回东阁楼休息去了。

天色已黑，赵殿元辗转反侧，他屋里熄了灯，隔壁却还亮着灯，不知道杨蔻蔻在做什么，亭子间里传来咳嗽声，田先生又在奋笔疾书，楼下孩童哭闹声，夫妻压低了声音的吵嘴声，还有哈欠放屁甚至暧昧含糊的呻吟声，今天在赵殿元脑海中都像是放大了十倍，吵得他无法安睡。

终于，赵殿元忍不住爬起来，走到隔壁门前，想透过门缝窥视一下，可是门后遮挡了一张布帘，什么也看不见。

| 第 6 章 |
牌局

又是新的一天,赵殿元终于不用在大饼店买早餐,而是吃上了杨蔻蔻做的泡饭,昨天晚上剩的米饭用开水泡一下,就着咸菜就是一顿早饭,吃完了他去上工,杨蔻蔻则梳洗一番,下楼打牌。

二十九号永远缺一个牌搭子,邻居们虽然同在一个屋檐下,但在心理上是有三六九等之分的,住客堂间的吴太太,先生是租界巡捕房的副捕头,自然高人一等,住一楼厢房的章太太,先生在洋人身边做事的,派头气场可堪匹敌,而住二楼大卧室的那位姨太太梅英,出手阔绰,一个人住一大间屋,独来独往的,吴太太和章太太都是正房太太,背地里瞧不上她,但伊总比住二楼厢房的周太太强些,周太太到底是小生意人出身,整日忙不完的活计,和男人吵不完的架,上了牌桌也不消停,只有二房东苏州娘子利索些,可是杂七杂八的事体太多总是缺席,如今来了一位新邻居,虽然是住阁楼的,但样貌谈吐都还过得去,脑筋也是拎得清,所以顺理成章地加入了牌局。

牌局设在整栋房子阳光最好的地方,二楼大卧室里,钢窗蜡地,还有一个小小的,仅容一个人立足的小阳台,雕花铸铁围栏,可惜看不到街景,只能斜眺潘家花园的绿荫,一张红木圆桌上本来就铺着绣花桌布,又加了一层厚实的灰色毛毯,四双手上下翻飞着洗牌,除了杨蔻蔻,其他三只手上都金光闪烁,乱世之中唯有黄金美钞最为保值,夫人们都将身家戴在身上,项链手镯戒指耳环一样不落,但杨蔻蔻分明记得,昨天章太太出门的时候,手上只有孤零零的一个金箍子。

打牌是为了消遣,也是互相摸底试探的游戏,大到内地的战局,重庆的状况,香港至上海跑单帮的生意经,小到鸡毛菜的价格和隔壁二十八号摩登女郎的新旗袍,女人们的话题总是层出不穷,也能借机掂量出新牌搭子的底细。

她们对阁楼小姑娘充满了兴趣，据苏州娘子说这是阁楼小赵的女朋友，但言语之间旁敲侧击，小姑娘总是轻松化解，既不承认，也不否认，她会讲上海话、宁波话、苏州话，麻将牌打得虽不娴熟，学得倒也快，谈起大事小情毫不怯场，反而头头是道，不知道的还以为是谁家的大小姐呢。

梅英打牌的时候，侍女小红在旁边伺候着，这是个十三四岁的扬州女孩，两眼间距有些大，看起来不太聪明的样子，太太一会儿要香烟洋火，一会要沏茶，一会又要吃金橘，嗑瓜子，小红笨手笨脚总挨骂，撅着嘴巴气鼓鼓的也不敢回嘴。

几圈牌打下来，到了中午，照例是散场吃饭的，但梅英说今天有个朋友来，你们帮我撑个场面，吴太太和章太太就一脸暧昧的笑，梅英正值青春年少，丈夫远隔重洋，怎么可能熬得住，她领会了这种笑容，懒得辩白，只说等人来了你们就晓得了。

朋友登门，果然是个风流体面人物，三十岁上下，下巴刮得精光，法兰绒西装外面罩着长到脚踝的人字呢大衣，一条领带打的饱满无比，上海人最讲究头上脚下，朋友的飞机头和黑皮鞋同样的一丝不苟，锃亮光滑，梅英介绍说这是白先生，白先生笑吟吟地和众人打招呼，一口白牙中隐约有金光闪耀："叫我小白就可以。"

外援来了，梅英便退位让贤，把牌和筹码交给白先生打两圈，自己带着小红去安排午饭，牌桌上加入一位如此倜傥的年轻异性，气氛就不大一样了，白先生是个白相人，话说得漂亮，牌也打得漂亮，什么牌用手指肚轻轻一摸，看也不看就打出去，花色绝不会错，吴章两位太太晓得遇到劲敌了，后悔应该打小一点。

但是接下来的事态发展出乎预料，刚才还连着输牌的杨蔻蔻竟然接连自摸，桌上一堆铜元角子都到了杨蔻蔻那边，白先生不以为意，叼起香烟，依旧兴致盎然，梅英去弄堂口打了电话回来，让小红搬一张皮椅子在白先生身后坐下，顺手将他嘴上的香烟捏过来，自己叼上抽起来，这种光天化日之下带有明显私情意味的动作竟然做得如此自然随意，两位太太不由得在心中咔了一声。

梅英不在乎白先生连输几把，真正会打牌的人总是这样，先摸清对方的套路风格，再来个一击必杀，连本带利赢回来，她沉得住气。

一直等到菜馆把订的午饭送来，小白也没翻盘，反而当了一把相公，输了三家，面前的筹码已经空了。

梅英让小红把牌桌收拾一下，摆上午餐，四个凉四个热，还有一大碗热汤，一壶烫好的黄酒，五个人先吃饭，边吃边聊天，白先生还讲了几个笑话，逗的梅英咯咯娇笑。吃罢了午饭，章太太想回房午睡了，梅英仗着新请了客，强留着不许走，再打八圈才放人，章太太吃人嘴软只能坐了回来。

下午继续，换了风，梅英上场，白先生在后面出谋划策，两个人的智商和手气加在一起也没能扭转牌运，杨蔻蔻不停给下风的章太太喂牌，梅英又连输了三把，心里有气又不好发作，只能撒在小红身上，没多久，白先生推说上厕所便一去不复返，左右等不来，梅英差小红去找也找不见，她心烦意乱起来，牌瘾都浇灭了，正想找个由头散局，杨蔻蔻打出一张牌来正是她要的。

"胡了！"梅英推翻面前的牌，终于赢了一把，接下来手气就顺多了，有输有赢，好歹回了些本钱，吴太太打趣说小白刚走你就转运，白先生不旺你啊，梅英抽着烟望天，没说什么。

这场牌一直打到晚饭时间，太太们虽然屋里有娘姨保姆，也要亲自做些事体，不好总在牌桌上厮混，最后结账，吴章两位太太持平，梅英输的最多，杨蔻蔻赢了三十多块钱，收获最丰。

晚饭时，吴太太对先生讲起白天的牌局，吴先生叫吴伯鸿，在租界巡捕房做了十几年，什么案子没见过，略一思索便道："二楼的遇上拆白党了，这类留守太太是拆白党的最佳目标，孤身多金，骗财骗色两不误，侬不要多管闲事，引火上身。"

吴太太说："我晓得了，看破不说破，唉，姓白的卖相很好，风度也不差，可惜了这一表人才。"

先生嗤之以鼻。

吴太太又感慨："阁楼小姑娘不显山露水的，麻将牌打得交关好。"

吴伯鸿没有接太太的话茬，没来由地说了句："我调到这边来了，以后离家近了。"

吴太太惊愕地筷子差点落地，他们居住的地方在公共租界之外的沪西，林立着许多洋房别墅，新式里弄，居住环境优于租界，房租也相对便宜些，但是缺点也很明显，那就是治安不好，赌场烟馆妓院遍地，早年就被称为歹土，日本人占领上海之后，先是苏锡文的"大道"政府，后是傅筱庵的上海特别市,傅筱庵被刺杀后,现在的陈公博主持下的汪伪政府,都对沪西丰厚的油水情有独钟,而租界当局也不可能轻易放弃沪西的权益,本来这年头当巡捕就要面对各种风险,丈夫调到极不稳定的歹土来,更是要面对七十六号的吴四宝之流杀人魔王,怎么能让吴太太放心。

"不能换别人去嘛。"吴太太徒劳地多了一嘴,她这才留意到先生回到家就心事重重的样子,先生的座右铭是君子不立危墙之下,这一定是经过层层博弈无法改变的事实。

"大不了,咱们不干这个差事了。"吴太太想到自己孤儿寡母的未来,眼中已经含了泪。

"吃饭。"吴伯鸿说。

吴家能有今天,全赖先生做巡捕的收入,白的灰的都有,唯独没有黑的,吴伯鸿一直做内勤,兢兢业业,本本分分,但也懂得和光同尘,每月下来有两百多元的收入,雇得起娘姨,吴太太才有闲空打麻将,如果不做这一行了,别说娘姨了,每日的白米饭鸡毛菜都成问题。

两个孩子吃饱了饭在床上嬉闹,大的从父亲大衣内侧的兜里发现一个黑色的皮套,掰开按扣,是幽蓝色的金属,吴太太一扭头,差点吓得半死,大儿子正拿着手枪在小儿子头上比划着,嘴里还发出砰砰的声音,没等她动手,当爹的已经上前缴了这支马牌撸子,拉了一下套筒,黄澄澄的子弹蹦出来。

"上了保险的,没事。"吴伯鸿安慰妻子,但吴太太慌乱的心怎是一句话就能安定下来的,差点酿出血案是一,丈夫都要随身带着上膛手枪是二,这世道究竟乱成什么样子了。

……

一楼厢房,章太太家里,章澍斋同样刚下班回家,他从圣约翰毕业后,一直在洋人的公司里做事,对衣着要求很高,西装一定要进口英纺料子,夏天凡尔丁、白哔叽,冬天厚花呢,唐令哥,春秋季法兰绒,薄花呢;衬衣一买就是一打,美国 Arrow 的牌子,浆洗得挺硬,领口和袖口露出雪白的半截,皮鞋一定要搭配时令,夏天白皮鞋,冬天黑皮鞋,春秋天穿拼色皮鞋,搞错了会闹大笑话的。

章先生早上要调肥皂沫刮脸,把下巴剃成铁青色,别人看申报,他看字林西报,吃饭用刀叉。章太太夫唱妇随,两人举案齐眉,生了一个女儿也是娇生惯养，家里同样有娘姨买菜做饭洗衣服，但章太太经常会下厨为先生做炸猪排和罗宋汤。打仗让无数人家破人亡，也让很多人发了国难财，章先生供职的火油公司就赚得盆满钵满，利润比以前多了两三倍。

"老朱被绑票了。"章先生叉了一块猪排，蘸了些辣酱油逗孩子，言语间如同在说一件稀松平常的事情，老朱是火油公司的经理，身家百万，出入有汽车，身边还有配枪的白俄保镖，即便如此也逃不过被绑架的命运。报纸上每天关于绑票的案子就不下两三宗，这种新闻实在是不新鲜，但摊到自家身上，还是有些惊悚。

章太太在喂孩子，轻轻哦了一声。

章先生接着说："老朱的钱都进了货，火油正在涨价，出手倒是不难，可总要一些时间，再说要价未免太高了些，三百万元实在拿不出手。"

"可以议价的。"章太太随口道，眉眼都不曾抬，她生得好看，鹅蛋脸，漆黑细长的眉毛，天生一股英气，做事也不像其他上海女人那般娇气做作，老朱是章澍斋的老板，如果出了事，火油公司倒闭，先生就不免失业，平素里这些事情她是懒得多问一句的。

"朱太太去巡捕房报警了，我们几个陪了一天，也拿不出个章程。"章先生是经营上的好手，应对这些事情有心无力，他叹口气，将刀叉放在盘子上，没胃口，猪排都吃不下。

"吉人自有天相，绑匪求财而已，老朱没事的。"章太太安慰丈夫两句，说起今天打牌的事情，阁楼小姑娘手气嘎好，赢了三十多块钱哩。

"哦。"章先生应了一声，他的心思根本不在这上面。

| 第 7 章 |

约会吗

赵殿元结束一天的劳作回到长乐里的时候,正是家家户户做晚饭的辰光,进了总弄大门,路边是一个硕大的方形水泥垃圾箱,上面是倾斜的翻斗铁盖子,用来倾倒垃圾,下面的两扇铁皮门年久失修半开着,新倒的煤渣还残留着热度,一只黑色的野猫翻着鱼骨虾壳,见有人经过,警惕地抬头张望,空气中弥漫着食物的香味,想起家里有温热的饭菜和等候的女人,赵殿元心里一阵温柔的悸动。

石库门房子惯常的做法是把前门封死,家家户户从后门进出,这样大家互不干扰,赵殿元走到二十九号后门,灶披间的门虚掩着,油烟四溢,煎炒烹炸,悬在屋顶的电灯泡被油烟熏的五彩斑斓,太太娘姨嫂子们摩肩接踵切菜洗刷烧饭,唯独自家那只煤球炉是冷的。

赵殿元一惊,心脏狂跳起来,挤过狭窄的通道,攀上阁楼,推门一看,杨蔻蔻正在翻看一本书,抬头笑道:"侬回来了。"赵殿元一颗心放回肚子里,杨蔻蔻并未不辞而别,她只是没做饭而已。

"今天我们出去吃大餐,你请客。"杨蔻蔻把书放下,封面上四个字:啼笑因缘,"哦,这是亭子间田先生借给我的。"

赵殿元哪里在意是杨蔻蔻主动找田先生借的书,还是田先生非要借给杨蔻蔻的,人在他就千恩万谢了,当即答应请客吃饭,带着杨蔻蔻出门吃饭,出了长乐里,杨蔻蔻叫了一辆黄包车,说清楚饭店位置,讲好了价钱,这才上车,赵殿元有些纳闷,杨蔻蔻来上海没几天,已经熟悉到如此程度了。

他们吃饭的地方有些远,是四马路上的京华酒楼,这家高档粤菜馆本来位于四川北路日租界范围,后来迁到四马路来,生意火爆,连带着又开了几家分号,每天爆满,排队都排不上,有很多是坐黄包车从老城厢,从法租界来的食客,上海滩就是这样,宁可走远路,宁可大冬天排队等候,也要吃一口美食。

四马路上素来报馆多,书寓多,如今报馆为了防备爆炸袭击,门前都堆积了沙包,书寓也随着夜总会的兴盛而此长彼消,昔日的长三幺二们也变身为今天的舞女,永远不变的是四马路的霓虹灯,川流不息的汽车和行人,还有路灯下浓妆艳抹的流莺。

京华酒楼排队太长,赵殿元肚皮已经咕咕叫,却不敢说换地方,杨蔻蔻先忍不住了,左顾右盼,马路斜对面一家本帮菜馆同样生意兴隆,但排队的人少了许多,于是拽着赵殿元的袖子横穿马路,差点撞到一辆疾驰而过的福特轿车,汽车夫探头出来大骂:"侬要做孤孀阿是!"杨蔻蔻欢笑着吐吐舌头跑开了。

菜馆里热气腾腾,猜拳行令声,胡琴小曲,跑堂的吆喝,杯盘铿锵声,不绝于耳,迎宾的带两位客人坐到靠窗的两人台,穿白制服的服务生奉上雪白的热毛巾擦手,赵殿元认出这是住晒台的小丁,没想到他在餐馆做事,小丁也认出了住阁楼的邻居,热情介绍了几个地道的特色菜,赵殿元看看杨蔻蔻,后者点点头,从善如流,按小丁的推介点了草头圈子、响油鳝丝、红烧烤麸、白斩鸡、虾脑酱汤面。

吃饭的时候,杨蔻蔻讲了今天二十九号发生的故事,"听说吴先生调到沪西来做巡捕。"杨蔻蔻说。

"兴许是的。"赵殿元想起那天在电车上被抢劫殴打的事情,额角就突突的跳着疼,沪西鱼龙混杂,租界巡捕和沪西警察、七十六号特工屡有冲突,吴先生调过来做事,这是被穿了小鞋的。

饭毕,赵殿元叫侍者埋单,杨蔻蔻却拿出钱来付账:"你请客,我付钱,今天打麻将赢了钱,不义之财如流水,得吃掉花掉才行。"

肚皮吃饱,西北风吹在身上都不冷了,外面车流明显减少许多,孤灯下,废报纸被风吹得打着旋乱走,一个面色惨白的老妓大约是一整天都没有招揽到生意,木然地看了看从菜馆里出来的小情侣,退入了黑暗中。

"是回去,还是看电影,乱世佳人,大光明电影院。"赵殿元提议道,谈恋爱大约就是如此吧,吃吃喝喝,看电影轧马路,水到渠成。

"太晚了,不看电影了,我想吃蝴蝶酥。"杨蔻蔻倒背着手蹦跳着走路,娇憨无邪,赵殿元心都化了。

大马路上的凯司令西饼屋有卖蝴蝶酥,价钱昂贵,但物有所值,奶油用得足，光香气就能把小孩馋哭，杨蔻蔻舍不得吃，要拿回去慢慢享用。

今天着实回来得晚了些，守长乐里总弄大门的老张已经进入了梦乡，赵殿元少不得说了一箩筐的好话，答应用二两黄酒赔老张的美梦，才把事情打发过去，进二十九号户门的时候还好些，苏州娘子在给男人等门，说起来杨蔻蔻住进来几天，还没见过二房东本人长什么样子哩。

上楼的时候，亭子间的门忽然开了，一个中年男人油腻的脑袋露出来，圆框眼镜上也蒙了一层油光，他对赵殿元视而不见，问杨蔻蔻要不要看《金粉世家》。

"谢谢田先生，《啼笑因缘》我还没看完呢。"杨蔻蔻笑着回应，扶着栏杆上楼，田先生抬起头，极力想领略裙下风景，可惜灯光黯淡什么都看不见，赵殿元瞥了一眼亭子间里面，亭子间之所以叫亭子间，就是又窄又矮又阴暗，不然就叫后厢房了，田先生整日昼伏夜出，不修边幅，屋里烟雾缭绕，小书桌上摆着一盏苹果绿色的台灯，除了正对藤椅的一小块位置，其余地方全是书，钢笔稿纸烟灰缸。

二楼大卧室静悄悄的黑漆漆，梅英不会这么早入睡，想必是出去玩耍未归，厢房也一片热火朝天，周家姆妈照例在骂周先生，几个孩子哭的哭，闹的闹，杨蔻蔻袋子里的蝴蝶酥不识好歹地散发出诱人的香气，这大半夜的大人都未必撑得住，更何况小孩子。

周家姆妈也闻到了这股香气，她有些恼恨阁楼小姑娘，二十九号是分阶级的，她自认比不过吴家章家太太，但在梅英面前还是骄傲的，毕竟她是正房太太，又生了儿子，针线活做得好，行得正坐得端，理应是第二阶级的领军人物，可惜梅英不给她面子，只有阿贵嫂俯首帖耳，本来她觉得新来的阁楼小姑娘年岁不大，应该唯自己马首是瞻，可是这丫头竟然和吴章走在一起，这口气憋了一天了，孩子一闹，怒火更甚，巴掌就打在儿子屁股上。

上了阁楼，赵殿元搜肠刮肚想说点什么，杨蔻蔻道一声晚安，房门轻轻关上，隔壁二十八号隐约飘来收音机夹杂着电声噪音的歌声："夜上海，夜上海，你是一个不夜城……"

赵殿元和衣躺下，回味着约会的细节，揣测着杨蔻蔻的心思，今夜要么美梦作伴，要么彻底无眠。

楼下传来孩童撕心裂肺的哭嚎声，周家小囡脾气随姆妈，拗得很，怕是这一夜没得消停了,赵殿元听得心烦又心疼,就想找杨蔻蔻商量一下,要不借点蝴蝶酥给孩子尝尝,哄得不哭就行,他手举起来还没敲门,门就开了,四目相对,异口同声:"你先说。"

| 第 8 章 |

深夜的小馄饨

"女士优先。"赵殿元说,他经常出入高端场合,懂得洋人的规矩,女性享有一切优先权,杨蔻蔻狡黠一笑:"我先说,我想问你找我什么事?"

"楼下……要不……"赵殿元话没说完整,因为他已经留意到杨蔻蔻脸上护食的表情。

杨蔻蔻自有一番道理:"不是我没有同情心,可你想过没有,凯司令的蝴蝶酥有多贵,周家平日里吃的又是什么,你这次让小囡尝到甜头,明天后天还要吃蝴蝶酥哪能办?所以千万不能心软,这是害人害己,不信你试试,周家姆妈一定恨死你。"

赵殿元心悦诚服,自己怎么就没考虑这么周到。

"蝴蝶酥我留着当点心的,自己都舍不得吃,对了,你饿不饿?"杨蔻蔻忽然露出跃跃欲试的笑容,赵殿元没觉得饿,刚吃了大餐回来怎么会饿呢,他觉得杨蔻蔻也不是真饿,而是馋。

"吃小馄饨吧,我请你。"杨蔻蔻说,"你听……"

赵殿元打开老虎窗,叫住弄堂里游动的小贩,说要一客小馄饨,杨蔻蔻在背后提醒:"三客。"他又改口,要三客。

小贩放下担子,他的担子前头挑着炭炉子,架锅加水,再从后头竹制箱笼里取出馄饨皮和馅料现做,用筷子头点一星馄饨馅抹在薄皮里,手掌一捏馄饨就成型了,这边锅里的水烧开,馄饨下锅,不多时出锅,上面用绳子吊着竹篮下来,篮子里有钱和锅,一锅热腾腾的小馄饨拉上去,用细瓷碗盛了,馄饨皮薄得近乎透明,里面五彩缤纷,粉红的是肉,绿的是葱花,棕的是香菇,金黄的是蛋皮,汤里加了虾皮、小葱、紫菜和芝麻油,本土的馄饨香压过了西洋蝴蝶酥的奶香。

杨蔻蔻盛了两碗,剩下的一客连锅端给赵殿元,朝下面努努嘴,赵殿元会意，端着锅下了阁楼，不大工夫，周家小囡的哭声终于停下，赵殿元回来，手中多了一把椒盐蚕豆，不用问就知道是周家阿婆给的。

周家阿婆是周阿大的丈母娘，六十多岁，每天坐在竹椅子上不是剥豆子就是折锡箔，从来如此，老太太精明而客气，凡事都拎得清清爽爽，你敬我一尺，我也敬你一尺，不多一寸也不少一寸，正正好好的一尺。

现在赵殿元和杨蔻蔻面前各摆着一碗小馄饨，用瓷汤匙吃宵夜，深夜的阁楼上一起吃东西和在菜馆大快朵颐的心境是很不一样的，赵殿元正踌躇着聊点什么来佐餐，杨蔻蔻就率先开口了，她问赵殿元哪里人，怎么来的上海，这简直是一个打破尴尬的万能句式，上海这座城汇聚了几百万人，哪个人讲起自己的故事来不是滔滔不绝呢。

赵殿元告诉杨蔻蔻，自己是关外人，长在松花江畔，就和歌里唱的一样，我的家乡漫山遍野都是大豆高粱，地上有森林，地下有煤矿，只是不知道何时才能归故乡。

"是啊，何时才能归故乡，和爷娘团圆。"杨蔻蔻轻叹一声。

赵殿元放下汤匙："我没有爷娘，我打吃奶起就跟着屯子里烧锅上的赵罗锅，我喊他爹，他拉扯我长大，供我念书，央先生给我取了学名叫殿元，指望我高中状元，殿试第一，我没给爹丢人，念书从来第一。十年前，爹收留几个抗联在烧锅住了一宿，第二天日本宪兵就上门了……爹是被刺刀攮死的，烧锅一把火烧了，我亲眼看着的……后来我一个人流浪到关内，到处漂泊，要过饭，卖过苦力，在轮船上干过水手，去过重庆、汉口、南京，后来跟着船到上海，在十六铺码头下船，就留下了。"他扭转头，悄悄擦一下泪痕，将话题抛给杨蔻蔻："你呢？"

"你不吃吗，都凉了。"杨蔻蔻用故事下饭，自己那碗小馄饨已经见底，正眼巴巴的觊觎这一碗没动的，赵殿元只得将这一碗推过去。

楼梯响动，是夜归的服务生小丁，但动静不是一个人，这也不奇怪，小丁是单身汉，一个人住晒台上搭建的小屋未免浪费，偶尔他会带人回来住，每次都不一样，听声音是个同样年轻的男子。

最后的房客也回家了，苏州娘子不再等候丈夫，她上了门闩，回屋睡觉，周家小囡闹够了也进入了梦乡，二十九号终于安静下来，杨蔻蔻道一声晚安，回了左边阁楼，赵殿元洗脸洗脚，上床躺下，这回终于可以睡个好觉了。

隔壁轻微的鼾声传来，杨蔻蔻却双眼紧盯着天花板，忽然她站起来，走到老虎窗前,眺望潘家花园,夜色浓郁,透过树荫,小楼灯火通明,尽收眼底。

……

钱如碧是潘老爷的第三房姨娘,二十三年前嫁入潘家,那时候还没有潘家花园和长乐里,潘克竞的事业正处于蛰伏期,全家住在法租界亚尔培路上的一处石库门房子里,新姨太太带来滚滚财运,嫁进来第三天,潘克竞在期货交易上就发了一笔横财,随后与人合股做房地产,在沪西买了地皮,建造了潘家花园和长乐里,花园落成之时,三姨太的肚皮也瓜熟蒂落,给老爷生了一个大胖小子,从此潘老爷专宠三姨太一人,而钱如碧也不负众望,帮老爷料理日常事务得心应手,久而久之,潘家大权就落在她手上,老爷中风之后就更是如此,钱如碧成为潘家真正意义上的当家人。

钱如碧给潘克竞生的儿子叫潘骄,也是潘家唯一的独苗千里驹,最好的教育,最好的衣食,却养出个异数来,不愿意接班从商也就罢了,好好钻研学问也是个正途,可这孩子偏偏喜欢最危险的政治,从英国回来后就一直和左翼人士搅合在一起,让爷娘操碎了心。

这年头,搞政治不但会死人,还会连累整个家族,钱如碧想了个办法,对外宣称儿子偶染风寒,实际上将潘骄软禁起来,另一方面通知慈溪亲家,让他们把女儿送过来完婚,男人成了家总会安分一些,至不济还能指望第三代,可是潘骄得知消息后,竟然在结婚前夕离家出走。

这就尴尬了,日子定了,请帖发了,慈溪亲家也把人送来了,见不到新郎怎么结婚,准儿媳父母双亡,杨家也败落了,但终归是世家门第,不好随意打发的,钱如碧急中生智,差遣管家龙叔在外面寻了个体貌特征接近的人来滥竽充数,好在潘骄多年留学在外,认识他的人不多,总算是糊弄过去了,可当晚又横生枝节,正所谓祸不单行,送亲的慈溪亲家在回旅馆的路上遭遇警匪驳火被流弹打死,儿媳妇也随即失踪了。

办一个假婚礼就够丢人的了,再闹出儿媳妇跑丢的事情就更没有脸了,潘家不敢声张,只派人到处寻找,好在儿媳妇慈溪娘家已经败了,没能力上门要人,不然就真的颜面尽失了。

钱如碧是个坚韧性子,她一边拿了五千块钱抚恤亲家,一边在报纸上刊登了结婚启事,底片上做了手脚,将儿子的头像换上,没有米也强行煮成了饭,不管潘骄承认与否,都是个已婚人士了。

上午十点，钱如碧起床，梳洗打扮，吃早午饭，抽鸦片，她是嘉兴人，喜欢吃粽子，厨房里专门有一个老家来的娘姨负责包粽子，粽子馅一定用上好的鲜肉，搭配人参鸡汤、红枣枸杞炖燕窝，鸦片一定要用云土，烧烟膏的时候要用热河土、土耳其土调味，中午十二点起，潘家花园进入热闹时段，各路人马等候在一楼小客厅，到下午两点钟，钱如碧开始处理事务，轮船公司面粉厂以及潘家各处产业的大事小情，她了如指掌，游刃有余，到下午五点钟事情处理得差不多了，继续抽鸦片，吃晚饭，到七八点钟，第二波人开始聚集，晚上客厅里要开四桌麻将牌，厨子佣人们最忙的也是这个时候，鸦片香烟水果夜宵走马灯一样上，直到凌晨三四点才逐渐散去，钱如碧上楼就寝，日日如此。

日本人占领上海后，搜罗了不少失意官僚、落魄文人为他们出面维持，潘家作为上海滩工业界的翘楚，自然也被日本人盯上，潘克竞早年中风，瘫痪卧床，反而成了塞翁失马，钱如碧更是以一介女流不便出面为由拒绝了日本人。

杨蔻蔻远眺潘家花园之时，潘家掌舵人钱如碧正在牌桌上酣战，铺着绿呢的麻将桌上，精致的象牙牌在一双双戴着钻戒金表的白皙手中翻飞，长长的尾指甲、象牙烟嘴含在红唇中，考究的花呢西装外套下，是花纹如巨蟒的领带和腋下隐约可见的皮枪套。

坐在钱如碧对面的中年男子叫潘克复，是潘克竞的叔伯兄弟，谁也搞不清他的底细，只知道他的奥斯汀小汽车风挡下放着日本宪兵司令部发的特别通行证，平日里枪不离身，只有进了潘家，才会把那支小巧的花口撸子交给门房保管，用他的话说，不想吓着嫂嫂们。

钱如碧自诩是个巾帼，又怎么会被区区一把枪吓到呢，当年十几个悍匪闯进潘家，还不是被她以柔克刚，从容应对过去。

要怕的，不是枪，是人心。

第 9 章

望远镜

潘家的一楼客厅也是舞场，柚木条地板打了蜡，亮的能照见人影，下面装了和百乐门一样的进口弹簧，跳起舞来砰砰擦的富有弹性，天花板上悬着水晶吊灯璀璨无比，但这些光亮都不会外泄出去，窗帘用的是厚实的进口毛呢料子，整匹的挂上去，遮光隔声是其次，重要的是防贼窥探。

这几年暗杀案子颇多了些，已经到了老百姓都司空见惯的程度，傅筱庵遇刺、陈箓遇刺、唐绍仪遇刺，汪政府里面的官，甚至准备落水还未落水的前大佬政要，个个都有丧命的风险，重庆特工和七十六号在上海大打出手，血流成河，各路枭雄也不遑多让，四乡的土匪，太湖帮、绍兴帮、盐阜帮、斧头帮，浑水摸鱼，趁火打劫，报纸上每天都能看到两三起绑票案，这还是上了报纸的，不为人知的还不知道有多少。

潘家盛名在外，如今虽然不如巅峰时期，依旧是瘦死的骆驼比马大，被人觊觎也是理所应当，钱如碧雇了四个白俄保镖，老毛子比帮会中人可靠，背井离乡的不会做谁的内应，还有一个门房老金，身怀绝技，能双手开枪，在潘家干了十几年，再加上两条狼狗，十几个健壮男仆，寻常劫匪还真不敢打潘家的主意。

日防夜防，家贼难防，钱如碧最担心的就是坐在对面的这位堂小叔子，可又不能拒之门外，只好虚与委蛇，小心周旋。

这一局牌打得不清爽，接连被电话打断，电话是找潘克复的，一个是七十六号特工总部打来的，还有一个是姓朱的火油商人家眷打来，电话就在客厅沙发旁，潘克复跷着二郎腿谈笑风生，雕花布洛克皮鞋悠哉晃动着，直到这边催促才挂了电话回到牌桌上。

冯太太打出一张五万，潘克复轰然推倒面前的长城，等着别人帮他算番的空当，摸出一支烟，在桌子上磕了磕，叼在嘴里，睥睨着客厅里的众生，问嫂子："哪能看不见潘骄和新娘子，叫伊下来打两圈牌。"

钱如碧面不改色回道："伊拉困特了，明朝再讲。"

潘克复还想说点什么，冯太太抢过话题，聊起貂皮大衣的事情，这才把场面圆了过去，钱如碧递过去一个感谢的眼神，这事情是瞒不住人的，瞒一时是一时罢了。

又是两圈打完，钱如碧体力不支，要去抽一口大烟才能继续，潘克复也走出客厅，站在门廊下抽烟，冯太太跟了出来，眉飞色舞道："侬哪壶不开提哪壶。"

"哪能？"潘克复眉头一挑，摸出烟盒打开，冯太太却不接，反将男人嘴里的烟接过来叼住，啜了一口，蓝灰色的烟雾从娇红欲滴的唇里吐出来，徐徐弥漫开来。

第二天潘克复就去了报馆，不费吹灰之力得到了堂侄子的婚礼照原片，照片上的新郎虽然和潘骄有七八分相似，但肯定不是他，新娘子面容姣好，到底是宁波的大家闺秀，潘克复不由得多看了几眼。

按照潘家的实力，娶儿媳应该大操大办才是，怎么一场冷餐会就随便打发了，请的客人也莫名其妙的，这本身就透着古怪，但潘克复大体上能猜到缘由，这个侄子不省心，但是昨天冯太太和自己咬耳朵说侄媳妇也失踪了，这就有些蹊跷了，直觉告诉他，此事可以大做文章。

……

对赵殿元来说，今天又是幸福的一天，下班坐电车回家的时候居然巧遇杨蔻蔻，拥挤的电车上，杨蔻蔻拿出在白俄商店里淘到的宝贝给他看，一个精巧的铜壳单筒望远镜，可以拉长缩短，镜头里，远处的摩天大楼清晰可见。

"等晴天，我带你去国际大饭店楼顶看跑马场。"赵殿元说。

杨蔻蔻饶有兴趣地点点头："挺好，能看到黄浦江吗。"

"那得去外滩，沙逊大厦、汇丰银行楼顶上才行，用你的望远镜，陆家嘴的一棵树一根草都能看清楚。"赵殿元说得跃跃欲试，他曾经不止一次登高眺望，但自己看和两个人一起看的心情和意义是不同的。

电车在静安寺路上行驶着，铃声响成一串，乘客们上上下下，一如往常，忽然几个短打毡帽汉子窜上车，靠近门口的乘客纷纷跳车逃走，转瞬就只剩下十几个老弱病残以及被好心情麻醉了警惕心的赵殿元杨蔻蔻。

上车的这伙人正是上次电车上行凶的汉奸走狗,赵殿元怒目而视,上次被抢劫殴打并没有让他产生畏惧怯弱之心,反而燃起熊熊烈火,他很后悔当时没能抓住一个人往死里打,哪怕用牙咬也要拉个垫背的。

汉奸头儿叫阿宝,早先住在浦东一个叫春树浦的小村子,十八岁来到上海做学徒工,因为手脚不干净被东家赶出来,坑蒙拐骗什么都做过,土匪也干过,后来被收编为沪西特警总署的便衣,穿着短打配着手枪,领着几个喽啰在沪西巡逻执勤,任务只有一个,就是制造恐怖气氛,扰乱社会治安。

沪西是个奇葩的存在,租界当局越界筑路,造就繁荣的沪西歹土,却得不到中国政府的正式承认,名义上只能对道路行使警察权,但实际上却不仅如此,所以租界巡捕和沪西警察冲突不断,双方不止一次大打出手。

阿宝让手下勒索其他没来得及逃走的乘客,自己直奔赵殿元而去,他就喜欢欺负人,尤其是当着妻子欺负丈夫,当着儿子欺负父亲,对阿宝来说都有别样的乐趣,比喝四两花雕还要适意。

"钞票……"阿宝搓搓手指,赵殿元岿然不动,阿宝一巴掌打过去,凶神恶煞骂道,"江北猪猡!"

赵殿元拳头慢慢捏紧,如果是在荒山野岭中,他完全有把握活活打死这个羸弱的、细脖子的瘪三,但这是在电车上,对方是带枪的特务,身后还有四个同党,自己死不足惜,但要替杨蔻蔻考虑。

"哟,侬还想打我吗,侬是重庆分子。"阿宝瞥见赵殿元的拳头,很娴熟地给对方扣上一顶大帽子,重庆分子就是军统特工,被逮到不过夜就枪毙的。

几个手下听到重庆分子的字眼,顿时一拥而上,开始推搡殴打赵殿元,和上次的情形如出一辙,阿宝握着手枪坐镇,这个小赤佬敢还手的话,就一枪打死他。

赵殿元举起双手护住头,隐约看到杨蔻蔻站到了阿宝身后,举起了铜壳单筒望远镜,他暗道不好,可是已经无法阻止了。

杨蔻蔻把望远镜当棍子,朝阿宝的后脑狠狠打下去,如果这是一根真棍子,阿宝估计就要当场归西,可惜这只是镶嵌了镜片的空筒望远镜,杀伤力不足,但侮辱性极强,阿宝挨了一记脆的,回头看去,只看到一个女的跳下电车飞也似的跑了。

"给我抓住她！"阿宝恼羞成怒，一声令下，手下们弃了赵殿元，纷纷跳下车追去，赵殿元左右四顾，想找个趁手的武器，满车人都呆呆地看着他，只有一个白俄老妪，举起篮子里放着的法棍面包，意思是小伙子要不拿这个凑合一下？

赵殿元捏了捏兜里的电工刀，紧跟着跳下电车追去，杨蔻蔻已经跑进路边一条弄堂，便衣们紧随其后，弄堂深不见底，头顶是竹竿上晾晒的衣服，脚下是小便池和垃圾堆，赵殿元刚捡起一块砖头，就听到身后凄厉的警笛声，有人大喊："举起手来！"

伴随这声音的往往是枪口，赵殿元丢下砖头，举起双手，一群租界巡捕冲了过来，为首的竟然是二十九号的邻居吴先生，藏青色哔叽制服，肩膀上有三道折，手里拎着马牌撸子。

"在前面！"赵殿元指着弄堂深处喊道，吴先生举着枪带着几个华捕追了过去，前行了一段距离，发现地上蹲着几个头破血流的家伙，正捂着脑袋哼哼唧唧，却看不到杨蔻蔻的影子。

吴先生英明神武，戴着白手套的右手一挥："统统带走！"

沪西方面的武装人员多次在租界巡捕辖区闹事，工部局警务处忍无可忍，下严令针锋相对，今天就是吴伯鸿头回开张。

便衣们灰头土脸，虽然被租界巡捕逮捕并不是要命的事情，隔天就会被保释出来，毛都不会少一根，但终归有伤颜面，尤其阿宝，输人不输阵，强自挣扎着，骂骂咧咧的不断问候巡捕们的娘亲，尤其对吴伯鸿恐吓连连，说老子认识你，知道你老婆叫什么，有几个孩子。

吴伯鸿是个好脾气，可最恨别人拿他妻儿要挟，抬手就给了阿宝一个耳光。

巡捕们押着阿宝等人走了，赵殿元在原地徘徊，等了片刻，杨蔻蔻果然出现，毫发无损，只是拿着望远镜啧啧叹息，说镜片裂了一道痕，没法修了。

"你怎么做到的？"赵殿元问，他很不解杨蔻蔻一个弱女子是怎么打得过五条大汉的。

"我爬得高，往下扔砖头。"杨蔻蔻淡淡一句就解释清楚，忽然凑过来，吹气如兰，伸手擦了擦赵殿元嘴角的血迹，叹道："你啊……"

"比上次轻多了。"赵殿元说。

杨蔻蔻叫了一辆黄包车送赵殿元回家，又买了些纱布红药水回来帮他处理伤口，斜阳从老虎窗照进来，在杨蔻蔻身上罩了一层玫瑰色的毛茸茸的光影，她把赵殿元的脑袋抱在怀里，轻轻擦拭伤口，身上的馨香不可避免地飘进赵殿元的鼻孔。

如果时光停留在这一刻该多好，赵殿元暗想，旋即杨蔻蔻就将他一推："好了，皮糙肉厚的，没事。"

"你说，咱们好好的坐在电车上，怎么就招来一场飞来横祸呢，这到底是为什么？"赵殿元没话找话，希望和杨蔻蔻在夕阳下多待一会。

"别说是你，就是国家又如何。"楼梯一阵吱吱呀呀的声响，一颗油腻的脑袋徐徐升起，是田飞，这还是赵殿元第一次见田先生走出亭子间。

"我们的国家，可曾欺压过外国，可曾招惹过是非？可是日本为什么要侵略我们，只因为我们贫，我们弱，我们不团结！"田飞挥舞着拳头，慷慨激昂，一丝乱发黏在额头上，被他潇洒地拨开。

"田先生有啥事体？"杨蔻蔻不耐烦地问道。

"哦，我来问问你，我有一本《金粉世家》你要不要看？"田先生急忙回到正题，扬了扬手里的小说。

"我不要看张恨水的小说了，我要看打日本人的。"杨蔻蔻说。

田飞难掩失望之色："那我这里还真没有……我回去帮你问问吧。"眼看着杨蔻蔻没有邀请他去上阁楼小坐吃茶的意思，还是悻悻然下楼去了，下到一半又听到田飞在说话："梅小姐，我这里有一本小说侬要不要看一下。"

"是你写的么？你写的我就看。"是梅英咯咯娇笑的声音。

梅英公然带白先生回来过夜了，太太们的旁敲侧击毫无作用，她终究还是舍不得这个油光水滑的男人，乱世之中，每个人都朝不保夕，露水姻缘也能抚慰人生。

当晚，二十九号上下充斥着梅英放肆的娇喘声，男人们全都焦躁难安，女人们全都意难平，除了阁楼上的一对。

赵殿元心中只有杨蔻蔻，梅英的叫声对他而言仅仅是噪音，而杨蔻蔻则在东阁楼上用新买的单筒望远镜眺望潘家花园，心无旁骛。

| 第 10 章 |

孤岛陷落

盼什么来什么，赵殿元心心念念想带着杨蔻蔻登高眺远，机会就来了，厂里接了一个沙逊大厦顶楼修理烟囱的活儿，赵殿元抢着接了这个活儿，回去之后和杨蔻蔻一说，两人都激动得一夜没睡好，次日一早天没亮就起来整装待发。

家家户户刷马桶的时候，两人已经出发，清晨的空气是冷冽的，空气中漂浮着生煤球炉的味道，酱红色的电车从冬季的薄雾中驶出，犹如海底的潜艇，铃铛在响，报童飞奔着兜售报纸，车上人不多，特务们这个时段还在睡大觉，不会来打扰好心情，赵殿元眼角的淤青还在，怀里揣着饭盒和望远镜，想想在沙逊大厦楼顶野餐，他的嘴角就忍不住勾勒出幸福的弧度。

沙逊大厦是外滩最高的楼，高耸的灰色花岗岩建筑顶着一个巨大的墨绿色金字塔形帽子，特别容易辨认，这个时间点，洋行职员们还没开始上班，大门口冷冷清清，赵殿元是从后门进去的，管理员认识他，又看了看帽檐压低，穿着工装裤的杨蔻蔻。

"这是我的助手。"赵殿元解释道。

管理员木然的面孔没有一丝表情，继续看报纸。

赵殿元带着杨蔻蔻上了电梯，两人忍住笑，窃喜不已，电梯飞速上升，赵殿元讲解道，大厦下面几层是荷兰银行、华比银行和沙逊洋行，中间是华懋饭店，最上面是沙逊先生自己的私宅，据说是全上海最豪华的住宅。

"那我们可以进去参观吗？"杨蔻蔻睫毛闪动。

"恐怕不行。"赵殿元略有遗憾，电梯继续上行，叮的一声停下，两人出来又转了几道楼梯，打开一扇门，眼前豁然开朗，江风呼啸，整个上海展现在眼前。

沙逊大厦七十七米高，极目远眺，似乎连海都能看得见，两人站在大厦天台东南角，脚下是外滩马路和黄浦江，江上白帆如鲫，军舰横陈，江对岸的浦东一望无垠，陆家嘴沿岸全都是货栈和码头，再深处是住宅、村落、农田阡陌，炊烟袅袅。目光转向南，是南市老城墙，古老的，青灰色的上海县城墙依旧在，战争的痕迹已经修补得差不多了，密密麻麻全是灰色和红色的屋顶，街巷狭窄，烟雾腾腾。向后看，那是真正的上海，是十里洋场，城开不夜的上海滩，是混居着华人、英美法人、印度人、白俄和犹太人的冒险家的乐园，西式大楼和中式民居鳞次栉比，参差有度，汽车往来穿梭，黄包车和行人密密麻麻，城市已经苏醒，进入了新的一天。

赵殿元拿出工具准备干活，叮嘱杨蔻蔻不要乱跑，在这儿乖乖看就好了。

"晓得啦。"杨蔻蔻拿起望远镜，看到平日里熟悉的建筑，就忍不住大呼小叫，唤赵殿元来辨认是不是那栋楼。

"对，没错。"赵殿元接过望远镜确认了一下，忽然眼角余光注意到江面上的动静，将镜头转过去，停在黄浦江心的悬挂米字旗的军舰炮口低垂，穿深蓝色海军服的水兵正在列队下船，登上快艇驶向岸边，这本是平平无奇的事情，水兵总要上岸的，但今天的情形明显不对劲，水兵是在刺刀枪的逼迫下离舰的，那些拿枪的兵身上有十字交叉的白色武装带，驻虹口的日本海军陆战队就是这副打扮。

赵殿元愕然，难道日本人对英美开战了？不可能吧，小日本再猖狂也不敢招惹英美吧，但是随后发生的事情验证了他的猜测，外滩道路上的车辆和行人开始变得稀少起来，气氛沉重而压抑，继而虹口方向杂音响起，是诡异刺耳的东洋军乐混杂着引擎的轰鸣声，重物碾过柏油路的轰隆声，外白渡桥上空弥漫着蓝色的氤氲，那是大量引擎燃烧柴油后排出的尾气形成的奇观。

先开过来的是日本人的战车队，铁甲狰狞，太阳旗刺眼，遍布铆钉的钢铁怪兽气势汹汹轧过外白渡桥，出现在外滩大道上，炮口高扬，不可一世，后面紧跟着摩托车和马队，铁骑铿锵，呼啸而过，最后是黄呢子军大衣组成的长队，浩浩荡荡，无穷无尽，雄赳赳的外国武夫，如林的雪亮刺刀，高唱着军歌开进了外滩，开进了南京路。

赵殿元和杨蔻蔻默默无言地看完了整个过程，彼此对视，发现对方的面孔都是惨白的，什么话也说不出来了，没有什么比眼睁睁看着外敌开进家园更让人心碎的了，他们连准备好的午餐也没胃口吃了，草草完成工作，下楼回家，一路所见皆是人心惶惶。

一进二十九号后门，就看到各家的男主人都站在门口，神色凝重地交换着消息，突发事件打破了人和人之间的隔阂，男人们都走出各家屋门，大声聊着时局，除了晒台的小丁不在，连一向白天睡觉的田先生都难得现身了。

白先生已经登堂入室，公然以二楼大卧室男主人身份出现，他一身香色缎子睡衣，趿拉着拖鞋站在门口，油头依旧，口沫横飞："要阿拉讲，日本人和英美开战，那是鸡蛋碰石头，大英帝国的海军远东无敌，威尔士亲王号侬晓得伐。"

二楼厢房门口的周阿大点头称是："对格对格。"旁人根本看不出两家上午刚吵过一场架，周家姆妈和梅英因为琐事拌嘴铩羽而归，自己吵不赢也就罢了，男人更没出息，别说帮老婆找回场子了，恨不得低声下气奴颜婢膝，周家姆妈气得把厢房门用力关上，只留男人在外面讨论时局。

周阿大不生气，无论太太怎么折辱他，总是一副笑眯眯的样子，浑身上下透着和气，做生意的人是讲究和气生财不假，可是泥人也有三分火气，周阿大比泥人都不如，似乎谁都能骑在他头上吆五喝六，也没什么主见，别人说什么他都附和。

吴伯鸿是公共租界警务处的巡捕，日本对英美开战之后，原先脆弱的和平关系立即土崩瓦解，作为中国人，他在执法中不可避免地会有一些倾向，以前有英国人护着他，现在全完了，英国人连自己都保不住了，所以今天吴伯鸿没去上班，在家等着消息，听了白先生的话，他心里是愿意相信的，却不开口，只是皱着眉抽烟。

章澍斋也是彼此彼此，他供职的火油公司是有美国洋行背景的，现在美国人倒台了，他的这碗饭也就吃不下去了，今天刚到公司就听说日本人开进公共租界的消息，吓得他当即收拾东西回家，打开收音机收听消息，他的看法高屋建瓴：日本人偷袭了珍珠港，摸了美国人的老虎屁股，现在美国人加入战团，胜负可就难料了。

"如此说来，胜负的天平反倒是向我们这边倾斜了一点点。"田飞做出论断，油腻污浊的眼镜片今天终于清亮了一些。

"各位，以后物资可能要更紧俏了。"章先生心善，忍不住给邻居们提了个醒，战端一启，欧美和上海之间的航路怕是要断，进出口都受影响，手里握着钞票远不如囤积物资来得划算，至于大家听不听，做不做，那就是各人的造化了。

"要阿拉讲，舞照跳，马照跑，日本人来了也得依仗着上海，还能把上海打烂不成？"白先生又说话了，这回所有人都点头，连刚进门的赵殿元和杨蔻蔻也不例外。

难得和邻居们交流的机会，赵殿元将沙逊大厦上看到的一幕讲给大家，听到日本人军力庞大，再联想到几年前国军在淞沪一线损兵折将的惨状，邻居们无不哀叹，上海是安全的，可其他地方呢，可整个中国呢。

大伙儿聊了一阵，意兴阑珊，各自回屋，只有周阿大回身推门推不开，敲了两下没有回应，便讪讪地下楼出门去了。

中午连灶披间都冷清得很，好像日本人和英美开战影响了大家的胃口一般，白先生和梅英倒无所谓，吃了午饭去赌场耍，在小白的撺掇下，梅英觉得在屋里和太太们打几毛钱的麻将太过没趣，沪西到处都是彻夜经营的赌场，耍起来才真叫过瘾。

上了专业赌台，方显英雄本色，梅英手气好得不得了，一连和了几把，面前筹码堆成山，白先生怂恿她把赌注押多一点，全押上，梅英正在犹豫，忽然进来四个汉子，面目不善，目光扫视一周，坐到了梅英这张赌台前，二话不说，掏出沉甸甸的手枪拍在台子上。

梅英胆小，吓得花容失色，两腿发软，手捂着胸口走也不敢走，求援的目光看向小白，白先生倒有几分机灵劲，看得出对方不是冲自己来的，这架势分明是来敲赌场竹杠的。

"先生，侬想哪能？"赌场管事的片刻就到了，横眉立目质问，这年头枪不算什么，赌场里配枪的保镖比街面上的巡捕还多。

"侬讲哪能？"那汉子一副滚刀肉的嘴脸，他就是被吴伯鸿打了一记耳光的阿宝，刚从巡捕房释放出来，日本人今天开进公共租界，阿宝兴奋莫名，从此整个上海就是日本人的天下了，他的身份不得水涨船高，去赌场找点麻烦，敲记竹杠，弄点钞票解解晦气。

阿宝不傻，沪西的赌场烟馆都是大有来头的，没有七十六号或者日本宪兵队的背景谁敢做这个生意，他特意寻的一家小赌场，听说后台不是那么硬,再说自己胃口也不大,随便弄几十上百块就满足。

一帮彪形大汉从天而降,一眨眼的工夫就把他们拿下了,四个人重演昨天的一幕,跪在地上垂头丧气。

阿宝亮出身份,阿拉们是沪西特警总署的便衣侦缉,不看僧面看佛面,可人家只是嗤笑,一把雪亮的匕首丢到阿宝面前,让他给他的小兄弟们打个样。

道上规矩,犯了错就要认罚,阿宝是在场面上混过的,懂得这还是敬酒,不吃敬酒就要吃罚酒了,什么沪西特警总署便衣侦缉,在人家眼里狗屁都不是,统统丢进黄浦江氽馄饨,总之这回是踢到铁板了,阿宝也够光棍,拿起匕首连句场面话都不说,直接往大腿上招呼,一刀下去再一刀,这个名堂叫作三刀六洞,玩得好的只伤肉不伤筋骨血管,玩得不好的话,当场就交代了。

第一刀下去,阿宝脸色蜡黄,豆大的汗珠滚落,他抽刀,用整个身子的重量压在刀柄上,不这样就没办法再次攮下去。

"够了。"一个声音传来,叫停了第二刀,一双深咖色雕花布洛克皮鞋踱到阿宝面前,厚厚一叠钞票丢过来:"拿去看医生。"

阿宝丢刀,抱拳:"谢不杀之恩!"

一张名片递到他鼻子底下:"看你是条汉子,以后有什么事体,提阿拉的名字。"

阿宝用沾满血的手接过名片,他不识字,还是旁人提醒他,这位是大名鼎鼎的潘先生。

"谢潘先生!"阿宝明白这一刀没白扎,虽然伤了一条腿,但也抱住了大粗腿。

梅英和小白全程目睹了这血腥的一幕,刺激又兴奋得嘴巴都合不拢了。

| 第 11 章 |
深夜磨刀声

　　阿宝腿上的刀伤没碰到大动脉，性命无碍，他撕下衣衫扎住伤口，在兄弟们的搀扶下一瘸一拐去了，自始至终硬是没喊一声疼，出来寻了家诊所敷了金创药，请医生念出名片上的头衔。

　　医生扶了扶眼镜，手拿名片凑到一支五烛的灯泡前念道："中国实业协会监事，上海特别市政府高级参事，上海商会理事，宏济善堂董事，潘……克复。"

　　阿宝和兄弟们交换一下目光，监事参事理事董事的头衔确实大得吓人，他们这些做喽啰的，就认识一个姓潘的叫潘达，就是沪西特警总署的署长兼七十六号特工总部第四处的处长，那可是呼风唤雨的人物，或许此潘非彼潘，但总能引发一些遐思，傍上姓潘的，准没错。

　　潘克复要的就是这个效果，日本人和英美开战让他嗅到了荤腥的味道，租界没了，世道要变了，他这种人终于迎来了出头之日，踌躇满志中首先想到的是要立起体统来，刘备身边岂能少了关张赵马黄，这年头身边必须有几个心腹才行，阿宝虽然不算魁梧彪悍，但骨子里的狠劲他是欣赏的。

　　没过几天，阿宝腿伤还没好利索，就按照名片上的号码给潘克复打了电话，称要登门再谢救命之恩，约了时间，果然提着礼物上门，言辞间提出想为潘先生效力，风里雨里一句话，刀山火海也敢蹚。

　　潘克复等的就是这句话，他从写字台后面绕出来，嘘寒问暖，面授机宜，阿宝恍然大悟，频频点头。

　　这就叫不打不相识，阿宝搭上了贵人，潘克复在警局里也有了可驱使的人，阿宝的腿始终没复原，走路带一点跛足，从此名字之前又冠了一个瘸字，叫作瘸阿宝。

　　瘸阿宝经常去那家潘克复参股的赌场打牌，在牌桌上认识了白先生，两个各怀心思的人臭味相投，一来二去成了朋友。

白先生本是个吃软饭的白相人，傍上大粗腿那还不眉飞色舞的，在梅英面前吹嘘上海滩就没有他一句闲话搞不定的事体。

……

日军占领租界之后，英美军队缴械投降，西人公董纷纷递交辞呈，公共租界名义上依然存在，但工部局里已然全换了日籍人士，警务处亦有大批西人警官被日军逮捕，街面上店铺关门，行人稀少，所有人都在恐惧中观望。

出乎意料的是，随着日军进驻，租界乃至沪西的治安却突然变得良好起来，连枪击绑票案都绝迹不见，二十九号的住户们每天都在讨论时局，判断出治安变好是因为日本人下了命令，以前乱是日本人要给英美上眼药，现在既然租界已经拿下，成了自家地盘，当然不能容许特务恶棍们再绑票暗杀，制造混乱。

报纸上连篇累牍的报道和章先生从电台里听到的外国广播相对应，验证了一个令人心寒的事实，日本海军万里奔袭珍珠港，摧毁了美国海军太平洋舰队的大部主力舰，又在南洋击沉了英国皇家海军的威尔士亲王号，香港、马来同时燃起战火，胜负还未可知。

章先生的预言迅速变成事实，各种物资价格飞涨，米价尤为明显，但赵殿元的生活水平却没有明显下降，因为以前他都是在外面买着吃，如今杨蔻蔻在家烧饭，支出反而减少，这天赵殿元下工回家，在弄堂口的铁匠铺看到杨蔻蔻在挑拣火钳，便上前拎起放在地上的菜篮子，入手觉得极沉，一眼瞥去，只看到覆盖着毛巾的磨刀油石。杨蔻蔻温柔又坚决地将菜篮子夺回来，说这不是男人该拎的，两人并肩回家，吃了饭各回各屋，到了午夜时分，赵殿元迷迷糊糊中听到隔壁传来细微的磨刀声，他静静听了一会儿，轻轻起身走到门前，透过门缝窥视。

隔壁，清冷的月光从老虎窗投射进来打在地板上，杨蔻蔻坐在板凳上背对着门在研磨着什么，她动作缓而轻柔，时不时淋点水在手里的物件上，半晌磨完一件，放在一旁，那是一枚精铁打造的飞镖，锋芒毕现，猛然间杨蔻蔻起身，赵殿元以为自己被发现，却看到杨蔻蔻走向老虎窗，目光所及是远处灯火阑珊的潘家花园。

潘家花园大客厅，钱如碧照例在打麻将，有些心不在焉，白天来了一拨人，为首的有些跛足，自称是沪西特警总署的便衣，起初钱如碧觉得只是来打秋风而已,让老金出面应付,随便打发个几十块了事,但是没想到那帮人矛头直指潘骄,说贵府少爷有共党嫌疑云云,这一招正捣在钱如碧软肋上,儿子失踪已久,她也不知道具体下落,若在以往,几个小杂鱼断不敢来潘家花园寻衅,但今时不同往日,英国人塌了台,潘家相熟的那些依附西洋人的大佬全都失了势,帮不上忙,思来想去,唯有堂小叔子在汪政府里有头有脸,罢了罢了,也只能请他出马了。

潘克复义不容辞,他先向嫂子要一句实话,侄子和侄媳妇到底在哪,钱如碧说人在香港,战火阻隔,暂时回不来,潘克复说那便好,当即搬进潘家花园,占据了一楼的两间屋,一间做卧房,一间做办公室,青天白日黄飘带和日本旭日旗摆在公案两侧,墙上高悬中山先生和汪兆铭的肖像,桌上一红一黑两部电话机,就连潘家花园外也悬了块木牌,上书黑色大字:上海特别市政府高级参事——潘公馆。

鸠占鹊巢的任务顺利完成,瘸阿宝果然不再来找麻烦,钱如碧刚把一颗心放回肚子里,中午却又看到这帮人堂而皇之出现在自家客厅,跟着潘克复鞍前马后的阿谀奉承,潘克复解释说已经将这帮人收服,以后有事也好有个照应,钱如碧只能打掉牙齿往肚里咽,请神容易送神难,这潘家花园怕是要易主了。

潘克复多年夙愿达成,志得意满,踌躇满志,他替日本人在商业活动上奔走出力,俨然也是一号角色,据说是上了重庆暗杀名单的,所以他名正言顺将瘸阿宝等人借调来当了贴身警卫,换下了短打毡帽,穿上了黑色呢料中山装,头顶黑呢礼帽,斜挎起毛瑟匣枪的皮套子,威风八面,连护院的两条狼狗都变得凶悍三分。

战局进展极为迅速,香港战役只打了十七天就宣告结束,驻港英军挂白旗投降,捷报传来,上海滩的日本侨民燃放烟花庆祝,加之这天是圣诞节,潘克复不免有些应酬活动,下午五点左右,天刚擦黑就从潘家花园出发去虹口赴宴,他坐在轿车后排,瘸阿宝坐在司机身旁,荷枪实弹,严阵以待。

潘家花园的大门缓缓开启,门口挎匣枪的警卫向汽车敬礼,前面一段路到长乐里总弄大门只有区区三百米,当初把花园别墅大门设在弄堂里就是处于隐蔽和安全的考量,大门过街楼上的老张是第一道防线,有个风吹草动能早几分钟知道。

今天赵殿元收工略早,路上想起还欠门房老张一壶黄酒,便在弄堂口烟纸铺打了二两给他送上去,老张喜笑颜开,留他抽一支纸烟聊几句闲话,二人在过街楼上狭窄逼仄的小房间里坐着扯几句闲话,老张虽是一介守门人,对于时局也有自己的看法,他说中国是肯定打不过日本的,中国的兵都是抓来的壮丁,齐步走左右脚都分不清,吃得差,武器差,训练更差,反观日本兵个个壮得像牛犊子,枪法百步穿杨,是用子弹喂出来的,一个小队就能撵着咱们一个营打,跟撵狗似的。

老张滔滔不绝,赵殿元只想赶紧脱身,不经意间他向弄堂方向瞥了一眼,一辆黑色轿车从七十七号潘家花园方向驶来,总弄的宽度只有三米五,又被洗菜的老人和奔跑嬉闹的孩童占据大半,所以速度快不起来,不远处有两个熟悉的身影,隔着二十米远,一前一后向这边走过来,走在前面的是住晒台的丁润生,他穿着灰布棉袍,皱着眉头心不在焉,一只手揣在兜里,走在后面的竟然是杨蔻蔻。

汽车接近长乐里总弄大门,鸣笛三声,老张会意,拿了钥匙急匆匆下楼开铁门,就在这个空档,丁润生猛冲过来,揣在兜里的手掏出来时握着一枚日式手榴弹,他大喊一声投出手榴弹,慌乱间似乎忘了什么动作,手榴弹滚到车底下没有炸响,汽车急速后退,瘸阿宝探出半个身子,接连开枪,丁润生肩膀上中了一弹,跟跄着从总弄侧门逃出。

上海滩刺杀事件频发,相关人士早就整理出一套完备的应对方案,此时大门还没打开,汽车飞速倒车,潘家花园门口的保镖听到枪声也奔了过来,好巧不巧一辆刚送完客人的黄包车从支弄出来,车夫看到这一幕愣在当场,潘克复的司机反应迅速,以为遇到前后夹击,急刹车停下,挂挡再欲向前冲。

杨蔻蔻亲眼看见了丁润生的一击不中,紧接着看到汽车疾退到自己面前戛然停下,她的心在狂跳,手伸进了兜里,捏住一枚冰冷的锐器。

忽然一只手搭在杨蔻蔻肩上,猛回头,是赵殿元。

第 12 章
可以做你老婆，但不能生孩子

　　杨蔻蔻被赵殿元硬生生拉回了二十九号，他一句也没多问，她一句也没解释，好像只是被男人从轧闹猛的现场拉回家的寻常妇人而已。

　　对长乐里的居民来说，街头喋血只存在于报纸上，发生在眼皮底下尚属首次，兴奋大过于恐惧，人们不但不躲避，还拥到弄堂里观看，此时潘克复的轿车退进潘家花园，黑中山装们也已经掌控了局面，当场拿住了黄包车夫，只留下地上的几枚弹壳和一摊血迹，人们略感无趣，渐渐散去，很快属于他们的麻烦就来了，潘家的保镖封住了总弄大门，只许进，不许出。

　　半个钟头后，沪西特警总署的警车开到，数十名便衣和武装警员杀气腾腾进入长乐里，挨家挨户搜查可疑人员，长乐里只有七十六个门牌号码，算是不太大的里弄，但是每个门牌里的住户鱼龙混杂，很多是未登记在册的居民，查起来需耗费些时间。

　　长乐里进入前所未有的紧张状态，家家关门闭户，谁也不敢在外面游逛，生怕被当作刺客同党抓走。警察们分成五队搜查，找各户的户长对照人口，二十九号的户长是二房东，这个时间点还在外面赌牌，只能由苏州娘子出面应对，往日尖牙利齿的她面对荷枪实弹的警察大气不敢出，细声细语，小心奉迎。

　　一楼的吴家章家都是有身份的体面人，警察直接略过，二层阁的阿鬼一副大烟鬼睡不醒的样子，也不像是做大事的人，亭子间田先生一介文弱书生，警察打量他两眼也放过了，二楼的梅英、小白不在家，周家姆妈没见过大场面，吓得个半死，往日吵闹不停的小孩也止住哭声，整个二十九号鸦雀无声。

　　警察攀着楼梯上了阁楼，苏州娘子解释说这是电工小赵和他屋里头人。

十分钟之前，赵殿元拆掉了杨蔻蔻的床铺，找了个包袱皮盖住马桶当成凳子，现在阁楼里只有一张床，一个马桶，一对小夫妻比独居的男女更合情合理，但赵殿元的身材还是引起了警察的注意。

南方人往往没有这么高的个头，宽肩细腰，孔武有力，正符合刺客的要素，警察头目一声令下，搜！两人本来也没多少行李，顷刻间就被全部抖落地板上，床铺也掀翻了，连枕头都拆散了搜查，依然一无所获，没有手枪，没有炸弹，没有任何和特工相关的物品。

警察们撤走了，二十九号恢复了平静，赵殿元收拾东西，整理床铺，重新搭起一张床，然后爬出老虎窗，从瓦片下面取出五枚飞镖，放在杨蔻蔻面前，依然一句话没有问。

"谢了。"杨蔻蔻轻描淡写一句，将五枚飞镖收起。

赵殿元不需要问，他已经猜到杨蔻蔻的身份，世间哪有那么多巧合，这一切都是预先设计好的局，杨蔻蔻为什么深夜磨刀，为什么和丁润生一前一后出现在刺杀现场，甚至为什么住在二十九号，答案呼之欲出，稍微深思就能猜到，自己只不过是杨蔻蔻打掩护的工具人罢了，丁润生才是她的同事，她的战友，甚至其他更密切的关系。

稍晚些时候，吴伯鸿回家，带来一些内幕消息，住在潘家花园的潘克复遇刺不中，刺客受伤逃走，警察抓住了他的同伙，长乐里的守门人老张也被带走了。

赵殿元不由得担心起来，丁润生的同伙被抓，扛不住严刑拷打的话势必出卖战友，那杨蔻蔻就不再适合住在这里，必须赶紧逃走才是，但是看杨蔻蔻丝毫没有搬家的意思，难道自己猜错了？

深夜时分，二十九号的后门被砸响，苏州娘子慌忙披衣开门，一群便衣特务夹着冷风闯进来，惊动了住户们，吴伯鸿出门查看，和癞阿宝四目相对，彼此都认出了对方，吴伯鸿暗道晦气，宁欺君子，莫惹小人，这真是冤家路窄。癞阿宝认出眼前这位就是曾经打过自己一耳光的租界巡捕，以前英国佬当道没法报复，现在日本人才是租界的主人，他狞笑一声，打定主意细水长流，不弄得他家破人亡，阿宝的名字倒过来写。

阁楼上，最慌张的莫过于赵殿元，他以为警察来抓人了，刚打开老虎窗准备喊她逃走，杨蔻蔻就夹着被褥穿着睡衣过来了，一言不发上了赵殿元的床，和他挤在一起，身上的香味钻进赵殿元的鼻子，他一时间魂不守舍。

床很窄，两人紧紧贴在一起，能听见对方的心跳声，外面皮鞋踩得楼梯嘎嘎作响，但始终没敲阁楼的门，而是奔着晒台去了，赵殿元憋着的一口气终于缓缓呼出。

便衣取走了丁润生的全部私人物品，终于下楼走了，赵殿元惊魂初定，这才发现杨蔻蔻一直紧握着自己的手，因为用力过度，手指都发白了。

他还注意到，两人还睡在一起呢，体温隔着薄薄的睡衣传过来，和肌肤相亲也没什么区别了。

忽然杨蔻蔻说出一句话来，让他的心又悬了起来。

"我给你做老婆可以，但不能帮你生孩子。"说这话的时候，伊一双黑亮的眸子在夜色中闪着光，似乎在说一桩交易，一件和自身无关的事情。

赵殿元想起看过的书，弄堂口经常摆一个书摊，他记不清是聊斋的故事还是唐朝的故事，女剑侠隐居民间，嫁给普通人生儿育女，有朝一日突然发难，杀死仇敌绝迹天涯，普通人的感情和他们无关，眼前的少女就是这样的人，山河破碎之时，总有人站出来以身殉国，杨蔻蔻即是如此，她的生命，她的身躯，都是可以奉献出来的。

清洌的月光透过老虎窗照在杨蔻蔻脸上，这是一张毫无瑕疵的少女面孔，不施粉黛，嘴唇没有血色，眼睛深不见底，很美，但赵殿元却生不出半点邪念。

"不用了。"赵殿元脱口而出，杨蔻蔻也不再多言，卷起被褥依旧回东阁楼去了。

……

潘克复遇刺事件给长乐里居民们带来一段小插曲，没多久就抛之脑后了，过了几天，守门人老张洗清嫌疑，获释回来，赵殿元去探望他，老张意兴阑珊，萎靡不振，脸上血痕犹在，抱着茶缸子半天不说话，开口就叹气。

"我一世英名，竟然……"老张说。

赵殿元拍拍他的后背以作安慰。

"奇耻大辱。"老张说。

赵殿元陪他叹气，老张是个人物，别看只是守门人，但器宇轩昂，腰杆总是挺得笔直，呵斥乞丐小贩中气十足，即便面对长乐里中体面的住户争执也会据理力争，不落下风，这几天的刑讯折磨，彻底把他的心气给打灭了。

"民国十四年，我和小日本打过仗。"老张忽然说，"那年月，我在郭鬼子手底下当上校团长，巨流河一战，日本人有飞机重炮，轰得准，炸得狠，弟兄们连日本人的影都没摸到，就被一通炮轰打垮了，七万大军啊，不是被老帅和少帅打败的，是被日本人打败的啊。"

赵殿元一时间愣了，他和老张相熟，就是因为说话都带点东北口音，老乡嘛，没想到这位貌不惊人的守门人，曾经是位戎马倥偬的上校军官。

"我要是年轻二十岁，指定上战场，揍他个王八犊子的。"老张沉浸在昔日的荣光中，面颊泛起潮红色，旋即又褪去，化作一声长叹，头一歪竟然睡着了，鼾声渐起，赵殿元悄悄下了过街楼，细碎的雪花扑面而来，明天就是一九四一年的最后一天了。

虽然国破家亡，虽然战争还在继续且看不到希望，但日子总要过下去，新年晚上，赵殿元带着杨蔻蔻去南京路上吃了饭，然后向外滩方向逛去，华灯初上，人潮涌动，往日新年，建筑上总要插满花花绿绿的万国旗帜，今天却只剩下两种颜色，白红相间的太阳旗帜。

外滩依旧繁忙，中国人是不过公历新年的，十六铺码头上苦力们在卸货，成排的轿车和洋车停在上海总会门前，这是一栋花岗岩外墙的新古典主义建筑，一辆插着旭日旗的轿车驶到门口，华人侍者拉开车门，下来的不是穿燕尾服的西洋人，而是佩刀铿锵马靴锃亮的日本军官。

杨蔻蔻挽着赵殿元的手不由地抓紧了。

"上海总会里有一个一百英尺长的吧台，号称远东第一吧台，只有靠在这个吧台上喝过酒，才算真正来过上海。"赵殿元轻拍杨蔻蔻的手，给她讲上海总会的典故。

"那你真正来过上海么？"杨蔻蔻问。

"虽然我没在远东第一吧台上喝过酒。"赵殿元说，"但我一直都在上海。"

忽然上海总会内的人欢呼雀跃起来，弹冠相庆，觥筹交错，隔着马路都能听到里面的喧嚣，日本海陆军官和日籍侨民似乎在庆祝什么，肯定不是新年，也许是他们的军队在东南亚战场上又取得了什么辉煌胜利了吧，仿佛为了烘托气氛似的，黄浦江畔烟花升腾，在夜空中绽放璀璨，映红了逶迤江水，照亮了外滩的一栋栋大厦楼顶的残雪，苦力们抬头看去，麻木的面庞上毫无反应。

"回去吧。"赵殿元裹紧衣服，已经再无兴致逛下去。

杨蔻蔻深有同感，挽住他的臂膀，一同归去，任凭烟花在背后肆意怒放，再不回头。

第 13 章
想在诺曼底公寓和你一起看夕阳

长乐里的墙壁单薄,隔墙有耳,大事必须在外面说,这件事赵殿元已经深思熟虑过,连说时的语气都再三掂量过。

"我帮你做了他,然后我们一起离开上海,找个地方隐姓埋名。"赵殿元故意以轻快的语气说出,仿佛在说一件不值一提的小事,而不是刺杀伪政府高级官员。

"你喜欢上海吗?"杨蔻蔻答非所问,停下脚步,面向黄浦江,江风猎猎,吹起她绒线帽下的发丝,"你爱这座城市吗?"

江心停泊着森然钢铁巨物,那是日本海军的主力舰,对岸陆家嘴漆黑一片,沃野无边,沿着外滩向南看,在公共租界和法租界交界处,爱多亚路的东端,原本是欧战纪念碑,雄伟屹立双翼招展的青铜和平女神像本是上海的象征之一,如今已经被日本人拆下,只留光秃秃的石质底座,更添几分伤感悲凉的气息。

今天是一九四一年十二月三十一日,寻常的一天,杨蔻蔻的隆重发问给这个寻常的日子增添了一抹神圣的色彩,赵殿元和她并肩,望着江水回答道:"我爱上海,我爱这座城市。"

"上海挺好的……"杨蔻蔻转向赵殿元,嫣然一笑,"爱上海,就留在这里,保卫她,建设她,总有一天,我们会胜利,那个时候,你可以找一个喜欢的女孩,一起过日子,生一堆孩子,那时可能就不住阁楼了,住客堂间了。"

这时一队喝醉了酒的日本水兵从身后经过,刺耳的异国口音大呼小叫,两人急忙背过身去减少不必要的麻烦,赵殿元心里有些酸楚,平时杨蔻蔻和自己说话总是半开玩笑,玩世不恭,这是第一次以严肃的口吻对话,却是在拒绝自己。

仿佛为了安慰赵殿元似的,杨蔻蔻岔开话题:"我就不想住什么客堂间了,我要住洋房,住公寓,唉,小赵,你见多识广,知道哪里的房子最好吗?"

这可碰到赵殿元的痒处了,他侃侃而谈道:"要说住,那还得去法租界,蒲石路和迈尔西爱路口的十三层楼,又叫华懋公寓,那叫气派,电梯上下楼,房间里有冷气暖气,想吃什么饭,不用下楼,直接电话叫顶楼厨房做好,用专门的小电梯送下来。"

杨蔻蔻问他:"十三层那么高啊,大楼长什么样子?"

赵殿元说:"方方正正的褐色大楼,像个竖起来的盒子,外面是方格钢窗,白色的窗棂,内部蟹脚扶梯,铜门铁饰,气派得很。"

杨蔻蔻摇头:"不好看,我不喜欢,换一个。"

赵殿元想了想说:"那就诺曼底公寓吧,就在霞飞路和福开森路交叉的位置,是一栋三角形的大楼,整个大楼就像一艘红砖轮船,船头方向的房间有大大的阳台,正对着霞飞路西去的方向,看落日是顶好的,大楼每一户房间都朝南,走廊都朝北,房间里有洗手间,有马桶,有浴缸和二十四小时出热水的龙头,连熨衣板都有呢。"

杨蔻蔻说:"我喜欢这个,我要住船头的房间,每天傍晚和心爱的人坐在藤椅上看夕阳。"

赵殿元说:"等日本人滚蛋了,咱们就去诺曼底公寓顶一间房,天天看夕阳。"

杨蔻蔻白了他一眼:"谁要和你一起看啦?"

赵殿元心里甜丝丝的,虽然他没谈过恋爱,也无师自通地听懂了对方话里的娇嗔,诺曼底公寓是一个美好的梦想,那里住的都是洋行高级白领,中国人根本没资格住,就算有,也付不起高昂的房租,但这并不妨碍一个小电工和一个女刺客憧憬美好的未来,哪怕他们也许活不到那一天。

其实赵殿元还有很多话放在心里没说,关于刺杀潘克复,他已经有了腹稿,炸弹和飞镖都没用,要杀人还是得用枪,他认识一些朋友,有路子搞到手枪和子弹,杀人这种脏活,还是得男人出马。

……

潘家花园,潘克复连打了三个喷嚏,他确定有人惦记着自己,确切地说,是要取自己性命,一周前失败的刺杀行动让他警惕万分,这些天来没踏出潘家花园半步。

潘克复搞不懂究竟是何方神圣要杀自己，是重庆特工，还是私仇对头，抑或是就住在楼上的钱如碧？后者具备动机和魄力，因为自己正在一步步蚕食潘家的产业，兔子急了还咬人，何况是女强人。

但是很快真相就出来了，警察当晚在一个诊所内抓获受伤的刺客，此人叫丁润生，就住在长乐里，一九三七年加入上海保卫团，参加过淞沪会战，被打散后逃进租界，搜罗了几个帮手，平时以饭馆服务生身份为掩护，多次暗杀日籍侨民，后被军统招募，还当上了组长，据招供称，潘克复是上了重庆黑名单的人，这个活儿本来不归他，只因为住得近就主动揽了这个活儿。

刺杀失败的原因很可笑，丁润生使用的武器是日本军队装备的九七式手榴弹，这种手榴弹和中国军队的德式木柄手榴弹操作流程不同，拔掉保险销之后，还得去硬物上磕一下，才能炸响，丁润生忘记做最后一步，手榴弹都滚到车下了却哑火，可以说潘克复捡了一条命。

大难不死必有后福，潘克复深以为然，上了重庆黑名单没什么可怕的，倒是听说自己的排名靠后让他有些不开心，上名单证明他姓潘的是一号人物，是值得骄傲的事情。

今天是新年前夜，潘克复是爱玩的人，既然不能出去，索性把朋友邀到家里玩，隔壁大客厅里乌烟瘴气，来的都是他潘克复的朋友，钱如碧的那些老友都不再来了，标志性的驼色毛呢窗帘也被换成了黑丝绒，依然是整匹挂上去，彰显新贵的气派。

隔壁的喧闹给了潘克复安全感，他一个人坐在书房里抽着烟静静思考，他花了大本钱才抱上日本人的大腿，名片上那些头衔都是花金条美钞换来的，有了虎皮做大旗，才能强取豪夺堂哥的家产，但是让他始料未及的是，潘家早已是外强中干，虚名在外，财产败得差不多了。

想发财就得想别的门路，潘克复做过股票经纪人，对金融颇有了解，上海有四个交易所，纱布交易所、物品交易所、金业交易所、证券交易所，战争一起，黄金只涨不跌没啥花头，物品和纱布交易所停业，只剩下证券交易所一枝独秀，今年的证券交易总额已经高达一百五十亿，比刚开战时翻了三倍，这其中的道理也很简单，到处都在打仗，内地在打，欧洲也在打，沪市已成为全世界避险资金的乐园，股票上涨，更引来大量嗜血的游资，恶意炒高做空，翻云覆雨，他金融圈的朋友多，据可靠信息称，全上海各银行这一年转进的外资就有六十亿之巨！

股市有机会，更有风险，根据时局变化，上下落差极大，更有大批"抢帽子"的投机客妄图刀口舔血，殊不知一切都是被人操控的，汪政府里面管经济的官儿，放出一个利空消息来，市场就大跌，隔天又放出反向的消息，市场又大涨，可谓翻手为云覆手为雨，如果能搭上这方面的线，就能躺在钞票堆上困觉了。

　　潘克复在思考着大买卖，客厅里那些人何尝不是如此，除了一些愚笨的武夫之外，聪明人都是来这儿结交朋友，交换信息的，猫有猫道，狗有狗道，每个人挣钱的思路各不相同，但是发了横财之后的做法却如出一辙，那就是附庸风雅，无论阿猫阿狗都要买上几幅字画挂在客堂间，画必须是唐伯虎的真迹，字只能是文天祥的亲笔，只因这些草包只知道三笑里的主角唐伯虎和话剧里的大英雄文天祥，一时间为了满足这些人的需求，产生了专门造假字画的产业，在民间沦为笑谈。

　　瘌阿宝即是此类人，他原先穷得连自己的房子都没有，更别说女人，傍上潘先生之后野心勃勃，也想着霸占一处房子，当二房东收租子，但他起点太低，一口吃不成胖子，得一步步来。

　　机会永远留给有准备的人，就在潘家花园的牌桌上，瘌阿宝得到一个讯息，某位持有地契的大房东遭了官司，正在到处求人疏通，为此不惜重金，以瘌阿宝的能力，还不足以办这么大的事体，但这并不打紧，谁说拿钱就必须办事的。

　　听说，这房子就位于长乐里，与潘家花园毗邻。

第 14 章
把每一天当作生命中的最后一天

新年伊始,长乐里二十九号阁楼里变了样子,赵殿元把地板清洗了一遍,吃饭的小桌子上铺了一张红白格子的桌布,找了个啤酒瓶插上一束月季花,虽然只是小小的布置,却让整体感觉焕然一新。

此前他从没有过把居住环境搞得美观清洁的念头,单身男人住的地方和狗窝没什么差别,现在不同了,身边有了女人,不能再这么邋遢下去,其实在赵殿元心里还有一个更深的原因,他明白杨蔻蔻不会放弃任务,而自己也不会放任一个女人去冒险,刺杀潘克复九死一生,也许自己去了就再也回不来,还能活多久,谁也说不准,那么从现在开始,每活一天都当成是生命中的最后一天吧,用尽全力去活。

仿佛心有灵犀一般,杨蔻蔻也将她那东半边阁楼收拾得干净利索,两人在擦拭属于自己的半扇老虎窗时面对面会心一笑,老虎窗的玻璃被擦得透亮,新年的阳光洒在地板上,给人暖洋洋的感觉,生活似乎都变得美好起来。

阁楼上的早餐很有仪式感,桌布、烛台、盘子装的面包、玻璃杯装的牛奶,两人正装出席,还弄了块布铺在腿上充作餐巾,一切细节都是按照在西菜馆用餐时来想象的。

"以后,我们每个周末都去霞飞路上吃大菜,每天傍晚回到家,吃完晚饭,一起看夕阳,好吗?"赵殿元说。

"好啊,你做饭,我刷碗。"杨蔻蔻笑道,"对了,我们是住在诺曼底公寓吗?"

"对的,我们住在七楼朝西的大房间,外面一圈游廊,孩子们可以疯跑。"赵殿元憧憬着未来,把梦想当成现实描绘出来。

今天是新年,是可以放假的,赵殿元提出带杨蔻蔻去逛法租界霞飞路,后者欣然答应,霞飞路是法租界上最繁华的商业大街,丝毫不亚于公共租界的大马路，欧洲最新的高档货在这里同步上市，只是这两年欧洲打成一锅粥，舶来品的种类略微少了些。

赵殿元是有的放矢，霞飞路上有很多白俄、犹太人开的小店，经营范围很广，大到昂贵的珠宝首饰，小到旧货杂品，应有尽有，赵殿元寻的这片店是一个白俄老头开的，店面不大，专卖欧洲旧货，兼营当铺，偶尔也干些销赃的勾当。

老头的全名叫做谢尔盖·谢尔盖耶维奇·布热斯基，法兰绒衬衣外面罩着一件绒线开衫，上唇留着白胡子，时刻叼着石楠木烟斗，他来上海已经二十多年，能说一口地道的上海闲话，也会说英语和法语，他坚持让赵殿元称呼自己为谢廖沙，这是谢尔盖的昵称，只有亲近的朋友才这样喊。

谢尔盖对杨蔻蔻说，你的男朋友是一个正直的人，一个罕见的品德优良的中国人，美丽的小姐，侬看上什么，阿拉给侬打折。

杨蔻蔻微笑着点头，在小店里浏览欧洲旧货，八音盒、口琴、洋娃娃、银餐具，琳琅满目，千奇百怪，而赵殿元则倚在柜台上和老朋友低语，用的是洋泾浜英语，他不想让杨蔻蔻听懂。

"我想买一把手枪。"赵殿元说。

"需要时间，没有现货。"谢尔盖一摊手，"是防身，还是复仇？"

赵殿元看了看正在歪着头端详八音盒的杨蔻蔻，精巧的八音盒打开后，小人跳出来在音乐声中旋转，清脆的机械音乐声回荡在杂货铺里，冬日暖阳照进来，因为翻动而泛起的陈年灰尘在阳光下颗粒可见，氤氲一片，恍惚中宛如童话世界。

"防身。"赵殿元说，"我得保护她。"

杨蔻蔻放下八音盒，又拿起一枚带链子的饰物，青铜质地，古朴厚重，圆形外圈内镂层层叠叠的六芒星，大星套小星，非常别致。

"喜欢么？"谢尔盖靠在柜台上问道："这是一个希伯来人的东西，你知道，虹口住着很多犹太佬，他们从德国从奥地利从波兰，从欧洲很多国家逃到上海，他们是难民，随身没什么值钱的东西，我想这是一个护身符，喜欢的话，送给你。"

杨蔻蔻将护身符挂在脖子上比划了一下，目露惊喜之色："那怎么好意思。"

"挂上吧。"赵殿元上前，帮杨蔻蔻挂上这枚护身符，"谢廖沙是我的好朋友,他送你,你就拿着。"

……

老城厢,城隍庙春风得意楼,高朋满座,人声鼎沸,瘸阿宝和几个江湖朋友坐在九曲桥前的位置,一边饮茶,一边谈事,茶楼中各业人等皆有,房屋掮客"白蚂蚁"最多,所以又称作顶屋市场。

瘸阿宝本是来谈房子的事体,但是聊着聊着就跑远了,变成如何捞钱,如何发达,想出人头地就得扬名立万,就得做出一番大事来,对于瘸阿宝这种人来说,干别的都不会,唯有杀人放火最在行,他本就是个睚眦必报的小人,说到杀人,仇家的名字就跳了出来。

那只是一记耳光的仇,但瘸阿宝却发誓要让对方拿命偿还,一个姓吴的租界巡捕曾经抓过他,让他颜面尽失,还降了职,这口气至今还没出,毕竟对方也有一定身份,不是随意拿捏的平头百姓。

日本人控制了公共租界,掌握了工部局警务处,英美籍的警官都抓起来了,但华籍巡捕大多留用,这个吴伯鸿干了多年巡捕,人情总是有些的,想通过官面上的关系办他,不是不行,只是瘸阿宝的脸面没大到那个份上,他也不想因此欠人情,思来想去,几个朋友帮他出了个主意。

搞倾轧玩阴谋他们不太擅长,但是绑票在行啊,一个叫四喜的白相人朋友出主意说:"阿拉把姓吴的绑了,找伊家里讨一笔巨款,拿到钞票就……"他做了个切瓜的手势。

瘸阿宝摇摇头:"不合适,姓吴的枪不离身,万一伤到弟兄们怎么办。"

四喜说:"那就绑他老婆,他老婆总不会带枪吧。"

瘸阿宝阴着脸,还是摇头。

四喜挠挠头:"那……他家小囡总有吧,绑小孩子,爹娘肯定会拿钱来赎,等那个时候,给他一粒花生米就是。"

瘸阿宝终于点头:"侬格办法,灵光!不过一枪打死太便宜他了,得千刀万剐。"

几个人将脑袋凑到一起,嘀嘀咕咕起来。

……

吴伯鸿有两个儿子,大的叫吴麒,只有八岁刚上小学,小的叫吴麟,还在上幼稚园,平时是娘姨负责接送,吴家的娘姨不住家,白天来买菜做饭洗衣接送孩子,事情就是在娘姨从学校接孩子回家的途中发生的,几个歹徒拿枪威逼娘姨，将吴麒劫走，整个过程不超过一分钟，非常利落。

娘姨急忙跑回家报告太太，吴太太三十出头年纪，遇事倒也沉着，恰好赵殿元和杨蔻蔻回家，她立刻请赵殿元去找自家先生，赵殿元飞也似的跑上街，沿着大西路狂奔，没多时便寻到了正在巡逻的吴伯鸿。

吴伯鸿自己就是警察，对这类案子清楚得很，绑票案多发在有钱人府上，绑小孩子，尤其是绑普通人家的小孩子极其少见，这不像是绑票勒索，更像是寻仇，而且日本人占据整个上海后，严令七十六号的汉奸特务不得再行恐怖之事，绑架枪击案件骤然减少，此时发案，只有一种可能性，劫匪是冲着自己来的。

吴伯鸿和同事打了招呼，先随赵殿元回家，询问娘姨线索，娘姨是七宝来的乡下人，买菜做饭还行，遇到大事就懵，根本记不得歹徒有几个人，长什么样，有没有车，向哪个方向去了，一问三不知，吴伯鸿只闷头抽烟，吴太太紧紧抱着小儿子，捏着手帕哭哭啼啼。

"报警吧。"赵殿元说。

"小赵，谢谢侬，帮阿拉在家守着，有什么消息到巡捕房找我。"吴伯鸿掐灭烟蒂，戴上警帽出去了，女人可以哭，他不行，他必须得把儿子救回来。

吴太太送丈夫出门，回来后就翻箱倒柜，把钞票、金首饰、存折都拿了出来，劫匪要的不是小囡的命，一定是钱，给他们就是。

赵殿元和杨蔻蔻帮不上忙，只能劝说安慰，苏州娘子和章太太听说此事，也俱来安慰，都说破财免灾。

吴伯鸿来到巡捕房，和上司、同僚说了此事，他平素人缘不错，出了事大家都愿意援手相助，只是线索有限，只能以静制动，等待劫匪的勒索信。

勒索信是一个报童送到长乐里吴家的，自称有个人给他五毛钱跑腿费，长什么样子不记得，吴太太展开信，上面潦草写着一行字，让事主带十万块，今晚九点，佘山脚下赎人。

上海人都知道佘山，这座山上有一座气派无比的圣母大教堂，距离市区极远，已经到了松江境内，那地方有游击队出没，非常凶险。

十万块赎金，吴家根本拿不出，最多能凑出五千块，外加一些金首饰。吴太太不能做主，又央赵殿元拿着信去巡捕房找吴伯鸿。

巡捕房内，侦缉股的同事也来了，大家分析绑匪另有所图，因为十万块不是小数目，通常的做法是留出几天时间等措赎金，哪有当天绑了，当天晚上就让苦主拿钱赎人的道理，再说了，绑票哪有不踩点的，既然是针对吴家而来，那就应该清楚吴伯鸿的经济情况，狮子大开口也不应该是这种开法。

无论如何，既然绑匪划出道来，吴伯鸿身为警察，身为父亲，就必须接着，他决定亲自去营救儿子，巡捕房的同事们也换了便衣，拿了枪械，乘坐汽车一同前往。

"小赵，谢谢侬。"吴伯鸿拍了拍赵殿元的肩膀，请他回二十九号等待消息。

第二天清晨，吴伯鸿终于回来了，风尘仆仆，憔悴不堪，他是一个人回来的，身后并没有大儿子，吴太太一夜未眠，满脸泪痕，看到丈夫空手而来，顿时捂住嘴又哭起来。

吴伯鸿拿起茶杯灌了一气，说："找了一夜，没见到人。"说罢脱了外套，露出腋下挂着的手枪，鞋也没脱，往沙发上一躺，想睡又睡不着，两只眼睛红通通的。

吴太太忍不住又哭了一场，小儿子不明所以，还闹着要哥哥。

中午时分，绑匪又送来信，大骂吴伯鸿不守规矩，竟然报警处理，勒令他今晚再来佘山，只能一个人来，有人相随的话，就等着收尸吧。

信封里有东西，吴伯鸿抖了一下，一截灰白色的小孩手指滑落出来。

吴伯鸿几近崩溃，他强忍着眼泪不想让妻子看到自己脆弱的一面，这一定是冲着自己来的，不死不休。

他默默打定了主意，对妻子说："这些年来我做巡捕兢兢业业，自问没得罪过什么人，只有前段时间打了一个汉奸特务一记耳光，这是人家寻仇来了，躲不过的，我去救麒儿，能救回来就万事都好，救不回来，我也回不来了，你带着麟儿搬家，别住这里了。"

说完，他起身披上风衣戴上帽子，像往常上班一样，推门而去，只是这一次也许没有归期。

吴太太没哭，她静静坐了一会，拿起藏在屏风后面的红色描金铜箍马桶，那是她的嫁妆之一，吴家四口人每天夜里出恭都用这一只马桶，她将马桶倒置，按动精巧的机关，打开马桶底部的暗格，取出一个布包，布包里面是油纸包，油纸包里是拆开的金属部件和枪管，还有黄澄澄的子弹。

一堆精铁物件摆在眼前,吴太太闭上眼睛,凭着记忆将这堆东西组装起来,完成品是一支做工精湛的德国造毛瑟手枪,短把短管,烤蓝枪身,懂行的能认出,这是比使用九毫米子弹的头把和标准型的二把要紧凑短小的三把盒子。

彼时,吴太太还不是吴太太,而是江湖上叱咤风云的女水匪刘素珍。

| 第 15 章 |

乃伊做忒

刘素珍又将装好的驳壳枪拆散，打开梳妆台拿出一瓶桂花油，用眉刷蘸着瓶子里的枪油给每个部件都涂了油，再次组装起来，拉动枪机试了试，部件啮合精准，声音清脆利落，十发子弹一颗颗装进桥夹，压入弹仓，另外十发卡在桥夹里，和枪一起塞进手提包。

然后刘素珍开始对镜化妆，涂口红，描眉，搽粉，镜子里渐渐出现一个风姿绰约的妇人，昔日刘素珍在太湖水面上有胭脂豹的绰号，金盆洗手嫁作人妇多年，腰上依然没什么赘肉，只是不知道枪法还有没有当年那般百步穿杨。

刘素珍出门，刚想去敲邻居章太太家的门，隔壁的门就开了，章太太手里拿着一包东西，没开口先把东西塞过来，沉甸甸的一包，入手就知道是金子，一两一根，整整十根小黄鱼。

两位太太虽然是近邻，但也仅仅是牌桌上的交情，吴太太只是想请章太太帮忙照顾一下小儿子，没想到对方出手就如此大方，这是把家底子都拿出来了，这个举动让见过风浪的吴太太也有些动容。

"救小囡要紧。"章太太说，眉宇间竟有些和中产主妇不相符的英气。

吴太太没有推让，性命攸关的事情没必要虚情假意，她正要说些什么，苏州娘子过来了，说您家里出了这么大的事体，我妇道人家也帮不上什么忙，有需要尽管开口。

二十九号没有秘密，这两天吴家太太和娘姨哭哭啼啼，邻居们都知道吴家的小囡被绑票了，但这种事情平头老百姓的确帮不上什么忙，楼上白先生自作聪明对梅英咬耳朵，说一定是凑不够赎金才哭的，梅英平时趾高气扬的，心肠倒是不坏，立刻取了一叠美钞要送下去，白先生愕然，旋即豁然，女人不把钱看得那么牢，对他来说不是坏事。

二楼厢房，周家姆妈和男人悄悄商量事，楼下吴家出了这么大事体，邻居们都有表示，自家不做点什么似乎说不过去，平日里，吴章两家平素吃饭鸡鸭鱼肉不断，男人又有本事，隐隐压周家一头，让周家姆妈自惭形秽又不肯拉下脸巴结，只好保持礼貌的疏远，此刻别人家遭了祸，她又高兴不起来了，周阿大是做过账房先生的，心思比女人还细腻，他低声说吴先生是当警察的，要多少钱捞不来，就当是借他们的，周家姆妈一想是这个道理，好不容易有一次凌驾于吴家之上的机会，断不能放弃，于是从私房钱里拿了二百块钱送下去。

阿贵嫂和田先生实在拿不出钱来，但也不能无动于衷装不晓得，只能出谋划策，表示同情，阿贵嫂还把躺在二层阁睡大觉的男人拖了出来，说有需要跑腿的事情，尽管让阿鬼去做，他也该活动活动筋骨了。

阿鬼五十来岁，早年从苏北盐阜老家来上海滩闯荡，除了一身伤病和一个老婆之外啥都没落下，据说早年他们曾经有过一个孩子，后来夭折了，从此阿鬼一蹶不振，软饭硬吃，阿贵嫂做发网折锡箔赚的钱，都被他拿去喝酒赌钱了，这样的人自然是派不上用场的。

对于邻居们的黄金美钞和善意，吴太太一点都没矫情，照单全收，她双手抱拳，像个男人一样拱手："列位，在此谢过，有情后补，我现在要去一趟佘山，哪位能帮我找辆汽车。"

市区前往佘山路途遥远，没有汽车不能成行，可汽车又不是黄包车随叫随到，二十九号的邻居们有心无力，除了章太太，她灵机一动，想到丈夫供职的商行里正好有汽车，便跑去弄堂口洋货店里给章先生打电话，很快回来回复，汽车是有，也可以借，但是没人会开。

"我会！"赵殿元自告奋勇，他并没有驾驶执照，是学修车的时候顺便学的，偷偷上过路，事急从权，也顾不得那么许多了，章太太给了他一个地址，赵殿元出门一路飞奔，黄包车加电车，来到章先生所在的火油公司，果然看到院内停着一辆汽车。

这辆 1934 款的雪铁龙 Traction Avant，驾驶座玻璃上有一个弹孔，座位上还有干涸的血迹，赵殿元顿时明白了，车上死过人，怪不得没人愿意开，别人忌讳，他可不怕，从章先生手里拿了钥匙，摸索了一番，终于吭哧吭哧把雪铁龙开走了，一旁的章先生不禁捏了一把汗。

从外滩到长乐里这一段路，足以让赵殿元重新找回感觉，享受驾驶的乐趣，吴太太已经整装待发，呢料盆帽，旗袍外罩呢子大衣，浓妆淡抹，艳光四射，知道的明白是去赎人，不知道的还以为是去阔亲戚家做客。

吴太太上了车,赵殿元正准备启动,杨蔻蔻一闪身也上来了。

"别废话,开车就好了。"杨蔻蔻说。

赵殿元想到那五枚钢镖,一言不发开车了。

佘山距此六十里,虽然海拔只有一百多米,却是上海周边第一高峰,赵殿元认识路,沿着愚园路向西再向南到虹桥机场,这一路都是柏油马路,行人稀少,车辆更少,可以开足马力疾驰,机场再往西南方向就是乡下土路了,需要一边问路一边前行。

赵殿元只当吴太太是给先生送赎金的,还不时安慰她,吴太太面色如常,只是点头。

车到松江县境内,遍地农田河浜,远远地能看见佘山顶上的圣母大教堂和天文台,此时日头已斜,残阳夕照,砂石土路已到尽头,走错路了。

……

吴伯鸿今年三十八岁,籍贯山东,年轻时在工部局警务处的武装后备队当巡捕,那是巡捕房里最精锐的一支力量,用于镇压大规模的骚乱,吴伯鸿的教官威廉·费尔班教授华捕们他独创的格斗术,这种综合了街头斗殴和日本空手道的玩意叫作Defendu,效率很高,可惜吴伯鸿多年从事内勤工作,已经没了当年的身手。

他明白,巡捕房里有绑匪的眼线,一举一动都被人了如指掌,大张旗鼓只会害了儿子,只能单枪匹马而来,他也是开车来的,一辆福特轿车孤零零停在佘山脚下,此刻伴随他的只有腋下的一把警用马牌撸子。

松江县的保安队是派不上用场的,这场飞来横祸只有拿命才能换命,对方想要钱,要命,都给他们,只要别伤害孩子。

圣母大教堂的钟声响起,回荡在佘山上下,晚弥撒的时间到了,吴伯鸿虽然不信教,但此刻听到悠长的钟声,仰望雄伟的教堂,不禁心生虔诚,默默祷告。

身后有金属声响起,是手枪开保险的动静,一支冷硬的东西顶在吴伯鸿后背上,他连枪都没来得及掏就被缴了械,一口麻袋套在头上,吴伯鸿心知不妙,再想反抗已经来不及,一棍敲在头上,当即昏迷。

等他醒来的时候,头疼欲裂,身下摇摇晃晃,应该是在一条船上,努力睁开被血糊住的眼睛,看到两个绑匪正在搜查自己带来的提包,包里有钱,但只有五千多块和一些金首饰,距离十万远远不够。

"乃伊做忒。"绑匪对同伴说,是和城区口音有细微差别的松江口音。

"放了我儿子。"吴伯鸿挣扎着喊道,他手脚被绑在一起,用的是捆猪法,越挣扎绑得越紧。

绑匪挪过来,盯着他的面孔,一本正经地说道:"吴先生,冤有头债有主,回头你到了阎王爷那里别说我们兄弟的坏话,我们也是拿钱办事,替人消灾。"

吴伯鸿见过撕票的案子,死状甚惨,此刻他脑子一片空白,知道必死无疑了,连挣扎的力气都没了,只是说:"放了我儿子,你们要讲规矩。"

没人和他再废话,两个绑匪窃窃私语商量着什么,忽然一条舢板靠过来,有人说道:"今天撞大运了,吴家婆娘也来了,一家人齐齐整整的倒也团圆。"

吴伯鸿大惊,万没想到妻子竟然也来了,这个女人平时胆小怕事,怎么这时候偏偏那么大胆子,这下可好了,除了小儿子,一家三口全都死在这不知名的小河浜里,他悲从心来,欲哭无泪,只恨自己太草率。

透过船篷的缝隙,吴伯鸿看到妻子端坐在舢板上,盛装美颜,仪态万方,手里紧握着提包,没被捆绑,大概是绑匪觉得女人没必要绑起来吧。两艘船靠帮,吴太太迈步上了大船,谁也没注意到,这位城里来的阔太太在晃动的甲板上步履极稳。

吴太太说:"我带了十两黄金,五百美钞,能借的都借来了,你们拿去吧,把我儿子放了。"说罢将提包丢在地上,咣当一声,可见里面装的东西不少。

绑匪捡起提包,从包里掏出金条和绿色的美钞,兴奋地笑起来,一个家伙得意忘形,伸手去摸吴太太旗袍包裹下的丰臀,而妻子毫无反应,似乎还有些笑意,吴伯鸿看到这一幕,眼睛都要滴出血来,下面将要发生什么,他能猜想出来,吴家三口,将会以最惨烈的方式死去,想到两天前的晚上,自己还坐在沙发上看着报纸,妻子在织毛衣,两个儿子在膝下玩耍,天伦之乐莫过于此,如果能回到那一刻该多好啊……

忽然吴太太做出一个奇怪的举动,右手从胸前拽出一支枪来,左手薅住轻薄自己的绑匪的头发往下拉,枪口顶在脑袋上开枪,顿时一个血葫芦炸开,她不慌不忙,眼睛不眨一下,轮番点名,另三个绑匪瞬间倒地，吴太太丢下尸体，上前逐一补枪，枪枪打在脑壳正中，红的白的溅满了船篷和甲板。

做完这些事情，吴太太进了船舱，捡起一把刀割断吴伯鸿的绑绳。

"你怎么把他们都杀了?"吴伯鸿惊魂未定，此刻他来不及打听妻子的底细，最先想到的是应该留一个活口问儿子的下落。

"盗亦有道，他们坏了规矩，就得死。"吴太太面无表情道，"你大儿子已经救出来了，别挂念了……唉……废物。"

最后两个字吴伯鸿没听清楚，好像是妻子在骂自己是废物?

残阳如血，西风起，小河浜旁芦花摇曳荡漾。

第 16 章
胭脂豹

妻子的从容不迫和儿子的安全脱身让吴伯鸿恢复了一些精气神，四条人命，一根手指，双方已成不死不休的关系，如何善后是个大问题，若在往日，吴伯鸿必然是独断专行，不需要问计于女人，但此刻他不得不尊重太太的意见。

吴太太早有腹稿，以不容置疑的口气说道："别找你巡捕房那些废物同事，报官，报松江县保安队，让他们来处置。"

"妙啊。"吴伯鸿说，松江县属于江苏省，和上海这边的牵扯不大，送一个功劳给他们，还能规避仇家的报复。

"是挺妙的。"吴太太说着，脚下一踩，船只晃动，吴伯鸿立足不稳，被太太一脚踹下船去，小河浜的水不深，但是冰冷刺骨，他扑腾了两下站住了，水只到胸口，看着妻子伸出的手和挂着冷笑的脸，他刚想发作还是忍住了，抓住那只手爬上甲板，衣服全湿了，鞋上全是烂泥，头发上还沾了几根草茎，想拿掉，被吴太太制止。

太太所为，必有深意，吴伯鸿不敢造次，跟着太太上了舢板，划到岸边，寻到福特车，吴伯鸿发动了几次没发动着，拿了曲轴下车去摇，好不容易把马达摇起来，上了驾驶座，太太却不上车，摆摆手说你去报官，如此这般部署一番，吴伯鸿听了心服口服，驾车直奔松江县城而去。

松江县沦陷已久，但县城只驻扎了一个班的日本兵，政务还是交给中国人负责，县里没有警察署，只有一支保安队，吴伯鸿找到保安队，亮出上海警察的派司，称自家老婆孩子都被绑了，自己也被抛进河里，幸亏水性好挣扎着逃出生天，跑来报案，请求协助。

报警的是来自上海的警官，狼狈不堪，浑身湿透，满脚污泥，头上还挂着草茎，松江县保安队不敢怠慢，队长立刻召集人马，五六十号保安队扛着步枪，打着手电筒，连夜出征，寻到吴伯鸿说的小河浜处，只见水中央停着两艘小船，黑灯瞎火，不见人影，保安队员们拉动枪栓，大呼小叫，片刻后，船上传来女人的呼救声。

保安队在附近寻到一条舢板，几个胆大的带着驳壳枪小心翼翼划过去，冬夜的空气中弥漫着一股血腥味，电筒照耀下，船板上血迹斑斑，尸体横卧，还不止一具，上了船搜索，顷刻就传来喊声："队长，船上花票一张，童子票一张。"

花票就是女人，童子票就是孩童，这是绑匪的术语，保安队也沿用的，把大船拖到岸边，保安队员们涌过来看热闹，船舱里躺着一个女人，旗袍都撕破了，身上有血迹，旁边绑着一个十岁左右的男孩，两人都脸色惨白，呆若木鸡，吴伯鸿没见到儿子还绷得住，一见儿子，顿时失控，扑上去一家三口号啕大哭。

保安队长叹一口气，心道这才叫赔了夫人又折兵，这女人分明是被绑匪糟蹋了的。

吴太太抽抽搭搭说，绑匪之间内讧，匪首打死了其他人，带着钱逃之夭夭，这谎话说得很顺，配上楚楚可怜的表情，让吴伯鸿瞠目结舌，暗暗后怕，这女人在自己身边演了十年的戏，可自己竟然丝毫没有发现过端倪。

匪首既已逃遁，保安队便收兵回营，吴家三口也去县城休息一晚，吴伯鸿请了一桌酒菜答谢保安队众弟兄，席间从怀里摸出两枚小黄鱼塞过去，保安队长喝得醉醺醺的，笑纳了小黄鱼，和吴伯鸿称兄道弟，俨然已成莫逆。

第二天一早，吴伯鸿借用县政府的电话给上海打了两个长途电话，一个打给巡捕房报平安，一个打给报馆，让他们派记者来报道绑架案。

中午时分，沪上几家报馆的记者来到松江县，拍摄照片，采访相关人员，这案子已经改头换面，变成松江县保安队侦破的大案，匪徒团伙内讧驳火，四人全死，事主毫发无伤，血淋淋的照片，极富戏剧色彩的结局，记者们消耗了许多胶卷，心满意足地去了。

下午，吴伯鸿一家驾车离开松江返沪，吴伯鸿一肚子的问题想问，可是看看后视镜中的太太毫无倾吐的意图，又把话憋了回去。

刘素珍望着车窗外的交错纵横的小河浜，嘴角再次浮起冷酷的微笑，几个蟊贼敢在太岁头上动土，真真是活得不耐烦了，要论绑票，她胭脂豹可是这行的姑奶奶，凡事都瞒不住行家，她搭眼一看地形地势就知道肉票藏在何处，佘山上是教堂，断不会窝藏肉票，村落也不安全，但此处水网密集，河汊芦苇荡极多，江南百姓多以小船代步，如果是自己做这个案子，一定把肉票藏在船上。

佘山周边河浜千百条，一条条地去找怎么来得及，刘素珍有法子，她打扮的如此招摇，就是引蛇出洞，这般风流人物在乡下一旦出现，便会立刻引起注意，刘素珍本就是水匪出身，谁是良民谁是匪一个眼神就能辨别出来。

菩萨保佑，一切顺利得如同神助，刘素珍先是遇到了负责看管肉票的绑匪，还见到了大儿子，简单交涉后，这个笨贼居然把肉票丢给同伙照管，兴冲冲带着刘素珍去找老大报喜了，肉票是被紧随其后的赵殿元和杨蔻蔻救下的，过程有惊无险，没费什么周折，赵殿元只是将绑匪捆了起来，他不敢杀人，也没必要杀，没过多久，远处枪声响起，很快刘素珍撑着舢板过来，轻描淡写说事情已经解决，多谢二位，先回去吧，明天咱们再见，然后带着儿子和绑匪去了。

至于最后一个绑匪的下落，只有刘素珍知道，此时断不能有妇人之仁，除恶务尽，她在杀那个比自己儿子大不了几岁的少年绑匪时用的是刀，在脖子上抹一下就完事，比杀鸡还利索。她还将绑匪中最年长的一个抛下河去，制造出匪首潜逃的假象来，然后撕破衣服，将儿子和自己用绳子缠上，她清楚保安队的素质，不会在意细节，也不会审讯儿童，到时候自己说什么就是什么，没人会怀疑一位可怜的母亲的供词，简直天衣无缝。

刘素珍收回目光，叹了口气，身畔儿子还在熟睡，这几天孩子受惊了，右手的中指也被剁掉，若非如此，刘素珍也不会痛下杀手。

"要不搬家吧。"吴伯鸿说。

"搬了就能一了百了？"吴太太反问。

是啊，上海就这么大，搬到哪里都逃不掉，想断绝后患，就得斩草除根。

傍晚时分，吴家三口终于回到长乐里，二十九号欢腾了，就差敲锣打鼓庆祝，吴伯鸿谢了这个谢那个，将黄金钞票原封不动地奉还，好话说了一箩筐，周家姆妈最后悔，早知道还得这么快，不妨多借一些，让人情欠得更多些了。

今夜注定有很多人难以入眠，二十九号客房间，吴伯鸿两口子并排躺在床上，枕头下面都压着上膛的手枪，既然已经露了相，也就没必要再隐瞒，也没必要大张旗鼓地显摆，刘素珍只说自己以前江湖上人称胭脂豹，就侧过身子睡了。

吴伯鸿在脑海中搜索着胭脂豹这个名字，辗转反侧，终于从记忆深处找出些许片段，许多年前他去苏州押解犯人的时候看到过布告上的名字，胭脂豹，太湖水匪头目，杀人如麻，年轻貌美，赏格高达三千大洋。后来政府动用汽艇和飞机清剿，水匪便销声匿迹，没想到这只胭脂豹竟然睡到了自己身边，还生儿育女，相夫教子，细细想来，吴伯鸿起了一身的鸡皮疙瘩……

阁楼上，赵殿元忍不住和隔了一道硬纸墙的杨蔻蔻探讨吴太太的秘密，这个女人所表现出的冷静和干练，绝不像是寻常家庭主妇，那几声枪响，他怀疑是吴太太发出的，一介女流，手中有了枪就能喋血五步，赵殿元想到在订货流程中的那支即将属于自己的手枪，忍不住心潮澎湃。

"谁身上没点秘密啊。"杨蔻蔻在隔壁咕哝了一句，打了个哈欠。

窗外传来叫卖声，走街串巷的小贩又来了，杨蔻蔻来了精神："要不叫两碗汤圆吃吃？"

小贩在楼下煮着芝麻馅的汤圆，赵殿元和杨蔻蔻站在各自半边老虎窗旁，不约而同的遥望东侧的潘家花园，院子里有人牵着狼狗巡逻，厚重的窗帘遮住灯光，建筑比以前黯淡了许多。

瘸阿宝居无定所，有时候他就住在潘家花园里，为潘克复充当值夜班的保镖，不过今天他不值夜班，和两个兄弟在天乐赌场打麻将，手上摸着麻将牌，脑子里却想着佘山的事情，张罗一桩大买卖可不容易，这种事情必须用信得过的自己人，他让四喜在松江乡下找了几个同伙，绑人的事情他亲自做，但是关押肉票和对付姓吴的就交给兄弟们了，本来想着抓到吴伯鸿，亲自去宰了他，没想到事情发展超乎预料，根据报界朋友透露，事主交了赎金，绑匪内讧起了冲突，匪首杀死同伙逃之夭夭，他甚至看到了尸体的照片，四具尸体脑袋中弹，死状甚惨，其中唯独没有四喜，难不成四喜真的杀了同伙跑路？真是知人知面不知心啊，瘸阿宝摇头不已，只恨自己瞎了眼。

今天手气烂透了，瘸阿宝连输几把，心烦意乱，把牌一推不玩了，靠在一旁抽烟，一个朋友凑过来，朝一个方向努努嘴，瘸阿宝顺着他指的方向看过去，牌桌上的女人正喜笑颜开，面前赢了一大堆筹码，她身后的男人也是眉飞色舞,喜形于色。

"杀猪盘,后面那个赤佬在做局。"朋友嘀咕道,瘌阿宝认识那个拆白党,好像姓白,他心里立刻有了一个黑吃黑的想法。

| 第 17 章 |

拆白党，白先生黄先生

白先生被人盯上还浑然不觉，此刻他正在舌灿莲花，蛊惑梅英加大赌注，玩大一点，再大一点，人生能有几回搏！梅英的理智被"好手气"带来的兴奋之火燃烧殆尽，果然下一把押了重注。

果然就输了，白先生安慰说没关系，下一把赢回来，梅英点燃一支香烟，定了定神，将手上筹码分成两堆，押了一半上去，果不其然又输了。

越输越急眼，梅英拿烟的手在颤抖，她的心浮躁起来，下一把必须赢回来，赢了就收手，她玩的是小牌九，每人拿两张牌比大小，干脆利落，输赢立现，乐趣就在于开牌的一瞬间，精神高度集中，全力以赴，似乎全世界都停止了运作，忘却一切欢喜和忧愁，只剩下眼前的牌桌，无论胜负，要的就是那种不可名状的刺激，梅英打牌的时候要抽鸦片，烟枪和烟灯不适合摆在牌桌上抽，就把烟土卷在555香烟里，插在象牙烟嘴里抽，一支接一支的提神，打一夜牌都不困。

这一局依然是输，手上已经没有筹码了，白先生是真不含糊，摘下ROLEX手表和金戒指，钻石袖扣，一拍桌子，眼睛红红的，如同斗牛，男人都如此硬气，梅英更是巾帼不让须眉，镯子、耳环、项链全都摘下来，押上，再来！

再赌，还是输，赌徒在这种时刻是高度亢奋的，是不会认输的，只想着赢回来，天乐为客人提供借款服务，不需要抵押，签个字就行，梅英看都不看就签了字，眼前又多了一堆筹码……

拂晓时分，梅英终于输光了一切，天乐是讲规矩的地方，给赌输的客人留了三分体面，至少貂皮大衣给她留下了，梅英失魂落魄地出了天乐，和小白相对无言，默默回到长乐里住处，家里还有些贵重衣服能换钱抵债，但是这也不够啊，白先生故作哀怨道：明天我出去做生活养侬，弄点钞票再去翻本。这是拆白党的话术,故意引女人再拿钱出来而已,但这回梅英没回应,她并没睡着,而是两眼直勾勾瞪着屋顶不说话。

白先生知道自己该结束在长乐里的这段工作了,他耐心地等了许久,梅英终于发出均匀的呼吸声,白先生起床穿上衣服,在屋里踅摸了一番,这段时间他把梅英的细软情况摸得一清二楚,确实榨不出油水了,但就这么走了总有点不甘心,他想了想,拿起挂着的貂皮大衣夹在腋下,一手拎着皮鞋蹑手蹑脚出去,二楼大卧室隔成两间,小红睡在外间,她已经醒了,一双眸子在黑暗中闪光,白先生把手掌横在脖子上做了个杀鸡的手势,小红吓得捂进被子里,白先生龇牙一笑,施施然下楼去了。

等梅英醒来,枕边人已经不见了,她还以为白先生真的出去做生意养自己哩,心里暖暖的,可是一转眼发现貂皮大衣不见了,把小红叫进来质问,这才明白真相。

钱没了,男人没了,还倒欠了一屁股债,小红眼巴巴站在旁边小声说米缸见底了,煤球也烧完了,鸦片烟也抽完了,眼见着今天连饭都吃不上,梅英打发小红出去,寻一根绳子悬在梁上,踩在椅子上,把脖子放在绳圈里,眼泪啪啪地掉落,站了半天,终于还是没舍得死,她又不是什么名门淑女,从小苦水里泡大的,十八岁就在百乐门做舞女,后来从良上岸跟了个当官的,现在大不了重操旧业就是。

打定主意之后,梅英从椅子上下来,想抽一支烟,可是昨晚剩下的半盒烟也被白先生拿走了,她气不打一处来,心疼起自己来,又哭了一场,哭完了去亭子间敲门,问田先生有没有香烟。

田先生熬了一夜写文章,刚睡下没多久,起床气大得很,可是听到敲门的是梅小姐,气就没了,慌忙披衣,拿了烟盒开门,邀请梅英进来坐。

"香烟抽完了,借侬一支烟。"梅英从田飞烟盒里捻出一支烟来,飞快瞟一眼亭子间的格局,桌上堆着许多书,烟灰缸里积满烟蒂,一股令人不舒服的气味扑面而来。

"都拿去,我这里还有。"田飞豪爽道,"真不进来坐坐吗?"他睡眼惺忪的,眼镜片上全是头皮屑,没注意到梅英梨花带雨的脸。

"田先生,侬是好人。"梅英只拿了一支烟,袅袅婷婷回大卧室去了。

田飞急忙摘下眼镜,呵一口气用短衫擦擦再戴上,可惜梅英已经进屋了,他有些纳闷,今天太阳打西边出来了吗。

到了中午，田飞就知道了事情的原委，小红年纪小，嘴上没有把门的，整个二十九号都知道梅英被拆白党骗光了家底，现在连饭都吃不上了，一楼吴太太还记得梅英上次的人情，可是救急不救穷，她也只能暂时帮衬一下，长久日子还得梅英自己拿主意。

梅英心里有两个执念，一是翻本，二是找到那个叫白如龙的男人，虽然她已经心知肚明那是个拆白党，可她就是想当面问他一句，我掏心掏肺地待你，为什么要骗我。

白如龙再也没有出现，连这个名字都是假的，白先生真名叫黄寅生，是周浦乡下的一个后生，十来岁闯荡上海滩，因为模样长得周正人又机灵，被这一行的老法师看中，培养了数年终于出师，梅英是他的第十三个猎物，干这一行是不能有良心的，黄寅生感觉自己就像是一个戏子，进入一桩生意之初必须全情投入，抽身离开时绝不拖泥带水，现在他已经将梅英从记忆中删除，准备物色下一个猎物了。

梅英寻不到黄寅生，别人能，瘸阿宝的手下盯着他呢，不过瘸阿宝也没打算掀起整个拆白党团伙，他吃黄寅生一个人就够了。

当天晚上，黄寅生就让人剥了猪猡，在一条弄堂内被刀逼着交出了皮夹子和手表戒指等，连大衣西装皮鞋衬衫都被剥了去，一条裤衩都没留下，黄寅生抱着膀子缩在角落里瑟瑟发抖，快要冻僵的时候终于有人经过。

来的人是巡逻的警察，将黄寅生带回警署安置，被剥猪猡通常只能自认倒霉，抓到凶手的可能性微乎其微，黄寅生本来也是这么想的，可警察们并不这么认为，给他一件大衣披着，东拉西扯，盘问了许多，黄寅生冻得直流鼻涕，忽然一个警官横眉冷目走过来，将卷宗往他面前狠狠一摔："你做的好事体！"

黄寅生大惊，他做过的"好事体"实在太多，上到豪门千金，下到倚门卖笑的姐儿，都吃过他的亏，天知道是哪一档事发了，他瑟瑟发抖，不明就里，眼瞅着就要被戴上手铐了，一个熟悉的身影从面前经过，黄寅生如抓到救命稻草一般大呼起来："宝哥，宝哥。"

瘸阿宝定睛一看，笑了："这不是白先生嘛，哪能？"

黄寅生苦着脸道："宝哥救我。"

话不用多说，瘸阿宝自去找管事的说话，半响之后回来，对黄寅生面授机宜，总之是你的案子大发了，没有一笔钱上下打点，恐怕进去就出不来的,黄寅生点头如捣蒜,连说我懂我懂。

黄寅生自然是个懂事的,监牢是万万进不得,进去就出不来,不死也得脱层皮,像他做这种营生的,万一断了腿毁了容可就吃不上饭了,所以无论代价再高,他也得保持自由身。

瘌阿宝这一记竹杠敲得狠,黄寅生将出道以来赚的钱交出来大半,总算是免了一场牢狱之灾,他也怀疑是被人做局,正所谓螳螂捕蝉黄雀在后,大鱼吃小鱼小鱼吃虾米,十里洋场,冒险乐园的生态链就是如此,他愿赌服输,只能再从别人身上赚回来。

另一边,梅英在天乐赌场寻不到黄寅生,连当日的几个牌搭子也消失不见,那几个人全都是拆白党的同伙,连赌场都是参与者,明知道是合伙做局却视若无睹,还放钱给梅英,从她身上再撕咬下一块肉来。

梅英看到牌桌又走不动了,还想着翻本,可这回没人再借钱给她了,抱台脚看场子的还提醒她欠着钱呢,再不还钱就要拉去窑子卖身抵债了。梅英被赶出天乐大门,只穿着单薄的旗袍,在寒风中跺着脚,她无处可去,无米下锅,依然是走投无路。

一个中年赌客从天乐出来,看了看梅英,彼此间都有些眼熟,梅英冲他笑了笑,中年赌客将礼帽抬了抬,露出微微秃顶的脑门,和梅英攀谈几句,这是个风月场上的老手,三言两语就搞清楚了梅英的状态,接下来就是价钱和场地的问题了,梅英是刚下海的新人,要价高一点没关系,场地嘛,自然要省钱为主。

梅英将中年赌客带回了长乐里,人到了吃不上饭的时候,就顾不得许多了,但体面还是要的,梅英先叫了一桌菜,一壶黄酒,和客人吃得半醉,聊起入港,自然被翻红浪,春宵一刻。

傍晚时分,二楼大卧室传出的声音让整个二十九号的邻居们耳热心跳,周家姆妈捂住小囡耳朵,骂了不知道多少句,田先生坐在亭子间里百爪挠心,亭子间只有一扇朝北的小窗,外面雪花纷飞,更添愁绪,忽然痛苦让他灵感乍现,埋头奋笔疾书起来。

此时赵殿元正在霞飞路的旧货铺里验货,老谢尔盖把门口的牌子翻成暂停营业,从柜台下面拿出一个装玩具的纸盒子,打开,里面是一支左轮手枪。

"沙皇的军官用它,布尔什维克用它,契卡也用它,这把枪经历过许多沧桑,现在它属于你了。"谢尔盖拿起手枪给赵殿元演示着装弹流程,转轮弹巢无法像英美左轮枪那样抖开或者撅开，只能按动枪管下的退弹杆，拨动转轮，一枚枚地装填，流程缓慢繁琐。

赵殿元拿起一枚子弹端详，弹头缩在黄铜弹壳内，和他见过的子弹迥异。

谢尔盖笑道："就像是一个需要做环切手术的犹太男孩的小雀雀，对吧，这种设计有一个好处，声音很闷，噗的一声，就像是放了一个屁，嗯，很适合暗杀。"

赵殿元心里一颤，难道老谢猜到了什么？

| 第 18 章 |

投机客，家有喜事

转轮手枪上镌刻着俄国文字，烤蓝表面略显陈旧，看得出经历过沧桑风雨，赵殿元问谢尔盖有没有更多的子弹，老谢摇摇头说没了，这种子弹很难配，再说你又不是打仗，要那么多子弹干嘛。

"如果打光七发子弹还没干掉你的对手，那给你更多子弹也没用。"谢尔盖再一次地卸弹，装弹，"你瞧，很慢，如果是在巷战中，等你装好子弹，你已经死了。"

赵殿元接过枪，演练了一下装弹的步骤，觉得练这个纯属多余，既然没有备用子弹，那这把枪就是一次性用品，不过也够了，枪枪致命的话，七发子弹，潘克复有七条命也报销了。

订货的时候没谈好价钱，因为不知道能搞到什么成色的家伙，这把老爷枪的膛线磨损程度还能接受，老谢伸出五根手指，表示作价五百块钱。

"嘎巨，便宜点儿。"赵殿元讨价还价，其实他不懂军火定价规则，只是习惯性地砍价。

老谢一本正经地给他讲解这个价钱的合理性，之前洋行进口一支撸子的价格大约是二十多到四十多美元，换算成法币再折算成中储券的话，也就是四百到九百的样子，但现在进口货已绝，随着世道的混乱，军火价格也跟着水涨船高，就算是锈蚀不能发射的破枪也能拿去吓唬人不是？现在上海使用的是中储券，和法币的兑换率是一换二，所以这支起码有着三十年历史的俄国纳干左轮，开价五百元可以说是良心价了。

"好吧，但我现在没那么多钱。"赵殿元的月薪不稳定，每月房租吃喝就要去掉大半，五百元他得省吃俭用一年。

谢尔盖沉吟一阵，终于伸出手来和他握手："好吧，我相信你，半年付清，否则要加利息。"

"成交。"赵殿元心花怒放,两只手握在了一起。

这是一次双赢的买卖,谢尔盖花了三百元从一个落魄的高尔察克军官那里收了这支枪,加价二百卖给赵殿元这个信得过的客户,哪怕分期付款也没关系,因为他清楚赵殿元的人品,一不会惹是生非,二不会欠债赖账,毕竟这是军火买卖,卖给不熟悉的陌生人,事发追查枪支下落,他的旧货铺是会跟着遭殃的。

赵殿元怀揣着手枪离开老谢的旧货铺,上了二路电车沿着霞飞路往西走,沉甸甸的手枪带在身上,古人云身怀利器杀心四起,一点都不假,身上揣了一支可以要人性命的玩意,心情自然大不同,至少再也不怕瘫阿宝那种宵小之辈了,他甚至有些小小的心痒难耐,希望能跳出来几个蟊贼让他掏枪喝止,过一下英雄的瘾。

法国维希政府和日本是盟国,所以法租界一直没乱过,没有特务走狗出来闹事,电车叮当响着铃一路向西,前面就是诺曼底公寓了,巨大的建筑如同航船向西扬帆,赵殿元趴在车窗上张望,大楼西侧的一个阳台上,窗户大开,窗帘被风吸出来,又吹进去,俨然是人去楼空。

据说很多住在诺曼底公寓的英美商人离开了上海,看来所言非虚,但因为公寓地处法租界,所以日本人不好撕开脸强取豪夺,失去主人的房子只好空置。

一个大胆的想法突然出现。

……

股票交易所,人潮汹涌,人声鼎沸,周阿大身穿一件当铺里淘来的旧西装,扎着领带挤在人群中看行情变化,时不时伸出手心手背示意交易员买进卖出,三个月之前,他经营的布店倒闭了,但没敢告诉家里,趁着手上还有一点余钱,学别人在交易所抢帽子,周阿大做过账房先生,是用算盘的高手,心算能力极快,做事稳健,起初也确实赚了些钱,有时候上午买进,下午卖出,赚的钱比开一个月的布店还多,慢慢地周阿大身边聚拢了一批人,跟他一起操作,他干脆做起捎客来,替人操作抽头拿佣金,比自己小本经营赚得更多。

周阿大西装兜里有一张刚出版的《经济统计月志》,上面某一页的内容他倒背如流:今年一月四日开市以后,证券成交额大量扩增,致全月成交总数已突破一千万股之大关。同时新丰洋行所编之证券市价指数复超出基期指数之上,蓬勃之气概,尤为前所未有。

他手里还有一张《中报》，有篇文章评论说沪市已无形成为一般富有者避难之乐园，资金麋集，金融活动、各项事业均呈畸形之繁荣。迨欧战爆发，南洋、香港各地之华侨，复以大批资金向沪市逃避，华商各大小银行活期存款骤增，其存户以外商银行转入华商银行者居多，约其有六十万万元之巨。

这些都是他做多的底气，周阿大以前做布匹生意的时候就明白这个道理，钱多布少，布匹价格就上涨，反之，布匹价格就下跌，现在市场上钱多股少，不涨才怪，他关注过一只怡和纱厂的股票，几个月前才二十八元，现在已经涨到了八十二元，而且他还有一个自己分析得出的情报，现在汪政府强制使用中储券，但大多数老百姓并不信任中储券，可又不敢不用，不如丢到股市来生小的，所以他坚决做多，一改往日的沉稳风格，倾家荡产去做多，这年月，就是撑死胆大的，饿死胆小的。

周阿大押上所有的资金，包括自己和别人的，买了一只叫飞达的染织公司股票，他有可靠的小道消息，飞达染织公司的背景雄厚，是沪上潘家新开的产业，虽然价格已经很高，但还有一个好消息憋着没公布，所以追涨是没问题的。

全仓飞达之后，周阿大强迫自己别急着卖出，别看见蝇头小利就收手，这一波他准备赚一票大的，搬出长乐里，顶一处高级公寓来住，老婆孩子以后也不用省吃俭用了，蝴蝶酥，买，缎子旗袍高跟鞋，买，自己也要置办行头，做金融的怎么能没有好西装，英国呢料的三件套西装，皮鞋，黑的白的棕的都要有，就像白先生那种，还有金表，周阿大自认是老派人，更喜欢怀表，把长长的金链子挂在西装马甲外面，看时间的时候，从马甲表袋里摸出金灿灿的怀表，弹开表盖，三问打簧声叮当作响，那才叫气派。

周阿大沉浸在浮想中，短暂地恍惚了一会儿，忽然他看到飞达的牌价不再上涨了，紧跟着大量的卖盘涌入，股价飞流直下三千尺，他告诉自己千万别慌，这是庄家在洗盘，是故意恐吓，是想让这些散户把筹码吐出来，只要撑住，要不了多久一定能涨回来。

但是一直到收市的钟声响起，飞达的股价也没上去过，比起最高点来跌了三成，够全家老小吃好几年的饭钱就这么没了，周阿大安慰自己，稳住，明天一定会涨回来。

周阿大回到家里，老婆已经做好了饭，最近周家姆妈很得意，丈夫每个月拿回来的家用翻了倍,她买菜宽裕了许多,不再整天吃咸鱼豆腐青菜,隔天就会吃一回鱼虾,偶尔还买些肉来做,加上老抽冰糖,卧上几个鸡蛋,让红烧肉的香味弥漫在二十九号的灶披间,邻居们问一句:今天吃红烧肉啊。周家姆妈的尊严似乎就得到了极大的提升。

今天的饭桌上,除了红烧肉还有一碟盐水蚕豆,一壶温热的黄酒,周阿大脱下西装挂起来,穿上居家的棉袍子,坐在桌前自斟自饮,沉默寡言,他一向如此,周家姆妈也没发觉有什么不对劲,絮絮叨叨说着邻居们的事情,梅英又带别的男人回家了,章家今天吃的是雪里蕻炒肉丝,二房东太太和先生拌嘴了,温言细语小菜饭,让周阿大感到内疚又幸福,自己就是个小富即安的人,抢什么帽子啊,明天上午就去把飞达的股票全部出光。

二层阁,阿贵嫂闻到别人家的饭菜香,口中涎水四溢,她有些奇怪,自己并不是个馋嘴的人啊,旋即又明白过来,怀头胎的时候也这样,啥都想吃,胃口特别好,这是又有了啊,阿贵嫂忧心忡忡,就男人那个鬼样子,怎么可能养得活孩子啊。

她没敢告诉阿鬼,暗下决定,去抓一服中药吃了,现在还没成型,不算杀生。

一楼厢房,只有娘姨一个人吃雪里蕻炒肉丝配米饭,章澍斋和太太带着孩子去法租界吃大餐了,毕竟是圣约翰毕业的高材生,洋行的高级助理,生活的仪式感是必备的。

霞飞路上有很多地道的法餐厅,章澍斋夫妇身着体面的服装,女儿更是打扮得如同洋娃娃一般,先生点菜用的是地道的英语,点了焗蜗牛和小羊排,还要了一支法国红酒,以章太太对先生的了解,知道肯定是遇上喜事了。

果然,章澍斋难掩兴奋,红酒还没打开就忍不住说了:"你记得老朱吗,上回绑票案子之后,他吓破了胆子,打算收山不干了。"

章太太微笑道:"那我先提前恭喜章总经理了。"

章澍斋说:"谢谢,今天就是提前预祝一下,老朱上回能顺利获救,全靠有人帮忙,但是代价也不菲,老朱的股份都抵给人家了,光华火油公司的大股东,现在不是英国人,也不是老朱,而是姓潘的了。"

"哪个潘?"章太太随口一问。

"潘克复,潘克竞的叔伯兄弟。"章澍斋说,"这个人很有头脑和手腕，吞并了大哥家的财产，鸠占鹊巢，住在潘家花园里，我听说他在股票市场上也兴风作浪，赚得盆满钵满，飞达就是他和几个大亨操纵的，最近著名的妖股，忽上忽下的，简直要人老命。"

章太太忧虑起来："就是上回差点被刺杀的潘克复吗，你和这种人走得近，恐怕……"

红酒上来了，戴着雪白手套的犹太侍者将醒好的红酒倒进高脚杯，说声慢用，撤到一旁垂手肃立，章澍斋捏着高脚晃动着红酒，欣赏着来自勃艮第的醉人红色，缓缓地回答妻子："全世界都在打仗，谁又能独善其身呢，我发过誓，不让你过穷日子，有朝一日我们真正发达了，就能光明正大地回去了，你放心，我心里有数，只做职业经理人，绝不参与他们那些乱七八糟的事体。"

章太太默然。

"对了，潘家花园有个 Party，老朱夫妇俩都去，邀请咱们也去，反正娘姨要回家，我们一家三口也没地方好去，带小囡去潘家花园白相相。"章澍斋说道。

窗外风起，霞飞路上梧桐叶漫天飞舞。

| 第 19 章 |

女刺客与七音子

一九四二年的冬天特别冷,听收音机里说,去年夏季中原大旱,秋粮绝收,今冬河南已经出现了严重的饥荒,但在远东最大的城市上海,一切都没那么糟糕,三马路华商证券交易所内,依然摩肩接踵,热气腾腾。

唯有周阿大的心是凉的,他的飞达股票已经跌到成本价以下,现在出掉等于割肉,他下不了这个狠手,心想再等等,只要不卖,总会有涨回来的一天,其他股票嗖嗖地往上窜,周阿大忍不住算了一笔账,如果现在出掉飞达,追永安公司的股票,应该能把损失挽回,还能赚上一票,就看自己有没有这个壮士断腕的决心了。

在断腕之前,周阿大还想再给飞达留个机会,同时也是给自己留个机会,毕竟一进一出很麻烦,税金佣金都是不菲数字,交易所人太多,登记交割排队时间也很久,股市瞬息万变,以不变应万变才是硬道理。但是等了一上午,飞达还是逆市下跌,让人绝望到不行,按照自己分析的理论,这不应该啊。

周阿大本来不抽烟,但是做股票之后就忍不住想抽一支缓解压力,在交易所门口吃香烟的时候,他听到背后几个人在嘀咕,说潘克竞病重送医,周阿大惊呆了,连香烟都忘记抽,怪不得飞达暴跌不止,恐怕还有的跌,他现在不再犹豫了,立刻进场将手上全部飞达股票赔本卖掉,迅速买进永安。

刚完成交易,股市盘面就变了,水粉牌子上飞达的股票开始稳步上升,大笔的买盘涌入,瞬间就超过了周阿大刚才的卖价,而刚买入的永安则开始回调,比他的买价低了许多,这一来一回,就赔掉他上万块。

休市钟声响起,周阿大心情很糟,想到亏掉的钱他就痛不欲生,为了惩罚自己,连电车也不舍得坐了,一路走回长乐里,老婆学了一道新菜响油鳝丝，向他炫耀说是从乡下人手里买的鳝鱼，周阿大没好气回了一句："最近生意不好做，以后少吃点荤腥。"

周家姆妈是个多心的人，想到丈夫这段时间神神秘秘的，虽然拿回来的钱多了，但也变得很古怪，不再穿长衫布鞋，而是学人家穿西装打领带吃香烟，还不让自己过问布店的生意，问他什么就语焉不详的，还经常魂不守舍，莫不是外面有了小的！她一声不吭，等夜饭吃完，小囡哄困着，才开始发难，周阿大本来就焦躁不堪，老婆找茬吵架，更激起他的烦闷，两人先是低声争吵，继而放大音量，无所顾忌，整个二十九号的邻居们都听到周家姆妈在嚷嚷，周阿大侬这个陈世美，有了钱就要纳妾，侬不是人，是狗，忘恩负义的黄狗！

邻居们出门探头探脑，苏州娘子和阿贵嫂去劝了一番，最终以周阿大愤然离家和周家姆妈捏着手帕哭哭啼啼告一段落。

女人们继续开口宽慰周家姆妈，扯着扯着就开始骂各自的男人，男人都不是好东西，有钱就变坏，只是没想到连周阿大这样的老实人也学会在外面搞花头了。

"勿会呀，侬家周先生蛮老实格好人。"阿贵嫂说。

"啥么子勿会，吾看伊就是变心了。"周家姆妈继续哭。

"男人都一样，伤阴骘的。"苏州娘子说。

阿贵嫂忽然想到自家男人，叹口气说："阿拉男人倒是不搞花头，吾倒是宁愿他出去搞七捻三，只要能拿钞票回来。"说着摸了摸自己的肚皮，苏州娘子和周家姆妈交换一下目光，顿时明白了阿贵嫂的苦楚，这可比她俩的痛苦更深，一时间周家姆妈顿时轻快起来，话题也转移到阿贵嫂的肚皮上，三个女人将声音压到最低，一致认为现在这个情形不好养小囡的，最好能吃一剂中药打掉。

"阿拉知道一个神医，蛮灵的。"苏州娘子说，忽而压低声音，指了指楼下方向，"吴家大儿子，生毛病了……"

吴伯鸿和刘素珍的长子吴麒，经历过绑票事件后确实出了点问题，到底是年幼的孩子，被掳走蒙眼关押，还斩了一根手指，外伤好医治，内心的创伤却无药可医，学是没法继续上了，孩子变得木讷寡言，胆小怯懦，时刻需要人陪着，动不动就哭，为此他们两口子没少想办法，西医中医都看过，都解决不了，只能寄希望于乡下的巫医大仙儿。

这个巫医大仙儿，也是苏州娘子给介绍的。

夜已深,周阿大还在弄堂里晃悠着,他苦闷的心情无处排解,只能一支接一支地抽香烟,很快半包烟抽完了。

弄堂口有一家烟纸店,顾名思义,以卖香烟和草纸为主,也经营针头线脑、蜡烛肥皂,一大早就开门,半夜也不歇业,就算上了门板,屋里也住着人,敲开就能买东西,烟是论支零卖,草纸也可以单张单张地买,周阿大走到烟纸店门前,遇到一个挺眼熟的中年男人,似乎在哪里见过,男人先冲他打个招呼,说先生看着面善,是不是侬也做股票啊。

周阿大恍然大悟,这个人经常出现在交易所,怪不得眼熟,关于股票的共同话题迅速拉近两个中年男人,他俩在避风的墙角抽着香烟,聊了半天股票和战争,大有相见恨晚之意。

……

阁楼上,赵殿元忍不住把玩着转轮手枪,他将子弹一枚枚退出来,拿着空枪比画着,这把枪的扳机力量很大,如果不把击锤提前扳起的话,用食指扣动还挺费劲的,啪地一下,是击锤砸下去的声音,紧跟着门开了,杨蔻蔻面色狐疑站在外面,显然是空枪声惊动了她。

没等赵殿元解释,杨蔻蔻就走进来拿过枪,先检查弹巢内有无子弹,掂了两下,丢还给他:"七音子,不好用。"

赵殿元讪讪地挠头。

杨蔻蔻又说:"如果你不想杀人,就别亮家伙,明白吗?"

这是来自女刺客的言传身教,赵殿元虔诚地点头。

杨蔻蔻没问赵殿元为什么要买枪,这是明摆着的事儿,这个老实巴交的男人要为了自己杀人,在那一瞬间,对于使命,对于理想,她差点就动摇了。

"会用吗?"杨蔻蔻又拿起来那支她很不屑的七音子。

"会,三点一线。"赵殿元脱口而出,如同踊跃回答老师提问的优秀学生,"闭上左眼,用右眼瞄准,缺口,准星,目标,一条线串起来。"

"那都是书本上教的废话。"杨蔻蔻举起枪,正色道,"用手枪巷战,往往就是五步之内见分晓,握枪的时候手臂别伸太长,夹在身体旁,用你的双眼瞄准,大致对着人身子打就行,最重要的是心不能乱,一乱就打不中,第二,遇到对手也有枪,要边走动边开枪,让他打不中你,唉,好的枪法是拿子弹喂出来的,教你这些又有什么用。"

小馄饨的叫卖声传来,杨蔻蔻瞬间从冷峻女刺客变成馋嘴女学生,闹着让赵殿元买来尝尝，吃宵夜已经成为他俩的保留节目，赵殿元甚至怀疑挑担子的小贩是故意每天都来叫卖的，但他还是很开心地吊了篮子下去，等小贩下馄饨的时间，两人并肩站在老虎窗前，不约而同地遥望潘家花园。

潘家花园，灯火黯淡，隐约可见巡逻的保镖和狼狗，最近围墙上拉了电网，更加难以接近了。

吃着小馄饨，赵殿元忽然说要送给杨蔻蔻一份神秘的礼物，但是要在除夕夜才能揭晓。

"谁稀罕。"杨蔻蔻哼道。

宵夜过后，两人各自回房歇息，也各自难以入眠，赵殿元睡不着是因为他陷入经济危机，以前是一个人吃饱全家不饿，现在一个人挣钱两个人吃饭，杨蔻蔻的房租也是自己在负担，光是每个月花在吃住上的开支就占到月薪的八成，年轻人谈朋友不得隔三岔五买些礼物，这样下来，一个月薪水根本剩不下，攒不下钱，拿什么去还七音子的账。

做电工的收入有限，实在不行的话，不如学人家兼职，业余再打一份工，想到这儿，赵殿元豁然开朗，他完全可以将下班之后的时间利用起来，比如去拉黄包车，或者打更，看夜，都能增加一些进账。

杨蔻蔻辗转反侧，索性爬起来眺望潘家花园，她手上有一张纸，记录着进出潘家花园的汽车牌号，保镖的换岗时间，巡逻班次，配备武器，这都是这段时间做的功课，她甚至制订了几个混进潘家花园执行刺杀的计划，但没有一个能落到实处，别说刺杀成功顺利脱身了，就算她和赵殿元加在一起，也闯不进潘家花园的大门。

……

一天天过去，转眼就到了二月中旬，春节将近，街头巷尾已经隐约有爆竹声响。

汉口路证券市场，周阿大终于将剩下的钱从股票市场上撤出，算是全军尽墨，铩羽而归，他一遍又一遍地复盘自己的操作，觉得没什么毛病，可就是每一步都差了那么一点，差之毫厘谬以千里，几万块血汗钱就这样打了水漂，不对，打水漂还能见个水花，炒股连个声音都听不到。

那个在长乐弄堂口烟纸店遇到的中年男人叫毕良奇，他和周阿大一回生二回熟，三回就成了朋友，眼见着朋友落难，怎么能不伸出援手，毕先生请周阿大到一家普罗饭馆小坐，叫了几个小菜，一壶绍兴加饭，边吃边谈,他说自己正在筹划一个大买卖,需要账房一名,每月两百元薪水,管吃住,问周阿大有没有兴趣。

"不必急着答复,回去考虑一下,想好了到这里找我。"毕先生留下一张名片,会了账先走了。

桌上还剩下许多菜,周阿大沉吟良久,还是让跑堂的将白斩鸡和油煎臭豆腐包起来带走,路上看到卖火腿肉粽的又买了两只,回到家里,夫妻俩还彼此不讲话,周阿大把带来的菜肴摆在桌上,哄小囡吃火腿肉粽,不经意地对老婆说:"布店关张了,我换了一家店做账房,年后去上工。"

周家姆妈早就想找个台阶下了,那天吵过之后她细细思量,丈夫确实不会在外面搞花头,应该是冤枉他了,听了这话,淡淡回应:"侬做主就好。"

忽然外面传来吵架声,周家姆妈听出是阿贵嫂的嗓音,急忙出门帮忙,原来是九号的邻居嫌阿贵嫂乱倒药渣不吉利,两下吵了起来,恰好阿鬼从外面踱了回来,大冷的天敞着棉袍的前襟,吃得醉醺醺的,见老婆和人吵嘴,在旁听了半天,忽然大怒起来:"侬有钞票煎药吃,不给我买老酒吃!阿拉请侬吃生活!"说着一巴掌打过去,阿贵嫂被打得一个跟跄倒在地上,这下九号邻居反而看不下去了,嘴也不吵了,还和周家姆妈一起拉着阿鬼不让他继续打人。

"啧啧,造孽哦!"周家姆妈说,"阿贵嫂怀了身孕的,再打就要出人命了。"

阿鬼高高扬起的手停在半空中,骂了一声册那,悻悻地进了二十九号,爬进暗无天日的二层阁睡觉去了。

第 20 章
神秘礼物

二层阁是搭建在一层天花板和二层地板之间的一个夹层，面积只占楼面的三分之一，没有窗户，连腰都直不起来，是石库门房子中位置最差的所在，租金也最低，毫无疑问，阿鬼两口子是二十九号最穷的，也是地位最低的一家。

正所谓笑贫不笑娼，只要能捞到钱，别说倚门卖笑，就是坑蒙拐骗，卖国求荣也没人笑话，唯独阿鬼这样没本事赚钱还打老婆的窝囊废没人瞧得起，阿鬼也不需要别人拿正眼看他，他只需要每天用一斤烧酒把自己灌得烂醉就行了。

阿贵嫂在外面诉了半天苦，还是做了夜饭，端进二层阁给男人吃，阿鬼吃了饭，将手一伸："钞票拿来！"可怜阿贵嫂每天做发网叠锡箔帮人倒马桶辛辛苦苦挣得几个小钱，吃饭都不够，不想给又不敢，一边说着没钱没钱，一边从贴身小衣服里掏出几张零钞来，阿鬼扑过来将老婆身上的钱搜刮一空，拍拍屁股下楼去了，只留下荒腔走板的唱音："一马离了西凉界……"

这是要钱去了，阿贵嫂摊上这样一个不成器的男人，满腹苦水倒也倒不出，默默抚摸着肚皮发愁，三剂偏方服下了，怎么一点动静都没有。

阿鬼一整夜都没回来，早上六点钟终于回来了，阿贵嫂整宿没睡着，眼睛哭得通红，看到男人回来，吓得蜷缩起来，阿鬼输了钱一定要打人的，可这回男人竟然破天荒的没打她，反而摸出一堆零钞和铜元往桌上一丢，居然比昨晚拿走的还多了些。

"拿去买米。"阿鬼撂下一句话，钻进被窝睡了。

这么多年来，头一次见到回头钱的阿贵嫂莫名惶恐，难不成浪子回头，阿鬼开始走正路了？

阿鬼呼噜打得震天响，阿贵嫂收了钱也不敢留，赶忙去米铺买早市米,老百姓不信任手上的中储券,钱一到手就赶紧花出去,用章先生的话说,市面上流通的钱多了,就"膨胀"了,钱也就不值钱了,所以米价天天涨,月月涨,晚上的价格就会比早上的贵,而且还不是周边的太仓、常熟米,有钱也只能买到进口的暹罗米,这种米易碎,难吃,即便如此,也得靠抢才能买到。

男人要在外面奔忙挣钱,买米是女人和老人的活儿,长乐里沿街就有一家米铺,人围得里三层外三层的,没有排队之说,全都挤成一堆,拿着钞票和装米口袋的手密密麻麻伸到米铺里,买一次米如同打仗,阿贵嫂和周家姆妈并肩作战,双双凯旋而归,从米铺出来,看到一个乞丐蹲在地上,一粒粒地捡着米铺装卸时漏掉的些许碎米粒,两人对视一眼,念一声阿弥陀佛,日子再苦,总有比自己还苦的。

"我认识一个跑单帮的,从崇明乡下贩米到上海来,跑一次就能赚足半个月的饭钱。"周家姆妈说,"就是太辛苦,被巡捕抓到打个半死。"

阿贵嫂说:"那阿拉也可以去跑啊。"

周家姆妈说:"不来塞,妇道人家背不动许多米,要能去,阿拉早去跑了。"

阿贵嫂说:"周先生是挣大钱的人,怎么也轮不到侬去跑单帮。"

提到自家男人,周家姆妈还是有些小小的得意的,周阿大虽然比不上吴周两位,但是比起阿鬼,比起田飞,甚至比起阁楼小赵,都要体面三分。

两个妇人有说有笑,拎着米口袋回家了,二十九号的邻居们却刚开始一天的劳作,吴先生继续去巡捕房当差,章先生依然去他的火油公司上班,周阿大今天没再穿西装,换上长衫去了爱多亚路上的中南旅社,这是毕先生留给他的见工地址。

周阿大刚走进中南旅社,就有一个毡帽汉子凑过来问他,是不是找毕先生的,不待回答便努嘴扭头,在前面引路,上二楼敲开一扇门,这是个套间,外间摆着麻将桌,四个人正在打牌,齐刷刷回头看周阿大,那眼神简直要吃人,周阿大感觉进了强盗窝,这时内间门开了,毕先生笑吟吟走出来,握住周阿大的手说:"欢迎,欢迎加入。"

毕先生的手很有力气,手指上老茧粗硬,做小生意的人对风险有着敏锐的洞察力,周阿大感觉对方的架势不像是做正经买卖的,正想找个托词离开,毕良奇紧握住他的手不撒开,说来了就是自己人,我给你介绍一下这帮兄弟……周阿大脑子嗡嗡的,一个字也没听清,当毕良奇将二百元钞票塞在自己手里时才恍然惊醒。

贼窝又如何,好歹能挣钱养家,只要不做伤天害理的事体,上对得起菩萨,下对得起良心,将就将就吧,自己三十大几快四十岁的人了,上有老下有小,手无缚鸡之力,现在这个世道,最难混的就是这种只会单一手艺,又拉不下脸的中年人,再不拿钱回家,屋里厢就要断炊了,为了这二百块钱,暂且忍一下。

毕先生始终没说他们是做什么生意的,仿佛几个人聚在一起只为了打牌,他怂恿周阿大也上桌耍一会儿,周阿大把手摆得像电风扇,说自己从不会打牌,毕先生笑笑也不强求,周阿大在旁边看了一阵,这帮人不像是职业赌徒,也许只是闲得无聊打发时间吧。

中午,毕先生打电话让餐馆送了八个菜,一份汤,另有两瓶白酒,大家闷头吃起来,周阿大装了一碗白饭,坐在角落里慢慢吃,毕先生倒了一杯酒塞在他手里:"喝。"

"阿拉不会吃酒。"周阿大推辞。

"喝着喝着就会了。"毕先生很坚决,旁边几个人也停下筷子冷冷看着新加入的成员,周阿大在他们无声的逼视下只好喝了这杯酒,毕先生才转怒为喜:"这样才对嘛。"

周阿大确实不胜酒力,一杯酒下肚脸就红了,毕先生没有继续劝酒,他们一帮人又吃又喝的,一直到天黑,周阿大想回家,毕先生说今天别回了,明天干完活再回去。

"家里没米下锅了,明天就是除夕……"周阿大话没说完,就被毕先生打断:"说过了,明天让你回去。"

当晚周阿大就住在了中南旅社,第二天是除夕,依然没有什么活计,浪费了一个白天,傍晚时分,毕先生掀开窗帘看了看,又看看怀表,说可以出发了。

一个人从床底下拖出一口皮箱,打开箱子,里面全是手枪和子弹,他们各自拿了一支枪,拉动套筒,检查撞针,装弹,把枪藏在衣服里,动作熟练,看样子经常干这个,周阿大两股战战,毕先生一巴掌拍在他肩膀上,差点把他吓趴下。

"实不相瞒,我们是青年救国会的人,等一下要去执行一个卖国贼,你的任务很简单,站在街口转角,手拿报纸,看到警察就把报纸放下,听明白吗？"毕先生两只手抓着周阿大的肩膀，语气缓慢而温和地下着指令，两人面对面，毕先生身上散发出烈酒和烟草混合的味道，那是强势的中年男人的味道，周阿大心中万马奔腾，知道躲不过去了，只得点点头。

"你一定想问，为什么是你。"毕良奇说，"我可以回答你，因为你是中国人，是中国人就有义务抵抗外侮，这是你的责任，干好了，有奖励，临阵脱逃的话，军法从事！"

周阿大点头如捣蒜，自己只不过是一个小生意人啊，没招谁惹谁，怎么就军法从事了。

此时后悔已经晚了，刺客们整装待发，周阿大也拿了自己的武器，一张申报，跟着毕先生上了一辆电车，一直开到霞飞路和福开森路交叉处，在这里下车，周阿大拿着报纸混在人群中，假装看报纸，两只眼睛却盯着远处，这里是法租界的西区，巡逻的警车会从东面开过来，站在路口老远就能看到。

毕先生走了，其他同伙藏在何处，周阿大也看不到，他开始紧张，额头上流下汗来，想跑，两只脚却挪不动，生怕自己一动，子弹就打过来，就军法从事了。

二路电车驶来，赵殿元和杨蔻蔻下了车，双双面对位于马路夹角位置的诺曼底公寓。

"好美。"杨蔻蔻站在路边，仰望诺曼底公寓，她不懂什么叫作法兰西文艺复兴风格，什么叫贯通式腰线，什么叫古典主义三段式划分，她只看到灰色的仿石墙和红砖楼面，窗户上的花朵，黑色的铸铁栏杆，贯通的长阳台；她只看到一艘圆润的，宏伟的正启航的巨轮。

"里面也很好看。"赵殿元说，拉起杨蔻蔻的手，"走，我带你进去。"

"这就是你说的神秘礼物吗？"杨蔻蔻咯咯笑道，两人飞奔过去，诺曼底公寓的底楼是老欧洲骑楼设计，一个连一个的拱形门洞下，是咖啡馆和酒吧，以及公寓的大门。

高级公寓门禁森严，但赵殿元为了今天早就做了详尽的准备，他花了一坛黄酒的代价贿赂了守门人，说带女朋友来参观一下，总归是无伤大雅的，再说公寓里一多半的住客都人去楼空，剩下的也人心惶惶，没人在意陌生人的闯入。

两人走进大堂，满眼一片金黄色，墙壁和地砖都是金黄的，电梯门是金黄的，盘旋而上的楼梯也是金黄一片，赵殿元带杨蔻蔻进了电梯，看着指针一点点转动，最终指向他们要去的楼层。

夕阳从钢窗外照射进来，马赛克地坪光灿灿的，四周空无一人，一扇扇房门紧闭，赵殿元放轻脚步，直奔最西头的大套房，在门前掏出钥匙，德国弹子锁应声而开，西风扑面而来，正是那间主人甚至来不及关窗就匆匆逃离的房子。

杨蔻蔻小心翼翼地走了进来，打蜡的地板上有些尘埃，许久没人打扫过了，家具全部是欧式的，一架钢琴静静立在中央，餐边柜里摆着水晶酒杯和纯银刀叉，上面还放着镜框，相片上是一对金发碧眼的夫妇和可爱的孩子。

"偷偷进别人家，不好吧。"杨蔻蔻说。

"只是暂时参观一下，什么都不动。"赵殿元说。

"好吧，谢谢你的礼物。"杨蔻蔻像个好奇的孩子一样到处参观，走进洗手间的时候，两个人都震惊了，真的有浴缸，有抽水马桶，连熨衣板都有，打开水龙头，一股热水汩汩流出，不需要去老虎灶打热水，不需要早上提着马桶下楼，不需要窃窃私语以防隔墙有耳，热水升腾起的氤氲让两个人都沉醉了。

"什么时候我们才能住上这样的房子。"杨蔻蔻叹息道，拧上了水龙头。

"去阳台看看。"赵殿元说，顺手从餐桌旁拎了两把靠背椅，放在大阳台上，眼前是西向的霞飞路，两排法国梧桐树叶凋零，周围林木掩映下是洋房的楼顶，霞飞路上车水马龙，电车驶过，车站站满了人，一个手拿报纸，东张西望的人，正是二楼邻居周阿大。

| 第 21 章 |
孤男寡女除夕夜被困公寓

　　枪声是突然响起的，当时东西向的路口正亮红灯，霞飞路畅通无阻，福开森路上的汽车被交通警察拦下，突然间枪声突起，人群四散而逃，安南交通警拼命吹着警笛，赵殿元还傻乎乎站着，被杨蔻蔻一把拉低，让他当心流弹。

　　下面还在枪战，手枪发射不绝于耳，赵殿元趴在阳台上向下看，一辆黑色轿车停在福开森路口，车身被打出几十个弹孔，凄厉的警笛声一直没停过，一辆警车从霞飞路方向急速驶来，法租界的巡捕下车与杀手枪战，他们以汽车为掩蔽，互相驳火，包抄，走位，压制，互相掩护，看得赵殿元肾上激素分泌，恨不得下场参战。

　　公共租界已经名不符实，成为日本人的天下，法租界还具备独立性，所以重庆特工会选择在这里搞事情，法租界巡捕房提高了戒备，一有事情发生，立即派出武装巡捕支援，枪战一开，附近道路上，安装在电线杆上的巡捕电话就响个不停，直到有人接听才停止，街面上执勤的警察接到命令，立即拉起长绳，阻隔交通，别管是电车、汽车、黄包车还是行人，全部停在原地，等待检查证件。

　　枪声一起，周阿大就跑了，但是在前面的路口被长绳拦住，所有人都不许动，周阿大故作镇定，站在原地心惊肉跳，忽然他看到身边的黄包车夫很眼熟，这不是二层阁的阿鬼么，阿鬼也看看他，打了声招呼，两人一起等待巡捕检查证件。

　　霞飞路福开森路口，枪战已经结束，车里死了一个人，车外躺着两具尸体，都是被枪打死的，巡捕控制了现场，紧跟着巡捕房政治部的人就来了，检查了车内死者的身份，是汪政府中央储备银行上海分行的一名高级经理人员，车外尸体中有一具是白俄保镖，另一具是刺客，身上没有任何证件票据等可以追查身份的线索。

诺曼底公寓楼上，赵殿元还在看着下面发生的一切，杨蔻蔻低声提醒道："别看了。"赵殿元会意，离开阳台回屋，他刚进来，楼下的侦探就抬头四望，一切如旧，诺曼底公寓楼上，钢窗大开，窗帘飘舞。

侦探看看周围环境，下令搜查，巡捕们进入周边店铺住宅，检查每一个人的证件，并且进行询问，如果是没有正当理由出现在此处的中青年男子，一律拘捕，押回去再行甄别。

这是一个漫长的过程，很多人被滞留在路上动弹不得，擅自走动就意味着刺客嫌疑，反而会给自己带来更大的麻烦，今天是除夕，谁也不想在巡捕房过年，所以每个人都很配合。

周阿大和阿鬼闲聊了几句，紧张的心情稍微放松下来，等了半个钟头，终于有人过来查验证件了，周阿大身上带着证件，交给一个穿制服的华捕看，巡捕看看证件上的照片，再审视一下周阿大的脸，问他来这儿干什么。

"来找事做，我会算账，以前自己开了爿布店，干不下去……"周阿大絮絮叨叨说个没完，巡捕听得不耐烦，将证件丢给他，让他走人，周阿大如释重负，长吁一口气，拔腿就走。

一只手臂横在周阿大身前，是个穿风衣戴礼帽，面色阴鸷的便衣侦探，周阿大心慌起来，腿不由自主地发抖，那侦探看看他，问他要证件，检查了半天，随意问道："你来找事做？找的哪家店？"

"就是……"周阿大张口结舌说不出来，他不敢瞎编乱造，万一对方真的去查验，不就更加坐实自己撒谎么，略一迟疑，就被侦探抓住了纰漏，也不多和他废话，喝令巡捕拿人，和其他嫌疑人员拢在一起，押上汽车带回巡捕房进行二次甄别。

周阿大只来得及对阿鬼交代了一句，让他转告家里，等一歇再回去吃夜饭。

……

长乐里二十九号，今晚的灶披间最忙碌，家家户户煎炒烹炸，即便平时节衣缩食，除夕这顿饭也不能将就，周家姆妈做了荤素冷热八个菜，还有酒酿圆子、八宝饭，小囡嚷着要先吃，被姆妈敲了脑袋，说等爸爸回来一道吃。

夜色更浓，周阿大还没回来，昨天是打过招呼说晚上可能连夜做账，那今天除夕总该回来了吧，再等下去，饭菜都凉了，周家姆妈有些焦躁，下楼去等，阿贵嫂也在翘首以盼，两个女人在灶披间聊着天，等着各自的男人。

阿鬼先回来了，他是拉着黄包车来的，把车撂在门口，进门看到周家姆妈，就说不好了，侬家先生被巡捕房捉去了，把来龙去脉说清楚之后，周家姆妈反倒不担心了，她知道自家男人老实巴交，作奸犯科的事体绝对不会去做，搞搞清爽就能出来了。

阿贵嫂安慰了几句，和男人上楼吃饭去了，阿鬼重操旧业，终于走上正路，阿贵嫂百感交集，拿出悄悄藏的一壶酒来，阿鬼看了看，摇摇头说今天不吃老酒了，吃完了饭还要出去做生活，干到明天早晨五点钟交车。

"今朝就不要去做了，歇一歇。"阿贵嫂心疼男人，阿鬼摇头，说今晚上跑车的少，可以挣比平时多五倍的钱，歇不得。

吃完了饭，阿鬼又出去拉活儿，走之前给老婆丢下一句话："你这回得给我生个儿子。"

阿贵嫂明白了男人勤奋的原因，抚摸着肚子不知道该喜还是该悲。

二楼厢房，周家姆妈和小囡商量着，八宝饭给爸爸留一半可好，哄了半天小囡终于答应了，周家姆妈将每样菜肴拨出来一些放在一旁，那条清蒸鲤鱼象征着连年有余，照例是不能动筷子的，等明天热一热全家一起吃，把老人和孩子喂饱，周家姆妈坐在窗口打棒针，小囡的虎头帽、男人的毛衣，都是她用两根棒针打出来的。

潘家花园张灯结彩，高朋满座，本来除夕是个中国节日，讲究阖家团圆，但是在上海有许多远离故土的朋友，潘克复将这些人凑在一起，热热闹闹过个年，倒也新鲜有趣。

章澍斋夫妇带着孩子也在其中，章夫人精心打扮过，黑斗篷配红旗袍，富贵而喜庆，大厅内尽是衣冠楚楚，珠光宝气，不乏军政高官，日本外交官等显赫人物，与之前钱如碧当家时不可同日而语。

潘克复穿一身海军蓝双排扣西装，头发向后背起，春风满面，端一杯红酒左右逢源，踱到这边来，先与老朱聊了几句，目光落在章夫人身上，转而面对章澍斋笑道："章经理，以后还请多多指教。"

一番客套之后，潘克复走开，章澍斋留意到夫人脸色不太好看，问她怎么了。

"不太舒服，我想回去了。"夫人说。

"那我去和潘先生打个招呼。"

"不必，客人那么多，他哪里招呼过来。"夫人手扶着腰，眉头紧皱。

章澍斋无奈，带着老婆孩子离场，走到门口却又遇到潘克复，解释说贱内身体不适，先行告退，潘克复眉头一挑，说我让阿宝预备车送送你们。章澍斋说多谢美意，我就住在长乐里，走两步就到。

"那就不送了。"潘克复举杯致意，章澍斋一家三口走向花园大门，却总觉得背后冷飕飕的，走到大门口等待保镖开门的时候，章澍斋忍不住回头看了一眼，潘克复竟然还站在原地，一直在目送他们。

……

法租界，诺曼底公寓，赵殿元发现被困在此处，这个区域戒严了，没有通行证根本出不去，两人又饥又渴，在屋里枯坐良久，墙角的座钟许久没上弦已经停止了走动，时间仿佛凝滞。

"炉子上还炖着肉。"杨蔻蔻说，肚子咕咕应和了两声。

"阿贵嫂会帮忙料理的。"赵殿元说，戒严今晚不会解除，看样子得在这儿过年了，他不甘心就这么傻坐着，走到厨房里，一台棱角圆润的巨大的白色铁柜子靠墙放着，这就是洋人用来储存食物的电冰箱了，试着拉开门，赵殿元差点惊掉下巴，叫杨蔻蔻过来，后者的嘴巴也张得老大合不上了。

冰箱里塞满了食物，各式各样印着花花绿绿洋文的罐头、奶酪、培根、牛排、通心粉、卷心菜、洋葱、胡萝卜、柠檬，两人相视一笑。

这注定是一顿特别的年夜饭，杨蔻蔻也是第一次使用煤气和平底锅，手忙脚乱不可开交，用橄榄油煎了两块牛排，开了几个罐头，煮了一锅通心粉，装盘上桌，赵殿元还在餐边柜里找到一瓶喝了一半的红酒，拿了两支水晶高脚杯，洁白的桌布配上青铜烛台，唯独白蜡烛有些煞风景，但总的来说，相当的丰盛且极具异域风情。

只可惜，肉是外焦内生，通心粉咬一口也是生茬口，只有罐头青豆和生洋葱能吃，连红酒也是酸苦的，这一点倒是冤枉了这瓶酒，拉菲酒庄1939年的佳酿怎么会苦呢，只是两人不懂什么叫单宁味而已。

杨蔻蔻把通心粉又煮了一遍，然后加橄榄油炒了一遍，牛排切成条，用中式做法炒熟，撒上盐和胡椒，终于能进嘴了，不知道是食物不新鲜还是吃不惯外国饭，杨蔻蔻吃完就进了洗手间。

过了一会儿，赵殿元听到浴缸放水的声音，他拧了拧门把手，反锁了。

"你别进来，我要洗个澡，这个香皂好香啊。"杨蔻蔻在里面欢快地说道。

杨蔻蔻实在忍不住要洗个澡，这套公寓房里她最喜欢的就是洗手间，墙上的镜子比自己的小圆镜大多了，抽水马桶洁白无瑕，坐上去很舒服，而且不必在意被人听到，在二十九号出恭，必须要控制住声音避免尴尬，出完要端着下楼去弄堂里的下水道倒掉，怎比伸手一拉来得方便。

还有这搪瓷浴缸，没人能抵挡在里面泡个澡的诱惑，平日里洗澡相当麻烦，要准备两个盆，一个大木盆坐浴，去老虎灶打上一吊热水，兑上同比例的凉水，一次次上下楼，繁重无比不说，水还不敢用太多，只能浅浅的一层，生怕溢出来流得到处都是，顺着楼板缝隙淌到楼下是要挨骂的，洗的时候先用毛巾蘸水在身上揩一遍弄湿，再蘸着肥皂搓老坑，最后把毛巾在另一个小盘里漂洗干净，再蘸清水把身上擦一遍就算洗完了。

而眼前这个浴缸，可以整个人躺进去，打开水龙头，自动流出温度适宜的热水，法国香皂香气袭人，毛巾洁白柔软，杨蔻蔻把全身衣物除尽，跨进浴缸，把自己浸泡在泡沫中，享受着四十度热水无死角的抚慰，舒服到热泪盈眶。

这人间，还是值得多活几年的。

第 22 章
人间值得

浴缸边摆了许多坛坛罐罐，洗头发的、洗身体的、抹脸的、擦身体的，有膏有油有乳液，不一而足，杨蔻蔻饶有兴趣地研究着，试用着，玩得不亦乐乎，一直到水凉才玩够，出浴，仔细擦干净头发和身体，涂上香香的润肤露，拿一条洁白的浴巾围上，披着湿漉漉的头发走出洗手间，正在摆弄收音机的赵殿元听到动静回头，一时间看呆了。

被热水和润肤露滋润过的杨蔻蔻面若桃花，湿漉漉的头发披散着，怎一个娇嫩了得。

"看什么看，去洗个澡，你都臭了。"杨蔻蔻嗔道，也不知道她想到了什么，忽然脸一红。

其实浴缸对赵殿元的吸引力没那么大，因为男人可以去公共浴池享受热水，但女人却不能，全上海仅有的几家女子浴室也是对风月场中的女性开放的，寻常人家的姑娘媳妇只在自家用木盆沐浴。

杨蔻蔻洗澡用了一个半小时，赵殿元只用了二十分钟，他甚至连杨蔻蔻用剩下的脏水都没浪费，在浴池这种水叫混汤，用来搓老坑是无碍的，三下五除二把身上搓一遍，打了香皂再搓一遍，完了用清水漂洗干净，神清气爽，拿起衣服闻了闻，索性也不穿了，找一条大浴巾围起来，壮着胆子出来。

杨蔻蔻已经穿上了衣服，应该是从衣柜里翻出来的洋人的礼服裙，她指了指床尾凳，上面摆着一套西装。

"不好吧。"赵殿元挠挠头，趁主人不在家，偷吃人家的食物，偷喝人家的酒，用人家的浴缸，还穿人家的衣服，总觉得挺不好意思的，但又抵挡不了做坏事的诱惑，嘴上说着不好吧，手却挺实诚。

杨蔻蔻挑了一套晚礼服，吊袜带和背带对赵殿元来说有些复杂了，他索性丢开那些零碎，只穿衣服，胸前带装饰褶边的翼领衬衫，黑缎青果领外套配带黑色镶边的长裤加漆皮鞋，赵殿元身高足有六英尺，与衣服主人相仿，否则穿起来就会变成滑稽小丑。

两个人如同偷偷溜进游乐园的孩子，肆无忌惮地饰演着别人的人生，打开留声机放着不知名的黑胶唱片，钢琴曲与外面的鞭炮声合成交响乐，有红酒和打蜡地板，不跳舞可惜了，只是两个人都不会跳，凭记忆学着样子牵手揽腰，玩得不亦乐乎。

随着爆竹声的凋零，年大约过完了，赵殿元看看窗外，似乎戒严已经解除，可以回去了，但他打心眼里不想回去，他想在诺曼底公寓度过除夕之夜。

杨蔻蔻说："晚上不安全，就住这儿吧。"

赵殿元正暗自窃喜，又听杨蔻蔻说："我睡床，你睡外面沙发。"

欧式铁架子床，不是用棕绷更不是木板，而是用弹簧和海绵做床板，往上面一坐，整个人陷下去，颤悠悠的像是在一艘船上，杨蔻蔻忍不住叫赵殿元也来享受一下弹簧床的舒适，床单洁白，毛毯温暖柔软，浴巾内春光乍现，赵殿元忽然觉得鼻子里有一股暖流涌出，杨蔻蔻也变了脸色，抓过擦头发的毛巾帮他堵住鼻子，毛巾瞬间染红了。

"没出息的，赶紧去沙发上睡去吧。"杨蔻蔻嗤笑道。

赵殿元落荒而逃，把鼻血擦干净，到起居室沙发上躺着了，灯熄灭了，卧室的门敞开着，让赵殿元想起小时候在私塾上学时看过的一首诗：花径不曾缘客扫，蓬门今始为君开。

夜已深，赵殿元始终还是没敢跨入那扇门，迷迷糊糊睡着了，感觉有人在抚摸自己的脸，继而一双唇堵住自己的嘴，芳香与滑腻满怀……

一只黑猫悄无声息地从阳台上经过，突然停步，炯炯有神的黄眼睛看着满室春色，停了半响，嗷嗷叫着去了。

赵殿元醒来的时候，杨蔻蔻还在沉睡，一条光腿搭在自己身上，窗外是拂晓的晨光，没有弄堂里的烟火气，没有粪车驶过的轰隆声，餐桌上还放着红酒，地上扔着浴巾，他忽然有一种错觉，自己就是这间公寓的主人，在洋行里做事，楼下汽车间停着自己的雪铁龙，每天早上吃咖啡和面包煎蛋，看字林西报，打开收音机听早间新闻。

如果能这样生活，天下太平，到处都不打仗，那该是怎样的神仙日子啊。

床边就有一台落地式收音机，栗色桃木外壳，五个灯表示这是一台可以收听短波的收音机，赵殿元昨天已经研究得很透彻了，下床拧开收音机，收听重庆电台广播的新闻。

"新加坡陷落，帕西瓦尔中将以下英印澳联军八万人投降……"

战争的讯息让赵殿元从幻梦中醒来，他把西装礼服整理一下挂回衣橱，穿回自己的衣服，摇醒杨蔻蔻，梦醒了，该回到现实世界中了。

杨蔻蔻背对着赵殿元，迅速穿好衣服，将用过的杯盘刀叉清洗干净放回原处，铺床叠被，清洁浴缸，一切都恢复成原样，两人才恋恋不舍地离开，下楼出门的时候遇到守门人，对方惊讶道："你们昨天没走啊？"

……

长乐里二十九号，章澍斋也在听收音机，他收听的是英国广播公司，播音员的发音和他圣约翰大学的英文教授一样标准，都是地道的伦敦音，广播里说新加坡的守军投降了，而就在上个月，广播里还说"比圣诞节布丁里的葡萄还要多的大炮是会守得住新加坡的"，章澍斋打心眼里也不相信日本人能打得过英国人，要论船坚炮利，那还得是日不落帝国，可是事实上从珍珠港到新加坡，日本人摧枯拉朽，势如破竹，也就用了两个半月而已，下一个就看菲律宾了，美菲联军十三万大军，总不至于像英军一样不堪一击吧。

楼上的哭声让章澍斋有一种很不好的预感，不用他起身，夫人就出门打探情况去了，片刻后回来说，是楼上周先生昨天没回来，据说被巡捕房抓去了。

"没什么大事体。"章澍斋拿起烟斗装烟丝，不管是东南亚的战局还是邻居家的灾祸，他都不是太关心，他关心的是妻子似乎有什么事瞒着自己，他在等对方主动开口，但章夫人看起来并不想说什么。

周家姆妈在哭，她是小户人家的女儿，脾气大，本事小，嫁给周阿大之后一直是男主外，女主内，操持家务，相夫教子，整天和米铺、煤铺、烟纸店和灶披间打交道，大马路霞飞路一共也没去过几趟，场面上的事情两眼一抹黑，现在男人被巡捕房扣了，她是一点主意都拿不出，情急之下只能靠哭了。

这一哭，果然引来邻居们的关心，苏州娘子、梅英，还有楼下太太们围着她询问，也不用周家姆妈亲自说，阿贵嫂就把原委说了一遍，吴太太说这件事可大可小，最好托人去巡捕房打听一下，周家姆妈抽抽搭搭说自己妇道人家，谁也不认识，找不到人帮忙。

吴太太沉吟片刻，下楼问自家先生，吴伯鸿有些为难，说那是法租界的事体，阿拉不太方便出面，听说昨天有个汪里面的官儿遇刺了，牵扯得太广，搞不好七十六号介入了，还是多一事不如少一事吧。

吴伯鸿向来小心谨慎，太太也不多话，拿起外套帽子："我带周家姆妈去巡捕房打听打听，女人出面，总归不会惹什么麻烦。"

大年初一，两个女人坐着电车来到法租界巡捕房打听事儿，巡捕房里许多穿制服的人来来往往，周家姆妈早就吓破了胆，多亏了吴太太派头十足，压得住场面，巡捕房方面称，是扣留了许多嫌疑人，但是昨晚上已经放了一批，还剩下一些人，你男人叫什么名字？

周家姆妈忙道："叫周连福。"

吴太太帮她大声说："我们找周连福。"

巡捕查了一下记录，回答道："哦，有这个人，已经移交给公共租界警务处了。"

警务上的事情，周家姆妈一窍不通，只能眼巴巴看着吴太太，可吴太太也不懂，不管怎么说，转到公共租界这边，老吴就能派上用场了不是，再多的信息也打听不出来了，两人先行回家，找吴伯鸿商量。

听说周阿大被移交，吴伯鸿脸色大变，他先几句话敷衍了周家姆妈，把门关上对太太说："楼上的凶多吉少，现在公共租界这边是东洋人的天下，警务处里已经没有英美人了，周阿大应该是和刺杀案有牵扯才被移交的，这个事体我只能侧面打听一下，如果押在巡捕房，问题暂且不大，如果送过桥了，那就没指望了。"

所谓送过桥，是巡捕房的内部说法，桥是指外白渡桥，桥北就是虹口，属于日人管辖的C区，送过桥的意思是警务处依照相关条款将人犯移送给日本宪兵，就不再通过正规法律流程审理判决，从此杳无音信，连尸体都见不着。

"这话别告诉周家姆妈，她一个女人家，承受不住。"吴伯鸿说。

"周先生看起来蛮老实的，怎么会这样。"吴太太也是百般不解。

吴伯鸿没说话，很多事情不能按照常理来判断，既然自己的枕边人能够拿驳壳枪爆别人的脑壳，那楼上老实巴交的周阿大凭什么不能是喋血五步的刺客呢。

| 第 23 章 |

舞女也要守节

春节这个说法,至今不过三十年而已,民国元年起改用公历纪年,改旧历新年为春节,所谓春节就是以前的过年,但在租界上是不认可旧历节日的,大年初一,一切照旧。

赵殿元和杨蔻蔻离开诺曼底公寓回长乐里,霞飞路和往常一样铺满梧桐落叶,电车驶过,道路两侧偶尔显露出的弄堂深处,一闪而过的春联和爆竹碎屑才显露出年的味道,大多数人还在睡梦中,电车上很空,赵殿元试图去牵杨蔻蔻的手,被打开。

女人心,海底针,昨夜缠绵悱恻,今天怎么就形同陌路?赵殿元想了半天,凑过去低语:"不会有了吧?"

杨蔻蔻冷笑:"你是神枪手么,百发百中。"

赵殿元说:"哪有,就这七八发……如果有了,咱们就结婚,不对,咱们分明是拜过天地的。"

杨蔻蔻说:"那不算。"就扭过头去看着车窗外出神,不再搭理他。

回到长乐里,赵殿元满心以为杨蔻蔻会把东阁楼的东西搬过来两个人一道住,但对方完全没有这个意思,反而回了半边阁楼把门关上,再无言语。

杨蔻蔻面前摆着单筒望远镜和记录着潘家花园警卫巡逻规律的纸张,她沉默了许久,擦燃火柴,将这张纸化作一团灰烬,收起望远镜,平复情绪出门问赵殿元:"中午想吃什么?"

忽然楼下灶披间传来苏州娘子略带诧异的呼声。

二十九号迎来了一位久违的房客,苏州娘子正在灶披间洗脸刷牙,就看到一个人裹着冷风进来,她慢慢直起腰,有些傻眼:"小丁,侬回来了。"

回来的竟然是被抓走许久的晒台住客丁润生,按理说他应该被枪毙了才对，怎么一身新做的黑中山装，还理了头发，拎着簇新的皮箱子，倒像是发迹了，进了门左顾右盼，一副久违了的样子。

苏州娘子满嘴的牙粉泡泡，匆忙吐掉，招呼小丁坐下叙话，她有些慌神，自从小丁被抓走后，晒台就租了出去，上海住房紧俏，空着就等于赔钱，这段时间换了三四个临时的租客，现在还有人住着呢，当初小丁的房租可是还没到期，人家回来住也是天经地义，两边租客打起来，自己这个二房东可就难做人了。

丁润生只是冷冷和苏州娘子打了个招呼，就提着皮箱上楼去了，果不其然，片刻后楼上传来激烈的争吵声，新旧房客都是付了房租的，都认为自己占理，互不相让，邻居们都出来看热闹，苏州娘子也坐山观虎斗，争吵并没有持续太久，在新房客提出让大家评评理的时候，丁润生不动声色亮出了派司，一张蓝色的，印着青天白日狗牙圈的证件。

新房客顿时哑火，自认倒霉，收拾细软下楼，去找苏州娘子的晦气，退房租再找新房，大年初一被赶出来自然是不痛快，但是他又怎么能理解丁润生死而复生的心情呢。

丁润生把晒台间的门关上，坐在床铺上回味着过去的时光，自己已经不是当年的自己，那个意气风发的别动队员，那个义无反顾的军统杀手，现在他是变节人员，是落水叛徒，是汪政府特工总部第四处的一名特务。

二十九号陷入奇怪的沉默中，往日那些牢骚话谁也不敢再说，夫妻间说话都压低了声音，生怕被晒台小丁听见，而丁润生似乎也察觉到这种忌惮，在晒台坐了一会儿就出门去了，他一出门，二十九号才恢复了生气。

最紧张的莫过于赵殿元，他听到晒台锁门的声音，才把气喘匀了，丁润生变节了，杨蔻蔻却安然无恙，他无法理解这里面的环节，但是看杨蔻蔻的样子，似乎心如止水，毫无波澜。

……

一楼厢房，章太太终于下定了决心，对先生说了实话："三哥，你辞职吧。"

章澍斋排行老三，人称章三公子，三哥是他们夫妻间亲昵的称谓，这样开口就是要掏心窝子了，章三公子不动声色，静待下文。

"以前我在仙乐斯的时候，有个人追求过我，我给他吃了不少卫生丸闭门羹，我已经忘了此人，昨天见面才认出来，现在他得势了，依着这个人的性格一定会报复，拿你开刀是最合适的。"章太太毫不隐瞒，和盘托出。

章澍斋脸色发青，这是他最不乐意看到的局面，自家太太当年是静安寺路444号仙乐斯舞厅的头牌小双宝，红到发紫的时候急流勇退嫁作商人妇，这件事在七年前的上海滩还闹出过不大不小的新闻，而自己就是那个独占花魁的卖油郎，章三公子为此和家里闹翻，两人隐姓埋名，在长乐里租了一间房，男的上班养家，女的相夫教子，牛郎织女莫过于此，直到潘克复这个恶人出现。

潘克复霸占光华火油公司的一套法子着实高明，先找人绑架老朱，然后出面营救，里外里的好处都捞着，当然这只是章澍斋的猜测，本来他打算继续干下去，毕竟这年头差事不好找，但是既然太太的话都说到这里了，这个差事就必须辞了。

"我今天就辞职。"章澍斋说。

"急不得，这样太刻意，潘克复会说你不给他面子。"章太太说。

"那……先称病，再请辞。"章澍斋又说。

"不必操之过急，你心里有谱就行。"章太太笃定得很。

章澍斋饱读诗书，岂能不明白君子不立危墙之下的道理，太太说不急，他等不及，当即写了一封辞呈，可是他已经是光华火油公司的经理，没法向更高一级的管理人员辞职，只能向董事会请辞，可如今董事会掌握在潘克复手里，难不成要去潘家花园面见吗，章澍斋可不愿意再见这个人，最后他想了一个折中的办法，请老朱代为转达，这样不见面就不伤和气。

潘克复收到老朱转来的辞呈，表面上一团和气，内心已经十分愠怒了，他也是第一眼就认出来眼前的章太太就是七年前求而不得的小双宝，往日那些不堪的回忆涌上心头，愠怒加上羞愤，心里的火焰熊熊燃烧起来。

彼时，潘克复还是一个穷措大，整日西装油头，出没于舞厅茶楼，不知哪一天迷恋上仙乐斯的头牌舞女小双宝，花篮送了一只只，小黄鱼花掉不晓得几根，可小双宝只吃饵不咬钩，别说一亲芳泽了，就连手都没让潘克复摸过，后来潘克复恼羞成怒想去找人家的晦气，却被仙乐斯的后台老板找人教训了一顿，后来小双宝金盆洗手，销声匿迹，潘克复也将这一段羞辱经历藏在心底,直到今日再次点燃。

正所谓君子报仇十年不晚,潘克复自比君子,自然不会像瘌阿宝那样动用不堪的手段,他的手段一定是不动声色的,有腔调的,他不会强逼着小双宝做任何事,他要小双宝主动上门来,偿还七年前的旧债,哦,还要带上利息。

章澍斋请辞,潘克复并没有拒绝,只是说公司业务需要交接,请等找到合适的人选之后再走,这个要求合情合理,章澍斋只能答应,三天后,潘克复就找到了替代者,章澍斋去光华火油公司办理交接的时候,却发现有一笔自己经手的账对不上了,差额高达五十万元,账本涂改过,仓库内没有对应的货物,他顿时明白自己还是逃不过这一劫。

回到家里,章太太就知道大事不妙,丈夫面色惨白,手脚冰冷,跌坐在沙发上扯开领带,先倒了一杯白兰地灌下去才缓过来,他说潘克复动手了,要给我安一个监守自盗的罪名,证据做得足足的,我是百口莫辩。

章太太早有预料,回身把首饰匣子捧出来了:"这里面的么子,能卖不少钱,我还有一些积蓄……"

章澍斋绝望地摇头:"要五十万才能合得上。"

章太太说:"永远也合不上的,伊拉就是要把你弄进去,此事因我而起,我自然不会让你身陷囹圄。"

章澍斋跳了起来:"你不能去!他就是想让你去求他!他以为他是谁,我不是李煜,你不是小周后,他更不是赵光义!"

这个典故,章太太是晓得的,当年南唐后主李煜阖家抓到汴京,赵光义经常宣小周后进宫,每次都要住数日才放回,归来后以泪洗面,痛骂后主,后人还作了一幅《熙陵幸小周后图》来渲染此事,身为男人,这是最不堪忍受的事情。

"我是说,这些钱够我们在苏州过一段日子了。"章太太依然镇定自若,"潘克复的手再长也伸不到苏州去。"

"我不想回苏州。"章澍斋叹气道,"这样子回去算什么,逃回去的么,再说了,我一身所长,也只能在上海施展,离了上海,让我做什么,做教书先生吗?"

顿了顿,章澍斋又说:"我找人想想办法吧,老朱认识一个法官,打点一下,应该会给我一个公道。"

丈夫既然这样说了,章太太也就不再苦劝,人生中有些坎是绕不过去的,早晚都要面对。

章澍斋再去公司的时候,巡捕房的侦探已经在等他了,大家都是体面人,警察也没为难他,还让他留封信给家里,章澍斋已经料到这个局面,他写了两封信,一封给太太,一封给老朱,他出门的时候特地戴了块旧款的浪琴表,摘下来给侦探作为打点,侦探见他如此上道,更是照顾有加,没给他上手铐,一路上还交代了许多事情,比如在拘留所里一切都是可以买的,床铺可以买,香烟可以买,饭菜可以从外面叫,钱到位的话,连舞女都能叫进来过夜。

章太太收到丈夫的信后,不慌不忙先拿了钱去拘留所打点,拘留所条件很差,水门汀地铺稻草,三教九流都有,光是跳蚤虱子就能让章澍斋这样的公子哥发疯,几根金条花出去,章澍斋就进了只关经济犯的双人牢房,好歹少受点罪。

铁窗前,夫妻俩执手相看泪眼,无语凝噎。

从拘留所回来后,章太太又去拜会了老朱,老朱是章澍斋的前上司和老前辈,早年在亚细亚火油公司做过买办,积累起万贯家财,去年一起绑票案搞得他几近倾家荡产,巨籁达路上的小洋楼低价售出,火油公司的股份也姓了潘,现在和妻儿顶了一处石库门房子住着,好歹是独家独户,瘦死的骆驼比马大,经济上比章家还是宽裕一些。

老朱人脉很广,世故练达,但这件事连他也没有办法,他甚至不愿意为章澍斋作证,章太太忍不住诘问:"朱先生,难道您不晓得绑票案子是谁做的?"

老朱点燃雪茄,抽了一口,淡然道:"阿拉当然晓得这桩事情是哪个做的,姓潘的和别人合谋绑阿拉,不过是图财,这回陷害小章,恐怕就不是图财了,人啊,有时候要认栽,忍一下就过去了,弟妹,侬是聪明人,晓得该怎么做。"

话不用说得太明白,章太太自然晓得潘克复要的是什么,可是真那样做了,即便先生活着回来,也断然不会原谅自己,这个家也就散了。

章太太马不停蹄地奔走,联络律师,打点法官,发生在公共租界上的案子归上海特区第一法院管辖,以往法官都是重庆政府任命的,现在换成汪政府委任的法官,品格良莠不齐,草菅人命在所难免,章太太拿了十根小黄鱼送到主审法官手上,总算是放了一半的心。

初审的日子很快来到,章太太在旁听席上看到丈夫走进审判庭,心疼得眼泪直流，章澍斋瘦了一圈，胡子拉碴，眼镜片也碎裂了整个人精神恍惚，反应迟钝，看来那些打点的钱全都喂了狗！

法官叫赵钲镗，生了一张威风凛凛的大方脸，披着法袍不苟言笑，审判进行得很迅速，一番交锋后，法官宣判，被告贪污罪名成立，罚没所有财产，入狱五年！

章太太没有歇斯底里，大哭大闹，这在她的预料之中，不管是警察还是法官，都被潘克复买通了，这位七年前吃了自己挂落的穷措大，如今要千百倍的拿回尊严，他要的是自己主动去潘家花园，跪在他面前苦苦哀求，答应他所有条件，留在潘家花园任其肆意狎玩，为所欲为，这样，方才有一线生机。

回到长乐里家中，章太太对着镜子里的自己默然，孩子在一旁哭着要爸爸，娘姨早已将家里的事儿告诉了邻居们，有了上次吴家的事后，邻居们都很愿意守望相助，但此事他们真的帮不上忙。

镜子里的章太太面色晦暗，双眼无神，她洗了把脸，浓妆淡抹，渐渐恢复了一些昔日的荣光，这蒲柳残姿，难得还有人惦记着，可她小双宝虽然是舞女出身，但既已从良，就得守节。

章太太终于起身，先将孩子托付给隔壁吴太太，然后上楼敲开阁楼的门，对赵殿元和杨蔻蔻说："实在不好意思，需要借用二位尊驾，陪我去南京跑一趟。"

赵殿元是爽快人，当即答应，杨蔻蔻想了想也点点头，问章太太去南京做什么。

章太太笑了笑，点起一支烟来说："汪里面的部长，我大约认识一半吧。"

| 第 24 章 |

南京之旅

在去南京之前，章太太要去拜会一个人，这个人她和章澍斋都认识，且是多年前的老相识，但非到万不得已，她是不愿意去登门的。

上海这个地方，素来只是重衣衫不重人，去拜会多年前的旧友，寒酸行头恐怕连门房这一关都过不去，章太太不仅要戴上全套头面，披上貂皮大衣，还要借用老朱的汽车充门面，只有车，没有司机怎么成，所以还得叫上赵殿元，至于杨蔻蔻，充当的是侍女的角色。

章太太把自家的衣柜打开，从头到脚武装起赵殿元和杨蔻蔻，章先生个头比赵殿元矮一些，裤子短了点，但外套大衣和皮鞋是合身的，杨蔻蔻穿章太太的行头也正合适，三人开着雪铁龙，来到愚园路601号，这是一栋英国式的假三层洋房，铁门紧闭，赵殿元把车停在路边，章太太带着杨蔻蔻去敲门，门房见是坐轿车来的阔太太，不敢怠慢，赵殿元站在车旁，眼看着二人走了进去。

一个钟头后，章太太和杨蔻蔻出来了，两位年轻贵妇一直送到门口，赵殿元驱车上前，接了两人，先回长乐里，再把汽车送回朱家，坐电车回家，听杨蔻蔻给他讲今天发生的故事。

杨蔻蔻说："你知道咱们今天去的是谁的公馆么？"

愚园路上小洋楼比比皆是，住的都是汪伪的高官，赵殿元哪里分得清楚，就听杨蔻蔻说，那栋洋楼的主人是复兴银行的行长孙曜东，孙行长和章先生是圣约翰大学的同窗，而章太太和孙太太也是多年前的旧友。

"我看还有一位年轻夫人，孙行长有两位太太？"赵殿元说，虽然只是惊鸿一瞥，但他对那两个女子印象极为深刻，尤其一个穿黑的，简直用倾国倾城形容都不为过。

"那是张太太，弓长张，盐业银行总稽核张伯驹的夫人潘素，穿黑色丝绒旗袍的那个。"杨蔻蔻说得津津有味，"你知道吗，咱们这位章太太

108

可不简单,我听她们三个聊天,章太太以前叫小双宝,是仙乐斯舞厅的头牌;潘素在西藏路汕头路做生意,别号潘妃,也是有名的书寓先生;还有孙夫人,本名吴嫚,是上海滩有名的玲华阿九,和当时的淞沪警备司令都有一手来着。"

赵殿元听得目瞪口呆,万万没想到,看似娴熟文静的章太太,竟然是风尘中人出身,他并没有看不起的意思,只是觉得有钱有学问的人都挺特立独行的,如果是普通人家,怕是难以接受这种出身的媳妇。

杨蔻蔻说道:"别看他们又是行长,又是总稽核的,遇到事情一样没办法,张太太的先生,就是那位盐业银行的总稽核,去年六月被人绑了,到现在也没放出来,听说已经谈判了四次,把价钱从四百万讲到了四十万,可还是拿不出来。"

赵殿元说:"孙太太家里不是开银行的么,四十万还拿不出?"

杨蔻蔻说:"你懂什么,孙曜东只是行长,银行又不是他的,你知道他还有一个身份是什么吗,他是周佛海的秘书,张伯驹被绑架,他请周佛海给七十六号的头头李士群打了电话,又有什么用呢,明知道是谁做的,钱还得出。"

赵殿元不太接触政治,但对这些名字依然耳熟能详,周佛海那可是汪政府里面数一数二的实权派,顶高的大人物,李士群他也听过,七十六号特工总部的头子,杀人魔王,这事儿细想起来,简直堪称魔幻。

七十六号是汪政府的特工总部,却干的是绑票勒索的勾当,周佛海是政府高官,据说还兼着警政部长,李士群是他的部下,即便如此,也救不了张伯驹,警不像警,官不像官,国不像国,这汪政府到底是个什么草台班子。

杨蔻蔻说:"张伯驹被绑了快八个月还没下文,孙曜东一直奔走营救,还把张太太接到家里住,也正是如此,她们三位才同命相怜,不过章先生的事情,孙曜东怕是帮不上什么忙,他最多写封信做敲门砖,具体的事情还得章太太自己做,唉,我看倾家荡产也未必能成。"

赵殿元说:"那咱们还得陪她去南京……如果,我是说如果,万一遇到周佛海之类人,你会不会忍不住想……"他做了一个割喉的动作。

杨蔻蔻笑了:"你想象力真丰富。"

赵殿元难免不去这样想,杨蔻蔻的任务是刺杀潘克复,潘克复的分量比起周佛海来差的不是一点半点,他真的担心杨蔻蔻见到这么大的汉奸官儿，会忍不住出手，那样做的结局不言而喻。

……

如同杨蔻蔻预料的那样，章太太从孙曜东处取得一封书信，拿着信，带着赵殿元和杨蔻蔻去南京，路途遥远，开车不方便，他们只能坐火车。

沪宁铁路上最快的车叫做"首都特快"，一九三七年元旦开通运行，上海到南京中间只停吴县、无锡、武进、镇江四站，其余小站皆不停，列车时速高达八十公里，整个旅程只需四小时五十分钟，除了速度快，最大的特点是对号入座，在车票之外另有一张座位票，人均有座，先进至极，可惜抗战全面爆发后，对号入座就不复存在了。

上海到南京的第一班车是早上八点发车，只在发车前两个小时发售车票，三人提前来到闸北火车站，只见票房门口人山人海，人挨着人，中间毫无缝隙，穿黑制服的站警拿藤条挥舞驱赶，人群如波浪般滚动，任凭帽子被打掉，脸上打出血来也动弹不得。

见此情形，章太太当机立断，买二等车票，宁可多花钱也不能受这个罪，二等票价是三等票价的两倍，但有专门的售票处和候车室，买票的第一个环节就是搜身，然后检查证件，除了市民证，还要通行证、防疫证，车站内外军警密布，日本宪兵、汪伪宪兵、警察、税务稽查、毒品稽查，以及穿着便衣的特务，一双双阴鸷的眼睛紧盯着旅客们，令人不寒而栗。

火车站如同鬼门关，别说携带枪支武器了，就是大米、布匹、食盐、五洋杂货都不得夹带，一经发现立刻充公，章太太去南京打点，哪能不带点黄白之物，为了避免被搜到充公，还不如花点小钱找黄牛带进站，过了这一关，就是买票了，二等票相对好买，三人的证件统一交给赵殿元拿去买，赵殿元看了一下章太太的市民证，这才知道她的名字，并不是小双宝，而是章杜剑秋。

火车票买好之后，已经七点半了，随着候车室墙上挂钟的指针走向八点方位，检票开始了，章太太预备好小费打点，再次顺利过关，上了二等车厢，都是满身大汗，如同过五关斩六将。

三等车的旅客们就难过多了，如同被黑狗们驱赶的羊群，大人叫，小孩哭，皮鞭藤条乱飞，一旦过了检票口，乌泱乌泱的人围在车门往里面挤，有经验的直接从车窗爬进去，跑单帮的拖着巨大的行李早就让黄牛带上车，占据了座位，再上车的人根本没有位置，只能勉强有个立足之处就谢天谢地。

"幸亏……"杨蔻蔻说。

"幸亏。"赵殿元点头附和。

"穷家富路,这个钱省不得。"章杜剑秋说。

即便是二等座,也不是按照座位数量来售票,总归有人没有座位,赵殿元抢了一个双人座,让给两位女士坐,自己站在一旁,坐在他们对面的是一位衣冠楚楚的中年男人,戴着单片眼镜,斯文礼貌,将皮箱放上行李架,微微抬起礼帽,向两位女士致意。

直到八点半,火车才缓缓开动,列车员出来查票,单片眼镜略带矜持地亮出一张盖着关防打印的文书,这是汪政府给有一定级别的公务人员签发的免票证件,列车员肃然起敬,敬礼离开。

章太太开始搭讪对方,单片眼镜很乐意和美丽的少妇聊天来排解旅途的寂寞,他自我介绍说是某部次长。

赵殿元和杨蔻蔻对视一眼,都觉得踏破铁鞋无觅处,得来全不费工夫,章太太不是要找门路,门路就在这儿。

可是接下来的一幕让他们大失所望,单片眼镜和章太太正聊得热络,一个日本宪兵在警察的陪同下走进车厢,随机挑选旅客抽检行李,单片眼镜若无其事,直到宪兵用军刀指着行李架上的皮箱喝问是谁的,他脸色才变得尴尬起来。

没人承认自己是皮箱的主人,日本宪兵将皮箱拿下来打开,里面竟然装满了猪鬃,猪鬃是做刷子的原料,刷子又是给军舰刷油漆的必需品,夸张点说没有猪鬃就没有军舰,而全世界的猪鬃大多产自中国,所以是日本人严加管控的禁止走私的物资。

宪兵的目光落在单片眼镜脸上,不由分说将他拖走,足足过了半个小时才放回来,次长脸上有明显的指痕,单片眼镜也不见了,整个人颓唐许多,再没有兴致和少妇闲聊了。

章太太也不再有心思和这位跑单帮的次长搭话,利用公差免票的机会夹带货物,说明考试院是个清水衙门,院长自然毫无权势,帮不上忙。

赵殿元和杨蔻蔻面面相觑,今天算是见了西洋景了。

火车照例是晚点的,直到下午三点才抵达南京下关车站,出了站,寻了三辆黄包车,一条中山路走到底,先找旅社住下,再慢慢计较。

南京是汪政府所谓的首都,高官云集,章太太手上虽有孙曜东的亲笔信，但最多起一个敲门砖的作用，具体事务还得自己谈，她说认识汪里面一半的部长，倒也不是信口开河，只是当年大家不过逢场作戏，现如今各有身份，你一个上海的家庭主妇，凭什么驱使政府高官为你做事呢。

章太太的信心，来自于她箱子里那些金条和珠宝。

之所以带着赵殿元和杨蔻蔻，一是为了装点门面，二是充当保镖，章太太做事稳妥，滴水不漏，是不会在安全上出纰漏的，他们在南京盘桓了数日，见到了周佛海，但是没什么用场，上海的法院是归司法部管的，周现在是财政部长，插不上手，不过看在孙曜东的面子上，还是给她指了条路。

法院的事儿，得找司法部长罗君强。

章太太并不认识罗君强，又得托关系找人，南京人生地不熟的，花钱如流水一般，时间一天天过去，天气渐暖，钱也花得差不多了，终于得到准信儿，罗君强号称罗青天，铁面无私，六亲不认，想走他的门路改判是不可能的，趁早断了这个心思。

章杜剑秋欲哭无泪，之前的钱全都白花了，留在南京已无意义，正在她打算回沪之时，柳暗花明又一村，先前拿了钱的掮客又给她介绍了一个人，内政部长陈群。

巧了，章太太认识陈群，此人早年做过内政部次长，后去职退居上海担任上海法政学院总务长，也正是那时候和还叫小双宝的章太太有过一面之缘，陈群是汪政府里面的维新派，和粤派、湘派、特务派不一样，但他长袖善舞，斡旋于各派之间，如能得他相助，胜算大增。

经过这段时间的折腾，章太太明白一个道理，能做汉奸的，都没啥底线，汪里面的官儿一个个都是沐猴而冠，只要好处给足，就没有办不成的事儿，可是她的家底子已经耗尽了。

正在一筹莫展之际，有人提供了情报，陈群酷爱藏书，在南京、上海、苏州三地各有藏书库，藏有八十万册书，不乏宋元明时期的善本。

自家先生章澍斋出身苏州名门望族，诗书世家，藏书颇丰，事关性命大事，章杜剑秋也顾不得许多了，她要去苏州，拜见素未谋面的公婆，就算跪死在堂前，也要求他们救救澍斋。

| 第 25 章 |

诗礼传家，我呸

事不宜迟，章太太当即奔赴苏州，列车缓缓驶入吴县火车站，大团的白色蒸汽和雨雾混杂在一起，站台上湿漉漉的，车站不大，一块悬着的牌子上写着"苏州驿"，这是日人占据之后改的站名，三人拎着行李下车，发现外面正在下雨，撑起伞出了站，眼前就是姑苏。

细雨蒙蒙中，一片粉墙黛瓦，小桥流水，没有上海的高楼大厦和南京的尘世喧嚣，只有一座宝塔一片城。

章家就在姑苏城内，正门位于大儒巷，后门开在南石子街，坐北朝南，三路五进，祖上出过七八个进士，十来个举人，实实在在的书香门第，大户人家。

黄包车停在章家大宅门前，一片石板铺成的小广场加上影壁墙，乡绅的气势就出来了，苏州民居让赵殿元想起长乐里的房子，从某种意义上来说，石库门房子是江南民居夹杂着些许西式风格的私生子，住在石库门里弄某栋房子某间屋子的房客，来到江南世家的大宅前，就像小囡回到外婆家，有归属感，也有陌生感和距离感。

章家的大门是一扇紧闭的乌漆实心厚木门，门上一对铜门环，赵殿元上前叩门，门打开一条缝，一个人露出半张脸问他找谁，听说是三公子的夫人前来，门房将门重重关上，给他们吃了一记闭门羹。

这并不奇怪，赵殿元从杨蔻蔻的描述中已经得知章太太过去的身份，一个上海滩花界头牌与大户人家的公子这种搭配，搁在谁家的老爷都不会高兴，现在儿子没回来，孙子没回来，儿媳妇一个人上门，那还能给什么好脸色，没打出去就算好的。

赵殿元继续敲门，门再次打开，赵殿元用最简短的语言告诉这个人，章澍斋出事了，人关在提篮桥监狱，章太太上门是来通禀消息的。

门再次关闭，脚步声匆匆，看来这回有戏了，果不其然，过了片刻，门开了，一个人将他们三人带进去，没走中路，走的是边路，把他们带到一个花厅坐着，没人招呼，没人奉茶，就这样冷着场。

花厅门前是个天井，春雨下得急，屋檐下一排水帘，天井中有个石头做的鱼池，小金鱼在池中游弋，雨水打出一朵朵水花来，春寒料峭，冷风从四面八方而来，时间一分一秒过去，终于有人出面了。

章家派了个管家出面待客，管家属于下人，按照对等原则，说明章家根本就没把这个三少奶奶当一家人看，既然到了章家，遍地都是章太太，章杜剑秋这个名字人家也不认，就只能以杜剑秋这个名字自称了。

杜剑秋拿出判决书，将事情的来龙去脉告诉了管家，当然把潘克复觊觎自己的细节简略掉了，管家四十来岁，精明干练的样子，不时点头，听完了起身拱手，并不多说什么，直接端茶送客，至于杜剑秋带来的礼物，一概不收。

章家拒人千里之外的做法，杜剑秋早有预料，她突然做出一个出人意料的举动，撇开众人直奔中路，一层层地往里走，众人紧随其后，拦都拦不住，毕竟这只是姑苏乡绅的大宅，又不是什么王府官邸，没养着许多家丁护院，就这样一直被杜剑秋闯到第三进的大天井。

面前是章家的核心建筑大客厅叁元堂，只有举行家族重要仪式或者招待贵宾时才会启用，是一座二层木楼。"叁元堂"已经斑驳陈旧，大厅内摆着满堂的红木家具，中堂供奉着孔圣人的画像，上面悬挂着一块御赐金字牌匾，上书"诗礼传家"，这是章家最大的骄傲，后面墙上是章家祖辈们的巨幅画像，有穿红袍乌纱的明代官员，也有蓝袍顶戴的清代形象，空无一人的叁元堂竟有些阴森肃穆之气。

杜剑秋扑通跪倒在雨地里，赵殿元一时冲动，也想跟着跪下，被杨蔻蔻一把拉住，以眼神制止他的愚蠢行为，这是章太太一个人的独角戏，别人不好分她的戏码。

章家依然没人出来制止，下人们冷眼旁观，阴森的叁元堂内，列祖列宗们面无表情地看着这个不速之客，雨一直下，淋湿了杜剑秋全身的衣物，她的嘴唇变成惨白色，不停地哆嗦，杨蔻蔻看不下去了，撑开伞走过去，帮她遮住雨，却被杜剑秋一把推开，她偏要用自虐的方式逼章家老太爷出面。

四进五进就是内宅了，此时章家的核心人物们正聚在一起召开家庭会议，章家老太爷名章品卿，是光绪朝的进士，在北京做过翰林的，他有三个儿子,长子懋斋,次子葆斋,学业上都不成器,娶了亲和父母同住,只有幼子澍斋最有出息,考上了圣约翰大学,本以为能够光宗耀祖,再现章家的辉煌,没想到这小子居然迷上了一个舞女,执迷不悔,不惜和家庭断绝关系。

章品卿不认这个儿子,但认儿媳妇,十年前他就帮三儿子定了一门亲事,是世交好友的女儿,二人也是拜堂成了亲的,之后章澍斋居然学洋派人离婚,老太爷自然不允,三少奶奶出身名门,也接受不了这个结果,所以至今正牌三少奶奶还住在章家,有她在,章老太爷和老太太就更不可能待见外面那个野狐禅了。

家庭会议的气氛有些沉闷,老太爷一言不发,端着水烟壶慢慢抽着,眼睛都不抬,大儿子和二儿子性格懦弱,揣摩不到爹就不敢随便说话,儿媳妇们都是大家闺秀,更不会说什么,章澍斋的生母是大太太的陪嫁丫头,三少爷五岁的时候就死了,此时也没法出来帮儿子说话,唯有屋外的雨声沙沙作响,更显安静,只是这安静中透着一股危机。

该来的还是来了,叁元堂方向传来喧闹之声,小丫鬟忙不迭地跑进来:"不好了不好了,大事不好了,打进来了!"

老太爷眉头一动,大少爷站起来喝道:"慌什么慌,慢点说。"

小丫鬟说:"外面的贱女人带来的黑铁塔打进来了,把御赐金匾都给砸了!"

老太爷手中的水烟壶坠地,猛然站起,那块牌匾是当年乾隆爷三下江南之际,御笔亲书赐给章家的,称得上章家人的精神图腾,岂能容人亵渎。

大儿子怒道:"反了反了,还不把贼人制住,让他在章家撒野!"

二儿子也跟着喊:"报官,让王局长派巡警来!"

"住嘴!"老太爷目光扫过,两个儿子都不吭气了,家丑不可外扬,真把巡警招来了,这事儿可就传遍苏州了。

"老夫倒要看看是何方神圣。"老太爷动了真怒,带领章家满门浩浩荡荡走向叁元堂。

黑铁塔正是赵殿元,时间回到十分钟之前,杜剑秋在南京已经耗尽了精力心神,被冷雨淋了两个钟头那还能受得了,一头歪倒在地,这也罢了,最让人恼恨的是章家的无动于衷,以及下人们的冷嘲热讽。

苏州话和上海话非常接近,赵殿元听得懂下人们的窃窃私语,他们说杜剑秋是娼妓出身,婊子无情确实不假,连一天一夜都没跪足,这才多久啊就昏倒,太会演了。

赵殿元和杨蔻蔻都气炸了肺,两人交换一下目光,上前搀扶起杜剑秋,把她扶到叁元堂上,下人们急忙阻止,说这里外人不好进的,不跪了就请出去,赵殿元哪里会和他们客气,一把就揉开了,他人高马大,不怒则已,怒起来金刚怒目,苏州人性格本来就偏软,家里四五个男仆根本拦不住他,在小丫鬟眼里,可不就是黑铁塔。

在赵殿元眼里,高高在上的"诗礼传家"牌匾极为扎眼,至今为止,章家所做的一切只表现出冷漠的封建礼教,哪有什么知书达理,他实在气不过,爬上条案就把上百年没人动过的牌匾给摘了,这下可捅了马蜂窝,下人们大呼小叫,小丫鬟屁滚尿流,终于惊动了正主。

听到从后宅传来的脚步声,赵殿元冷笑,原来在章家人心里,一块牌匾远比人命重要。

章家人终于来了,这种场合女眷不适合出面,老太爷带着两个儿子出现在叁元堂里,一样的缎子面丝绵马褂,一样的长衫,一样的千层底布鞋,父子三人长得也一样,就像是老年版和中年版的章澍斋。

这可是姑苏城内赫赫有名的世家,按理说赵殿元一个小电工在气势上难以匹敌,可他毕竟是在大上海混过的,这段时间跟着章太太在南京见的大官多了去了,再见到这种大乡绅,自然可以分庭抗礼。

"放肆!"章大少爷说。

"你把牌匾放下!"二少爷说。

唯有老爷不怒自威,只是这威风吓不到对方。

"这上面写的什么?"赵殿元故意问道,他把牌匾横在膝盖上,大有一言不合就要一掰两段的意思,有这个"人质"在手,章家人再不高兴也得忍着。

"诗礼传家。"二少爷回答道。

"诗礼传家,我呸!贵府配吗!"赵殿元此言一出,章家父子老脸上都挂不住了,名门望族哪受过这种折辱,就是地方官上任前来拜访,也得客客气气的,哪有当面骂到脸上来的。

杜剑秋还在昏迷中,杨蔻蔻掐人中也不管用,冲赵殿元摇摇头,而章家人继续袖手旁观。

赵殿元怒火翻涌,指点着章家父子继续骂道:"世人都说,虎毒不食子,我看未必,章澍斋是你的儿子,你们的兄弟,血亲骨肉,断骨连筋,可是他现在被人冤枉下狱,提篮桥监狱侬晓得伐,进去能不能活着出来可就难说了,你们做爹的,做兄长的,一个个无动于衷,眼看着他去死!我看你们比老虎还狠毒。"

章老太爷老脸上波澜不惊,懒得反驳,他和三儿子已经断绝父子关系,登报声明,公告天下的那种,现在等同于路人关系,他认为自己的反应是正确的,是无可指摘的,这官司打到哪里去都是这个道理。

大少爷倒是忍不住想讲讲道理,他说:"我三弟忤逆不孝,已经逐出家门,和章家没有关系了。"

赵殿元才不会被他绕进去,他继续按照自己的思路开喷:"杜剑秋是花界出身没错,可你们觉得她真的配不上你们章家吗,人家张伯驹还是直隶总督的儿子呢,不照样娶了花界女子,项城张家就比不上你们姑苏章家不成?世人说婊子无情,戏子无义,我看她比你们这些知书达理的读书人有情义的多,以前的事情我不管,章澍斋出事之后,杜剑秋完全可以带着孩子,带着私房钱再嫁,可是她这样做了吗,她为章澍斋的案子花了多少钱你们知道吗,在上海,在南京,金条珠宝流水一般出去,呕心沥血地奔走,这是实在没办法了才来求你们,我们差了礼数吗?你们又是怎么做的?让人跪在雨里不搭理,冷嘲热讽,就你们还诗礼传家?我看这牌匾不留也罢!"

他越说越气,横起牌匾就要拿膝盖顶,忽然章老太爷一声断喝:"且住!"

章老太爷终于发话了,他紧皱着眉头,慢慢踱过来坐定,先抽了两口水烟,缓缓说道:"如何救人,有章程了吗?"

杜剑秋还在昏迷中不能回话,杨蔻蔻替她答道:"有法子,内政部长陈群喜好古籍善本,拿章家的藏书贿赂他,方能扭转乾坤。"

此话一出,章老太爷当即变色,起身斩钉截铁道:"断无可能!"拂袖而去。

赵殿元也不含糊,一膝盖顶在牌匾上,很可惜,这牌匾是用极好的楠木做的,历经百年不腐不朽,岂是他一膝盖就能折断的。

此时一阵杂乱的脚步声从外面传来,十几个穿黑制服的苏州巡警冲进叁元堂,黑洞洞的枪口瞄准赵殿元。

赵殿元束手就擒,被一条铁链锁了去,在警察局的牢房里关了一夜,与稻草和跳蚤作伴，第二天一早，他就被放了，杨蔻蔻在警察局门口等着，带他去了一家客栈。

杜剑秋躺在客栈的床上，已经看过医生，说是疲劳过度加上风寒，有可能导致肺炎，那样就麻烦了。

雨还在下，气温又降了，客栈依水而建，潮湿阴冷，寒气逼到骨头缝里，苏州之行功败垂成，三人相对无言。

忽然房门被叩响，赵殿元上前开门，外面站着一个二十七八岁的女子，款款进来，目光落在杜剑秋身上，自报家门道："我是章澍斋的发妻，章顾佩玉。"

第 26 章
吴门望族江南第一家

　　章澍斋早年在老家是娶过妻的,这件事杜剑秋知道,赵殿元和杨蔻蔻却不知情,听到女人的身份,两人立刻惴惴不安起来。

　　都说杀父之仇夺妻之恨不共戴天,其实对于女人也一样,顾佩玉是父母之命媒妁之言,交换过生辰八字,八抬大轿嫁入章家的,是法理上的正妻。而杜剑秋也算不上妾,她是新派人自由恋爱,自主婚姻的配偶,结婚启事登在申报上的,是冲破封建枷锁的婚姻典范,所以说,两个人都没错,却是天然的仇敌。

　　顾佩玉登门,是有兴师问罪的理由的,毕竟这七年时间,杜剑秋夺走了本该属于她的男人,对此杜剑秋也心知肚明,她强撑着病体坐起来,满眼警惕地看着这个早有耳闻但素未谋面的女人,她从没有恨过对方,因为自己是胜利者,对方不过是个牺牲在封建礼教思想下的可悲女子罢了,宁愿守活寡也不改嫁,怨不得自家。

　　可是顾佩玉却没有流露出任何敌意,倒像是来瞧病人的样子,她甚至还带了一副治风寒的中药,随手交给杨蔻蔻请她去煎熬,然后拿了张凳子坐在床边,第一句竟然是问杜剑秋的年庚。

　　杜剑秋不明白对方来意,但还是说出自己的生辰,甲寅年五月端午,她出生于贫家,父母根本不会详细记录女儿的生辰八字,要不是正摊上端午,估计连具体月日都记不清楚。

　　顾佩玉道:"巧了,我也是甲寅年五月端午的日子,既然记不清时辰,那么咱们两人就难分大小了。"

　　杜剑秋这才猛醒,对方是带着善意来的,一上来就叙年纪论姐妹,丝毫也没把自己当仇敌,甚至也没有当成姨太太来鄙视,这份胸襟,就算是装出来的,也令人叹服。

　　形势比人强,若在往日,以杜剑秋的傲气,未必会接受这个善意,但此时她不但会接受，还要投桃报李。

"您先进的章家，自然您是姐姐。"杜剑秋说。

"那我就托个大，称呼你一声妹妹了，这些年，辛苦你照顾三哥哥，为他生儿育女，为他操持家务。"顾佩玉拉着杜剑秋的手，说出这番话来，真情流露，不像是作伪，杜剑秋愕然，进而感动，她万万没想到，情敌与自己的开场白竟然是如此这般大度。

两人同岁，同年同月同日，同属虎，嫁的同一个男人，连对章澍斋的昵称都是相似的，光是这巧合，这缘分，就够让人感慨了。

"我娘家和婆家是世交，我和大哥、二哥、三哥哥也是自幼一起长大的，定的娃娃亲，从小叫惯了的。"顾佩玉接着说道，"娘家就住得也不远，平时走动也方便，两边都能住……"

杜剑秋惭愧无言，对方似乎是在拉家常，其实是在不经意间减轻自己的负罪感，无论怎么说，也是一个女人抢了另一个女人的丈夫。

赵殿元和杨蔻蔻在一旁更是瞠目结舌，这位正牌的章家三少奶奶在仪容风姿上肯定是比不过花界头牌杜剑秋的，但自有一股大家闺秀的贤淑恬淡气质，几句话下来，就让人如沐春风。

章澍斋到底上辈子做了什么善事，修来这两个好老婆。

顾佩玉此番前来，主要还是为了丈夫的安危，虽然这个丈夫已经抛弃了她，但她却以章家三儿媳自居，七年来，该做的事情一件不少，她没有恨，更多的是怨和委屈，虽然公婆待她不薄，妯娌之间也算和睦，但弃妇总归是低人一等，她一直幻想着再次见到丈夫的那一天，该怎么打扮，该怎么说话，都曾在心中演练过无数次。

这个机会真的来了，却和计划中不一样，来的是夺走自己丈夫的情敌，七年来每日每夜和三哥哥同床共枕的女人，而三哥哥则吃了官司进了监狱，如果瘐毙的话，那自己可就不是弃妇了，而是成了寡妇。

顾佩玉有自己的决断，简短寒暄缓解气氛，拉近关系之后，进入了正题，她拉着杜剑秋的手说，昨天晚上，章家上下一心做出决定，拿出珍藏的宋代善本交给你去南京打点，三哥哥的性命安危，就拜托妹妹了。

说完，她拍拍手，门外进来一个丫鬟，手捧着楠木盒子，顾佩玉打开盒子，里面是三部蓝布封面的书，纸张洁白，无污损残缺。

"这是北宋初年，邵思撰写的《姓解》，相当于那时候的姓氏大全，哦，这几本是景祐年间刊刻的孤本，陈群是个懂行的，你送去他就知道分量了。"顾佩玉盖上盒子，交到杜剑秋手上，拍拍她的手背，"把三哥哥带回来，老爷太太想他了。"

杜剑秋再也忍不住了，泪水夺眶而出，一把抱住顾佩玉，许久以来的委屈憋闷毫无顾忌地释放出来，顾佩玉轻拍她的后背，七年来的痛苦在这一刻也倾泻而出。

赵殿元等人悄悄出门，门外客栈众人听到哭声探头探脑，被杨蔻蔻轰走。

哭了一阵，杜剑秋感觉自己的病都好了一大半，本来她就是急火攻心为主，现在不但宋代善本到手，就连自家和婆家的关系都得以修复，怎能不心情大好，面对佩玉姐，她羞愧难当，恨不得等章澍斋出来之后，自己带孩子远走他乡，把丈夫还给佩玉姐。

顾佩玉又拿出一叠钞票给杜剑秋做盘缠，让她速速去南京搭救三哥，做完这些，她也该走了，两姐妹拉着手流着泪，一直送到客栈门口。

回去的黄包车上，顾佩玉用手帕擦了擦眼睛，嘴角浮起笑容，她终于赢了一回，以自己的方式。

那本宋仁宗年间的木刻孤本，根本就不是章家的藏书，而是她顾佩玉从娘家拿来的，但这个好人却白白让给章老太爷做了，这也是顾佩玉的苦心之一，她要把三哥哥和章家断绝的关系重新缝补起来，这才是一个知书达理的儿媳妇应该做的，毕竟她是顾家的女儿。

顾佩玉在杜剑秋面前丝毫没有提及自己的娘家，但苏州人都知道，阊门内铁瓶巷顾家才是真正的吴门望族，世有"江南收藏甲天下，过云楼收藏甲江南"之说，凭着过云楼所藏的书法名画、宋元旧刻、精写旧抄本、明清精刻本、碑帖印谱，顾氏享有江南第一家的美誉已经百年。

所以顾佩玉是有她的骄傲的。

……

北宋善本到手，杜剑秋精神大振，当即买票返回南京，一件事顺了，后面百件事跟着顺，成功献上了善本典籍，陈群果然大喜过望，他是个书痴，极爱收藏书籍，对这三卷北宋《姓解》爱不释手，自然对章太太的要求也是满口答应。

内政部长和司法部长是平级的，按理说无权互相插手，但恰好这段时间陈群和罗君强关系和睦，打个招呼总不为过，再说这确实是一桩冤案，罗君强自称罗青天，正想找个合适的案子开刀，在上海司法界立威呢，所以连钱都不用花一分。

一切打点完毕之后，三人终于返回上海，章太太钱财散尽，只留最后四百元作为赵殿元和杨蔻蔻的辛苦费，占用两人月余时间，给点酬劳天经地义，他们也没推辞，等回到二十九号，章太太发现女儿和自己生疏了许多，不禁又是泪如雨下。

苏州娘子给他们讲了这段时间以来发生的事情，周阿大至今生死未卜，周家姆妈一个人养活老的小的，竟然跑起了单帮，专门从崇明贩大米过来卖，钻铁丝网，躲巡捕，已经驾轻就熟，"一家头背几十斤米走噶远格路，也是满结棍的。"苏州娘子感叹道。

过了几日，特区第一法院发来函件，章澍斋贪污案重审开庭，日期已定，亲朋人等可去旁听，章太太和赵殿元、杨蔻蔻一起，在开庭的日子满怀希望来到法院审判厅。

当看到刑庭上坐着的法官不是上次那个大红脸膛之后，章太太就知道稳了，法警带章澍斋上庭，他整个人已经瘦得脱了形，木讷迟钝，眼镜碎裂，章太太在旁听席上泪落连连。

审理开始，控辩双方唇枪舌剑，法官不偏不倚，这案子本来也没什么疑难复杂之处，只需秉承公心就能做出正确论断，简短休庭后，法官正式宣判，章澍斋无罪，当场开释，这是终审判决！

审判结束了，法警打开章澍斋的手铐，他还恍惚着，不敢相信自由了，章太太上前把他搀扶出来，外面三月的阳光刺眼，章澍斋以手遮目，问了一声："有吃的吗？"

章太太忙不迭拿出从凯司令买的糕点，章澍斋伸出指甲缝里全是黑泥的双手，抓着糕点往嘴里死命地塞，生怕慢了被别人抢走，他吞咽得太快，被噎得直翻白眼，章太太把他嘴里的食物硬抠出来，又拍打脊背顺气，章澍斋终于缓过劲来，摘下眼镜，坐在法院大门外的花坛上嚎啕痛哭起来。

赵殿元看得心酸，往日章先生是多么体面讲究的一个人啊，竟被冤狱折磨成如此不堪。

章澍斋回去之后就大病一场，卧床不起，短时间内是不能回苏州老家省亲了，一周后，申报上的一则新闻，让他的病缓解了许多。

报上称，第一特区法院刑庭法官赵钲铛枉法，被判枪决。

第 27 章
户口米与黄包车

申报纸上一列列铅印的字，不是太平洋战场上"帝国健儿"的捷报，就是枪决某某人的布告，放眼看去，尽是杀气腾腾的字眼，报纸被男人们看过，隔了几天就变成了没用的废报纸，交给女人生煤球炉引火用，赵钲铛这个名字最终化为上海弄堂里清晨冉冉升起的一缕青烟，仅此而已。

官司终于终结，也验证了祖辈们的人生经验，别管有钱没钱，有理没理，都别进衙门打官司，章家本来殷实得很，光章太太的私房钱就不是小数目，一场官司下来倾家荡产，章澍斋卧床不能工作，幸亏旧日朋友接济才能维持家庭开销，章太太也洗尽铅华，麻将牌再不打了，偶尔还会和周家姆妈一起编织发网贴补家用。

短短两个月的时间，周家姆妈几乎变成了另一个人，以前她只敢和男人生气斗嘴，在外面低眉顺眼老实巴交，自打跑单帮之后就变得泼辣粗豪起来，是生活硬生生将她逼成这副样子，没办法，老人孩子都张着嘴要吃饭，男人没了，她不这样做就得活活饿死。

跑单帮里，最辛苦的就是贩米，大米是需求量最大的商品，但是单价相对低，想挣钱就得多带，但米的重量又是最大的，周家姆妈每一次背米回来，背就驼上几分，她挣的钱，扣掉养家糊口的那部分之外，结余的钱她会凑个整数给丁润生送去，托他打听周阿大的下落。

周家姆妈一个妇道人家，以前根本搞不懂什么租界巡捕，华界警察和七十六号的区别，自打丈夫出事之后一直奔走于各种强力机关之间，终于搞明白其中区分，原来自家邻居中就有一个吃特务饭的，住阁楼的小丁嘛，总归是熟人，托他打听下落是准没错的。

丁润生现在是七十六号第四处的特工，充其量就是个底层喽啰，上哪儿去打听宪兵队里的情况，但这不耽误他收周家姆妈的钱，收了钱就去打牌,把孤儿寡母的希望当成筹码输在赌桌上。

和丁润生一起打牌的就有瘌阿宝和黄寅生,大家都是在场面上混,经常出入天乐,一来二去都是熟人,黄寅生叼着香烟一边洗牌一边吹嘘不久前又做了一单生意,这回是个刚死了男人的小孤孀,还拖着一个小油瓶,他三下五除二就把小孤孀的那点遗产给弄到手了,可惜这几天手气不顺,已经输得七七八八了。

"小白有腔调,阿拉就不行了。"瘌阿宝不甘示弱,眯缝着眼睛将自己的光辉事迹也展示了一下,上个月他相中一间房子,主人是个爷叔,只有一个十七八岁的女儿,说什么也不肯就范,"伊拉一点都不爽气,惹得阿拉光火,直接绑了丢进黄浦江余馄饨。"

黄寅生就色眯眯地笑:"伊女儿呢,宝哥肯定照顾上了。"

瘌阿宝矜持一笑:"照顾了几次,蛮适意的。"

黄寅生看了看宝哥脸上还没愈合的几道血痕,调笑道:"小姑娘满结棍的,啥辰光请我们也去照顾照顾。"

瘌阿宝龇牙道:"交关扎手,过些辰光卖到四马路去,侬自己去照顾。"

丁润生说:"打牌打牌。"

牌局打到半夜,众人渐渐散去,瘌阿宝哼着小曲往回走,黑暗中总觉得后面有人跟着自己,想到死在自己手里的冤魂,不由得有些毛骨悚然,按一按腰间的手枪,胆气又壮了些。

他是霸占了一处房子,把房主悄悄弄死不说,还糊弄人家孤苦伶仃的小姑娘,说帮着寻找下落,一来二去的就把小姑娘强占了,连钱都不用花一分,这种没根没梢的外乡人最好欺负,不占白不占。

来到地方,瘌阿宝敲门,不开,顿时怒了,退后两步,一脚飞踹过去,单薄的木门应声而开,床上没人,连被褥都不见了,只有光秃秃的床板。

"妈妈的,跑特了!"瘌阿宝摸摸后脑勺,一阵光火,以后困女人又要花钱了。

……

周家姆妈带了一个小姑娘回来,是她在苏州河岸边捡的,小姑娘背着铺盖卷,目光呆滞,看样子是想跳河,周家姆妈想到自己也曾这般绝望过,心里一酸,上前搭话,果然小姑娘父母双亡,无家可归,她就劝说年纪轻轻的，怎么都能活命，没地方没关系，大姐租房子给你，没饭吃没关系，大姐带你跑单帮。

就这样，周家姆妈成功地将自家二楼厢房租出去一个床位，还招募了一个跑单帮的同伴，从此不再势单力薄，当然了，对苏州娘子她只说谢招娣是自己的侄女，不算房客。

在上海滩，三房东，四房东都不稀奇，只要房间里还有空间，哪怕只是一个床位的栖身之所，也能招揽到住客赚取租金，减轻自家的租金负担，这已经是司空见惯，心照不宣的事情，苏州娘子也不会揭穿。

珍珠港事变之后，日本人彻底掌握了整个上海，为了稳定局势，就要平息物价，尤其是飞涨的米价，实行户口米制度是最好的办法，家家户户凭户口簿买米，二十九号新增的外来人口也不得不去警察署登记，以便买自己的那份配给大米。

谢招娣本来就有户口，现在并入周家，而杨蔻蔻则作为嫁进来的女人登记在了赵殿元的户口簿上，至此两个人算是完全坐实了夫妻关系，拜过天地，同床共枕，切切实实是一家人了。

但杨蔻蔻还住在她的东阁楼，即便是去南京苏州，也是和章太太共居一室，两人除了除夕夜的那一晚之外，没再有过肌肤之亲，赵殿元正是血气方刚的年纪，又食髓知味，每天晚上都一柱擎天，百爪挠心，他想了很多个夜晚，终于想明白了其中的道理。

那一夜，杨蔻蔻只是在报恩而已，并没有想和自己厮守终生的意思，更不想受孩子拖累，所以才如此不近人情。

陪章太太南京一行，虽然得到了误工费，但是赵殿元的工作却丢了，这年头最不缺的就是人，任何工作都有人抢着做，他缺勤太久，位置被人顶了，有心想找个开汽车的差事，托章太太问了一圈，得知现在上海汽油稀缺，很多富人家的汽车都闲置，大批司机失业，全都跑去拉黄包车了。

要说拉车，那阿鬼是行家，赵殿元拎了一瓶黄酒去找阿鬼大哥请教，自打阿贵嫂怀上孩子之后，阿鬼就脱胎换骨，连老酒都吃得少了，阿鬼这个名字自然也不能再叫，邻居们都改口称回他的本名阿贵。

阿贵姓王，老家盐阜，正宗的江北佬，别的不会，就会拉黄包车，就像巡捕大都来自山东、印度和安南一样，上海滩的黄包车起码有八成是苏北人在拉，这八成里又有八成是盐阜人，很多盐阜人子承父业，一代代都做拉车的营生,他们中大多数是没有能力把老家的妻儿接到上海来的,只能孤身栖居在闸北的滚地龙中,像阿贵这样能住进石库门房子的就算是佼佼者了。

长久以来,阿贵都是二十九号最没有存在感的人,现在有人登门请教,他自感面子大增,吩咐阿贵嫂去把黄酒温一温,弄一碟水煮蚕豆来下酒,和小赵好好喝两盅。

男人受到尊重,阿贵嫂也觉得格外有面子,飞快地去料理酒菜。

"做这一行的,上海滩没有几个人比阿拉更懂。"阿贵第一句话这样说,他坐在连腰杆都直不起的二层阁里,谈及自家干了两辈子的行当,仿佛成了这小小空间内的主宰者,话语间带着不容置疑的权威感。

阿贵确实很懂行,谈黄包车不谈照会的一律都是外行,黄包车所有的玄机都在这里面。

"上海总共有两万辆带照会的黄包车,你晓得拉车的有多少?"阿贵自问自答,因为赵殿元肯定是不会知道答案的,"足足十万人!侬晓得伐?五个人拉一辆车,上哪儿去挣铜钿?"

"英租界工部局发的大照会最硬,侬知道那一张搪瓷牌子卖多少铜钿?十年前就要七百五十个大洋,手上有一张牌照,一家老小不愁吃喝,有五张牌照,就可以做包头了,不想烦的话,就再包出去,二包、三包都有,就和二房东、三房东一样的,这些做包头的哪个都不简单,不是在帮的好汉,就是巡捕房里有朋友的,有大照会的车,可以进法租界和华界,法租界公董局发的小照会只能在法租界和华界跑,华界的照会还分两种,一种只能在南市跑,一种只能在闸北跑,不能进租界,是最不值钱的。"

赵殿元听得津津有味,这时黄酒温好了,他给阿贵斟满,虚心请教怎么样才能搞到一张大照会。

阿贵端起酒杯,和赵殿元碰了一个,他喝酒时嘴唇抿着,发出"嗞"的一声,似乎无比的陶醉。

"大照会很难搞,小赵,侬想跑车,就先拉车屁股,再拉野鸡车。"阿贵侃侃而谈,所谓拉车屁股,就是自身有本职工作,下班之后借别人的车拉几个钟头,缴点磨损费就行,练出本事后,就找一辆带私人包车牌照的拉活儿,这种包车本质上是不可以运营的,被抓到也没事,给警察交点钱就完了,这就是所谓野鸡车。

"上海滩起码有两万辆野鸡车。"阿贵说，"妈妈的，抢生意，唉，也没办法，总要吃饭，干这一行，靠老实本分是发不了财的，只能靠骗财，小老弟，阿拉给侬表演一招绝活，侬身上有角子吗？"

赵殿元摸摸兜里，有一角小洋，他递过去，阿贵在手上转了个圈递回来，不满道："先生，麻烦换一枚。"

递回来的小洋，已经变成了不值钱的镀银铜片，赵殿元目瞪口呆，反应过来说道："你给偷换了。"

"瞎讲八讲，不信侬来搜。"阿贵解开上衣，两手抓着衣襟敞开怀，让赵殿元来搜身，赵殿元真找了一遍，身上确实没有。

阿贵得意扬扬，松开抓着衣襟的手，原来他小褂第三枚纽扣的位置有个暗兜，偷梁换柱的时候就把真钱藏在这里，乘客要搜身就让他搜，一般不懂行的人是不会注意手抓的地方。

赵殿元挑起大拇指，心服口服，他只听说过"调元宝"，这还是第一次亲眼见识。

阿贵拿手指拈了一颗蚕豆嚼了，酒兴上来，又给赵殿元讲了一些拉车的技巧，比如在夜总会门口和火车站附近等活儿的秘诀，下雨天怎么敲诈顾客，遇到乡下人外地人如何漫天要价，还有他的保留绝活，和洋人对话的本事，见了女的喊麦大木，见了先生喊麦私单，黄包车叫瑞克西。

他卖弄几句洋泾浜的英语时，阿贵嫂炒了一个豆腐端进来，眼光里带着淡淡温柔和些许崇拜，叮嘱男人少喝点。

"老爷们说话，你少插嘴。"阿贵呵斥了一句，又喝了杯酒，忽然兴致就没了，他抓着酒杯，眼神直勾勾的，半天才道："拉车的这帮伙计，没有活过五十岁的。"

"风里来雨里去，吃不好睡不好，太熬人了，得个病就扛不住……"阿贵喃喃道，"就这样也比种地强，老家发大水，闹饥荒，人都活不成，拉车好歹还能多活几年……小赵，你是会技术的人，犯不上干这个，我这辈子是不行了，可我儿子不能走我的老路，我就算砸锅卖铁，也得供他念书，不求有多大长进，能识字，能进工厂当个开机器的工人，我死了也瞑目了。"

| 第 28 章 |

臧大咬子的夜校

阿贵的酒喝到位了，谈起上学的事情滔滔不绝，他说自家儿子满了六岁就送进专门为车夫子弟开设的学校，学费杂费全免不说，还不受欺负，至于大人也有上学的地方，互助会给他们这些车夫开了夜校，想去听课就去听一会儿，也不耽误做买卖。

赵殿元以为阿贵哥对上学如此热忱，也许是吃够了当文盲的苦头，但是后来他才明白并非如此。

一场酒喝下来，阿贵同意让赵殿元拉自己的车屁股，现在阿贵拉的这辆车，也是与别人合拉的，因为是最值钱的大照会，全上海通行无阻，所以要缴纳的份子钱也多，阿贵毕竟年纪大了些，腿脚没有以前灵便了，把车屁股分包出去能减轻负担，收入却一点不少，两边都乐意。

只是这车屁股的时间就没那么好了，正常来说，黄包车是人歇车不歇，一辆车分两班倒，从清晨五点钟到下午三点是白班，三点到五点是晚班，本来上海是不夜城，晚班生意也不少，现在实行宵禁制度，晚班就差了很多，阿贵拉的就是晚班，他和赵殿元商量，把晚上九点之后的时段让出来，给小赵练练手。

"钱就不提了，你先练着，有罚款算我的。"阿贵拍着胸脯说。

"阿贵哥，那怎么好意思。"赵殿元说。

阿贵眼一瞪：“就凭你喊我一声哥，格事体就得这么办。”

上海是一座国际化的移民城市，通行的语言是融汇了宁波话苏州话本地话甚至部分外语的上海话，只有从小住在此间的人才能分辨出其中细微的差别，比如赵殿元和阿贵各自说的上海话就带着国语和江北味，阿贵老家盐阜，是正宗的江北佬，又是拉黄包车的，这两种身份叠加在一起，在普通上海市民眼里，总会和漫天要价、敲竹杠等不愉快的事情联系在一起，但此时的阿贵，却是如此的义薄云天，这让赵殿元有些不解,但最终还是接受了阿贵哥的善意。

……

晚上九点,赵殿元接过了阿贵的车,拉着空车跑了一路也没拉到客人,跑着跑着,后面跟过来一辆车,拉车的汉子和他并排跑着,扭头看他,又看看车,问道:"这是阿贵哥的车吧?"

黄包车顾名思义,外壳涂着醒目的黄油漆,这样别人离得老远就能注意到,车身上有工部局的编号,还钉着一张搪瓷牌子,相当于通行各区的证件,每辆车都有自己特殊的印记,被人认出来很正常,赵殿元解释说自己是阿贵的兄弟,晚上帮他拉一会。

"你贵姓?"那车夫问道。

"免贵,姓赵,赵殿元,喊我小赵就行。"赵殿元说。

车夫笑了:"你这话说得不对,姓赵的不能免贵,赵钱孙李,百家姓之首,宋朝皇帝的国姓,别人得免贵,就你们姓赵的,还有姓李的、姓刘的,姓朱的,都不需要免贵。"

赵殿元奇道:"还有这个说法?"

车夫来了兴致:"你听我说,咱们中国从古至今,时间长久的汉人朝廷,也就四个,汉唐宋明,汉高祖姓刘,唐太宗姓李,宋太祖姓赵,明太祖姓朱,你们这四个姓,都不用免贵。"

赵殿元说:"大哥你真有学问,你贵姓啊?"

车夫说:"免贵,我姓臧,喊我臧大咬子就行,我这些知识,都是在学校学来的。"

赵殿元想起阿贵的话:"就是车夫夜校吗?"

臧大咬子说:"对额,小赵,不如现在我就带你去夜校看看,反正这辰光也没啥活儿。"

赵殿元欣然同意,两辆空车奔着虹口方向去了,路上臧大咬子颇为自得地向赵殿元介绍起夜校的好处来,说自己十三岁来上海时大字不识一个,现在全上海的路牌都认识,还能说几句洋文哩。

"遇到赖账不给钱的洋人,不要怕,先看他到底是哪国人,犹太佬、白俄比中国人还不如,他们连国籍都没有,小赵,你睡过白俄女人吗,以前虹口这边做生意的白俄女人挺多的,听说还有男爵小姐啥的。"臧大咬子的思维很发散,瞬间就联想起其他事情了。

赵殿元表示没见识过洋妞的风情,臧大咬子也遗憾地摇摇头,说自己也只是听说,可惜后来工部局看不得白种女人做这种生意,就硬给取缔了。

"白俄女招待还是有的,在霞飞路的西餐厅里,路过的时候能看见。"臧大咬子说。

两人一路聊着,过了浙江路上的垃圾桥,来到虹口一处老式里弄房子,弄堂里已经停了许多黄包车,臧大咬子和赵殿元把车放下,从后门进去,居然是一间茶室,有藤椅和长条凳,书报架挂着许多报纸,还有不少书籍,赵殿元拿起一本翻看,是还珠楼主的《青城十九侠》,再拿起一本,是穆时英的《南北极》,书页有些泛黄,看来翻阅的人还不少。

臧大咬子端着两杯茶过来,递给赵殿元一杯,两人慢慢喝了,起身去教室听课,所谓教室就是客堂间加上天井,赵殿元看了一眼就被震慑住了,满满当当全是人,楼梯上,过道上也挤满了车夫,一双双赤脚,一顶顶破毡帽,还有一双双对知识渴求的眼睛,足有百人之多,却安静异常,老师的讲课声郎朗入耳。

老师在讲文天祥誓死不降元的历史故事,他用饱含深情的国语念道:"辛苦遭逢起一经,干戈寥落四周星,山河破碎风飘絮,身世浮沉雨打萍,惶恐滩头说惶恐,零丁洋里叹零丁。"到最后一句时,车夫们全都不约而同的和声念起来:"人生自古谁无死,留取丹心照汗青!"声震教室,绕梁不止。

这节课结束了,紧跟着另一位老师上台教洋泾浜英语,车夫们的兴趣不大,立时走了一多半,赵殿元没舍得走,他很想见识一下这位老师,刚讲完的老师果然到茶室来休息,臧大咬子认识他,上前喊一声曹先生好,曹先生长衫眼镜打扮,人到中年,他说:"侬好啊,好久不见。"又看了看赵殿元,说,"这位是新朋友吧。"

臧大咬子挑起大拇指:"曹先生好眼力,教过的学生一个不落全认识,没错,小赵是新人,王贵的小兄弟。"

曹先生和赵殿元握手,用盐阜方言问他老家哪里,赵殿元回答说来自关外,曹先生立刻改用带着关外口音的国语和他对话,说自己曾经在哈尔滨和奉天待过一段时间,那边冬天是真冷啊。

听到家乡口音,两人的距离感迅速拉近,曹先生说小赵你以后经常来,学学识字是极好的,赵殿元略带扭捏,又有些自豪地说,自己从小上过私塾,认识不少字,现在主业是电工,业余拉个车屁股改善生活来着。

曹先生赞许地点点头:"电工好,电力是科学的一种,小赵你是技术人员了,德先生赛先生你占了一条,不过继续深造是必要的,人只要活着,就得不断学习,不断进步,咱们国家历史上是很先进的文明,但是到了明朝后期就不再进步了,所以才会被别人追上,被外国欺辱,乃至于被侵略,小赵你说是不是?"

赵殿元想起自己少年时的经历,用力地点点头。

"还要团结!"曹先生握紧了拳头,"中国太大了,人太多了,掌权者各有心思,就容易被各个击破,如果全国上下团结一心,就不会这么容易挨打了,这一点上,咱们上海的人力车夫做得就不错,一九三三年上海人力车夫互助会成立之后,搞了许多措施,给车夫们买人寿保险和伤残保险,给车夫子弟建小学校,学杂费全免,给车夫们开夜校学识字,不认识字的话,你连道路牌都认不出,怎么拉车?"

赵殿元不住地点头,曹先生说得太有道理了,他都插不上嘴。

"上海人力车夫互助会是全上海最好的劳工组织,倒不是说教认字买保险这么简单,更主要的是唤醒大众的觉悟,你看!"曹先生将赵殿元和臧大咬子带到阅览室的一个角落,指着墙上一幅幅黑白色线条粗犷的画作道:"不识字,也能看懂,能明白所讲的道理,一个人明白事理之后,才真正算得上人,否则,只是凭动物本能活着而已。"

赵殿元看着一幅幅黑白木刻版画,想到了很多人很多事,曹先生说得对,瘸阿宝那种人就是不懂大道理,只凭动物本能活着的畜生,但他转念又一想,那南京那帮读过书,甚至留过洋的高官又怎么讲呢,那些人总归是明白事理的,怎么还做汉奸呢?

他将这个问题告诉曹先生,曹先生莞尔一笑:"读书多了,不一定会成为好人,不读书也未必就是坏人,这和人性有关,你没听过一句话么,仗义每多屠狗辈,负心多是读书人,那些人,不是不懂,他们就是单纯的坏而已。"

曹先生又指着版画说:"你看这些版画,也是读过书的美术家用刻刀画出来的,这些左翼美术家不但是在进行艺术创作,也是战斗者,刻刀就是他们的武器,而他们的战场并不在前线,而是在教育,在唤醒大众上,你知道版画的推动者是谁吗?是鲁迅先生。"

提到这个名字,曹先生脸带神圣光彩,缅怀起当年来。

臧大咬子不知道什么时候已经踱到一边去，正拿着一本连环画看得津津有味，四下无人，赵殿元大着胆子小声问道："曹先生，您是共产党吧？"

曹先生哈哈大笑："你看我像吗？"

这个话题敏感，两人都不再提，曹先生掏出怀表看看时间，准备回去了，赵殿元主动请缨送他一程，说今天自己头一回拉车还没开张，请曹先生照顾一下，曹先生欣然答应。

曹先生住在窦安乐路上的一栋石库门房子里，赵殿元把他送到地方，执意不肯收钱，曹先生也不是俗人，承了他的人情，但是请他在门口稍等，上楼去拿了一本书下来作为礼物。

"这本书的作者是我的一个朋友，也是你的老乡，你拿去读吧。"曹先生将书塞给赵殿元，回身去了。

赵殿元拉车出了弄堂来到窦安乐路上，借着路边白俄人开的咖啡馆外泄的灯光照明，拿出曹先生的礼物，封面上印着《生死场》三个字，翻开扉页，上面写了一些字：

  与曹宇飞君共勉，友　萧红　1935.12。

| 第 29 章 |

单刀赴会七十六号

这是一本并不太厚的小册子,薄薄的纸张,像是小型的黄页电话簿,竖排黑字,信手翻几页,讲的是黑龙江农村的故事,家乡的味道让赵殿元感觉很对胃口,他翻到第一页开始看,没看两列,一位客人从咖啡馆里出来,招呼道:"黄包车,天通庵路会馆路。"

赵殿元迅速盘算了一下距离,按照工部局的定价,一英里之内车费是一角钱,此后每半英里增加一角钱,这是1937年的价格,五年来币值汇率变化极大,折合成中储券起码要五角钱,他就报了一个五角的价码,客人迟疑了一下,没还价,直接上了车。

从窦安乐路到目的地,正好是三里路,折合一英里,赵殿元跑得很轻松,阿贵教给他一些拉车的窍门,老实讲,拉黄包车虽然也是出苦力,但是比十六铺码头上那些扛大包的还是要具备一些技术性,黄包车设计得很平衡,拉正常体重的客人几乎不费什么劲,两只胳膊把住车,撒开腿跑就行了,遇到下坡甚至可以两腿离地滑行呢。

这是赵殿元真正意义上第一次拉客人,他个高腿长体力好,很快到了地方,一扇铁门后面黑咕隆咚,不像是民宅,倒像是工厂,客人下车,给了赵殿元五角钱,匆匆进了大门,赵殿元刚走出十几步远,就听到后面有人喊他:"黄包车!"回头看去,还是先前那位乘客。

客人追上来,上了车,吩咐赵殿元去找一家卖电工电料的商店。

"格辰光,店都关门了。"赵殿元说,"家里啥么子坏了?"

"电闸保险丝烧了。"客人说。

赵殿元转了个方向往回拉,回到工厂门口停下,从兜里拿出一截铅灰色的粗金属丝说:"正好我随身带了,拿去用吧。"

他是电工出身,电闸保险丝烧掉是最常见的故障,所以养成随身带保险丝的习惯,所谓保险丝就是铅锡合金的金属丝,电流过大时会高温融断，以达到保护电器的功效，并不值钱，但烟纸店里可买不到。

客人大喜，拿出一张小钞递过来。

"举手之劳，不用客气。"赵殿元把钞票推了回去。

客人问道："小伙子以前做电工的？"

赵殿元说："在合记做工，修理个电器啥么子的。"

客人说："那太好了，侬来帮我们换保险丝吧，阿拉厂里的工人毛手毛脚，经常出岔子，侬在合记啊，老好了，怎么不做了……"

说话间，赵殿元跟他进了厂子，里面停电，黑灯瞎火，打着手电筒找到电闸，闸刀已经拉起，本该是保险丝的位置却安装着铜丝，这是外行经常干的事儿，用铜丝代替保险丝，能凑合用是不假，可是会烧毁电器。

"机器可能瓦特了。"赵殿元嘀咕了一句，拧下铜丝，换上保险丝，合上电闸，果不其然，照明的电灯泡烧了不说，驱动机器的电机也烧了，空气中弥漫着绝缘漆的焦臭味。

"好修吗？"客人在旁边打着手电筒，满面焦躁，"机器可不能停，里面的料会坏掉的。"

"不太容易，我试试吧。"赵殿元认出这是一台日本三菱电机株式会社生产的鼠笼式电机，结构简单，转子上没有绕组，相对容易维修，但是对于电工来说，这活儿还是有些超纲了，幸亏赵殿元不是普通的电工，这些年他修理过的电器不少，积累了许多经验，加上勤勉好学，只要不是特别复杂的，都能对付。

经他一番检查，这台电机的转子损坏，不过并不严重，嵌入线槽的铜条两端的短路环脱焊，重新焊接就好了，可是晚上去哪儿去找电焊，一事不烦二主，还是得麻烦赵殿元。

这方面赵殿元有路子，他跑了老远借了台电焊机，用黄包车拉回来，亲自上阵，一根电焊条解决问题，顺便他还带了几个灯泡回来，厂里恢复了灯火通明，机器轰轰，客人握着赵殿元的手，感慨万千："小伙子，别拉车了，我雇你。"

原来这是一家刚投产的造纸厂，老板名叫韩赞臣，知识分子出身，早先在四马路开书店，没什么办工厂的经验，雇来的工人也都文化水平较低，一瓶子不满半瓶子咣当，想聘请高水平的技术人员又舍不得，一来二去就总出问题，拿铜丝当保险丝就是厂里工人干的好事。

韩老板相中赵殿元有两个理由，首先是这个小伙子的人品好，从窦安乐路到造纸厂，坐黄包车就是五角钱，但每一个车夫都会开出三倍的价钱，让乘客慢慢往下还，只有赵殿元一口价不带幌，而且后来又送保险丝，又帮着张罗修理，换了其他有技术的人，还不得乘人之危，漫天要价，可赵殿元从头到尾都没提过一个钱字，这年头，好人品是最难得的。

第二个理由，才是赵殿元技术扎实，什么物件都会修，有他保驾护航，韩老板放心。

人家递过来橄榄枝，赵殿元当然要接住，他拉车屁股本来就是权宜之计，不过这两个工作也不矛盾，白天在造纸厂上班，晚上拉车，两全其美。

清晨五点钟，赵殿元带着一身露水回到长乐里，这个时间连倒马桶的粪车都没出来，阿贵已经整装待发，交接了车辆，赵殿元回到阁楼上，杨蔻蔻已经起来了，还熬了一锅稠稀饭，坐在一旁看赵殿元吃饭。

"拉夜班太辛苦了，还是找个白天的工作吧。"杨蔻蔻说。

"已经找好了，鑫鑫造纸厂做电工。"赵殿元略带得意的回答，"有技术的人不怕没活干，我白天上班，晚上拉车，挣两份钱。"

"你不睡觉的吗？"杨蔻蔻说着，从糖罐子舀了一勺白糖加在稀饭里。

"人家想拉都拉不到呢，这可是工部局发的大照会，阿贵哥省出来的，我不多挣点钱，咱们以后怎么办。"赵殿元说。

杨蔻蔻把脸扭了过去，过了一会儿，干脆回自己的东阁楼去了，赵殿元这才发觉不妙，过去敲门问哪能了。杨蔻蔻在里面答道："没事，是我没用，给你添负担了。"

赵殿元这才明白，是自己太过努力给杨蔻蔻带来心理上的负担，不过他并不觉得男人累点有什么不对，女人就该主内嘛，周家姆妈、吴家和章家太太不都是这样，难道让女人抛头露面去干活不成？这年头也没什么能让女人干的活儿啊，难道去纱厂做挡车女工吗，那才是最累的工作，比做苦力还熬人。

这些话他不好对杨蔻蔻说，又笨嘴拙舌不会哄人，说了几句不得要领的，就傻傻站在门口发愣，不过杨蔻蔻很快就出来了，脸上挂着泪痕，显然是哭过了。

"我也要去工作，做护理员，做店员都行。"杨蔻蔻说，"我不能白吃白喝你的。"

这句话一说出来，却让赵殿元伤心了，什么叫白吃白喝，难道两个人之间要计算得如此清楚吗，他似乎又明白了一些，杨蔻蔻始终没把自己当恋人对待，充其量就是住在一起的室友。

良久，赵殿元才说："好吧，我帮你打听一下，哪儿需要用女工。"

……

赵殿元的新工作很轻松，坐在鑫鑫造纸厂的车间里待命即可，市面上物资紧俏，就连最普通的印制报纸的原料白报纸都成了稀罕物，掌握大批存货的人被称作"纸老虎"，据说某位女作家拿着市长的手谕搞到了五百张白报纸，坐在装满白报纸的卡车上招摇过市，在文化界一时传为笑谈，由此也可见鑫鑫造纸厂的生意之兴隆。

战争期间，造纸厂的原料木浆很难获取，主要使用收购来的废纸打成纸浆做成各种纸张，每天早上，都会有许多装载着废纸的车辆等待进入造纸厂，市面上回收破烂旧纸的小贩很多，酒瓶子卖回酒厂重新灌装，废铁回炉重新冶炼，废纸就流入鑫鑫造纸厂这样的工厂，变废为宝，韩老板日进斗金，整天脸上挂着笑容，厂里一切正常，他就到窦安乐路上白俄开的咖啡馆消遣，小日子不要太潇洒。

偶然韩老板的妻女会到厂里来看看，造纸厂味道熏人，夫人和小姐待上一阵就走，主要是来宣示一下主权，检查一下韩赞臣有没有在厂里养女秘书啥的。

……

潘家花园里的新主人最近流年不利，他搭上的线出了事，法官赵钲铛，因为以往的案子被查出来，被罗君强杀鸡儆猴，丢了小命，潘克复在此人身上下了不少本钱，鸡飞蛋打一场空。

据内幕人士称，是有个从前的交际花去南京告御状，官司打到内政部长那里，罗君强才拿姓赵的开刀，事情传得有鼻子有眼，由不得潘克复不信，小不忍则乱大谋，章家暂且放过，还是挣钱要紧。

潘克复多路出击，炒股票，炒棉纱，但总觉得来钱还是不够快，最快的办法是找一个下金蛋的母鸡，直接抢过来就是，有背景的他惹不起，只能找些弱鸡下手，踅摸了一圈，闸北有一家鑫鑫造纸厂生意红火，似乎没什么大后台，就他了。

潘克复是个有文化的流氓，他深信曾文正公的教诲，利可共而不可独，谋可寡而不可共，挣钱这事儿得拉着别人一起干才行，最好是个有排面的朋友,拉大旗作虎皮嘛,七十六号就在极司菲尔路上,距离此间不远,他早就搭上了警卫大队长吴四宝的关系,这回就准备借用一下吴大队长的势力,谋好处是其次,主要是拉近关系,为以后更大的合作奠定基础。

吴四宝就住在愚园路七四九弄,潘克复先打电话攀交情,然后登门拜访,表明来意,合作一把,大家各取好处。

谈合作的时候,潘克复不卑不亢,派头十足,在上海滩混就得这样,你越是卑躬屈膝,别人就越看不起你,反而趾高气扬会让人摸不清来头,吴四宝人高马大,油头中分,一双眼睛飘忽不定,心不在焉的样子。

潘克复研究过吴四宝,穷措大出身,靠的是杀人不眨眼和百发百中的枪法,这种人性格暴戾,不耐烦做花心思的事情,这位爷曾经带着几十个枪手冲进交易所,拿枪威逼着交易员做空,和他谈合作,说得简单直白就行,对付鑫鑫造纸厂,只需要吴大队长派几个兄弟撑场面,其他的我来做,接下来之后,我来经营,每月利润分你三成。

吴四宝抬起粗胖的手,伸出五根手指:"五成。"

潘克复摇头:"最多四成。"

"五成。"吴四宝面无表情重复了一遍。

潘克复打了个寒战,眼前这个人光是亲手送走的人命就有七八十条,反正账目自己做,三成还是五成,谁能知道,他痛快答应下来:"那就二一添作五,我和大队长对半分。"

"回头让爱珍派个会计过去管账。"吴四宝端起来茶杯。

"送客……"一旁的黑衣特务喊道,潘克复起身告辞。

过了一天,吴四宝果然派了一队特务,以抓经济罪犯的由头把韩赞臣逮捕了。

鑫鑫造纸厂办公室,韩夫人带着女儿毫无主张,厂里一帮工人也束手无策,韩赞臣以前开书店时结交的朋友都是手无缚鸡之力的文化人,愁眉苦脸闷头抽烟。

忽然有一个朋友说:"阿拉认识一个人,潘克复,听说过吧,他可是很有手段的,和七十六号关系很近,找他出马,一定能解决问题。"

赵殿元是韩赞臣亲自招进来的人,深得信任,商量营救也有他的份,听到潘克复这个名字他就明白了,这事儿八成就是潘克复搞的鬼,于是他将章先生一家以及光华火油公司朱老板被绑的种种事情说了一下,大家就都默然了。

就算摆明了是潘克复做的局,又能如何呢,人家眼馋这家工厂,非要强取豪夺不可,你给也是给,不给也是给,何苦抵抗。

韩小姐只有五六岁年纪,只会闹着要爸爸,夫人被哭得心烦意乱,说:"姓潘的既然要,就卖给他好了。"

既然愿意卖,那事情就好办了,中间人搭上潘克复的线,两下接洽,潘克复愿意收购鑫鑫造纸厂,但钱是一分没有,这下韩夫人慌了,因为造纸厂的机器设备都是韩赞臣借钱买的,潘克复给些钱把账平了也就认了,可是分文不出,这笔债足以将韩家压垮,到时候一家人连栖身之所都没有。

但是不答应的话,韩赞臣的命就保不住,这个官司还没地方打去,毕竟不是每个人都有章夫人的手段与人脉。

昨天还红红火火的鑫鑫造纸厂转眼就停工了,门口一群卖废纸的来讨债,可是卖出去的纸又收不回账款,谁都知道韩赞臣出事了,鑫鑫要垮了,账还不能赖就赖。

孤儿寡母还在哭哭啼啼,赵殿元看在眼里,悲在心头,好不容易找到一份新工作,没干几天又要失业,这不是老板的原因,更不是自己的责任,他义愤填膺,却又无可奈何,从造纸厂出来,漫无目的地走着走着,居然来到车夫夜校。

曹先生在阅览室喝茶,看到赵殿元进来,笑问他是不是看完了《生死场》,赵殿元很惭愧地说还没正式开始看,因为找到一份新工作,不过新工作眼瞅着就没了。

"怎么回事?"曹先生永远是笑容可掬,波澜不惊。

赵殿元就将来龙去脉叙述了一遍,完了咬牙切齿道:"有时候真想一枪崩了潘克复。"

曹先生说:"你崩了潘克复,还有张克复,王克复,你全都能崩了吗?"

赵殿元猛抬头:"曹先生,难道就只能眼睁睁看着他们欺负人吗?"

曹先生说:"当然不了,等我们打跑了日本鬼子,推翻帝国主义、封建主义和官僚资本主义这三座大山,就不会再有这种事情发生。"

赵殿元一下泄了气:"那得什么时候啊……"

曹先生说:"说快也快,说慢也慢,就看我辈的努力了,当然了,燃眉之急不能靠推翻三座大山来解决，巧了，我认识一个朋友，能和七十六号的头目说上话，我写一封信，你敢不敢去七十六号走一趟？"

赵殿元用不可思议的眼神看着他，这位曹先生身上到底藏着多少秘密啊，居然连七十六号魔窟的人都认识。

"你敢写，我就敢送。"赵殿元说。

| 第 30 章 |
魔窟

曹先生哈哈大笑，拍拍赵殿元的肩膀："小伙子，勇气可嘉，不过七十六号可不是咱们想进就能进的，拿着谁写的信都不行，我和你逗闷子呢。"

赵殿元说："那您说的这个朋友，到底好使不？"

曹先生说："好使是好使，只是……唉，说太复杂你也不懂，死马当作活马医吧，我现在就写一封信给你，你拿去找她，不过光凭一封信是不能完全解决问题的，必须出点血，你懂的。"

赵殿元当然懂得这些道理，阎王好过小鬼难缠，就算上面打了招呼，该给下面人的打点一分也不能少，总之只要被惦记上，不死也得褪层皮，别说韩赞臣这样的小老板了，就是盐业银行的张伯驹又如何，到最后还不是花了四十万才把人赎出来，那还是周佛海打过招呼的呢。

"这个都懂。"赵殿元点头道。

曹宇飞在阅览室里找了一张信笺，摸出钢笔，慢条斯理拧开笔帽，想了想，下笔如飞，片刻写好，收进信封，不封口，只在信封上写"何霜女士亲启"，然后交给赵殿元。

"你拿着这个去女声杂志社，交给何小姐，她会帮你处理的。"曹宇飞说罢，回身从角落里提了一口皮箱出来，戴上礼帽："本来我应该亲自帮你跑一趟的，很不巧有急事要出一趟远门，这件事就只能你自己办了。"

赵殿元说曹先生您去哪儿，我送送您。

"我去北站，回一趟老家。"曹宇飞笑着说，提到老家，他似乎特别开心。

赵殿元跑出门外，叫了一辆黄包车，谈好去火车站的价格，但是当曹宇飞出来，那拉车的就笑了："这不是曹先生嘛，自己人自己人。"

送别了曹先生，赵殿元捏了捏手里的信，觉得应该先和韩夫人沟通一下才好，回到鑫鑫造纸厂，一堆人还在一筹莫展，听赵殿元说了最新进展，韩家的亲朋们都表示不太相信，一个小电工还能有这通天的本事，尤其是那位认识潘克复的朋友，甚至有些气急败坏："潘家花园我都跑了好几趟了，潘先生都答应了，五万块接下厂子，帮我们把人捞出来，现在再找别人，那可是大忌。"

赵殿元忍了忍，说："不能在一棵树上吊死啊。"

韩夫人是个有主见的，她拉着女儿的手站起来说："小赵，我同你一道去。"

赵殿元也不含糊，出门叫黄包车，带着韩夫人和小姐，撇下众人径直去了，路上韩夫人感慨道："赞臣结交的这些朋友，关键时候没一个顶用的。"后半句她没说出口，赵殿元只是厂里的电工，却如此卖力，和那些所谓的朋友比起来就更显人品了。

来到女声杂志社，门房通禀，里面传话出来，说何小姐不在社里，问去哪里了，说大概是去愚园路一一三六弄访友了。

三人复又折往沪西愚园路，先坐电车，再转黄包车，路上小女孩瞪着乌黑闪亮的大眼睛问韩夫人："姆妈，阿拉是去救爸爸吗？"

韩夫人安慰道："是的，阿叔带我们去救爸爸，小玲有没有谢谢阿叔。"

韩家小妹郑重其事地对赵殿元鞠躬："谢谢侬。"

赵殿元回了一礼，心里热乎乎的，上次搭救章先生，上上次搭救吴先生被绑的儿子，他都没怎么使上力气，只跟着跑腿了，心中的英雄梦被勾起来却一直没圆梦，这回估计要来真格的了。

愚园路一一三六弄是一个狭长的里弄，只有一个开在愚园路上的进出口，大门口有拒马和卫兵，根本就没有老百姓进出，遥望里面，尽是些树荫掩映下的小洋楼，这不像是民居里弄，倒像是官邸，韩夫人哪敢上前，怯生生躲在后面，赵殿元拿着信走过去，被卫兵喝止，问他找谁。

"我是来送信的，找何小姐。"赵殿元呈上信件作为证明，可是一封信又能有什么用场呢，年轻的卫兵根本不认，说这里根本没有姓何的，说着就要拿枪托来驱赶赵殿元。

岗亭里有个上年纪的老兵说道："莫不是李主任家里的常客，好像是姓何，这会儿人不在这边，你去七十六号打听一下吧。"

赵殿元谢了老兵，匆匆折回，对韩夫人说何小姐不在这边，咱们去七十六号问问。

韩夫人立刻打起退堂鼓，七十六号可是上海滩人尽皆知的魔窟，光是听到名字就让人不寒而栗了，她虽然想救丈夫，但毕竟是个妇道人家，还拖着个孩子，让她去和魔鬼打交道，太难为人了。

而韩小妹直接就吓哭了，韩夫人哄孩子的手段也是比较特殊，她吓唬女儿道："别哭了，再哭吴四宝来抓侬了！"

吴四宝这个名字还真管用，韩小妹立刻止住了哭声，撇着嘴只敢掉眼泪，韩夫人看了心疼，自己倒哭起来了，母女俩抱成一团哭个不停，赵殿元看了心酸，他忽然想起曹先生的话，七十六号可不是谁都能进的，可是把信放在门房，万一他们搞丢了或者忘记了怎么办，曹先生回老家去了，不能再重写一封，看样子只能苦守呢，一定要等到何小姐，把信亲手交给她。

极司菲尔路距离愚园路不远，赵殿元拦了一辆黄包车，刚说了地址，车夫就拒载了，借口还有事儿一溜烟跑了，三人只能步行前往，走了一段路，前面就是七十六号的大门，这地方连行人都罕见，气温也似乎比别的地方低了几度。

韩夫人母女哪敢靠近传说中的魔窟，只能在一百米外远远站着，看赵殿元去交涉。

赵殿元心里也在打鼓，这地方可不同于巡捕房，这里的人也比瘸阿宝更坏更狠，稍有不慎就会给自己惹麻烦，他努力控制住双腿不要发抖，偷偷清了清嗓子，生怕到跟前发不出声音。

七十六号占地极广，警卫森严，高墙上栽着玻璃碴子，拉着电网，四角有瞭望塔，上有士兵时不时用望远镜观察情况，大门口更是严密防守，中式门楼，大铁门，两边门房用钢筋水泥加固过，窗口里竟然露出机关枪黑洞洞的枪口。

赵殿元感觉到心跳在加快，口干舌燥，他一再告诉自己，我只是来送信的，我只是来送信的，硬生生驱动双腿走过去，距离大门还有一段距离，门楼上出现一个人，用步枪瞄准他，门房里出来两个特务，便衣打扮，背着驳壳枪，牵着黑背狼犬，喝令他站住。

"送……送信的。"赵殿元战战兢兢举起手中的信封。

两个特务走过来，一个人抢过他手里的信，另一个人牵着狼犬围着他转悠,狼犬龇着白牙,瞪着红眼,跃跃欲试想往上扑,铁链子绷得笔直,听说七十六号都拿人肉喂狗,这狼犬怕是吃惯了人的。

赵殿元汗都下来了,不敢动弹,特务搜了他的身,问他:"谁让你送的信?"

"一位先生,我就是个送信的,我啥都不知道。"赵殿元说,他很机智,知道这种时候说得越多越容易出岔子。

"滚吧。"特务对他失去了兴趣。

"信……"赵殿元说。

特务瞪起眼睛:"你走不走?"

赵殿元说:"我得把信亲手交给何小姐。"

特务怒了:"让你滚听见吗!"

赵殿元硬着头皮说:"那把信还我。"

特务不再和他废话,掏枪指着他的脑袋:"给我蹲下!"

赵殿元慢慢蹲下,心说糟了糟了,把自己送进去不说,还耽误了搭救韩老板的事儿。

韩夫人母女在远处看到这一幕,比赵殿元还惊恐。

这时一辆黑色大轿车驶来,特务们看到牌照急忙敬礼,开大门,汽车后窗打开,一张宽大而油腻的面孔露出来问道:"啥事体?"

特务回答:"回大队长,有个人来送信,没有通行证还非要闯进来。"

赵殿元听了气恼,我只是想要回信件而已,啥时候说非要闯进去啊。

车里的人说:"拉进去问问情况,毙了。"

这就要枪毙?!魔窟果然名不虚传,动辄草菅人命,赵殿元一股邪火窜上来,猛然站起大喝一声:"凭什么!"

他身量高,蹲着不显,站起来人高马大的,车里那张肥胖面孔眯了眯眼睛,制止特务按住赵殿元的动作,问他:"小赤佬,侬港,凭什么不能?"

反正横竖都是死,赵殿元那点畏惧反而烟消云散,他坦然道:"两国交兵还不斩来使,何况我只是一个送信跑腿的良民,这位大哥扣了我的信,并不说帮我转交,我讨回信天经地义,我答应别人把信送到,就得做到,言而有信,哪里有错,如果送信的要枪毙,那餐馆送饭的要不要枪毙,邮差要不要枪毙,从门口经过的人要不要枪毙?"

肥胖面孔乐了:"小赤佬,侬胆子不小,做什么事体的?"

赵殿元说:"我在工厂做电工。"

"电工,装电灯胆的那种?"

"别的也做,能修理电器,会烧风焊,有时候还拉车,时局艰难,小老百姓混口饭吃而已。"赵殿元对答如流。

肥胖面孔对守门特务说:"把伊带到里厢来。"说罢升起车窗,汽车驶入七十六号,赵殿元隐约能猜到这个人是谁,是福不是祸,是祸躲不过,事到临头他反而一点都不怕了,一股奇怪的力量顶着他,居然还一把将特务手里的信夺了回来,然后昂首挺胸,走进了七十六号。

远处韩夫人母女都吓傻了,退得更远,等着赵殿元出来。

赵殿元终于进了传说中的魔窟,这个大院子当真不小,空地很多,树木参天,但建筑物却只有几栋,远远地看到有几个人在挖坑,旁边摆着两具盖着白布的尸体,想必是被刑讯至死的犯人吧,七十六号的人也是不讲究,都懒得出去埋人,直接埋在自家院子里,天晓得这偌大的院子,底下埋了多少冤魂。

特务把赵殿元带到一间空荡荡的办公室,没人招呼他,更没人奉茶,四周很安静,隐隐能听到狼犬的狂吠和拷打犯人的惨叫,但是仔细听又若有若无,也许是幻觉,也许是风带来的声音吧。

突然间,一群便衣冲进来,不由分说将赵殿元拖走,一通拳打脚踢后,一把铁锹丢在他面前。

"自己刨个坑。"一个冷冷的声音说。

在枪口的威逼下,赵殿元拿起了铁锹,在草坪上挖了一个一米八长的浅坑,刚好够自己躺进去的,此时此刻,他竟然丝毫惧意都没有,因为对方没有必要没有理由把自己带进来弄死,这么干肯定是有深意的。

"进去,跪下,闭上眼。"冷冷的声音继续说。

赵殿元跳进坑里,不跪,昂然对视,指着自己的眉心:"朝这儿打,拜托手别抖,给爷来个利索的。"

他如此光棍,如此豪横,拿着驳壳枪的特务反而无所适从了。

"哈哈哈哈哈……"随着一阵豪爽的大笑声,刚才汽车里那张肥胖面孔又出现了,他身量足有一米七八,在上海人中算是极高的了,体重起码二百斤,魁梧如山,煞气逼人,一袭宽大的风衣,隐约露出藏在里面的枪柄。

"小朋友,好胆气,阿拉就欣赏这样的后生晚辈。"肥胖面孔伸出手,将赵殿元从坑里拉出来,"侬认识阿拉吗?"

赵殿元眯了眯眼,说:"没见过,但是能猜出来,尊驾就是大名鼎鼎的吴云甫。"

肥胖面孔更加开心了,他就是七十六号的警卫大队长,传说中能治小儿夜啼的杀人魔王吴四宝,吴四宝出身低微,名字一听就是社会底层,所以请人取了个体面的名字叫吴云甫,赵殿元称呼他的这个名字,更显得这小伙不但有胆量,且不是那种一根筋的愣头青。

吴四宝要的就是这样的人才。

"小老弟,侬港,会烧风焊?气割会不会?"吴四宝问道。

"会。"赵殿元说。

吴四宝打了个响指,有人用平车推过来一堆东西,氧气瓶,电石气瓶,黑红色的橡胶管两根,连着一把黄铜质地的喷火炬。

"侬不是说会气割么,表演一下。"吴四宝指着一大块铁坨子说,"割开。"

赵殿元手一摊:"干不了。"

"那就是拿阿拉寻开心咯?"吴四宝瞬间收起笑意,杀气弥漫,他的手下干脆掏出枪来上膛,赵殿元刚才挖的坑,恐怕现在就要派上用场了。

"这是焊枪,不是割枪,么子不对,不能用的。"赵殿元不慌不忙解释道,"焊枪后面两根铜管,前面就一根,割枪是前后都是两根,不能搞混了,再说了,这一坨是铸铁吧,再好的割枪也不行,气割只能割铁板,低碳钢板。"

吴四宝再次畅快大笑,对左右道:"阿拉就港嘛,格小老弟是做大事体的材料,有胆气的人,这里最不缺,有技术的人,世面上也不缺,可是既有技术,又有胆量的人,全上海滩也找不出几个。"

| 第 31 章 |
黄金大劫案

赵殿元被夸得毛骨悚然，吴四宝口中的做大事体，无非杀人越货，他可不想被杀人魔王裹挟着去做伤天害理之事，但也不能一口拒绝，否则今天就得被埋在七十六号院子里，看样子只能走一步看一步，相机而动了。

吴四宝并没有因为赵殿元说的一番话而真正相信他的专业水平，而是让手下去找一把合格的割枪来，又让人从办公室里搬出一个保险柜来，对赵殿元说："小老弟，来吧。"

割枪在手，赵殿元努力让自己镇定下来，他是个电工，掌握其他技能只是为了做个多面手，多挣一点钱罢了，其实没怎么用过气割，刚才那番话不过是纸上谈兵罢了。

这时候千万不能让别人看出自己是个生手，赵殿元告诫自己道，他故意壮着胆子向吴四宝讨要打火机，吴四宝摸出一个精巧的煤油打火机给他，饶有兴致地抱着膀子在旁边观看他如何用气割打开保险柜。

赵殿元默念了一遍操作流程，先打开电石气瓶，再打开氧气瓶，开的幅度很小，待气体喷出来，用打火机点燃，割枪呲出一股火焰来，赵殿元慢慢转动氧气阀门，加大风量，火焰变得笔直清晰起来。

保险柜的铁壳被烧得通红后，赵殿元打开高压氧阀门，高速喷出的氧气流变成一把无比锋利的刀，金属在纯氧中剧烈燃烧，溅射起无数红色的高温铁渣，铁板落地，但是茬口并不怎么整齐，老实说，活儿干得有些糙。

保险柜并没有打开，铁壳里面还有灌注的水泥层，但吴四宝并没有让赵殿元继续切割，验证他会使用气割足矣。

赵殿元将打火机原物奉还，吴四宝说你留着玩吧，又对手下安排说给我小老弟找个地方歇脚，吃些点心。吩咐完了，扬长而去。

有人将赵殿元带到一间屋，把门关上就出去了，赵殿元推门，外面锁死了，他有些慌乱，该办的事没办好，人还被扣下来了，韩夫人母女俩还在外面等呢。

其实韩夫人没等太久，她实在太害怕了，十几分钟后就拉着女儿逃走，一边走一边哭，她觉得赵殿元一定是死在里面了。

天黑了，有仆役来给赵殿元送饭，并没有所谓的好菜，大米饭配咸鱼而已，赵殿元吃得味同嚼蜡，吃完来回踱步，精神高度紧张，他在想，吴四宝留自己做什么坏事，而自己又该如何应对。

首先，这件事一定需要气割，而且现场并不安全，这就奇怪了，全上海都沦陷了，以前还有英国人碍事，现在还不任由他们胡作非为啊，怎么会有吴四宝控制不住局面的现场呢，他想来想去，忽然灵光一闪，只有一种可能，吴四宝要对付的是日本人！

这并非不可能，要知道这些汉奸谁都不忠于，既不对日本人效忠，也不对本机关的长官效忠，他们只认钱，就像吴四宝这种人，不过是个汽车夫出身，若不是生逢乱世，哪有这般露脸的机会，这两三年来，吴四宝的名气，比当年的杜月笙还要响，上回他老婆佘爱珍过四十大寿，荀慧生、周信芳这样的大牌名角都请来唱堂会，酒席连摆三天，上百桌客人络绎不绝，如此盛况，只有杜月笙家祠堂落成时才能比较，但那是和平时期，乱世还如此铺张，更能看出他小人得志，穷人乍富的狂傲。

人一旦狂傲起来，就离死不远了，极有可能吴四宝真的要打日本人的主意，但这不属于抗日行动，最多是狗咬狗，自己怎么可能充当他的急先锋呢？那不成了汉奸走狗么！此事绝不能做！

忽然又一个想法冒出来，让赵殿元汗流浃背，别看吴四宝对自己的称呼一路从小赤佬变成小老弟，但根本没问过自己的姓名，这说明吴四宝根本没想收自己当走狗，也就用这一回，用完直接就灭口了。

没错，吴四宝肯定是这么打算的，他干的是秘密的勾当，岂能让一个外人知情，他用自己大约是找不到合适的人手，而时间又太过仓促，临时抱佛脚而已，把活儿干完，一枪打死，一了百了。

赵殿元不想死，他还没活够，即便是死，也要自己决定，生命岂能被他人操控，他先是恐惧，继而是愤怒，他想到杨蔻蔻一定在担心自己的安危，想到诺曼底公寓那一夜，他还年轻，蔻蔻也年轻，两人还有很长很长的岁月要一起度过，凭什么就死在明天呢。

决不能坐以待毙，赵殿元暗暗打定主意，不做走狗，更不能被人灭口，就算死也要拉个垫背的，也许下一个日出，就是自己最后一次看到太阳了，这也太匆忙了，甚至来不及告别，就像周阿大那样，在一个普普通通的下午走出家门，就再也见不到了。

不知不觉间，他的眼泪扑簌簌流下来。

天还是黑漆漆的，房门打开了，一个人招呼赵殿元出来，到院子里上车，这是一辆厢式货车，车厢里载着电石气瓶和氧气瓶，当然少不了气割的工具，几个汉子坐上来，彼此闲谈着，好像只是出去办一桩小事。

两辆车趁着黎明前的夜色前行，有人递给赵殿元一块黑布，让他把脸蒙上，赵殿元学着他们的样子蒙上脸，其他人都拿出枪来，检查弹药，打开保险，车窗外电线杆和建筑物一闪而过，赵殿元分辨出这是在向东走，走的是愚园路。

公共租界只在名义上存在了，昔日设在愚园路和静安寺路交接位置的闸门和沙包工事已经撤了，只剩下一个名不副实的检查站，巡捕在岗亭里打盹，两辆车大摇大摆驶入租界，一路向东，最终停在四川路和汉口路的转角。

天刚蒙蒙亮，汉口路上的店铺还没下门板，晨雾中一个人影都看不见，两辆车成掎角之势瞄准路口，熄了车灯，引擎保持运转，一个蒙面人对赵殿元说："待会儿听我号令。"

赵殿元点点头，这个人想必就是负责灭口的吧，看看他手中的枪，也许这弹匣里的其中一颗子弹再过半个钟头就会打进自己的头颅。

"事成之后，大队长一定不会亏待侬，好歹让侬香香手。"蒙面人在安抚赵殿元。

忽然四川路上两道车灯光芒穿透薄雾照射过来，由远及近的轰鸣声在清晨特别清晰，正当这辆车驶到交叉路口之时，两辆埋伏已久的汽车突然打开车灯冲过来，一辆拦头，一辆断尾，七八个蒙面枪手跳下车来，用枪指着风挡玻璃后面的司机，司机吓得打开车门抱头鼠窜，枪手们也不拦他，求财嘛，没必要取人性命。

预备好的司机跳进驾驶室，准备将这辆车开走，可是却寻不到车钥匙了，急得大呼小叫，蒙面人中有负责指挥调度的，说了一句什么暗语，赵殿元就被身边的人一把拽下车，拉到被劫的车辆后门，电石气瓶和氧气瓶也拖了过来，这意思是让他现场动手切割。

这可是汉口路上，距离外滩就几百米远，上海滩的核心区域，黄金地段，吴四宝居然在这里打劫，当真是吃了豹子胆了，赵殿元的手在发抖，他看到那些蒙面人也没了从容淡定，一个个焦躁不安，东张西望的。

根据他们原先的计划，肯定不是在这儿进行切割，而是把车先开到另一个地方再下手，这对赵殿元来说是个好事，荒郊僻野不容易逃命，在闹市区机会就大了。

他在催促中打开气瓶，调节火焰，正要对着车门把手喷射，枪声突然响起，车内射出两颗子弹，原来车里还有押车的日籍警卫，蒙面人们条件反射一般，乱枪齐发，将车门打成马蜂窝，车门开了，里面横尸两具，尸体后面是一个用小孩手臂般粗的钢柱焊成的笼子，笼子里全是耀眼的金黄色。

金砖，数不清的金砖，怪不得这辆车加固过，后轮用的双轮胎，即便如此还是被压得有些瘪，可见金砖之多，之重！也怪不得吴四宝敢在太岁头上动土，这么多金子，足以让人失去理智。

金色的光芒将蒙面人们的目光吸引过来，时间仿佛都停滞了，静谧中能听得见有人吞咽口水的声音。

"别愣着，快割！"一个蒙面人喝令道，拿枪逼着赵殿元爬上车，切割钢笼，但赵殿元明白，这种不锈钢柱用气割根本割不开，他只能做做样子而已。

电石气和氧气混合燃烧的火焰烧着钢柱，远处枪声和警笛声响起，这个地段实在是太核心了，附近有巡捕房不说，还驻扎着日本海军陆战队，军警没几分钟就杀过来了，蒙面人们开枪还击，两边对射，打得激烈，赵殿元等的就是这个时机。

蒙面人大约是知道这批黄金拿不到了，掉转枪口就要往赵殿元头上招呼，刹那间，赵殿元手中的火龙转向了，而且变得汹涌猛烈，火苗直接喷在脸上，一千度的高温所到之处，一片焦糊。

赵殿元趁乱跳出车厢，没命地狂奔，子弹打在脚旁，溅起一片片碎屑。

蒙面人们自顾不暇，只抵抗了一分钟就四散而逃，根本没人管赵殿元。

赵殿元熟悉这一带的地形，他迅速翻进一栋建筑的后墙，在垃圾箱后面找了个位置把自己藏起来，过了片刻，他听到有脚步声，是拿枪的巡捕，黑皮鞋就在眼皮底下晃动，他屏住呼吸，生怕发生一丝声音，可是却听到自己的心脏在怦怦怦地猛跳，简直比打雷的声音还大。

巡捕还是走了，赵殿元憋着一口气，没敢一次呼出来，一点一点地慢慢呼出来，将呼吸调匀，这才发现脸上还挂着蒙面布，赶紧取下来捏成团藏在角落里。

赵殿元一直等到天光大亮才出来，这一路他是走着去的，一边走一边琢磨，首先会不会被吴四宝报复，应该不会，因为自始至终自己没有报姓名，只说是送信的，就算吴四宝去问何小姐，也问不出个所以然来，再说这封信至今还在自己身上，可以说除了露了面，其他线索全没有，偌大的上海滩几百万人，只要别阴差阳错当面撞上，别管是七十六号还是日本人，都找不到自己。

回到长乐里二十九号，赵殿元竟然生出一种恍如隔世的感觉，谁也不会知道，这十几个小时，自己竟然在鬼门关上走了一遭，也许杨蔻蔻会担心，会生气，会扑过来打自己吧，怀着劫后余生的心情，他爬上阁楼，东阁楼很安静，杨蔻蔻不在家。

赵殿元顿时失落起来。

楼梯上探出一个脑袋，是阿贵嫂，狐疑地看着他："小赵侬回来了，昨天夜里去哪儿了，小姑娘到处寻侬，阿贵也帮着找了一圈，侬到底去哪里了？"

赵殿元精神一振："蔻蔻呢？"

阿贵嫂说："去你上班的地方，造纸厂，一大早就去了。"

赵殿元谢了阿贵嫂，不忘换一身衣服，戴一顶帽子，这才出门直奔鑫鑫造纸厂，厂里已经停工，愁云惨淡，韩夫人面色惨白，正陪着几个陌生面孔盘点机器设备和存货，这几个人是潘克复派来的律师和会计师，盘点清楚之后就签字画押，把造纸厂转让过去。

杨蔻蔻在办公室陪着韩赞臣的小女儿韩美玲，她能做的也仅此而已，韩赞臣的命还能用工厂赎回来，赵殿元可就真的生死未卜了，想到以往种种，她心如刀绞，早知道，早知道的话，就给他留个后代了……各种胡思乱想中，杨蔻蔻忽然看到门开了，赵殿元竟然出现在门口，她还以为是幻觉，揉揉眼睛，韩美玲已经跑了过去，喊着叔叔叔叔，扑进赵殿元怀里。

小女孩年纪小，不需要顾忌什么，杨蔻蔻却不好意思起来，面对赵殿元张开的臂膀，上前恶狠狠掐了他一把。

"侬姆妈呢?"赵殿元问韩美玲。

杨蔻蔻帮她回答："在签合同，把厂子转给潘克复，才能救人。"

"不能签!"赵殿元脱口而出。

"哪能?"杨蔻蔻眉头一挑。

"来不及了，伊在哪儿?"赵殿元急火火冲到厂长办公室，韩夫人正拿着自来水笔准备签名，一群道貌岸然的长衫西装客环聚四周，虎视眈眈。

| 第 32 章 |

赵公明下凡

韩夫人是被迫签字的，心不甘情不愿，犹犹豫豫，瞻前顾后，这个字签下去，韩家不但倾家荡产，还倒欠巨额债务，今后的生活都成问题，可是不签，丈夫就回不来，只能是两害取其轻，她再次看了看这些律师和会计师们，都是爹妈生父母养的，为什么他们就一点良心都没有呢，帮着坏人坑害良民，这不是为虎作伥是什么。

心里再恨，字还得签，毕竟能想到的办法都用上了，没救出人来不说，还把一个赵殿元搭进去，韩夫人这时候多希望能有一个英雄从天而降，最好是像戏文里那种白袍小将一样的，手持亮银枪将世间的一切奸佞之徒荡涤干净。

"夫人，快签吧，潘老板等着呢。"一个律师抬起腕子看了看金表，有些不耐烦。

韩夫人叹口气，在合同末尾空白处刚写了一个偏旁，门开了，阳光照射进来，一个高大的人影站在门口，她仔细看了看，这不是赵殿元吗，他回来了，那事情就一定有转机！

搅局也需要技术，用掀桌子的方式是最不合适的，赵殿元急中生智，走到韩夫人身边附耳说了几句，韩夫人会意，对帮凶们满怀歉意道："对不住各位，又有一家打算买我们鑫鑫造纸厂，这个字，今天不能签了。"

这明显就是托词，潘克复看中的猎物，别家是不会再来染指的，但既然人家不愿意签，这些体面人是不会像七十六号那样拿着枪逼着人家签字的，他们互相对视一眼，冷笑着告辞离去。

赵殿元这才告诉韩夫人，事情还有转机，咱们现在拿着信再去女声杂志社找姓何的女士，不找到人就守在那，只有这边确定没戏，再卖厂也不晚。

韩夫人深以为然，她当即带着女儿随赵殿元去找何霜，杨蔻蔻不放心也陪同前往，人的命运有时候就是这么巧妙，昨天怎么找都找不到，还差点把人搭进去，今天刚到杂志社，门房就对他们说，刚进去的那位就是何小姐。

在杂志社的编辑室里，韩夫人终于见到了何霜，这是一个三十来岁的女人，一身的书卷气息，赵殿元奉上曹宇飞的亲笔信，何霜抽出信纸看了看，叠起来放进抽屉，问韩夫人："需要我做什么。"

拜对了菩萨，事情瞬间变得简单起来，何霜直接在杂志社挂了个电话，也不知道和谁说了十几分钟，回来说可以了，你们回去吧，人马上就放。

一个杂志社的女编辑，打了一个电话就能搞定七十六号，何止是神通广大，简直是匪夷所思，不过乱世中什么稀奇事都会发生，很多人面具之后还有另一张甚至多张面孔，总之事情能顺利解决就好，没必要去考究其中的玄奥。

韩夫人惊喜无限，将准备好的金条美钞奉上，何霜坚辞不受，实在推辞不下，便道："这样吧，平价卖给我们一些白纸，就当礼物了。"

鑫鑫造纸厂已经停工，仓库里的纸张也都卖得差不多了，只剩下一些价格高的道林纸，韩夫人回去之后安排工人将全部存货装车送去杂志社。

到了傍晚时分，一辆黑色福特大轿车开到造纸厂门口，连续鸣笛，韩夫人闻声出来查看，只见汽车后排中间，被两个黑衣特务夹着的可不就是韩赞臣。

一辆车，四个特务，他们可不是好心好意把人送回来，而是借着释放再来敲一记竹杠，不过小特务的胃口总不会比潘克爽大，他们只要钱，不要厂，韩夫人虽然胆小，但伶俐机智，金条美钞银元都没动，只拿了一沓中储券出来，哭哭啼啼说就剩这点钱了，特务们也懒得废话，一把夺过钞票，把韩赞臣从车里推下来，一溜烟开走了。

韩赞臣故作镇定，还安慰妻子说没事没事，可是回到办公室，见到小女儿，就支撑不住了，一家人抱作一团嚎啕大哭，厂里其他人都躲得远远的，一个工人叹息道："万幸啊。"

确实是万幸，通常来说这种没有背景的大肥肉被人看中的唯一结果就是倾家荡产，工人也都跟着失业，辛辛苦苦大半年，全都是为他人作嫁衣裳。

过了半响,韩赞臣把赵殿元叫进办公室,一家三口站成一排,赵殿元心知不妙,在韩赞臣还没屈膝跪下之前就先把他扶住了。

"你不受我一拜的话,就让美玲来吧。"韩赞臣拗不过他,就让女儿跪下,赵殿元一个人拦不住两个,只能眼睁睁看着韩美玲在一旁跪下。

韩赞臣说:"赵叔叔是咱们家的救命恩人,以后他就是你的干爹了。"

"干爹。"韩美玲乖巧地喊了一声,搞得赵殿元脸通红,他说韩老板你应该感谢曹先生和何女士,他们才是真正的救命恩人。

韩赞臣说:"大恩不言谢,韩某记在心上,来日方长,一一报答。"

韩老板劫后余生,惊魂未定,今天是来不及摆酒压惊了,一众人等也都识趣,早早告辞离开,把空间留给他们一家人,赵殿元和杨蔻蔻离了造纸厂,携手走在大街上,脚步都轻快了许多。

"这一晚上你去哪儿了?"杨蔻蔻问他。

赵殿元刚想回答,一个报童从身边飞奔过去,口中喊着:"号外号外,汉口路发生黄金大劫案!"他当即叫住报童,买了一份晚报,头版头条刊登着今天发生的大事件:今晨发生一起黄金大劫案,蒙面劫匪试图抢劫从江海关运往正金银行的解款车,押解人员奋勇反抗,军警及时赶到,当场击毙数名劫匪,黄金无虞,目前巡捕房正全力搜捕,悬赏缉拿云云。

路灯下,一排排铅印的黑字触目惊心,赵殿元将报纸递给杨蔻蔻,后者扫了一眼新闻,然后从赵殿元的眼神中读懂了意思,便不再发问。

回到长乐里,杨蔻蔻烧了夜饭,两人端着碗吃饭,还是默默无语,赵殿元终于开始后怕,之前全靠一股劲顶着,人总不能一直绷着弦,现在事情过去了,韩老板也救回来了,又回到了最熟悉最温暖的家里,身边有爱人陪伴,这股不要命的劲也就消散了,他捧着饭碗吃不下去,一阵阵的战栗,终于还是说了一句:"我差点回不来了……"

杨蔻蔻放下碗走过来,抱着赵殿元的头,拍打他的后背,像哄小孩一样安慰:"没事了,没事了。"

……

仅仅过了一天,黄金大劫案就侦破了,巡捕房根据现场遗留的车辆抓到了劫匪,移送司法不提,与此同时,报纸角落里还发布了一则很短的消息,特工总部将原警卫大队长吴云甫撤职查办。

狗咬了主人,就不能留了,这是平头百姓都懂的道理,吴四宝动了主子的肉，这条见谁都咬的疯狗就没有存在的价值了，关于黄金大劫案和吴四宝被查办的小道消息是吴伯鸿告诉大家的。

吴伯鸿在巡捕房当差，自然能接触到第一手信息，这案子传得沸沸扬扬，早已没有保密的必要，吴先生站在一楼客堂间门口，吸着烟卷，将破案细节娓娓道来：这案子破得如此之快，是因为巡捕在现场抓住了一名半死的劫匪，此人整张面孔都被烧焦了，眼珠子都烤化了，即便如此还是有人认出他是七十六号警卫大队的人，吴四宝的门徒，幕后真凶是谁不就呼之欲出了。

吴先生还告诉大家，昨天日本宪兵就去抓吴四宝了，上百宪兵把他的官邸团团围住，还是让他给跑了，不过也蹦跶不了几天了，日本人要办他，七十六号也护不住，没了特工总部的护身符，吴四宝就被打回原形了。

"此人造的杀孽太多，恐怕活不了太久。"吴伯鸿啧啧连声，肯定不是在惋惜。

果不其然，又过了两天传出消息，吴四宝落网，但不是因为黄金大劫案，而是以"破坏和运"的罪名被捕，押在虹口的日本宪兵司令部。

得此消息，韩赞臣买了许多爆竹打算庆贺一下，被夫人坚决制止，吴四宝只是被抓，又不是死了；再说了，百足之虫死而不僵，就算他死了，还有老婆，还有门徒弟子一大帮人在，依然是招惹不起的。

于是韩赞臣没买鞭炮，只开了一瓶老酒，私下里一醉方休，喝多了他对妻子吐露心声："这个厂子我是真的不想再办下去了，太难了，这回侥幸躲过去了，可下回呢？可是不办咱们难道坐吃山空不成，再说这些工人怎么安置，还有小赵，总不能把人家辞退吧。"

韩夫人说："再坚持半年吧。"

两口子相对无言，唯有一声长叹，这年月，没钱的活不下去，有钱的也活不下去。

鑫鑫造纸厂重新开始运转没两天，税务局的人又找上门来查账，韩赞臣忽然醒悟过来，惦记自家产业的并不是吴四宝，而是潘克复！

潘克复比起吴四宝来更加阴毒，他是大家族庶子出身，做过几年小开，生意上懂些门道，如果说吴四宝是吃人不吐骨头的老虎，那潘克复就是一条赤链蛇，老虎没了，赤链蛇还惦记着鑫鑫造纸厂。

韩赞臣思来想去，还是决定把厂子卖了。

赵殿元并不知道自己即将失业，他白天在厂里上班，闲暇时间把曹先生给的那本《生死场》给看完了，看得他是唏嘘不已，泪流满面，东北老家的农民是最苦的，被侵略者压迫，被地主压迫，生不知道为何而生，死不知道为何而死，似乎永远等不来觉醒的那一天。

看了小说，渴求进步的心就更加强烈，赵殿元下班去了车夫夜校，惊讶地发现曹先生回来了，正在讲台上侃侃而谈呢，他记着韩老板的嘱托，当即跑回来告知，韩赞臣立刻赶过去当面感谢。

正好曹先生下了一堂课，韩赞臣上前一躬到底，口称多谢救命之恩，赵殿元在旁介绍，曹先生恍然大悟，请韩老板去阅览室小坐。

一番寒暄之后，韩老板忍不住诉苦，生意不好做，总是被奸人觊觎，自己已经打算卖掉厂子，回家做寓公了，但是不管卖给谁，都不会便宜潘克复。

"这点骨气我还是有的。"韩赞臣说。

曹先生眉头一挑道："贵厂能产盘纸吗？"

韩赞臣既然开造纸厂，对纸张种类肯定懂行，他答道："是用来卷烟的盘纸吧，机器没问题，只是原料需要订购，盘纸是用漂白的麻浆做的纸，透气性和燃烧性都比木浆纸要好，可是现如今到处打仗，上哪儿去弄麻浆。"

曹先生又问他："那白卡纸和锡箔纸能生产吗？"

韩赞臣说："白卡纸没问题，锡箔纸市面上也很多。"

曹先生哈哈大笑："踏破铁鞋无觅处，韩老板你不必找买家了，这家厂我有个朋友可以入股，保证没人再敢来寻你的晦气，厂子依旧交给你经营，原料他提供，你按照订单生产就行。"

韩赞臣目瞪口呆，这位曹先生简直就是赵公明下凡，不但来财，还保佑平安。

| 第 33 章 |
姹紫嫣红开遍

如果是别人提入股,那很可能是趁火打劫,但曹先生绝对不是,韩赞臣也是在商场上摸爬滚打过多年的,相人有自己的一套经验,但他却看不出曹先生的底细,说是教书先生吧,又毫无迂腐之气,分明带着军人的果敢勇毅,说是当兵的吧,又八面玲珑,世故圆融,像个走南闯北见多识广的生意人,说是生意人吧,又丝毫不市侩,不逐利,还真是摸不透,看不懂他。

但有一条韩赞臣可以确定,曹先生是个好人,这年月,好人本身就稀罕,何况是有本事的好人,能结交这样的朋友,就不是挣钱多少的问题了,而是关键时候能保命。

"曹兄,你这个朋友我交定了。"韩赞臣抓着对方的手,情真意切,"以后鑫鑫造纸厂唯你马首是瞻。"

曹宇飞和煦笑道:"不是我,是我的一个朋友,过两天他从老家回来,我安排你们见个面,谈谈合作。"

韩赞臣问道:"敢问您这位朋友的老家在哪里?"

曹宇飞答道:"淮南。"

韩赞臣"哦"了一声,就不再问了。

淮南是新四军活跃的区域,曹宇飞的身份呼之欲出,但这是绝不能点破的禁忌,两人心照不宣,自然而然地转向其他话题,宾主尽欢。

回去之后,韩赞臣又是一脸愁容,妻子问他哪能了,韩赞臣长叹一口气说:"前有猛虎,后有饿狼,我猜出姓曹的是什么来路了,他是这个。"

说着他比画出四根手指。

韩夫人不以为然:"那又如何,人家害侬了吗?做生意你情我愿,公平公道,你管他是四还是八,侬卖的是白纸,不是子弹,有啥么子可怕的，这官司打到哪里阿拉都占理，再说了，四爷是讲究人，侬和伊拉搭上关系，非但不会惹祸上身，还能驱虎吞狼，让潘克复不再敢打阿拉的主意。"

夫人一番话让韩赞臣如醍醐灌顶般彻悟，说得一点没错，曹先生对自己并没藏着掖着，人家开诚布公，真心把自己当朋友对待，反观潘克复、吴四宝又是何等样人，那是狗一般的汉奸！凭什么大好的厂子平白被人敲诈了去，却不敢和堂堂正正抗日的豪杰做买卖！

生逢乱世，升斗小民只求苟活而已，可是那些豺狼虎豹就是不让人好好活着，这些天来的惊恐彷徨，愤懑委屈，在心中百转千回无数次，终于因为夫人的一席话，酿成了一杯装满豪情壮志的烈酒，让韩赞臣上了头，这生意做得！不但要做，还要拼尽全力去做。

没过几天，淮南就来人了，一位风尘仆仆的皖北来客，长衫礼帽，面庞黝黑，他话不多，三言两语谈妥了入股，将一口皮箱摆在桌上，里面装满了面额不等，用细纸条捆扎的中储券，钞票都是在市面上流通了一段时间的半旧票子。

韩赞臣拿出预备好的合同，客人摆摆手："君子协定，口头足矣，我相信韩老板。"

老家人考虑得周到，不想给他们带来额外的麻烦，更让韩赞臣感动不已，但他还是提出一个忧虑，如果税局再来敲竹杠哪能办？

客人淡淡一笑："勿要多虑，闲话一句的事体。"说罢起身，掸一下呢帽上的灰尘，拱手告辞，韩赞臣留都留不住。

如他所言，从此后税局还真就没来找过麻烦，一车车麻浆送入造纸厂，机器轰隆运转，生产出大批洁白的盘纸，从十六铺码头装船北上，谁也不知道目的地是何处。

……

潘家花园，麻将声密，高朋满座，潘克复一袭春秋薄呢料西装，拼色德比鞋，象牙烟嘴里永远插着一支香烟袅袅的555，风度翩翩，游走于客人之间，笑语吟吟，陪他们谈天说地，最近的热门话题自然是关于吴四宝的。

不久之前，吴四宝被撤职下狱，但大家都猜测说没多大事体，上面做做样子，安抚民心而已，事态也真是这样发展的，没多久吴四宝就出来了，只判了三年软禁之刑，大家都说要不了半年，吴大队长就得重新出山，毕竟七十六号离不开这尊凶神，但是只一天，苏州方面就传来吴四宝暴毙的消息，说得有鼻子有眼的，这么大块头的一个人，死后身体竟然缩小得宛如一只黄狗那么大。

吴夫人佘爱珍包了一节火车厢把灵柩从苏州拉来，通知了全上海的故交门徒学生，一众人等赶赴北站迎柩执绋，一路上出殡队伍抬着纸扎的轿子牌楼、彩马珠车，漫天撒纸钱，和尚道士，念经超度，路上摆着祭棚、茶桌，烧了不晓得多少刀黄纸。有人说，自打盛宣怀大出殡之后，这么多年还是第一回见如此盛大的殡仪。

潘克复只是吴四宝的新朋，算不得旧友，所以佘爱珍并没有把电话打到潘家花园，但作为上海滩闻人，此等大事岂能不参与，潘克复特地换了一身黑，去胶州路的万国殡仪馆见了四宝哥最后一面，奉上一份不薄的帛金，安慰未亡人几句，算是尽了江湖朋友本分。

其实潘克复对吴四宝颇有些怨气，这厮死得太早，白白破费了许多钱，鑫鑫造纸厂也没拿下来，韩赞臣的家属不知道通过什么人，居然搭上了七十六号李主任的线，假如吴四宝没出事的话，即便是李士群打招呼也没用，细细想来，想必吴已成尾大不掉之势，连李都希望他死。

想明白这一点，潘克复也就释然了，后来他又通过税局的关系找韩赞臣的麻烦，人家见招拆招，比着贿赂，居然再次逢凶化吉，潘克复这才晓得点子扎手，一时半会吃不下。

吴四宝之死给了潘克复极大的刺激，新贵往往不长命，从吴发迹到身死，也不过三年时光，这真是眼见他起高楼，眼见他楼塌了，但这栋楼塌也塌得气势不凡，轰轰烈烈，潘克复难免不联想到自己，一时间不是顾盼自雄，而是顾影自怜了。

潘克复应酬了一圈，回到书房，反锁门，来到墙边，摘下新挂上的山水仕女图，露出隐藏着的嵌在墙里的四个保险箱，一一打开，从左至右，依次是专门放金条、美钞、珠宝和中储券的箱子，都塞得满满当当，这还不算工厂、存货、房产和股份，如今潘克复的财富已经难以计数，连他自己都不甚清楚，而就在去年此时，他还是一个表面光鲜的穷光蛋。

院子里搭了个戏台，戏子咿咿呀呀的唱曲声飘来：原来姹紫嫣红开遍，似这般都付与断井残垣……

潘克复望着满眼的金黄钞绿，竟有些恍惚了，生亦何哀，死亦何苦，他觉得自己超脱了，顿悟了，所谓哲人也不过如此吧，一时心潮起伏，索性开了窗户,摇头晃脑,拍打着窗台票了一嗓子:良辰美景奈何天,赏心乐事谁家院……

院子里的帮闲们齐齐喝彩,连台上的坤伶都扭过头来,惊鸿一瞥,早被潘克复看在眼里,醇酒美人,缺一不可,大丈夫活在世上,不就是图的这些吗。

窗外聒噪不已,钱如碧关上了二楼吸烟室窗户,在黑暗中寂寥孤坐,旁人进来,只能看到烟灯豆粒大小黯淡如鬼火的火苗,丈夫病情加剧,两边身子都瘫了,吃喝拉撒都在床上,幸亏还有忠心耿耿的老管家龙叔在旁伺候,眼瞅着潘家真正的主人即将撒手人寰,千万家产都落到外人手里,钱如碧咽不下这口气。

如果儿子在的话,潘克复起码不会这么明目张胆。

……

鑫鑫造纸厂生意兴隆,陆续购置不少新机器,机器用板条箱装着,缝隙里露着填充用的稻草,赵殿元一身所长终于派上用场,他的工作是将机器安装起来,调试运行,然后拆分成更细碎的零部件,绘制出组装图纸来,再把机器分开包装运走。

赵殿元起初不明白为什么新机器不留着自己用,而是拆分运走,后来他才搞懂,这些机器并不是造纸所用的,韩老板在做代购,替外地的客人采购机器,这是违反禁令的事情,但只要打点到位,各方面都会睁一只眼闭一只眼,毕竟又不是造军火的机器。

有时候赵殿元会去北站发货,免不了要和军警宪特打交道,若是以前的他,未必能处理妥善,但是经历过黄金大劫案之后,他的胆气见识都增强不少,怀揣一盒大英牌香烟,见人说人话,见鬼说鬼话,居然游刃有余。

发完一批货,赵殿元从货场出来,遇到出站的汹涌人潮,等旅客散尽,就看到一个穿旗袍,提着两口柳条箱的女人在和红帽子纠缠,车站负责搬运行李的工人叫红帽子,尽是些见人下菜碟的,看到单身的外地女人,还不恶狠狠地敲一记竹杠,那女人急得眼泪汪汪,开口是苏州腔调,赵殿元忽然想起,这不是章先生的原配顾佩玉吗。

赵殿元上前三言两语打发了红帽子,问顾佩玉可是来寻章先生,顾佩玉花了些时间才认出赵殿元是上回来苏州时杜剑秋的男跟班,忙不迭说是,麻烦侬帮我叫一部车子。

两口柳条箱又大又重，顾佩玉又是孤身一人，这不像是来探亲，倒像是来投奔。

赵殿元不由得怜悯起章先生来，一个屋檐下两个女人，叫他如何消受得了。

| 第 34 章 |
仙客来

顾佩玉把苏州的经验用在上海是不合适的，在苏州出了火车站可以叫黄包车，在上海北站就得根据距离远近选择交通工具了，人力车通常只跑三华里之内的活儿，从北站到长乐里起码十几里路，这么多的行李叫一辆车还不够，算下来车费会是一个大数目。

赵殿元好人做到底，反正他发完货也是要回家的，索性帮着顾佩玉提着行李去坐公共汽车，上了车，顾佩玉先拿出手帕揩了揩才坐下，第一句话就把赵殿元问傻了。

她问，章公馆是不是在法租界上。

不待赵殿元回答，她又自言自语道："三哥哥给我讲过，英租界的大楼是顶壮观的，法租界的小洋楼是最漂亮的，路边都种着法国梧桐，一到秋天，满地金黄的落叶，诗意盎然。"

赵殿元心道这八成是章澍斋上大学的辰光给青梅竹马说的话，一晃都多少年过去了，顾大姐还记着呢，只可惜没什么法租界上的章公馆，只有沪西长乐里二十九号底层的一间厢房而已。

汽车飞驰，两旁建筑密集，时不时就有巨幅广告牌扑面而来，整座城市嘈杂而繁华，画风与粉墙黛瓦小桥流水的苏州截然不同，顾佩玉有些目不暇接了，她不是第一次到上海来，但这次和以往截然不同，这座城市将会成为她后半生居住的家。

车窗外，电线杆飞速掠过，天是蓝的，树是绿的，春意盎然，鸟雀在枝头跳跃，正如顾佩玉此刻的心情。

一班车到不了长乐里，要在公共租界转电车，沿着静安寺路西行，到了大西路和地丰路交叉口转乘黄包车入愚园路，一直到黄包车进了长乐里，顾佩玉都没察觉有什么不对。

直到赵殿元把两口柳条箱放在二十九号后门外，顾佩玉才明白没有什么章公馆，不知道为什么，她反而有些释然。

"侬先稍等片刻，我去……我去叫章先生出来接侬。"赵殿元不待回答，飞快进去，敲开一楼厢房的门，章家破财免灾之后就把姨娘辞了，是章澍斋亲自来开的门，他出狱后再没有当年的精气神，在家也不西装革履了，胡乱穿了条法兰绒裤子，外面罩着睡袍，手里捏着一卷书，也不问啥事体，先请小赵屋里厢坐。

"章先生，来客人了。"赵殿元看看身后，确定顾佩玉没跟进来，又看看屋里，章夫人不在，才放心道："苏州老家来亲戚了。"

章澍斋迟疑了大约十秒钟，回应道："小赵侬先招呼伊，稍微等一歇，马上就好。"然后关上门，迅速拿出衬衫领带，用最快速度打扮起来，对着镜子结领带的时候，觉得脸色有些苍白，便拿了章夫人的胭脂在手心抹匀了涂在脸上，营造出红光满面的假象来，这才出门迎客。

时隔七年，顾佩玉终于见到自己名义上的丈夫，青梅竹马的三哥哥，章澍斋不再是当年的五陵少年，陌上公子，他狼狈了，憔悴了，头发上粘着一块没抹开的发蜡，帮自己提箱子的时候又看到他衬衫后领子也没折熨帖，翘起一个尴尬的角来，想伸手抚平，终究还是忍住了。

赵殿元帮着将另一口柳条箱放进一楼厢房，就赶紧回避了，苏州娘子迎面过来，眼睛瞧着厢房的门，又看看小赵，伸手递给他一把西瓜子，这是想分享秘密的友好表示，但赵殿元什么都没说，蹬蹬蹬爬上阁楼去了。

杨蔻蔻得知顾佩玉登门，冷笑道："这不是你们男人都最想要的齐人之福吗？"

赵殿元不懂典故，却能听出话里的锋利，忙道："我不是，我没有，别乱说。"

……

章夫人今朝右眼皮总跳，下午她带小囡去三角公园白相了一下，然后去小菜场买菜，下午小菜场就只有打蔫的菜了，价钱也便宜些，章夫人挑菜的时候被浦东乡下来的菜贩子讲了几句，脸上挂不住，索性菜也不买了，往回走的时候不禁委屈，想她小双宝当年在仙乐斯红得发紫的辰光，每天转几个台就是成千上万的进账，一只花篮一百元，最火爆时竟然能有三百多只花篮花团锦簇，没想到今朝竟然沦落到为了几毛钱的青菜和乡下人拌嘴。

回到二十九号,苏州娘子早就等在灶披间,见章夫人回来赶忙凑上去说道:"侬屋里厢来客人了。"

章夫人感觉苏州娘子眼神中带有一丝兴奋,一丝期待,顿时就明白右眼皮跳的真正原因在此间,她放下菜篮子,没忙着回屋,先拿出口红和小圆镜,匆忙补了个妆,这才整理衣服,从容进屋。

果然,顾佩玉在,章夫人目光迅速落在两口柳条箱上,带这么多的行李,不像是旅行,倒像是搬场,她心里就先生出三分忌惮来,但人家顾佩玉既是名义上章澍斋的原配,又是自家的救命恩人,她非但不能甩脸子,还得热情款待。

顾佩玉起身招呼,两个女人亲热地如同亲姐妹一般,杜剑秋把小囡拉过来让孩子喊姆妈,这更是不见外的表现,顾佩玉转身就从包里拿了一块玉佩递过来,说是给小囡的见面礼,顾家是姑苏名门,出手自然不会是那些黄的白的俗物,这块羊脂白玉的玉佩雕工了得,价值不菲,更让杜剑秋心里酸溜溜的。

章家小囡是个六岁女孩,生得不像爹也不随娘,怯生生地看看这个看看那个,不明白为什么突然多了一个新姆妈。

章家虽然经济上窘迫,还没到变卖家具的份上,厢房还算宽敞,章先生的书桌摆在窗口,靠墙是书柜,再往里是布置精巧的会客区域,一双一单两只欧式的皮沙发,茶几上摆着咖啡壶和冷水杯,一盆盛开的鲜花,一张雕花铁架子床,缎子棉被上铺着进口毛毯,墙上悬挂着一家三口在照相馆拍的合影,点点滴滴,都看在顾佩玉眼里,这就是三哥哥生活了七年的家啊,七年两千五百个日夜,他们都在这里共度,再想到姑苏深宅大院里那些下着雨孤枕难眠的夜,羡慕和嫉妒的心思如同涨潮一般泛上来。

顾佩玉坐单人沙发,杜剑秋陪着章澍斋坐双人沙发,小囡就靠在他们身边,一家三口贴得紧紧的。

"我来上海是探视伯父的,正巧下了火车遇见小赵,就先到这边来了,既看了你们,也就放心了,我该走了。"顾佩玉起身告辞,她太高估自己了,本想无论如何也要腆着脸留下,这会儿却多停留一秒都是煎熬。

"我送侬。"章澍斋简直是跳起来说。

"吃了夜饭再走不迟。"杜剑秋也站了起来。

夫妇二人的反应更让顾佩玉难过,她笑笑说不必了,章澍斋意识到话语不妥，又改口请佩玉留下，杜剑秋更是拉着胳膊强行留客，拉拉扯扯之间就到了门口，连外面偷听的苏州娘子和阿贵嫂也帮着挽留，顾佩玉是被大家硬拉回来的，赵殿元和杨蔻蔻也被杜剑秋叫下来陪客聊天。

章家待客的菜肴邻里们也一并帮着张罗了，菜很丰盛，为了照顾顾佩玉的口味，杜剑秋特地做了几道苏帮菜，腌笃鲜、响油鳝糊、百叶结烧肉，浓油赤酱，多多放糖，杜剑秋是红舞女出身，自然深谙哄男人心先哄男人胃的道理，厨艺精湛且讲究，做菜的糖要用冰糖，酱油要用舟山的洛泗油，上海本地产那种黑乎乎浑浊的酱油是断不能用的，恰好酱油瓶空了，楼上周家姆妈捡来的女孩谢招娣主动请缨去帮打酱油。

"记住买同康寿牌子的。"杜剑秋系着围裙，挥舞着锅铲子叮嘱了一句。

"晓得了。"谢招娣跑得飞快。

二十九号上下充斥着待客的喜庆气氛，一家有客来，全楼住户都跟着开心，连亭子间的田先生都倚在门口楼梯旁，叼着一支纸烟，嗅着灶披间飘上来的香味，有一搭没一搭的和邻居们说着话。

梅英拎着小包袅袅婷婷回来了，耸耸鼻翼："谁家烧腌笃鲜？"

田飞见她今天没带客人回来过夜，心情大好，搭讪了一句，梅英摸出一支烟来要借火，没等田飞回屋拿火柴，就把香烟头抵在他正抽着的烟蒂上引燃了，然后瞥一眼田先生，回屋了，田飞看着梅英扭动的身躯，忽然觉得口干舌燥，回了亭子间，从床底下拿出一个洋铁皮的饼干盒子，盒子里有几张中储券、零碎角子和铜元，清点一遍，又叹口气塞回去，不知道还要写多少篇豆腐块，才能攒够照顾梅英生意的钱。

杜剑秋做了一道拿手的菜之后，把锅铲子交给杨蔻蔻，回屋陪客，顾佩玉正在和章澍斋聊起小时候的事情，气氛比先前融洽了许多，见女主人回来，便切断话题，问桌上这盆花叫什么名字。

"叫仙客来，又叫一品冠。"杜剑秋说。

粉艳艳的花瓣怒放着，灯光一照，映衬着两个女人的脸庞红润娇艳，不晓得什么辰光，顾佩玉已经将行李箱里藏着的首饰披挂起来，珠翠满身，杜剑秋也不含糊，炒菜的手上戴着一枚火彩耀眼的钻戒，那是她唯一没舍得拿去送礼的贵重物件，毕竟是七年前章澍斋买给自己的结婚礼物。

菜肴齐备，花雕酒也加了冰糖梅子烫好了，席间大家尽捡着开心的话题说，几次杜剑秋拿话试探，顾佩玉只说是来探望娘家伯伯，不提其他，但问到伯伯家住处，她又顾左右而言他。

酒过三巡，负责陪客的杨蔻蔻就很识趣地拉着赵殿元上阁楼去了，把舞台留给这三位。

顾佩玉似乎没有告辞的意思，做主人的也不好下逐客令，该聊的都聊完了，气氛有些沉闷。

一阵沉默，窗外沙沙的细雨声变得清晰起来。

"我该走了。"顾佩玉说。

"不如……"章澍斋还没说完，杜剑秋就抢了他的话："不如住下来，天晚了，还下雨，明天再去伯伯家也不迟，让他打地铺，咱们姐妹一道睡。"

人不留客天留客，顾佩玉没有理由拒绝，杜剑秋手脚麻利地收拾残局，打地铺，铺上新被，还挂了一道帘子阻绝章澍斋的视线，一番忙碌后，大家终于上床，章澍斋隔着帘子听到两个女人互相夸赞对方的皮肤好，头发好，气色好，不禁摇头苦笑，放在七年前，他做梦也想不到今天这副局面。

灯熄了，淅淅沥沥的春雨声中，每个人都无法入眠。

| 第 35 章 |

娘道本道

顾佩玉的到来，其实解了章家的燃眉之急，太平洋战争爆发后，章澍斋引以为傲的英文功夫派不上用场，满上海哪还有做正经进出口生意的人，他一个堂堂圣约翰的毕业生，竟然连份像样的工作都找不到，又不肯像小赵那样去做工人，就只能赋闲在家，坐吃山空，家中积蓄日渐枯竭。

一家三口人，三张嘴每天都要吃饭，娘姨也辞了，杜剑秋买菜烧饭打扫洗衣，心里也是有怨气的，这种生活和当年章三公子许诺的可不一样，她倒不是非要什么公馆洋房，轿车女佣，但无论如何也不能比那些仙乐斯的小姐妹过得逊色啊。

仙乐斯的头牌，每隔几个月就会换人，混出头的舞小姐一般都会嫁作商人妇，杜剑秋有个叫小金宝的姐妹就嫁给开绸缎庄的秃顶老头子做小，前几年老头子病亡，和儿女打官司争财产，闹得满城风雨，还有个叫黑猫王吉的，嫁给赫赫有名的大赌徒潘三省，在法租界的房子足有几十亩地大，但杜剑秋一点都不羡慕，毕竟她不是做小，连续弦都不是，堂堂正正的正房夫人，丈夫年轻有为，倜傥多金，前途无量。

可是现在丈夫落到这步田地，杜剑秋也不抱怨，她自诩不是个俗人，时常拿戏文里的梁红玉、杜十娘自比，出身风尘，却是个巾帼，可是再多的感情也经不起柴米油盐酱醋茶的消磨，在顾佩玉到来之前，夫妻两人的矛盾已经积累到了爆发的临界点。

顾佩玉是姑苏世家的小姐，陪嫁不菲，私房钱不少，她带来的两口柳条箱里，不晓得藏了多少好东西，反正住下之后，章家的开销她都承担了，以杜剑秋的脾气是受不得这个的，可自家口袋里实在拿不出铜钿来，就只能承情，她开解自己，连章澍斋的命都是人家救的，大恩都受了，再吃人家几顿也无关痛痒了。

唯一希望的是，顾佩玉住够了赶紧走。

顾佩玉再不提娘家伯伯，一门心思在二十九号住了下来，她是在苏州婆家过惯了尴尬日子的，两个妯娌可比杜剑秋难对付多了，如今她倒像是这家的老夫人一般管着经济大权，章澍斋和杜剑秋小心逢迎着，这日子不要太惬意。

没过两天，杜剑秋就绷不住了，这种日子哪是人过的，晚饭时间她就发难了，向顾佩玉提出辞行，说得很含蓄，说什么想带着孩子回扬州娘家看看，寻访一下亲戚。

谁都知道，杜剑秋娘家早就没人了，兵荒马乱的带着孩子回什么扬州，分明是以退为进的托词。

偏偏章澍斋却当了真，问道："要去几日？"

"多则半年，少则三个月。"杜剑秋说，"不用愁吃饭，顾姐姐会照顾侬。"

章澍斋不言语了，他和顾佩玉虽是青梅竹马，但并无男女之情，只有兄妹之意，这孤男寡女的共度半年还了得，他了解杜剑秋，绝非大度之人，这话应该是来试探佩玉的。

顾佩玉冰雪聪明的一个人，岂能听不出话里的意思，她笑了笑，笑得很笃定。

"剑秋，侬不用走，该走的是我。"顾佩玉说，"但是在走之前，我需要做一件事情，孟子有云，不孝有三无后为大，虽然澍斋不认我，但我在苏州也是章家的三儿媳，没有后代是我的责任，此外，就算是私心吧，我想有个孩子，将来也好有个依靠，三哥哥，剑秋，请你们成全。"

这两天以来，佩玉一直在想两全其美的解决办法，本来她以为一夫二妻能和睦相处，现在看来并不愉快，所以才临时想出这个点子，不能陪着三哥哥终老，帮章家留个后代总是可以的。

顾佩玉离席，下跪，涕泪满面，这一招完全出乎意料，章澍斋和杜剑秋的脑子全是空白的，又不能让佩玉真的跪下，于是去搀扶，这一扶就先输了三分。

杜剑秋最恼，她不是恨顾佩玉剑出偏锋，而是恨自己找不出理由反驳，以往老死不相往来的时候，怎么拒绝都行，现在章澍斋欠人家一条命，再说佩玉的要求也不算过分，一个孤苦伶仃的女人，没男人也就罢了，连自己的孩子都没有，在大家族里势必受到排挤，佩玉人善良温婉，没什么坏心思,她说出这番话来,想必也是百般无奈下的选择吧。

"有了孩子,我就回苏州,对公婆,对娘家,就都有交代了。"顾佩玉见有松动,赶紧给他们吃一颗定心丸。

杜剑秋是个爽快人,事已至此,只能答应。

"侬晚上睡床上,我睡地铺。"杜剑秋说。

"我不干,把我当什么了!"章澍斋脸涨得通红,拂袖而去,可是他身无分文,出了长乐里,连个栖身的地方都找不到。

杜剑秋手脚麻利收拾了碗筷,搭地铺,拉上帘子,搂着女儿先睡,根本不去管那两人如何尴尬。

灯熄灭了,今夜特别安静,帘子后面什么声音都没有,杜剑秋睡不着,满腹都是酸酸的苦水,辗转反侧直到后半夜才睡着,迷迷糊糊中听到帘子后面有压抑着的喘息,她用被子捂住头,逼着自己不去听,不去想。

小囡睡得正香,杜剑秋泪眼蒙蒙,这也是她同意佩玉要求的另一个原因,风月场中的女人很多不能生育,她也是如此,小囡是街上捡来的弃婴,所以长得不像爹娘,虽然章澍斋并不在乎这个,但作为女人,杜剑秋一直很愧疚不能给丈夫留下后代。

顾佩玉就是弥补这个缺憾最好的人选,这简直是老天安排的。

次日一早,顾佩玉下厨煮了六个鸡蛋,章澍斋碗里放了三个,大人们相对无言,小囡看看两个姆妈,忽然说苏州姆妈的脸蛋红红的。

佩玉的脸确实是红的,久旱逢甘霖被滋润的红和羞涩的红叠加在一起,娇艳欲滴,茶几上的仙客来都被比了下去。

这个晚上,杜剑秋没在厢房住,她跑到阁楼上和杨蔻蔻挤了一夜。

佩玉终于要走了,她稍懂一些岐黄之术,推算出自己差不多怀上了,毫不耽搁立即告辞,杜剑秋没有假意挽留,反倒是章澍斋有些恋恋不舍,男人嘛,总喜欢新鲜的。

走之前,顾佩玉将两口柳条箱连同细软衣物都留下了,这些家当足够他们一家三口过到下一个新年,临走时佩玉还千叮咛万嘱咐,求三哥哥回家与父亲和解,章澍斋答应了,但是还要再等事业有了转机才有脸回去。

章澍斋出去叫黄包车,杜剑秋和顾佩玉拉着手,依依不舍,这倒不是惺惺作态,二人经过这几个回合,彼此明白心性,倒真像是姐妹一般了。

"有喜讯，拍个电报上来。"杜剑秋说。

顾佩玉点点头。

忽然楼梯上骨碌碌滚下来一个人来，正是住二楼厢房的谢招娣，十七八岁的姑娘还像个野小子一样走楼梯风风火火不稳当，这下可摔惨了，杜剑秋眼尖，看到招娣腿上一股血流出来，顿觉不妙。

招娣躺在床上，顾佩玉给她把了脉，周家姆妈紧张兮兮，问哪能了。

顾佩玉问这是你家什么人？周家姆妈说是远房亲戚，孤苦伶仃的一个女孩子，没爹没妈的。

"有了身孕了。"顾佩玉叹了口气道，不用猜也知道，招娣是被坏人欺辱了。

"烦劳顾大姐给开副药，留不得啊。"周家姆妈忧心忡忡，替谢招娣做了决定。

顾佩玉在迟疑，她明白招娣的境况，但又下不了这个狠心，因为此刻自己肚里也孕育着一条小生命，开方子容易，可她要为自己还没出世的孩子积德啊，这个事体干不得。

但她还是写了一张温补的药方，帮招娣补养身体，这时章澍斋叫的黄包车到了，佩玉便离开了二十九号，去赶火车回苏州了。

二楼厢房里没人了，周家姆妈逼问招娣啥时候做的好事，哪个后生播的种子，招娣哭哭啼啼，说不知道姓名，只记得是个长脖子，背手枪的特务，自家房子就是被他霸占了去的。

周家姆妈立刻偃旗息鼓，如果是煤球店的小伙计，她可以打上门去主持公道，背手枪的特务可招惹不起。

谢招娣自己拿着药方去抓药，煎了一锅中药喝了，似乎没什么用，肚皮反而日渐明显起来，现在二十九号有一大一小两个孕妇了，阿贵嫂四十岁的人老树开花，招娣才十八岁不到，两个人年岁上差着辈分，将来生了孩子却是前后脚差不多大。

招娣肚里野种的经手人是瘸阿宝，此刻他全然不知自己有了后代，正在天乐和狐群狗党打牌，聊到女人，不由得提起在潘家花园唱堂会的昆曲班花旦筱绿腰，用瘸阿宝的话说，那样的女人能困一回，减十年阳寿那是赚的。

"听说潘先生都搞不上手。"对面的黄寅生说。

"能让潘先生神魂颠倒的女人,这还是头一号。"瘌阿宝摇头晃脑,以潘克复的心腹自居,"听说同时有三个姓潘的在追求这个小花旦,一个是潘家花园的潘,一个是沪西特警总署的潘,还有一个是兆丰总会的潘,你猜哪个能抱得美人归?"

黄寅生倒吸一口凉气,这三位潘先生个个都不是省油的灯,谁能胜出,还真不好说。

| 第 36 章 |

过路财神

这些小喽啰们津津乐道的故事倒也不是空穴来风，只是没那么狗血罢了。

三位潘先生中的两位此刻正在沪西开纳路上的兆丰总会打牌，兆丰总会是潘三省的产业，由他那位名闻遐迩的老婆黑猫王吉打理，舞厅头牌出身的王吉极擅长交际，可以说潘三省的半壁江山都是她撑起来的，兆丰总会的规模比潘家花园大多了，戏台舞厅酒吧赌场客房桑拿一应俱全，中西餐随时供应，当然最主要的项目是赌场，光是每天抽头的钱就足以应付所有开支，这还不算交际所带来的各种好处。

潘克复的梦想就是把潘家花园办成另一个兆丰总会，哪怕缩水版的也行，他也是这么做的，可是戏台好搭，听戏的客人难聚，每天除了那帮狐朋狗友，真正上得了台面的人，是不会到潘家花园去玩的，钱流水一般花出去，见不到效果，潘克复思来想去不明白，但他来到兆丰总会一游，见到如同黑蝴蝶一般游走于牌桌之间的王吉，顿时豁然开朗。

他缺的不是更大的花园洋楼，或者礼查饭店挖来的名厨，而是一位长袖善舞的女主人，那位昆曲班子的女班主筱绿腰就是最佳的人选。

筱绿腰只有二十五岁，十二岁被卖到戏班子，从倒痰盂的丫头一步步混成班主，要知道戏班子可不是一般行当，游走于各码头，左右逢源八面玲珑，在虎豹群中闪展腾挪，游刃有余，关键是还长了一副国色天香的好相貌，这样的女人不赶紧收入囊中，更待何时。

潘克复和筱绿腰谈过，碰了一个不大不小的软钉子，多方探听之后才晓得，筱绿腰抱上了更粗的大腿，正是兆丰总会的主人潘三省。

潘三省是上海滩有名的豪客，重义轻财，他罩着筱绿腰，潘克复自然不敢轻举妄动，只能在牌桌上委婉提出此事。

兆丰总会的院子里绿草如茵，冠盖如云，潘三省心情不错，打出一张牌来，婉言拒绝："阿拉干女儿讲了，现在不想嫁人，小潘你就绝了这门心思吧。"

潘克复却不愿就此罢休，他正色提出，请潘公转告筱绿腰，我潘某人并非金屋藏娇，而是明媒正娶，登报昭告天下的。

这么一说，潘三省也不得不重视起来，说这样吧，这一局见输赢，侬赢了，阿拉帮侬转告，侬输了，就怪月老不赏缘分吧。

潘克复当即答应，换上纸牌玩梭哈，两人拿了牌，筹码越加越高，高到让潘克复亢奋的程度。

潘三省是上海滩最有名的赌徒，他还在加码，一口加到一百万中储券！

赌徒到了牌桌上是没有理智可言的，潘克复豪气上来，跟！

开牌了，潘克复输了，一瞬间他的心情跌到谷底，一百万中储券能兑换二百两黄金，绝对不是小数字，就这么输了不说，事情还没办成，他灰心丧气，也只能强颜欢笑，拿出兴业银行的支票簿来当场签了递给潘三省。

没想到潘三省拍着他的肩膀说："老弟真是性情中人，佩服，佩服，这样，筱绿腰那里，阿拉去讲，包侬抱得美人归。"

潘克复转而大喜，这一百万就当买个老婆，值了。

很快筱绿腰就提出了条件，嫁人可以，但不做姨太太，只做大房，且要八抬大轿进潘家花园，在申报上连登三天结婚启事，另外彩礼要三十根大黄鱼。

潘克复原来有老婆，但早已离婚，所以这些条件他都可以答应，除了那三十根大黄鱼，这可是三百两黄金啊！他不是没有这个身家，可潘家财产主要以房产地皮工厂股份为主，即便变现也没那么快。

即便是变现，也不是潘克复说了算的，时至今日，他也不过是趁着堂兄病重鸠占鹊巢而已，那些固定资产依然在潘克竞的名下，想变现得堂兄出面签字画押才行，他不是没想过毒死楼上那两口子，虽然快刀乱麻，但遗患无穷，且不说还有法律公道，多少双眼睛盯着潘家的财富呢，潘克竞夫妇死于非命，自己第一个吃官司，到时候不晓得这万贯家财便宜了哪路神仙。

权衡利弊之下，潘克复决定先含糊应下来，筱绿腰想必也是狮子大开口，漫天要价就地还钱呗，金条不够，珠玉来凑，把人娶进门再说。

173 | 过路财神 |

不当家不知柴米贵,潘克复执掌潘家之初,也曾踌躇满志,想着大展拳脚,可是几天下来就晓得白相人是处理不了实实在在的事务的,轮船公司和面粉厂被他经营得一塌糊涂,债台高筑,占了好处,就要承担责任,这是天经地义的道理,现在每月除却潘家花园的各项开销,光是打点各路神仙,运转企业的开支就让潘克复头大不已,即便如此,他也不能请钱如碧出山,必须硬着头皮顶下去。

这场战争的走向也让人心神不定,自打日本人偷袭了珍珠港之后,潘克复就留意战局进展,日本人的宣传是不能信的,要听重庆的电台广播才行,听说日美两国在太平洋上一场鏖战,日本损失惨重,墙头草对风向是最敏感的,眼下要做两手准备,一方面维持着这边,另一方面与重庆暗通款曲,潘克复花了不少金条,终于把自己的名字从重庆的暗杀名单上划掉,还和一位重庆分子搭上了线。

如今这位重庆分子正在潘家花园做座上宾,他叫毕良奇,浙江诸暨人,具体的部门、职位是不清楚也不能问的,以礼相待就对了,潘克复与毕良奇谈笑风生,相谈甚欢,一盏茶的工夫,客人告辞,佣人帮他披上风衣,毕良奇察觉到口袋里多了东西,出门之后查看,是一个塞满美钞的信封。

打点了重庆方面,潘克复还不放心,这年月做正行生意来钱太慢,开赌场才能日进斗金,沪西那么多家总会、赌场,不差自己一家,想要做大,除了一位招蜂引蝶的女主人,还得有可靠的武装才行。

回到书房,打开四个保险柜,装黄金美钞的柜子已经空了,珠宝玉器还在,但那是给筱绿腰预备的,中储券依然满满当当,这种钞票没啥意思,连老百姓拿到之后都会第一时间买米或者兑换成银元金条,遑论潘克复。

他准备用第四个柜子里的钞票给手下亲信瘸阿宝买一个警察分驻所的所长位子,想想这些钱明天就要全部花出去,潘克复又有些彻悟,钱财如粪土,荣华富贵都是过眼云烟,自己命里大概只是个过路财神吧。

潘克复相中的这个警察分驻所就是管辖长乐里的沪西第六警察分驻所,所长位子刚刚空下来,觊觎位子的人不少,除了潘克复,还有特工总部第四处的丁润生。

丁润生是变节的军统特工,本身没什么钱,只是最近手气好在天乐赢了几万块,就想着不再做行动人员,买个肥差逍遥快活,他把钱送给自己的顶头上司，第四处的处长，也是兼任沪西特警总署署长的潘达，就满怀希望地回去等消息了。

没几天，潘达把他叫了去，轻描淡写说第六所的人选有安排了，下次再说吧。

丁润生明白，自己出钱不够多，潘达把官儿卖给出价更高的了，贿赂的钱自然是不退的，至于"下次"更不知道等到什么时候，但他又能说什么呢，只好诺诺退下。

瘌阿宝走马上任，摇身一变成了所长，穿上黑制服，系起了斜皮带，耀武扬威，得意非凡，一个警察分驻所有二三十个巡警，权力说大不大，说小不小，辖区内的赌场他是不能碰的，那些都是大佬们罩的，但是寻常的米铺、煤球店、烟纸店，还有几千户居民全都任他拿捏。

人逢喜事精神爽，瘌阿宝兜里没钱，硬是借贷摆了十几桌宴席，酒桌上吃得面红耳赤，制服领子敞开着，更显得脖子细长，他挨桌敬酒，轮到黄寅生和丁润生这一桌时干脆坐下了，端着酒杯和丁润生推心置腹：

"老弟，别怨阿拉，上面非要阿拉坐这个位置，阿拉也没得办法，换侬，侬又哪能办？这样吧，等阿拉坐稳之后，帮侬调个房子。"

丁润生还能说什么，只好杯酒泯恩仇。

黄寅生说话了："宝哥，既然做了所长，凡事都要立起体统来，侬格身份，非洋房才配哦。"

瘌阿宝有自知之明，愚园路上那些洋房都是部长次长们的，他一个小小警察分驻所长，住石库门房子就不错了。

"前段辰光，有只白蚂蚁介绍了一栋房子，好像就在辖区内，回头我搞搞清楚门牌号码，现场去看看，合适的话就拿下。"瘌阿宝说着，又给自己倒了一杯花雕，一口干了，亮出杯底，换来一片叫好声。

……

"料酒嘛，就用花雕，烟纸店里卖的料酒不灵的，两毛钱一吊的料酒里倒有一半是水，那叫炒菜吗，那叫佘汤！"

二十九号灶披间，难得一见的二房东孙叔宝正和一帮女人吹牛，他一身拷绸裤褂，衣襟上挂着银质的怀表链，大油头整齐地向后背起，眼光滴溜溜在章夫人的细腰、梅英的丰臀上打转。

梅英端着菜上楼，孙叔宝尾随而去，竟然跟进了门，笑嘻嘻道："这个月房租该交了。"

"以往不都是交给苏州娘子吗?"梅英把炒好的鸡毛菜放下,在围裙上擦着手,略带疑惑地问道。

"伊回娘家去了。"孙叔宝说。

梅英去抽屉里拿钱,她做皮肉生意纯粹是辛苦钱,有时候一个月接不了几单客,赚的钱交了房租,买米买菜买胭脂水粉就剩不下几个钱了,凑了一堆零钱递给二房东,孙叔宝却不接:"这个月涨了,侬这点钱不够啊。"

"没听苏州娘子讲涨钱啊。"梅英有些惊讶,涨房租是正常的,但要涨大家一起涨,哪有单独涨自家一家的道理。

"不想涨钱也行,让阿拉香一下。"孙叔宝嬉皮笑脸凑过来,浑身骨头轻飘飘的没有二两重,梅英讨厌他,却又不能得罪他,反正接生客也是接,接熟人也是接,还当什么贞洁烈女不成,索性一闭眼,由他去了。

忽然门外传来田飞的喊声:"苏州娘子,侬回来了。"

孙叔宝吓得抱头鼠窜,梅英开门出来,哪有什么苏州娘子,只有亭子间的田飞在风声鹤唳。

"谢谢侬。"梅英投过去感激的一瞥。

田飞扶了扶眼镜,回一个笑容,鼓起勇气说道:"有什么事体,勿要和阿拉客气。"

第37章
顶费

对男人的那点心思,梅英再清楚不过,田飞就是癞蛤蟆想吃天鹅肉,她嘴角不由自主浮起嘲讽的笑,转而想到田飞固然是一只癞蛤蟆没错,自己却不再是什么天鹅,这嘲讽瞬间化作自怜,一声轻叹,扭转身子回去了,一颦一笑之间,看得田飞不由得痴了。

回到自家屋里,梅英躺在贵妃榻上,让小红给烟枪装上鸦片膏,侧起身子,凑着烟灯更抽了两口,忽然听到隔壁周家姆妈大呼小叫,努努嘴,小红便跑去打探,少顷回来通禀,是周家小囡肚皮痛,不知道犯了啥毛病。

梅英一骨碌爬了起来,她不喜欢周家姆妈,但周家小囡不一样,小小年纪就没了爹。孤儿寡母的再出个三长两短,让人怎么活。

二楼厢房内外已经聚满了邻居,七嘴八舌瞎出主意,周家姆妈乱了方寸,周家阿婆慌得在菩萨像前不停地磕头,所有一切都无济于事,小囡还是哭得上气不接下气,只见隔壁梅英走了进来,手里还拿着烟枪,抽一口,对着小囡面孔喷下去,还别说,这一口大烟真能解痛,小囡的哭声明显没那么撕心裂肺了。

但是大烟只治标不治本,杨蔻蔻说:"不然送医院吧,我去叫辆黄包车。"说着蹬蹬蹬下楼去了,刚出门就看到阿贵和赵殿元从远处过来,赵殿元下班后帮阿贵拉几个钟头的车屁股,两人正好在这个时间交接。

来得早不如来得巧,周家姆妈抱着孩子下楼上车,她一个人去怕是照应不过来,好在有个谢招娣跟着,赵殿元拉着黄包车小转弯上地丰路,迎面几个吃醉了老酒的巡警走过来,一个个面红脖子粗,皮带解下来拎在手中,敞胸露怀,行人无不退避三舍,赵殿元也把车停在路边,不想多生是非。

周家小囡的鸦片劲儿过去了,又开始嚎哭,那几个巡警闻声看过来,一个家伙喝问道:"是不是拐卖人口!"周家姆妈慌忙解释,这是我家孩子,腹痛要去看医生,巡警们围了上来,问周家姆妈要户口簿。

出来看医生哪带什么户口簿,这分明就是找茬,但谁也不敢和他们讲这个道理,周家姆妈赶紧吩咐谢招娣回去拿户口簿。

赵殿元更有经验,拿出零钱说我认罚,通常巡警找车夫的麻烦,不过就是图罚款而已,也不用多,三五个角子就能打发。

但今天似乎不行,巡警们的目光落在这辆八成新的黄包车上,车身上钉着工部局发的大照会,他们相视一笑,心照不宣,板起面孔来盘查赵殿元,说怀疑这辆黄包车是偷的,要带回警察分驻所审问。

赵殿元据理力争,毫不退让,这辆车既不是自己的,也不是阿贵哥的,而是借朋友的,如果被这帮坏蛋敲诈走了,两家不吃不喝白干一年也赔不起,更何况车上还有生病的小囡,他就是豁出命来也不能让车被抢走。

巡警们大怒,威胁要把赵殿元抓回去严办,正在危急关头,吴伯鸿和阿贵赶过来了,后面还跟着一群女人,是谢招娣把大家喊来助威的,邻居们人多势众,吴伯鸿振振有词说这是在工部局的道路上,你们警察所没有执法权,阿贵更是摆出江湖口气,放话说倒要看看,谁敢扣我的车。

巡警中的一个人,悄悄溜走去喊援兵,他们刚参加完新上任所长的升官宴,酒席还没完全散场,瘸阿宝和几个兄弟依旧在推杯换盏,听说有人在地丰路上找兄们的晦气,当即把酒桌掀了,拿了枪带人杀过去。

半个第六警察分驻所的人马都杀到了,这辆黄包车不扣也得扣了,瘸阿宝要立威,天王老子的面子他都不给,不但要扣车,还要抓人,不过好歹他们还算是人,没抓周家姆妈和小囡,只抓了赵殿元。

警察们带着人和车扬长而去,吴伯鸿也束手无策,只好先让阿贵帮着再拦一辆黄包车送孩子去医院,再慢慢想办法救人,赎车。

"怎么扣的,我让他们怎么给我送回来。"阿贵说。

……

瘸阿宝到底是喝大了,回去后就躺下挺尸了,睡了足足一个对时才被手下推醒,说署长办公室有电话打过来,瘸阿宝裤子都没穿,窜到墙边抓起话机,啪地一个立正:"署长好!"

"侬脑子被枪打过了?"潘达劈头盖脸就骂,"谁让侬动顾四爷的人的！"

瘌阿宝还没彻底清醒，不晓得自己犯了什么错，但顾四爷的名头他是晓得的，顾四爷就是有着江北大亨之称的顾竹轩，全上海滩的黄包车夫都是他的兄弟，这位大佬在沪上是最为特殊的存在，连黄老板、杜老板都得给他三分薄面，难道说今天抓的那个黄包车夫是顾四爷的门徒？

潘达发了一通脾气，语气缓和下来："不知者不罪，把车和人放了，找个机会我带侬去向顾四爷赔礼。"

瘌阿宝挂上电话，并不急着放人放车，先泡了一壶茶，点了一支烟，他好歹也是江湖上混过的，这里面的门道清楚得很，顾竹轩名头虽然大，谁都不敢不买他的账，但是潘达的面子同样大得很，打狗还得看主人，说破大天去，也不过是一个拉车的臭苦力和一辆黄包车而已，谁也犯不上为这些大动干戈，这里面的操作空间可就大了。

如同阿贵发下的狠话那样，巡警把扣的车还回来了，赵殿元也放了，可是人吃了一顿生活不说，车也被掉包了，本来是辆每一根辐条都擦得锃亮的八成新车，给换成辐条生锈，车厢破烂不堪的旧车，更别说最值钱的那张搪瓷牌子也不见了，工部局颁发的大照会可是有钱都买不来的稀罕货啊。

阿贵很生气，却又无可奈何，他是认识顾竹轩不假，而且是顾四爷的远房亲戚，还年轻的时候在闸北为四爷卖过命流过血，可面子只能用一次，一而再，再而三地登门求救，就像是小孩打不过别人总请当爹的出面一样，别说顾四爷不耐烦，就是他阿贵也拉不下这个脸。

车是朋友的，阿贵讲义气，打肿面孔也要自己出钱赔车，赵殿元更讲义气，赔钱他要出大头，结果是两家的积蓄瞬间清空，还倒欠一屁股债。

周家小囡患的是阑尾炎，送到医院开刀救治，总算是救回一条命，这一场病也把周家姆妈靠跑单帮挣来的钱花得一干二净，隔夜的买米钱都没了。

楼下吴家的日子也不好过，吴伯鸿的薪水越来越低，大儿子吴麒受了过度的惊吓，脑筋似乎不太灵光了，书也不念了，整天在家里玩耍，而且喜欢玩枪，吴太太给儿子买了一把铁皮小手枪，吴先生把巡捕房靶场捡来十几枚空弹壳，塞上弹头别在枪套上，看儿子玩得不亦乐乎，脸上带着笑，心里却酸楚得很，好好的儿子，就这么废了。

吴伯鸿以前爱喝三星白兰地，现在洋酒根本买不到，借酒浇愁也只能喝绍兴花雕，桌上只有可怜巴巴的一碟蚕豆，他家的娘姨也辞了，买米买菜都是太太出马。

吴太太面对着空米缸叹气，户口米能保证人饿不死，但是掺杂的沙子太多了，每次买米都跟打仗一般兴师动众的，明早又是买米的日子，得一大早叫上二十九号的邻居们一道前往，也好互相有个照应。

……

城隍庙，春风得意楼，瘸阿宝经中间人介绍，终于见到了房子卖家，在上海只有洋房别墅是可以整体买卖的，里弄不管有多少栋房子，都只有一张地契，想单独买卖的话，业主会签署一张权柄单，登记注册，证明房屋产权的变更，但在实际操作中没那么麻烦，大多是私下交易，签字画押即可。

拥有了房产，就可以对外出租，一般的做法是顶给出得起钱的人，顶费是除了房租之外，额外加在租客身上的负担，以前只相当于两三个月的房租，现在已经涨到和房价差不多了，顶下一处房子，等于获取永租权，可以继续分割出租当二房东三房东，坐收渔利。

卖家姓蒋，是个体面人，长衫礼帽，出口成章，他要卖的房子是长乐里的二十九号，民国十年建的老房子，他开价十五条大黄鱼，按照现在的市价，沪西双开间石库门房子，光顶费就得二十条大黄鱼，事出反常必有妖，但瘸阿宝不在意，长乐里是他管辖的地面，自己地盘上还能被人坑了不成，双方讨价还价，最终敲定在十二条大黄鱼。

白蚂蚁早已预备好合同和笔墨，就等着买卖双方签字了，蒋先生这才说了实话，签合同可以，权柄单拿不出来，打仗时候一把火烧了，这东西想补办也没那么容易，一来二去的就耽误了。

"不妨事，有合同就行。"瘸阿宝卷起袖子，鬼画符一样写下自己的名号：汪阿宝，又用大拇指蘸了印泥，按了个鲜红的手印。

"宝哥爽利人！"白蚂蚁跷起大拇指赞道。

蒋先生见他如此爽快，也签字画押，然后眼巴巴等着那十二条大黄鱼。

瘸阿宝将合同拿起来吹吹干，小心叠好揣进怀里，却只摸出两条小黄鱼来："见笑了，手头就这些钱，侬先拿着，剩下的改天再给。"

蒋先生变了脸色："勿好这样格，讲好一百廿两黄金的，侬两条小黄鱼算啥么意思。"

癞阿宝也沉下脸:"哪能!侬格意思,吾会赖侬账了,个么好了,不相信吾,这些么子拿去抵押。"

一张沪西特警总署的派司,连同沉甸甸的撸子一起拍在桌子上,枪套上还插着六枚黄澄澄的子弹。

蒋先生没想到癞阿宝如此无赖,做中间人的白蚂蚁也傻眼了,他们是要拿佣金抽头的,癞阿宝用二两黄金就强占人家价值二百两的房子,脸皮之厚,闻所未闻。

派司和枪是唬人的玩意,谁也不会收,不敢收,但就这样扬长而去也不合适,毕竟再乱的世道,大面上的道理也得讲。

"这样,吾写一张欠条给侬好了。"癞阿宝也觉得自己吃相太难看,他不会写字,让白蚂蚁写了一张欠条,自己签字按了手印交给蒋先生,约定年底之前付清余下的一百一十八两黄金,逾期按照每月百分之十五收利息,这样一来,蒋先生也无话可说,只好收了欠条,败兴而归。

癞阿宝空手套白狼,只花了二两金子就搞到一栋房子,此时他的心情正应了茶楼的名字,春风得意马蹄疾,出了茶楼,早有一辆涂成黑色的黄包车上前迎接,当了署长,出入自然要坐包车,这辆车是扣押来的,车上本来还有一张大照会,被癞阿宝拆下来卖了二两金子,正好付了房子的顶费。

回到第六分驻所,癞阿宝叫来一个手下,让他去长乐里二十九号通知二房东一声,重新缴纳顶费。

巡警来到二十九号砸门,正巧孙叔宝在家,笑问警察有什么事体,可是查户口。

"侬是啥么人?"巡警问。

"吾是房东。"孙叔宝依旧赔着笑。

"侬是房东?"巡警上下看看他,白相人打扮,倒不像是信口开河。

"这房子,阿拉所长盘下来了,让侬重新交一下顶费,不然房子要回收的。"巡警说。

孙叔宝大惊:"啥么子,侬所长盘下来了,这房子明明是阿拉的,从蒋先生那里花了五根大条子买下来的,手里有权柄单的,侬所长要盘,也得从阿拉手里盘啊。"

巡警也是市面上混过的,顿时明白咋回事,这大房东收了两家的钱,一处房子卖了两回,这种一鱼两吃的做法在上海滩并不鲜见,摊上了只能自认倒霉,然后看谁的背景深,手段多,谁就能抢到房子。

只是他不知道,强中更有强中手,瘸阿宝黑吃黑,才花了百分之一的钱就把房子讹下来了。

孙叔宝是个伶俐人,他递上一支香烟,向巡警打听了一番,终于回过味来。

这栋房子是十年前,孙叔宝的父亲花了三百块大洋从蒋先生手里顶下来的,孙家虽然不是房主,却拥有永租权,也就是说现在顶费高达二百两黄金,这笔钱应该是属于孙家而不是蒋家。

前段时间蒋先生说急用钱,想把房子所有权也卖给孙叔宝,所有权的含金量比永租权差了太多,最终花了五十两黄金成交。

这笔钱是孙家的家底子,孙家多年来吃的是从房客手中收来的房租与自家交给大房东房租之间的差价而已,孙家宁愿住灶披间,也要把最好的客堂间和厢房让给房客住,十年下来积攒的钱也就是这个数,但孙叔宝觉得值,以后二房东是他,大房东也是他,岂不美哉。

万万没想到,蒋先生把房屋所有权连同永租权又卖了一回,活活把自己坑死了。

注:旧上海的房屋产权关系比较混乱,源于租界土地华人不能买卖,往往会找一个外国人挂名,华界的石库门房子没有单独地契,买卖靠的是权柄单,顶费又是独特的存在,现在的人很难理解,彼时上海滩居住资源极其紧张,能有栖身之地就不容易,物以稀为贵,能租到房子不但要付房租,还要出相当于房价的顶费,但拿下之后就有了永租权,房主不能随便赶你走,你有权再分割出租,甚至改变房屋结构。

| 第 38 章 |

我们中国啥时候才能有航空母舰

孙叔宝是个不成器的败家子,但他有个好爹,他老子是青帮中悟字辈的大头香,早年也曾叱咤风云过的,可惜死得早,只给妻儿留下这么一栋房子,孙叔宝再不争气,也知道守住祖产的重要性,他备了礼物登门拜访父亲的老朋友们,这些爷叔虽然年纪大了不中用了,可徒子徒孙遍天下,说句闲话还是有用场的。

双方约好在六马路的玉壶春茶楼吃讲茶,临行前,孙叔宝特地换了件庄重的长衫,苏州娘子帮他扣上盘扣,把银质的怀表链拉整齐,问他:"侬一家头去啊,要不叫上小赵撑撑腰。"

孙叔宝故作轻松道:"勿用了,吾叫了李叔叔和周叔叔一道去,这些爷叔都是老江湖了,认识的人交关多,瘸阿宝不敢不给面子的。"

苏州娘子送丈夫出门,目送他上了黄包车,回来时看到自家婆婆和楼上周家好婆正坐在二十九号前门弄堂里,两位阿婆一个坐藤椅,一个坐竹椅,慢条斯理气定神闲地剥着蚕豆,天气热了,整个长乐里的老人们都从屋里厢出来,整日坐在外面晒太阳,就如同长在椅子上一般,苏州娘子凑过去帮着剥了一会豆,总觉得右眼皮在跳。

却说孙叔宝一路来到玉壶春,他的两位爷叔已经到了,同来的还有几位眼熟的长辈,刚聊上几句,瘸阿宝也上楼了,他今天没穿制服,也换了一身长衫,衣襟前一根赤金的表链金光夺目,随同瘸阿宝前来的,还有一位上了年纪的爷叔。

上海滩就这么大,双方一看都认识,原来瘸阿宝也是青帮门徒,那位爷叔是他递门生帖,正儿八经拜的老头子,但是辈分不算高,真论起来瘸阿宝该喊孙叔宝一声师叔,可这世道哪是按辈分论大小的,瘸阿宝现在的身份是警察,是穿官衣的白道,县官不如现管,别说多高辈分的爷叔,到他这儿也得喊一声汪所长。

癞阿宝一点都没摆官架子，晚辈弟子的礼数拿得周全，对孙叔宝也是客客气气，让爷叔们不禁交口称赞，这个后生孺子可教。

既然大家都是自家人，吃讲茶的气氛就和善了许多，四四六六讲得清爽，这事儿不怪阿宝，也不怪叔宝，怪就怪那个姓蒋的两头哄，可这家伙已经拿了钱离开上海，到处找不到人，退钱是不可能了，只能想办法让两边都满意。

三老四少们谈笑间就把这桩公案给断了，辈分最长，年岁最大的李姓爷叔拿着折扇敲打着桌子说："格么好了，这栋房子二一添作五，一家一半，但是呢，房子是叔宝家住了十年的，把伊拉赶走不合适，不如房子叔宝依依旧住着，管着，每个月收的房租，分给阿宝一半。"

孙叔宝一听就炸了，房租分一半出去！这是什么道理，这些爷叔到底是在帮自己，还是胳膊肘往外拐，他想据理力争，却又没有自家婆娘的伶牙俐齿，又没有父亲当年的一腔奋勇，只好哑巴吃黄连，有苦说不出。

癞阿宝对这个结果是满意的，既然对方找了一堆有威望的爷叔来，面子总要给一些，自己这两年窜得太快，根基不稳，得罪这帮人没有好处，反正横竖他就出了两条小黄鱼而已，分到一半房租已经是占了大便宜。

事情就这么定了下来，孙叔宝灰头土脸地离开玉壶春茶楼，爷叔们却没走，还要留下叙叙旧什么的，癞阿宝也没走，矜持地陪坐一旁，孙叔宝晓得，待一会人家就会一道去浴德池泡澡，泡够了找家菜馆吃老酒，打麻将。

回家后，孙叔宝和苏州娘子坦承了败走麦城之事，两人商议半天，无计可施，又不甘心将每月房租白白交出去一半，还是苏州娘子有智慧，她说勿要着急，房子总归在自家手上，世道这么乱，癞阿宝不知道能活几年呢，这些钞票就当给他烧黄纸了。

这么一说，孙叔宝才过了心里的关，但每每想起来，还是晚上翻来覆去得睡不着，心里一口气堵得不适意。

……

杨蔻蔻觉得胃里翻江倒海，想吐又吐不出来，她从东阁楼里出来，去赵殿元屋里拿热水壶想给自己倒杯热水，就听到二楼阿贵嫂和谢招娣闲聊关于怀孕初期的各种反应，听得她心惊胆战，后悔不已，难道真中了。

赵殿元从黄金大劫案死里逃生之后,那天晚上杨蔻蔻又给了他一次,本来是掐算好时间不应该会怀上的啊,可是这种事情谁又能保证,杨蔻蔻坐立不安,心乱如麻,她不想生孩子,更不能生孩子,这个累赘必须去掉。

楼下一大一小两个孕妇还在继续聊着,谢招娣面临的情况比杨蔻蔻还不堪,她肚里孩子是个野种,根本留不得,可是顾佩玉给开的药吃下去,一点效果也没有,后来又去找别的大夫开方子想打下来,依然是没用,听说洋人的医院可以做手术,但费用比生孩子还贵。

阿贵嫂在下面说了,大不了生出来送到育婴堂,半夜里去,往墙上的大抽屉里一搁就行了,孩子如果命好,会被有钱人家收养,说不定将来还能留洋上大学哩。谢招娣似乎很满意这个选项,啧啧连声:"那就有福气,总比跟着阿拉强。"

"阿拉在乡下格辰光,生下来的女小囡,直接让大孩子拿着丢进尿盆里淹死的。"阿贵嫂又说,仿佛谈论的不是生下来的婴儿,而是新下的羊羔猪仔。

杨蔻蔻听得心寒,她想到赵殿元带来的那本《生死场》中的情节,人们和动物一样忙着生,忙着死,人在分娩,窗户下母狗也在生产,母猪带着小猪们跑过,不但是在东北乡村,在上海也是一样,生育是痛苦的,危险的,苦难的过程,人们只是按照本能在繁衍,丝毫感受不到生命的神圣。

她抚摸着腹部,尚且感受不到生命的存在,她不知道该怎么向赵殿元开口,他一定很开心,以为能将自己拴在这里,或许一个孩子还不够,最好两个三个,小赵一贯乐观而自信,等孩子断了奶,托付给他是放心的,或许就这样隐姓埋名过一辈子也不错,杨蔻蔻心思全乱了,胡思乱想着,等待下一轮反胃干呕。

外面传来一阵鞭炮炸响的声音,杨蔻蔻从老虎窗探头观看,只见潘家花园里张灯结彩,喜气洋洋,她有日子没盯着那边了,不年不节的,大张旗鼓为哪般,很快她就知道了,是喜事,潘家居然又办喜事。

不到一年,潘家花园办了两次婚礼,第一次是赵殿元和杨蔻蔻两个冒牌货当主角,第二次是潘克复做新郎官,新娘子正是他花三百两黄金聘礼娶回来的筱绿腰。

筱绿腰虽然是戏子出身，却是头婚，按照她的要求，要大张旗鼓，办得热热闹闹，潘克复全盘答应，登报公示，花车游街，潘家花园里连摆三天酒宴，戏班子就不请别家了，筱绿腰自己的班子就行。

从当天下午开始，长乐里就没安静过，总弄大门时刻敞开供轿车来往接送宾客，天一擦黑，潘家花园里开始放烟花，引得全长乐里的居民都在眺望，隔着墙还能听到园子里的昆曲，酒菜香味飘过来，勾动大家肚里的馋虫，方才想起许久没吃过荤腥了。

相比去年，家家户户的生活水平都向下走了，往日大鱼大肉的换成青菜豆腐，偶尔能吃上咸鱼就算是见了荤腥，连扒垃圾箱的野猫都饿得皮包骨头了。

赵殿元很晚才回来，在饭桌上将收入交给杨蔻蔻用来明天买米，他在造纸厂做技术工，薪水不算低，去掉赔偿黄包车的钱，房租、买煤球和买米的钱，几乎剩不下几个，物价飞涨，除了户口米不涨，任何东西都在涨价，电力的供应也在缩减，现在政府规定，每家每户电表，按月供给七度电，严禁超出，否则重罚，总之日子是越过越难了，杨蔻蔻每天做一大锅米饭，菜只吃咸萝卜、豆腐乳和鸡毛菜，米饭吃三分之二，剩下的次日早上拿热水泡了吃。

杨蔻蔻将一张张钞票捋直，话到嘴边却说不出口，赵殿元哪里晓得她的柔肠百转，匆忙吃着饭，兴冲冲说吃完了下去章先生屋里听广播，听美国人在檀香山电台的广播，纯英语的，只有章先生听得懂，也只有章家的五个灯的短波收音机能收听到。

"去吧，早点上来睡觉。"杨蔻蔻说，有时候她觉得赵殿元是个沉稳的、可依靠的男人，有时候又觉得他是个热血少年，自己还是个孩子，如何做得了父亲。

六月的天已经很热了，太阳落山之后，住石库门房子的人往往会搬一张躺椅到正门外纳凉，男人赤膊或者背心，穿一条大短裤，趿拉着拖鞋，手里摇着蒲扇谈天说地，女人穿着宽松单薄的裤褂聚在后门处聊着家长里短。但还有另外一些人，比如二十九号一楼厢房里的男人们，则衣装整齐，表情严肃地围坐在一起，他们在收听英文广播，太平洋战争的最新进展。

男人都喜欢听广播，听得多了，也就总结出经验来了，日本人的广播不能信，全是谎话，重庆的广播能信一半，只有檀香山那边短波电台播报的英语新闻才有八成真,这话是章澍斋说的,他是圣约翰大学的高材生,二十九号最有学问的人,他的话准没错。

吴伯鸿、赵殿元、孙叔宝,还有田飞和阿贵,总之除了不常住在此间的丁润生,全楼的男人都聚在章家,聚精会神地听着,其实他们也听不懂,就是不敢出声打扰章先生翻译。

"美军在太平洋上打了一个大胜仗。"章澍斋将耳朵贴在收音机喇叭上,收听美台是犯法的,他不敢把声音放得太大,听了一阵子,就简短翻译一句。

大家交头接耳一阵,都窃喜不已,三月份的时候菲律宾也被日本人打下来了,那时候大家的心情简直坏到极点,现在战局终于有了变化,日本人不再攻城略地,这是好事。

"仔细讲讲。"赵殿元说。

"小日本有四艘航空母舰被击沉,飞龙、苍龙、赤城、加贺,都是有名有姓的,做不得假。"章澍斋抑制不住兴奋。

"航空母舰是什么,有出云号厉害吗?在黄浦江上停过吗?"赵殿元很是好奇,为什么击沉四艘战舰,章先生就这么开心。

"航空母舰是装载驱逐机、鱼雷机的母舰,黄浦江太小,停不下的,比出云号大多了,几万吨吧。"章澍斋说,"海军打仗,靠的是主力舰和航空母舰,日本人虽然损失了航空母舰,可还有不少主力舰,这仗还有的打。"

于是大家又都沉默了,半晌,赵殿元才道:"我们中国的海军,啥时候也能有自己的航空母舰啊。"

章澍斋说:"首先我们得能自己炼钢,然后自己造船,从小船造起,再造大船,再造航空母舰,对额,还要能造飞机才行,这是一整套工业体系的问题,太难了,太难了,我们这一代人怕是看不到了。"

| 第 39 章 |

侬不信可以一枪崩了我

沪西第六警察分驻所,瘸阿宝所长清点着钞票,数了两遍抬头问道:"哪能噶少?"

来缴房租的是苏州娘子,孙叔宝不愿意再看到瘸阿宝这张面孔,就让自家媳妇来捣糨糊。此刻她将早已预备好的说辞抖出来,一阵叫苦不迭,说自家邻里关系好,拉不下脸连涨房租,有些住户孤儿寡母的,拖欠是常事,可总不能把人家赶出去睡马路吧,房客里还有干特务的,经常不交房租,自己也没办法,总之困难重重,每个月他也就能收上来四五百,说好的一半,不就是二百五。

当初三老四少当面讲好的,二十九号的房租归孙家收,收上来分瘸阿宝一半,因为进行得太顺利,瘸阿宝就忘了计较房租的具体数目,一时大意,留给孙家可以操作的空间。

长乐里的房租行情是公开的,像二十九号这样一栋双开间两层楼的房子,客堂间、厢房、灶披间、亭子间、阁楼、晒台全部租出去,差不多有八百收入,分出一半来至少也得四百块,可是苏州娘子交上来的房租却只有二百五十几块,这也太不把自己放在眼里了。

"侬不相信的话,干脆派个人替阿拉去收房租好了。"苏州娘子见瘸阿宝脸上阴晴不定,索性抛出杀手锏来。

瘸阿宝很想将这二百五十块钞票摔到苏州娘子脸上,然后将伊暴打一顿出出气,但是转念一想,好歹已经是做所长的人了,凡事不能像以前那样随性而为,如果连这种小事体都要靠动武解决的话,这个所长就当不长了。

"好额,吾帮侬收。"瘸阿宝接了这个招,当真派了两个警察去二十九号宣布涨房租,并且提前预收下个月的房租。

两个警察跟着苏州娘子回到二十九号,收房租哪是那么容易的事体,靠制服和手枪也不能把人唬住,这年头连最底层的老百姓都学刁滑了,有的是办法和你捣糨糊,就算是警察也奈何不得,难不成为了这么一点事就把人拘回来吗,难道警察所里犯人不用管饭的吗,所以你捣糨糊,我也捣糨糊,两个警察抽了孙叔宝几根香烟就回来交差了,他们糊弄所长,又有一套完备的说辞,搞得瘸阿宝一点脾气都没有。

所长不是那么好当的,要管着辖区上千户的人口户籍、治安、巡逻、宵禁、防火,每天公务繁杂,哪有闲空去盯着一处房子收租子,瘸阿宝纯属沐猴而冠,让他带几个狗腿子执行具体简单的事务可以,让他管理这么复杂的业务,他根本处理不来,但是他懂得一个道理,任何灭自己威风的事情都必须严厉打击,不然这个所长就当得不稳。

次日一早,瘸阿宝坐镇长乐里外的升记米铺,拿着藤条亲自监督老百姓排队轧户口米。

粮食愈来愈紧缺,当局把户口米的政策进一步收紧,以前拿户口簿就能买一家人的大米额度,现在发放新的购米卡,按户口发放,每人一张,限额每星期购买白米一升,碎米半升,这也只是名义上的额度,实际上米店根本没有足够的米,即便有也要尽量克扣下来,放到黑市上去赚取高价,所以每到买米的日子,头天夜里就有人带着小板凳去米铺门口排队,大家还自发地编了序号,用粉笔写在衣服上,可是这一切到了白天都形同虚设,因为总有一批人硬挤进前排队伍,等他们抢购完,后面的人就啥也买不到了,只好回家饿肚皮。

为了制止这种乱象,上面会安排警察维持秩序,可是警察和那帮人分明就是一伙的,抢购来的米他们并不拿回家吃,而是加价卖给那些买不到米的人,以此牟利。

升记米铺门口,挂着一块写着"明日本店售米"的牌子,店员从里面下了门板,摘下牌子,等待着的人群骚动起来,纷纷拎着板凳站起来,按照编好的序号排起队来,大家都是附近的街坊,买米总见面,彼此已经有了默契,代表二十九号来排队的是周家姆妈和谢招娣,她俩一个排前半夜,一个排后半夜,守着代表其他人的一张张小板凳,等到早晨,苏州娘子、阿贵嫂、杨蔻蔻等人来的时候,直接插入队列就行了。

如同往日那般,抢米的人又来了,七八个青皮混混慢悠悠踱了过来,看到附近有警察也不怕,反正都是自家人,他们瞅准人群中谁最好欺负就往那里插队,一般挑选的都是老弱病残孕,这回他们选中的是阿贵嫂,挺着大肚子不方便嘛，可阿贵嫂并不是个可揉捏的面人，她对待邻里们和善，对外面这些流氓地痞一点都不客气，再说周围还有二十九号的姐妹们呢，这年月，把女人磨炼得和男人没什么区别，大家团结一心，我前胸贴你后背，双手紧紧揽着前面的人，一条人链紧密相连，针插不进水泼不进。

抢米的青皮们见无机可乘，正在悻悻然，忽见警察所长瘸阿宝挥舞着藤条扑过来，吓得他们正要护着脑袋求饶，瘸阿宝的藤条却挥向了买米的队伍，打在阿贵嫂身上。

藤条打人很疼，一抽就是一道血痕，阿贵嫂气不过，嚷嚷说凭什么打我，插队是伊拉。

瘸阿宝是故意挑人来下手的，打的就是二十九号的住户，他嫌藤条打人威慑力不够，索性一把将阿贵嫂手里拿着的两张购米卡抢过来，阿贵嫂顿时眼睛都红了，两张购米卡是她和阿贵的口粮啊，如果被撕了就只能多花三四成的铜钿去买黑市米，一时间她满脑子都是大米，竟然扑过去硬抢。

这个举动彻底触怒了瘸阿宝，他丢了藤条，将阿贵嫂踢翻在地，三两下将购米卡撕得粉碎，还不解气，继续抬脚猛踹，他穿的是一双从日本人那里搞来的棕色马靴，铁头铁掌，走起路来咔咔响，踢人也格外疼，阿贵嫂一个孕妇哪里扛得住如此凶猛的殴打，邻居们见状也不买米了，冲过来救人，这群发疯般的女人竟把瘸阿宝吓了一跳，后退了半步定了定神，手按在枪套上。

"把这帮人的购米卡统统没收了！"瘸阿宝一声令下，警察们照办不误，将二十九号众女人手中的购米卡全都抢了过来，交到瘸阿宝手上。

瘸阿宝一张张看着卡片，他不认字，只勉强认识阿拉伯数字，确认这些是属于长乐里二十九号后，狞笑一声，一张张地当众撕毁，这就叫示众，这就叫立威，虽然不是杀人，可夺人口粮比杀人也差不到哪里去。

女人们或哭泣或求饶，或破口大骂，只有谢招娣咬着嘴唇不说话，因为她认出这个细长脖子的警察头目就是自己的仇人。

瘸阿宝看到了谢招娣的购米卡，觉得照片上的人有些眼熟，继而在人群中找到了这张购米卡的主人，不禁哑然失笑："老子找了侬好久，原来躲到格里厢来了。"

谢招娣被瘸阿宝带走了，准确地说是绑走的，晚上瘸阿宝满身酒气地回到住处,进了内室,解开谢招娣的绑绳就要扒衣服,自然遇到坚决地抵抗,脸都被抓了几道血口子。

瘌阿宝一怒之下拔出了手枪,谢招娣毫无惧色,闭上眼睛慷慨赴死。

"册那!"瘌阿宝反倒不舍得杀了,再次扑上去一通厮打,终于将谢招娣的衣服撕开,却看到让他迷惑不解的一幕,这个小娘皮的肚皮怎么大了,他努力转动被酒精燃烧着的大脑,想了半天才明白,这肚皮里装着的是自己的种。

这下瘌阿宝踌躇起来,他简单的脑子处理不来这么复杂的事情,只好先把谢招娣关在屋里,出门召集刚散局的狐朋狗友们商量。

物以类聚人以群分,瘌阿宝的朋友们也都是些上不得台面的渣滓,他们的知识不是来自父母师长,而是来自戏曲、连环画,以及社会的毒打,肚皮里没什么墨水,但不孝有三无后为大这种话也能说得出来,总之这是宝哥的种,必须留,女人嘛,肯定配不上宝哥,当个通房大丫鬟得了,大男人身边总得有个端茶送水,知冷知热的人不是?

瘌阿宝深以为然,又喝了一壶老酒,晃晃悠悠回来,这次没动手打人,反而坐下来讲起了道理,他对谢招娣说,侬肚皮里是我的种,我就会照顾侬一辈子,如果不信,侬可以一枪打死我。

说着,瘌阿宝从枪套里拽出一把马牌撸子来,先把弹匣退掉,才塞到谢招娣手里,做这个小动作的时候他丝毫不脸红,他觉得谢招娣是个小女孩,根本看不懂自己在做什么。

谢招娣年纪小不假,可一点都不傻,瘌阿宝的无耻套路她根本不接招,随手就把空枪给扔到一旁。

瘌阿宝自以为这个女人舍不得杀自己,女人嘛,活着不就是为了嫁汉吃饭,他嘻嘻一笑,将撸子装回枪套,扣上按扣,苦口婆心劝道:"以后跟了我,保管吃香喝辣,顿顿大米白饭,诺,这些钞票侬拿去用。"

一堆中储券洒在谢招娣面前,瘌阿宝晃晃悠悠到桌旁,抓起茶壶牛饮了几口,靴子都没脱,一头栽倒在床上,不久鼾声大起。

……

阿贵嫂肚里的孩子还是没保住,她被瘌阿宝打了一顿动了胎气,抬回家没多久就早产下一个男婴,老话说七活八不活,这个足八月的婴儿终于没熬过去,当晚就夭折了,万幸的是阿贵嫂身子骨结实,不然就是一尸两命。

二十九号的邻里们都晓得,阿贵两口子活的就是为了孩子,没这个孩子,阿贵不会浪子回头,没这个孩子,阿贵嫂眼里不会有光,现在心心念念的孩子没了,阿贵两口子就没了指望,尤其阿贵嫂,怕是要寻短见的。

果不其然,等阿贵嫂从昏迷中醒来,第一件事就是要看看孩子,谁也不敢把个死婴抱给她,阿贵嫂猜到了什么,挣扎着想起身,被大家死死按住,于是歇斯底里起来,还是杨蔻蔻请来的医生给她打了一针镇静剂,才安静下来。

医生说,病人元气大伤,伤心过度,要加强营养,滋补身子,不然气血两亏,容易落下病根。

大家默然,连购米卡都没了,上哪儿去加强营养。

谁都不知道该怎么处理死婴,还是杨蔻蔻去找了一个鞋盒子装起来,小小的婴儿如同睡着了一般,静静躺在盒子里,杨蔻蔻想到自己肚里的小生命,不禁肝肠寸断,泪如雨下。

等阿贵拉完黄包车回家,一切都晚了,他梦寐以求的传宗接代人躺在一个薄薄的纸壳鞋盒子里,等待见上父亲的第一面和最后一面。

阿贵什么都没说,更没哭,他端了鞋盒子出去,赵殿元怕他想不开去找瘸阿宝拼命,就跟在了后面,可阿贵没往警察分驻所方向走,他很认真地对赵殿元说:"我得找个风水好的地方葬了他,下辈子也好托生个好人家。"

最终阿贵把地方选在三角地公园,上海寸土寸金,只有公园才有空地可以埋人,他没有铁锹,索性用手挖土,在一棵树下挖了很久,手指都见血了也不停下。

赵殿元看了心疼,说阿贵哥可以了,够用了。

阿贵说:"不够,万一有野猫野狗来把我儿子扒出来糟蹋了哪能办。"

赵殿元就帮他一起挖,两个大男人挖出一个大坑来,终于将鞋盒子葬在里面,压上土,踩实在,小小的鞋盒子所占的空间很小,树下只是有挖过新土的痕迹,没有隆起的土堆。

阿贵掏出烟来,他买不起整盒的纸烟,每次都是零沽几支散烟来过瘾,点燃一支烟插在坟前,再点两支烟,和赵殿元一人一支,坐在地上抽。

"小赵,你说人活着图个啥?"阿贵,一个拉黄包车的苦力,一个大老粗的中年男人幽幽地发问。

赵殿元答不出。

"活着太累了，太难了。"阿贵说。

下雨了，夜雨绵绵，滴在他脸上，不晓得是雨还是泪。

| 第 40 章 |

钱如碧的狸猫充太子之计

阿贵回来就病了,发高烧,说胡话,人事不省,阿贵嫂更是卧床不起,两口子倒在二层阁里奄奄一息,坐以待毙,邻居们想帮忙也无处下手,且不说看病买药吃饭都需要钱,单单是心病还要心药来医,上哪儿去给他们找个孩子去。

这几天全靠赵殿元和杨蔻蔻照应着,赵殿元从厂里预支了工资,杨蔻蔻去药铺抓了几剂中药,又买了些黑市米熬粥,衣不解带服侍着两个重病号,可怜阿贵嫂倒了半辈子的马桶,这回终于有人帮她倒马桶了。

孙叔宝和苏州娘子心里明白,这场灾祸是房租引发的,但他们不敢说,只是悄悄将阿贵家这个月的房租免了,苏州娘子还说下个月晚点交也行。

真正救了阿贵夫妇的竟然是谢招娣,三天后她回来的时候,带着一条金华火腿,两只腊鸡,还有炼乳和红糖,身上的衣服也换了崭新的绸子裤褂。发生了什么事,谁都能猜出来,但没人责怪招娣,一个没爹没娘的女孩子,能活着就很好了,哪有资格决定自己的命运呢。

谢招娣现在的身份是瘌阿宝的屋里人,虽然没有名分,却并不耽误她帮瘌阿宝收礼,那些开米铺、煤栈、南北货店的小老板,隔三岔五就要上门打点,火腿腊肉家里堆得到处都是,点心小菜管够,米缸里更是时刻满满当当,还不是难以下咽的暹罗米,而是正经的太湖米。瘌阿宝不常在家,也不可能天天锁着招娣,于是招娣自作主张,拿了东西来探望阿贵嫂。

阿贵嫂摸着招娣的肚子,眼泪扑簌簌掉下来,她懂得招娣的苦,自己没了的孩子好歹是自家男人的,可招娣肚里的孩子,却是她杀父仇人的,招娣的苦,招娣的恨,不比自己少,只比自己多。

谢招娣贴近阿贵嫂的耳朵说了一句话:"嫂子,等孩子生下来,我当着伊的面掐死,让伊尝尝滋味。"

阿贵嫂脑子嗡地一下,想说劝阻的话,看到招娣毅然决然的眼神,又把话咽了回去。

谢招娣把火腿、腊鸡、炼乳、红糖留给阿贵嫂,又去二楼厢房找周家姆妈,伊不在,又去崇明跑单帮了,家里只有老人孩子,陪着聊了一会,招娣下楼,看到吴先生的大儿子在玩一只铁皮手枪,枪套上别的子弹黄澄澄的,和瘌阿宝枪套上的子弹一个样子,她蹲下问吴麒:"侬这是真枪吗?"

吴麒说:"戆大,这是假的,玩具,砰砰砰。"

招娣说:"哎呀,和真的一模一样。"

吴麒说:"枪是假的,子弹也是假的,是爸爸用子弹壳做的。"说着拿了一枚给招娣姐姐看,招娣看不出子弹的真假,但她相信吴先生是不会拿真子弹给儿子当玩具的,突然她脑子里闪过一个念头,这个奇思妙想让她兴奋万分。

"弟弟,给阿姐几个子弹好不啦?"

吴麒把小脑袋摇得像拨浪鼓,但是看到阿姐拿出来的糖块就改主意了,反正子弹壳爸爸可以变出无数个来,糖块却难得。

于是谢招娣用两块硬糖换了八个假子弹,底都是火击发过的空弹壳配弹头,除了轻一点,外观上不仔细看,看不出和实弹的区别。

招娣走后,杨蔻蔻才抓药回来,阿贵嫂才不舍得吃珍贵的火腿、腊鸡,托杨蔻蔻去黑市上卖掉,这上好的金华火腿可是能换够吃一个月的白米。

杨蔻蔻把火腿、腊鸡卖了钱,除了买米之外,又买了一只母鸡炖汤,这两口子靠着这锅鸡汤吊命,慢慢地恢复过来。

……

潘家花园终于有了新的女主人,一切都如潘克复预想的那般完美,筱绿腰是管得了戏班子的狠角色,管理潘家花园十几个佣人简直是牛刀杀鸡,她一进家门就辞退了潘克复雇的管家,事无巨细,亲自操办,高价聘请了扬州名厨,潘家花园的餐桌上从此便是大煮干丝、蟹粉狮子头的天下,除了淮扬菜,还有扬州澡堂,筱绿腰大兴土木,把一楼的几个房间改成单人浴室,用水泥砖头砌了池子,贴上瓷砖,热水里撒上花瓣,有专门的浴女服侍,还有扬州来的搓澡敲背师傅,采耳捏脚师傅伺候得舒舒坦坦。

潘家浴池开业之后,宾朋络绎不绝,远胜以往十倍,不得不说,筱绿腰的这些举措相当接地气,潘家花园的定位高低是根据主人来的,潘克复没有潘三省那般地位,也接待不了周佛海那样的高官,就只能走中层路线,淮扬菜和水包皮,反而比兆丰总会的西餐日料更符合客人们的胃口和需求。

客流量上来了,赌场的生意就好了,筱绿腰喜欢穿绿色,豆绿、茶绿、草绿、墨绿、鹦鹉绿各种绿,首饰也以绿为主,祖母绿的戒指,翡翠的项链,水头汪汪绿,这一抹绿游走于赌桌之间,客人们不喊她潘夫人,都称一声绿老板,有此贤妻,潘克复心满意足,正好腾出精力去做正经事体,比如管理一下面粉厂和航运公司。

这一管,竟然管出了国难当头的感觉,这年头做实业太难了,哪怕是潘克复这种搭上日本人关系的汉奸也举步维艰,各种苛捐杂税,各种拉闸限电,进原料需要钱,发工资需要钱,物价飞涨,囤积居奇,面粉厂缺电不能开工,江轮缺煤无法开船,潘克复心灰意冷,索性撒手不管,任其破产倒闭去了,反正不是自己白手起家创立的企业,丢了也就丢了。

天气有些闷热,一楼赌场大厅天花板上,四叶吊扇不急不慢转着,吹不散香烟雪茄的袅袅烟雾,潘克复没穿西装外套,只着衬衫领带从赌桌间走过,看到一张牌九桌上坐着的瘸阿宝和丁润生,笑着上前打了个招呼。

瘸阿宝本就是潘克复的心腹,没事就到潘家花园来坐镇,以警察所长的身份抱台脚,而丁润生则是前军统锄奸队特工,现任七十六号第四处执行队人员,说起来也算是不打不相识,就在大半年前,丁润生还朝潘克复的汽车丢炸弹,他肩膀上的枪伤也是瘸阿宝打的,如今大家相逢一笑泯恩仇,成了一个赌台上的牌友哩,这个乱世就是如此的荒唐。

筱绿腰从另一个方向走过来,与潘克复耳语几句,说香烟不够了,要从黑市上买几十条才行,潘克复点点头,说这些事体侬处理就好了,勿用和我打招呼。

"侬到底是当家的嘛。"筱绿腰娇笑一声,娉娉婷婷走开了,大夏天的这么一抹绿色,当真让人神清气爽,适意无比。

潘克复走进书房,已经等在这里的毕良奇起身相迎,两个人要谈些事情,不是生意上的事,而是军国大事。

"鑫鑫造纸厂侬晓得伐?"毕良奇弹了弹烟灰,不等潘克复回答,又说道,"伊拉是帮共产党,新四军做事体的。"

潘克复做恍然大悟状,难怪鑫鑫造纸厂那么难啃,果然有背景。

"新四军在苏北屡屡制造事端,与国军摩擦,打掉他们的经济命脉,就等于釜底抽薪,不战而胜。"毕良奇说,"上海毕竟是伪区,我们不方便出手,这个功劳,就送给潘兄了。"

潘克复大感兴趣,直起身子给毕良奇又递上一支烟,借着点火的短暂时间快速思忖,毕良奇是重庆的人,现在又是国共合作时期,他们确实不方便出手,但是告密不就是打个电话的事情嘛,为什么要把功劳送给自己,应该没那么简单。

"毕先生的意思是,拿了造纸厂,咱们二一添作五……"潘克复捻着手指做了个数钱的手势。

"不用对半,我拿三成就够。"毕良奇说,"其余的,侬拿去打点日本人和七十六号。"

……

二楼吸烟室,门窗紧闭,钱如碧陪着灯枯油尽的潘克竞暗自垂泪,外面乌烟瘴气,群魔乱舞,潘克复把个好端端的潘家花园搞成了浴池赌场戏院,简直不成体统,新娶的老婆筱绿腰更不是省油的灯,本来潘克复只占一楼,二楼依旧留给钱如碧,现在筱绿腰占了二楼的大房间做卧室和客房,把老主人挤到吸烟室居住,佣人们也都改换门庭,只剩一个老管家龙叔忠心耿耿。

潘克竞前段时间重病差点没了,老眼昏花,嘴里流涎,人已经不中用了,钱如碧有什么事体只能和龙叔商量。

"骄儿在就好了,起码伊拉不敢如此猖狂。"钱如碧说,想起不知所踪的儿子她就鼻子酸,儿子从小锦衣玉食惯了的,这兵荒马乱的世道,身上没钱,身边又没人照顾,儿子本该一天都过不下去,却将近一年音讯全无,她不敢去说最坏的结果,但心里已经做好了最坏的准备。

"大少爷不在,小少爷在也是好的。"龙叔低声进言道,"日本人撑不了几年,楼下那位也没多少蹦跶头了。"

钱如碧是个剔透的人,一点就明白,儿子也许回不来了,但可以有孙子啊,一样能继承家业,有了后人,希望就有了,可是儿子都没影子,上哪儿去找孙子呢。

"大少爷可是娶过亲的。"龙叔提醒了一句,抬头看看墙上的相框,那是换了头的潘骄和杨家小姐的婚礼合影。

"侬能寻到伊?"钱如碧急切起来。

"伊就在长乐里里厢。"龙叔说,"上次我去药铺给老爷拿人参,见到一个女人也在抓药,就悄悄一路跟着,我再三看了,确实就是杨家小姐,不会错。"

"菩萨保佑,菩萨保佑。"钱如碧抓起佛珠来快速捻着,忽然又想起一个问题,"寻到伊也没用场呀,骄儿又不在。"

龙叔轻笑一声,关己则乱,往日睿智的女主人这会儿也乱了方寸,他正要再度提醒,钱如碧已经悟了,有儿媳妇就会有小少爷,至于这个小少爷究竟是谁家的骨血并不重要,抱到潘家来就是潘家的种,以后少爷若不在,这就是潘家的第三代继承人,若回来了,再生几个亲的也不迟啊。

钱如碧从床头首饰匣里取出两根大黄鱼交给龙叔:"格事体就交给侬来办了。"

龙叔收了金条,郑重点头。

钱如碧关上首饰匣子,里面除了金光闪闪,珠玉耀眼,还有一把黑黝黝的枪牌撸子。

| 第 41 章 |

饥饿的城市

煤球越来越不经烧了，以往能做一顿饭的量，现在只能炒个菜，这是因为煤球里掺杂的黄泥太多，货次了，价还涨了，不但如此，买煤球和买大米一样也得排队，不光煤炭，所有物资都紧俏，去晚了就买不到。

为了节约煤球，二十九号的女人们想了无数办法，她们将煤球集中给三只火力最猛的炉子使用，做饭时轮流炒菜，宁可人等锅，不能锅等人，火力不旺的炉子用来煮饭、炖汤、熬药，用完之后封上炉门，座上一壶水，或者热剩饭，总之把余热利用殆尽，丝毫也不能浪费。

购米卡被瘌阿宝撕了，梅英、田飞，甚至连不经常回来的丁润生都把自己的购米卡贡献出来，反正他们从不排队买米，不如做个好事。

夏天的石库门房子里闷热阴暗，谁也不愿意在屋里多待，阁楼被太阳晒得滚烫，热气弥漫，白天更是无法容身，杨蔻蔻坐在西阁楼桌前，汗如浆出，桌上摆着一堆钞票，角子和铜元寥寥无几，这是赵殿元上交的工资，她要精打细算，安排好衣食住行。

赔黄包车的钱分成一份，房租分成一份，这就还剩下三成，衣服鞋子是不用添置的，杨蔻蔻来的时候是初冬，就穿了一件呢大衣，她现在身上是赵殿元的工装背带裤，屁股、膝盖这种磨损严重的位置都加了补丁，密密麻麻的针脚细密，磨坏了可以换新补丁，缝缝补补再扛三年没问题，衬衣、内衣、袜子都是自己买布做的，住石库门的女人，没有不会自己做衣服的，就连梅英都能自己做旗袍呢。

交通费用要留出来，赵殿元在闸北上班，每天两趟电车钱，现在全上海硬币紧缺，据说有两个原因，一是老百姓担心中储券贬值，宁愿储存角子和铜元这种硬通货，还有另一种说法，据说日本人前方连吃败仗，钢铁吃紧，大肆搜刮占领区的铜铁资源用来造军舰大炮，总之市面上渐渐看不到硬币了，坐电车没有零钱，当局想了一招，用同票面价值的邮票代替零钞,乘客拿邮票坐车,售票员拿邮票找零,堪称奇景大观。

除了房租,吃是大头,每人每周一斤半的户口米是吃不饱的,只能花钱买高价黑市米,好在楼下周家姆妈会给大家带一些崇明大米,价钱稍微便宜些,邻居嘛,守望相助是分内的事体。

以往二十九号的灶披间里经常出现红烧排骨、狮子头之类的大荤,现在连新鲜的鱼虾都难以见到,经济条件最好的吴先生家里都不怎么吃肉了,去肉铺买肉,最抢手的不是里脊和小排,而是肥膘,越肥越好,肥膘可以炼猪油,在热锅里放一点水,把切碎的肥膘放进去,猪油就慢慢地炼出来了,用锅铲子尽力地压,再压,把肥膘里的油脂榨尽,一勺一勺清亮淡黄的猪油舀出来盛在罐子里,不久就会结成白色的凝脂,炒青菜的时候挖一勺放进锅里,素菜能炒出肉味来。

炼猪油的油渣一出锅,小囡们就馋哭了,不光小孩馋肉,大人也馋,孕妇更馋,本来二十九号有三个孕妇,现在只剩下杨蔻蔻一个了,她故意穿背带裤来掩盖身形,谁也看不出她也是孕妇了。

二十九号有四个孩子,吴家两个,章家一个,周家一个,三个男娃一个女娃,都不到十岁正是贪玩贪吃的年纪,围着油锅嗷嗷待哺的,杨蔻蔻把热油渣一枚枚的平均分给他们,按大小,按岁数来,孩子们吃得香,杨蔻蔻的馋虫也被勾了出来,喉咙里恨不得伸出一只手来,把油渣全都抓住塞进嘴里,她先是奇怪,因为自己以前是不爱吃这东西了,继而醒悟过来,不是自己要吃,是肚子里的小生命要吃,那也是一个未出世的小囡啊。

杨蔻蔻最后只吃了一枚油渣,她为自己和小孩子争抢食物而羞愧,饥饿像一个巨手,紧紧攥着杨蔻蔻的胃,她怀着孩子,等于两张嘴吃饭,可一日三餐,唯一能尝到的荤腥就是炒鸡毛菜时放的小半勺猪油,她每时每刻都饿,饿到头昏眼花,上楼的时候眼前一黑就什么都不知道了。

……

闸北,鑫鑫造纸厂,厂里的日子也不好过,韩赞臣殚精竭虑经营这个厂,却发现到头来竟然还亏钱,原料的价格他无法控制,人家要多少就得给多少,但出货价格却被限制,当局成立了商业统制总会,下面是各式各样的物资统制委员会,粮食、钢铁、汽油、棉花、棉纱全都有专门的委员会,纸张也有一个委员会管着,限定纸张的售价,动辄就是某个当官的批一张条子过来,厂里辛辛苦苦生产出来的纸只能低价卖给人家拿去囤积居奇,韩赞臣自己想囤货却不行,他没有靠山,敢私自囤货分分钟管制委员会的稽查就上门了。

厂长办公室,韩赞臣和赵殿元相对而坐,上次事情之后,韩老板就把赵殿元当成心腹看待,凡事都要听他的意见。

"小赵,厂里维持不住了,食堂开不下去了。"韩老板将烟盒递给赵殿元,这是苏北老家的合伙人带来的香烟,烟梗少,质量上乘,不比大英牌逊色。

"那也没办法。"赵殿元叹口气回应道,他已经预料到此事,韩老板是个厚道人,在厂里开了个小食堂供应午餐和夜班加餐,厨子要工钱,米面粮油都得黑市上高价购买,光是这个福利就顶得上一半工资了,现在老板要关食堂,工人们也能理解。

"还得辞退几个人,你看谁合适。"韩赞臣又把花名册推过去。

这可太让赵殿元为难了,厂里聘用了十几个工友,都是技术骨干,缺一不可的,反倒是自己这个万金油电工可有可无,还拿着最高的工资,要走,第一个该走的就是自己。

"老板,我走。"赵殿元合上花名册,他根本不用看,这些工友的情况都了然于心,每个名字背后都是一个家庭,老婆孩子一大堆,顶梁柱失业,第二天全家就得饿肚子。

韩赞臣摆摆手,哭笑不得:"小赵,我不是这个意思……"

赵殿元说:"其实我早就想辞工了,和记那边请我回去呢,我会的技术门类多,怎么也饿不着我,其他这些师傅,走哪一个,工厂都得停工。"

韩赞臣仔细一想,确实是这个道理,在用人方面他已经很精简了,厂里一个闲人都没有,真计较起来,确实只有一个冗余的电工,但赵殿元是自家的救命恩人,辞谁也不能辞他啊。

赵殿元去意已决,起身道:"就今天吧,把工资结了我就回和记,那边催好几天了。"

韩赞臣见他这样说,也只好答应,厂里管财务的是韩夫人,她听说小赵要走,登时就不干了,两口子关起门来吵了一架,最后还是赵殿元给说开的,韩夫人眼泪汪汪,给赵殿元多发了一个月的工钱。

食堂今天最后一次开张,豁出血本来蒸了几笼肉包子,肥猪肉细粉条馅子,别提多香了,每人四个包子,赵殿元只吃了一个,把三个包子装在饭盒里拎回家。

回到长乐里二十九号的时候,已经是傍晚时分,斜阳从西边射过来,几个拿着蒲扇赤膊的爷叔已经在弄堂里盘踞好最佳的位置,爷叔们在老虎灶打了滚水过来,把竹榻浇上一遍来杀灭臭虫,有凉席的把凉席卷起来在地上磕,迅疾拿起拖鞋把掉落的臭虫一一拍死。炎炎夏夜,屋里厢堪比蒸笼,住石库门的上海人倒有一多半困在外面,谁也不笑话谁。

二十九号的邻居们也都在外面支起竹榻、躺椅、藤椅,连田飞都出来乘凉了,唯独少了杨蔻蔻。

苏州娘子见赵殿元回来,起身招呼:"小赵,快上去看一看,小姑娘今朝摔倒了。"

赵殿元急忙爬上阁楼,老虎窗开着,室内闷热无比,杨蔻蔻躺在床上,头上包了块纱布。

"没事,别急,脚下打滑从楼梯上摔下来了。"杨蔻蔻有些不好意思地笑笑,"也没做饭,你饿了吧?"

赵殿元拿出饭盒:"你看看这是什么。"

"肉包子!"杨蔻蔻已经闻到香味,伤口也不疼了,一骨碌爬起来,抓起肉包子三下五除二就吃了一个,吃完第二个才回过味来,把最后一个递给赵殿元。

"我吃过了,吃了四个呢。"赵殿元说。

可是他的肚皮却不想撒谎,咕咕叫了两下,杨蔻蔻把肉包子塞到他嘴里:"吃吧吃吧,你口水都流出来了。"

赵殿元忍不住了,咬了一大口,杨蔻蔻舔了舔嘴唇,吞了口涎水。

"分你一半。"赵殿元掰了一半下来,又递给杨蔻蔻。

吃完饭,赵殿元照例去楼下章先生家里听无线电,吴伯鸿带来一个消息,说城里开始抓电台了,特高课的汽车到处转悠,按区片断电来确认位置,一抓一个准。

"我们这样的也会抓吗?"田飞问。

"抓的是重庆、延安设在上海的秘密电台,阿拉这种也要当心些了,被人看到收音机天线,举报到警所的话,也是吃不了兜着走。"吴伯鸿在巡捕房当差,这些他比谁都懂。

章澍斋矜持地笑了:"阿拉早有准备,侬看这天线,外面根本瞧不见的。"

大家的目光落在章家的收音机上,一根天线从红木外壳后引出,顺着内墙往上引,到达天花板位置后沿着屋顶铺设到四边,丝毫没伸出窗外,就是进屋来检查,不仔细看也看不出来。

大家都称赞章先生机智,又聊了一下时局,章先生笃定地说,物资紧张是因为日本人连吃败仗,快不行了,大家心满意足,各自回去睡觉。

赵殿元回到阁楼,见杨蔻蔻辗转反侧睡不着,问她是不是太热。

"不热。"杨蔻蔻嘴硬道,她当然怕热,只是年轻女孩不愿意睡在外面,而且比起热来,她更怕饥饿的感觉。

"我教你一个办法。"赵殿元神秘一笑,打开老虎窗跨出去,伸手邀请杨蔻蔻,仿佛邀请女士进入舞池的绅士。

从老虎窗爬出去,就是铺着瓦片的屋顶斜坡,躺在上面,凉风习习,仰望月色,别有一番惬意。

瓦片被白天的太阳晒得滚烫,赵殿元撒了一壶水上去,竟然蒸腾起一股热气,等到凉了,再躺上去才是真的舒服。

"卖小馄饨的很久没来了。"杨蔻蔻说。

"走街串巷的小贩上哪儿去买精细白面、肉蛋虾,没这些做什么小馄饨,别说小贩了,就是霞飞路上那些吃大菜的馆子也限量供应了。"赵殿元说,又跟着解释一句,限量是因为日本人吃了败仗,中国快要打赢战争了。

"等胜利了,咱们去下馆子,我想吃蒜蓉红焖大肠,还想吃清炒去皮鳝背、荠菜虾仁豆腐、桂花酒酿圆子、油面筋塞肉、原汁肉骨头鸡鸭血汤、豆沙粽、水晶糕,对了,还有虾仁小馄饨,还要吃白米饭,吃太仓的香粳米,配高邮咸鸭蛋,蛋黄都是油的那种……"

忽然杨蔻蔻扭头看着赵殿元:"你想吃什么?"

赵殿元被她报出的这些菜名勾得口舌生津,闻言答道:"我跟你吃,你吃什么,我就吃什么。"

两人的肚皮仿佛为了抗议,又开始叫了,两人为了转移注意力,不停聊着,直到云彩遮住月亮才沉沉睡去,一只瘦骨嶙峋的黑猫从屋脊上经过,驻足观望片刻,突然疾奔而去。

第 42 章
难以拒绝的诱惑

也许是睡得太晚，叫醒杨蔻蔻的不是粪车的嘈杂，而是电车从大西路上传来的铃声，瓦片上沾满晨露，杨蔻蔻发现衣服都湿了，而往日总是早起上工的赵殿元居然还在酣睡，便推醒他催促去上班。

赵殿元欲言又止，终于还是说了实话，本来他打算隐瞒失业的事实，等找到新工作再说，但是又觉得瞒不住，还不如据实以告。

"厂里多给了一个月工资做遣散费，还能维持一段时间。"赵殿元拿出一叠中储券交给杨蔻蔻。

杨蔻蔻接了钱，抽出几张还给赵殿元，说男人出门不能身上没钱，在外面买包烟的钱总要有。

其实昨夜她也忍得很辛苦，她不能确定要不要告诉赵殿元自己怀孕了，但现在看来不能说，赵殿元是个责任心极强的男人，一旦得知，定然会发疯地干活，杨蔻蔻不想给他压力。

两人爬回屋里，赵殿元去大饼店买早点回来，两人分着吃了，杨蔻蔻解开额头上的纱布，让赵殿元看看伤口愈合了没有，这是一个月牙形的创口，已经止血结疤，完全愈合之后大概会留下一个浅浅的伤痕。

随后赵殿元出去找工作，他先来到法租界霞飞路，乘二路电车一路向东，经过福开森路的时候，看到诺曼底公寓楼上那间曾经住过的房子，窗帘早已不再飘舞，窗户上钉了几根木条，是被封起来了。

来到谢尔盖的旧货店，赵殿元和他交换了一些信息，老谢尔盖的日子也不好过，那些犹太人总喜欢拿些不值钱的小玩意来卖，收了就很难出手，这世道大家都穷，唯一暴富的是那些汉奸，可他们只喜欢黄金、银元和假文物，对这些欧洲来的工艺品完全不感兴趣。

"听说现在有一种工作很热门，帮人改装汽车。"谢尔盖说，"你知道，汽油是战略物资，军队没有汽油就开不动飞机坦克，所以汽油只会越来越紧俏，你看现在街上的私家车是不是很少了，想享受汽车带来的便捷，就只能换一种燃料，让汽车烧木炭……"

赵殿元没注意听，他的目光被货架上一顶棒球帽所吸引，黑色棉布质地，有些磨损了，帽檐弯弯的，帽前是白色的花体英文，N和Y叠加在一起，后面是活动搭扣，刺绣着MLB和1932的字样。

这是一顶十年前的旧帽子，如果戴在杨蔻蔻头上，就能把小月牙遮住了。

"喜欢吗，那是洋基队拿下1932年联盟冠军后的纪念品，一顶很不赖的Daddy Hat。"谢尔盖说，"一个德国籍的犹太人拿来的，我给了他五块钱，要知道，这种时候戴美国佬的帽子，纯属给自己找麻烦，幸亏那些日本人并不懂。"

赵殿元拿出五元钞票，又添了一张一元的："老谢，不让你吃亏，这帽子我要了。"

谢尔盖耸耸肩："好吧你拿着吧。"

赵殿元说："你刚才说的木炭汽车是怎么回事来着？"

……

长乐里二十九号，孙家阿奶和周家好婆坐在正门前剥豆，孙叔宝赤着上身，正给他老娘的柏木棺材刷油，这口六百斤的棺材每年都要刷一遍桐油，真真是油光锃亮，气派不凡。

邮差来了，说是有章先生的加急电报，得本人拿私章印鉴才能签收，孙叔宝冲屋里厢喊了一嗓子，不大工夫章澍斋出来了，接了电报拆开一看，脸色就难看了。

"哪能了？"孙叔宝问。

"阿拉爷没了。"章澍斋叠起电报，匆匆回屋，没多大功夫就收拾了两个皮箱，换了衣服，带着太太和女儿出来，向邻居们辞行，他要连夜赶回苏州奔丧。

电报是顾佩玉拍来的，章家老太爷昨晚上马桶的时候突发暴病，连天明都没撑到就一命呜呼，虽然父子关系早已断绝，但骨肉亲情是割不断的，章澍斋后悔没早点回去和解，这真是树欲静而风不止，子欲养而亲不待。

这一去奔丧，不知道多久才能回来，临行前章夫人将购米卡和购煤卡交给杨蔻蔻，请她在这段时间代买煤球。

因为打仗，北边的煤炭运不过来，上海极度缺煤，发电厂缺乏电煤，煤气厂缺乏焦煤，民间就更加艰难了，煤价飞涨，六年前上海没打仗的时候，一担煤只要一块零六分，到了前年就涨到一担四块钱，去年涨到一担二十，今年更是窜到一担三十，这还是中储券的价格，换算成法币的话就是六十，六年涨了六十倍。

燃料涨价，连带着老虎灶卖的熟水涨价，菜馆、餐厅、大饼店也涨价，往日不值钱的煤炭成了今日的"黑老虎"，家家户户只要有机会就尽量多买些囤起来，有煤有米，心里才不慌，至于往日饭桌上少不了的荤腥水果，已经成为新贵富豪们的专属了。

杨蔻蔻拿了购煤卡就赶紧去买煤球，长乐里外面的小煤铺被日资煤号挤垮了，现在买煤要到两条街外的义泰兴去买，用两张购煤卡买了许多煤球，煤铺提供小推车，付了押金可以无偿使用，杨蔻蔻正拉着一车煤球往回走，忽然两个警察迎面过来，用警棍敲打着小推车，说停下停下，检查了！

上面有规定，市民搬运煤球不得超过半担，超出就要罚没，杨蔻蔻是知道的，所以她只买了四十五斤，距离半担还差五斤，可警察摆明了就是要敲竹杠，威胁说要拉去警所上秤，杨蔻蔻气不过，正要咬牙认栽，后面走来一人，掏出香烟和钞票一起递过去，利索地打发了两个警察。

杨蔻蔻想道谢，话到嘴边停住，她认识这个人。

"少奶奶，别来无恙。"那人摘下巴拿马草帽，行了个礼，大热的天，依然长衫严谨，布鞋一尘不染，他就是龙叔，曾经是潘家花园的管家。

"我不认识侬。"杨蔻蔻想赶紧离开，可她拖着装满煤球的小推车根本走不快。

龙叔说："少奶奶别怕，我不是来带侬回去的，还请借一步说话。"

杨蔻蔻停步，抱着膀子，打量了龙叔半天，从他脸上看不到任何表情，反正被看穿了，是福不是祸，躲也躲不过，索性点点头。

路边有个小茶社，杨蔻蔻把煤车停在门口，龙叔要了一壶茶，擦干净座位，请少奶奶落座，开门见山道："有一单生意，做了就不愁吃喝，侬可感兴趣？"

杨蔻蔻不动声色，潘家是败了，可瘦死的骆驼比马大，不愁吃喝是可以保证的，只是不晓得代价是什么。

"帮潘家生个孩子，侬若是有男人最好，没有的话，帮侬安排一个，潘家只要孩子，不限制侬的人身自由。"龙叔继续解释。

"要孩子，去育婴堂抱一个就是，找我作啥？"杨蔻蔻已经差不多猜到对方的意图，但还是质问了一句。

"抱来的终究不是自家的，侬生的，才是潘家的后人。"龙叔意味深长地笑了笑。

"我不卖孩子。"杨蔻蔻下意识捂住自己的肚子，言辞决然。

龙叔又笑了："侬可能误会了，不是买这个孩子，是潘家需要一个孩子，侬依然是这个孩子的母亲，是潘家的少奶奶，从此不用排队轧户口米，不用推着几十斤煤球走路，孩子会有炼乳吃，有肉吃，还有最好的教育，将来能上大学……"

"我不感兴趣。"杨蔻蔻拒绝，但却没有拂袖离去。

"再考虑考虑吧。"龙叔先起身，丢下一张钞票付了茶钱，又将一个圆滚滚的柱状纸包放在桌上，小声说："先拿去用，想好了回个话，电话号码写在纸上了。"

"等等。"杨蔻蔻坐在原地未动，"是不是要住进潘家花园。"

"随您的意，住也可，不住也可。"龙叔见她松动，嘴角勾勒起笑意，"花园里现在住着外人，到底不太方便，潘家还有几栋洋房，就是略小一点点。"

"好了，我知道了。"杨蔻蔻摆摆手示意龙叔可以走了，举手间真有少奶奶的气派。

龙叔走远了，杨蔻蔻才打开纸包，里面封着十枚银元，袁世凯头像在阳光下光芒耀眼，这可是除了金条美钞之外最硬的通货了，拿这个买米买煤都不用排队，十枚银元不算多，充其量就是个引子。

但杨蔻蔻在意的并不是银元，而是入住潘家花园的机会，当时她逃离那里是出于一起意外，事后证明是她过于紧张了，但是既已离开，再回去也不现实，现在机会来了，本已放弃的任务要不要捡起来？她左右为难。

天边一块乌云飘来，下雨了，杨蔻蔻担心煤球被雨水淋散，赶紧推车往回走。

……

潘家花园，潘克复一袭白色麻西装风度翩翩，手拎一根斯迪克更添几分英伦绅士风范，他打扮停当，对太太筱绿腰交代一声今朝要去全国商业统制总会开会,晚上可能在沙逊大厦有个局,就不回来吃夜饭了。

"路上小心点,今朝落雨。"筱绿腰关切叮嘱一句,白天潘家花园没什么客人,只有到了晚上才高朋满座,现在正是一天中最安静的时刻。

潘克复出门上车,开出潘家花园大门时,门房按动电钮,一条电线扯到几百米外的长乐里总弄大门过街楼上,老张下楼开门,等车安全通过再关上大门。

正巧一辆外面来的出租汽车驶入,两辆车在总弄大门口车头相对,互不相让,那辆车上下来一个人,正是毕良奇。

潘克复下意识地一哆嗦,他曾经在这里遭遇刺杀,而毕良奇的身份又是重庆特务,职业杀手,虽然自己向重庆方面输诚,但谁能保证那边买不买这个账呢。

毕良奇走过来,没有掏枪,也没掏炸弹,而是一脸笑容打招呼:"潘先生,去哪儿?"

潘克复降下车窗:"商业统制总会那边,有个会议。"

毕良奇说:"那个不急,我这里有个要紧事,咱们上次说的那个事,该动手了。"

潘克复打开车门:"上车,回去说。"

毕良奇坐进车内就迫不及待道:"下面的人查到一个重要线索,除了造纸厂,还有个姓曹的是苏北方面派来的大干部,抓到他,更是大功一件……不过闸北是市警察局的管区,要抓人也是特高课去抓,咱们还得想个办法,绕过特高课……"

汽车缓缓驶回潘家花园大门,潘克复进了公馆的门,没看到筱绿腰在客厅,于是请毕良奇先去书房小坐,自己上楼去找夫人。

二楼最豪华的卧室被筱绿腰占了,佣人看到潘克复上楼,神情明显不自然,潘克复心中生疑问,上了楼梯,看到卧室房门紧闭,走到近前侧耳倾听,不堪入耳的声音传来,他顿时狂怒,一脚踹开房门。

果不其然,筱绿腰在偷人,偷的还是经常在楼下赌场打牌的客人,瘸阿宝的野路子朋友,生着一张小白脸。

潘克复腋下有一支时刻上膛的花口撸子,此刻他很想两枪打死这一对奸夫淫妇,可是打死之后如何收场,戏班子的人不会善罢甘休,自己只能伏法偿命,而且这个脸丢大了,整个上海滩都会流传自己头上绿油油的段子,好不容易打下的基业也毁于一旦。

筱绿腰满不在乎,一丝不挂施施然下床,拿了一支烟点上,抽了一口,吐出烟圈,两条如玉般的长腿叠了个优雅的二郎腿。

"给你五秒钟穿上衣服,滚。"潘克复对那个小白脸说。

那小子慌忙蹬上裤子,抱着皮鞋和衬衣逃之夭夭,卧室里只剩下潘克复和筱绿腰两个人,外面开始落雨,雨沙沙下,气氛有些尴尬。

"为什么?"潘克复问。

"不为什么。"筱绿腰瞥他一眼,"你自己行不行,心里没点数吗?"

| 第 43 章 |
咱们工人有力量

这句话说得潘克复无言以对,他并不是不行,而是太行了,想当年潘公子可是著名的欢场浪子,声色犬马,挥金如土,金枪不倒的威名流传于上海滩花界,直到去年,他年满四十,依然雄风不减,可就在霸占了潘家花园之后,身子骨渐渐就不中用了,可应对几个有夫之妇还是绰绰有余的,说来也怪,在迎娶筱绿腰之前,他还能战个七进七出的,八抬大轿娶进门之后,野花成了家花,似乎就不香了,连一个回合都招架不住了,筱绿腰正当青春年少,如狼似虎,自然少不得给潘克复脑袋上添点颜色。

潘克复找中医西医都看过,中医说他肾虚,开了虎鞭、鹿茸一大堆虎狼之药,西医说他是中枢神经问题,也开了一大堆莫名其妙的补肾口服液之类,唯独一位云游和尚的说法与众不同,他说人这一辈子,床笫之事是固定之数,年轻时搞得太多,到老就没了,换句话说,潘克复年轻时把一辈子能玩的都玩完了,到了四十岁就只能干看了。

筱绿腰吸着烟,一副无所谓的嘴脸,潘克复脸上阴晴不定,他在衡量计较,把筱绿腰娶进门并不是为了相夫教子,而是为他操持潘家花园赌场,一枪毙了这个女人,怕是再也难找这么合适的人选了,婊子无情,戏子无义,这桩婚姻本就是三百两黄金的生意而已,还真当结发夫妻不成?

潘克复瞬间又悟了,自己还是年轻啊,做人最重要的是格局,小不忍则乱大谋,汪政府那些部长次长们,为了曲线救国,连礼义廉耻都不要了,自己只不过是女人被睡了而已,便气急败坏的话,这格局如何做得大事。

"侬想找男人,也不要找这种赤佬。"潘克复躬身拿起地上的碧绿色裙子丢过去,遮住筱绿腰的胴体,"收拾一下,下来招呼客人。"

说罢,他若无其事地出了卧室,把门轻轻带上,在佣人复杂的眼神注视下潇洒下楼。

筱绿腰倒被他这一出搞傻眼了,她的淡定完全是装出来的,这种事被撞破哪还有什么好结局,事实上她已经做好鱼死网破的准备了,万万没想到,潘克复竟然没什么大反应,这个男人当真是深不可测,她不由得收起轻视之心,穿上衣服,补补妆,花枝招展地下楼,泡了壶茶端到书房门口,就听到潘克复和别人在商量事情,说的尽是些七十六号、特高课、宪兵队之类字眼,不禁打了个寒战。

潘克复和毕良奇正聊着,筱绿腰端着托盘进来,给他和客人沏茶,又站在他身后捶背捏肩,体贴入微。

"达令,有什么需要让下人叫我。"筱绿腰说罢,又冲客人微笑致意,出了书房。

毕良奇把目光收回,扭过头来赞道:"举案齐眉,琴瑟和谐,潘兄有福啊。"

潘克复矜持一笑,回到正题:"那还是等姓曹的到了鑫鑫再动手,抓个人赃并获,人送特高课,厂子拿下,机器原料搬到沪西来再找下家。"

毕良奇说:"对头,时局如此板荡,还是挣些快钱来得方便。"

潘克复一个电话打到警察分驻所,让瘌阿宝马上来一趟。

……

谢招娣的肚子越来越大了,她年纪轻,营养也跟得上,脸色逐渐红润起来,但日子却愈发难熬,瘌阿宝喜欢喝酒打人,每每半夜喝醉了回来都要折磨她,谢招娣想跑,被瘌阿宝看穿了心思,威胁说如果侬跑特了,我就把二十九号那帮人抓起来。

就在昨日,谢招娣又把别人送的一盒糕点拿去黑市卖了,本以为做得天衣无缝,没想到瘌阿宝大发雷霆,将她狠狠打了一顿,原来那盒子有夹层,里面装的是人家行贿的钞票,自此谢招娣再也不敢偷拿屋里的东西了,她就像个被虐待的猫狗一般住在这里,日夜煎熬。

夜里八点多,瘌阿宝喝得醉醺醺的,被他四个铁杆心腹架回来,谢招娣躲在内间不敢出来,那些人也不麻烦她,自己找了热水茶叶沏茶给大哥解酒,瘌阿宝喝了几口茶,恢复了些神志,舌头还有些拌蒜,絮絮叨叨地说些抓人、弄钱的话,谢招娣忽然听到一个熟悉的字眼,鑫鑫造纸厂,她知道阁楼赵大哥就在那家工厂上班,不由得贴紧房门,仔细倾听。

　　瘌阿宝喝多了，说了一堆毫无逻辑的车轱辘话，手下们敷衍着，哼哼哈哈，等他打起呼噜来就都走了，谢招娣这才敢出来，只见瘌阿宝敞着怀，咧着嘴，坐在太师椅上酣睡，鼻孔里的毛，眼角的屎，还有胸口那只似龙似蛇的长虫，都令人作呕，她多想杀了这个坏蛋，但真摸到那支枪却又胆怯了。

　　谢招娣不敢杀人，做点手脚还是敢的，她壮着胆子喊了几声，瘌阿宝咂咂嘴，睡得正香，于是她拿出从吴麒那里换来的玩具子弹，先将瘌阿宝枪套上的六枚子弹换了一遍。

　　正往枪套上插子弹，忽然瘌阿宝说话："看老子不弄死侬！"

　　谢招娣吓得屁滚尿流，坐在地上，可是没有下文了，抬头看去，瘌阿宝咂咂嘴，继续打鼾，原来他是在说梦话。

　　这下谢招娣胆子大了，竟然解开枪套搭扣，把手枪抽了出来，她不会用枪，却是个聪明的女孩子，摸索一番后，竟然将弹匣卸了下来，又将一枚枚子弹退出，装上不能发射的玩具子弹，依旧将枪装了回去。

　　根据以往的经验，瘌阿宝这一觉要睡到天亮才醒，谢招娣径直出门，直奔长乐里，以往长乐里的总弄大门到天黑就要关闭的，现在潘家花园门庭若市的，大门彻夜洞开，招娣来到二十九号，砰砰砸门，苏州娘子还以为孙叔宝打牌回来了，开了门才发现是招娣。

　　"出大事体了。"招娣急道，"赵大哥回家么？"

　　阁楼上，刚回来的赵殿元正给杨蔻蔻试戴棒球帽，听到下面喧哗，出门应道："我在。"

　　谢招娣蹬蹬蹬爬上来，气喘吁吁语无伦次道："瘌阿宝要抓人，鑫鑫造纸厂，姓曹的，特高课。"

　　这些只言片语构不成完整的话，但所承载的信息量已经足够引起警觉，赵殿元回身倒了杯水："喝口水，慢慢讲。"

　　"就这些，瘌阿宝喝醉了讲的。"谢招娣有些惭愧。

　　"谢谢侬。"赵殿元道了谢，又对杨蔻蔻说："我得去报信，去晚了怕来不及。"

　　"我跟你一起去。"杨蔻蔻自告奋勇。

　　"也行，有个照应。"赵殿元探身出了老虎窗，从瓦片下取出那支七音子手枪别在后腰，杨蔻蔻也迅速换了衣服，两人下楼，正遇到阿贵拉着黄包车回来。

"阿贵哥,借车用用。"赵殿元说。

"拿去用,啥事啊?"阿贵多了一句嘴。

"瘸阿宝要抓曹先生,要办鑫鑫造纸厂,我们去报信,这大晚上的拉着车跑不会引人怀疑。"赵殿元说,这种事完全用不着隐瞒。

"你俩也不够。"阿贵想了一下说,"曹先生和工厂不在一处,万一寻不到人哪能办,不如这样,咱们兵分两路,你去厂里报信,我去找曹先生,真有个万一,我认识的人多,也能有个照应。"

赵殿元以目光询问杨蔻蔻,得到首肯后说:"那行,阿拉一道去。"

"闲话少说,你俩上车。"阿贵连饭也不吃了,把车把放下,不由分说将两人拽到车上坐定,拉起车来就跑,健步如飞。

九点多的马路上依旧车水马龙,但相比前些年差远了,电力紧张,霓虹灯都停了,街上行走的汽车也有不少进行了改造,车身后面背着烧木炭的锅炉和烟囱,看起来非常滑稽。

阿贵拉车是一把好手,能将平衡原理用到极致,赵殿元和杨蔻蔻都属于偏瘦体型,两个人加一起正好维持住平衡,阿贵在平地上只需要一点力气就能拉着车跑得飞快,下坡的时候简直可以双脚离地飞起来了。

这辆黄包车没有大照会,按理说是不能进租界的,事急从权,大不了被抓到罚钱呗,阿贵不管不顾,一路疾奔,到了分岔路口,两下分开,阿贵去车夫夜校,赵殿元和杨蔻蔻去窦乐安路曹先生家里找人。

黄包车让给赵殿元拉车,杨蔻蔻坐在车上充当乘客,女人是最好的伪装,即便是前年暗杀最凶残的时候,出入租界闸口也不会搜女人的身,现在七音子手枪就藏在杨蔻蔻身上。

赵殿元用最快速度拉着车来到窦乐安路曹先生借住的房子,喊了几声无人应答,上去敲门,终于有人回应,问曹先生可在这里住,里面回答说上个月就退租了。

曹先生是四爷的人,在敌占区活动必定小心翼翼,狡兔三窟,这也在情理之中,赵殿元累得满身大汗,心情失落,正要掉头去鑫鑫造纸厂,斜对面房子的阳台上有人招呼道:"这不是小赵师傅嘛。"

曹先生搬家了,就住在斜对面,赵殿元喜出望外,把车撂下,带着杨蔻蔻登门,用最简短的语言发出预警,曹先生却只是淡然一笑。

"不妨事,他们抓不到我,不过工厂确实危险了,咱们现在去鑫鑫。"

曹宇飞拉开抽屉，拿出一把罗锅撸子，拉起曲轴枪机上膛，把枪藏在长衫下面。

"那边可能已经有特务守着了。"赵殿元提醒道。

"你觉得他们能连夜守在那儿吗？"曹先生微笑了一下，"如果是特高课还有些可能，就他们？"

从窦乐安路到鑫鑫造纸厂很近，曹先生自己叫了一辆黄包车，赵殿元拉着车在前面开路，万一有危险也好有预警时间，两辆车一前一后抵达工厂，果然没看到什么鬼鬼祟祟的人在附近转悠。

造纸厂机器轰鸣，连夜开工，赵殿元叫开厂门，韩赞臣正好也在，看到小赵和曹宇飞一起登门，惊喜之余带着愕然："你们这是？"

赵殿元将原委道来，韩赞臣痛心疾首，欲哭无泪："又是这个潘克复，他不把我的工厂抢走不罢休啊，也罢，反正我也不想干了，就送给他吧。"

曹宇飞说："韩老板，有一句话我早想对侬讲了，在上海办不下去，咱们可以换个地方办，换一个没有苛捐杂税，没有特务汉奸的地方。"

韩赞臣一点就透："侬是说苏北，新四军的地盘上？好是好，可是阿拉一家门啊，在上海多少年了。"

曹宇飞说："韩老板，俗话说得好，只有千日做贼的，哪有千日防贼的，侬这家工厂已经被人家盯上了，就算送出去也不会有好果子吃，办了这许多日子，赚的钱不得吐个一干二净？一个不小心，还会被送进特高课，宪兵队，侬讲，待在上海还有什么意思？"

韩赞臣说："曹先生侬讲得有道理，可是人好去，工厂不好搬迁啊，阿拉是跑得了和尚，跑不了庙啊。"

曹宇飞沉吟片刻道："那就先走人，丢下东西，只拿细软，我可以提供特殊通道。"

忽然一个声音响起："谁说不好搬，人多了什么事都能办。"

原来是阿贵在车夫夜校寻不到曹先生，也追到厂里来了，他跑得浑身发热，小褂都脱了，露出一身精瘦的排骨。

赵殿元灵机一动："这些机器都是我组装的，我也能拆卸，只要有足够的人手，足够的车辆，就能连夜把工厂搬走。"

韩赞臣苦笑着摇头："你们想得太简单了，这都几点了，马上宵禁了，再说这个点去哪儿找苦力，去哪儿找汽车，运出城的话还得要特别通行证,就算认识人,这么晚也办不出来啊。"

曹宇飞说:"运出城的环节,我来解决,只要把东西运到苏州河边就行,路上也无须担心,闸北一带巡夜的警察不会找我们的麻烦,就是工人和汽车确实不好找。"

阿贵忽地站了起来,拍着胸脯说:"喊人的事儿包在我身上,小赵,你们先动起手来,把机器拆散了,等着我!"说罢抓起小褂出去了。

韩赞臣终于拿定了主意:"拆!停工,现在就把机器全拆了!杨小姐,麻烦您帮我走一趟,回家把我太太和孩子接来,告诉伊,别的都别带,就带那两只皮箱。"

"晓得了!"杨蔻蔻也出门去了,赵殿元则进了车间,拎起扳手,带着工人们一起拆卸起机器来。

厂子举步维艰,工人们心知肚明,大家都没说话,心情沉重地拆卸着还散发着热量的机器。很快韩夫人带着美玲也来了,只提了两只皮箱,韩家人未雨绸缪,时刻准备着逃难,箱子里早就装好了细软,说走就走。

气氛有些凝重,谁也没想到离别来得这么突然,转眼就要背井离乡。

韩赞臣一支接一支抽着烟,忽然他听到有什么声音传来,似乎是千军万马奔腾而来,难道是汉奸特务杀来了,那动静也不至于这么大吧,他慌忙出去查看,透过门缝就看到黑压压一片呼啸而来,无数车轮碾过地面的声音如惊雷划过天际。

鑫鑫造纸厂门前的道路上,已成了黄包车的海洋,密密麻麻全是空载的黄包车,无数个面有菜色,瘦骨嶙峋的苏北佬汇聚成一支大军,而带领这支大军的正是曾被人蔑称作阿鬼的,爱喝酒打老婆的窝囊废男人。

许多年以后,阿贵伯谈起这段往事依然是壮怀激烈:"想当年,阿拉一句闲话,闸北地面都要震三震。"

第44章
夜奔

这些个黄包车夫，并不是阿贵哥的面子来的，他们是听阿贵说曹先生有难，一传十，十传百，整个闸北地面上的夜班车夫一呼百应，这是第一波，后面还有不知道多少人往这边赶，一时间闸北街头竟然出现了暂时性的车荒现象，加钱都拦不到车了。

突然来了这么多帮手，韩赞臣喜忧参半，喜的是人手绰绰有余，忧的是这么多人，工钱得开多少啊。

厂里工人们集思广益给出方案，时间宝贵，先紧着原料运，机器设备随拆随运，实在来不及搬的，就测量好尺寸，到地方再定制。

于是乎，数百个黄包车夫如同蚂蚁搬家一样先将鑫鑫造纸厂库房里的原料运走，其实也就是一包包的废纸而已，纸张重量可观，搬运费力，如果用十几个工人加一辆卡车，恐怕一夜都运不完，但是人多力量大，短短一盏茶的功夫，库房竟然搬空了。

夜幕下的闸北街头，令人震惊的一幕出现了，黄包车组成的长龙向苏州河进发，车上坐的不是乘客，而是一包包货物，这自然引起了巡夜警察的注意，但这事儿不犯法啊，师出无名的，怎么拦截，怎么罚款，很快上面的电话就打过来了，让他们不要多管闲事。

陆续还有新来的黄包车抵达，但仓库里已经没有可供他们立刻拉走的东西了，而机器还在拆卸过程中，于是这些车夫就蹲在地上，用盐阜方言聊着天，韩赞臣安排工友烧热水给他们喝，又拆了一条香烟发下去，心里不免打鼓，今夜起来的有大几百号人，这工钱算下来可不少，家里现金未必够打发的。

他把赵殿元从车间叫出来，和他商量如何支付搬场的费用，赵殿元说不好，只能再和阿贵商量，阿贵就笑了，说阿拉江北人最讲义气，你是小赵的老板，又是曹先生的朋友，我们一文不收，抽你一支烟就算给过报酬了。

韩赞臣感慨万千，江北人这个称谓，在上海滩等同于骂人话，尤其是拉黄包车的江北人哪个不是奸懒馋滑，锱铢必较，为了几分钱能纠缠大半天，谁敢相信，上千个江北佬出了力气却一文钱不收。

韩夫人过来问道："阿拉是连夜坐船走，还是明天火车走？"

韩赞臣也不确定，又问曹先生，曹先生沉吟道："事不宜迟，迟则生变，今夜就走，我已经安排人护送，等到了地方，还得多多仰仗韩老板，把厂子再开起来。"

"好说，好说。"韩赞臣笑道，其实心里颇有些留恋，若非万不得已，上海人总归是不愿离开本乡本土的，普天之下，哪儿都不如上海好。

韩夫人抱起女儿说："美玲，和干爹再会，阿拉要走了。"

韩美玲还小，不晓得离别的意义，她歪着脑袋问姆妈："干爹也和阿拉一道去吗？"

韩夫人说："那侬自个儿问干爹啊。"

韩美玲当真问赵殿元："干爹，侬也去吗？"

赵殿元一时语塞，不知道如何作答，曹先生拍拍他的肩膀道："小赵，那边需要你这样的技术人才，你可以考虑一下，跟我们一起过去。"

"我算啥技术人才，就是一个小电工，那边怕是没电力供应吧，我怕是派不上用场。"赵殿元推辞道，一瞬间他想到杨蔻蔻站在外滩对自己说的话，她喜欢上海这座城市，如果一定要做一个取舍的话，他只想和杨蔻蔻在一起。

曹先生说："小赵啊，可别瞧不起工人，你是工人，而我们党是工人阶级的先锋队，将来建立的新中国，必然是工人阶级当家做主的，工人永远是这个。"说着他竖起大拇指，"工人老大哥。"

赵殿元鬼使神差地问了一句："那农民是什么？"

曹先生笑了："工人阶级在咱们国家毕竟是少数，四万万人口里，有九成九是农民，如果说工人是大哥，那农民就是这个家庭的爷爷奶奶，父亲母亲，叔叔伯伯，是生我们养我们的亲人。"

鑫鑫造纸厂是一家小型工厂，机器设备体积不大，工人们一起动手，把造纸机、碎浆机、磨浆机、洗浆机、水泵、浆泵、卷纸机、切纸机这些设备拆成大部件，用粉笔标上号码，装车拉走，如果是正常情况下搬家，那可就慢了，得用板条箱垫刨花装箱编号，卡车运输，没有三天时间都干不完,今晚上靠的是人海战术,一个人拉,两个人扶,就能将一个大部件运走,忙乎到半夜时分,整个厂子都搬空了,只剩下一个搬不走的浆池。

苏州河畔,小船鳞次栉比,韩赞臣一家人与赵殿元依依惜别。

"这一去,不知道多久才能回来,小赵……"韩赞臣看看天边的晨曦,百感交集,城市从睡梦中醒来,而他就要离开,一时哽咽无语。

"等胜利了咱们再见。"赵殿元和韩赞臣再次握手,送他上船,小美玲在姆妈怀中冲干爹摆手,船夫撑起长篙,小船渐渐远去。

黄包车星散而去,曹先生却还在,赵殿元问他为什么不一起走,曹先生笑道:"就凭他们想抓我,还差点火候。"

"保重,根据地时刻欢迎你。"曹先生拍拍赵殿元的肩膀,上了阿贵的车也走了,岸边只剩下赵殿元和杨蔻蔻。

天光渐亮,两人并肩漫步在苏州河畔,水面上的氤氲随着初升的阳光消失,远处江海关上钟声响起,新的一天又来到了。

……

上午,鑫鑫造纸厂门口,几十辆装运着废纸的车辆排起长龙,可是大门紧闭,毫无声息,有人趴在门缝上窥测厂内,一个人影都看不见,轻轻一推,厂门竟然开了。

瘌阿宝安排在这里蹲守的小特务姗姗来迟,见状不妙赶紧汇报,很快潘克复、毕良奇等人就坐着汽车赶到,造纸厂里空空如也,仓库空了,车间空了,连一颗螺丝钉都没剩下,只留下一个巨大的浆池。

潘克复盯着瘌阿宝:"侬怎么办的事情,眼皮底下能让伊拉跑特?"

瘌阿宝抓耳挠腮:"不会啊,昨天下午还好好的,怎么一夜就搬空了,还一点动静都没有。"

煮熟的鸭子竟然飞了,再追究责任也没有意义,潘克复铁青着脸上车,瘌阿宝颠颠跟在后面也想钻进车里,潘克复却砰地一下把车门关上了。

"那件事情,今朝办妥。"潘克复丢下一句话,汽车扬长而去。

瘌阿宝为了化解尴尬,装模作样地空荡荡的厂里搜寻了一番,小特务还不开眼地问他:"大哥,侬在寻啥么子?"回答他的是一记耳光。

潘先生交代了两件事,办砸了一件,还有另一件无论如何也不能出岔子,瘌阿宝交给手下一个任务,一天之内抓到黄寅生。

黄寅生自知睡了绿老板惹下祸事，哪还敢抛头露面，他狡兔三窟，能藏的地方很多，还不至于背井离乡逃离上海，他自以为藏得隐秘，可还是被人揪了出来，当他和瘸阿宝再次见面的时候，不是在牌桌上，而是在麻袋里。

潘先生交代要做掉黄寅生，虽然没说原因，但瘸阿宝也能猜个八九不离十，没给潘老板戴绿帽子，人家怎么会要求丢进黄浦江前先阉了他呢。

阉人是个技术活，瘸阿宝并不擅长，他有个手下，以前在乡下干过劁猪，正好派上用场，眼瞅着小刀锋利，直奔自己的下三路而来，黄寅生急眼了："宝哥，帮帮忙，饶小弟一条贱命吧。"

瘸阿宝狞笑道："这话侬去和潘老板讲。"一努嘴，劁猪匠的刀又伸了过去，搁在黄寅生的本钱上，刀刃冰冷，本来耀武扬威的硕大本钱吓得缩成一小团。

黄寅生急道："宝哥宝哥，刀下留人，我有钱，金条首饰都有，全给侬，饶我一条性命，侬不说，我不说，兄弟们不说，潘老板哪里会晓得。"

瘸阿宝犹豫了，他帮潘老板做事，并不是真的忠心耿耿，不过是图钱罢了，既然姓黄的有钱，何苦多造杀孽，吴四宝的前车之策就在眼前，杀人太多，菩萨都不保佑了，这世道，多个朋友多条路。

见对方略有松动，黄寅生又道："宝哥放心，我这就离开上海，今生今世不再回来，如有违背，让我断子绝孙。"

兄弟们也都眼巴巴看着瘸阿宝，把人丢进黄浦江佘馄饨固然爽利，哪有挣钱来得痛快啊。

"也罢，谁让我们兄弟一场呢。"瘸阿宝叹口气，摆摆手。

黄寅生保住了性命，一身冷汗早就浸透衣衫，他爬起来提上裤子，带着瘸阿宝去拿钱，这小子干了多年拆白党，确实赚了些昧良心的钱，天道循环，报应不爽，这些钱最后还是便宜了别人。

正所谓盗亦有道，瘸阿宝既然答应了不杀他，拿钱还真就把人放了，但他多了一个心眼，让人押着黄寅生去火车北站，看着他买票上车离开上海，这钱才收得踏实妥帖。

火车站人潮汹涌，离开和抵达的旅客同样的多，黄寅生背井离乡之时，章澍斋一家人也回到了上海，除了一家三口之外，还带着顾佩玉和她腹中的孩子。

章家老太公驾鹤西游,家中两个长兄为了争夺祖产打得不可开交,章澍斋作为被逐出家门的三子,连给亡父上香磕头的权利都被剥夺,更别说杜剑秋和那个领养的女儿了,这种情况下,顾佩玉也无法再在章家大宅住下去,她一个出阁的女儿,回顾家也不合适,思来想去,章澍斋和杜剑秋没别的法子,只能带顾佩玉回上海。

再过几个月,章澍斋的第一个亲生骨肉就要出世,但大人们似乎都一脸愁容,章澍斋安慰两位夫人道:"天无绝人之路,我早有准备,现在是时候拿出来了。"

杜剑秋问道:"你藏了什么,美钞还是黄金?"

章澍斋说:"是你拿着美钞都不一定能买到的宝贝,液体的黄金。"

顾佩玉完全摸不着头脑,杜剑秋却明白了,丈夫以前在火油公司做襄理,一定是近水楼台先得月,囤了一批宝贵的燃料油。

| 第 45 章 |

一滴汽油一滴血

章澍斋把家里安顿好，换了件体面光鲜的衣服，提着皮箱出门，去了一趟浦东，他原先供职的光华火油公司在浦东陆家嘴有个货栈，货栈周边很荒僻，大白天也没什么人经过，章澍斋绕到围墙后面，找准一棵带记号的树，从皮箱里拿出铲煤灰的铁铲，挖了几下就刨到硬物，蹲下来从土里取出一个方形的东西来，外面油布包裹，解开来，铁壳上的美孚标识已经锈迹斑斑，这是一桶十升装的煤油。

上海的地下室潮湿，是不适宜储存物资的，埋在地下更易损毁，但总比放在仓库里丢了强，这批油料是珍珠港事件之后，章澍斋未雨绸缪，亲自埋藏下来的，事实证明他对局势的分析非常正确，日本开战，进口物资断绝，中国不是产油国，所用的油料全部依赖进口，欧美的洋油进不来，用一桶少一桶，日本油倒是有，但那是日商专营，哪轮得到华商赚钱。

光华火油公司顾名思义，以经营火油为业务，火油就是老百姓洋油灯里的灯油，别管城市乡村，只要不通电的地方，就得用火油，有钱的整桶买，没钱的一勺一勺零沽，光华火油公司的销售区域主要在上海周边的县城农村，生意做得还不错，正是如此才引起潘克复的觊觎，老朱、小章接连遭殃，如今光华火油公司已经成了潘克复的囊中物。

火油学名叫煤油，种类很多，除了灯油之外，还有动力油、溶剂油、燃料油、洗涤油，章澍斋是圣约翰大学理学院化学系毕业的，对油料是个内行，他明白火油有替代品，没了进口火油，中国千年来使用的油灯重新捡起来就是，但那些满街跑的汽车，没了汽油总不能烧劈柴吧，所以汽油只会比火油更加金贵。

地下埋的不止火油，还有一部分汽油，章澍斋又挖出一桶汽油，将两个方形铁皮桶擦拭干净，检查没有漏气挥发，装进皮箱里，走到马路上，叫了一辆黄包车拉到陆家嘴轮渡码头，过江返回浦西。

这两桶油是用来试水的，章澍斋毕竟是体面人，不是走街串巷的卖油郎，也不是黑心的黑市商人，他得找个稳妥的途径把货放出去才行。

二十九号有一个总电表，做不到每家一个，因为电表本身也是耗电的，如果每家一块表的话，光电表的消耗就会把每月七度电的额度给榨尽，洋人用的那些高端电器，二十九号是没有的，最耗电的就是灶披间和亭子间的两盏十烛的电灯，灶披间太阴暗，做夜饭的时候得点灯，这是节约不掉的，田先生喜欢熬夜写文章，也得用电，现在这个习惯就得改改了，偶尔挑灯夜战，也只能用洋油灯。

章澍斋准备将田飞发展成自己的第一个客户，这是他第一次上楼敲亭子间的门，刚敲了一下，田飞就开了门，看到是楼下章先生，兴奋的表情立刻黯淡下来，匆忙在背心外面套了个衬衫，把藤椅上的一堆杂物清开，请稀客落座，自己则坐在床铺一堆狼藉的薄被上，屋里虽然乱糟糟，但只有烟味，没有令人窒息的汗臭，入夏以来，田飞就很注意个人卫生，经常去老虎灶花几毛钱洗澡，整个人比以往清爽了许多。

章先生是体面人，田先生是斯文人，两人并不陌生，但那是在讨论时局时，谈生意就有些抹不开面子，章澍斋绕了几个弯子，从国际战局说到煤球紧俏，从煤球说到供电，从每个月每户限电七度说到桌上并列的两盏灯，绿灯罩的台灯和玻璃罩子的煤油灯。

"一晚上得烧不少火油吧？"章先生问。

亭子间里闷热无比，田先生擦了把汗，回答说随用随添，也不大记得具体数目，因为灯油也不用自己付钞票。

章澍斋纳闷了："是报社报销灯油钱？"

田飞矜持地笑了笑，他等的就是这句话，可不想说得太直接，扭捏作态半天才冲对面一努嘴："梅小姐看我可怜，帮我买的灯油。"

章澍斋半天才回过味来，原来梅英和田飞已经暗度陈仓，他哑然半天，给出一个男人之间才懂的意味深长的笑容，又随口扯了几句没的有的就下楼了。

第一次推销不成，章澍斋索性拉下脸面，去弄堂里的烟纸店推销，批发比零售的价格肯定要低一些，毕竟要给零售商留出利润空间，这笔买卖比想象的还要简单些，烟纸店老板看到熟悉的美孚火油商标亲切得不得了，谈好价格，爽快付了钞票，章澍斋又顺手买了一盒香烟，一刀草纸。

烟纸店老板唏嘘起来:"像侬这般一次买一刀草纸的体面人,整条弄堂都没几个了……这桶油,够阿拉卖半年了,弄堂里没几家烧油点灯,都是擦黑就困特了……章先生,拎着成桶的火油在外面走要当心哦,警察见到要罚的。"

章澍斋吓得一哆嗦,他是吃过官司的人,再也不想和任何衙门打交道,这一桶火油是出掉了,可还有很多桶怎么办,得想个万全之策才行,他从烟纸店出来,找了个电话铺子给以前的上司老朱打电话。

老朱的声音很倦怠,二人聊起公司,老朱一番感慨,光华火油公司到潘克复手里没多久就垮了,想想也是,一家做进口生意的公司在这时节怎么可能撑得下去,现如今不光火油,包括柴油和汽油都是紧俏物资,尤其汽油,那简直是一滴汽油一滴血,没有汽油,上海滩的汽车全都得趴窝。

章澍斋就等这句了,他问:"老朱你那辆雪铁龙趴窝了吗。"

老朱叫苦不迭,后悔没早点把雪铁龙出手,现在搞不到汽油,雪铁龙变成废铁,只能叫人来改装成烧木炭的车,好歹能开得动。

"阿拉堂堂一个火油公司的经理,竟然搞不到汽油。"老朱抱怨了一句,捂住话筒对窗外正在干活的师傅喊起来:"当心,勿要把漆面刮花特了。"

外面空地上,一个犹太技师带着个中国工人正在改装汽车,这是个大工程,要把雪铁龙的引擎盖掀掉,加装烧炭的铁炉子和水罐,说是烧木炭,其实烧的是木炭不完全燃烧产生的煤气,大多数木炭车是长途客运车和卡车,尺寸大,空间足,轿车改装的并不多见,只有一些手艺精湛的犹太师傅才能接这个活儿,改装出来的轿车不会糊乘客一脸的黑灰。

担任助手兼翻译的是赵殿元,是谢尔盖给他介绍的活儿,犹太师傅干活精细,就是死抠,给的钱少不说,还藏着掖着生怕被偷师。

赵殿元认识这辆车,正在唏嘘老伙计也免不了被开膛破肚大卸八块的命运,屋里的车主又说话了:"等一歇,别忙动手。"

"侬讲真的?真有汽油?"老朱抱着电话兴奋起来:"侬晓得现在汽油的价格吗,一升汽油和一担米的价钱是一样的,侬晓得一担米要多少钞票?"

一担米有一百二十斤,户口米的限制是每人每周一斤半,也就是说一升汽油等于一个人一年半的粮食配额,用一滴汽油一滴血来形容,还真是不过分,章澍斋觉得血往头上涌,粗略算一下,他手上的汽油全卖出去,可以维持一家四口,不对,五口人未来许多年的生活开销了。

这批汽油必须尽快出手,虽然随着战局变化汽油价格还会上涨,但匹夫无罪怀璧其罪,拿着汽油就等于拿着炸弹,况且汽油本身易挥发,保存条件不好的话吸附水分还会变质。

"老朱,侬路子广,帮我想想办法,出掉这批货。"章澍斋说道,他宁愿分给老朱一些利润,也不想直接面对客户,要知道现如今能买得起汽油的都是些狠角色,万一见财起意可就麻烦了。

打完电话,章澍斋挂上话机,付了钱,出门时遇到头戴棒球帽的杨蔻蔻,于是招呼了一句:"打电话啊。"

杨蔻蔻点头致意,她手里拿着一张写着电话号码的纸,在拿起话筒前,她想到赵殿元昨天说的一番话,离开上海,去苏北,去大后方,去工人当家做主的地方生活,老实说,她动心了,但是就这样离开上海,她心有不甘,毕竟任务还没完成。

电话接通了,是龙叔的声音,杨蔻蔻说:"考虑好了,我同意,另外,我已经身怀有孕。"

……

潘家花园,二楼吸烟室,龙叔进来附耳对钱如碧说了几句话,钱如碧大喜过望,又对卧榻上的潘克竞说:"老爷,大喜,咱们有后了,儿媳妇有喜了。"

潘克竞长期瘫痪在床,脑筋已经不大灵光,但这个消息还是大大刺激了他,硬是直起了身子,嗓子里咕哝咕哝的,眼睛也炯炯发光,钱如碧回身沏茶,端过来时发现老爷嘴歪眼斜,眼见是又犯病了。

"龙叔,快叫车,去广慈医院!"钱如碧尖声叫道。

潘家花园本来有一辆奥兹莫比尔牌小轿车,潘克复亦有一辆奥斯汀牌小车,在上海滩混,面子第一,木炭汽车哪里是体面人坐的,所以潘克复宁可用金条从黑市上买高价油,也要维持两辆车。

今天不巧,潘克复坐着奥兹莫比尔外出公干,筱绿腰坐着奥斯汀去先施百货购物,家里一辆车都没有。

| 第 46 章 |

读书人的办法

龙叔打电话给广慈医院叫救护车,被告知救护车倒是有,可是需要先点木炭生火,四十分钟后才能出发,又打电话给出租车公司,对方更干脆,回复无车可派,因为燃油紧缺,大部分车辆都停工了。

潘克竞的情况很不妙,脸憋得青紫,上气不接下气,钱如碧给他拍背顺气也没用,十万火急,龙叔只得撩起长衫下摆,飞奔出去叫黄包车,这巧劲赶的,刚出大门就看到远处一辆没拉客的车子,龙叔挥手高喊,车夫拉起车子跑过来,随他进了大门,把车停在洋楼门前。

龙叔匆匆进门,一回头发现车夫还在外面,冲他招手:"快进来!"

车夫正是回家吃饭的阿贵,这是他第一次进潘家花园,不免有些胆怯,生怕自己的鞋弄脏地板,小心翼翼进来,跟龙叔上二楼,把潘克竞背起下楼,钱如碧在后面跟着,看到丈夫因为长期卧床毫无血色的松弛皮肤和车夫黝黑紧绷的肌肉反差强烈,不禁悲从心来,吊扇在挑空的天花板上缓慢地旋转着,潘克复豢养的保镖警卫跷着二郎腿袖手旁观,更让她悲愤交加。

阿贵是个粗人,手脚笨拙,下楼出门,把潘克竞往黄包车上一丢,剧震之下,潘克竞憋在喉咙中的一口黏痰竟然颠了出来,连喘几口粗气,脸色终于从青紫变成红润。

钱如碧摸出手帕给丈夫擦擦嘴角,吩咐车夫去广慈医院,又对龙叔说:"找个记者,伊拉勿要面孔了,阿拉就成全伊!"

阿贵把潘克竞拉到广慈医院,得了十块钱的车费,千恩万谢地去了,今天也不用再拉活了,去烟纸店打四两黄酒,一包盐蚕豆拿回去下酒不提。

龙叔叫来一个记者,就在广慈医院的病房里,钱如碧把堂小叔子抢家产、娶戏子、开赌场这些故事娓娓道来,虽然不是什么新鲜戏码,但毕竟是沪上望族潘家的真实故事，刊登出来肯定吸引眼球。

记者走后，护士敲响病房门，说潘夫人，有客来访。

钱如碧很纳闷，她并未大肆宣扬住院的事情，怎么外面的人就都知道了，可是进来的人却不是亲朋好友，而是一个陌生的女子。

"你是？"钱如碧想不起这张面孔。

"杨丽君。"那女子答道，摘下帽子，将头发挽了个髻，"现在想起了吗？"

钱如碧终于将这个人和儿子结婚照上的新娘对应起来，只是这儿媳也来得太神速了吧，但她没有表现出任何惊愕之色，淡然应对："坐吧，我们谈谈条件。"

杨蔻蔻坦然落座，她是从阿贵那里听说潘克竞住进广慈医院的，医院比潘家花园容易进，于是便趁此良机登门拜访，直接提出条件："我要住进潘家花园。"

……

龙叔找的记者素以文章狠辣著称，却是个心思活络的人，采访完毕拿到猛料后洋洋洒洒写了一篇雄文，却没急着登报，而是托人先把文稿给潘克复看了。

潘克复看了文稿果然大惊，现如今上海各方面均已稳定，能在报界捞饭吃也不是好相与之辈，绝不是派瘸阿宝威胁一番就能解决的，这篇文章若是见报，势必对潘克复的名誉有极大影响，届时再打官司也无法挽回，一番斟酌后，潘克复提出以一个字一块钱买下这篇文章，但记者这头能收买，钱如碧的怨气却无法化解。

钱如碧拼着鱼死网破的疯劲提醒了潘克复，要早做了断，可他又不愿背上弑兄杀嫂的罪名，这年头，哪怕是汉奸，也要在中堂上挂文天祥的诗，私下里说自己是曲线救国，早就和重庆搭上线了，越是无耻下流的人，越是要一副好名声装点门面，所以想达到目的，就得反其道而行之。

潘克复先提着一篮子极其稀罕的花旗橙子去了广慈医院探望，言辞恳切，痛心疾首，表示自己考虑不周，差点误了大事，简直罪该万死，现在奥兹莫比尔已经停在广慈医院，随时听用，那几个没有搭把手帮忙的保镖也都辞退惩罚。

钱如碧只是淡淡说了句："晓得了。"就再不开口，潘克竞口不能言，手不能动，躺在床上纹丝不动，潘克复顿觉无趣，放下东西走了。

这一篮花旗橙子有价无市，有钱都买不到，但钱如碧绝不肯吃仇人送来的水果，又不舍得扔掉，索性做个顺水人情送给医护人员，护士们叽叽喳喳，兴奋不已，将橙子切了分吃，还送了一些过来，这橙子是去年的存货，一直在冷库里放着，外表没什么变化依然红艳艳的，切开来瓤已经干枯得没了水分，钱如碧看都不看就将橙子瓣扫进了垃圾桶。

"龙叔，阿拉出院。"钱如碧说，她已经忍无可忍，要向潘克复开战，文章见报之日，就是号角吹响之时，殊不知战斗檄文已经胎死腹中。

潘克复果然将奥兹莫比尔留给了钱如碧，他打算再买一辆汽车自用，市面上大把的二手车，三钱不值两钱，车不值钱，汽油值钱，即便是潘克复，也是打肿脸充胖子，想方设法托关系搞的汽油，买车的风声放出去，很快有了回信，掮客推荐了一辆法国车，车没啥说头，重要的是买车送一桶汽油。

拿到车的瞬间，潘克复就认出这是老朱的雪铁龙，老朱是光华火油公司的经理兼大股东，早被潘克复吃干榨尽，他哪里搞来的汽油？

光华火油公司已经关张大吉，现在汽油、柴油、煤油都是日商专卖，华商做做粮食、煤炭的投机生意还勉强可以，但是汽油是不容染指的战略物资，他潘克复都很难搞到，姓朱的肯定更没有这个资源，除非他早年囤了一批！

潘克复灵光乍现，如同挖到金矿一般兴奋，事不宜迟，但老朱住在法租界，瘸阿宝是沪西的警察无法跨区抓人，这事儿太小，不必惊动潘达，于是安排丁润生带人去敲老朱的竹杠。

老朱采用搭配销售的方式，终于将等同于废铁一堆的雪铁龙处理掉，正在家里数钞票，七十六号的人就登门了，老朱是吃过苦头的人，别说刑讯了，对方连问都没问，他就招了，汽油不是我的，是章澍斋托我代卖的。

这个名字，丁润生很熟悉，那不就是二十九号一楼厢房的邻居们，低头不见抬头见的，总归有些情面，囤积贩卖汽油触犯了日本人制定的法规，属于经济重罪，丁润生有讯问经验，看得出老朱说的是真话，也就不再为难他，收了老朱奉上的一笔钞票就撤了。

丁润生打发了手下，自己回到长乐里，二十九号晒台还留着他的床铺，但人已经许久没来了，一进门苏州娘子就笑脸相迎，以前喊小丁，现在喊丁长官。

丁长官没上楼,而是敲响了一楼厢房的门,开门的是顾佩玉,一个挺着肚子的孕妇,丁润生花了几分钟才搞清楚章家人的关系,落座之后先向章澍斋道贺,还说嫂夫人怀的一定是个儿子。

杜剑秋见状,拉着小囡和顾佩玉躲了出去,家里只剩下两个男人,章澍斋心知肚明,是汽油招惹的祸事。

丁润生从沙发上起身,在屋里走了两圈,笑道:"厢房住着就是比晒台间适意啊。"

章澍斋噤若寒蝉,小丁是邻居,更是七十六号的人,自己可供拿捏的把柄实在太多,不说汽油,光是那台能收听檀香山广播的收音机就是罪过。

果不其然,丁润生的目光放在收音机上,拧开开关,却听不到声音,连电嘈杂音都没有。

"五个灯的哟,坏特了?"丁润生笑问。

"没电池了。"章澍斋回答,不由自主地看向自己的书桌。

书桌上摆着一堆杂物,锌皮、碳棒、电线,各种化学试剂,还有剪刀、锤子、台钳等,章澍斋的收音机是用一号电池的,现在连电池都是稀罕物,他想省钱,就托关系买了些材料自己做。

"章先生真是个巧手,我记得是圣约翰大学的高材生?"丁润生把玩着一张锌皮,不阴不阳地问道。

"理学院化学系。"章澍斋说。

"我有一个问题想请教章先生,汽油能不能做出来?"丁润生终于点到正题。

章澍斋知道躲不过去了,但还是陪着丁润生打哑谜:"汽油是用石油提炼出来的,没有石油的话,用煤炭也可以提炼,但是成本很高。"

丁润生说:"果然啊,章先生你连汽油都能自己做,要不咱们合伙做个买卖,你做,我销,利润对半,你看如何?"

章澍斋松了一口气,求财就好,他不敢再绕弯子,直说自己囤了一桶汽油,只是为了吃饭而已,并不想触犯法律,影响经济秩序,耽误和运大业。

丁润生摆摆手:"咱们是邻居,不用说那些虚套,你说就一桶汽油,我信,但是上面的人不会信,你觉得是跟我回七十六号说清楚呢,还是现在就说清楚?"

干特工的人身上都有杀气，丁润生也不例外，他跷着二郎腿，新剃的头发茬上散发出发油的味道，手中一支香烟在桌上敲击着就是不点，这副形象其实没变过，往日他是住晒台间的服务生小丁，现在是七十六号的特务丁长官，他什么都不用做，无形中就给了章澍斋巨大的压力。

章澍斋承受不了，离开座位，跪倒在地："丁长官，我真的没有多少汽油。"

丁润生身子前倾，盯着他："有多少？"

"洋油十二桶，汽油十二桶，都是十升装的方桶。"

"各一打，也没多少嘛，侬怎么不多囤点？"丁润生埋怨道，"不对，侬一定在和我捣糨糊，说，到底藏了多少？"

"真的就这么多。"章澍斋说，"不信我这就带侬去看，就埋在浦东的仓库后面。"

丁润生说："章先生，我相信侬的为人，也不想侬的小宝宝出世后见不到爸爸，这批货已经被人盯上了，不交出来是要吃苦头的，不如这样，侬破财免灾，我保侬周全，这批汽油，就当是查没的无主物资处理。"

事已至此，这大概是最优的解决方案了，章澍斋如释重负，点头如捣蒜："多谢丁长官，感恩戴德，没齿难忘。"

丁润生摆手："都是邻居，这点忙还能不帮吗。"

章澍斋感慨道："唉，老朱啊老朱，我真是看错了他，十年的老同事，竟然出卖我。"

丁润生笑了："那倒是冤枉他了，怨就怨侬命不好，老朱把自己的车搭配汽油卖了潘先生，潘先生按图索骥，找到老朱，伊见到七十六号上门，哪里敢不说。"

潘克复，又是潘克复！章澍斋恨得咬牙切齿，连丁润生什么时候走的都没注意，全家人的口粮，还没出世小宝宝的奶妈费用，全都指望这两打油了，就这么被潘克复再次夺走，章澍斋简直要仰天长啸了，我也是七尺男儿，凭什么要一而再，再而三地受此欺辱！

章澍斋是圣约翰大学理学院化学系的高材生，他手无缚鸡之力不能喋血五步，但他有自己的办法，读书人的办法，杀人不用刀，不见血，却比刀枪更加酷烈凶猛。

桌上那堆乱七八糟的化学材料里，有一个装着煤油的广口瓶，里面封装着白磷。

| 第 47 章 |
假作真时真亦假

丁润生坐在二十九号晒台间的床上已经一个钟头，被烈日照射了一整天的屋顶储存的热量在傍晚释放出来，室内闷热如蒸笼，汗如浆出，但他却很享受待在这里所带来的心安理得。

五年前，战争刚开始的时候，丁润生还是钟表店的学徒工，他十三岁跟着姑父从汉口来上海闯世界，姑父、姑母和表妹一家人在大世界门口被鬼子飞机丢下的炸弹炸死，失去亲人的丁润生愤然参加了淞沪别动总队，作为正规军的补充力量参加了战争，自始至终，他连敌兵的影子都没见着过，只看到尸山血海，兵败之后，丁润生和几个战友带着手枪逃进租界，一次机缘巧合下，他被军统招募，成为潜伏特工，随时切换身份，没任务就是饭馆跑堂，有任务就是铁血杀手。

每次干完脏活，回到二十九号晒台狭小逼仄的房间内，听着隔墙传来的家长里短，丁润生就会有一种特殊的安全感，这是他的安乐窝，他的小堡垒，他的秘密后花园。

最后一次任务是刺杀潘克复，这个活儿是别的组没完成之后转过来的，目标就住在长乐里，所以交给丁润生完成，按照计划，事成之后他要撤离此处，另寻新的落脚点，万没想到，那枚日本手榴弹出了岔子导致事败，丁润生负伤被俘，在七十六号受尽刑讯逼供，起初他很硬气，但求一死，但是当他的军统上级出现在刑讯室时，丁润生的信念就崩塌了。

七十六号充斥着变节人员，就连两位首脑人物丁默邨和李士群都是前中统特工出身，所以丁润生想开了之后也没太多的心理负担，他被划到潘达的第四处听用，没有老长官照应，他感觉自己就像是一只流浪狗，每日为了一点点残羹剩饭和别的狗明争暗斗，大打出手。

汪政府从上到下都在狗咬狗，高层内斗，中层内斗，七十六号里面丁默邨和李士群也在斗，丁润生的死对头则是瘌阿宝，肩膀上那一枪的仇，丁润生永远不会忘，警察所长位置花落别家，更加深了仇怨，就是在潘克复府上做门客，瘌阿宝也一直压他一头。

特务是分等级的，最低级的只能住在七十六号毗连的华村弄堂里的宿舍，二十四小时待命，混得好点的就有了私人时间，比如当初的瘌阿宝和现在的丁润生，晚上出去打牌彻夜不归也没人问，住在别人公馆里兼职做保镖挣两份钱，再往上就是瘌阿宝现在的水平，有自己的房子和女人了。

丁润生还停留在中档，在七十六号短短几个月耳濡目染让他变成另一个人，心如死灰，只剩下对金钱无尽的渴望，干这一行都这样，永远不知道明天和死亡哪个先来临，人生苦短，何不醉生梦死，既然当了狗就不需要脸面了，给谁当不是当，谁给骨头就当谁的狗。

这回潘克复交代的私活，丁润生决定从中捞一笔，搜刮来的火油归自己，汽油归潘先生，两全其美，他并不想把章澍斋压迫得太狠，做人留一线，日后到了阴曹地府总归能少受点苦头。

……

广慈医院，特护病房，钱如碧看着儿媳妇张罗一切，心中大慰，人家都说婆婆和儿媳妇是天生对头，但钱如碧不同，她需要这样一个精干的、泼辣的继承人来维护自己的利益。

"蔻蔻，别忙了，来喝杯茶。"钱如碧招呼道，其实这些工作用不着儿媳妇做，医院有护士，随身还带了老妈子过来，她就是想考察一下儿媳妇的成色，现在看来，可堪大用。

蔻蔻是儿媳妇的小名，杨蔻蔻坐到钱如碧身旁，两人探讨东洋补脑汁对公公病情的效果，值得欣慰的是，婆媳俩观点一致，都认为东洋货不靠谱，要疗效，还得西洋货。

护士长推门进来，抱歉地通知她们，明天之前特护病房必须腾出来了，因为有一位惹不起的高官要住进来，钱如碧本想发作，可是听到高官的名字就熄火了，杨蔻蔻问能换到什么病房，护士长说有六人间和八人间，其实病人的病情已经稳定，完全可以出院了。

"姆妈，侬看是不是换一家医院……"杨蔻蔻看向钱如碧。

钱如碧略一思忖，潘家花园保险柜里还藏着细软，不宜离家太久，便道："罢了，出院吧。"

问题来了，虽然楼下停着汽车，但没有会开汽车的人，早先的司机被潘克复赶走了，一时半会也找不到合适的人选。

杨蔻蔻说话了："姆妈，我有个朋友会开汽车。"

"可靠吗？"钱如碧心知肚明，儿媳妇所谓的朋友，想必就是在外面找的野男人吧，聪明人之间说话没有半句是废话，杨蔻蔻坦然回道："可靠，是个厚道人。"

钱如碧颔首："叫来我瞧一瞧，可以用的话，就留下用吧。"

"那我这就去找人。"杨蔻蔻道。

儿媳妇走后，钱如碧陷入思索，现在的局面是前有虎后有狼，潘克复虎视眈眈在前，自己又引狼入室，把一个心怀鬼胎的儿媳妇和她的野男人引入潘家花园，这两方面都觊觎着自家这点财产，不过也好，以毒攻毒，只要应对得当，就能让两边斗得两败俱伤，自家渔翁得利。

钱如碧看着病榻上的男人，想到失踪的儿子，不禁悲从心来，她一介女流，为了保住潘家的财产不惜驱虎迎狼，游走在刀刃之上，个中艰辛，谁又能懂。

另一边，杨蔻蔻费了一番周折，终于找到正跟着犹太师傅干改装活的赵殿元，赵殿元见她找来，眼睛一亮，从怀里掏出一封信说："看，美玲给我写的信。"

"回头再看，现在有更重要的事，你别干了，跟我去广慈医院，我帮你找到新工作了，给潘家开车。"杨蔻蔻急促道。

"潘克复？"赵殿元一愣。

"不，是潘克竞，但我们可以进到潘家花园了，要不了几天，我们就可以离开上海了，去哪儿都行。"杨蔻蔻眼巴巴地看着赵殿元，希望这个男人不要忘记他曾经许下的诺言。

其实再次捡起任务，只是杨蔻蔻的临时起意，她不能保证自己的意志是否和以前那样坚定，如果赵殿元改主意的话，她也不会生气，相反会尊重对方的决定，放弃任务。

"那太好了，完了我们去苏北吧。"赵殿元没有任何犹豫，他考虑的重点根本不在暗杀潘克复上，而是事成之后的归宿，"美玲信上写了，那边的条件很艰苦，吃的是粗粮，没有电，马路只有几百米长，但我觉得没什么，只要我们在一起，任何苦难都可以克服。"

杨蔻蔻认真看着面前这个男人，很久没说话，最后伸出手来帮他整理一下衣领,说一声:"我们走吧。"

赵殿元向犹太师傅辞行,说家里有急事,这位师傅倒也通情达理,当场就结算了工钱,还向杨蔻蔻脱帽致礼,用希伯来语说了句客气话,忽然他看到杨蔻蔻挂在脖子上的六芒星护身符,眼中顿时散发出光彩来。

"可以卖给我吗?"犹太师傅说,"这是我们犹太人的东西。"

赵殿元把话翻译过来,又加了一句:"他喜欢就送给他吧。"

"这是他送给我的礼物,不能卖。"杨蔻蔻一口回绝。

"抱歉,原来是爱情的见证。"犹太师傅笑道,"那你一定要好好保管,在希伯来人的古老传说里,这是具有魔力的宝贝,有爱的加持,就会出现奇迹。"

赵殿元的洋泾浜英语不足以听懂这么复杂的语言,但是犹太师傅的意思他能明白,这玩意神得很,是个宝贝。

告别了犹太师傅,赵殿元跟着杨蔻蔻匆匆往医院去,路上问她,要不要回去拿枪?

"不用那么急,等待机会,一击必杀,全身而退。"杨蔻蔻说道,顿了顿又说:"然后我们一起苏北,我们一家三口。"

赵殿元当场傻眼,继而手足无措,他做梦也想不到,在接受暗杀任务的前夜收到要当父亲的喜讯。

来到广慈医院见工的时候,龙叔一眼就认出赵殿元正是当时找来代替少爷的那个人,这倒是阴差阳错,全对上了。

钱如碧阅人无数,搭眼一看就晓得赵殿元有几斤几两,这样的憨厚小伙根本不是潘克复的对手,这盘棋又有了新的变数。

"龙叔,侬回去一趟,把少爷的衣服拿几套过来。"钱如碧说。

做戏做全套,既然能有假儿媳,为什么不能有假儿子,反正潘克复已经十几年没见过自己的堂侄子了。

虚虚实实,真真假假,假作真时真亦假,真作假时假亦真。

第 48 章
活赵云

夏天就要穿白色的半衬麻西装配白皮鞋，龙叔身为潘家花园的管家，这些常识自然是懂的，他把当季的衣物整理进一个行李箱里，拿到医院来给赵殿元扮上，头发是一定要重新打理的，打电话叫白俄理发师上门，修一个时髦的偏分油头出来，配上西装革履，简直判若两人。

钱如碧看到装扮一新的赵殿元，不禁百感交集，如果真是儿子回来了，那该多好啊。

"侬都对他讲清楚了吧？"钱如碧没有表露出任何情绪，平静如常发问，杨蔻蔻点了点头。

"叫一声姆妈。"钱如碧转向赵殿元。

"姆妈。"赵殿元真就喊了一声。

"那是侬爷。"钱如碧回望床上的潘克竞。

"爹。"赵殿元恭恭敬敬喊了一声。

潘克竞喉咙了咕哝了几声，谁也搞不懂他是什么意思，也没人在乎他的看法，钱如碧紧接着向赵殿元交代了许多必要的细节，包括潘家的各路亲戚关系，潘骄从小到大的重要经历，在哪儿上的小学中学，在哪儿读的大学，这些都不能搞错。

赵殿元记忆力很好，一遍就能记住，钱如碧让龙叔考考他，果然对答如流。

"太太，我担心……"龙叔欲言又止。

"阿拉讲是真的，那就是真的。"钱如碧说，"时候不早了，出院，回家。"

赵殿元下意识想去拎行李箱，被钱如碧喝止："勿要动，记住，侬是潘公馆大少爷，不是工人。"

医院的杂役帮他们将行李搬上车，杨蔻蔻和钱如碧陪着潘克竞挤在后排，龙叔坐副驾驶，赵殿元开车，一路无话，来到长乐里总弄大门，门房老张正坐在藤椅上摇着蒲扇，看到熟悉的汽车进门，急忙起身行礼，当他看到驾车的竟然是赵殿元时，举起的手都忘了放下。

赵殿元恨不得把头埋在下面，被老张认出来只是开始，紧跟着路上出现了周家姆妈，她正背着一口袋大米往外走，看到车里的人如此眼熟，揉揉眼睛，汽车已经过去了，赵殿元从后视镜里看到周家姆妈站在原地回头张望，就知道又被认出来了。

周家姆妈不敢相信赵殿元能穿着西装坐进小轿车，她觉得那可能是一个和小赵长得酷似的人，并急不可耐地想把这个发现和邻居们分享，索性黑市生意也不做了，回到二十九号对苏州娘子说刚才看到一个长得和小赵很像的人，居然坐在潘家花园的汽车里厢。

苏州娘子冲楼上喊："小赵，小赵，侬有个孪生兄弟吗？"

阁楼上没有回应，亭子间里传出田先生的声音："小赵一早就出去了，没回来。"

忽然孙叔宝从后门进来，满面怒容："不好了，出事体了，简直欺人太甚！"

苏州娘子问他："啥事体，这么光火。"

孙叔宝说："瘌阿宝要赶我们走，在二十九号开浴室赌场。"

苏州娘子大惊失色："这哪能办，不对啊，这房子明明是阿拉的，他说赶就赶啊，还有王法吗！"

孙叔宝说："伊勾结了一个日本人撑腰，这回是铁了心要把我们赶走了。"

苏州娘子拍响了一楼客堂间和厢房的门，又冲楼上喊："梅小姐，田先生，周家姆妈，都出来，出大事了。"

一张张面孔出现在自家门前，苏州娘子把事情一说，大家都错愕而愤怒，现在一房难求，有钱都租不到合适的栖身之所，仓促之间把大家赶出去，岂不是要露宿街头，这千刀杀的瘌阿宝，简直欺人太甚。

"这可哪能办啊。"阿贵嫂和苏州娘子的第一反应相同，顿时慌了神。

"我们不搬，看他能怎么样。"吴太太冷冷道。

"对，阿拉不搬！"楼上梅英也跟着帮腔道。

"赔给阿拉一笔安家费也是个人话。"田飞扶了扶眼镜说。

"要搬家吗？"顾佩玉小声问杜剑秋，她初来乍到，不甚了解，杜剑秋摇摇头:"我们无处可搬。"

"我跟大家一道进退。"周家姆妈最后跟了一句。

丁润生施施然出现,二十九号顿时鸦雀无声,大家把他都忘了,谁能想到许久不来的小丁竟然在晒台间偷听大家的谈话,他和瘌阿宝可是一丘之貉,这下麻烦了。

"大家不要怕,我也是二十九号的住户,这件事我会和汪长官交涉的。"丁润生给大家吃了颗定心丸,下楼出门去了。

……

瘌阿宝最近穿起了西装,他事事以潘克复为榜样,连打扮都要依葫芦画瓢,浦东春树浦的瘪三哪里懂什么洋装搭配,他胡乱找了家宁波人开的红帮裁缝铺买了套西装成衣,大夏天穿黑西装,活像个开殡仪馆的小老板,偏偏还配一双白皮鞋,在旁人眼里,简直是一个走动的笑话。

不光穿衣打扮,在捞钱方面,瘌阿宝也在向潘先生看齐,以他的能耐,只能干一些简单粗暴的买卖,稍微复杂一点都驾驭不了,这段时间瘌阿宝认识了一个翻译官,日本名字叫做小林宏杰,中文名字叫林宏杰,其实是个台湾人,属于二等皇民,但是日语说得流畅,冒充原版日人吓唬同胞绰绰有余,瘌阿宝和他一拍即合,两人商量着做个买卖,找一处场地,招几个高丽娘们,开一家日式风吕兼赌场,让国人领略一下东洋风情。

瘌阿宝可搞不到潘家花园那么大的场所,灵机一动就把二十九号考虑上了,对小林宏杰一说,二等皇民拍案叫绝,说设在民宿中更有家的味道,就这么办了。于是他让人把孙叔宝叫来,开门见山请他搬家,三日期限,过了期限就要强行清场了。

此刻小林宏杰正在瘌阿宝的办公室坐着,两人相谈甚欢,手下通报:"所长,丁队长在外头。"

"让伊等一歇。"瘌阿宝正在兴头上,他所长位子坐得稳了,官威也大了,不把小丁放在眼里了。

丁润生却不惯他的脾气,不顾手下的阻拦,推门进来,瘌阿宝一双腿搁在办公桌上,懒得起身,也不招呼丁润生落座,斜眼看看他:"小丁,啥事体,阿拉正和这位日本先生有要事相谈。"

"汪长官好。"丁润生摘下草帽打个招呼,"我正巧住在二十九号,可否通融通融,换别的地方。"

瘌阿宝愠怒起来，当场呵斥道："侬懂不懂规矩，小林阁下就在这里，侬让我收回成命，我不要面孔的吗，姓丁的，侬算什么东西！"

丁润生脸色难看的吓人，右手蠢蠢欲动想掏枪，终于还是忍住了，回身出门。

"把门给我带上。"瘌阿宝在后面说道。

丁润生一肚子闷气，回到七十六号想找几个朋友借酒消愁，恰好上面有个任务派下来，去火车站蹲守目标，他拿了照片，带了三个手下赶到火车北站，在出站口附近拿了张报纸，假装看报，目光却在出站的人潮中寻索着。

今天风凉，从海面上来的风吹散了蒸腾在城市上空的热气，明后天或许要下雨，丁润生看看手表，感觉今天要白忙乎，目标大概不会来了，他打个哈欠，正想收兵，忽然人群中一个鬼鬼祟祟的影子引起了他的注意。

那不是今天要等的目标，而是天乐赌场和潘家花园的常客黄寅生，这几天姓黄的消失无踪，据说是因为睡了潘先生的女人被做掉了，怎么他还没死？丁润生只花了一分钟就想通了其中道理，黄寅生向负责行刑的瘌阿宝行贿，保住了小命，可他怎么还敢涉足上海。

那个人确实是黄寅生，他在苏州躲了几天，本想故技重施，骗点钱花，可是苏州不比上海，有钱的小寡妇不少，可大门不出二门不迈，上哪儿勾搭去，思来想去，还是上海最好，离了上海，吃腌笃鲜都不香了，于是黄寅生壮着胆子回来了，他算盘打得周密，大不了不在沪西混呗，不被人发现就没事。

万没想到，刚下火车就被丁润生抓个正着。

能给瘌阿宝上眼药的机会，丁润生自然不会放过，他一使眼色，手下一拥而上，将黄寅生按翻在地。

……

潘家花园，筱绿腰正在小客厅和几个女客喝下午茶，瞥见花园大铁门打开，自家的汽车驶入，可是驾车的却是一张生面孔，于是出门迎候，奥兹莫比尔轿车停在门廊下，车门打开，先下来的一位英气勃勃的青年，白西装、白皮鞋、细腰窄背、剑眉星目。

筱绿腰立时就酥了，这不就是个活赵云嘛。

237　| 活赵云 |

| 第49章 |

狸猫换太子

赵殿元从小就知道自己是捡来的孩子,因为他生得白净高挑,和爹一点都不像,十二岁时,影影绰绰听屯子里的长辈说过自己的身世,爹是唱戏的武生,娘是邻屯地主家的小姐,他是个不折不扣的私孩子,生下来就丢到野地里等死,是养父赵罗锅给了他第二次生命。

但赵殿元不知道的是,自己的生父,那个外号活赵云的武生,早已被地主家的炮手用一支五子漏底快枪打死在老林子里,而自己的生母则被远嫁他乡,洞房花烛夜时一根绳索结果了自己的性命,与活赵云九泉之下相会去了,赵殿元继承了父母的优点,加上合体的高档西装衬托,更加倜傥俊朗,又比那些纨绔小开少了一些油滑浮躁之气。

筱绿腰看到从车后门下来的钱如碧等人,就猜到这位活赵云是什么人了,她吃吃笑道:"阿拉侄子卖相嘎好,这要是穿上一身全白大靠,杨小楼都得靠边站。"

钱如碧撇撇嘴,没和筱绿腰一般见识,她打心眼里瞧不起这个戏子出身的弟媳妇,但弟媳妇一句话就认可了假儿子的身份倒是省了自家一番口舌。

佣人们搀扶着潘克竞,提着行李箱,前呼后拥地送他们上了二楼,原先潘骄的新房是整栋洋楼里采光仅次于主卧的,现在已被潘克复霸占,他们只能退居朝北的客卧。

即便是客卧也大的出奇,挑高三米,让住惯了阁楼的两个人格外不习惯,佣人们把行李放下就出去了,房间里只剩下一对新人,还有两个帆布箱壳上印满了四芒星和叠加LV字母的Wardrobe行李箱。

"你怕吗?"杨蔻蔻问道。

赵殿元抓住杨蔻蔻的手按在自己心口窝,心脏跳得很快,冒名顶替,深入虎穴,干的是杀人的勾当,不紧张才怪。

"待会儿下去转转,记住地形,潘克复进行了很多改造,有些门封死了,和以前的图纸不一样了。"杨蔻蔻低声说,"必须要全身而退。"

两人的手紧紧握在一起,手心里潮热出汗,窗外有蝉鸣阵阵,凉风习习,两人同时看向窗外,隔着一片树荫就是花园的围墙,墙外是长乐里的一栋栋石库门房子,说来也巧,从这个角度望过去,正好能看到二十九号楼顶的老虎窗。

"到底是花园洋房,就是风凉。"赵殿元把窗户打开,俯瞰花园,大门口有武装警卫,有狼狗,围墙上拉着电网,插着玻璃渣,可谓龙潭虎穴。

"戆大,台风要来了,自然风凉。"杨蔻蔻说。

客卧的房门被敲响,龙叔的声音在外面:"少爷,少奶奶,吃夜饭了。"

楼下餐厅,水晶吊灯剔透闪亮,筱绿腰穿一身水绿色旗袍,坐在圆桌旁笑语盈盈,平时她和钱如碧并不在一起吃饭,今天"潘骄"小夫妻回家,自然要吃个团圆饭,连潘克竞都被抬到桌子旁,固定在一张扶手椅上,脖子上围着餐巾,张着嘴双目迷茫,痴痴傻傻。

"依四叔去经济委员会开会了,一会儿就到。"筱绿腰对刚进门的小两口说。

佣人拉开座椅,赵殿元和杨蔻蔻落座,面前摆着金边骨瓷的碗碟杯盘,筷子是象牙的,汤匙是景泰蓝的,灯火下流光溢彩。

"四婶侬好。"赵殿元说,他不知道该如何应对这位风骚的戏子婶婶,说了这句就没了下文,更不敢直视之。

这副羞怯样子更让筱绿腰芳心大动,正要逗逗侄子,潘克复回来了,他春风满面走进餐厅,看到圆桌旁的众人,解领带的手都僵住了。

"这二位是?"潘克复疑惑道。

"连自家侄子都不认识了,骄儿回来了,这是侄媳妇。"不用钱如碧开口,筱绿腰就把人给介绍全了。

"哦,是骄儿回来了。"潘克复摘下领带落座,他相信自己的第六感,这个人绝对不是潘骄,但是看钱如碧冷冷的神情,如果自己当场否认,这乐子恐怕就大了。

"骄儿什么时候回来的,这段时间去哪儿了?"潘克复随口问道。

"去外地办些事,刚回来。"赵殿元回答得很敷衍。

"这样啊……听说侬大学是学政治的,侬给四叔讲讲,政治到底是个啥么子?"潘克复似笑非笑,考起英国留学的侄子来。

赵殿元看着潘克复,这是他头一回如此之近地观察这个人,他在想现在怎么才能杀掉他,用象牙筷子戳进他的眼窝或许可以,但那样会惊动门外的保镖,根本逃不出去。

所有人都在盯着赵殿元,等他的高论。

赵殿元沉默着,似乎在思索,更像是发愣,钱如碧有些懊丧,这个西贝货到底不比自家亲儿子,小小问题就被难住了。

杨蔻蔻心里在打鼓,她想着再等十几秒就故意把碗摔在地上,转移大家的注意力。

筱绿腰先开口了,她想帮这个草包侄子解围,娇笑道:"达令,刚回来就给人出难题,侬是坏叔叔。"

"政治就像开赌场,得不停给人甜头,让人保持希望,才能永远坐庄。"赵殿元突然开口了。

潘克复哑然,这句话说得很精妙,符合自己心中所想,一时间他甚至有些怀疑自己看错了,这个人大约真的就是潘骄。

"哪能想这么久?"潘克复笑里藏刀地问道。

"我在想,怎么才能用简单的语言让四叔明白复杂的道理。"赵殿元侃侃而言,"这种问题,我用英语可以长篇大论,但是四叔听不懂啊,我不是怀疑四叔的英文水平,四叔的英文一定是很棒的,我是说那些复杂深奥的政治学术语,还有很多拉丁文在里面,就是洋人都不一定懂。"

这话简直就是拐着弯骂潘克复没文化了,钱如碧浮起笑意,筱绿腰笑得前仰后合,杨蔻蔻憋着的一口气缓缓吐出,心终于放回原地。

潘克复讪笑着,借点烟的动作缓解尴尬,忽然他想起一件事,侄子的结婚合照,本来是挂在客厅里的,早些时候不知道被谁收起来了,把照片寻到,不就真相大白了吗。

"吴妈,我记得少爷和少奶奶的结婚照本来挂在那里的,怎么不见了。"潘克复吩咐佣人道,几个月前,他曾经调查过侄子失踪的事情,从报馆得到一张原版照片,婚礼上的新郎,并不是潘骄,可惜照片弄丢了,不然就能辨认出是不是眼前这个冒牌货。

几分钟后,吴妈抱着一个二十寸的镜框下来了,照片中的新郎新娘,正是眼前这两位,分毫不差。

潘克复的脑筋飞速运转着，人是假的肯定没错，钱如碧这是想用假儿子真儿媳的组合来和自己分庭抗礼，这女人打得一手好算盘，只是低估了自己的手段。

"我提议，为骄儿的回家，为潘家的团圆喝一杯。"筱绿腰端起了酒壶，她脑子里是另一门心思，全然没留意到其他人眼神中的锋机。

酒是女儿红，菜不是本帮，也不是淮扬，而是钱如碧交代厨子专门做的宁波菜，葱油梭子蟹、茭白毛豆子、网油包鹅肝、苔菜拖黄鱼、黄泥螺、清炖霉苋菜梗，尤其这最后一道菜，臭虽臭，简直是宁波人的最爱，可身为宁波慈溪人士的杨蔻蔻却一筷子都没动过。

饭后，潘克复提议道："今朝团圆，大家一道听戏吧。"

筱绿腰第一个赞同："好额好额，大家想听哪一出戏？"

潘克复说："也不晓得哪能，我今朝就想听一出狸猫换太子，阿嫂侬看好不啦？"

钱如碧面色如常："阿拉不适意，先上楼困特了。"

潘克复冷笑："阿嫂请便，骄儿和侄媳妇陪阿拉一道看就好了。"

筱绿腰多么玲珑的人，此时已经察觉气氛不对，她出去查看了一下，花园里有一处临时搭建的戏台，平时尚能遮风挡雨，但是在台风带来的狂风暴雨中飘摇动荡，这戏是唱不成了。

潘克复也不是真的要听戏，他是在敲山震虎，告诉钱如碧这出戏瞒不过自己，既然雷雨天唱不成，那就各自随意了。

赵殿元和杨蔻蔻没有立刻回房，而是在一楼逛了一圈熟悉环境，潘克复也不管他们，自顾自来到书房，对着一堆财务报表焦头烂额，除了赌场，所有的生意都在赔钱，潘家的巨万基业，到了自己手里怎么就变成烂摊子了呢。

潘克复点燃一支烟，看着窗外的豪雨，有些感伤，有些无奈，他现在体会到那些当权者的苦衷了，维持一个家族产业都如此艰难，何况是残破的半壁江山。

那个假侄子无足挂齿，潘克复根本没放在心上，明天找个精通英文的人再来试试他，如果还能应付过关的话，就用最直接的办法，等他出门派人抓了去严刑拷打就好了，总之不好在潘家花园动手抓人，表面上的和气总要维持。

二楼客卧，杨蔻蔻反锁门，从衣服里摸出一把细长的西厨菜刀来，低声说:"午夜动手。"

　　刀是她刚在厨房里偷的,锋利无比,吹毛可断。

　　疾风骤雨敲打着窗子,雨水浇在玻璃上斑驳一片,风从窗子缝隙钻进来,如同谁在哀嚎。

| 第 50 章 |

暗杀前夜

夜已深，雨还在下，二楼客卧里只亮着一盏五烛的台灯，两人合衣躺在床上，毫无困意。

"你杀过人吗？"杨蔻蔻问。

"没有。"赵殿元说，"我十八岁时，在汉口码头上被流氓欺负，拿刀砍过人，不知道那个人死没死。"

"砍伤刺死，待会儿动手的时候，尽量用刺的。"杨蔻蔻缓慢而详尽地教授他杀人的技术，临时抱佛脚还不算晚。

"这把厨刀没有血槽，刀身刀柄连在一起，用起来不会太顺手，待会找个手帕，把手缠上，防止沾上血打滑，还有，有时位置不对，刀会被骨头卡住，别着急，总之动作要快，别让他发出声音把人招来。"

赵殿元说："等他上楼开门的时候，我在后面捂住他的嘴，脖子上扎一刀，腰眼扎一刀，手帕我有，你看这块行吗？"

说着他拿出一块淡绿色的汗巾，还带着一股如兰似麝的香气，杨蔻蔻揶揄道："你婶婶啥时候给你的，我怎么没看到。"

赵殿元忽然想到一个问题："如果动手的时候被别人看到，是不是也……"

杨蔻蔻沉默了一会答道："如果是楼下那帮恶棍，就一起干掉，如果是楼上这些人，还有佣人厨子，就随他去好了，对了，记得把电话线切断。"

赵殿元说："这个我在行，我忽然想起一个办法，把供电线路切断，这样楼下那些人就没法彻夜打牌了，潘克复就得上楼睡觉，这样不就有机会下手了吗？"

杨蔻蔻说："不妥，他很警觉，会先派人检查线路，万一发现是人为的，咱们就暴露了。"

一楼大厅，灯火通明，一帮赌客正在兴致勃勃，潘克复也坐在其中一张赌桌上，这是他的常态，通常要到四五点钟才上楼休息，正玩着，花园大门开了，车灯穿透雨雾，又有客人冒雨前来，潘克复使了个眼色，筱绿腰扭动腰肢前去门厅接待。

汽车直接开到门廊下，下来的是毕良奇，先恭维了筱绿腰几句，又道："车子没油了，真是麻烦。"

筱绿腰顺口接道："回头让司机去加一箱，老潘这里，美酒管够，汽油也管够。"

"那就不客气啦。"毕良奇笑道。

这时几个穿黑胶雨衣的人走进门廊，脱下湿淋淋的雨衣，水滴淋了一地，为首的正是丁润生，他向筱绿腰一鞠躬："太太好。"

丁润生是常客，是潘克复豢养的打手，筱绿腰用不着和他客气，微微点头，便揽着毕良奇的胳膊进门了。

等他们进了洋楼大门，丁润生才将身后一人拽过来，掀开雨衣帽子，露出黄寅生那张小白脸来，只是今晚这白不是白嫩的白，而是惨白的白。

筱绿腰把毕良奇送到赌桌前，潘克复起身，让太太坐下接着玩，自己陪着毕良奇去书房谈事情，他打心眼不喜欢这个姓毕的重庆特务，每次来都是打秋风，不但要钱，还要把汽车加满油，天知道他那辆破车耗油量怎么那么高，也许是加了油出门就抽出来去黑市换钱吧，但再讨厌也得忍着，伺候着，一点马虎不得。

"老潘，我有一个大生意，需要你先垫资一部分……"毕良奇点上雪茄，吞云吐雾，潘克复听得心烦意乱中，书房的门推开一条缝，丁润生的脑袋探进来："潘先生，我抓了一个人，可能是您要的……"

"侬先去小餐厅等一歇。"潘克复略显不耐烦地一摆手。

丁润生让手下把黄寅生带进了小餐厅，恰好瘸阿宝也带着两个心腹进来，两边人马各自占了半张圆桌，黄寅生蹲在地上，头也不敢抬，他越想躲，越是引起注意，瘸阿宝用脚勾起黄寅生的下巴，顿时气不打一处来，他还以为丁润生去外地专程把黄寅生抓来的呢，这不是诚心给自己添堵嘛。

"姓丁的，侬想哪能！"瘸阿宝横眉冷目。

"侬讲哪能！"丁润生也不怵他，两人如同炸翅的斗鸡，剑拔弩张，手下们也都手按枪柄，虎视眈眈。

"这是搞什么？"潘克复不怒自威的声音从门口传来，众人这才悻悻把枪放下，潘家花园有个规矩，绝对不许动刀枪，以免坏了风水，吵吵也好，亮家伙也罢，没人真敢开枪。

丁润生薅起黄寅生说："潘先生，这个人是我在火车站抓到的。"

潘克复看了看瘸阿宝，后者想狡辩，却一时找不到合适的借口，好在潘克复并没有发作，只是淡淡地说，这个人还交给阿宝处置，先关一晚，明天带出去处理掉。

"这回一定要利索些。"潘克复说。

"是！绝不辜负潘先生信任。"瘸阿宝羞怒难当，恶狠狠瞪一眼丁润生，拖着黄寅生就往外走，被拖在地上的黄寅生心如死灰，眼前只看到一幅画，画上的人似乎是阁楼的赵电工和小姑娘。

那是潘家少爷和少奶奶的合影，小餐厅里这些人各怀心事，谁都不曾留意。

潘克复又看了看丁润生，点点头："小丁，到书房来一下。"

丁润生志得意满，跟潘克复来到书房，昂然肃立，等待夸奖。

"汽油的事情，查得怎么样了？"潘克复似乎并不想深究黄寅生的事情。

"哦，查到了，是姓朱的藏了一些汽油，不多，就十桶。"丁润生答道。

"这么少……货在哪？"

"还没起出来，今天事情太多，特工总部那边也有几个任务盯得很紧。"

"明天把汽油拿过来。"潘克复说完，低头看账本，忽然发现丁润生没走，就问他还有事吗。

"没事了。"丁润生有些沮丧，回身出门，轻轻将书房的门带上。

瘸阿宝将黄寅生五花大绑起来关进库房，又回到赌厅里，睥睨一圈，正看到丁润生从书房出来，一股怒火升腾，他勾勾手："丁队长，有胆打八圈吗？"

丁润生毫不示弱："来就来，谁怕谁。"

两人各带一个手下坐上牌桌，开始赌钱，麻将一打，时间飞快，转眼就是午夜，楼上客卧，赵殿元实在等不及，赤脚出来，走到楼梯口向下张望，赌厅里人还是很多，且有不少带枪的特务，而潘克复直到现在还不上楼歇息。

潘克复今天不高兴，看到黄寅生让他又想起那天的事情，所以他今天睡在书房，不去二楼和筱绿腰同床共枕。

这一夜，刺客注定无功而返。

这一夜，丁润生输了很多钱，他官场失意，赌场也失意，接连放炮，输了十几万中储券，瘌阿宝却春风得意，连战连捷，谁身上都没这么多现金，只能押东西，写欠条。

丁润生输得狂躁，将手枪带皮套拍在桌上当做抵押，瘌阿宝讪笑不已，都是玩这个的，吓唬谁呢，老子不要枪，只要钞票。

天刚亮，丁润生就出了潘家花园，直接回二十九号，把章澍斋叫出来去提埋藏的油料。

此时大雨初歇，天还阴着，满地都是积水，章澍斋怀里揣着个东西，深一脚浅一脚踩着水跟着丁润生往外走，走到总弄大门口，看到老张竟然在门洞里支了张竹榻，水都淹到床脚了，章澍斋和老张并不熟悉，他只是奇怪，为什么暴雨天这个人还要睡在户外。

老张赤着脚帮他们打开大门，又回到门洞下待着，他本来住在过街楼上，一个人一间屋倒也惬意，但是潘克复硬是安排了一个带枪的保镖把他的过街楼给占了，这小子昨晚叫了个站街的妓女来风流快活，让老张在门洞下吹了一整晚的冷风冷雨。

丁润生之所以没带手下，就是想私吞掉一半货，一打汽油，一打火油，他只打算给潘克复十桶汽油，剩下的自己留下卖钱，至于昨晚上的赌债，想起来就让他咬牙切齿，十几万啊！倒不如寻个机会，一枪打死这个狗东西，人死账销，岂不快哉。

两人乘第一班轮渡过江，来到原先火油公司的仓库后墙，昨夜的一场雨将盖在上面的泥土冲刷掉许多，倒是省了挖掘的工夫，丁润生在附近村子雇了两个人，把油桶全都挖出来，用树叶遮挡一下，装上独轮车往江边码头运。

光天化日之下，带着许多油桶在外面走简直等于露着黄金行路，就算路人不起歹心，沿途那些军警、宪特也会见财起意，光凭一张特工总部的派司和一把手枪都无济于事，丁润生自然明白这个道理，一路之上他谨小慎微，各种掩护，却没留意到章澍斋对其中一个火油桶做了手脚。

章澍斋想了一晚上怎么报仇，他能做很复杂的机关，但是一来时间不够,二来无法将机关放进油桶,最后他用了最简单的方法,将白磷放进火油桶,等有人开启油桶向外倾倒时,随着液面下降,白磷暴露在空气中自燃,那就是一场大火。

装着油桶的木炭汽车驶入长乐里,先停在二十九号门口,丁润生不想把油桶藏在七十六号的宿舍里,哪有把肥肉藏进狼窝的道理,放在二十九号晒台间是最安全的,这里的邻居没有胆子动自己的东西。

可是正当他将油桶往屋里厢搬运的时候,瘌阿宝带着一群警察来了,他们是来清场撵人的,准备动用暴力手段将二十九号的居民赶出去,腾出房子给小林阁下开日式澡堂,没成想又遇到了丁润生。

关于汽油的事体,瘌阿宝是知道的,他们是同类人,彼此什么路数门清得很,这是想背着潘先生私吞呢,昨天的仇,瘌阿宝还记得,岂能放过大好的机会。

"丁队长,如果我没猜错的话,这是潘先生让侬搞得油,侬怎么搞到自己屋里厢来了?"瘌阿宝阴阳怪气地问道。

丁润生被抓个正着,自己的手下又都不在,面对十几个警察,他只能忍气吞声:"对,我正准备给潘先生送去,汪长官,侬带着这么多兄弟来,就是专程为监督我丁某人?"

瘌阿宝笑道:"那倒不是,这不巧了么,我带兄弟们过来,是帮小林阁下清场的,不过看丁队长的面子,再宽限一天也不是不行。"

他们对话的时候,二十九号的邻居们就在门内静静听着,瘌阿宝这回来真格的了,还有日本人撑腰,哪有拿鸡蛋和石头碰的道理啊,偌大的上海,就快没有他们的栖身之所了。

章澍斋没闲着,他敏锐地意识到了什么,这时候必须要做些事情,他趁着别人在门口对话,飞奔回屋拿了一些东西出来,找到自己做过标记的火油桶,在桶底边缘钻了一个小洞,用蜡封住,油库都是密闭空间,现在是夏天,温度一高,蜡就会融化,油就会渗漏出来,等油流光,白磷就会引爆混合了挥发油气的空气,那将是一场毁天灭地的大爆炸。

既然你让我们流落街头,那我就让你丧身火海。

瘌阿宝指挥着警察将全部油桶搬走,运往潘家花园,为了彰显自己的忠心耿耿,他一桶都不贪,全部送进设在花园角落的油库,然后喜滋滋向潘克复表功去了。

潘克复在书房沙发上睡得正香,硬生生被瘌阿宝吵醒,向他报告说小丁私藏汽油，已经被我全部查获。

看着癞阿宝这张谄媚的脸，潘克复就倒胃口，他并不是个小气的人，毕竟丁润生只是门客而已，这批油料又是他查获的，从中揩一把油也是默认的潜规则，这帮奴才，明争暗斗的真不省心。

"晓得了。"潘克复挥挥手，癞阿宝会意，倒退着出门，潘克复又道："今朝把那个黄什么料理了，再看见他，侬晓得后果。"

癞阿宝点头哈腰，关上书房的门，去库房提了黄寅生出来，先打了一顿出气，才让人拖到外面处理。

"别脏了潘家花园的地板。"癞阿宝说。

"宝哥饶命，我知道一个秘密，我告诉侬，侬帮我求求潘先生。"黄寅生经过一夜煎熬，终于找到一个能保命的渺茫机会，他现在是抓到任何东西都当救命稻草用。

"少废话！"癞阿宝一脚踢过去。

被反绑双手的黄寅生在地上打着滚，惨叫着："宝哥，是真的，小餐厅墙上挂着的照片上是二十九号的住客，这里面一定有秘密！我认识他们，可以当面对质！"

癞阿宝一对眼珠滴溜溜转了几圈，又去了书房，向潘先生报告这个新发现。

第51章
刺潘

潘克复听了瘸阿宝的报告，心中疑团豁然开朗，他不愿意亲自审问黄寅生，便列了几个问题让瘸阿宝去讯问清楚。

"问完了之后是不是？"瘸阿宝狞笑着把手掌横在脖子上拉了一下。

"先关起来，夜里再处置。"潘克复说，没必要急着杀人，说不定真的会有当面对质的环节呢，想到钱如碧被如山铁证怼到气急败坏的样子，他就不禁莞尔，现在也只能和钱如碧的斗争才能让他体会到存在的价值，所以他不急，要留着慢慢玩。

收音机传来播音员糯软的播报声，台风接近舟山群岛，今明两日受台风云团影响，上海周边会有特大暴雨。

上午的晴天只是短暂一瞬，乌云再次盖顶，天边有白色的闪电划过，紧跟着是轰隆隆的闷雷，雨水刷刷落下，越下越大，天地之间连成一体，花园里四人合抱的龙柏树冠在大风中摇曳，这场雨比昨天的雨起码大了两倍。

楼上客卧，赵殿元和杨蔻蔻在吃早午饭，有钱人家吃饭是让佣人直接送到卧房来吃的，吐司面包抹果酱，煎蛋配培根，还有一壶热牛奶，对于每天吃不饱饭的人来说，绝对是一顿美味早餐，就是量不大够，吃完还饿。

豪门小开是不会连续两天穿同一套衣服的，这位潘骄少爷是白西装的忠实拥趸，衣橱里全是各种白，昨天穿米白色，今天穿略带一点黄色调的象牙白，连腰带也是白色的，真真是白衣胜雪。儿媳妇就没那么多行头可换了，好在婆婆贴心，让佣人送来一套月白色的旗袍，以便和儿子夫唱妇随，相映生辉。

"腰带的孔不够了。"赵殿元抱怨道，这根白色皮带的主人腰围比他略粗，系到最后一个孔还有些旷。

杨蔻蔻帮他想办法，找佣人要了一个针线包，本想拿锥子再扎一个眼，可是那样的话太过丑陋，杨蔻蔻看着银色的H形腰带扣，灵机一动，把腰带扣撬下来，剪掉一截皮带，再试就是正好的长度了。

两人昨晚一直等到四五点才放弃任务，补了一觉，精神还是不太好，外面在下大雨，恐怕连门都不能出。

"要不，吃晚饭的时候下手？"赵殿元说。

"也行，那就我来，我是女人，他不会太过防备，借着敬酒的机会上前，一刀就结果了。"杨蔻蔻说，她穿旗袍不方便带刀，家里活动也不好拎着包，只能将西厨刀用手帕包裹起来，让赵殿元别在后腰上，到时候把刀偷偷递过来就行。

"今天雨大，乱七八糟的客人不会太多，得手之后我们开车走，对了，这个吊坠你帮我拿着，配旗袍不合适。"杨蔻蔻将脖子上的犹太六芒星吊坠摘下来，赵殿元接过随手揣在西装兜里。

窗外风急雨骤，两人心有灵犀，走到窗前眺望，隔着雨帘，二十九号已经看不清楚了。

二十九号内，愁云惨淡，据说今后几天都有大雨，这样的天气如何找房，如何搬家，邻居们说着说着，阿贵嫂忽然叹气道："小赵和阁楼小姑娘也不晓得去哪里了，昨晚上就没回来。"

这话提醒了周家姆妈，她说我昨天看到小赵了，穿着白洋装开着潘家的车子，许是当了潘家的司机了？

苏州娘子说："给潘先生开车吗，那可好了，能帮阿拉讲讲情。"

梅英撇撇嘴："开车的能有什么面子。"

阿贵嫂说："那阁楼小姑娘去哪儿了，不会也去潘家花园做工了吧？"

阿贵说："那天我送潘老爷去广慈医院，回来后说了这桩事体，小姑娘就风风火火走了，真说不定和潘家有什么瓜葛。"

说来说去也没什么头绪，唯有一片叹气声，吴伯鸿回到屋里，看到妻子正在擦枪，一枚枚子弹排列整齐，边上摆着锉刀。

"侬帮个忙，用锉刀在子弹头上开个十字花。"吴太太说。

吴伯鸿心里一颤，太太真是忍无可忍准备出手了。

"把瘸阿宝收拾了，一了百了。"吴太太擦完了枪，利索地将这支三把盒子组装起来，掰开击锤，扣动扳机，机件啮合严密，运作流畅。

隔壁厢房里，章澍斋坐卧不安，他没有计算过一桶十升装的煤油流光要多长时间,这场豪雨会不会影响效果,事后又会不会查出是自己所为,但事已至此,已经无路可退,听天由命吧。

……

潘家花园,书房内,潘克复突然想起一件事,便打电话到警察所,让瘸阿宝把二十九号的户口登记本拿来,相对于黄寅生的口供,那才是铮铮铁证。

刚放下电话,铃声响起,潘克复抓起听筒,传来的是毕良奇的声音:"老潘,回头我带一个老家的朋友去你那里……"

"好的,什么时间,要一起用饭吗?"潘克复问道,可是那边却没有再回答,只有电流沙沙声,想必是大风把电话线路刮断了。

筱绿腰推门进来,满脸不快:"这些下人真是不仔细,居然弄丢了一把厨刀。"

潘克复心念一动:"菜刀吗?"

筱绿腰说:"不是菜刀,是西厨刀,细细长长的那种。"

潘克复叫了一个保镖进来,让他告诉兄弟们,都机灵点,养兵千日用兵一时,今天可能家里会有事情发生。

下午五点半,第六警察分驻所,内勤终于从浩如烟海的户籍档案中将长乐里二十九号的登记本翻出来,瘸阿宝看都不看就装进包里,让手下叫车去潘家花园,外面大雨,根本叫不到黄包车,他只能披上雨衣,自己步行前往。

与此同时,七十六号宿舍里,丁润生借酒消愁,已经喝了一整瓶西凤酒,可人却是清醒的,他寻思还得去一趟潘家花园,向潘先生解释清楚,把误会解开,他是低级别的特工,没有专车可用,也只能寻一件黑色橡胶雨衣穿上,冒雨前往。

大雨滂沱,潘家花园角落里有一间用木板和油毡搭建的库房,里面堆栈着潘克复搜刮来的汽油,早上瘸阿宝派人搬来的二十来桶油也在这里,雨水漫进来,地上湿漉漉的,黄寅生被绑成猪猡一般丢在此间,他闻到一股味道,是火油弥漫在空气中的味道,他很害怕,大声呼喊,但是雨声太大,没人听得见。

转眼就到了晚饭时间,佣人来二楼客卧请少爷和少奶奶下楼用餐,两人来到一楼小餐厅,发现潘克竞、钱如碧,潘克复、筱绿腰都在圆桌旁正襟危坐,气氛有些诡异。

潘克复笑吟吟地请侄子和侄媳妇坐下，圆桌上没有菜肴，只有一壶茶，四个杯子，这是连杯子都没给他们准备，赵殿元看一眼杨蔻蔻，后者神色如常，坦然落座。

"咱们大家都在，我有话就直说了。"潘克复转向钱如碧，"嫂子，侬对我有成见，我一直都是晓得的，但是这家业，终归是姓潘的，不是外人的，侬找两个外人来，就想把我赶走吗？"

钱如碧冷笑："侬讲什么，我听不明白。"

潘克复阴恻恻地笑了："嫂子，侬以为自己做得周密就能瞒天过海吗，如果我没记错的话，这张婚礼照有双份，原版的就是挂在墙上的，还有一张用技术换了脑袋的，应该被侬藏起来了。"

钱如碧脸色铁青，一言不发。

赵殿元倒有些放心，潘克复只知其一，不知其二，只晓得钱如碧找假的儿子儿媳争家产，却不晓得这一对假夫妻其实是来要他的命。

但计划也得变一变了，既然已经败露，对方有了防范，那就还是自己出手。

"这个人不是我的侄子，他叫赵殿元，就住在长乐里二十九号，是个电工，嫂子，我不晓得侬是从哪里找的这个宝货，侬觉得一个电工就能冒充潘家的小开吗，侬是瞎呢，还是觉得我傻？"

筱绿腰听得尴尬，起身要走："我去看看菜烧好了吗。"

"坐下！"潘克复厉声道，"进了潘家门，就是潘家的人，都不许走，听我把话说完。"

他转向潘克竞，言辞恳切："大哥，我知道侬一向看不起我，觉得我是烂泥扶不上墙，可侬晓得现在是什么世道，是乱世啊，若是没有我独立支撑，潘家早就被人吞了，你们还能舒舒服服坐在花园洋房里？侬以为潘骄在就能把我一脚踢开，侬帮帮忙，潘骄一个娇生惯养的二世祖，伊能守住这份家业？伊能和日本人，和军警、宪特把酒言欢，谈笑风生？伊能开得起赌场，买得到汽油？大哥，于情于理，我都对得起列祖列宗，对得起潘家。"

这番话说得强词夺理，钱如碧忍不住出言讥讽："四弟，侬已经把潘家的财产败得七七八八了，还想哪能，侬说啥么子就是啥么子，侬是法官吗？"

潘克复笑了："嫂子，侬还真是不见棺材不掉泪。"说着拿出户口登记本,翻到二十九号住户一页:"看看清爽,赵殿元,杨蔻蔻。"

钱如碧道:"那又如何,谁不知道警察所的所长都是你的走狗,造假太容易了。"

潘克复被她的胡搅蛮缠气笑了:"哈哈哈,嫂子侬真有意思,说到底侬也是外姓人,我不和侬讲了,大哥,侬看看,这个儿子是假的。"

早已瘫痪的潘克竟一直面无表情地坐着,此刻嘴角抽动了一下,竟然有想说话的意思,潘克复凑过去倾听,就听潘克竟说道:"这就是阿拉儿子。"

他声音虽轻,众人听得清楚,一时间连筱绿腰也搞不清楚了,到底这个活赵云是真潘骄还是西贝货,不过无论真假,这扮相是没的说,能收进囊中就美了。

潘克复愣了,继而大笑:"大哥,我一直敬重侬,没想到侬已经糊涂成这样子,硬把外人认成儿子,也罢,实话告诉你们,就算是真潘骄来了,我说是假的,那就是假的。"

潘克竟气得当场背过气去,钱如碧扑上去掐人中,筱绿腰也起身帮忙,此时不动,更待何时,赵殿元暴起,抽出利刃刺过去,瞄的是潘克复的脖子。

潘克复下意识的一偏头,厨刀擦着脖颈划过去,顿时一道血痕,赵殿元犯了一个错误,他没有就势割过去,而是收刀再刺,潘克复趁这一刹那的机会举起椅子挡在身前,大喊来人!

小餐厅外站着几个荷枪的保镖,早就严阵以待,听到室内动静便冲进来,迎接他们的是一个滚烫的茶壶和四个杯子,杨蔻蔻接连投出杯盘为赵殿元争取时间,但这些毕竟没什么杀伤力,保镖们一拥而上,他们倒是恪守着不能在潘家花园开枪的原则,硬是没动枪,一番搏斗,终于将赵殿元和杨蔻蔻制服。

潘克复脸色很难看,他脖子上挨了一刀,虽然没伤到气管和动脉,但也流了不少血,用手按着气急败坏,地上的赵殿元也是血流满身,刚才的打斗中他划伤了几个人,自己也受了伤,白西装上斑驳一片红。

癞阿宝举着手枪冲进来护驾:"潘先生,我来迟了!"

潘克复接过筱绿腰递过来的手帕捂住脖子,对吓傻了的钱如碧说:"今朝不管是真的还是假的,我都要让他死。"

钱如碧噤若寒蝉,转向丈夫,却发现潘克竟已经翻了白眼,扑上去嚎啕大哭，但已经无济于事。

潘家的真正主人潘克竟死了。

花园大铁门缓缓打开，一辆轿车驶到门廊下，毕良奇和另一个陌生面孔下了车，却发现好客的女主人没来迎接，稍感奇怪，便直接进了大厅，远处沙发上枯坐着的丁润生看到那张生面孔，从衬衣口袋里摸出一张照片看了看，这不正是特工总部下令缉拿的重庆要员吗？

丁润生的心脏怦怦跳起来，他已经得罪了潘克复，因为他就住在二十九号，和赵殿元、杨蔻蔻是邻居，不可能不认识，刚才潘家剧变，潘老爷死了，潘克复也差点被刺杀，这笔账不能算在自己头上，但这口恶气势必要波及到自己。

现在机会来了，抓住重庆要犯就能立功升级，那就不用依附姓潘的了，丁润生想到这里，恶向胆边生，手悄悄伸向了枪柄。

潘克复捂着伤口迎出来，连声说抱歉，家里出了些意外，毕良奇关切了几句，向他介绍老家客人，潘克复和那人握手，带他们去书房谈事情，这时瘌阿宝等保镖押着赵殿元和杨蔻蔻出来，老家客人驻足，对潘克复耳语了几句。

潘克复吩咐道："阿宝，把男的拉出去毙了，女的留下。"

瘌阿宝问道："在花园里吗？"

"出去做。"潘克复丢出三个字，便和客人进书房去了。

瘌阿宝带着两个保镖，冒着大雨将赵殿元拖出潘家花园，出了大门，就在弄堂底的空地上执行，赵殿元被两只手按在地上，瘌阿宝掏出手枪来，上膛，瞄准赵殿元的后脑。

两个保镖生怕溅自己一身红的白的，赶忙松手闪避，瘌阿宝扣动扳机，咔塔一声，哑火了。

赵殿元大脑里一片空白，人之将死，其实不会想太多，只是在最后一秒时，童年少年青年时的回忆须臾间闪过。

咔塔一声，赵殿元头脑瞬间清醒，拔腿就跑，这纯粹是本能带动身体做出的反应，大脑甚至来不及介入。

瘌阿宝反应也够快，退掉哑弹再朝赵殿元的后背开枪，可是又哑火了，两个保镖反应过来，迅速掏枪开火，雨太大，隔了几米就看不见人影，连打了几枪都落空了。

"你，去大门口封门，只准进不准出，你，回所里叫人过来。"瘌阿宝将两个保镖派了出去,自己回潘家花园复命,他悻悻然检查着自己的手枪,退出来的子弹底火上全都有一个凹坑,子弹居然被人掉包了!

……

二十九号,枪声惊动了众人,苏州娘子出门喊道:"外面是打雷还是开枪?"

"是枪声,打了四枪。"吴夫人说。

"我听是潘家花园那边开枪。"田飞也从亭子间出来了,"不晓得什么豪门恩怨。"

"都死了才好。"孙叔宝恶狠狠道。

忽然后门开了,一个人跌跌撞撞进来,浑身湿透,白色西装上一块块血痕,竟然是阁楼小赵。

赵殿元没和邻居们打招呼,径直上楼,回到自己住的阁楼,打开老虎窗探身出去,从瓦片下拿出七音子手枪,退出子弹,用床单仔仔细细把枪和子弹上的水迹擦干净,重新装弹,把枪别在腰带上,把兜里的护身符拿出来挂在脖子上,杨蔻蔻贴身戴过的东西会让他沉着冷静。

一出门他就愣住了,二楼的梅英、周家姆妈、周家好婆和小囡,亭子间田先生,一楼章先生全家、吴先生全家,二层阁阿贵夫妇,还有孙叔宝、苏州娘子、孙家阿奶,全都站在各家门口,默默无语地看着他。

赵殿元下了阁楼,梅英第一个上来,帮他整理一下衣领,顺手拿起那块六芒星护身符,她记得这是蔻蔻的贴身之物,放在手中摩挲了一下,叹口气,让开了路。

田飞迎上来,握住赵殿元的手,用力点点头。

周家姆妈飞速回屋,端了一碗白米饭,上面还浇了一勺菜,递到赵殿元面前。

赵殿元接过饭碗扒了几口,交回到周家姆妈手中。

周家小囡被好婆抱着,伸着小手去拿赵殿元胸前的护身符,好婆和姆妈一起将小囡的手捉了回来。

一碗酒送过来,赵殿元一饮而尽,阿贵拍拍他的肩膀,尽在不言中。

下到一楼,吴夫人忽然亮出一支驳壳枪来,倒持枪管递给赵殿元,吴伯鸿一咬牙,也将自己的马牌撸子掏了出来,赵殿元接过两把枪,插在腰间。

吴麒也有样学样,将自己的玩具枪递给赵叔叔,赵殿元笑了笑,没收,摸摸他的脑袋。

苏州娘子未语泪先流,呜呜地哭了,孙叔宝摸摸口袋,将银壳怀表拿了出来,挂在了赵殿元衣襟上,孙家阿奶拍拍那个六百斤重的,每年都拿桐油刷一遍的柏木棺材说:"放心去,格给侬用了。"

章澍斋没什么拿得出手的,但他有一个关于爆炸的情报可以分享,杜剑秋则回屋拿了一件雨衣递给赵殿元。

赵殿元披上雨衣,带着三把枪从二十九号出来,雨雾中一个长衫客持伞肃立,是龙叔,当赵殿元走来,龙叔拿出一支枪牌撸子递到他面前。

雨很大,傍晚如同黑夜,忽然一道闪电划破长空,将龙叔的脸照得清晰无比。

| 第 52 章 |

真英雄背对爆炸从不回头

龙叔撑着伞在前面不紧不慢地走着,赵殿元将雨衣帽子罩得严严实实,亦步亦趋跟在后面,来到潘家花园大门前,抬手拍门。

花园大门平日只供汽车进出,大门上开了一扇小门,小门上又有一扇小窗户,听到外面拍门声,保镖打开小窗观察,只看到龙叔的一张老脸。

龙叔是潘家花园的管家,几十年忠心耿耿,里里外外都熟,即便潘克复也对他客气三分,这些保镖不疑有诈,打开了小铁门,龙叔跨进来的同时,左手在身后比出两根手指,示意只有两个保镖。

赵殿元会意,紧跟着抢进门来,手中七音子手枪击锤早已扳起,抬手一枪,迎面保镖额头上飙出一股血箭,另一个保镖慌忙丢伞拔枪,速度慢了半秒,被赵殿元调转枪口打在胸口,立扑,血流了一地,转眼就被雨水冲淡了。

这是赵殿元第一次杀人,奇怪的是他没有任何紧张情绪,镇定得宛如闲庭信步,七音子手枪的声响相对较小,又被雷声掩盖着,除了两条发疯的狼狗之外,没人发现不速之客杀进来。

龙叔撑着伞,静静等着赵殿元收起七音子,从两具尸体上捡了两把二十响驳壳枪,这才朝洋楼努努嘴,前头引路。

潘家花园占地颇广,中心位置是一座欧式风格的洋楼,除了大门,还有两个边门,潘克复为安全起见,把边门封死只留大门出入,赵殿元被拖出来枪毙时,门廊下停着一辆汽车,此时汽车不见踪影,只有两扇黑漆漆的实木大门紧闭着。

书房里,潘克复正在和客人说话,不经意间瞥见窗外大门处有个穿黑雨衣的高大身影跟在龙叔身后,而他的保镖都是中等身材。

"阿宝,去门口看看!"潘克复高喊一声,客厅里的瘸阿宝当即带着几个人走向大门，还没走到门口，子弹就从门外射进来，当场打倒一人，瘸阿宝等人纷纷寻找掩护，双方隔着大门对射。

赵殿元占了便宜，他手中两支二十响火力猛烈，子弹穿透力强，瘸阿宝等人拿的是765口径的撸子，子弹穿不透实木大门，等于干挨打，密集的子弹在大门上穿出几十个弹孔来，将沙发、桌椅打得千疮百孔，保镖们叫苦不迭，抱头鼠窜。

四十发子弹打完，赵殿元将两支青烟袅袅的驳壳枪随手丢弃，掀起雨衣，抽出别在前腰的七音子和马牌撸子，昂首阔步上前，一脚将摇摇欲坠的大门踹倒，目光所及，只有两具尸体。

忽然龙叔猛扑过来，用自己后背挡在赵殿元身前，一颗子弹击中龙叔，拐角处瘸阿宝身影一闪而过。

龙叔倒在地上，奄奄一息，嘴里喃喃道："少爷……"大概是伤到了肺，吐出一串血泡就死了，眼睛已经大睁着。赵殿元脱下雨衣盖在龙叔身上，朝着瘸阿宝逃走的方向追去。

枪战在赌厅里展开，这并不是高手之间的对决，瘸阿宝虽然干了多年特务，驳火的经历却极少，上回遇刺反击打中丁润生是他平生仅有的战绩，平时他连枪都懒得擦，高度紧张下，准头更差。

赵殿元是第一次枪战，精神高度亢奋下专注度极高，他牢记着杨蔻蔻的教导，绝不死守在一个位置，而是在移动中开枪，左右开弓，打光了七音子和马牌撸子的子弹，把枪一抛，白西服下摆撩起，三把盒子和枪牌撸子在手，继续开火。

暴雨天气阻挡了赌客们，今天的潘家花园门可罗雀，只有毕良奇和重庆来客登门，此刻他们被横飞的子弹堵在书房里出不去，大厅里也只有四个保镖，已经被赵殿元打死了两个，但还有一个拿枪的人潜伏在角落里，就是丁润生。

丁润生到现在没搞懂发生了什么，怎么被拉出去枪毙的小赵又杀了回来，俨然变身杀神，这一场血战下来，潘家必定玩完，自己的机会来了！

赵殿元冲窗帘后面的人形一通猛打，一具尸体摔了出来，又打死一个。

忽然瘸阿宝从赵殿元背后窜出，举枪偷袭，说时迟那时快，丁润生一枪打出，正中瘸阿宝肩膀，他枪里射出的子弹打飘了，从赵殿元头顶擦过。

赵殿元猛回身,三把盒子横在腰间,镗镗两枪打在瘌阿宝肚子上,跨上一步,踩住他的肚子,用吴太太赞助的这把枪对着瘌阿宝的面门说:"吴先生、吴太太托我给你带个话。"

瘌阿宝身中数弹,哪还能说话,眼睁睁看着赵殿元的枪口冒出一团火焰,半个头就没了。

赵殿元枪里的子弹是吴先生拿锉刀加工过的炸子,铅芯露出,威力极大,一枪下去,铅芯四分五裂,将瘌阿宝的脑袋上半截轰开。

书房里,潘克复还在试图接通电话,但是线路故障一直没能修复,书房的窗户安装着铁棂子无法跳窗逃生,听到外面枪声渐止,书房里的三个人对视一眼,开门冲出,没想到丁润生的枪口指向了他们。

"潘克复,你勾结重庆分子,还不束手就擒!"丁润生喊得中气十足。

毕良奇抬枪就打,双方你来我往打了十几枪,硝烟散尽,丁润生胸口中弹,只有进气没有出气了,毕良奇和重庆来客也身负重伤,奄奄一息。

赵殿元小心翼翼过来,先检查一下丁润生,基本上没救了,再看躺在书房门口的三个人,突然毕良奇的身体被掀开,藏在后面的潘克复手里握着花口撸子,火光绽放。

赵殿元的胸口如同被一把大锤猛击一般,耳朵里嗡嗡的,眼前一片漆黑,一口鲜血喷出,摔在赌桌上,纹丝不得动弹。

潘克复长吁一口气,看看狼藉不堪的赌厅,满地都是子弹壳和鲜血,到处都是横卧的死人,还好自己笑到了最后,他走到赵殿元面前认真端详,他很好奇,这个冒牌货怎么这么厉害。

"姓赵是吧,我和你有仇吗?"潘克复问了一句,不等回答就要补枪。

砰的一声,并不是自己手里的枪走火,他有些狐疑,看看胸口,血慢慢渗出来,白衬衫染红了一片,他不可置信地再看看赵殿元,后者捂着胸口从赌桌上爬起来,掏出一块银壳怀表,子弹正嵌在上面。

潘克复仰面朝天倒下,死了。

赵殿元喘着粗气,丢下打光子弹的撸子,抠开潘克复的手指,拿过手枪,跌跌撞撞冲进书房一番搜寻,没见到杨蔻蔻,桌上放着水晶杯和红酒,他拿起酒瓶咕咚咚灌了几大口解渴,走出书房,被瓷砖地上滑腻的血滑了一跤。

毕良奇一双无神的眼睛正对着赵殿元的脸，惊得他迎头就是一枪，毕良奇脑门上出现一个小洞，血却没流出来，原来他已经死透了。

赵殿元爬了起来，在一楼搜了一遍，厨子、佣人早就吓跑了，到处都没找到杨蔻蔻，紧跟着他上了二楼，踹开卧室的门，搜了一圈，拉着筱绿腰的脚脖子将她从床底下拽出来。

"饶命，我什么都给你。"筱绿腰哭得梨花带雨，她自认为最擅长对付男人，但眼前这个血人已经不是人，而是杀神。

"蔻蔻在哪？"赵殿元问。

"被送走了，不知道送到哪里去了。"筱绿腰哪敢耍心眼。

赵殿元松开她，又走进客卧，他和杨蔻蔻躺过的床上似乎还有余温，但伊人已经不知在何方。

吸烟室内，钱如碧守着丈夫的遗体，敲着木鱼念着佛经，楼下的枪战她充耳不闻，赵殿元的闯入她也不理不睬。

"潘克复死了？"钱如碧终于抬头。

"蔻蔻在哪？"赵殿元懒得多说其他。

"被拉上车送走了，有人认出她了。"钱如碧说完，继续低头敲木鱼。

花园角落的库房里，渗漏的煤油和雨水混在一起，空气中全是浓烈的煤油味，黄寅生叫天天不应，叫地地不灵，索性自己求生，他磨断了捆绑手脚的绳索，哪怕是公馆里的激烈枪声也没打断他的求生过程。

赵殿元从洋楼里出来，检查一下手枪，子弹又打空了，索性丢在一边，也不穿雨衣，就这样走进雨中，来到门口的时候，两条狼狗看见他已不再狂吠，怯生生地往后缩着，呜咽不止。

库房里，黄寅生终于磨断了最后一根绳子，他大喜过望，正要逃走，忽然觉得哪里不对，驻足凝神倾听，最后一滴火油从桶里冒出来，白磷终于接触到了空气，瞬间自燃，密封的油桶成了炸弹，引爆了堆积的汽油桶，黄寅生临死之前看到一幅奇景，地狱里的火狱也不过如此。

爆炸发生的时候，赵殿元正推开潘家花园的大铁门，昂然出门，身后升腾起巨大的橘红色的火球，他却连头都不回。

赵殿元顶着大雨走到长乐里总弄大门口，忽然有人跳出来对他大喊："不许动！"他瞥了一眼，是瘸阿宝的手下，一个小特务。

话音刚落，小特务头上就挨了一闷棍，老张手持枣木杠子冲他摆手，示意快走。

赵殿元投过一个感激的眼神，走出长乐里，大铁门在他身后缓缓关闭，雨势不减，过街楼的屋檐下，一只避雨的黑猫冷冷俯视着他。

远处有车灯闪耀，是增援的警察赶来了，赵殿元只能向反方向走去，走出几百步，一辆电车驶来，他紧赶几步跳上车，车厢里空无一人，连售票员都不在，他身心疲惫，坐在椅子上发呆。

电车在暴雨中穿行，如同行走在海底，当赵殿元从短暂的睡梦中醒来，外面雨还在下，斗转星移，悄然换了人间。

这是赵殿元从没来过的地方，透过雨水斑驳的车窗，外面高楼大厦林立，并不是外滩那种花岗岩建造的大楼，而是玻璃造的，高耸入云，马路上车流汹涌，尽是些稀奇古怪的车型，不过有些车标他还认识，比如雪铁龙。

一群年轻人拥进车厢，叽叽喳喳，欢快无比，他们有男有女，装束奇怪，面色红润，不像是吃不饱饭的样子，赵殿元内心的震撼已经无法用语言形容，当电车再次停下的时候，他下了车，站在十字街头茫然四顾。

这是上海，路人说的是上海话，没错，但这又不是他熟悉的上海，这是另一个上海，人潮人海中，赵殿元恍如隔世。

雨下得紧了些，赵殿元疾走几步，躲进一个门洞避雨，这时一个女孩也躲进门洞，赵殿元看了她一眼，她也歪着脑袋，好奇地看着赵殿元。

黑色的棒球帽，上面带着 NY 字样，黑色的 T 恤显露着纤细的腰肢，下面一条军绿色的多口袋长裤，这张面孔赵殿元再熟悉不过。

她是杨蔻蔻。

第 53 章
捡了一个失忆富豪

赵殿元脱口而出:"蔻蔻!"

女孩狐疑道:"你认识我?"

任何人长得再相似,气质也不会完全相同,女孩一开口赵殿元就明白她不是杨蔻蔻,但为何长得像,名字也一样,他的大脑已经无法处理这么玄奥的问题,只能问另一件事:"这是哪儿?"

"这儿是延安西路啊,别打岔,你还没说怎么认识我的,你也是交大的?哪个学院的?"女孩连珠炮的发问更让赵殿元确信这只是巧合,蔻蔻不会如此欢脱快乐。

延安西路这个名字,从来没听说过,赵殿元理了一下思路,说道:"你长得很像……"

"很像你奶奶说的仙女吗?"女孩笑道。

"很像我认识的一个人,她叫杨蔻蔻。"赵殿元说。

"哦,那确实认错了,我叫COCO。"女孩说,又盯着他打量了一番:"我觉得你也挺眼熟的,但是想不起来在哪里见过,你忘戴口罩了么,我这里有多的。"

赵殿元接过口罩,百思不得其解,难道在街上走路必须戴口罩吗。

"还想请问,静安寺路在哪边?"赵殿元又问道。

"静安寺路……"女孩从口袋里掏出一个长方形的小镜子上点了一阵子,说道:"没有静安寺路,只有南京西路,在那边。"

她遥指一个方向,奇道:"你要去哪儿,直接说地址,我帮你找。"

"长乐里。"赵殿元说,"在大西路和愚园路之间。"

女孩又在小方镜子一样的东西上比画了一阵,抬头说:"长乐里啊,距离这里不远,不用打车,你导个航走过去就行。"

赵殿元能听懂她说的每一个字,但是合在一起就听不懂了,什么叫打车，什么叫导航，前者他大致还能理解，大约是叫个黄包车的意思，导航是什么就真的想不通了。

"叫差头吗？"赵殿元试着问，他记得以前叫出租汽车要打电话预约，或者直接去出租车公司办手续，现在都可以随便叫了吗，想想很有可能，满街都是车，应该是普及了吧，汽油更是不缺。

"你不想走路，叫滴滴也行啊。"

赵殿元简直要崩溃，什么是滴滴，还叭叭呜呢。

一辆银色的荣威轿车打着双闪停在路边，女孩招手跑了过去，赵殿元明知道她不是自己的爱人，但是在这个陌生的世界上，长成蔻蔻的模样本身就是一种缘分，他想叫住她，却没有理由，情急之下牵动胸口的伤，噗的一声，一口鲜血喷出，染红了口罩。

女孩猛回头，惊叫一声："你受伤了！"

赵殿元摘下口罩，摆摆手，示意自己没事，女孩却不放心，跑回来关切道："你怎么了？"

"不碍事。"赵殿元不愿意耽误别人的时间，女孩却热心得很，非要送他去医院不可，他拗不过只好上了汽车。

"师傅，先去医院。"女孩说。

"哪家医院？"

女孩迅速在小镜子上查了一下说："华山医院。"

司机开动汽车，赵殿元看着驾驶座前的仪表盘发呆，这和他印象中的汽车截然不同，简直眼花缭乱。

"你得了什么病？"女孩问。

"我没病，中了一枪。"赵殿元说。

女孩看看他，不像是中枪的样子，还以为他在开玩笑，但赵殿元紧接着掏出一块怀表来，表壳上竟然嵌着一枚弹头。

"打到怀表上了，差点要了我的命。"赵殿元解释道，一本正经的态度完全不像是开玩笑。

女孩张口结舌，很想让司机师傅掉头去派出所，但终于还是忍住了，华山医院距离此处很近，不到十分钟就开到了，女孩先下车，对赵殿元指指医院大门，说你自己去吧，我还有事，说完上车一溜烟跑了。

赵殿元站在熙熙攘攘的华山医院门口不知所措，他自然不会去看伤，他只想回去，可是天下之大，又能向何处去呢。

最终赵殿元靠着依稀的记忆和一路打听，硬是找到了长乐里，他站在总弄大门口，眼前的过街楼已经变得沧桑无比，长乐里三个字和下面的1921是如此的熟悉，但楼上已经没了门房老张，从大门望进去，弄堂依旧，墙漆斑驳，他在路上驻足许久，初步了解了这个世界，现在是二〇二一年，沧海桑田，时间已经过去了八十年。

赵殿元站在二十九号后门外，漆黑的门洞里，早没了孙家阿奶的柏木大棺材，灶披间里倒是依然摆着五六个锅灶，但却不是煤球炉，而是用液化气瓶的新型炉灶，水龙头也有五个，每个龙头上都上着锁。

一个穿着印花睡衣睡裤，趿拉着塑料拖鞋的妇人从里面出来，警惕地看着赵殿元："侬找谁？"

"孙叔宝在这住吗？"赵殿元问。

"没这个人。"妇人换了北平官话和他对话。

"有姓吴的吗，或者姓章的，立早章。"赵殿元又问。

"没有。"妇人守在门口，已经开始不耐烦。

赵殿元扭头去了，失魂落魄，邻居们早已星散，他在世界上怕是找不到认识的人了，不知不觉间，他走到了潘家花园大门前，这里倒是保持了原貌，连大铁门都和从前的别无二致，只是铁门紧闭，上方还有一个长条形的乳白色机器瞄着门口，如同一只诡异的独眼。

从长乐里出来，赵殿元漫无目的在大街上走着，雨又开始下，他站在公交站台下避雨，一辆车驶来，车上下来个女生，撑开伞向路边小区大门走去，赵殿元喊了一声："蔻蔻。"

"咦，又是你，你怎么知道我住在这？"女孩瞪大眼睛，不可思议地看着他，"你到底是谁啊？"

"我迷路了，我……我从很远的地方来。"赵殿元不知道该怎么解释。

女孩退了一步，觉得这人不像是骗子啊，怎么出口都是些老套的骗术。

"那就给你家人朋友打电话啊，让他们给你微信上转点钱，总不至于流落街头吧。"

"什么是微信？"

"真的假的，你不会连手机都没有吧？"

"什么是手机？"

一番对话后，女孩基本确定这个怪人大约脑子有点问题，搞不好是从六百号跑出来的,但是看起来神志还挺清楚,报警似乎不合适,丢下他不管吧,心里总觉得过不去。

赵殿元的肚子发出咕咕的声音。

"你多久没吃饭了?"

"有八十年吧……"

女孩撇撇嘴,心说还真是个怪人,不管怎么样,先请他一顿再说,看看附近,这个时间也没啥饭店,只有一家二十四小时营业的罗森,于是邀请赵殿元进去坐着,买了两杯关东煮、两盒牛奶、烤鸡腿和三明治,摆在窗口前的长条台子上,两人坐着用餐。

"你是说,你上次吃饭还是一九四一年?"女孩看着赵殿元狼吞虎咽,调侃地问道。

"是一九四二年,八月初八,台风天,下雨,我和蔻蔻一起吃的早午餐,吐司面包配果酱,还有煎蛋培根。"赵殿元回忆起来,就像是昨天,对他来说,也确实就是昨天发生的事。

"乖乖,你穿越了啊,您是历史上哪位人物?"女孩咋舌道。

"我叫赵殿元,是个电工,也许历史上真会留下名字吧。"赵殿元想到自己屠戮了潘家花园的壮举,也许《申报》上会有报道的,只是八十年过去了,谁还会记得当年的凶案。

"幸会,我叫潘家宁,论辈分,我得喊您一声太爷爷了,对了,您的出生年月是?"女孩似乎想到了什么。

"民国六年,我是孤儿,不知道具体的生辰八字,我爹叫赵罗锅,在屯子里的烧锅上扛活,他给我取名赵殿元,是希望有朝一日我能高中状元,可我只当了个电工,我爹是被日本人杀的,从那以后,我就四处流浪,直到来到上海。"

这些话,赵殿元曾经对杨蔻蔻讲过,现在又对这个叫潘家宁的女孩讲了一遍,听故事的人表现一致,都只顾着吃。

潘家宁竖着一只耳朵听赵殿元说话,傻坐了一会,实在没招,只好带这个捡来的怪人回自己的出租屋。

她就住在附近,一栋普通的居民楼,没电梯,两室一厅七十几个平米,上到五楼,拿钥匙开门,室友也是个二十来岁的女孩,看到潘家宁带着男人回来,顿时从沙发上蹦起来:"这个人还挺帅的。"

潘家宁说:"你闭嘴,给你带了个泡面,吃去吧。"又回头对赵殿元说:"把鞋脱了,没你这么大码的拖鞋,你赤脚吧,把湿衣服也脱了,塞洗衣机里。"

赵殿元把皮鞋脱了,白西装脱下,交到潘家宁手里,潘家宁随手抖了一下,看到西装内的标签,忍不住多看了两眼。

这件衣服看起来不起眼,但是仔细端详,针脚极其细密精致,标签是手工刺绣的,全是英文,Norton & Sons 这大概是品牌名称,16 Savile Row, London, W1S 3PL。这大概是厂家的地址吧,还有一行字应该是衣服主人的名字:Joe Pan。

"伦敦萨维尔街……手工定制!"潘家宁倒吸一口凉气。

赵殿元傻乎乎站着,不知道她说的什么。

"你身上脏死了,去洗个澡。"潘家宁把赵殿元推进了洗手间,对室友窃喜。

"捡个男人把你开心的。"室友撇嘴道,"瞧你那点出息。"

潘家宁走到门口,拿起赵殿元的白皮鞋,看看鞋底,果不其然是纯皮底,鞋底上还有商标,John Lobb。

"快帮我百度!"潘家宁报出商标。

室友手忙脚乱,查出词条念道:"John Lobb 是名副其实的'奢侈品中的奢侈品'。早在 1863 年,品牌创办人就被威尔士亲王爱德华钦点为御用制鞋匠……只提供定制服务,七到九个月才能拿到货,一双普通皮鞋的价格大约是两千七百英镑。"

"COCO,你捡了个富豪!"室友瞪大了眼睛。

| 第 54 章 |

雨夜故事和小馄饨

"朱古力,你小点声不会有人把你当哑巴卖了的。"潘家宁没好气道,回望一眼洗手间,把英国皇室御用品牌手工定做的昂贵皮鞋放下,低声问道:"你给那个渣男买的衣服还在不?"

"在在在。"朱古力会意,窜回房间抱出来一套衣服,T恤衫、哈伦裤,还有一双板鞋,潘家宁接过来,走到洗手间门口敲门:"赵……赵公子,干净衣服给你拿来了,你把换洗衣服拿出来,我帮你放进洗衣机。"

赵殿元打心眼里相信这个长得酷似蔻蔻的女孩,真把衬衣裤子脱了递出来,把干净衣服拿进来准备洗澡。

"龙头向左是热水,你用那块蓝色毛巾好了,那是我的,洗发水随便用好了,就当自己家。"潘家宁抱着一堆衣服喜滋滋回来,冲朱古力吐吐舌头,两个女孩翻着赵殿元的衣物,想找出一点身份线索来。

白西裤是同品牌的,内标签上有刺绣姓名,还有四个红色阿拉伯数字:1939,两人都没在意,下意识地认为这是品牌创立的年代,朱古力抽出那根白色的皮带,检查皮带头,捂着嘴惊呼:"Hermès!"

潘家宁接过来端详,皮带头是个细长的H形状,有雕花,沉甸甸的不像是钢质,背面打着细小的戳子,像是某种古老的认证。

那边朱古力又在大惊小怪:"天哪,他竟然用吊袜带,好骚啊。"

男士吊袜带确实是很罕见的玩意,潘家宁也是头一次见。

"内裤呢?我欣赏一下。"朱古力到处趋摸。

"咱还能有点出息?"潘家宁拍拍室友的脑袋。

"臣妾做不到啊,这可是真富豪,就像是言情小说里的情节,雷雨天捡了一个失忆的富家公子回来,也许他有几百个亿的资产等着继承呢。"朱古力眯着眼睛畅想着,陶醉不已。

"我觉得他身上有故事。"潘家宁说。

朱古力和她想的不是一回事："虽然是你捡来的,但是咱俩公平竞争,各凭本事,不许不答应的。"

潘家宁拿起那块怀表,表壳背面嵌入弹头,表盘微凸,指针已经停止走动,十二点位置是外文商标 A. Lange & Söhne,她上网搜了一下,这个牌子叫朗格,德国货。

"我有一种奇怪的感觉,他从历史中走来。"潘家宁皱起眉头。

"说不定是真正的上流社会流行复古风呢,穿真正的古装,不可复制的旧时光,多怀旧浪漫,这才叫腔调。"朱古力解释得倒也说得通。

"你注意他的发型吗,正宗复古油头。"朱古力扳着手指分析,"高级定制服装皮鞋、中古款爱马仕腰带、吊袜带、复古油头,全都验证了我的判断。"

潘家宁将嵌着子弹的怀表怼到她面前:"还流行这个吗?"

朱古力试图将弹头取出来,但卡得太死根本拽不动,她挠挠头,对这个问题给不出答案。

潘家宁把衣服塞进洗衣机,忽然她觉得哪里不对劲,又将那件西装外套拿出来在灯下看,白色的西装上有一片片淡淡的红色,像是被洗过的血迹。

洗手间里,赵殿元研究着抽水马桶和热水器,他只在诺曼底公寓见过抽水马桶,但没这么大,陶瓷也没这么白,放在一旁的手纸更是绵软如丝巾,洗手间的总体空间不大,不设浴缸,有个玻璃隔出的淋浴间,热水器的牌子还挺熟悉,美国的 AO. 史密斯,赵殿元洗了个澡,他不会用那些花花绿绿瓶子里的东西,只用了香皂,擦干身体,换上新衣服,对着镜子里的自己,感觉有点像现代人了。

来到客厅里,两位女生正襟危坐,潘家宁已经将棒球帽摘下,赵殿元注意到她额头上竟然有一个淡淡的月牙,顿时惊呆,她不是杨蔻蔻,但必定和杨蔻蔻有着某种科学无法解释的联系。

"帅哥,你是不是失忆了,找不到家了?"另一个女孩问道,她长得也不丑,但是神情总是有种夸张的感觉。

"自我介绍一下,我叫朱莉,朋友们都叫我朱古力,我和COCO是一对儿。"女孩说。

赵殿元说:"我不是找不到家,是找不到回家的路,我的家在一九四二年的长乐里二十九号,我今天去过那里了,那地方没变,但已经不是我的家。"

朱古力看看潘家宁，小声说："要不还是给六百号打电话吧。"

赵殿元说："我想听一下收音机，你们这有吗？"

朱古力笑道："收音机？我手机里有这个功能，你想听什么？"

赵殿元说："我就想听听中央社的消息，现在是民国……"

朱古力不笑了："喂，你不会以为现在还是民国吧？"

赵殿元一愣："难道我们没打赢日本人？"

朱古力毛骨悚然，缩到沙发角落里抱着潘家宁："COCO，你和他说吧。"

潘家宁说："你是指二战吗，我们在一九四五年打赢了日本，然后爆发了解放战争，在一九四九年，中华人民共和国成立，直到今天。"

赵殿元继续问："中华人民共和国是谁成立的？"

朱古力悄声说："COCO，我看他不是装的，没人能装成这样还不笑，我现在怀疑他不是六百号的病友，是真的穿越者。"

潘家宁说："新中国是共产党成立的啊，你不会真的不知道吧。"

赵殿元点点头："共产党，是为劳苦大众说话的党，是工人阶级的先锋队，曹先生他们成功了。"

潘家宁说："现在该我问了，第一个问题，你的衣服上为什么刺绣着别人的名字？"

赵殿元一愣，随即醒悟过来："我也没说是我的衣服啊。"

潘家宁说："你和衣服主人是什么关系？你知道他叫什么名字吗？"

赵殿元说："这是潘少爷的行头，我是冒牌货，潘少爷的大名叫做潘骄。"

潘骄这个名字和Joe Pan正好能对应起来，这证明赵殿元说的是实话。

"第二个问题，你说从一九四二年穿越而来，你怎么证明呢？"潘家宁问道。

"我不能证明，或许你能帮我证明。"赵殿元说，"你如果能找到八十年前的报纸，应该可以看到我做的事情。"

"你做了什么？"两个女孩同时发问。

"我血洗了潘家花园，那天一共死了十一个人，或者十二个，其中七个人是我做的。"赵殿元语气平淡，就像是说一件家长里短。

外面一直在下雨，此时一个闷雷炸响，屋里的灯光全灭，两个女孩吓得抱在一起，以为捡来个富家公子，没想到是个杀人狂魔。

"别怕，保险丝烧了，闸刀在哪里，我来修。"赵殿元说，他是电工，这是老本行了。

潘家宁调出手机的手电功能，照了照入户门旁边的墙上："是跳闸了，你把空气开关扳上去就行了。"

赵殿元抓瞎，他没见过这么先进的东西，但只呆了一下就搞懂了，原理还是一样的，只是介质不同，空气开关复位，室内灯火通明。

朱古力松了口气，她刚才都想打电话报警了，潘家宁冷静如常，她继续问赵殿元："你说的潘家花园，就是长乐里的那个潘家花园吗？"

赵殿元点点头："对，就是那里，潘克复霸占了他兄长的宅子，他和瘸阿宝狼狈为奸，为祸一方，我杀他，是为了救人，也是为民除害，为国除奸，怀表上的子弹，就是他的枪里打出来的。"

潘家宁说："你给我们讲讲一九四二年的生活细节吧，我挺感兴趣的，还有你说的那个叫蔻蔻的人，那是一段爱情故事吧，我也很想听听。"

赵殿元顿了顿，说道："那还要从一九四一年的深秋一天说起……"

他娓娓道来，两个女孩渐渐听得入神，当听到男女主角在阁楼上吃小馄饨的时候，朱古力忍不住嚷道："好浪漫啊，不行，我也要吃小馄饨，现在就要，COCO，拿你的手机点外卖，我的花呗已经用完了。"

潘家宁还就真点了三份小馄饨的外卖，赵殿元继续讲故事，对他来说这也是一次对自己感情的复盘，回忆起和蔻蔻在一起的点点滴滴，他讲得很投入，很动情，两个女孩更是听到泪流满面，纸巾都不够用了。

敲门声响起，是美团外卖来了，三份小馄饨摆在餐桌上，一次性餐具递到赵殿元手里，睹物思人，人已不在，小馄饨也不是当年的味道了。

吃完宵夜，赵殿元把最后的故事讲完，两个女孩宛如看了一部世纪大片，荡气回肠，缠绵悱恻，又有着英雄喋血的豪迈剧情。

朱古力跳起来，从冰箱里拿了一瓶野格，倒进三个玻璃杯再兑上橙汁，把手机连上蓝牙音响放BGM，举杯道："这么好的故事不拿来下酒可惜了，英雄，我敬你。"

蓝牙音箱里传出歌声："……好儿郎浑身是胆，壮志豪情四海远名扬，人生短短几个秋，不醉不罢休……"

故事听完了，酒也喝了，该睡觉了，这套房子是潘家宁和朱莉合租的，两人各一间卧室，赵殿元只能睡客厅，对于睡惯了阁楼的他来说，这条件已经很好了，两个女室友各自赞助了枕头和毛巾被，他躺在沙发上，客厅大灯关上，两个卧室的门也关上，窗外依然是风急雨骤，赵殿元高度紧绷的神经终于松弛下来，渐渐进入了梦乡。

潘家宁打开台灯，躺在床上，拿出手机给一个人备注名叫"老爸"的人发微信，问他听没听过潘克复和潘骄这两个名字。

很快老爸回复了：不知道。

| 第 55 章 |

《申报》上太监的记载

一夜无话,天亮时分,两个女孩从各自房间里出来,彼此看了一眼对方的熊猫眼,心有灵犀地一笑,潘家宁心道客厅里有个自称来自八十年前的穿越者,能睡踏实才怪。

"家里好久没来男人了。"朱古力打个哈欠说,"稍微有些亢奋。"

潘家宁无语,再看沙发上的男人,早已没了踪影,毛巾被叠得整整齐齐,似乎预示着人已经悄然离开,两个女孩面面相觑,不约而同地想到故事里不告而别的杨蔻蔻。

忽然厨房里传出声音,两人冲过去一看,只见赵殿元正在灶台前忙乎着,天然气灶的两个灶眼都放着锅,一个在煎蛋,一个在热奶。

两个女孩再次对视一眼,咋舌不已,这位穿越者还真是个天才,自己硬是摸索学会了使用煤气灶。

但赵殿元并不这么认为,他觉得这再简单不过,他那个年代煤气并不是稀罕物,况且他还会制造车用的煤气发生器,会使用气焊,玩转煤气灶还不小菜一碟。

"煤气厂还在苏州河畔吧?以前叫自来火厂,我上班的地方就在那附近。"赵殿元不无骄傲地说道,经过了最初的迷茫和失落之后,他在渐渐找回自信心和存在感。

"苏州河畔好像没有煤气公司。"潘家宁说,"上海使用的也不是煤气,而是天然气,用管道从西部输送过来的,我记得叫西气东输工程,最西端是新疆的塔里木盆地,最东端大概就是上海了。"

这就超出了赵殿元的知识范围了,几千公里的输气管道,这得多大的工程量,简直和万里长城也差不多了。

朱古力接下来的话更让他震惊。

"好像除了西气东输,咱们国家还有几条国际管道,从中亚国家,从俄罗斯，从缅甸输送石油和天然气过来。"

赵殿元接不上话了，他需要恶补的知识太多，不然都没法和人聊天了。

早餐上桌，三人分着吃了，吃完之后，赵殿元收拾杯盘碗筷放到水槽里正要动手洗，潘家宁说不用你洗，有洗碗机的，给他示范了一遍，赵殿元叹为观止。

朱古力看看时间，和潘家宁咬耳朵："咱们俩都要出去，他怎么办？"

潘家宁想了想："要不然把他留在家里，让他给咱们做饭，打扫卫生。"

朱古力跷起大拇指："COCO，不愧是你。"

潘家宁提出这个想法，赵殿元欣然同意，他打开冰箱询问哪些可以用来做饭。

"都可以，我们不挑的。"潘家宁被他搞得反倒有些不好意思，拿起遥控器打开电视："你没事可以多看看电视，了解一下现代社会。"

朱古力说："看什么电视啊，你不还有一个淘汰的小米手机嘛，给人家玩呗。"

潘家宁回卧室把旧手机拿来，连上wifi交给赵殿元，时间有限，她不能手把手地教，简单示范了一下就拿包换鞋出门了。

"你别出门，我担心你出去就回不来，在家等我们。"两个女孩叮嘱了几句，下楼去了。

朱古力被上一家公司炒了鱿鱼，今天去面试新的工作，潘家宁正在读研究生，但今天她请了假，要去做一件很重要的事情。

淮海中路上的上海图书馆，潘家宁在近代文献馆借到了《申报》的影印本，她是有备而来，直接奔着一九四二年八月中旬时段查询，不然全套八开四百册的影印本查一年也查不完。

潘家花园血案，《申报》上不可能不记载，但是根据赵殿元的说法，八月初八案发，次日或者后日就会见报，但潘家宁翻看了后面两天的《申报》，却并无血案新闻，她灵机一动，也许赵殿元说的是农历日期，于是用手机万年历换算成公历，时间是九月十七日，再查阅后面两天的新闻，果然看到了相关报道。

九月十八日的报纸上只有一则简短的消息，称潘家花园发生灭门血案，潘家自上到下男人尽死，现场发现十三具尸体，包括潘克竞与潘克复兄弟,管家、保镖,以及身份不明人员若干。

九月十九日的相关报道就详细了一些,无孔不入的记者查到死者中有警察所长汪某,特工总部行动组长丁某,血案现场驳火近百发枪弹,离奇的是潘家花园的两位女主人都安然无恙,但两人都拒绝透露任何信息。

第三天,潘家花园灭门案又有了崭新的爆料,据侥幸逃生的潘家仆人称,杀人的是潘家大少爷潘骄,记者根据各种线索演绎出一幕伦理大戏来,叔侄争风吃醋,为了风情万种的婶婶冲冠一怒。

潘家宁看着这些竖版的繁体字,眼珠子都发涩,当年的报纸得亏是没有评论区,没有弹幕,不然不晓得多精彩,这记者不如改行去做编剧。

再往后,又有离奇进展,潘骄少爷新婚燕尔的妻子潘杨丽君似乎也搅了进来,三角恋变成了四角恋,据小道消息称,死者中还有两名重庆特务……

案子扑朔迷离,扣人心弦,都搞成连载了,但正当潘家宁往下翻看的时候,连载戛然而止,再无下文,就像追更的书忽然宣布太监一样,令人严重不爽。

潘家宁气得把报纸影印本往桌子上重重一放,安静的阅览室内惊起一片,坐在对面的男青年看了看她,又看看她手中的四十年代旧报纸影印本,竟然走过来,坐在潘家宁身边的空位子上。

阅览室内是禁止出声的,潘家宁防范地看着这个人,对方看到她眼神中的排斥情绪,笑了笑,展示着手中同样的《申报》影印本。

休息区域内,两个年轻人相对而坐聊起来。男青年叫吴涛,是个警察,也是历史爱好者。

潘家宁说:"我捡到一个人,有可能是从抗战时期的上海穿越到现代来的,既然你是警察,能不能帮我验证他的身份?"

吴涛眨眨眼:"你喜欢看穿越小说吗?"

潘家宁反问:"你知道相对论吗,从科学角度来说,穿越是成立的,但不能穿越到历史中去,只能穿越到未来,赵殿元就是从过去穿越到现代,这是符合科学原理的。"

吴涛奇道:"你是物理专业的?"

潘家宁说:"不,我是学建筑的,我的偶像是邬达克,我喜欢研究老房子,扯远了,回归正题,你看看我在《申报》上查到的资料,和赵殿元的叙述完全对得上。"

吴涛还是不敢相信,他摇摇头:"会不会是恶作剧?"

"整蛊谁呢?目的何在?"潘家宁一连串的反问,让吴涛沉思起来,半响才道:"他现在哪里,我想和他谈谈。"

潘家宁说:"他在我家里,不过你现在就能看到他。"说着拿出手机,调出米家 APP,从摄像头里看到了坐在客厅沙发上的赵殿元。

赵殿元对着电视机聚精会神,屏幕上播放着二战黑白纪录片,太平洋上的海战,原子弹在广岛爆炸,密苏里号上的投降仪式,欢呼雀跃的战胜国民众,东京审判……

"他在哭。"细心的潘家宁发现赵殿元时不时撩起衣服擦脸,意识到那是在擦拭眼泪,这个来自一九四二年的男人看到抗战的最终胜利,流出迟到八十年的欣慰之泪。

"他是怎么找到这个纪录片的?"吴涛出于职业习惯质疑道,"他也许知道你能监控到他,故意在演戏。"

"你学过刑侦吗?"潘家宁说。

"我是治安专业,但也修过刑侦课。"吴涛说。

"你的刑侦学大概是体育老师教的。"潘家宁丝毫不掩饰自己的蔑视,"首先,电视机也是联网的,有自动推送功能,如果用户选择一个视频看了一定时长,就会推送类似的视频,他应该是偶然间看到一个二战相关的视频,从头看到尾,于是系统自动给他推送了,其次,我的摄像头是藏起来的,他应该不会发现,最后,他骗我的目的是什么?我有什么值得他骗的?再说了,骗也有很多种办法,为什么选择最高难度,最无厘头的一种,装成一个穿越者。"

吴涛严肃起来:"是啊,你说得有道理,现在我对他也很感兴趣,如果有机会的话……"

他的手机震动起来,看了一眼信息后抱歉道:"家里突然有事,我得先走了,咱们留个联系方式,回头我去找你们。"

"好吧,你扫我。"潘家宁拿出手机。

地铁上,吴涛收到潘家宁昨天拍的照片,衣服标签细节,还有一个嵌着子弹的银怀表,吴涛看了半天,将原图发给一个警校同学,请他帮忙辨认子弹的型号。

很快回复来了:圆头铅芯全被甲,看形状应该是64式手枪弹,但是只有一个细节不对，64式手枪弹头有个半球面的凹底，而这颗弹头是平底，如果我没猜错的话，应该是勃朗宁765口径弹头，老欧洲用的多，詹姆斯邦德的配枪PPK用的就是这种子弹。

吴涛在网上查了一下，7.65毫米口径的子弹中国没有正式装备和生产过，而且现在手枪口径的国际主流是9毫米，很少有人用这种老古董了。

地铁到站了，吴涛下车出站，扫了一辆共享单车，骑行到七百米外的养老院。

福利院的医生对吴涛说："老人家摔了一跤，应该无大碍，但我们肯定要通知家属的，你去看看他吧。"

吴涛走进病房，床上的耄耋老人掏出一把黑漆漆的玩具手枪，嘴里发出配音："PiuPiu!"

| 第 56 章 |

命不好的潘家三代

这是养老院内部的单人病房,宽敞整洁,设备完善,窗外是绿草如茵的花园,新来的安徽籍保洁一边拖地,一边听祖孙两人聊天,保洁大嫂来沪多年,听得懂上海话,她好奇的是,别家老人聊的都是家长里短,这二位聊的却是什么一枪二马三花口,四蛇五狗张嘴等。

保洁大嫂自然不懂得民国时期对于撸子的各种花名称谓,她自动屏蔽了这些语言,专心打扫,干完活出来,在盥洗室和另一个老资历的员工用家乡话聊起来,老资历告诉她,姓吴的老爷爷是养老院有名的老顽童,快九十岁的人却只有八岁儿童的智力,身体却出奇得好,一嘴好牙,吃嘛嘛香,整天无忧无虑的,就喜欢摆弄各种玩具枪。

"唉,这一辈子!"保洁大嫂组织不出更丰富的语言表达自己的感慨了。

"也是个有福的。"老资格说,"养老院一个月费用一万五,单间住着,好吃好喝伺候着,这福气大了。"

吴涛不觉得老人家有福气,也不觉得可怜,躺在床上的老人叫吴麒,是他祖父的兄长,他的大爷爷,大爷爷一直在他们家生活,吴涛的爸爸小时候就跟大爷爷一块儿玩,吴涛小时候也跟大爷爷一起玩,现在吴涛长大了,大爷爷也住进了养老院,但他们依然是好朋友,每逢休息日,吴涛都会到这家付费高昂的养老院探视,聊一些两人都感兴趣的话题,大爷爷记忆力特别好,八十多年的点点滴滴他都记得宛如昨天,当然这和他接触的人和事相对较少有关,大爷爷的世界是个童话王国,善恶分明,单纯美好。

一阵铿锵有力的脚步声从走廊传来,吴涛知道是爷爷的小妹妹,自己的姑婆来了,姑婆终生未嫁,但活得比谁都精彩,她住巨鹿路上的老洋房,开特斯拉,穿香奈儿,七十岁的人看起来像五十岁,大爷爷的养老院开销由姑婆承担,她也是接到电话风风火火赶来的,搞清楚状况之后才松了口气。

平时大家都忙,难得聚在一起,近况却都是在家庭微信群里时刻掌握的,所以见了面就只能聊一些群里不好提的话头,比如吴涛的个人问题,姑婆和其他长辈的看法不同,宁缺毋滥,宁可单着也不能将就。

"像侬这样卖相噶好,工作又好,又有上海户籍的男青年可是稀缺资源,不需要着急,再说了,不结婚又不是说不找女朋友,不过千万别做海王,不然姑婆第一个饶不了你。"姑婆快人快语,上海话和普通话夹杂着说,满嘴都是当下时髦语言。

吴涛吃伊不消,说到谈朋友,他的脑子迅速想到图书馆邂逅的小姑娘潘家宁,交大的研究生,学建筑的,善良又机敏,似乎挺符合自己标准的,从潘家宁又想到了神奇的穿越者,对了,那个穿越者不是自称住在四十年代沪西愚园路大西路之间的长乐里吗,好像吴家的祖父辈小时候就是住在那一带。

"长乐里,阿拉小辰光就是住在那里。"提到长乐里,姑婆的表情就变得凝重了许多。

吴涛趁热打铁,问姑婆知不知道当年的潘家花园血案。

姑婆是五十年代初生人,自然不晓得自己出生十年前发生的事情,她反过来笑问侄孙,怎么对陈年旧案感兴趣,是不是认识了喜欢历史的小姑娘。

"历史就像个任人打扮的小姑娘,是可以通过文字进行修饰甚至篡改的。"吴涛顺着姑婆的话笑答,脑子里又想起在上图抱着《申报》影印本翻阅的身影,可不就是个喜欢历史的小姑娘。

……

潘家宁还在上海图书馆浩如烟海的文献档案中遨游,她有一种强烈的第六感,这个叫赵殿元的穿越者和自己家有着千丝万缕的关联。

如果从户籍上来说,潘家宁是青海人,拿的是630开头的身份证,但她又是不折不扣的上海人,祖父是六十年代的上海知青,返城大潮中选择留在了当地,她的父亲生在青海,寄读在上海,一九九二年复旦大学毕业分配回了青海当了一名中学老师,潘家宁的妈妈也是上海人,为了爱情远嫁青海,小时候潘家宁的记忆是和外婆家的弄堂连在一起的,她会说上海话,会像上海小姑娘一样思维和打扮,从小就抱定目标考上海的大学，留在上海，像众多的新上海人那样拼搏奋斗，买房买车，用积分兑换一个上海户口。

潘家宁听父亲讲过祖辈的传奇，据说潘家是沪上有名的大资本家，拥有花园洋房的那种，后来在屡次的风波动荡中失去了一切，对于这些陈年旧事，长辈们讳莫如深，潘家宁掌握得并不多，但她隐约记得祖父在没有得老年痴呆症之前，提过潘家花园这个词。

现在潘家宁在查阅的就是一九四九年前潘氏家族的档案，潘家祖上是来沪经商的宁波人，潘克竞是第二代中的翘楚，涉足房地产、银行业、轮船公司、面粉厂等多个领域，抗战时期损失惨重，但依然是资本庞大的巨无霸。中华人民共和国成立后，潘家率先响应公私合营，甚至做得更加激进，将全部产业献给了国家，只留下一座潘家花园，潘家女主人潘钱如碧死后，花园也成为国家财产。

潘家分支太多，以至于潘家宁不能确定自己属于哪一支，偏偏这些潘姓亲戚互相又都不再联系，想找个知情者查证也很困难……忽然她灵机一动，为什么自己总在潘姓亲戚上钻牛角尖呢，外婆家作为潘家的姻亲，应该也是知情的吧。

外婆家的老弄堂原来在南市，九十年代就拆迁了，外婆她老人家还健在，和大舅舅一家住在浦东潍坊新村的动迁房，当初妈妈想把小家宁的户口迁到外婆家的户口本上，遭到大舅舅的强烈反对，两家闹得还有些不大愉快，不过随着时间的推移，这些龃龉都成为过往，两家走动还算亲切。

潘家宁从外滩的档案馆出来，走到豫园去坐地铁，路途虽然不远，但地铁要倒三次，十号线转二号线再转六号线，从浦电路站出来，开了一辆共享单车骑到潍坊四村，在路边水果店买了一挂香蕉提着登门。

外婆今年七十八岁，精神矍铄，腿脚也好，两室一厅的房子她独自住一间，大舅舅夫妇住另一间，大舅舅的独生子比潘家宁还大两岁，只能住客厅，这会儿他们还没回来，外婆拿着手机看股市行情、看国际新闻、刷抖音，玩得不亦乐乎，听说外孙女想打听当年潘家旧事，她便将手机放下说："侬想晓得啥个子？"

"外婆知道些什么，就都告诉我好了。"潘家宁掏出录音笔打开，这是能将语音转换成文字的小玩意，本来是想用于采访石库门房子老住户的，没想到第一个用在外婆身上。

"侬太爷爷,是个劳改犯。"外婆第一句话就石破天惊,潘家宁惊愕地张大了嘴巴。

"侬格太爷爷原来是市里管经济的干部,五七年打成右派,后来判了无期徒刑,在青海的劳改农场关了二十年才落实政策。"外婆娓娓道来,对外孙女的夸张反应并不意外,"侬阿爷的命也不好,伊是老三届,下放到青海乡下插队,找了个当地女人结婚,生了侬阿爸,侬爷倒是蛮争气的,凭真本事考进复旦,和侬姆妈是同届的同学,那几届的大学生命也是交关不好,毕业后的去向都很差,侬爷被硬生生打回原籍分配在中学里教书,如果留在上海,现在至少也是个大学教授了。"

潘家宁花了几分钟才把这些信息消化掉,此刻她满脑子都是"命不好"三个字,曾祖父命不好,五十年代的经济官员沦为劳改犯,祖父命不好,大好青年几十年岁月蹉跎在偏远省份,父亲的命也不好,复旦高材生只落得个中学教师的结局,合着潘家三代人都是被命运诅咒的倒霉孩子啊。

"外婆,那我的曾祖父叫什么名字您记得吗?他和潘家花园是什么关系?"潘家宁定了定神,把话题拉回历史中去,自家的故事可以慢慢捋,现在主要还是解决赵殿元的来历问题。

"侬太爷爷的名字很奇怪,叫水桥,伊原本姓潘,是潘家花园的什么人,这个真的不晓得。"外婆摇了摇头,虽然两家是姻亲,但毕竟隔着时间和空间的距离,对于彼此家庭的了解更多是道听途说来的,能掌握这些信息已经很不容易了。

"水桥……"潘家宁喃喃自语,革命年代使用化名是很正常的现象,水桥这两个字不就是潘骄二字拆分出偏旁部首改头换面但又藏头露尾吗,潘字只留三点水,骄字拆出一个乔加上木字旁,为什么他要加上木字旁呢,或许是为了纪念某个人?

木是杨字的偏旁,杨蔻蔻的杨。

外婆扶着藤椅把手站起来:"柜子里有猫粮,侬拿一些,跟我下楼去喂野猫。"

| 第 57 章 |
你大概是我曾祖父

外婆喂野猫的地方张贴着告示，劝阻居民喂食流浪猫，但对于外婆这样信佛的人是没用的，野猫也是生命，总不能看着它饿死吧，几只肥头大耳的猫围着外婆的脚打着转地蹭，丝毫也不怕人。

"这是大黑，这是胖妞，这是四凤，黄花过了冬天就没见过，兴许是冻死了。"外婆撒着猫粮，如数家珍地介绍着自己的猫孩子们，潘家宁蹲下想抚摸一只大胖猫，却被刚巧路过的大舅妈劝阻。

"小心跳蚤。"一身印花家居服配拖鞋的大舅妈站得老远，手里拎着塑料凳，想必是刚从小区花园打麻将回来，"家宁啥辰光来的，国家三令五申不让喂养野猫，侬外婆就是不听，侬劝劝伊，野猫泛滥成灾，是会影响生态的。"

外婆当即反驳："青浦那边生态好的地方，连貉都出现了。"

潘家宁搞不懂生态和野猫还有貉之间的联系，也不想夹在外婆和大舅妈之间，只能笑笑，干站在一旁，好在大舅妈没继续纠结于喂野猫的事情，外甥女上门，是不是要留晚饭是她更加关注的问题。

外婆撒完了猫粮，三人回到家里，大舅妈照例提起自家儿子的婚姻大事，想让潘家宁帮表哥介绍一个女朋友。

"侬表哥上海户口，事业单位上班，一米八相貌堂堂，条件不要太好，家里房子虽然小了点，但是要看地段哦，浦电路这边一平米要十万往上了。"大舅妈说着说着，就转到房子上，她回忆起当年上海人宁要浦西一张床，不要浦东一套房，现在想想真是鼠目寸光。

"阿拉家拆迁得早，分配的是潍坊新村的房子，距离陆家嘴、东方明珠、汤臣一品，也就是两站路，现在拆迁的都要分配到临港新城去了，噶远，比浦东机场还远，进城要走高速的，侬小舅妈一家就是标准的聪明反被聪明误。"

大舅妈一辈子的敌人是小舅妈，妯娌间明争暗斗几十年，讲起来是没有头的，潘家宁开始坐立不安，索性告辞回家，大舅妈象征性地挽留了一下就放她回去了，只让潘家宁路过小区花园的时候和大舅舅打声招呼。

大舅舅两口子都退休在家，有退休金有医保，有浦电路上价值五百万的房产，除了儿子没结婚之外，人生没啥烦恼了，夏天里大舅舅喜欢和一帮爷叔聚会吃老酒，就在户外支起桌子，炒几个小菜，石库门黄酒和红双喜香烟必不可少，吃得面红耳赤，谈谈国内外的疫情，中美之间的较量，不要太适意。

潘家宁没去和舅舅打招呼，避开吃老酒的爷叔们离开潍坊四村，她挤在二号线熙熙攘攘的乘客中，思绪飞到遥远的过去，忽然想起冰箱里的食物只够赵殿元吃一顿午饭的，赶紧拿出手机看监控，家里电视机开着，赵殿元系着围裙在厨房和客厅之间来来回回，忙忙碌碌，时不时拎着锅铲子盯着电视上的历史节目看一会儿。

小时候，爷爷也是这样的，上海男人在青海绝对是另类的存在，做饭洗衣服样样会，爷爷就喜欢一边看电视一边炒菜……

一个念头鬼使神差般冒了出来，这个男人也许是自己血缘关系上的曾祖父！潘家宁被自己放出来的魔鬼吓了一跳，但这绝非不可能，因为自己的曾祖母就姓杨，据说也是革命干部出身，可惜很早就去世了，就连父亲都没见过曾祖母的面，自己就更别提了，仅有的模糊印象来源于家中的旧相册。

潘家宁赶紧微信联络老爸，让他拿出旧相册，把曾祖父和曾祖母的合影拍了发给自己。

很快老爸就发来一张老照片，这是曾祖父母仅有的一张合影，照片是黑白的，曾祖父身穿中山装，清隽面庞，戴着圆框眼镜，发型整齐，面目和赵殿元真有七八分相似，曾祖母穿列宁装，五四头，他们的孩子已经是小小少年，白衬衫蓝裤子配红领巾，经典的少先队员打扮，照片拍摄于五十年代初，距今已经七十年，相片的花纹边缘和王开照相馆的LOGO都带着浓郁的年代感，潘家宁有些迫不及待了，她很想知道赵殿元看到这张照片的反应。

……

赵殿元一天都没出门，光是家里的奇怪电器就够他研究的，自动启动的扫地机满地乱走，还会说话，说什么"人家要回家吃饭饭了"。大电视有无数的频道可以看，任何节目，哪怕是广告都精彩无限，彰显着这个年代的生活状态、民众的思想情绪。赵殿元看了一大堆乱七八糟的节目，总体就一个感觉，富足加快乐，生活在二十一世纪二十年代的人，不用为煤球和大米发愁，不用为生计和安全担忧，更不用为抗击外虏流血牺牲，他们只需要没心没肺、快快乐乐地活着就好了。

中午，赵殿元用冰箱里的食材做了顿饭，下午，有人敲门，是个戴头盔穿绿色衣服的人送来一个大大的塑料袋，有肉有鱼有青菜有水果，说是叮咚买菜的送货员来送朱小姐订的菜，对电话预订赵殿元倒是并不陌生，三四十年代就有这个，有钱人家打电话到饭馆订饭，一个钟头就有人送过来，但那是富人的奢侈生活，现在普通人连买菜都能让人送到家了，也过上了富人一般的生活，那么穷人的日子是什么样的，穷人又在哪里？他用自己的人生经验思考了一番，认为穷人就在身边，穷人就是那些送外卖、送快递的人。

很快就有机会让赵殿元验证自己的想法，一个顺丰快递员来送货，赵殿元和他攀谈了几句，问："像你们这样工作一个月能挣多少铜钿？"快递员告诉他，正常来说八千一万，干得好的话，十几万也有可能。

赵殿元结合外卖单上的物价分析了一下，认为快递员和当年的汽车司机一样，都是掌握核心技能的高薪阶层，他自认为也能胜任这份工作，总不能老住在人家小姑娘家里，总要出去打工挣钱养活自己才是。

或者当个厨子也行，赵殿元喜欢做饭，天然气灶和随时随地可获得的热水实在是太便捷了，不需要用报纸和木条引火，不需要去老虎灶买熟水，也不需要和邻居们挤在逼仄的空间里忍受烟熏火燎，脱排油烟机能让厨房变成一个没有油腻污垢的地方。

赵殿元在不锈钢案板上切着小葱，忽然想起了长乐里二十九号的灶披间，想到煤球炉和泡饭，想到阁楼上铺着红白格子桌布的餐桌和两个人的晚餐，蔻蔻即便没死在八十年前，现在也不在人世了，想着想着，眼泪滴到案板上。

潘家宁和朱莉是前后脚回来的，她们进门就看到桌上琳琅满目的饭菜，苏式红烧肉、番茄炒蛋、蒜泥茄子和凉拌黄瓜，还有一盆海米冬瓜汤，赵殿元见她俩回来，便去添了三盆饭端过来，把两个女生吓了一跳，米饭装在吃面的盆里，堆得冒尖。

"你觉得我们都是饭桶吗？"朱古力愤然道，"这么一盆碳水吃下去，我一星期都白练。"她去换了一个平常用的小碗，顺手打开电饭锅看了一眼，差点晕过去，满满一大锅米饭，吃到下个月都富余。

还是潘家宁懂赵殿元，从饥饿年代过来的人，对于食物有一种强烈的向往，抓住机会就要尽量地多吃，多储存营养来应对随时而来的饥荒，一个每周只能买一斤半户口米的人，遇到可以放量吃的大米饭，可不就得拿盆装嘛。

潘家宁没敢在吃饭前爆猛料，等三人吃完了饭，残羹剩饭倒进湿垃圾桶，杯盘碗筷放进洗碗机，水果切好摆在桌上，她才拿出手机，调出那张五十年代的合影给赵殿元看。

赵殿元看到照片就凝固了，纹丝不动直到手机锁屏，潘家宁知道自己猜对了，曾祖母就是杨蔻蔻，或者叫杨丽君，杨蔻蔻本来就是潘骄指腹为婚的未婚妻，后来走到一起那是天经地义，是天作之合。

"蔻蔻埋在哪里？"赵殿元终于发问，声音低沉。

"我的曾祖母去世得早，二十世纪六十年代就走了，骨灰一直寄存在龙华殡仪馆，后来和曾祖父一起葬在苏州凤凰山公墓，上海人都埋在那边。"潘家宁小心翼翼地说道，生怕这个男人情绪突然崩溃。

赵殿元很镇定，他能接受任何真相，事实上杨蔻蔻有这样一个结局，算是善终了，他沉浸在悲伤中，很久才意识到另外一件事。

照片拍摄于一九五二年，合影中的男孩大约十岁，时间大体对得上，也许这就是自己和蔻蔻的骨肉，蔻蔻是潘家宁的曾祖母，那么自己就是潘家宁真正的曾祖父。

"你……你爷爷还在吗？"赵殿元颤抖着问道，他万万没想到，和自己的儿子的第一次见面会是这样。

"爷爷在青海，得了阿尔茨海默病，认不得人了。"潘家宁轻声说，"他不会记得你，也没必要再刺激老人。"

赵殿元沉默了一会，说："我想去苏州凤凰山公墓，看看蔻蔻，还有，这张照片可以给我吗。"

潘家宁说："可以可以，我搞成扫描件，用相纸打印出来给你。"

朱古力在一旁跷着脚吃水果刷手机，听他们说得云山雾罩，歪过头来问了一句："怎么了？"

"没什么，我接个电话。"潘家宁看到手机上有个陌生来电，按下接听键，就听到吴涛的声音："潘家宁，我有个办法，带你那位捡来的怪人去做 DNA 鉴定，输入到全国失踪人口数据库做一个比对，兴许能有收获。"

潘家宁气不打一处来："你从哪儿搞到的我的手机号，警察就能以权谋私吗，微信都给你了，还打电话！"

说着恶狠狠掐断了电话。

朱古力一脸的八卦："听声音是个帅哥，还是警察？看样子是想泡你。"

潘家宁说："现在贸然给别人打电话已经成为很不礼貌的行为，有啥事不能在微信上聊啊，我社恐，最怕打电话了。"

手机叮咚一声，是吴涛发来的微信，一张截图，潘家宁的微信明细里附带着手机号码。

潘家宁知道冤枉了别人，赶紧发过去一个道歉的表情，对方回了一个表情，你来我往一阵，才进入正题。

"初步验证，赵殿元是我曾祖父，你能安排我和他做一个 DNA 比对吗？"潘家宁发过去一句话，很快回到回复。

一个大大的表情：OK。

| 第 58 章 |

我爱上海

吴涛有点淡淡的兴奋,他很开心能有机会帮助潘家宁,他相信一见钟情,更相信缘分,老天安排的缘分都不抓住注定孤独一生。

基因鉴定并不是什么难事,花钱就能办,碰巧吴涛有个同学就在司法鉴证中心,他发了条微信过去,对方的回复给他泼了一盆冷水。

同学给他科普了一番:鉴定曾祖父和曾孙女之间存在血缘关系,技术上还没达到,男性有 XY 两条染色体,女性是两条 X 染色体,曾祖父能传下来的只有那条 Y 染色体,而曾孙女并不存在 Y 染色体,这上哪儿去鉴证比对去。

但同学也给了他另一个解决办法,用祖父和孙子的基因进行比对,也就是曾孙女的父亲出马,可以间接地证明二者之间存在血缘关系。

潘家宁的手机再次响起,看了吴涛的信息,她也无奈,老爸远在青海,不管是自己回去一趟,还是请老爸来沪都成本不菲,至于邮寄 DNA 样本,那更不成立,这事儿没法解释啊,难道对老爸说我给你找了个亲爷爷不成?

其实相对于基因鉴定,潘家宁更相信女生的直觉,赵殿元就是自己的亲曾祖父,一个同龄的曾祖父住在家里,这是多么奇妙的感觉,看看刷手机的朱古力,再看看呆坐在电视机前的赵殿元,潘家宁举手道:"谁想看电影,我请客。"

朱古力打了个哈欠:"跑一天了,跑不动了,用手机投屏看电视不香吗?"

赵殿元没说什么,但眼神已经透露出渴望,他太想了解这个新世界了。

"走吧老爷爷,在家待了一天憋坏了吧。"潘家宁背上包开始换鞋,同时拿出手机叫滴滴,赵殿元也跟着换鞋,朱古力躺在沙发上懒洋洋说道:"别忘了给我带夜宵。"

上海的滴滴专车大都是白色的荣威新能源,司机穿着白衬衫戴着口罩,说普通话,专业得体,一路上车流涌动,望尽天涯皆是红色的尾灯。

"师傅,我们从江苏路下去转华山路,走淮海路往东,谢谢。"潘家宁说。

"那可要绕远的哦。"司机师傅提醒了一句就打了右转向灯。

这是潘家宁的贴心安排,让赵殿元重温旧梦,看看诺曼底公寓现在的样子,八十年过去了,这栋大楼依然屹立,只是名字改叫武康大楼,同样的,霞飞路也改叫淮海路,依然是上海最繁华的街道之一,沿途楼宇店铺张灯结彩,霓虹闪耀,赵殿元目不暇接,当汽车经过武康大楼时,他恋恋不舍地看了又看,直到大楼消失在灯火中。

车一直开到淮海路与西藏南路交叉口,赵殿元已经从诸多残留建筑物中找到印象,他说前面一拐弯就是大世界,我想走走,于是潘家宁让司机师傅停车,两人下来步行向北,走到大世界门口,这栋建筑保存得极好,甚至还在营业,但赵殿元没有进,他告诉潘家宁,以前来大世界玩的人以女性居多,而且是那种不太正经的女性,良家女子是不会到这种地方来白相的。

潘家宁笑着点头,如果这话是别人说,她可能会忍不住抬个杠,但是曾祖父说出来就是真理,抬杠也不能脱离年代的局限性,八十年前的道理放在今天不成立,就像今天的道理放在以前不成立一样。

转过大世界,赵殿元又发现了德大西菜馆,这就像接连遇到时隔多年的好友一般,让他感慨唏嘘,从广西北路往上就是广东路福州路这些东西向的马路,以前是被称作五马路四马路的,一直到大马路,也就是南京路,这些纵横交错的道路组成的一片格子,是当年公共租界最热闹的地方。

赵殿元很兴奋,他一路走一路讲,眉飞色舞,滔滔不绝,终于来到南京路步行街,当年的先施百货、永安百货的大楼还在,游人如织,小火车叮当作响,老凤祥银楼、朵云轩、亨得利,这些亲切的招牌让赵殿元梦回八十年前。

"我想看看沙逊大厦。"赵殿元说。

这不用潘家宁引路,和平饭店就在南京东路的尽头,巨大的墨绿色塔型铜顶还是那么引人注目,花岗岩的欧式古典建筑似乎对岁月的侵蚀免疫，站在此间，闭上眼睛，仿佛回到了那天清晨，赵殿元带着杨蔻蔻登上沙逊大厦天台，亲眼目睹了铁蹄开进租界。

赵殿元睁开眼睛，斗转星移，杨蔻蔻变成了潘家宁，他的曾孙女正歪着头看他。

"走吧，沿着外滩走走。"赵殿元说，他从缅怀中抽出思绪，向前迈步，偶然间一抬头，才发现隔着江另有乾坤。

记忆中的黄浦江对岸，是一片低矮的码头仓库，还有望不到头的农田，现在则是一片五光十色的高楼大厦，造型迥异，鳞次栉比，高者耸入云霄，低者金碧辉煌，一座三个圆球串起来的尖塔尤为引人注目，雪亮的光柱扫射着江面，江上没有外国军舰，只有灯火璀璨的游船。

过了马路，是观景台，大批游客云集于此，摩肩接踵，争相拍照，潘家宁找了个角度，也用手机给赵殿元拍了十几张照片。

"老爷爷，想不想去东方明珠上面参观一下。"潘家宁指着那座高塔问。

赵殿元正要作答，忽见一座大厦的整个侧面变成一面屏幕，打出"我♥上海"的字样，他瞬间泪流满面。

他想起一九四一年的最后一天，那是一个寒冷的夜晚，江风猎猎，他和杨蔻蔻就是站在这里，面对着滔滔江水许下爱的誓言。

"你喜欢上海吗？"

"我爱上海，我爱这座城市。"

"爱上海，就留在这里，保卫她，建设她，总有一天，我们会胜利，那个时候，你可以找一个喜欢的女孩，一起过日子，生一堆孩子，那时可能就不住阁楼了，住客堂间了。"

对话犹言在耳，但杨蔻蔻早已作古，身边只有一个和爱人酷似的女孩，赵殿元抓心挠肝的思念，他多想让蔻蔻也看看这大厦，这奇景，这盛世的中华。

"我要去苏州给蔻蔻扫墓。"赵殿元说。

"什么？"潘家宁把手放在耳边，周围太嘈杂听不清楚。

赵殿元正要再重复一遍，忽然对岸无数彩灯光柱直冲夜空，摩天大厦上鲜红一片，是党旗的颜色，人群轰动了，欢呼雀跃，漫天红透，连江水都映红了。

潘家宁也兴奋地又蹦又跳，拿出手机连连拍摄，还发给朱古力看。

赵殿元不明所以，等到烟花结束，潘家宁才告诉他，今天是七一啊，是建党一百周年的大日子。

怀旧的旅程占用了太多时间，看电影的计划只能取消，夜已深，回程的游客太多，以至于滴滴叫不到车，前面排了二百多人，潘家宁只好带赵殿元坐地铁，回到家里已经过了零点，朱古力还没睡，正在刷剧，头也不回地说道："COCO，桌上是你的快递。"

"我最近没买东西啊。"潘家宁有些疑惑，拿起快递端详，这是一个平邮的印刷品信封，手工写着自己的地址和名字，捏一捏信封，好像是本书，拆开来，果然是一本书，封面上印着花园洋房的线图和一行字：喋血潘家花园！

潘家宁心里咯噔一下，赶紧看作者名，叫田飞。

"田飞不就是住亭子间的文人吗。"赵殿元接过书，随手一翻，写的竟然是自己的故事，他赶紧翻到最后，可惜结尾只写到"赵云龙手持双枪杀出重围不见踪影"。

"这会是谁寄来的？"潘家宁毛骨悚然。

朱古力问清情况，指着信封上的寄件人地址和电话说："这分明是个书店，估计是在孔夫子网上开的网店，他们就喜欢用挂号信寄书。"

潘家宁说："我看到了，我的意思是老爷爷刚来才一天，这信却是两天前发出的，你不觉得奇怪吗？"

朱古力翻了翻白眼说："人都能从八十年前穿越过来，信才提前两天而已。"

潘家宁急得顿足："我是说，这信是谁寄的，有人早就知道这件事。"

朱古力说："还能是谁，当事人呗，你老爷爷的老年版寄来的，这种问题对于经常玩剧本杀的我来说，简直太简单了。"

道理是这个道理，但是验证起来太麻烦了，天色不早，三人各自安歇，潘家宁约了明天的顺风车去苏州给曾祖母扫墓。

这一夜，赵殿元辗转难眠，思念和兴奋交替袭来，他想留在这个衣食无忧的好时代，更想回到自己所处的年代，救出杨蔻蔻，亲口告诉她这些，好好活着，至少不能在六十年代就去世。

第二天一早，赵殿元和潘家宁就踏上苏州之旅，他们拼的车是一辆沪牌私家车，巧的是司机小哥竟然是昨天的礼橙专车司机，车上还坐着一对中年夫妇。

小哥也认出昨天的乘客,大呼缘分,自我介绍姓王,叫我小王就行,这是阿拉爷和阿拉姆妈,我们是去凤凰公墓给阿拉爷爷买墓地的。

到苏州凤凰公墓一百多公里,旅途注定不会寂寞,因为小王的父母都很健谈,他爸爸是强生出租车公司的司机,他妈妈是公交公司开巴士的,他们一家都是干交通运输的。

"阿拉爷爷是开有轨电车的,阿拉太爷爷是拉黄包车的。"小王不无骄傲地说道,"阿拉的家史,就是上海的交通史。"

| 第 59 章 |
老赤佬

车还没开出市区,小王的爸爸老王就接到了老老王的电话,父子俩用夹杂着无数"册那"的上海话交流了一番,最终挂了电话愤然道:"不去了不去了。"

小王倒是个脾气好的,一通劝说,又对两位乘客真诚道歉,说抵达时间大概要推迟一个钟头了,行程有变,还要再加一位乘客,阿拉爷爷也要来。

这辆车是旧款的别克GL8,坐六个人没问题,两位搭车的乘客没有意见,私家车掉头回去,竟然回到了潘家宁租住小区,原来小王、老王、老老王都住在这里。

离老远就看见一个穿白裤子的老头子等在楼下,身边还跟着个妖娆的中年妇女,老王夫妇下车交涉,话不投机半句多,互相骂了几句分道扬镳,苏州之行就此泡汤,不去了。

小王羞愧难当,不停向顺风车乘客赔礼道歉。

看老老王这个造型就知道不是省油的灯,白裤子可不是谁都能驾驭的来,老人家起码七八十岁,白裤子、花衬衫,细长的脖子上系着一条红白圆点图案的丝巾,满头新染的黑发和满脸褶子形成鲜明的反差,身旁的妇女涂着浓厚的眼影,年纪和老老王差了起码三十岁,必定不是原配,摆明就是来争遗产的妖艳贱货。

潘家宁一瞬间就脑补了许多剧情,对小王说谁家都有难念的经,没事没事,我们理解,拉着赵殿元刚要走,老老王和中年美妇又从楼上下来了,拉开车门看到还有两个陌生人,老老王便坐上了副驾驶位子,中年美妇也是个识趣的,说我坐最后排,正好眯一会儿,她的口音让赵殿元想起了久违的家乡。

老老王精神矍铄得很,对孙子说:"侬开还是我开?"

小王说:"还是我来吧,侬系上安全带,帮我导航就可以了。"

潘家宁说:"还是按照原计划进行吗?"

老老王回过头来,打量着两个年轻人,迅速判断出他们的身份应该是外地沪漂,于是改成普通话说道:"对的,我们按照原计划进行,去苏州走走,他们爱去不去,反正我是要去的,我要为自己选择百年之后的住所。"

潘家宁说:"老爷子您的心态真好。"

老老王神气活现:"我这一辈子,什么没见过,没玩过,早就想开了,死嘛,只是长眠而已,你看我,年轻时国企铁饭碗端着,非要辞职去外企上班,从外企出来干个体户,在襄阳路市场批发假皮尔卡丹,我还是上海最早的股民,沪市老八股,代码我现在都能背得出来,延中实业,600601,真空电子,600602,那时候不懂得做长线,不然到今天上海的房子起码十几套是有的。哎,小姑娘,侬做什么工作的,这是侬男朋友?"

潘家宁说自己是交大的学生,还在读研,身边这位不是男朋友,是亲戚。

"哦,是表哥,你们哪里人?"老老王随口问了一句。

"阿拉上海宁。"赵殿元答道,上海话在外地人听来都差不多,但是当地人听起来那真是千差万别,浦东浦西口音不同,闸北和黄浦的口音也不同,上海人和本地人(上海农村人)的口音还不同,赵殿元的沪语是早年间上只角口音,潘家宁和小王这些年轻人听不出,老老王一听就找到了儿时的感觉。

上海是一座巨大的都市,通用语言是普通话,但是当两个会说上海话的人遇到一起,沪语就是迅速拉近关系的最好办法,当一个人说起沪语,另一个人迅速换语言接上,就像地下党接头,在万千人中找到同类的感觉。

老老王切换了沪语和赵殿元聊起来,他本想拿出老人的资历来倚老卖老一番,没想到赵殿元比他还会卖老,嘎年轻的后生,提起来都是一九四九前的事儿,老年人最爱怀旧,老老王棋逢对手,滔滔不绝起来。

赵殿元对一九四二年之后的上海城市史基本上空白,所以他只能当捧哏,抛出一个个问题来询问这位七十九岁满头黑发的爷叔。

比如上海人为什么要去苏州扫墓,老老王就给他科普了一番:阿拉小辰光，静安寺那里都是公墓，叫外国坟山，后来统一迁到大场去了，破四旧的时候，上海的墓地基本上都被平掉了，没办法，只能越埋越远，葬到青浦、苏州，阿拉爷的墓地就平掉了，想上坟都找不到地方，现在好了，临港那边也有交关大的一块墓地，不过上海人还是喜欢埋在苏州，清明节去苏州的高速路都要堵车的。

小王插嘴道："是额，清明节格辰光，百度地图上去苏州的路都堵成深红色了。"

"苏州是阿拉上海人的后花园。"老老王说，"阿拉小辰光，姆妈哄小囡睡觉，都讲'去苏州'，因为以前上海去苏州都是坐船走水路，睡一觉起来就到了，阿拉年轻的时候，经常去苏州吃面，哪怕是一碗阳春面，也有交关讲究，高汤是用鳝骨、青壳螺蛳、猪骨、鸡肉、猪肉、火腿啥么子慢火熬成的，炖五个钟头那是最少的，侬讲，这样的面哪能不好吃。"

"浇头就更不用讲了，千姿百态，五花八门，叫法也和现在不一样。"老老王掰着手指头，却忽然卡壳了。

赵殿元帮他说："我晓得，肉面不叫肉面，叫带面，瘦肉叫五花，纯瘦肉叫去皮，肥肉叫硬膘，鱼叫本色，再细分就是肚档、片头、滉水，没有浇头的叫免浇，多放小葱的叫重青，不放叫免青。"

老老王点头："小伙子蛮懂的嘛。"

好的旅伴可以让枯燥的旅途变得有趣，抵达苏州凤凰公墓停车场的时候，老老王和小赵已经成为忘年交，本来这只是一次单趟的顺风车，现在约定回去也坐他们的车，当然钱还是要付的，亲兄弟也要明算账。

老老王带着中年美妇和孙子去管理处咨询买墓地事宜，潘家宁买了一束鲜花，和赵殿元同去扫墓，这片公墓占地极广，漫山遍野都是墓碑，风景秀丽，安静怡人，确实是长眠的好地方。

杨蔻蔻的墓到了，这是双墓穴的夫妻合葬墓，汉白玉的墓碑上刻着水桥和杨丽君的名字以及生卒年月，左下方是儿孙的名字。赵殿元站在墓碑前沉默了一会儿，自己和蔻蔻只生活了不到一年时间，而这个叫水桥的男人陪了她几十年，再深的感情，也敌不过岁月啊。

潘家宁拿出毛巾擦拭墓碑，把花束放在墓前，偷眼看赵殿元，她以为赵殿元有很多话要和曾祖母讲，但赵殿元却始终一言未发。

"回去吧。"赵殿元说，他冷静得有些吓人，潘家宁噤若寒蝉，小碎步跟着"曾祖父"回到公墓管理处,老老王他们乘坐电动车去看墓地已经回来,正拿着手机和远在上海的儿子吵架,大意是老老王想让儿子掏钱给自己买墓地,儿子不同意,两边骂了起来。

老老王骂得兴起,索性走到一边去长篇大论,中年美妇亦步亦趋跟着,小王掏出烟来请赵殿元抽烟,叹了口气,闷闷不乐。

赵殿元宽慰他:"老人家身体好是晚辈的福气,八十岁了还能找这么年轻的老伴,不用你们操心,还想啥啊。"

小王摇头道:"那是保姆,伊自己寻来的,还不是从正规的中介所寻的,是从宜家找的。"

潘家宁诧异道:"宜家不是卖家居用品的吗?"

小王说:"宜家是老年人最爱去的地方之一,已经变成老年婚恋市场了。阿拉爷爷在那里轧了不少姘头,以前找的是上海老太太,现在胃口大了,本地老太婆满足不了伊了伊刚,要找年轻漂亮的。这个阿姨是外地人,和阿拉爹妈差不多岁数,说好的保姆,结果照顾到床上去了,非闹着要登记结婚,要上户口,要把名字写在房证上,现在还要买墓穴,要死了都在一起,侬港,哪有这样不要面孔的老头子。"

潘家宁奇道:"那你奶奶呢?按理说不应该和原配葬在一起吗?"

小王说:"阿拉奶奶八十年代就和他离婚了,另外组织了家庭,要和现在的老公合葬的。说起来阿拉爷爷当年也是风云人物,一直冲在潮流的最前沿。八十年代改革开放,第一批开皇冠出租车的也是他,后来炒股票发了大财,又都挥霍光了。伊这一辈子,是宁可我负天下人,不叫天下人负我,就是一个超级自私的老赤佬,老瘪三!"

潘家宁问:"那你还对他这么好。"

小王耸耸肩:"毕竟伊是阿拉爷爷。"

潘家宁无语了,她觉得老老王名下的房产才是维系家人关系的基石。

老老王终于打完了电话,大概是迫使儿子做出了某种妥协,他得意洋洋,当场下了定金,把自己的身后事安排得妥妥当当。一行人开车去苏州市区吃面,吃了面就踏上归途。

吃面的时候,老老王喝了半斤黄酒,这会儿终于消停了,半躺在第二排的座椅上鼾声大作。中年美妇也坐到第二排以便照顾老头,整个旅程她都没说几句话。这会儿拿着湿纸巾擦拭着老老王白裤子上的油渍,擦了一会就放弃了,掏出小镜子来给自己画眼线。

GL8 在沪常高速上疾驰，车内只有风噪胎噪声，坐副驾驶位子的赵殿元从包里拿出《喋血潘家花园》开始翻阅。

这本书是田飞创作于四十年代，属于蹭热度的创作，内容方面以想象为主，事实为辅，田飞那点贫瘠的想象力来源于各种市井传说、三流小报，他笔下的潘家花园血案比真实发生的要夸张很多，但也逊色很多，所以昨天刚收到时，赵殿元只翻了几下就失去了兴趣。

漫漫旅途，拿这本书打发时间也不错，赵殿元一页页翻着，忽然一张夹在书页里的泛黄的纸片呈现眼前，这是一张毛边纸，纸上画着六角形符号，标注着许多希伯来文字和阿拉伯数字，赵殿元摸了摸自己脖子上挂着的护身符，和图形对照了一下。

严丝合缝，一模一样。

| 第 60 章 |

我是你爷爷

赵殿元摩挲着护身符，忽然彻悟了，有生就有死，有来就有回，世上的事情皆是如此，这个从霞飞路旧货店里淘来的犹太护身符既然能把自己带到八十年后，就一定能再把自己送回一九四二年。

这张纸是谁夹在书中的，又是谁绘制的图案、书写的文字，这些并不重要，重要的是可以回去，可以救出杨蔻蔻，改变她的命运，可是那样的话，是不是潘家宁就不会存在了？赵殿元被时空悖论搞懵了，以他的知识体系完全无法解释，只能寄希望于冥冥之中的天注定。

坐在最后一排闭目养神的潘家宁并没有睡着，她在考虑一个现实的问题，突然之间多出来的曾祖父是个标准的黑户，没有身份证明就无法正常地融入社会，无法求职就业，无法办理银行卡，无法乘坐高铁飞机，无法住酒店，上个网吧都成问题，就像是更低配版的失信执行人，如何养活赵殿元是个长期而艰巨的任务，自己还是靠家里供养的学生，哪有多余的钱养一个大活人，不说吃，住也是大麻烦，一两天还能凑合，时间久了谁也受不了，光晚上去洗手间就挺尴尬的。

正一筹莫展之际，就听到前面赵殿元在咨询小王问题，怎么样才能当一名差头司机，潘家宁心中一暖，曾祖父就是曾祖父，不但体谅到晚辈的难处，还有一颗上进的心，勤劳的人不管身处何地都不愿意闲着啊。

小王正犯瞌睡，一听这个就不困了，他告诉赵殿元，想在上海开出租车很简单，三年以上的驾龄，上海户籍或者居住证都行，运营证很好考，开差头一年也不少挣钱，除掉份子钱，一个月最低七八千，脑筋灵光的，十几万也不在话下。

"以前最爽的就是有私营出租车牌照的那帮人，怎么讲，不用缴份子钱，跑多少就是自己的，自从一九九六年开始，沪BX的牌照就不再发放了，现在一个车牌要卖到五十几万，不过也是有价无市，现在网约车这么多,谁还花大价钱买那个啊,阿拉爷爷以前就有一张沪BX牌照,后来打牌输掉了伊刚。"小王看看后视镜,老老王打了个哈欠,便将一句册那咽了回去。

赵殿元寻思了一下,自己怕是不够条件开差头,就问网约车有什么条件。

"网约车就简单了,但是也要驾照、居住证、无犯罪证明,自家有车的可以注册滴滴司机开快车,或者租公司的车开专车也行,最好是自己买车,上新能源牌照,蓝牌拍到的概率太低了,拍到也要小十万,啧啧,人家不是说了吗,薄薄的一张铁皮比金子都贵,说的就是上海的车牌。"小王继续说道,"上海的车牌贵是有原因的,大家都上外牌,路就堵得没法走了,今年五一开始,非节假日地面也限制外牌了,就是歧视外牌,其实开外牌的绝大多数都是上海人。"

潘家宁插嘴道:"不是可以上沪C吗?"

小王说:"鄙视链是这样的,蓝沪牌站在最高端,其次是新能源沪牌,再往下是外牌,好歹节假日能开开,最低端的就是沪C,全天候不许进市区,抓到就罚款扣分,沪C就是上海乡户宁的标志,再豪华的车,管你是劳斯莱斯还是宾利,挂上沪C逼格顿时就下去了。"

赵殿元听得感慨万千,时代变了,道理没变,沪BX的私营差头牌照就相当于以前公共租界工部局颁发的黄包车大照会,价格昂贵的一张搪瓷牌子,车夫们的终极梦想,蓝沪牌就像是工部局发的私人包车牌照,也是有限的,蓝牌车跑滴滴,和包车拉私活不也一样。

想要在这个世界立足,首先要吃饱穿暖有栖身之所,能养活自己,才能从长计议,慢慢找寻穿越回去的办法,现在看来,最大的障碍是身份问题,需要入上海户口,办一张身份证件,就像当年自己托人把杨蔻蔻的户口落在二十九号那样。

傍晚时分,终于回到小区,赵殿元和潘家宁辞别老老王一家,并没有急着回去,现在这个时间做饭有些来不及了,潘家宁发微信给朱古力,喊她出来一起吃饭,朱古力回复:饭已做好,回来吃,顺便给你个惊喜。

"太阳打西边出来了。"潘家宁嘀咕道,"她一定是没安好心。"

话虽这样说,她还是乐呵呵地往回走,打算见识一下朱古力的厨艺,忽然发觉赵殿元心事重重的样子,就问:"老爷爷你有什么话要说吗。"

"我想落户,办个合法身份,有身份才能找工作,有身份才能轧户口米。"赵殿元很严肃地说道。

潘家宁哑然,继而哈哈大笑:"老爷爷,你知道上海落户有多难吗?居住证满七年,社保缴够七年,还得有中级职称,当然了,首先你得有户口,才能迁进来,不可能凭空落户。"

赵殿元说:"不能给管事的人送点好处吗?"

潘家宁摇头:"不可能,这里可是上海。"

赵殿元反应很快:"你的意思是,在外地就可以办到?"

潘家宁说:"那我可不清楚,我看网上说,有些偏远地区户籍制度不很严格,还有深圳那边,三和大神都把身份证卖掉的,咱们想想办法吧,没有身份证确实干什么都不方便。"

两人说着就回到家里,潘家宁拿出钥匙开门时,入户门从里面打开,当她看到坐在沙发上的人时顿时惊呆。

"爸妈,你们怎么来了?"

潘家宁的父母本来看到女儿挺开心的,但是看到潘家宁身后站着的赵殿元,顿时也呆住了,只有朱古力装作若无其事的样子,吐了吐舌头悄悄躲开了。

饭桌上琳琅满目全是爸妈做的家常菜,本来计划好的团圆宴被赵殿元这个不速之客给打乱了,潘家爸妈倒不是反对女儿谈恋爱,都上研究生了,谈恋爱不是很正常的事情吗,他们只是担心女儿太单纯,被渣男给骗了。

赵殿元全然没有毛脚女婿见丈母娘的畏缩紧张,如果潘家宁是自己的曾孙女,那眼前这个中年人就是自己的孙子了,爷爷见孙子,目光中自然就带了慈祥。

但这份从容和慈祥在潘爸眼里就变了味道,这小子,连一句伯父都不喊的,也太没有礼貌了吧。

"小伙子,你叫什么,哪个大学毕业的,在哪儿上班?"丈母娘给老公使了个眼色,和蔼问话三连击。

"我叫赵殿元,没上过大学,现在也没有工作,暂时住在这里。"赵殿元坦然作答,差点没把潘父潘母的嘴气歪。

潘家宁的爸爸叫潘兴源,当年复旦的高材生,现在是西宁一所中学的校长,那可是举止得体、温文尔雅的高级知识分子,绝不会轻易失态发脾气的,这回硬是没忍住,女儿一向很乖的,怎么就找了这样一个软饭硬吃的无耻之徒!

"小伙子,你……你……"老潘平素口若悬河的,这会儿愣是气得说不出话来。

"其实,你应该喊我爷爷。"赵殿元一本正经地说道。

老潘气得直抖手,目光看向女儿,意思是你从哪儿找的奇葩。

既然赵殿元开门见山了,潘家宁也没法再瞒着,她一咬牙说:"爸,你确实该喊他一声爷爷。"

老潘反而冷静下来,坐到沙发上,拿出香烟来想点上,犹豫一下又放回去,说:"家宁,你解释一下,爸爸很想知道这其中的玄奥。"

潘家宁深吸一口气说:"你们来得正好,本来我就想,要么我回西宁一趟,要么把您请回来,做一个基因鉴定,证实赵殿元是您的亲祖父,我的曾祖父。"

老妈走过来,摸了摸女儿的额头,没发烧,看样子也不像是说胡话,这下她更担心了,怕不是中了什么邪吧。

"赵殿元来自于一九四二年,他离开的时候,爱人已经怀了身孕,而他的爱人名叫杨蔻蔻,杨蔻蔻是小名,大名是杨丽君,也就是我的曾祖母,今天我们去苏州就是给他们扫墓。"潘家宁用最简短的语言介绍了赵殿元的来历,却只换来老潘的一句:"荒谬!"

老潘是复旦大学的理科生,年轻时就看过正大综艺附带的连载美剧《时间隧道》,对于穿越这个名词并不陌生,但那只适合出现在小说和影视中作为娱乐工具,现实中是不可能发生的,爱因斯坦的相对论可不是白研究的。

所以,这个赵什么元,一定是个骗子。

潘父潘母交换一下目光,从彼此的眼神中找到了默契,他们都是搞教育的,深知对儿女只能循循善诱,不能粗暴干涉,越是遇到棘手情况,越要淡定。

"来自一九四二年的穿越者,好吧,我暂且相信,大家入座,先吃饭。"老潘拿出风度来,邀请年轻的骗子上座,赵殿元坦然落座,淡定自然。

"给我们讲讲你那个年代的故事吧。"老潘说,他虽然学的是理科,但一直从事文科教育工作,带过八年的高中历史,对于近现代史清楚得很。

"我也不知从何说起,你问我答吧。"赵殿元说。

老潘微微一笑,尽挑些课本上没有的,刁钻古怪的问题发问,假冒穿越者并不容易,别说是假冒一九四二年来客了,就是假冒一九八二年穿越过来的人,没有当时的生活经历,是很难完美作答的,即便做过多么丰富的预备工作也没用,因为细节是编不出来的。

赵殿元偏偏就答出来了,他对旧上海的一切太熟悉了,衣食住行,事无巨细,简直就是活化石。

即便如此,老潘还是不能相信这是事实。

潘家宁捧出了赵殿元穿越过来时的衣物,作为证据给老爸看,老潘看完后终于忍不住了,掏出一支烟来点上,烟雾袅袅中是他紧锁的眉头。

"我有一个同学,在华师大历史系当教授,明天请他来和你聊聊。"老潘说。

赵殿元拿出夹在书里的那张毛边纸说:"那你有没有研究这方面的教授同学,帮我看看,我怀疑穿越的秘密就在这上面。"

老潘接过纸看了看,递给家宁妈妈:"你是西语系毕业的,你看看。"

家宁妈妈掏出眼镜戴上,看了两遍,一筹莫展:"这是亚非语系的文字,得找专家才能翻译。"

| 第61章 |
白蚂蚁

这顿饭大家都吃得味同嚼蜡，饭后老潘和夫人交头接耳一阵之后说道："小赵啊，小赵啊，你住在这里呢毕竟不太方便，要不这样，你跟我去住酒店。"

这就是在变着法撵人了，潘家宁嗔道："爸……"但老潘不为所动，指挥若定："你妈陪你住，就这么定了，你把小赵的私人物品收拾一下，张老师，身上还有多少现金，都给我。"

张老师就是潘家宁的妈妈，是一名英语教师，夫妻俩互相以潘校长张老师为昵称已经很多年了，默契那是没的说，张老师拿了一小沓百元钞票出来交给丈夫，老潘又塞到赵殿元手里："这些你先拿着，不够再说。"

这戏码像极了"龙王赘婿"的网络视频段子，只是潘家父母出手太寒酸，这一沓钞票最多两千块，远没有"五百万美金"来的豪迈大气，但态度已经表露得明明白白，成熟的中年人才没心情和你们玩过家家的游戏，给两千块钱是先礼后兵，不识抬举还敢靠近潘家宁的话，那就不是用钱和他说话了。

潘家宁深知父母的脾气，硬杠是毫无出路的，她只能眼巴巴看着赵殿元，希望他能体谅自己。

朱古力挺尴尬的，作为一个外人，她并没有插话的立场，只能默默期待大反转，比如忽然有个衣冠楚楚的管家来敲门，恭迎少主回家什么的戏码。

但逆袭的戏码并没有出现，赵殿元甚至都没表现出一点男子汉的气概来，他乐呵呵地接受了潘校长打发他的钱，拎起张老师整理好的装着自己衣服鞋子的超市购物袋，和潘家宁、朱古力打了个招呼，就这么走了。

潘家宁想跟下楼，被老爸一个恶狠狠的眼神瞪了回来。

老潘本来在附近定了宾馆房间，但那是高级宾馆，哪能给小流氓住，他找了最近的如家快捷酒店，步行过去，用自己的身份证给赵殿元开了个最便宜的房间。

"一起住吗？您儿子的身份证出示一下。"前台人员机械式地说道，不等老潘回应就拿起对讲机询问楼上的清洁工房间是否打扫完毕。

旁边柱子上贴着镜子，老潘不由自主看了看镜子里的自己和赵殿元，还别说，眉宇之间真有五六分相似，就像是带儿子来上海面试高校的严父。

老潘知道赵殿元没有身份证，随口敷衍了几句，前台见多识广，搭眼一看就晓得他们都是本分良民，也就没怎么较真，收了三天的押金，把房卡和身份证递了回去。

"三天时间，够你找工作了，年轻人，只要勤恳上进，上海遍地是黄金，别整天研究那些歪门邪道，什么PUA的，做个人吧。"老潘把房卡放在赵殿元手里，语重心长地交代了几句就头也不回地走了。

赵殿元拿着房卡不知所措，他搞不懂用一张卡片如何开门，不过这种简单的操作无师自通，稍微尝试一下就能掌握，坐在逼仄的酒店房间里，他的第一个动作是打开电视机，有什么看什么，他没什么可发愁的，他甚至怀疑自己是不是已经死在潘家花园的血战中，在投胎的途中出了什么岔子才来到此间，这条命等于白捡的，他一个二十五岁的大小伙子，脑子不笨，身上还有两千块钱，又有什么可怕的呢。

电视机里播放着关于房地产调控的新闻节目，赵殿元听不太懂，但是作为八十年前石库门房子的群租客一员，他深知房子的重要性，以前房子紧俏是因为人多房子少，现在上海的高楼大厦那么多，但人口也相应增加了许多倍，房子以前是最为稀缺的资源，现在依然是。

他是电工出身，但那点技术早已落伍，不经过学习培训难以胜任当下的工作，反而是做一个白蚂蚁不需要太多技术，他来到这个世界的第一天，印象最深刻的并不是高楼大厦，而是比比皆是的房产中介，什么太平洋、链家、我爱我家之类，比烟纸店还多，这也说明这个行业门槛很低，很容易入行。

赵殿元没有犹豫，当即出门找工作，已经过了晚饭点，依然有些敬业的房产中介站在小区门口发放传单，一个女中介把传单塞在赵殿元手里，职业性地问了一句："先生，房产信息了解一下。"

A4 的打印纸上印着周边几个小区的房源信息，三五十平方都要五百万，大点的更是近千万，赵殿元对当下的币值还不太熟悉，他只觉得钱如果拿来买大米的话，还算是个钱，买房子的话，钱就不值钱了。

"先生，有想了解的房源吗？"女中介看到他驻足，还以为遇到了客户，立刻热络起来。

"你们还要人吗？"赵殿元开门见山。

女中介看看他，捂嘴轻笑："是你本人吗？"

"是我，我会说北平官话，会说上海话，我还会电工，还会开车。"赵殿元不遗余力地推销着自己，生怕被拒绝。

女中介笑了："做一名房产经纪人，不需要那些，我手下很多外地来的小伙子，到现在不会说上海话也没什么影响，做这一行需要的是强大的心理素质，脸皮要厚，嘴要甜，能吃苦受累，还要机灵变通，学习能力强，你觉得自己可以吗？"

赵殿元点头："我想试试。"

女中介看看手机屏幕上的时间，将传单收了起来："跟我回店里登记一下，明天过来上班，预备身份证，还有一千服装押金，你喊我孙姐就行，对了，你叫什么？"

"孙姐侬好，我叫赵殿元，叫我小赵好了。"赵殿元亦步亦趋，尾随着孙姐向不远处的中介门店走去，他看不到的是，孙姐正在微信群里发内容：我今天捡到一个新人，长得像胡歌，先说好谁也不许和老娘抢。

房产中介总是下班很晚，夜里十点还有客户在店里谈合同，孙姐这就要帮赵殿元办入职，可是新人却拿不出身份证来。

"你得抓紧补办。"孙姐将笔递给赵殿元，"表格填一下。"

赵殿元上过私塾，能写一手漂亮的小楷，硬笔书法也不差，但是这张表他却没法填好，因为他不但没有身份证，连身份证号码都没有。

孙姐盯着他看了好一会儿，最终还是将表格收了回来，正当赵殿元失落懊丧之际，就听孙姐说："明天早上七点五十到店，不许迟到。"

赵殿元心花怒放，感谢了孙姐，乐颠颠地回去睡觉了，这一夜睡得踏实，六点多钟就醒了，出门吃了早餐，还打包了一份带到中介门店，他去得太早还没开门，等了一阵才有人来开门，七点四十五，一辆宝马轿车驶来，孙姐下车，高跟鞋铿锵，看到赵殿元奉上的早点，飞他一眼：

"这么快就巴结上了?"

"举手之劳,感谢孙姐提携。"赵殿元硬着头皮道,他这副样子让孙姐扑哧一笑:"逗你的,对待客户就要这样,真诚,不做作,坦荡大气嘴甜,我看好你。"

孙姐一进门,中介们全都站了起来,齐齐打招呼。

"还有十五分钟,没吃饭的赶紧吃,八点整集合。"孙姐说着将赵殿元拉过来,"小陈你给他找一身衣服换上,老徐,你带带他,昨天我招的新人,赵殿元。"

赵殿元并不是一个木讷的人,相反多年摸爬滚打混迹社会的经验比这些人丰富多了,他会察言观色,会做事,更会做人。

十分钟后,换上黑西裤白衬衫的赵殿元站在队伍末尾,跟着店长孙姐一起喊口号,做早操,开始房产经纪人实习生的一天。

房产中介是个流动性极大的行业,大多数新人熬不过试用期,就像孙姐说的那样,这一行对人的技能要求不高,对心理素质却有着极高的要求,新人入行,是没资格谈业务开单的,只能先抱着电话本给上面的号码挨个打电话,询问对方房子可要卖,可要租,百分之九十的电话打出去只会得到冷漠的回绝,甚至直接挂断,这就是考验心理素质的第一关。

除了打电话,就是发传单,蹲守在小区门口见人就发,态度要不卑不亢,既不能太冷淡,也不能像牛皮糖一样粘着客户不放。

老徐是孙姐安排给赵殿元的师傅,是一名来自安徽的老中介,门店的开单王,这一行干得好的那都是人精,岂能看不出店长对这个长相英俊的新人有意思,老徐可谓是倾囊相授,只让赵殿元打了一上午的电话,就带他实战去了。

做中介,基本功要扎实,对于当下的法律政策了如指掌是必须的,对附近的楼盘、学区、物业、交通和商业环境都要烂熟于心,更要掌握自己的信息渠道,建立人脉关系,比如老客户和同行,哪怕是小区的保安,都要处好关系,谁知道哪天就能用得上。

"这一行,学问大了,一个优秀的经纪人,上知天文下知地理,要懂心理学,懂大数据,懂风水。"老徐掰着手指头教育着赵殿元,一转眼却看不到人了。

赵殿元去帮一个推着婴儿车的阿姨提东西去了,这阿姨刚从超市出来,买了两大桶油,试图挂在婴儿车的车把上,差点把车掀翻,幸亏赵殿元眼疾手快,才没把孩子甩出来,阿姨看他一身中介打扮,就有些排斥心理,但是当她听到赵殿元说一口上海话后,态度又变得亲切起来。

老徐目送赵殿元拎着两桶油走进小区,就再也没出来。

两个钟头后,赵殿元回到店里,找到老徐报喜。

"徐哥,那位阿姨家的房子打算出售,两室一厅六十平,五楼非顶层,满五不唯一,愿意交给我们独家代理,我把户型图画出来了,现场照片也拍了几十张。"

老徐跷起大拇指:"我就知道孙姐看中的肯定是人才,开单王的头衔,迟早是你的。"

……

潘家宁很难过,老爸竟然真把赵殿元赶走了,而赵殿元似乎也不打算回来了,这时候吴涛又打来电话,说最近有新政策,对于疑似拐卖儿童、流浪乞讨儿童,还有来历不明的盲流人员,都要进行DNA检测,采集血样,数据录入全国数据库,赵殿元就符合条件,给他抽个血,说不定能查出真实身份来。

吴涛说,像这样的无身份盲流人员其实并不少,他们或许和家人发生矛盾出走,或者患有某种精神疾病,甚至有些犯下滔天罪行的在逃犯,长年在外流浪,甚至长达数十年……

"他肯定不是,他的生理年龄至多二十五六岁。"潘家宁听到这话就皱眉,吴涛听出对方的不悦,忙道:"我的意思是说他可能是年幼走失的儿童,又患有精神疾病,臆想症之类,觉得自己是穿越者,还虚构了一整套人生。"

潘家宁说:"我不反对你把他拉去抽血,但是首先得找到他,昨晚上我爸把他赶走了,我都快急死了。"

吴涛赶紧安慰:"放心,丢不了,这事儿包在我身上。"

"那先谢谢啦。"潘家宁挂了电话,走到阳台长吁一口气,朱古力上前抱住她的胳膊,满怀歉意道:"COCO,对不起。"

潘家宁没说话,目光穿过树丛,落到小区花园健身器械区域,一帮中老年阿姨中,赵殿元如鹤立鸡群,左右逢源,谈笑风生。

"那是他吗?"朱古力手搭凉棚看不真切,飞奔回卧室把看陈奕迅演唱会的望远镜拿出来眺望,确认无疑后把望远镜塞到潘家宁手里。

镜头中的赵殿元换了装束，韩版修身白衬衫和西裤，衬托得人修长挺拔，脖子上似乎挂着一个身份牌，像是推销员之类。

潘家宁如坠云里雾中。

赵殿元实习第一天就开单了，说来也是机缘巧合，住在同一小区的新上海人租客想买房子，先前那位阿姨的房子正好符合条件，两下里都和赵殿元只有一面之缘，却毫不迟疑地信任他，要把这单生意交给他做。

这事儿说来也不算离奇，孙姐就说了，长得好看本身就是实力的一种，小赵长得好像胡歌加靳东除以二，帅，但又不至于太帅导致亲和力下降，帅得刚刚好，帅得有烟火气，就像是从小看大的邻家儿子，试问哪个大妈阿姨不喜欢这样的男孩子。

| 第 62 章 |

重回二十九号

赵殿元今天很忙,忙得连吃饭的时间都没有,身为一名房产经纪人,没有联系方式是肯定不行的,他只有一部没装 SIM 卡的小米手机,还是潘家宁给的,后来孙姐又给了他一张手机卡,至于注册微信这些流程,则是大妈们教的,大妈们不但加了他的微信,还给他发了不少老年人喜爱的表情包哩。

花园健身器械区域位于整个小区的核心位置,可以看到潘家宁租住房子的阳台,赵殿元一直惦记着曾孙女呢,隔一会儿就朝这边瞅一眼,他视力好,不用望远镜就能看到阳台上的两个人,立刻挥手致意,特意将手机高高举起。

潘家宁看到这一幕,顿时丢下望远镜,下楼飞奔过去,欢快地如同一只小鹿。赵殿元从大妈群里脱身出来,告诉潘家宁自己的战绩,短短一天就找到工作还干得风生水起,连微信都有了。

"我扫你。"潘家宁说,"你现在住哪儿?"

"暂时还住如家,我想租个房子,便宜的就行,先立足,再想其他。"赵殿元乐呵呵道。他想起自己第一次到上海的情形,和现在差不多,也是很快就找到工作,上海这座城市,永远给勤劳者留着机会。

"那好吧,你多保重,有什么事儿微信联系。"潘家宁看到大妈们期待的眼神,很懂事地先撤了,但这一幕已经远远地被孙姐看到。

晚饭时间,赵殿元端着盒饭走到店长桌旁,说我想租房,咱们店里有没有合适的房源。

房源这个词儿是他现学现卖的,时隔八十年,出现了大量的新名词,他像海绵一般吸收着海量的信息,用最快的速度融入时代。

孙姐看看他:"和女朋友一起住吗?"

赵殿元说:"我孤身一人,没别的要求,就一点,便宜。"

孙姐说："和别人合租，八十年代老破小的公房一居室，也要小两千，你能接受吗？"看到赵殿元摇头，她沉吟了一下又道："老房子你住不住，条件很差，连洗手间都没有的那种，租金便宜，只要五百。"

赵殿元毫不迟疑："我租。"

孙姐拍拍桌子："老徐，你过来一下。"

老徐捧着盒饭颠颠跑过来，孙姐以不容置疑的语气说道："小赵到你那挤一挤，临时过渡一下。"

"好嘞。"老徐痛快答应。

直到晚上十点，中介公司才结束一天的工作，赵殿元跟着老徐回家，这条路很熟悉，他的预感越来越强烈，果不其然，老徐带他回到长乐里二十九号，看到赵殿元愕然的脸色，老徐有些不好意思，解释道："条件是差了一点，不过就当个睡觉的地方也过得去，来吧。"

二十九号的后门虚掩着，里面黑洞洞一片，老徐推开门，轻轻咳嗽一声，悬在上方的声控灯亮了起来，昏黄的灯光照亮了楼梯，这楼梯赵殿元太熟悉了，八十年前他就在这里爬上爬下，人还是原来那个人，但楼梯已经变了模样，残破缺损，八十年的时间磨砺留下沧桑的痕迹，踏上去依然是吱吱呀呀地响，但多了几分摇摇欲坠，随时垮塌的感觉。

灶披间和一楼客堂厢房的布局没变，但经过改造，客堂间侵占了更多的空间，没了缓冲腾挪的地方，逼仄不堪，顺着老迈的楼梯爬上二楼，原来梅英住的房间换了一扇防盗门，亭子间似乎还是原来那扇门，恍惚间田先生还在屋里奋笔疾书。

老徐招招手，带他继续上楼，打开阁楼的门锁，推门进去，开灯。

赵殿元不敢进门，这几天他完全被亢奋的情绪顶着，大脑处于自我保护状态，但是看到这扇门，思绪瞬间飞回从前，只感觉打开门，杨蔻蔻就在里面，铺着红白格子桌布的小饭桌上，一株鲜花盛开。

"愣着干什么，进来。"老徐说。

阁楼里，早已沧海桑田换了模样，连层高都变了，更加适宜居住，两张折叠床，简易衣柜，墙上的旧海报上，刘德华在对他微笑，只有地板还是原来的地板，油漆早已磨掉，变成积累了八十年灰尘污垢的深灰色。

老徐指着一张床说："你睡这儿，床下有个痰盂，可以小便，大便的话最好攒着，明天去公司上，如在憋不住的话痰盂也能解决，但是得赶紧倒掉，下楼出门右拐，有个倒粪站，倒进去刷干净就行。"

赵殿元努力从思绪中抽身出来，问老徐，这里住了多少人。

老徐挠挠头："我还真不清楚，平时也不怎么打交道，五六家总有吧，有上海老住户，也有租房子的，这边条件确实不好，没有抽水马桶，不通煤气，洗澡也挺麻烦的，夏天就在天台上随便冲冲，走，我带你看看去。"

所谓天台，就是原先丁润生住的晒台间的屋顶，立着几把奇怪的装置，是用浴帘自己做的折叠洗澡间，打开门正好围住一个人，连上水龙头就能冲凉。

"有些人夜里在这偷偷倒小便，很不讲究。"老徐说，摸出烟来递给赵殿元一支，点上，他的脸在打火机的照耀下显得疲惫无比。

"徐哥，你来上海多久了？"赵殿元问他。

"十年了，一开始是乡里组织的务工，在上海一家企业做流水线工人，我受不了就出来单干，干过服务员、保安，开过大货车，干中介是这两年的事情，不管咋说，比在乡下强。"老徐蹲下，抽着烟，拿出手机调出一张照片给赵殿元看，"你看，这是我儿子，等他再大点，我媳妇就能来上海打工了。"

"没想过全家都搬过来吗？"赵殿元想到了自己当年，老徐就是现在的自己。

老徐轻笑一声："我是干中介的，上海的房价再清楚不过了，咱这样的人，永远也不可能留下的，能挣一点是一点，回老家盖屋，让儿子好好上学，将来考个好大学，说不定能走出去，能去上海、北京买房子，最次也得去南京，去合肥，人活的不就是为这个吗。"

赵殿元还有很多问题，但他都放回心里，他知道这些问题老徐不一定能回答，他把如家的房卡递给老徐，说酒店房间还能住两天，你去洗个热水澡吧。

老徐大喜，他住二十九号图的是便宜，洗澡是个大问题，天热还行，天冷就只能借同事的房子洗澡，现在有免费的酒店房间可以无限制地用热水，那还说啥，他立刻拿了洗漱用品和几件需要洗的衣服，下楼之前投桃报李一般叮嘱赵殿元一句："千万和孙姐搞好关系，孙姐人不错，家里也趁钱，咱住的地方就是她家的。"

这一夜，赵殿元辗转反侧，直到凌晨才睡着，被手机闹钟吵醒后，睡眼蒙眬中咂咂嘴，说道："蔻蔻，什么东西在响？"

没人答话,赵殿元爬起来,愣怔了老半天才回过神来,人去楼空,蔻蔻早已消失在历史的长河中了。

出门上班的时候,赵殿元见识了什么叫作倒粪站,那是一个低矮的类似北方土地庙的小建筑,外贴琉璃瓦,就像个垃圾站,但倾倒的是排泄物,漏斗状的入口用不锈钢制成,配备着自来水龙头,端着痰盂的大爷大妈排着队,让他想起当年排队倒马桶、刷马桶的人们。

这世界翻天覆地,但有些东西却依然没变。

来到中介门店,赵殿元见到孙姐的第一句话,就是问她认不认识一个叫孙叔宝的人。

孙姐正拿着一面YSL的小镜子补妆,听到这话顿时惊呆:"你怎么知道我爷爷的名字?"

赵殿元豁然开朗,终于找到故人的后人了,看来瘸阿宝死后,二十九号回到了孙叔宝的手里,自己也算是孙家的恩人了吧。

"我记得你爷爷奶奶以前住在灶披间,还有你家老奶奶,整天坐藤椅上剥豆,伊有一口大棺材,六百斤重,每年都要刷一遍桐油的。"

孙姐吓得站了起来:"你说什么,你记得,你怎么记得,你看过照片?"

赵殿元摇摇头:"我认识他们,你奶奶是苏州人,人称苏州娘子,你家是二十九号的二房东,后来花钱把整个房子买下来了,我还有一块怀表,是你爷爷送的呢。"

孙姐摸摸赵殿元的额头,不烫,不是烧糊涂的,她终于明白了,为什么这样一个大帅哥会流落民间,说话奇奇怪怪,没有身份证也没有手机号,原来是从六百号逃出来的啊。

正在迟疑要不要报警,一辆警车驶来,吴涛从车上下来,径直来到赵殿元面前,要带他去抽血留存,检验身份。

"别怕,就是一个例行程序。"吴涛向孙姐和赵殿元解释,"抽了血就把人送回来。"

赵殿元掏出一个银怀表来,放在孙姐面前,就跟警察走了,孙姐完全懵逼,看了看怀表,不明所以,只能拿出手机给家里打电话,询问老爸自家以前是不是有一口大棺材,爷爷是不是有一块银怀表,上面还嵌了颗子弹。

警车上,赵殿元收到潘家宁发来的微信,让他放心跟民警同志去抽血，这有助于查清身份。

潘家宁也没闲着，她的父母是来沪参加同学聚会的，时间有限，必须争分夺秒获取老爸的DNA样本，才能确定赵殿元和潘家的关系，另一方面，她又联系了档案馆，争取查阅八十年前的户籍档案，这也是最直接的证据，可以证明赵殿元来自那个年代。

酒店房间里，老潘享受着贴身小棉袄的照顾，女儿帮他剪了指甲，梳了头发，还顺势拔了好几根白发，把老潘疼的龇牙咧嘴，说别拔了，再拔老爸就秃了。潘家宁嘻嘻一笑，拍拍巴掌说："好了，你们去玩吧，我要去图书馆看书了。"

但她并没去图书馆，而是去和吴涛会合，将采集来的老爸的DNA样本一并提交，这次检测，不但要将赵殿元的DNA与失踪人口库的数据进行比对，还会做一个Y染色体的隔代亲子鉴定。

吴涛没说的是，警方还会做一个比对，来核查赵殿元是否与数据库中的凶杀案现场提取的基因样本相符，因为年轻的警察总有一种直觉，这个神秘人手上有人命。

| 第 63 章 |

无血缘关系

赵殿元抽完血,依旧是警车送回来,中介门店前站着一位抽烟的爷叔,对他不停地打量,一副尊容活脱脱就是老年孙叔宝,再加上象牙烟嘴和亮闪闪的金表,连气质都高度接近,当然孙叔宝活不到现在,否则岂不成了妖精,这人应该是孙叔宝和苏州娘子的儿子,孙姐的父亲。

"爷叔侬好。"赵殿元上前打招呼,对自家人可以讲辈分,对外人还是要讲年纪的,这位衣衫考究的老克勒起码活了六七十年,喊一声爷叔不吃亏。

"侬就是小赵,赵殿元?"爷叔皱起眉头,"赵殿元格名字阿拉小辰光如雷贯耳,伊活到现在起码一百多岁了,侬港侬就是赵殿元?"

赵殿元很难解释自己的来历,但他更不想撒谎:"是额,穿越侬晓得伐。"

他本以为爷叔会嗤笑一声无稽之谈,没想到孙叔宝的儿子竟然严肃地点点头,将烟蒂丢进垃圾桶:"走,去星巴克坐一歇,边吃咖啡边聊。"

附近有家星巴克,此时人不多,爷叔在角落寻了个位子,点了一杯卡布奇诺,一杯美式,又帮赵殿元点了一杯茶,等咖啡上来的时候,孙姐也到了,她向赵殿元介绍:"这是阿拉爷,孙建国。"

孙建国拿出那块嵌着子弹的朗格怀表,表壳随着银链而摆动,宛如钟摆。

"阿拉一家人都是朗格的忠实拥趸,从阿拉爷爷开始,这块表就是阿拉爷爷留下的,刚才看过了,表壳里刻了一个祥字,阿拉爷爷字祥甫,这就是伊传阿拉爷,阿拉爷在四十年代送给赵殿元的那块,赵殿元喋血潘家花园的故事,我们那一代人耳熟能详,现在这块怀表重现人间,也是造化,小伙子,侬是赵殿元的什么人?港实话。"

赵殿元叹口气:"说什么才能让你相信,我是赵殿元本人。"

孙建国说:"侬不要搞错,我不是质疑侬,我比谁都愿意相信侬是穿越来的,但格事体毕竟违背科学嘛,讲讲清楚对大家都好。"

孙姐在一旁捧着卡布奇诺眼巴巴地看着,忍不住插言:"老爸,我看伊不像是吹牛,他连身份证都没有的,今朝还被警察拉去抽血验身份,等一歇派出所的结果就出来了,不用阿拉在这里三堂会审。"

孙建国豁然开朗,往后一仰:"格么好了,我暂时相信侬是穿越来的,侬就是赵殿元,那么侬是怎么穿越来的?有什么门,或者机器猫的时空穿梭机之类设备吗?"

赵殿元忽然明白了,孙建国醉翁之意不在酒,在意的并不是自己的身份,而是穿越这件事本身。

"一场大雨,我坐上电车,稀里糊涂就穿越了,我正在研究回去的路。"赵殿元将脖子上挂着的护身符给他看,"也许和这个东西有关。"

孙建国拿手机把护身符拍了下来,端起咖啡啜了一口:"有研究方向就好,等研究出来,我和侬一道回去。"

孙姐大惊:"老爸,侬回去做啥么子?抗日救亡吗?"

孙建国说:"我又没说回到四十年代去,我要回嘛,也是回八十年代,刚改革开放的辰光,告诉年轻的自己,早点从单位下来,别炒股票,就买房子,借钱贷款也要买,买浦东的房子,买要拆迁的老公房,总之就是买买买,这样就有交关多的钞票能给侬姆妈看医生了。"

听到买房子的时候,孙姐不住撇嘴,但是听到最后一句话,瞬间就破防了,老爸这么执着于挣钱,甚至想到穿越回去的歪招,竟然是为了挽回妈妈的生命,她忍不住哽咽。

大概最能理解孙建国心情的就是赵殿元了,流逝的时间长河里有他的爱人,哪怕只有一丝希望,他也不会放弃努力,从这个角度来说,孙建国是自己坚定的盟友。

赵殿元迫切地想知道自己离开后的故事,当年旧人都已作古,唯有出生于一九四九年的孙建国是距离那个年代最近的人了,他提起长乐里的话头,孙建国很自然就接了过去。

孙建国记忆中的长乐里是另一个世界,自家阿奶和楼上周家好婆总是一张竹椅一张藤椅,坐在门口慢悠悠地剥豆,大棺材在烈日下刷着桐油,灶披间里煎炒烹炸,弥漫着食物的香味,小伙伴们在潘家花园围墙的墙根下推铁环,弹玻璃球,玩得不亦乐乎。

二十九号的第二代中,孙建国算是出生比较晚的,邻居孩子基本上都比他大,吴家的两个男孩子最大,章家一个姐姐一个弟弟,楼上周家是个内向的男孩子,梅阿姨和田叔叔家也是个男孩……

"等一歇,侬港,梅英和田飞结婚了?"赵殿元啼笑皆非,真没想到这两个人能走到一起去。

"是额,后来田叔叔在乡下的婆娘带着小囡寻来,把伊的面孔都抓得稀烂。"孙建国眉飞色舞,道出另一番乾坤,"听大人讲,田叔叔以前给小报写豆腐块文章来,挣不了几个铜钿,全靠那本叫什么来着,《喋血潘家花园》,挣了交关钞票伊刚,不然梅阿姨怎么可能跟伊。"

他说得兴起,掏出烟来想抽,但这里是星巴克,是不能抽烟的,孙姐看看手表,说不行了我得回去上班,小赵也得回去了,要不然这样,晚上找个地方再聊。

"也好,回头我安排地方,吃两杯老酒。"孙建国起身,想了想,把朗格怀表拿出来:"爷叔,格表……侬拿回去好了。"

赵殿元往回推:"这是叔宝兄送给我看时间的,现在已经用不着了,我有手机了,不如完璧归赵。"

这块三十年代的朗格银壳怀表算得上文物了,孙建国早就爱不释手,加上是自家祖上的物件,更有纪念意义,他笑眯眯收起来:"那就恭敬不如从命,爷叔,我们晚上见。"

回到中介门店,孙姐再看赵殿元的眼神就复杂了,也不敢喊小赵了,她爸爸都喊爷叔的长辈,她得喊一声爷爷了,但赵殿元并未以长辈自居,依然跟着老徐出去发传单,揽客户,一直忙到天黑。

……

一般基因检测最少得一周才能出结果,但吴涛在鉴证中心有同学,再加上赵殿元的神秘身份,可以特事特办,到晚上就拿到了两份结果,第一份是为公安机关做的比对鉴定,赵殿元的基因在失踪人口以及犯罪现场提取证物的数据库中都没有找到相应的对象,第二份是应潘家宁的要求做的,按照孟德尔遗传定律,男性的Y染色体遗传自父系祖先,拿老潘的Y染色体和赵殿元进行比对,就能得出他是不是潘家宁曾祖父的结论。

吴涛拿到报告,抑制不住激动的心情,他给潘家宁发信息,约地方见面,说有重大发现,必须当面说。

晚上，潘家宁如约来到陕西南路上的一家西餐厅，吴涛换了便服，殷勤备至，帮潘家宁拉椅子落座，绅士风度十足，递上菜单请女士点餐，潘家宁放下菜单说："我先看看鉴定报告。"

"一个好消息，一个坏消息，你想先听哪一个？"吴涛拿出两个档案袋来。

"先听好的。"潘家宁的心开始怦怦跳。

"好消息是，赵殿元，嗯，姑且叫他赵殿元，他不是失踪人口，也不是追逃的罪犯，我的意思是说，虽然他身份成谜，但警方不会因此抓他。"吴涛将一个档案袋放在潘家宁面前。

潘家宁甚至都懒得打开，她眨眨眼，看看吴涛："就这？"

吴涛讪讪地说："第二个消息，经Y染色体比对，伯父和赵殿元之间不存在亲缘关系。"

这下潘家宁坐不住了："会不会弄错了？"

吴涛耸耸肩："科学的事情，来不得半点马虎，技术人员分别在赵殿元和伯父的遗传物质中取了八个位点进行比对，八个基因位点中有六个相同，两个不相同，这充分证明，他们没有血缘关系，也就是说，赵殿元是冒牌货，他根本不是你的曾祖父，更不是穿越来的。"

潘家宁打开这个档案袋看了看，不置可否，递了回去，从自己包里拿出一份复印件摆在吴涛面前。

吴涛看看潘家宁镇定的面容，有些不祥的预感，他拿起这张纸看了看，竟然是四十年代户籍档案，还真被潘家宁查到了赵殿元的户籍存档，照片上的男子正是赵殿元，籍贯奉天，出生于民国六年，现居住长乐里二十九号。

"上海档案馆收藏的档案，来不得半点马虎。"潘家宁说。

吴涛看着复印件，照片上的人在冲他微笑，忽然一股毛骨悚然的感觉浮上心头，这个人也许真的是八十年前的老人，跨越了时间的长河来到此间。长乐里，这个地方和自己也有着千丝万缕的联系，或许冥冥之中就注定了该由自己来破解这个谜团，他猛然站起，收拾东西："走，我带你去一个地方。"

"饭都不吃了吗？"潘家宁揶揄了一句，还是抓起包跟吴涛出来，打了一辆车直奔某处而去。

来到养老院的时候，大爷爷已经吃了晚饭，洗了脚，正准备上床睡觉,吴涛把复印件上的照片给他看,老人家本来已经昏昏欲睡,看到赵殿元的英姿就不困了,把枕头下面压着的玩具手枪摸出来还不够,又让孙子把柜子里的三把玩具手枪也拿出来,两把别在睡裤里,两把拿在手里,左右开弓,PIU PIU 个不停。

吴涛傻眼了,第六感是真的,他之所以没找爷爷求证,而是找大爷爷,是因为爷爷老了,记忆力减退,是记不清楚幼时邻居面孔的,而大爷爷一直处在童年状态,接触的人和事少,记忆力更强,果不其然,他记得赵殿元。

"小赵叔叔,一家头,四把枪,血洗潘家花园,杀了个七进七出,嘎威风,嘎结棍!"大爷爷指着照片上的英俊青年,兴奋不已,儿时听过最刺激的故事,最崇拜的偶像,伴随一生的英雄梦,全部来源于此人。

潘家宁拿出手机,比出剪刀手,和吴麒拍了张合影,当即发给赵殿元。

此时赵殿元正在淮海路上的红房子西菜馆和孙家父女吃饭,这家店创立于一九三五年,那时淮海路还叫霞飞路,店名还叫 CHEZ LOUIS,一九五〇年公私合营后才叫红房子,是上海西菜的代表,如今遍地都是地道的西餐厅,红房子依然坚守本心,菜式不变,来这里用餐的也都是上海人,吃的就是一个情怀。

二楼临窗位置,孙建国连菜单都不用看,熟稔地点了八十二元一份的炸猪排、六十二元一份的烙蜗牛、三十二元一份的什锦色拉,罗宋汤和餐前面包自然少不了,还有红酒,长城赤霞珠就蛮好。

"阿拉小辰光,爸爸妈妈每个礼拜都带阿拉来格里厢吃西菜,这是阿拉上海人的习惯,我还记得六七十年代的辰光,红房子里还坐满了吃咖啡的老人……"孙建国与新中国同龄,他的黄金岁月是腾飞奋进的八十年代,他怀念的是炸猪排蘸辣酱油的味道,和赵殿元并没有共鸣点。

赵殿元的手机响了,他瞄了一眼,拿给孙建国看。

孙建国戴上老花镜仔细看:"这个人有些面熟,好像是吴家的那个戆大,今年差不多八十八,快九十岁了吧。"

赵殿元不会用拼音打字,他用语音回复潘家宁:"这个人是不是叫吴麒,吴伯鸿的大儿子,缺一根手指的,是当年被人绑票斩下的。"

养老院里,潘家宁把赵殿元的回复转换成文字拿给吴涛看。

事已至此,吴涛已经接受了现实,赵殿元极有可能就是一名穿越者,太多的证据指向这一点。

天色已晚,不宜刺激老人家,吴涛和大爷爷告辞,出了养老院,问潘家宁:"现在他人在哪儿,我们去找他。"

二十分钟后,两人赶到红房子西菜馆,拼了个桌坐在一起,又点了餐和饮料,坐下来互报家门。

"原来是吴麟的孙子,我说怎么那么眼熟,侬姑婆现在好伐啦?"孙建国说道,吴涛的姑婆是二十九号第二代中最小的女孩,和他相差两岁而已,六几年差点谈朋友。

"爷叔侬好,阿拉姑婆的微信侬要伐?"吴涛拿出手机和对方加微信。

潘家宁眼珠一转,想起一个人来,她也拿出手机,调出在苏州扫墓时拍的照片,背景中有小王的爷爷老老王。

孙建国一眼就认出来了:"格老瘪三,王沪生对不啦,王贵的儿子,其实是捡来的孩子,大家都晓得,原来在公交公司开电车的,还开过出租车,听老辈人讲,伊拉以前在二十九号是住二层阁的,后来房子不都变成公房了吗,我家搬到阁楼上去住,伊拉搬到灶披间住了伊刚。"

潘家宁听着他讲古,心里却在想别的事情,鉴定报告不会撒谎,赵殿元和自己没有血缘关系,并不是什么曾祖父,但这并没有减弱她对这位穿越者的同情怜悯之心,反而加深了这种情愫,一个孤苦伶仃的人,本就没有任何亲人,又弄丢了最爱的人,更来到完全陌生的世界,换成自己怕是早就崩溃了吧,可他依然沉着淡定,还租房找工作,这得多坚强的意志啊,可谁又能知晓,坚强背后的痛彻心扉,柔肠寸断。

| 第 64 章 |

杨蔻蔻不是杨丽君

在座的孙建国最年长，性格也热情活络，他提议建一个群，把长乐里二十九号的后代都加进去，大家都在上海，以后有什么事情也能互通有无，守望相助。

潘家宁举手道："单单只有二十九号，未必太局限了，我也是长乐里的后人，我曾祖父住长乐里七十七号。"

孙建国眨眨眼："七十七号，那就是潘家花园，小姑娘侬是潘大少的曾孙女吧，我见过侬曾祖父和曾祖母的。"

赵殿元忽然想到一件事，假如杨蔻蔻后来成了潘骄的妻子的话，她绝不会忘记二十九号的邻居们，彼此间应该有互动才是啊，于是赶紧问孙建国，潘家大少奶奶有没有来过二十九号，或者请二十九号的人去潘家花园做客。

孙建国凝神想了想，摇摇头："没，从来没有过，虽然解放了，但普通住户和潘家花园还是两个世界，老死不相往来的。"

潘家宁和赵殿元心有灵犀一点通，也顿觉这件事有些说不通，正好老爸发来微信，让她去一家酒吧见钱伯伯，钱伯伯就是老爸那位在华师大历史系做教授的老同学，要不是专业不对口，潘家宁就拜在他门下做研究生了。

老爸召唤，潘家宁只能先退场，吴涛也站起身说我送你，潘家宁婉拒，让他留下来陪大家继续聊，又冲赵殿元挥挥手机，示意电话联系，这才下楼打车，直奔约定地点。

大人们聚会的地方是一家茶室，流水潺潺，古朴幽静，潘家宁在服务员引导下进了包间，老爸、老妈对面坐着一对中年夫妇，正是华师大的钱清源教授和夫人，潘家宁也见过几次的，赶紧打招呼叫人，乖巧落座，听大人们说话。

老爸老妈在言谈中流露出要回上海的意思，年纪大了，快该退休了，为国家奉献了一辈子，也该为自己、为儿女打算一下了。

"按照现在的政策，家宁的学历可以落户，但是房子不好解决，我计算过了，把西宁的两套房子卖掉，也只能付首付，新房子摇号中签率很低，二手房吧，价格居高不下，内环的房子动辄七八百万上千万，唉……"老潘以一声叹息结束，端起茶杯吹拂着热气。

钱教授说："换一个思路考虑嘛，家宁过几年结婚，男方出一半，这压力不就减轻了百分之五十，如果找一个上海男孩，家里有房子的那种，就更好了。"

老潘说："道理是这么说，可我们老两口也要住啊，总不能一直和女儿、女婿住在一起，那样讨人嫌的。"

四个大人从上海的房价聊到职称评定、退休年龄，听得潘家宁哈欠连天，正当她预谋找个借口先走的时候，戏肉来了，老潘拿出一个密码箱来，打开箱盖，里面装满了颇具年代感的日记本，封皮磨损，纸张泛黄，各式各样不下几十本。

"这些是我祖母留下的，只是其中一部分，五十年代后期的都不在了，应该是她自己付之一炬了，希望能给你的研究工作带来帮助。"老潘将密码箱调个个，推到钱清源面前，活像是进行交易的大毒枭。

潘家宁愕然，她怎么不知道家里还有这些宝贝，怎么就要交给钱伯伯，如此珍贵之物难道不应该自家留着作纪念吗。

"我可以看看吗？"潘家宁问道。

"当然，这是你曾祖母的东西，你看看吧，看看她老人家的字，再看看你的字，写得像狗爬一样。"老潘笑道，其实潘家宁的硬笔书法并不差，有些家长就喜欢通过贬低来激励儿女进步，这是他们的教育方式。

潘家宁随手拿了一本蓝色布面的日记本翻开，不得不说曾祖母的书法确实不错，但这不是她关注的重点，她找的是写下日记的时间。

曾祖母杨丽君是慈溪书香门第的小姐，受过良好的教育，她的文字凝练干脆，日记也不是每天都记录，而是每隔一段时间总结一次，只记大事，不记鸡毛蒜皮的小事，从字里行间可以看得出，杨丽君在根据地从事妇女教育工作，看时间是一九四七年。

潘家宁放下这本，再拿起一本翻看，就这样翻了七八本，终于找到一九四二年份的了，她的心脏开始剧烈跳动，往前翻了十几页，停在五六月份时间,却看到记录上满篇都是整风运动。

这就奇怪了,按理说这个时间杨蔻蔻应该在上海,和赵殿元在一起啊,怎么会在延安呢,她继续往前翻,在四个大人的目光注视下,旁若无人地查找着证据,终于在一本红色缎子面日记本上看到了民国三十年的字样,转换为公历就是一九四一年,杨蔻蔻与赵殿元初相遇的时间。

这一本上的文字和后几年的截然不同,写满了小儿女缠绵悱恻的心事,恨嫁、幽怨、伤春悲秋,甚至还做了几首诗词。

潘家宁找到了自己想要的文字,这一段是这样记录的:

> 昨日抵沪,伺机遁走,秋雨瑟瑟,举目无亲,幸得好心人相助,于陋室栖身一晚。今日与同学会合,万幸至极,乘车北上,投奔革命圣地去也……

潘家宁将这段话咂摸了好几遍,在赵殿元的故事里,这一段是他们爱情的开始,但是在曾祖母的描述中,仅此一晚而已,次日就奔赴延安去了,哪有后面的故事,难不成有人冒名顶替?杨蔻蔻和杨丽君其实是两个不同的人。

钱清源笑眯眯道:"家宁,喜欢历史的话,转行还不晚哦。"

潘家宁长吁一口气:"钱伯伯,您准备研究什么课题,需要用到我曾祖母的日记。"

钱清源道:"主要是上海地方史方向,更确切一些,是对上海弄堂的研究,这方面是缺乏专题研究的,使得上海弄堂史在人文世情、民生百态描述的研究水平与境界,相比北京的四合院史差了一些距离,我想到一个办法,以一条具体的弄堂为样本,从城市的建筑史,从历史学、社会学、人类学的角度展开,聚焦于弄堂里的几代人,深入挖掘和搜集资料,你们家的祖宅虽然是花园洋房,但也是长乐里的一部分,所以也在研究范围之内。"

潘家宁激动起来:"那您一定收集了很多资料了。"

钱清源道:"我从很多途径收集了长乐里的资料,包括民间文献、户籍档案、口述材料、自传文字等,你曾祖母的日记也是其中之一,是宝贵的研究资料……"

"不好意思我打断一下,在您的资料里,有没有一个叫赵殿元的人?"

潘家宁兴奋地站了起来，声音都在发抖，有种打开四十大盗宝库的感觉，这一趟没白来，想要的全有了。

"赵殿元，赵殿元，这个名字很熟悉，你稍等一下。"钱教授拿出手机给自己的研究生发微信，潘家宁回望老爸，老潘沉着脸，不太高兴了。

很快钱教授收到回复，扶了扶眼镜说："找到了，赵殿元是长乐里的住户，一桩凶案的嫌疑人，那是在日据时期，潘克复，就是你们潘家的一个亲戚，他是个汉奸，霸占了潘家花园，害死了潘克竞，这个叫赵殿元的身份存疑，众说纷纭，有人说他是重庆特务，有人说他是钱如碧雇佣的杀手，先说明一下，钱如碧和我没有任何关系，我们不是一个钱，总之这个案子不了了之，后来有个写小说的，添油加醋演绎了一番，写了一本畅销书叫《喋血潘家花园》，在文学上没什么价值，但里面能找到不少有价值的细节，怎么，你对这段历史也有研究？"

潘家宁回望老爸，老潘已经在发飙的边缘徘徊，如果女儿提到什么穿越的话题，恐怕他就要拍案而起了。

"是这样的，我室友在孔夫子网上买了一本《喋血潘家花园》，我正巧看了，另外呢，我是学建筑的，对建筑史也挺喜欢的，我最崇拜的是邬达克，听说潘家花园的设计图就是出自邬达克洋行，所以嘛……要不我跟着您研究研究？您愿意收我这个学生吗？"潘家宁随机应变，这番话任谁听了都不会反对。

果然，钱教授大喜："我怎么忘了家宁是学建筑的呢，我正需要一个对建筑学了解的助手，来吧来吧，华师大欢迎你，老潘，你什么意见？"

老潘刚才还铁青的脸色现在安详多了，点头道："多跟你钱伯伯学学，以史为鉴可以知兴替，以人为鉴可以明得失，做人，学一点历史是有好处的。"

潘家宁吐了吐舌头："知道了老爸。"

另一边，潘夫人和钱夫人聊得热火朝天，尽是中年妇女的话题，对这边的讨论毫无兴趣。

钱教授以长乐里整体为研究对象，对潘家花园的研究才刚开始，更是刚拿到杨丽君的日记，所以从他这里是得不到答案的，潘家宁很清楚这一点，散场之后，她坐在回去的车上给赵殿元发信息，问他有没有想过一件事，你第一天收留的那个女孩是杨丽君，之后邂逅并一起在阁楼生活的那个是杨蔻蔻，二者并不是一个人。

此时赵殿元已经回到二十九号阁楼，他对着潘家宁发来的这段话久久不语，思绪回到初遇杨蔻蔻那天，细细想来，第一晚收留她时，阴天下雨，又是晚上，再加上灯光黯淡，孤男寡女共处一室，两人根本就没面对面仔细端详过对方，印象是笼统的，概括的，只记住一些显著特征的，第二次再见就是在潘家花园里，自己先入为主，认定那就是先前收留过的女孩，而杨蔻蔻似乎也没有否认过，但她也没承认过啊。

　　杨蔻蔻是杨丽君的小名，这两个名字的主人是同一个人，既然她不是真的杨蔻蔻，那她又是谁？

　　赵殿元枯坐许久，心中五味杂陈，这个女人和自己生活了大半年，出生入死，海誓山盟，谈情说爱，谈婚论嫁，憧憬了无数次未来的生活，甚至怀了自己的骨肉，可到头来，连真名都没告诉自己。

| 第 65 章 |

活化石朋友

手机的震动将赵殿元惊醒,是潘家宁发来的微信,她已经到了二十九号门口,看着黑漆漆的门洞不敢进来,于是赵殿元下楼去把她接进来,潘家宁在黑暗中爬上一百岁的楼梯,走进故事中的东阁楼,老虎窗依旧,潘家花园依然隔墙相望,岁月的年轮却已经走过八十个寒暑。

潘家宁是特地来瞻仰此地的,她有太多的疑问,也许沉浸到历史现场才能找到答案,所以她在夜晚来到这里,把曾祖母留下的文字给赵殿元看了。

"名字只是一个代号,就当是重名重姓吧。"赵殿元凄然一笑,他知道和自己朝夕相处的杨蔻蔻是什么人,那是一个女刺客,或者女特工,是带着使命的死士,她做任何事情,自己都能理解。

一阵沉默,潘家宁不想再戳赵殿元的伤口,随便找了个话题岔开,问他当年的黄浦公园是不是真有"华人与狗不得入内"的牌子。

"这是二三十年前的新闻了。"赵殿元答道,在他所处的年代,这已经是引起国民公愤的事件,黄浦公园以前叫外滩公园,是工部局花了一万银元建造的专供西人游乐的场所,门口是有一块牌子刻着入园规章,不许华人进入和不许脚踏车与犬类进入是两条并列的规章,虽然并未将华人与狗放在一起,但实际意思差不多。

"其实有身份的华人也能进去,给洋人带孩子的保姆也能进,像我这样的工人就不让进了,毕竟是人家花钱建的公园,让谁进不让谁进,人家说了算。"赵殿元倒没有任何情绪波动,仿佛是一件情理之中的事情。

"可是你想过没有,那是中国的土地,凭什么不让华人进。"潘家宁从小接受的教育可不是这样的,忍不住要反驳。

"那是租界啊,是洋人租的土地。"

"是他们强行租的,不,是抢的土地。"潘家宁说,"为什么中国在英国没有租界呢，我们也想花钱在伦敦或者利物浦划一块地，英国人会不会答应呢？租界是我们国家和民族的耻辱，是帝国主义的罪恶象征。"

赵殿元从没深思过这个问题，在他的理念中，国家积弱，任人宰割是固有的印象，租界并不代表屈辱，相反还是安全的象征，四圈都在打仗，唯有租界是安全的，所以有钱人都蜂拥而入，使得租界更加繁盛，偌大一个中国，最像样子的莫过于上海的租界，下野的政客、失败的军阀，还有来自天南海北的文人墨客，全都聚居于此，上海的财富差不多占了全国的一半，怎么到了潘家宁嘴里，就成了罪恶的象征。

潘家宁看他怔怔的样子，和缓了语气说："当然了，凡事都要辩证地看，十九世纪到二十世纪上半叶，地球就是一个弱肉强食的丛林世界，弱就要被人欺，敲骨吸髓，不择手段，那些当政的人，最多当个裱糊匠，国家千疮百孔，又如何补得过来……直到抗美援朝，咱们才真正挺起腰杆来，这个世界，终究是看实力的，其实现在也一样，你弱，人家还是要欺负你。"

"抗美援朝是什么？"赵殿元只知道抗战胜利，并不知道之后发生的这场战争。

"雄赳赳气昂昂，跨过鸭绿江，新中国成立之后，咱们派出志愿军，和美国佬在朝鲜干了一场硬仗，把他们打败了，不，其实是打了个平手。"潘家宁知识储备有限，脑子里有印象，却说不太具体，只好说："反正从此之后，就没人敢小瞧咱们了。"

"哪一年的事情？"赵殿元感到不可思议，美国人是多么强大的存在，怎么可能和他们打平手呢。

"从一九五〇年开始吧，打了大约三年。"潘家宁赶紧拿出手机搜索相关的文章。

"也就是过了八年，就能和美国人打平手了？"赵殿元喃喃自语，国军连日本人都打不过，几十万人死在淞沪战场，怎么换了个党，就能和美国人分庭抗礼了。

潘家宁找到一篇文章发了过来，趁着赵殿元低头看文章，她走到老虎窗前眺望，忽然想尝试一下还原现场，吃一顿小馄饨，于是在美团外卖上点了两份，不到十分钟，一辆电动车驶来，外卖员的黄头盔黄马甲在路灯下醒目无比。

"这边，吊上来就行。"潘家宁摆手喊道，她已经预备好小锅和绳子了，但外卖员却充耳不闻，依旧给他们送到了楼上，赵殿元打开阁楼门，外卖员热情洋溢："不麻烦不麻烦，咱们是邻居，我就住楼下，拜托给个好评。"

潘家宁有点失望，但还是给了个五星好评，摆上小馄饨，掰开一次性筷子递给赵殿元，赵殿元看看小馄饨，再看看酷似杨蔻蔻的潘家宁，就说了一句话。

"蔻蔻从来都是一个人吃两份的……"

"我饭量有限，可吃不了那么多。"潘家宁说，低头吃了一个小馄饨，发觉赵殿元没动筷子，明白他在睹物思人，叹口气劝道："老爷爷，有句话叫既来之则安之，既然你来到这个年代，那就好好地安顿下来，不打仗，能吃饱饭，没有坏人欺压，这不就是你梦想中的世界吗？"

赵殿元点点头，沉默了一会才道："如果蔻蔻也在就好了。"

"好好生活，蔻蔻奶奶也会为你高兴的。"潘家宁觉得没法继续下去了，小馄饨也不吃了，拎起包告辞，赵殿元送她下楼，底层灶披间里亮着灯，外卖员还穿着美团的黄马甲正在下方便面，见他们出来，热情搭讪："走了啊，今天最后一单，送完你们这一单我也下班了。"

赵殿元把潘家宁送出长乐里，看着她上了车才回来，外卖员正端着锅上楼，招呼他一起吃点，虽然只是客套，但赵殿元却一口答应，潘家宁在的时候，仿佛蔻蔻也在，潘家宁走了，阁楼便空了，每一秒都像是在煎熬，他急需找个人说话。

外卖员很豪爽，端着锅上了阁楼，又下去拿了一瓶二锅头上来，赵殿元从老徐的厨具中拿了两个碗倒酒，两人端着碗自我介绍，住楼下的外卖员叫姚宏绪，河南人，三十七岁，已婚，老婆孩子已经睡了，所以他才选择在阁楼和新邻居喝酒。

"我原来在一家公司做技术，年纪大了，学习能力跟不上，前年贸易战加去年疫情，我们公司也受到波及，结果没等辞退我，公司先倒闭了，我现在打三份工，白天干完，晚上送外卖，有时候还能接个私活，帮人出个图纸，一个月也不少钱。"

姚宏绪是个话痨，喝了酒更加喋喋不休，或许平日里没个说话的人，今天可算逮到人一诉衷肠了，赵殿元是个很好的听众，他能从姚宏绪的故事里，听出近四十年中国的变化。

姚宏绪出生于河南小县城，是通过高考走出故乡的，说起来他还是当年全县的高考理科状元，大学毕业后找到一份不错的工作，娶了同学，生了孩子，还在上海买了房子。

"我老婆学财经的，前些年家里攒了几十万，她非要投匹凸匹，结果血本无归，后来她又要炒股，又砸进去不少，没办法，只能把自家的房子租出去抵房贷，我们租这种老房子住，虽然各种不方便，架不住便宜啊。"姚宏绪一碗酒下肚，眼睛已经红了，"老弟，你是刚来上海的吧，上海确实好，我要不是娶了个败家星，也不至于这样惨，好好混，有本事，肯干，这城市就不会亏待你。"

"多谢老哥提点。"赵殿元端起酒碗，一饮而尽。

这一夜，赵殿元又失眠了，潘家宁说得对，既来之则安之，蔻蔻已经不在，自己为何不留在这个梦想中的世界呢。

次日，赵殿元准点来到中介门店上班，发了一上午传单，中午吃饭的时候，来了一个客户，是个黄头发的洋人，店里没人能用英语对话，老徐正忙着下载翻译软件呢，赵殿元上阵了，他会说英语，虽然是语法错谬百出的洋泾浜英语，但交流是没问题的。

言谈中得出，这个洋人来自乌克兰，到中国是来讨生活的，他资金有限，租不了太贵的房子，暂时也没找到工作。

"我听说，中国很需要外教。"乌克兰人说，"在中国工作，收入比在我的家乡高很多倍，上海比基辅发达，比莫斯科要繁华，人们也很友好热情，我来了没几天，已经爱上这座城市。"

老徐听说这人是乌克兰来的，边说自己认识个朋友专门代理外模，尽是乌克兰来的，高个子、金发碧眼，比国内的模特还便宜，赵殿元问他模特是做什么的，老徐笑笑说就是淘宝的衣服架子。

赵殿元轻笑，在他那个年代，上海就是国际有名的冒险家乐园，任何外国瘪三到了上海，仅凭西洋人的外表就能摇身一变成为人上人，没想到八十年之后依然如故，不过似乎哪里又不太一样，现在洋人是来做服务业的，是来打工的，不是来当大爷的。

在赵殿元的协助下，老徐帮乌克兰人找了一个价钱合适的合租房，顺利打发了这位国际客户，孙姐从头到尾目睹，完了将赵殿元叫到办公桌前，丢给他一个信封。

信封里装着一张身份证，照片和赵殿元有六七分相似，名字叫刘放歌，出生于一九九六年，黑龙江鹤岗人。

"托人搞的，没有合法身份啥也干不来，你拿着用吧。"孙姐说。

赵殿元端详着这张薄薄的卡片，身份证意味着自己可以真正融入这个时代，像老徐，像姚宏绪一样从头开始，拼搏努力，在这座城市扎下根来。

"这个人死了吗？"赵殿元很关心证件的主人。

"类似三和大神一样的人物，死没死没啥区别。"孙姐不屑道。

……

虹桥机场，潘家宁送走了父母，终于松了一口气，在回去的地铁上，她给钱伯伯发信息，问啥时候过去方便。

昨天大人们说的话，可以当作场面话，应酬话，事后不跟进也就算了，没人在意，但潘家宁是个较真的，她决心利用暑假跟钱伯伯做研究，顺便也能把自己的硕士论文选题定了。

钱清源很快回复，随时可以来，又把自己的地址发了过来，潘家宁又发过去一条，她向钱伯伯推荐一个人，一个"活像"从四十年代穿越来的活化石，可以提供很多细节资料，钱教授打趣说是不是你男朋友，可以来，但是伯伯这边可没有费用给他。

搞定了这边，潘家宁再给赵殿元打电话，说想查找杨蔻蔻的真实身份和下落有个途径，就是跟历史系的老教授做研究，问他可有时间。

赵殿元很为难，中介工作太忙了，从早到晚不停歇，哪有闲散时间去做研究。

"那就等你有空再说。"潘家宁挂了电话，进入百度地图导航，钱教授住在华师大普陀校区，家在长风公园边上，二号线到娄山关路转十五号线到长风公园站，再走一段就到了。

潘家宁买了一束鲜花，一袋水果，登门拜访钱教授，钱清源亲自开门，拿拖鞋，到底是教授之家，客厅里就摆着一面墙的书架，沙发上、茶几上，到处都是书，阳台上坐着一位白发苍苍的老太太，精神矍铄，面目慈祥，戴着一副金丝眼镜，膝盖上摊着书。

"这是我母亲，快九十岁了，还是爱看书。"钱教授说。

"奶奶好。"潘家宁鞠躬行礼，她是个懂事的孩子，知道老人最喜欢和年轻人互动，放下礼物，主动上前嘘寒问暖，老太太思维敏捷，温文尔雅，说一口标准的普通话，交流下来才知道，原来她是哈军工毕业的高材生,在部队从事科研多年,后来转业回到地方,分配到复旦大学搞教育工作,至今还是某科研领域的泰山北斗。

钱清源捧着一盘削好的苹果来了:"家宁,你那个活化石朋友呢?"

| 第 66 章 |

梦幻大单

既然钱教授主动提起来，那潘家宁就不客气了，她说奶奶，钱伯伯你们相信有活化石一样的人吗，看起来像是年轻人，内心却一百多岁了，观念、记忆全都停留在很久以前。

钱清源说："这种人是存在的，在美国和加拿大安大略地区，有一个族群叫阿米什人，他们是基督教再洗礼派门诺会的信徒，生活方式就停留在十九世纪，拒绝一切现代的生活方式，不用手机，不用电脑，不开汽车，不当兵，不买保险，也不享受社会福利，连他们的衣服都停留在一百多年前，活像是从历史中穿越过来的人。"

潘家宁赶忙解释："我这位朋友不是这种，我刚见到他时，他一身中古装扮，就是四十年代的打扮，发型也是年代感足足……"

钱清源说："这种也有，日本有个女青年，就喜欢三十年代的穿着打扮，英国有个男青年，喜欢维多利亚时期的服装，他们在日常生活中也坚持这样穿戴，算是雅趣吧，你这位朋友想必也是如此，有积极正面的爱好是好事，总比追星强，哈哈。"

"其实……"潘家宁还想分辩，但在演讲欲超强的教授面前她根本没有说话的机会，钱清源兴头上来能连说四五个钟头不带停的，旁征博引、插科打诨，绝对精彩绝伦，要不然也不会上百家讲坛了，这会儿并不是在课堂上，听众也只有一个，他的动力没那么强劲，只是口若悬河地讲了十五分钟而已，主题还是近代史研究。

"口述史很重要，历史上有很多可歌可泣、令人激动的场景事件，但当事人并不具备记录下来的条件，即便记录，也是在个人的日记本里，还有记忆深处，是很难进行传播的，作为研究者，我们的责任就在于此，挖掘、记录、整理那不为人知的故事，将之公之于众，比如我母亲年幼时就曾经历过一个事件，这是任何文献上都没有记录的，我准备记录下来，其实我是打算拍一部纪录片的，这是其中一个组成部分，你能想象在一九四二年的上海闸北，一名黄包车夫振臂一呼，上千个车夫呼应，连夜将一座工厂搬走的事情吗，这是我母亲的亲身经历，特别传奇，特别感人……"

坐在躺椅上的老太太微笑着颔首。

潘家宁举手道："我知道我知道，振臂一呼的叫阿贵，他很可怜，车子被人霸占了，后来孩子也没了，帮助搬厂的还有地下党曹先生，当然也少不了核心人物赵殿元。"

老太太面露狐疑之色，钱教授愣了愣，因为这段历史鲜为人知，知情者早就作古了，自己记录的文字也并未对外公开，这小姑娘是怎么知道得如此具体，甚至比自己掌握的还要具体，因为钱教授是从母亲的口述中得到这个故事的，但当时他的母亲也不过是个六七岁的小姑娘，只记得大致的走向脉络，人物姓名是没有的。

钱教授看向母亲，老太太摇了摇头："太久远了，记不清楚了。"

这很正常，在她漫长的人生中，前面六七年经历的事情会因为更多的、更重要的记忆积压变得模糊甚至淡忘，能记得大体内容都算不错了。

"那赵殿元这个名字您还记得吗？"潘家宁目光炯炯看着老太太，期待着答案。

老太太凝神想了一会儿，还是摇摇头。

潘家宁当即给赵殿元打电话，问了他几个问题，挂了电话说："那我说两个名字，您看看记忆中有没有，一个人叫韩美玲，一个人叫韩赞臣。"

老太太挺直了腰杆，表情肃然，韩美玲是她十岁之前的名字，一九四六年之后就不再用了，连去世的老伴都不知道这个名字的存在，遑论儿子，而韩赞臣则是自己父亲的曾用名，同样不为人知，这个女孩子如何脱口而出？

潘家宁接着说："一九四二年初，韩赞臣在闸北天通庵路和会馆路交叉的位置开了一家造纸厂，收废纸打纸浆生产白报纸，生意很好，被奸人觊觎，韩老板身陷囹圄，还不是一般的监牢，而是臭名昭著的极司菲尔路七十六号魔窟，是厂里一个叫赵殿元的电工，带着韩夫人以及韩老板六岁的女儿韩美玲前去营救，结果赵殿元也被抓了进去，历经几次生死磨难才逃出来，最终韩老板还是获释了，靠的是一位叫何霜的女士，钱教授,您是研究历史的,这个名字您一定很清楚。"

钱清源点点头,何霜大名鼎鼎,如雷贯耳,他当然知道,只是没料到何霜竟然和自家祖辈也有关联,虽然他对不上具体名字,但是光凭闸北造纸厂就知道,潘家宁讲述的是外公家的故事。

一个二十四五岁的女生,是编不出这样精确的故事的,这故事一定是别人告诉她的,如果没猜错,这个人一定是历史研究者,甚至亲历者,钱教授大感兴趣,再次邀请潘家宁的活化石朋友来做客,如果有时间的话,现在就来。

老太太不动声色,她经历过太多太多,在特殊的历史时期,某些经历会断了人的前程,要了人的性命,所以不到水落石出的关头,她是不会吐露半个字的。

"他工作挺忙的,实在抽不出时间。"潘家宁满怀歉意对钱教授说。

钱清源点点头,忙是正常的,自己也很忙,要带研究生,要搞学术研究,要搞创作,还要兼顾一些个人爱好,时间根本不够用,想必这位素未谋面的朋友也和自己一样,时间宝贵,分身乏术。

"家宁,你这位朋友在哪所大学?"钱教授说话之前,已经在心里盘算了一大圈,国内学界能有雅兴和自己开玩笑的同行名单。

"他不在大学任教,他在中介上班。"潘家宁说。

"什么中介?"钱教授顿时想到一些高端事务所,类似投行之类,为投资人和创业者牵线搭桥,干的都是以百万为单位的大买卖。

"房产中介。"潘家宁说。

……

老徐住了两天如家,又回到二十九号阁楼住,中午别人都点盒饭吃,他却宁愿回去做饭,赵殿元正好回去拿东西,随老徐一起回去,阁楼地板上放着一个电饭锅,煮了满满一锅饭,老徐盛了满满一碗饭,浇上方便面调料搅拌两下,又打开一个大号玻璃瓶,挑了几根酱瓜放进去,说:"韩式拌饭,我自创的,要不要来一口?"

赵殿元说:"这个好啊,吃不完明天早饭拿开水一泡,又是一顿。"

老徐说:"那可不,晚上加点葱花炒一炒,就是扬州炒饭。"

赵殿元说:"不加一个鸡蛋吗?"

老徐说:"能省则省,我多吃一个鸡蛋也长不了个,我儿子多吃一个鸡蛋那可是实打实长在身上的。"

赵殿元知道老徐是因为穷才这样做的,他虽然是店里的开单王,但开销也大,听说最近家里出了事,小舅子酒驾撞死了人,保险不赔,老徐作为姐夫肯定要担起责任来。

这些事情,老徐不愿意多说,赵殿元也不提,两人心照不宣地沉默了一会,老徐端着碗走到老虎窗前,对着远处一片郁郁葱葱说:"要是能拿下这个大单就好了,啥都够了。"

赵殿元也走到窗前,以前站在这里是可以望见潘家花园的楼宇的,八十年过去,花园里的龙柏香樟都长成了百年大树,遮挡住了视线,唯有那一片浓密的绿色彰显着空旷的奢华。

潘家花园依然是上海滩最奢靡的洋房之一,并不因岁月的侵袭而褪色,反而因土地的升值价格倍增,在长宁区的核心地段拥有这么一片占地八亩的别墅,这是何等概念。

"你去过那里吗?"赵殿元问。

"进去过一次,破败得不像样子。"老徐摸出一个皱巴巴的烟盒来,打开,里面已经空了,赵殿元拿出烟来给他点上,听老法师讲古。

老徐深深吸了一口,慢慢吐出:"潘家花园占地五千平米,建筑面积一千八百平方米,独立式花园住宅,与长乐里同时竣工,已经有百年历史,一九九九年被评选为上海优秀历史建筑,是受保护的文物,最早潘家花园的主人是一个资本家,四十年代一度成为凶宅,无人敢住,解放后,花园收归国有,成了某事业单位的办公楼,九十年代,单位撤并,花园对外出售,那年月国内哪有人买得起啊,是一个香港女富豪过来买的,花了九百万就拿下了,又花了两百万装修,可惜没等装修好,女富豪就死了,她的子孙后代争夺家产,打得狗脑子都出来了,因为遗产纠纷官司,潘家花园谁也别想住,一直空关到现在,最近有风声说,后人达成一致意见,对外出售,拿了钱大家分,据估算,潘家花园现在价值十个亿。"

说到此处,老徐猛回头,脸色激动地涨红了:"十个亿啊,长宁区所有的中介的终极梦想就是把这个房子卖出去,佣金就按两个点算,就是两千万,在上海买房买车,子女上学,绰绰有余。"

赵殿元却惦记着那位九十年代买下潘家花园的女富豪,他感觉自己一定见过这个人。

"老徐,这个人是不是姓杨?"

"谁？女富豪吗？那谁记得，这也是别人告诉我的故事，我照搬来讲给你听的。"老徐低头扒饭，搅拌了方便面调料的白米饭有滋有味，偶尔夹起酱瓜条咯吱咯吱啃几口，更是人间美味。

| 第 67 章 |

二十一世纪奇观与杨家往事

草草吃了中饭,赵殿元便跟老徐一起去陪客户办过户,先坐二号线到北新泾下车,再扫两辆共享单车骑到剑河路上的长宁区房产交易中心,一路上老徐感慨,以往去办业务都是打车,现在却是一分钱掰成两半花。

今天这单是赵殿元促成的,但在具体的合同和过户流程上他一点都不熟,必须让经验丰富的老徐带着,老徐是个好人,一点没藏私,手把手地教,赵殿元对现代技术叹为观止,以往白蚂蚁们交换信息,过户房产,需要去专门的茶楼,叫一壶茶,一盘点心,慢慢地细聊,白纸黑字,三老四少,签字画押按手印,现在可好,一切都在手机上完成,点啊点啊就好了。

过户等候间隙,赵殿元站在交易中心楼上陪老徐抽烟,上海有屋檐的地方就禁烟,只能偷偷摸摸地抽,忽然天边一架飞机飞过,从这里向西不远就是虹桥机场,飞机起落再正常不过,但赵殿元却看得入神,他不是没见过飞机,打仗的时候漫天都是小小的双翼飞机,而这架飞机庞大绝伦,线条优美,甚至连螺旋桨都没有,赵殿元看得心惊肉跳,生怕飞机一头栽到地上。

"别看了,得空带你坐飞机开洋荤。"老徐拍拍他的肩膀,"下去干活。"

这单交易顺利完成,光佣金就收了十万,这其中有赵殿元的一份,老徐和店长孙姐也都有抽成,可谓皆大欢喜,本来孙姐说要请客吃海底捞,但赵殿元已经有约了不能前往。

"是和姓潘的小姑娘吗?"孙姐酸溜溜地问,孙姐叫孙嘉,一九八四年生,不过没嫁人依然可以叫作小姑娘。

"是和姓钱的老教授。"赵殿元说。

······

赵殿元已经适应了新时代的生活，他会坐地铁，会打车，顺利来到华师大附近的餐厅，钱教授并不是古板的老学究，他经常参加社会活动，阅人无数，搭眼一看就知道对方什么来头。

"这是一个工人。"钱清源对赵殿元的第一印象如此，握手的时候能够感受到这个年轻人的手掌粗糙有力，没干过十年以上粗活不会有这样的手，这双眼睛更是纯良忠厚，一看就是吃过苦受过罪，甚至经历过生死考验的人。

安静的小包间里，就他们三个人，钱教授看似不经意地问长问短，说东道西，聊的都是三四十年代的旧闻，赵殿元对答如流，张口就来，根本无需思考，钱教授不由地暗想，如果让自己从历史系的学生中训练一个这样的人，不是不行，但工作量太过庞大，需要制造一个一比一的旧上海，再找几千个群众演员，成年累月的沉浸式训练，才能得出这样的活化石，就像楚门的世界，不是做不到，是成本太高昂。

从直觉上说，他有些相信这个年轻人是穿越来的了，但从理智上还无法接受，不管怎么说，这小伙子都是一个宝贝疙瘩，干房产中介未免可惜，于是钱清源提议，让赵殿元来跟自己做助理。

"钱教授就是韩美玲的儿子，是自己人。"潘家宁极力怂恿赵殿元答应。

"那确实是自己人。"赵殿元说，"说起来，我还是美玲的干爹哩。"

钱教授大笑，之所以选在餐厅见面而不是家里，只因他对这个人的身份尚有存疑，现在可以带回家，让老母亲鉴别一下真伪了。

母亲年龄大了，心脑血管总归不如年轻人强壮，受不得刺激，所以钱教授先打了一个电话回去，嘱咐妻子给母亲打个心理上的预防针。

潘家宁悄声问他："钱伯伯，这回您真相信了？"

钱教授摇摇头："信与不信，并不重要，人类的科学发展到今天，未知的领域还很多，对科学、对大自然，要存有敬畏之心，再说这些离奇的元素其实距离我们不远，什么穿越、外星人、鬼魂，文艺作品上很多嘛，接触多了就免疫了，形成不了刺激，恐惧来源于陌生，比如三体人这种外星人，那就很恐怖了。"

潘家宁吐吐舌头："钱伯伯您真是涉猎广泛，知识渊博。"

钱教授爽朗一笑："我和大刘早就是朋友了。"

来到钱家，老太太已经正襟危坐，等候在客厅里了，八十多年风风雨雨什么没见过，居然能在迟暮之年见到儿时的亲人，倒也不枉此生了。

人的记忆是随着年龄的增长而逐步稀释的，对于一个十五岁的少年来说，三年初中生涯可能是他这辈子最刻骨铭心的岁月，但对一个八十多岁的老人来说，已经没什么人和事能泛起波澜了。

或许赵殿元是个例外，韩美玲在六岁时认他做了干爹，儿时的记忆已经模糊，但救命之恩是铭记于心的，没有赵殿元的帮忙，韩家早就家破人亡了，韩美玲的生命轨迹也会发生巨大的改变。

所以韩美玲一眼就确认了赵殿元的身份，人老了，童心还在，谁不愿意相信一个美丽的神话呢。

赵殿元也进一步证明了自己的身份，他甚至可以背诵韩美玲的来信，六岁儿童写的信很短，看多了自然就会背了，从他的叙述中，韩美玲一步步找回了记忆，两人相谈甚欢，钱教授夫妇和潘家宁沦为旁听，话都插不上，茶水、果盘也没人动。

毕竟韩美玲当时还小，而且迁居苏北，对于上海发生的事情知之甚少，等她回到上海已经是解放后，所以很遗憾，从她这里得不到杨蔻蔻的下落。

钱清源终于找到机会插言："这么大的事，如果《申报》上没有后续报道，那就很难查了，我看不如从源头查起，我们去一趟慈溪，去杨丽君的家乡，也许那里能找到答案。"说着看向潘家宁。

潘家宁连忙摆手："虽然那是曾祖母的故乡，可我一个人都不认识，也从没去过。"

钱清源说："没关系，我那边有朋友，有学生，他们会接待的，眼下的问题是怎么安排我这位干祖父大人。"

赵殿元说："您已经给了我一份工作，足矣。"

给大学教授做助理，自然比做房产中介强一些，至少时间上是自由的，重要的是能做自己想做的事，如果查不到杨蔻蔻的下落，赵殿元不会安心，他向孙姐请辞，孙姐虽然惋惜但也只得接受，说你的提成会打给你，如果想回来，随时可以。

……

慈溪之旅即将开始，钱教授选择高铁出行，先打车到虹桥枢纽，乘坐下午的D3141列车到余姚北站，再打车前往目的地。

赵殿元比谁都兴奋，他已经领略过陆家嘴的繁华，还没见识过高架桥的壮观,去往虹桥枢纽的路上,高架桥纵横交错,车流穿梭,更有一架降落的客机简直就在眼皮底下飞过,对于潘家宁来说这是日常,对于赵殿元来说,每一个点滴都是惊喜。

"美国也不过如此吧。"赵殿元说,他在电影上看过三十年代的纽约,知道帝国大厦,第五大道,中国都发展成这样了,那美国还不漫天都是私人飞机。

钱教授笑道:"那倒未必,美国的基础建设停滞发展几十年了,疫情之前,我去美国出差,洛杉矶机场的设施比浦东机场落后了三十年,他们那里还在使用现金和信用卡,在中国已经没人出门带钞票了,现在是第五次工业革命,是我们赶超欧美的机会。"

"你是说,我们可以超过美国、英国、日本?"赵殿元瞠目结舌。

"还有差距,但在GDP上我们已经做得很好了,中国现在是世界第二大经济体,超过日本和英国,再有十年,也会超越美国,对此我很乐观。"钱教授说道,"你多走走,会有更深的感触,城市农村都和以前大不一样了,这几十年,是中国几千年来变化最大的几十年,用翻天覆地形容一点都不过分。"

这话一点不假,当赵殿元身处虹桥火车站时,他彻底震撼了,就像是来到北京紫禁城前的番邦国主,被天朝上国的威仪所征服,他无法想象一个屋檐下竟然能容纳这么大空间,他是坐过火车的,从上海到南京的特快时速高达八十五公里,但是听潘家宁说,现在的高铁时速是三百公里!

上车之后,赵殿元再次震惊,车厢里居然没人站着,全都有坐票,对此赵殿元很不理解,这过道不都空着,明明可以再上几十个人,为什么不卖站票了。

钱教授说:"我年轻的时候,铁路运输和你那时候相比,区别不大,速度慢,人多,很多都是站票,但社会是在进步的嘛,家宁他们这一代人就赶上了。"

赵殿元感慨:"生在现在,真是幸福。"

钱教授说:"不光要生在现在,还要生对地方,生在战乱地区就不太妙,连站票都没有,要买挂票。"

火车缓缓从虹桥火车站驶出,赵殿元不再言语,转向窗外浏览大好河山,列车经过一片区域,只见几十条铁轨上并列停着流线型的白色列车，整装待发，气势恢宏，赵殿元激动地站了起来，等他想起拿手机拍照已经过去了。

"这是上局的车辆段，停放保养列车的地方。"钱教授解释道。

赵殿元告诫自己要淡定，不能再大惊小怪，值得惊讶的事情太多，他还有漫长的余生来体验。

车到浙江的余姚北站，出站后当地有人来接，钱教授桃李满天下，他的一个学生在宁波市委工作，因为钱教授和当地有个文化上的合作项目，所以名正言顺地派了公车来接，一辆丰田考斯特带他们前往杨丽君的家乡慈溪市。

慈溪是宁波下面的县级市，地处东海之滨，经济、文化双发达，慈溪杨家是当地世家，家谱宗祠保存完好，甚至连当年的老房子都有留存，只是破败不堪，亟待修缮。

钱教授是文化名人，当地文宣旅游部门都派员陪同，杨家更是派出一位德高望重的长辈接待，这些都是该做足的排场和礼貌，但不是此行的工作重点，应付完这些面上的事情，钱教授迅速进入实地调研流程。

恰好有一位杨氏嫡系族人是本地文化馆的工作人员，有他协助事半功倍。

据杨家族谱记载，杨丽君的父亲名为杨世炎，是杨氏宗族的支脉之一，排行第二，上有兄长早逝，下有一女名为丽君，杨世炎没活到四十岁就去世了，甚至没来得及过继一个儿子，他妻子也很快离世，杨丽君依照约定，嫁给上海潘家做媳妇，离开慈溪后再也没有回来过。

潘家宁提出想祭拜一下祖先，这位族叔摇头道："找不到坟地。"

封建礼法森严，进祖坟是一种待遇，按照规矩，无后的男性、无子的媳妇、出嫁的女儿、横死暴亡的人、光棍、太监、罪犯、妾室都是不能进祖坟的，杨世炎一家三口都符合这些条件，所以葬在外面，近百年过去了，沧海桑田，别说这些孤坟了，就是祖坟也平了。

"杨丽君有没有姐妹？"潘家宁又问道，"比如失散的双胞胎，长得酷似的表姐妹，堂姐妹什么的？"

族叔翻了一下族谱，还是摇头："没有，这一支人丁单薄，命运也多舛，杨世炎的大哥死得就早，没有留下后代，只有一个寡妇没多久也上吊了，杨世炎夫妇去世后，女儿被族中长辈带到上海嫁人，家里的房产土地就被其他亲戚占了，这在旧社会叫吃绝户。"

"好惨……"潘家宁叹了口气，生在旧社会，身为女孩本身就是罪过，那是何等黑暗的年代啊。

族叔又说："这个大嫂还是个望门寡，没嫁过来丈夫就没了，但还是遵从礼教嫁到了杨家，独守空房，她自杀的时间很尴尬，是在妯娌分娩之后没几天。"

"为什么自杀？"潘家宁追问。

族叔两手一摊："没有丈夫，没有儿女，也没有事情可做，时间久了，谁能受得了，人生的意义何在，难道就是为了一个贞节牌坊吗，思考得深入了，就会抑郁，抑郁了就会寻短见，这是顺理成章的事情。"

潘家宁眼前浮现出一幅画面，阴暗潮湿的深宅大院，秋雨绵绵无尽头，深闺怨妇独守空枕，寂寞难当，一双缠足却迈不出二门，连外面的世界都看不到，或许有一天，一个丰神俊朗的书生敲开她的房门，压抑的情和欲就如同野火般蔓延开来，终于有一天纸包不住火，珠胎暗结，事情败露，唯有一死了之。

这只是潘家宁的想象，真实的历史是何种模样，已经无人知晓了。

晚饭时间，当地文化部门做东，公务招待不可以饮酒，所以宴后又有私人招待，赵殿元和潘家宁没有出席，只有钱教授一人，族叔才说出当年的一桩丑闻。

"那个寡妇大嫂，是因为生了私孩子才自杀的，生的是个女孩，当即就处理掉了，不然也就留下了。"族叔说道，"这些没有记录在案，但也是确实存在的。"

钱教授当然不会傻到去问如何处理，在那个年代，处理女婴的手法一般是溺死，或者丢到野外任由野狗撕咬。

"这女孩能活下来也未可知。"钱教授举起酒杯。

"只有天晓得了。"大家都举起酒杯，结束了这个令人不愉快的话题。

| 第 68 章 |
跨越东海

钱教授到慈溪来的唯一目的就是查找杨蔻蔻的真实身份，其他不过是掩人耳目的所谓课题而已，目前唯一的线索就是族叔所说的这桩丑闻。

杨家大嫂是望门寡，嫁过来时正值青春年少，那一尊贞节牌坊到底是小姑娘本人的追求，还是其父母脸上贴的金就无人知晓了，总之寡妇怀了孩子，是被侮辱逼迫还是偷人养汉没人在乎，如果用答案来反推前因的话，这个野孩子和杨世炎的女儿相貌接近，而杨世炎又是住在同一个屋檐下的小叔子，谁是经手人就昭然若揭了。

根据有限的记载，杨世炎并不是一个穷凶极恶之徒，相反是个文弱书生，那么就存在一线可能，他没有让人将那个孩子溺死，而是悄悄送人，或者干脆自己出钱养在别处，理论上这都是成立的。

历史只记录大事，朝代兴替，战争灾祸，哪怕地方志也不会花费笔墨去记录这些民间的细枝末节，而且事情已经过去百年之久，已经没有活着的目击证人，杨蔻蔻的身世探秘刚开了个头，就进入了瓶颈期。

夜已深，酒店套房客厅里，潘家宁在茶几上摊开一张白纸，将线索一一写出，除了族叔的口述，更多的线索来自于赵殿元的回忆。

他认识的杨蔻蔻，似乎极有语言天赋，会说国语，会说扬州话和苏州话，上海话也地道，会用飞刀，虽然没见她施展过，会用枪，相当熟练，牌技精湛，爱吃，但对慈溪菜并没有特殊偏好。

"她是一名特工。"钱清源往自己的石楠木烟斗里装填着烟丝，跷着二郎腿，从教授化身为福尔摩斯。

"年轻的女特工，肩负着刺杀汉奸的使命，多么浪漫感人的剧情。"钱教授感慨一句，抽了一口烟，皱眉道，"根据族谱记载计算的话，杨蔻蔻和杨丽君是几乎同时出生的，也就是说，一九四二年她不过二十岁而已，一个二十岁的女孩想要具备这些能力，可不是一年半载就能练成的。"

"您是说,她从小就接受了特殊训练?"潘家宁停笔问道,她的思维受到当代文艺作品的影响,脑海中浮现出很多又酷又飒的故事。

钱教授摇摇头:"军统是训练了一些女特工,但基本上从事的都是谍报类工作,直接动手杀人的不多见,像这样独自执行任务的,与其说是特工,不如说是杀手,杀手是一次性的,往往很难全身而退,你说得对,她肯定是受过训练的,但战时的训练班都是速成的,三个月能学到什么,所以我怀疑她的这些技能是加入军统之前学会的。"

"怎么讲?之前她被武林高手收养了吗?"潘家宁依然抱有浪漫主义的念头,却被教授无情打破。

"飞刀这种功夫,没有经年累月的苦练,是出不了师的。"钱教授继续抽着烟斗,呛人的烟味在屋里弥漫,"旧社会谁会练飞刀?虽然说穷文富武,有钱人家会给儿子请教师爷习武,但练得那是拳棒功夫,暗器飞刀是下九流,只有平地抠饼对面拿贼的人才练这玩意。"

"啥是平地抠饼对面拿贼?"潘家宁不解,但赵殿元却听懂了,钱教授果然是历史大拿,出口就是典故,这是形容旧社会卖艺的说法,画个圈耍把式,就能挣到今天的嚼谷。

"至于麻将牌打得好,那就是另一个地方练的了。"钱教授又道。

"麻将室吗?"潘家宁瞪着无辜的大眼睛,已经感觉到自己的知识面太窄,完全派不上用场,而赵殿元已经猜到了答案,但他心里一痛,不想说话。

"是青楼。"钱教授说,"在明末有秦淮八艳,那都是相当有文化的女才子,什么柳如是、董小宛、李香君、寇白门之类,讲究的是和文人雅士一起研究诗词歌赋,风雅得很,到了清末民初,北京的八大胡同、上海的四马路,就沦落到打茶围、打麻将、叫局喝花酒的水平了,有些书寓先生还能画个山水花鸟,下两局围棋啥的,再往后,书寓先生被舞女淘汰,开始流行西洋玩意……扯远了扯远了,在广大的内地,青楼最常见的娱乐方式,一是打牌,二是喝酒,陪客人打牌是必备的技艺,就像现在的夜总会里,姑娘必须会喝酒会唱歌一样,又扯远了,回到正题,我们来推演一下杨蔻蔻的一生。"

钱教授不但是个学者,还是个作家,他将有限的材料加以想象,勾勒出杨蔻蔻的一生来:

"杨蔻蔻,是叔父杨世炎的私生女,她的出生就是一个悲剧,生下来母亲就死了,被生父送到离家十里远的一个农家收养,这个当爹的还算有点良心,偶尔会去探望,给一些钱,但是好景不长,杨世炎死了,那时候杨蔻蔻也才七八岁的样子,她的养父母见没有利益可拿了,就把她卖到妓院去做使唤丫头,她被人牙子带到扬州,学会说扬州话,学会打麻将,你们知道,在那种地方做丫头没什么好结局的,长大了就会被逼着营业,但杨蔻蔻是个聪明勇敢的女孩子,她逃了,被一个卖艺的家庭收留,行走江湖,天南海北,练就了武艺和胆量,战乱中,卖艺的爹娘被日本飞机炸死,为了报仇,杨蔻蔻加入抗日组织,未必是军统,当时有很多的抗日组织,以她的能力,肯定强于一般人,所以被授予了艰巨的任务,她要杀的人是谁来着?"

"潘克复。"赵殿元说,"但她的第一个使命是代替杨丽君和潘骄结婚。"

钱教授打了个响指:"这就好办了,问题又转回到潘家花园,我们还是要从潘家的历史入手研究,杨蔻蔻的谜团就能水落石出。"

赵殿元点点头,钱教授推演的杨蔻蔻人生合理科学,他深以为然,但潘家宁却被惊到了,论血缘关系,杨蔻蔻是她亲曾祖母的同父异母姐妹,也是曾祖母那一辈的人,那个时代的女孩生在富贵人家还好,如果是私生女的身份,简直是开启了地狱难度的人生游戏,从小没人疼爱,吃不饱穿不暖,从没有感受过父母的爱,她脑海中甚至浮现出一幅画面,幼年的杨蔻蔻蓬头垢面,破衣烂衫,赤着脚站在花园栅栏外面,眼巴巴看着鲜花烂漫的花园里那个和自己长得很像的小姑娘在快乐地荡着秋千。

镜头一转,雨夜渡口,杨蔻蔻被人牙子带上船,回望故乡,却只有黑洞洞一片,宛若吃人的巨口。

烟花三月下扬州,富庶繁华的城市却有着肮脏邪恶的特产,扬州瘦马,麻将声中,已经成长为少女的杨蔻蔻刷盘洗碗倒马桶,老鸨阴险地盯着她,盘算着坏主意,一个风雪交加的夜晚,杨蔻蔻逃离了这里,在雪中跟跄跋涉,推开土地庙的破门,火堆旁架着刀枪,卖艺的中年夫妇齐齐看着她……

走南闯北,英姿飒爽,绑着红绸子的飞刀准确钉在靶心,长成大姑娘的杨蔻蔻去药铺买药,服侍病榻上的师父,一场轰炸,她重新变成了孤儿。

灯火黯淡的防空洞里，杨蔻蔻戎装在身，蒙着眼睛拆卸手枪，枪枪命中，忽而她换上了旗袍，坐进了轿车，行走在十里洋场，手起刀落，快意恩仇。

这些只是潘家宁的幻想，年轻的女孩爱做梦，她也曾幻想过曾祖母的年轻时代，绣房闺阁，丝竹悦耳，杨丽君是在刺绣女工和绍兴戏乐曲中长大的，大门不出二门不迈，情窦初开时，爱上同学，却被长辈做主，带到遥远的上海去嫁给素未谋面的男人，十八岁的少女做出有生以来最勇敢的决定，和向往革命的同学们一起投奔延安。

她逃婚了，奔向延安，接受革命的洗礼，在战争中，男同学牺牲了，她认识了一个叫水桥的战友，结为革命伴侣，相守终生。

曾祖母是伟大的，曾祖母的姐妹也是伟大的，生在那个年代的女性，承受的远比今天要多，每一个努力活着的女性都值得敬佩。

今夜，潘家宁注定失眠。

……

慈溪任务完成，钱教授决定返回上海，但是有个问题，他们从上海虹桥出发的时候，赵殿元的身份证过不了身份验证，是教授找了人走贵宾通道进去的，归途为了避免麻烦，干脆坐汽车回去，让本地的学生安排了一辆七座车，走杭州湾跨海大桥回沪，吃了午饭出发。

赵殿元再一次被震撼了，对于大桥，他的概念还停留在三十年代，茅以升修建的钱塘江大桥，那是中国人自己修建的超级大工程，全长一千四百多米，横跨钱江两岸，申报上刊登了照片的，国人为之鼓舞兴奋，可惜战时为了阻止日军通过此桥占领杭州，茅以升亲自炸了大桥。

而眼前这座桥，跨越的不是区区钱塘江，而是杭州湾，是浩瀚的大海！

不止赵殿元被震撼，潘家宁也看呆了，跨海大桥一直延伸到大海深处不见踪迹，这要多雄厚的资本才能建得起啊。

奥德赛以一百公里的时速飞驰，司机告诉他们，现在看是壮观，晚上灯开起来那才叫好看，一条彩练横在大海中央的感觉，天河鹊桥也不过如此。

钱教授当机立断，在跨海大桥中间的服务区停车观光，吃了晚饭，等华灯初上再走。

服务区的名字叫海天一洲，在茫茫大海中央有一块平台，酒店、餐厅、住宿都有，站在观光塔上瞭望，天高海阔，壮美无边，因为黑暗的历史故事而压抑的心情都为之舒畅了。

| 第 69 章 |

拼图

回到上海之后，赵殿元正式投入到新工作中，担任钱教授的私人助理，没编制，不签合同，不交社保，只是口头约定，管吃不管住，按劳付费。

七月的校园，空旷寂静，绿荫成林，赵殿元总觉得似曾相识，当他看到一栋白色的三层老楼时终于想起，这不是大夏大学的群贤堂么，抗战开始后大夏大学内迁，调集了大量工友前来搬运物资，他就是其中之一。

钱教授给他解释："华师大是五十年代在大夏大学基础上成立的，也有圣约翰、光华大学的基因，这座楼一度改名叫文史楼，十年前恢复旧称，老校长王伯群手书的牌匾也又挂上了，历史啊，就是这么操蛋。"

他们工作的地点是钱教授的独立研究室，系里给他一间大屋，书架上摆满典籍资料，宛如一个小型图书馆，教授坐藤椅，两个编外助理各自坐一张单人沙发上，中间的茶几上堆满影印版的资料，就此开展工作。

从浩如烟海的文献资料中查找线索无异于大海捞针，必须要有一个明确的指向，潘家就是最佳的切入点。

潘家是旧上海有名的资本家，留下的资料卷宗很多，潘家在潘克竞这一代达到巅峰，涉足房地产、金融、航运、实业等领域，家资巨万，声名显赫，淞沪会战后，很多沪上名人为避祸迁居香港，后又迁居重庆，比如杜月笙、虞洽卿等人，愿意留在上海的，要么沦为汉奸，要么托病不出，潘克竞是真病了，他两次中风，半身偏瘫，加上鸦片成瘾，终日不出家门，但人虽病，名头还在，所以在日伪制定的伪政府名单中就有潘克竞的赫赫大名。

而潘克复，此时不过是跟着盛老三混的帮闲，虽算不上小喽啰，但也不是什么大人物，也就是说，堂兄弟相比较，潘克竞才是更值得刺杀的那个。

沦陷之后的上海，整日腥风血雨，暗杀不断，几方特工在租界内杀来杀去，很多汉奸命丧黄泉，甚至连唐绍仪这样的大人物在没有明确落水之前，也被军统特务杀掉。

"以此推论，也许要杀的人是潘克竟。"赵殿元道。

"我们来捋一下。"钱教授叼着烟斗，在纸上画着线条，"把重点放在潘杨联姻上，潘杨联姻，这本身就值得玩味，因为在中国人的观念中，潘杨两姓是不能结亲家的，这个典故的起源是北宋初年大将潘美和杨业家族之间的仇怨，当然对于研究历史的人这并不成立，事实上杨业只是北汉降将，而潘美则是有拥立之功的重臣，二者身份差距很大，杨家将的拔高来自于后世的民间传说，不足以信。"

潘家宁干咳一声，钱伯伯的老毛病又犯了，说着说着就扯远，讲课就像讲故事，所以他才深受学生喜爱。

钱教授得到提醒，把话题拉回："潘家娶亲，从慈溪乡下将新娘子接到上海，接来第一天人就跑丢了，被赵殿元你捡到，住了一夜，第二天离开上海，然后你被潘家管家雇去做假新郎，也就是说，潘家是临时抱佛脚，并没有预先准备，但对方却有后手，正品跑了，立刻就把赝品顶上去了。"

潘家宁说："我有一个疑问，既然杨蔻蔻的使命是打入潘家执行任务，她已经成功了，为什么要逃走呢？"

赵殿元说："当时我以为她是逃婚，现在看来确实可疑，既然她是带着任务的，明明已经在潘家了，却又离开，这究竟是为什么？"

钱教授说："原因只有一个，出意外了，搞谍报工作很多都是单线联系，她的联络人出了意外，被捕、被杀或者没在约定的时间出现，杨蔻蔻以为自己暴露了，就迅速撤离，在没有收到明确指令的情况下，她选择就近隐蔽，伺机而动，就住在长乐里，灯下黑嘛。"

赵殿元说："我有一个问题，潘家娶儿媳妇，又不是从乡下买粗使丫头，娘家无论如何是要派人送亲的，旁人认不出，这个娘家人难道也区分不出真假吗？"

钱教授说："OK，我们重新复盘，钱如碧写信到慈溪，要求亲家履约，把指腹为婚的杨丽君送到上海，于是杨家派出一名长辈将杨丽君送到上海，杨丽君早有预谋，瞅个机会就跑了，那长辈怎么办？难道不去找，立刻返回慈溪？这是不可能的，现在去慈溪都没有直达的高铁，那时候坐船更不方便,这个长辈势必会留在上海,第二天不就举行婚礼了吗,长辈一定会在现场,也就是说,杨蔻蔻代替杨丽君出场,这个娘家长辈是知情的。"

赵殿元和潘家宁一起点头。

钱教授说:"甚至存在这种可能,他就是杨蔻蔻的上级,是整个计划的策划者,甚至这桩亲事也是他推进的,不管目的是暗杀潘克或潘克复,还是刺探情报,还是谋取潘家的财富,总之两个女孩子都是棋局中的棋子,杨蔻蔻是杨丽君的替补,一个不成,另一个顶上。"

赵殿元这回摇头:"蔻蔻怎么会是替补呢,她比杨丽君沉稳干练多了,她应该是主力才对。"

这话就让潘家宁不乐意了,她倒不是站在曾祖母立场上说话,她只是觉得,女性的专长未必在打打杀杀,有时候温柔乡才是英雄冢,水磨工夫比刀枪更有威力。

潘家宁说:"杨丽君上过中学,是知识分子,具有爱国思想,如果她真的和潘骄结婚的话,会起到积极正面的作用。"

钱教授:"这可不像是军统的做法,倒像是我党的统战行为。"

就凭现有的资料去拼凑八十年前的真相,是远远不够的,他们能做的事情就像是考古一样,从支离破碎的历史细节中找出线头,像拼图游戏一样,一点点的拼凑出一个最接近真相的故事。

不管怎么说,这位送杨丽君来沪的长辈绝对是关键人物,找出他的真实身份,这个谜团就解开一半了。

现有的资料都派不上用场,因为钱教授研究的不是经济史,而是情报史,这就有些难搞了,有能力做系统记录的只有两个方面,一是租界当局,二是日本驻沪军事情报系统。

上海史研究,离不开租界历史,也离不开海外学者,海外汉学界尤其对上海史情有独钟,美、英、法、日,以及中国的港台地区都有学者专注于此,事实上海外学者对上海的研究已经有八十年的历史,比国内学界起步更早,加州大学伯克利分校就因为研究上海史的学者太多,在美国学术界被称作上海帮,所以有关史料文献极其丰富。

研究上海情报史,最有价值的资料莫过于租界当局的官方记录,当时的上海三分天下,公共租界、法租界和华界都有警察机构,捕盗缉匪是正规警察的业务范围,军情谍报、政治斗争则有专门的部门负责,两个租界的警务处下面都设了政治部,一百年前闯入一大会议现场的法租界侦探程子卿就是政治部的探员,租界警方办案流程正规,都会留下记录,这些记录在租界收回之后一直封存,直到一九四九年前夕才被美国人打包带走,先运到台湾,后来运到华盛顿,这是研究孤岛时期秘密战的历史学者们最向往的资料宝库,直到一九八〇年美国国家档案馆才对学者开放了这些档案,但是它们都是英文的。

碰巧钱教授在加州大学伯克利分校有朋友,索要这些资料就是一句话的事儿,分分钟发到邮箱里,而且都是整理好的,并做了索引方便查找。

问题是中美有时差,地球那边正是深夜,所以这个工作只能推到明天了。

"休息一下,去食堂吃饭。"钱教授说。

潘家宁伸了个懒腰,从包里拿出手机,调成静音的手机上显示有十几条未读短信,都是吴涛发来的。

吴涛有好几件事要说,首先邀请潘家宁带着赵殿元去养老院见大爷爷,其次是汇报他的调查结果,长乐里就在他工作的派出所辖区内,上海解放时大批旧警察得以留用,户籍资料也都完整,之后几十年迁入迁出都有记录,也就是说,二十九号旧邻居的去向,他都能查到。

"太好了,谢谢你。"潘家宁回复。

"不用谢,给个机会让我请你吃饭就行。"吴涛秒回。

"老爷爷,吴涛请咱们吃饭。"潘家宁回头对赵殿元说。

"什么饭比我们华师大食堂的饭还好吃?"钱教授问道。

……

下午五点,赵殿元和潘家宁就从华师大出来了,路上接到吴涛微信,计划改变,不去养老院了,改在酒店会面,小姑婆也参加。

来到酒店包间,吴涛一家人已经到了,当赵殿元进门的那一刻,所有的目光都集中在大爷爷身上,他是见过赵殿元的人,应该认识他才对,但奇怪的是大爷爷竟然畏缩起来,就像见到陌生客人登门的小孩子,羞怯得不敢露头。

"大爷爷,你认识这个人吗?"吴涛低声问躲在椅子后面的大爷爷。

"赵叔叔。"大爷爷嗫嚅道,似乎有些怕这个人。

小姑婆扶了扶粉红色的蝴蝶眼镜框:"哪能?真的有穿越?"

无论如何，赵殿元是穿越者的身份都是板上钉钉，没人能驳倒，再不愿意相信，也只能接受现实。

吴涛点了菜，服务员先上了茶水，赵殿元喝口茶润润口，开始给吴家的后人们讲当年的故事。

有些事情，做父母的是永远不会告诉儿女的，小姑婆从来都不知道，自己的亲妈竟然是杀人不眨眼的女魔头，这太颠覆，她不敢相信。

"三把盒子就是令堂给我的，还有一把马牌撸子是吴先生的配枪。"赵殿元说，"我用吴太太的三把盒子把瘸阿宝的头轰掉一半。"

"PIU PIU！"吴麒又开始激动。

"后来吴先生和吴太太哪能了，过得好伐？"赵殿元有些怀念故人了。

吴涛说："我曾祖父一直担任巡捕，抗战胜利后，转入国民党的上海警察局工作，解放战争时，加入地下党，为保护大上海做出贡献，后来留任，再后来……"

赵殿元听了长叹一声，千言万语在腹中万马奔腾，却又一个字说不出。

最终他还是用钱教授的名句抒发了一下感慨："历史，就是这么操蛋。"

| 第 70 章 |

娓娓道来

小姑婆出生于五十年代初，她的童年、少年和青年时期都在长乐里度过，以她的视角讲述的故事别有一番意味。

上海解放后，吴家的小女儿吴美芳出世，她不但是吴家的小女儿，更是二十九号第二代中最小的女孩，大家的小公主，那时候吴伯鸿被新政府留用，在派出所做民警，属于人民专政机关的一员，社会地位很高，而章澍斋因在抗战胜利后凭借扎实的英文功底东山再起，在美国洋行里做过一段时间，被归为买办资本家行列，差一点成了专政对象，所以章家的社会地位是下降了的。

在小姑婆的童年记忆中，天总是蓝的，大街上总是红旗招展的，小伙伴们在弄堂东侧潘家花园外墙下推铁环、跳皮筋，唱三面红旗解放台湾的儿歌，邻居叔叔阿姨都是笑眯眯、和蔼可亲的，直到有一天，她最亲爱的爸爸忽然从云端跌落，吴家的地位也变得又和章家一样了，只是这回是一样的低。好在没人逼着他们搬家，不像孙建国家，从相对条件较好的灶披间搬到阁楼上，而原本最卑微的王贵家则取而代之，从二层阁搬到灶披间。

二房东孙叔宝属于剥削阶级，房子充公，二十九号的房主变成房管局，街道又安排了一些新住户住进来，最多的时候住过十二家人，为了改善居住条件，房管局对房子进行了修缮改造，修修补补一直到现在。

"以前能住石库门就算很好的，后来流行的是工人新村，伊拉曹杨新村的房子老好了。"小姑婆说，"就在华师大往北，杏山路那边，据说是中国最早的工人新村，只有劳动模范才有资格住进去，我们这些成分不好的只能眼巴巴地看着，我记得一个初中同学就住曹杨新村，整天穿她爸爸工作服改小的衣服，平时眼睛都放光。"

"后来呢？"赵殿元问。

"后来我们就都下乡了。"小姑婆说,"我这个同学去得近,崇明,家门口,我就远了,我们几个同学支援边疆,我二哥去的石河子,我去的是肖尔布拉克,碱水泉的意思,你想想,那地方连吃水都困难,唉,谁不想留在家里呢,可是一不能上大学,大学都不招生了;二不能参军入伍;三不能进厂当工人。周家哥哥年龄大,他比较幸运,早就考上大学了,不过没分配回上海,分到内地去了,再后来就失去联系了,那年月,大学生也没有工人吃香,王伯伯的儿子王沪生是最早参加工作的,开电车,铁饭碗,不要太安逸。"

"章先生家的两个孩子呢?"赵殿元其实已经猜到结局不会太理想,但还是问了一句。

"章叔叔的大女儿还好,考上师范学校,毕业分配到小学教书,小儿子就结棍了,学习好,本来成绩是可以考上复旦大学的,就因为家里成分不好,没法上大学,也下乡了,去的是北大荒,一九七九年恢复高考,伊终于圆梦,考上复旦,八几年就交流去了美国。"

赵殿元略有欣慰,章澍斋和顾佩玉都是书香门第出身,智商高学习好,他俩的儿子果然没令人失望,再想起章先生的两位如花美眷,他又有些好奇,新中国能容许一个资本家享受齐人之福吗。

"可惜章叔叔没能看到儿孙有出息。"小姑婆说,"章家哥哥落榜之后,章叔叔一个人去了苏州,后来是在苏州城外章家祖坟发现他的尸体的,说是服毒自杀,章叔叔这是不想给家里添麻烦,反正以后就是两个婶婶一起生活了。"

一阵沉默,知识分子的软弱性在此体现得淋漓尽致,章澍斋面对恶人尚能决死一拼,面对命运就只能选择死亡,或许这就是他对抗命运的方式吧,不知道当他服用了自己利用化学知识配制的毒药后,躺在祖坟墓园时,是不是得到了真正的宁静,在赵殿元记忆中,自从顾佩玉出现后,章澍斋就总是愁眉紧锁,压力重重,这一点在小姑婆的叙述中也得到验证,日子过得久了,哪有什么举案齐眉,相敬如宾,更何况章家的情况那么复杂,据说他们家经常关起门来吵架,别说什么齐人之福,个中滋味不足外人道也。

有相同情况的还有田先生家,一九四九年后,梅英被迫从条件最好的二楼大卧室搬出来,和田飞挤在亭子间住,田飞乡下的老婆闹了一阵子之后,办了离婚手续回去了,但该付的抚养费是一分钱不能少的,田先生在报社印刷厂找了个排字工的活儿,好歹算是工人阶级的一员,养活梅英娘俩没问题。

"田叔叔和梅阿姨的孩子和我们差不多大,他去的是云南。"小姑婆说,"上海的孩子,不管去到哪里,总会想着家,我记得七十年代的辰光,每逢过年,我从肖尔布拉克倒马车汽车火车回上海,章家哥哥从北大荒回来,田家哥哥从云南回来,周家哥哥从四川大三线回来,孙家哥哥去的是崇明的农场,最近,那时候可没有飞机高铁,火车要坐很久很久,一个星期坐在火车上,人都臭了,可是能回家,再多的苦也值了,我们分享来自天南海北的特产,新疆葡萄干、哈尔滨红肠、云南的普洱茶、四川的郫县豆瓣酱,春节时候各家各户的菜拿到一起吃,别提多热闹了,等假期结束,我们再把上海的糕点带回去,我记得周家姆妈最疼孩子,托人买的麦乳精,孙家姆妈就比较吝啬,买的什锦糖,就是硬糖,便宜,一大包还好看。"

"后来,你们都回来了。"赵殿元说,他从小姑婆的娓娓诉说中感受着那几十年的酸甜苦辣,百感交集,无法言喻,只想听到一些不那么心酸的内容。

"都回来了,上海的孩子总要回来的,哪儿都不如家好。"小姑婆说到这一段,脸上终于浮现出笑意,"七十年代末,八十年代初,该回来的都回来了,我们为国家奉献了青春,总不能让孩子们接着奉献,想尽办法也要回到朝思暮想的上海,回来以后没地方住,又都住回了二十九号,哥哥们在外面开枝散叶,有了老婆、孩子,再回来住可就比以前更紧张了,别说二层阁了,三层阁也搭出来了,晒台间上面也盖了屋子,这都不是房管局建的,是自己找些砖头、水泥、石棉瓦就搭建起来,只要能放下一张床就行,王沪生就是在二十九号结婚的,和新娘子住上铺,伊爹妈住下铺,小夫妻想亲热一下都没机会的,你们知道香港的那叫什么,我不知道怎么念,总之就是一家三代人挤在十几平米的房子里,这种生活我们早先都是经历过的。"

潘家宁想到舅妈的话,衬了一句:"都说宁要浦西一张床,不要浦东一套房。"

吴涛附和道:"对对对,那些人以后都后悔了。"

小姑婆说:"你们是不知道住在浦东的难处,那辰光可没有什么大桥、隧道、地铁,更没有私家车,在浦西上班的话,得很早起来,骑着自行车赶轮渡，你们小年轻没见过那场面，无数人一起赶轮渡，黑压压的吓死人，一九八七年冬天，陆家嘴渡口起了大雾，人越积越多，得有几万人，等雾散了，第二班轮渡上船的时候，就发生了严重的踩踏事故死伤惨重。"

又是一阵沉默，年轻人只晓得现在的生活好，不知道长辈以前多么苦，也正是长辈们的苦，才换来今天的甜。

小姑婆还在自顾自说着："这种居住条件，产生矛盾是不可避免的，因为房子父子成仇、兄弟反目的不要太多，邻里之间的龃龉就更多了，谁家多占了一点空间，那可是天大的事情，蜂窝煤上编号，水龙头高头上锁，那都是稀松平常的，唯有阿拉这些老邻居，关系永远是和睦的，守望相助，互通有无，亲如一家人。"

赵殿元问："现在还有老住户住在二十九号吗？"

小姑婆说："有条件的早就搬走了，但是有些老上海人有着浓烈的市中心情结，伊是不愿意住外环，住浦东的，阿拉属于沪西，虽然也在中环之内，但不是老租界范围，有些住法租界老房子的，张口闭口就是法租界，有腔调，其实住亭子间哪有什么腔调，我有一个战友，也是下放到肖尔布拉克的，住的是巨鹿路的小洋楼，那才叫有腔调。"

吴涛忙道："小姑婆侬不也是住巨鹿路？"

小姑婆说："对额，活嘛，就要有质量地活着，住一百年的老破小有什么质量，他们其实也是没法子，只好用地段给自己心里安慰，等着拆迁，可是地段好就贵，不知道哪年才能拆迁，时光不等人啊，尤其是阿拉这一辈人，吃了太多苦，得赶紧享受生活。"

吴涛拍马屁道："小姑婆活得明白。"

小姑婆说："你想办法联系一下，把章家、周家、田家的后人也都拉进去群里。"

吴涛说："这些天我一直在想办法，也找到一些有用的信息，周家的那位长辈，我应该喊爷爷的了，他的儿子叫周文，现在当大官儿了。"

小姑婆咋舌："乖乖，看不出来，周家哥哥的儿子还挺有出息。"

遥远的大官儿引不起潘家宁的注意，她这会儿在手机上百度呢，终于查到想要的内容，举着手机展示着图片："这种狭窄逼仄的房子叫劏房，厨房、厕所、卧室都在一起，就在马桶上切菜，就这么点大房子，月租金也要好几千，全港有二十八万户仍住在劏房里。"

赵殿元看了看照片，顿时感觉旧社会还没走。

"为什么香港那么多空地，还有劏房这种奇葩的存在。"潘家宁愤愤道。

"很简单。"吴涛笃定地给出了答案："因为香港没有我们的党。"

| 第 71 章 |
牺牲的意义

提到党，赵殿元就想起一位故人，车夫夜校的教师，地下党曹先生，他的党夺了天下，他也该当上大官儿了吧，但是当他提出这个问题后，小姑婆和吴涛都摇头不止。

潘家宁用百度去搜曹宇飞这个名字，没有找到符合条件的历史记载，也许这个名字只是潜伏所用的化名，也许相关记录已经湮灭在海量的牺牲者名单里，总之曹先生在历史上没有留下名字。

小姑婆忽然一拍桌子："想到了！"

赵殿元一喜："你知道曹先生的下落？"

小姑婆说："你不是问还有老住户住在二十九号吗，我想起来了，二楼大卧室住家就特别老资格，论年龄比我大二十岁，但是论辈分和我一样的。"

赵殿元立刻就猜出是谁了："是小红，梅英的使唤丫头。"

小姑婆说："是的，后来小红找了个工人结婚，街道把梅姨的房子分配给他们住，伊男人是南下干部，小红嘛，丫头出身，成分好，在居委会做副主任，穿着列宁装趾高气扬的，伊生了四个孩子，三男一女，伊拉只和王沪生一起玩，后来听说分家吵架闹得挺凶，现在伊还活着，和大孙子住在一道，和其他子女孙辈都不来往了。"

赵殿元想象不出一个威风凛凛的小红是什么模样，他印象中小红只是个两眼分得很开，笨手笨脚的小女孩，这是他仅存于世唯一的老邻居了，他说："我得去看看她。"

今天太晚肯定来不及，要看也只能等明天，潘家宁表示也要去，吴涛说贸然登门不合适，不如我和你们一起去，我事先联系一下社区，让他们派个人陪同。

……

次日，两位年轻的助理又来到华师大钱清源研究室，百度上搜不到的历史人物，对于专业研究者来说只是小事一桩，钱教授很快就从赵殿元提供的重要线索中梳理出了头绪，找出了曹先生的真实身份。

曹宇飞这个名字是化名之一，对于革命者来说，姓名仅仅是方便开展工作的代号而已，钱教授找到一张老照片，是一九四九年京沪杭警备司令部存档的行刑照，曹先生穿着白衬衣，五花大绑，脚戴铁镣，插着犯由牌，不羁的头发飘舞着，周围警戒森严，铁甲车压阵，军警宪特云集，兴师动众，黑云压城，曹先生慷慨赴死，脸上却没有半分恐惧麻木，只洋溢着笑容，那是胜利前的喜悦，发自内心的坦然。

赵殿元不禁用自己的思维去揣测曹先生的内心，牺牲在胜利前夜，不觉得惋惜吗，不过和那些牺牲在最黑暗时期的战友相比，知道革命已经成功在望，所有的牺牲都有意义，何尝不是一种幸福，也许曹先生此刻在期待与九泉之下数以百万计的同志们会面，告诉他们胜利的消息，这是何等大无畏的精神啊。

"我还记得第一次听曹先生的课。"赵殿元感慨道，"是臧大咬子带我去的，听完课我拉曹先生回去，他送我一本萧红签名的书……"

钱教授流露出奇怪的表情："臧大咬子？"

赵殿元解释道："他也是拉车的，是阿贵的老乡，认识那辆车，这名字是有点奇怪。"

钱教授说："不不不，我的意思是说，我知道这个人，近现代史上也有他一笔，他的死震动了中国，一个沈崇，一个臧大咬子，一北一南，一女一男，一个是社会地位相对较高的女大学生，一个是卑微的人力车夫，在美国兵眼里都是一样可以欺凌的，臧大咬子是被美国水兵一拳打死的，只因为他斗胆去索要车费。"

"哪一年的事情？"赵殿元问。

"一九四六年。"钱教授说，"不过与日本人不同的是，美国人会煞有介事的组织审判，甚至用飞机把证人空运到青岛去作证，但这些流程又有什么用呢，最终凶手还不是无罪释放，逍遥法外。"

潘家宁挥舞着小拳头说："曹先生的牺牲，就是为了臧大咬子这样的劳苦大众永远不在自己的国土上被外国士兵欺负。"

曹先生和臧大咬子的插曲增加了历史研究的凝重气氛，三人再度将精力放在追查杨蔻蔻背景身份上来，做研究就像查案，需要丰富的经验和及其敏锐的嗅觉，这就显示出钱教授做为历史学家的专业性了，他针对性地从婚礼前后几天工部局警务处记录的案件入手，第六感告诉他，看起来普通的案件或许是隐藏着大秘密。

一九四一年底，上海谍报战已经进入尾声，不再像前两年那般腥风血雨，每天见报的暗杀绑架案子上百起，这一起案件没有刊登在《申报》上，只在工部局警务处的档案上有记录，案件发生在公共租界越界筑路的大西路上，看似一起交通意外，死者是在沪经商的慈溪人，名叫束绍山，束姓是个古老稀有的姓氏，比较少见，所以特别容易记住。

"杨丽君的母亲杨束氏，娘家姓束。"钱教授说，"这个人就是来送亲的娘舅，他既认识真杨丽君，也认识假杨丽君，也就是杨蔻蔻，他是阴谋的制定者，秘密的源头，可惜他死了，真相也随之掩埋了，二战时期上海是东方谍报之都，双面间谍、三面间谍层出不穷，你中有我，我中有你，今天是这个阵营，明天是那个阵营，真真假假，扑朔迷离。"

赵殿元追问："查不下去了吗？"

钱教授说："别说是时隔八十年后的我们，就是放在当年，七十六号把他抓回去严刑拷打，也未必能得到想要的，你要明白，这个世界上不是每个问题都能得到答案的，这并不是说我们止步于此，这是一个长期的过程，做历史研究要沉得下心，沉得住气。"

……

下午赵殿元和潘家宁买了一束鲜花准备去探望已经九十多岁的小红，路上和吴涛会合，先去了社区，听社区工作人员介绍了一下基本情况。

社区阿姨说，这家人蛮困难的，属于贫困户，帮扶对象，你们进他家要做好心理准备。

三个年轻人自以为见多识广，不会被现场的情况惊到，但真到了地方还是吃了一惊，长乐里二十九号的二楼大卧室本来是整栋房子最好的一间，钢窗蜡地，窗明几净，花瓶里鲜花不断，餐桌下铺着小块的地毯，墙上挂着西洋画，橱上摆着留声机，还有一个铸铁栏杆的小阳台。

现在的二楼大卧室，一开门就是扑鼻而来的臭气，杂物堆积如山以至于挡住了窗户，连阳光都照不进来，社区阿姨试图打开窗户，但是翻越不过硬纸壳、破家具堆积的障碍，只能敞着门散散味道，屋里几乎没有落脚之处，饭桌上摆着电磁炉，锅里是吃剩的菜饭，角落里的液晶电视机也是十几年前的老款。

年迈的小红侧卧在床上，瘦骨嶙峋，白发苍苍，神志已经不太清醒，身下垫着塑料布，床下痰盂里尽是排泄物，社区阿姨说："老太太九十高龄了，瘫痪了十几年，只有一个孙子和她一道住。"

潘家宁问孙子在哪呢？社区阿姨指了指床铺上面搭出来的一个空间，就像是一个超大型的上铺，布帘子紧紧拉着，隐约传出电子合成音乐，社区阿姨丝毫也不顾及帘子后面的人，大声说道："四十多岁的人了，街道安排的工作嘛不去做，整天就晓得玩手机、打游戏，造孽哦。"

把帘子扯开，露出一个光膀子中年男人的脑袋来，戴着耳机，胡子拉碴，目光呆滞，看了一下陌生人们，刷地一下又把帘子拉上了。

"他有病吧？"潘家宁小声问。

"四肢健全，没生毛病，要说有病那就是懒病。"社区阿姨说，"在上海还怕寻不到工作么吗，就是懒，宅男，啃老。"

赵殿元没理会，俯身对老人说："小红，小红，侬还记得我伐？"

老人睁开眼睛，看了看赵殿元，以细微的声音说道："侬是阁楼小赵。"

赵殿元一惊，看似糊涂的小红竟然一眼就认出自己来了，不过转念一想，或许是个误会吧，八十年前自己是阁楼小赵，现在还是阁楼小赵，此小赵非彼小赵。

"阁楼小姑娘，救出来吗？"小红接着说。

| 第72章 |
裸露在狼穴

这回赵殿元是真惊到了,阁楼小姑娘不就是杨蔻蔻吗,小红记得她,也记得自己。

"还没。"赵殿元答道。

"快去!"九十三岁的老人呼吸急促起来,语无伦次,断断续续道,"大暴雨,黑轿车,大暴雨,黑轿车。"

赵殿元脑海里轰然巨响,画面浮现眼前,倾盆大雨中,年幼的小红站在二楼大卧室的阳台上,一辆黑色轿车在弄堂中驶过,车窗突然降下,杨蔻蔻探出头来呼救,声音被风雨吞没,旋即就被人拖回车内,黑轿车驶离,小红傻傻站着,一句话说不出来,而此时自己正在二十九号楼梯上接受着邻居们的祝福。

当时筱绿腰说,杨蔻蔻被人认出来,送走了,送到何处并不知道,而自己被瘸阿宝拖出去枪毙时,门廊下停着一辆陌生的黑色轿车,等自己拿了枪回去的时候车就不见了,也就是说,杨蔻蔻是被这辆车送走的。

但再问小红就说不出任何有价值的线索了,八十年前,小红只是个十一二岁的小女孩,认不出轿车的型号,记不住车牌号码,时隔多年,只是赵殿元的突然出现让已经老糊涂了的她突然泛起记忆深处的一圈涟漪而已。

"侬是哪一位?"小红忽然又不认识赵殿元了,痴痴傻傻地发问。

"我是阁楼小赵。"赵殿元喃喃自语,阁楼小姑娘和阁楼小赵是一对儿,现在自己生活安逸了,怎么能把蔻蔻留在狼穴中呢。

赵殿元径直出门下楼,顺着陡峭的楼梯快速走下,潘家宁追出来:"你去哪儿?"

"回学校,查蔻蔻的去向。"

"等等我!"潘家宁也飞也似的下楼去了,只留下吴涛和社区工作人员面面相觑,吴涛愣了片刻,也追了下去。

赵殿元用最快速度赶回华师大研究室,他问钱教授,杨蔻蔻会被送到哪里去。

"你这个问题看似简单,其实很有难度。"钱教授说,"其实我早就在考虑这件事,你们被识破了身份,你被拉出去枪毙,杨蔻蔻被潘克复的客人看出第二重身份,这就有意思了,她到底是什么样的身份,值得在大雨天立刻送走,又是送到哪里去,这很值得研究。"

"从潘克复的客人入手调查。"潘家宁说。

钱教授颔首:"方向是对的,但是报章上的记载只是说殃及宾客数人,没有提及具体身份,一九四二年已经是全面日据时期,租界当局退出沪西,沪西的治安归伪沪西警察局管理,这部分档案保存得还是比较完好的,走,档案馆走起。"

三人团队现在变成了四人,吴涛也加入进来,他们赶赴上海档案馆,钱教授是这里的老常客兼VIP,可以调取所有珍藏级档案资料,有针对性的调查等于是单刀直入,可以节省大量时间,在一九四二年夏天的那个台风暴雨天,潘家花园发生的血案在沪西警局的档案中果然留有详细的记录,包括现场和死者的照片。

泛黄的黑白照片重现了现场的惨烈,潘家花园血流成河,满墙弹孔,最触目惊心的莫过于瘸阿宝的残体,脑袋的上半截都不见了,潘家宁干脆不敢看了,吴涛倒是看得津津有味,时不时看一眼赵殿元,他怎么也无法将凶案现场和这个忠厚朴实的人联系在一起。

警方拍摄了死者的头部相片,除了瘸阿宝无法辨认之外,其他人都面目清晰,或许是刚死没多久,容颜栩栩如生,有的眼睛还微微睁着,照片上有编号注明,先把保镖们剔除,剩下的是龙叔、潘克复和几位客人。

赵殿元把三张照片单独理出来,只有一个丁润生他认识,其余两个没见过。

"这两个人是你打死的么?"钱教授问。

赵殿元摇摇头:"不是,他们是丁润生打死的,当时小丁还喊了一声重庆分子,他们互相驳火打了十几枪,就都死了,对了,这个人额头上一枪是我补的,但那时候他已经死透了。"

"丁润生是什么身份?"钱教授拿起小丁的照片端详。

"以前是重庆特务，和潘克复不打不相识，后来落水了，在七十六号做事。"赵殿元说。

钱教授点点头："有眉目了，丁润生认识这两个人，想趁乱立功，孤岛时期搞暗杀的，主要是戴笠的军统，也就是说，丁润生以前是军统，他大概是遇到老熟人，也可能是得到相关的情报，我们再来看这两个人。"

两个陌生死者在警方记录里只有编号没有姓名，警局只能处理治安案件，情报口的工作属于七十六号，不可越俎代庖，即便查到什么，也不会记录在案卷上。

而七十六号的档案大部分被销毁，无法进行查找比对。

钱教授将这两个照片扫描存档，他有办法查出神秘客人的身份，台湾那边亦有研究上海情报史的学者，他们掌握的资料更全，而且实现了网上共享，把照片输入比对，就能找出相关信息。

"我们先假设一下，这两位客人也是军统的，他们认出了杨蔻蔻，认为她的身份很重要，重要到什么程度呢，在暴雨天也要立刻送出去，一刻都不耽搁，那么问题来了，军统特工在敌占区活动，他们能把人送到哪里去，是送去自己下榻的安全屋，还是送到日伪特务机关，为什么如此急切？片刻都不能等？"

没人能回答钱教授的问题。

钱教授接着说："距离长乐里最近的情治机关有很多，首先是大西路57A号的警察所，然后是极司菲尔路上的三个机构，七十六号特工总部这个大家耳熟能详，就在隔得不远的地方还有两个单位，九十二号是沪西警察局，九十四号是毛内宪兵分队驻地，按照常理，我们遇到事情，是会找自己最熟悉的人，潘克复最熟的应该是沪西警局的潘达，而军统特工最熟的莫过于老对手七十六号了。"

吴涛忍不住发问："为什么军统会把人送到自己的对手那边？"

钱教授说："你这个问题问得好，复杂一点的解释是，当时的情报机关都是你中有我，我中有你，错综复杂，七十六号的首脑是原中统的人，基层人员包括吴四宝的上海流氓，以及变节的军统特工，丁润生不就是吗，把人当作投桃报李的礼物，很正常。简单一点的解释是，你们读过《三国》吧，关云长走麦城被东吴杀了，东吴做事比较下作，把关羽的头颅送到曹操那边去了，什么意思，嫁祸于人呗，也就是说，杨蔻蔻是他们共同的敌人,这两个军统特工故意祸水东引,把烫手山芋送到对头那里去,那么谁是汪伪和重庆共同的敌人?"

答案是明摆着的,这一方势力就是延安。

大家顿时肃然,也许杨蔻蔻是一位革命先驱者也未可知啊。

忽然潘家宁说道:"我们也许想得太复杂了,可能只是杨蔻蔻拿刀自残,被紧急送往医院而已。"

钱教授击掌赞道:"家宁这个思路好,合情合理,简单明了。"

从档案馆出来的时候,天已经黑了,对岸是陆家嘴的灯火璀璨,潘家宁中午就没怎么吃饭,这会儿肚子咕咕叫,吴涛提议道:"我们去江对岸的宝莱纳吃饭吧,这个季节在户外摆一张桌子,看着江景吃德国猪手喝啤酒,不要太适意。"

"好啊好啊。"潘家宁举双手赞成。

钱教授说我打的车到了,你们年轻人去玩吧,说罢上车先走了,而赵殿元还没从往事中走出来,哪有胃口吃什么德国猪手,他说你们去吧我想一个人走走,便径直沿着中山东一路向北去了。

潘家宁想去追,被吴涛拉住:"让他一个人静静吧。"

赵殿元走在外滩的人潮人海中,左侧是百年历史古建筑,右侧隔着黄浦江是现代的高楼大厦,中山东一路上车流汹涌,他多么希望蔻蔻能在身边,见证这盛世的中华,他知道这是奢望,老天爷不可能如此厚待自己,但是如果能做个交易的话,自己宁愿放弃这些,换取蔻蔻的安然无恙。

钱教授说的那些警察局、特工总部、宪兵队,个个都是魔窟,蔻蔻一个女人进去就是羊入虎口,他从来不敢去想象会发生什么,光是想一下就肝肠寸断,即便那些已经是发生过的,是历史的一瞬间,也是永远无法接受的痛。

……

陆家嘴滨江公园是一片临江的绿地花园,宝莱纳餐厅人满为患,桌子都摆到了户外,潘家宁和吴涛相对而坐,桌上摆着啤酒和猪手,美味入口,却味同嚼蜡。

"想什么呢?"吴涛拿着刀叉,看着手托腮陷入沉思的潘家宁。

"我在想杨蔻蔻究竟被送到哪里去了,等待她的将是什么?"潘家宁说,"你看过电影《风声》吗,他们折磨人的手段令人发指,尤其折磨女人,折磨一个孕妇,我简直不敢想。"

吴涛宽慰她道:"也许是见色起意呢。"

潘家宁说:"不可能,你当他们是地痞流氓呢,搞谍报工作的都不是正常人类,他们残忍、嗜血、毫无人性,杨蔻蔻落到他们手里,生不如死。"

吴涛有些尴尬,想了想说:"别想太多,毕竟都是历史了,我们无能为力。"

潘家宁说:"谁说无能为力,既然赵殿元能穿越过来,我觉得就能穿越回去,我们一起回去,带着现代化的武器,帮他救出蔻蔻,一起回到现代,这样他俩和宝宝就能过上幸福的生活了。"

吴涛说:"上海可不好落户。"

潘家宁白了他一眼,这小伙子人是不错,就是脑筋死板,一点都没有浪漫情怀,好好的畅想被他一句不好落户搞得大煞风景。

吴涛也感觉自己玩的梗一点不好笑,找补道:"没错,我们一道杀回去,救出杨蔻蔻,不一定非要落上海的户口,可以落到崇明,实在不行,安徽、江苏也行,只是怎么样才能穿越呢?"

潘家宁说:"说来也奇怪,就在赵殿元刚来的时候,我收到一本书,书里夹着一张纸,我拍下来了,你看看。"

吴涛看了一眼,茫然摇头:"这种文字我不认识。"

潘家宁说:"我已经找人打听了,这并不重要,我奇怪的是谁给我寄来的,我查了一下,对方是孔网店主,他也是按订单执行而已。"

吴涛说:"这件事交给我。"

| 第73章 |
谢招娣

夜已深，赵殿元回到二十九号的时候，正遇到二楼厢房邻居姚宏绪下班，只是今天姚宏绪没穿美团外卖员的工作服，他主动解释："找到一份新工作，就不用再送外卖了，刚接班回来，喝点？"

"喝点。"赵殿元当即响应。

长乐里和八十年前一样生活便利，以前是深夜可以敲开烟纸店的窗子买东西，现在直接是二十四小时营业的便利店，两人买了熟食和啤酒回到阁楼上对饮，姚宏绪兴致很高，他的新工作薪水优厚，很快就能东山再起，搬出这连抽水马桶都没有的老房子了。

"兄弟，我看你也不干中介了，现在哪儿高就？"姚宏绪喝了一罐麒麟一番榨，面孔有些发红，拍着赵殿元的肩膀，大有抒发胸臆的架势。

"在华师大做工友。"赵殿元说，他知道自己的定位，充其量就是个工友，教授助理那就是给自己脸上强行贴金了。

"合同工吧？"姚宏绪说，"也不错，大学里做后勤比较清闲，要是能弄个编制就啥也不愁了。"

赵殿元摇摇头："就是临时做做，不长久的。"

姚宏绪说："兄弟，有一句老话叫老天爷饿不死瞎家雀，别担心，坚持干下去，车子房子、老婆孩子都会有的，早晚的事儿。"

赵殿元欲言又止，看了看姚宏绪醉意蒙眬的眼睛，还是说了心里话："其实我有老婆孩子的。"

姚宏绪说："那……那天那个女孩……兄弟，哥哥劝你一句，男人要有担当，外面的野花再香那也不能摘，挣够了钱还是回家好，回家买房买车，开个小店，守着老婆孩子比什么都强，真的，有老婆孩子那才是家，回去吧。"

"回去，我也想回去啊。"赵殿元怅然。

……

次日，华师大钱清源历史研究室，钱教授已经查到潘家惨案不明身份死者中的一人是谁，这个人名叫毕良奇，一九三二年加入复兴社特务处，抗日战争期间长期在上海从事特务活动，复兴社就是军统的前身，毕良奇少校军衔，担任行动组长，曾参与组织过多起暗杀活动，一张长长的列表上都是他杀过的汉奸以及行刺地点，其中一桩行刺案就发生在诺曼底公寓楼下。

赵殿元记得那次暗杀，邻居周阿大站在霞飞路和福开森路口的电车站，手拿一张报纸，神情紧张，东张西望，那也是他最后一次见周阿大，现在终于明白当时发生了什么事情，原来周阿大是毕良奇招募的军统外围。

沿着这条线追踪下去，周阿大的下落时隔八十年终于有了眉目，周阿大只是外号，其实他叫周连福，案发当日被法租界巡捕拘捕，此类案件按照协议是要交给日方处置的，在法租界的案卷中，周连福是先移交给公共租界警务处，由日籍警官审理后，依惯例送交日军宪兵司令部，而在日方的记录中，周连福在被捕后一个月就草草枪决了，没有交代尸体如何处理的，估计是随便埋在哪个乱葬岗了。

潘家宁将与周连福相关的资料复印了一份，向吴涛要了周家子孙的联系地址，用顺丰寄了过去，她没有其他目的，只是单纯觉得子孙应该知道祖辈的死因，快递发出后次日显示已签收，但没有任何回馈。

忽然潘家宁的手机响了，是吴涛打来的电话，潘家宁还以为在宝莱纳交代的事情有着落了，接了电话大失所望，不是这个事儿，甚至也不是找她的，吴涛说所里来了一个老太太，要寻访当年二十九号的老住户。

"老太太证件显示已经一百岁了，我想赵殿元应该认识她。"吴涛的语气掩不住的兴奋，"你们快来吧。"

百岁老人那不是活化石吗，这么一说连钱教授都大感兴趣，带着两个年轻人来到派出所，寻访多年以前失散的亲人属于常规操作，一般都是媒体主导，警方协助，民间调查，这回派出所接到是市局外事办派下来的活儿，因为这位老太太是马来西亚华侨。

老人家身体很棒，虽然百岁高龄但耳清目明，思维清晰，她坐在轮椅上正向警察描述自己要找的人："原本住二十九号二层阁的，阿贵的儿子，阿贵，拉黄包车的。"

赵殿元一眼就认出这个老太太是谢招娣，也确定自己先前的猜测没错，王沪生是谢招娣的儿子，是瘸阿宝留的种，当年谢招娣还是小姑娘，拖着个孩子很难生存，而且这孩子又是仇人留下的种，没溺死就算有良心了。

谢招娣没认出赵殿元，在她漫长的人生岁月里，经历过太多人和事，哪还记得起年轻时的邻居，但她觉得这个年轻人很亲切，更愿意和他沟通，警方调出了档案，找到了王沪生的户籍资料，赵殿元帮他联系了老老王一家，说你生母来寻你了。

"阿拉生母早就死掉了。"电话里王沪生丢出一句话，他当然知道自己是领养的，七八十年都过去了，没见过面的生母就算是真的，哪还有什么感情，隔了这么久才来认亲，搞不好是来占便宜的吧。

在警方的坚持下，王沪生还是答应接待生母一行，谢招娣身边还有个小孙子，皮肤黑黑的马来西亚华裔男青年，推着轮椅沉默寡言，也许是国语说得不好吧，赵殿元认识王沪生家，距离派出所不算远，推着轮椅走也就是十几分钟的事情，一行人浩浩荡荡直奔老王家，到了楼下居然看不到老王家的人下来迎接。

居民楼没有电梯，赵殿元搭把手帮着把轮椅抬上楼，敲开门，老王一家人正襟危坐，表情淡漠。

一大群人拥进本来就不宽敞的客厅，更显逼仄狭窄，潘家宁拿出手机拍摄，想记录下这温馨一幕，被王沪生喝止："别拍了别拍了。"

王沪生的儿子、儿媳也警惕地看着从天上掉下来的奶奶，这是要哪能？要搬进来住？还是要落户口？旁边那个是她曾孙吧，是来上海读书还是就业，八成这才是上门寻亲的真正理由吧，想让自家认这个亲戚，没门！

"侬……侬就是我的儿子？"谢招娣擦擦眼睛，认真看着王沪生，她的上海话已经说得不太地道，听起来违和感十足。

"侬帮帮忙好伐啦？"王沪生气急败坏，"亲不是随便乱认的，你们这些警察也是，她说是就是啦？也不核实一下的吗？"

赵殿元说："我核实过了。"

这下王沪生没话说了，他是知道并且相信赵殿元的身份的，既然他说是，那就真的是，只是生母来得也太晚了吧，自己都迈入耄耋之年了，再弄个一百岁的老娘，这不开玩笑么。

"是真的又哪能,早干什么去了。"老王嘀咕了一句,他可不想多一个需要照顾的年迈长辈。

气氛有些尴尬,旁人也都不好劝,王沪生一家人的反应是可以理解的,谁家摊上这种事,恐怕做的不会比他们强。

"我就是想来看看,看到你生活得好,我也就安心了。"谢招娣似乎早就预料到这种局面,她回顾左右轻声道:"好了,我们走吧。"

这倒出乎王沪生的预料,他大喊一声等等,沉吟一下问道:"我不怪侬,但想晓得阿拉爷究竟是什么人?"

谢招娣说:"阿贵哥没告诉侬?"

王沪生说:"没,伊拉只是从垃圾箱捡的我。"

谢招娣说:"不晓得就不晓得吧,不是坏事情。"

王沪生张张嘴,想说什么还是忍住了。

骨肉团圆的大戏终于还是没能上演,大家依旧将谢招娣连轮椅一起抬下去,王家人甚至连楼都没下,砰的一声就把门关上了。

市局外事办和派出所的民警同志完成了任务先走,吴涛当班也不能陪着他们,楼下就只剩下赵殿元他们三人和谢招娣祖孙俩。

"推我去长乐里看一看。"谢招娣说,她的心情丝毫没受到影响,反而有一种轻松的解脱感,赵殿元接过轮椅,一边推一边讲解,同时听谢招娣讲述当年的故事。

这不是谢招娣第一次回国,九十年代她就回来过,还投资了几个项目,在她平淡的描述中,赵殿元听出了风云变幻,潮起潮落。

一九四二年,瘌阿宝死在潘家花园,谢招娣身为未亡人接收了瘌阿宝的遗产,过了两个月她生下一儿,本来是打算弄死的,是阿贵嫂救下了这个孩子,并且带回家收养,谢招娣有了钱就开始自己做小买卖,惨淡经营数年,嫁给一个军官,一九四八年去了台湾,后辗转又去了马来西亚,丈夫死后,她两次改嫁,一生波澜起伏,尝遍了人间冷暖。

所以王沪生认不认她,对她来说根本没所谓。

"这次回国,要多住一段时间吧?"赵殿元随口问道。

"叶落归根了。"谢招娣唏嘘道,"在外国太久了,该回家了。"

钱教授说:"老人家没入外籍啊?"

谢招娣说:"那是自然,我一直拿的是中国护照。"

一路聊着,长乐里到了,在二十九号门前,谢招娣停了几分钟,得知里面还住着人时，表示不需要进去了。

赵殿元又推着她往里走，在弄堂里穿梭着，感受着老上海的气息，不知不觉来到七十七号门口，也就是潘家花园。

"可以进去看看吗？"谢招娣说，面对亲生骨肉她都没表现出这么大的兴趣。

"我想想办法。"赵殿元拿出手机给孙姐打电话，问怎么能进潘家花园参观。

"我给你一个电话号码，你找这个管钥匙的人，给他买两盒中华烟就行。"孙姐说，"但是只能在花园里参观，不能进洋房里面。"

赵殿元依言而行，买了两盒中华烟贿赂看门人，终于打开了尘封已久的门锁，进入了潘家花园。

这里已经近十年没有人踏足了，花园里野草疯长，香樟和龙柏没有园丁修枝也长得遮天蔽日，草丛间隐约有野猫出没，称得上是闹市中的一方净土。

"我年轻的时候想过，啥时候能到潘家花园里白相白相。"谢招娣轻轻摇着头，"没想到现在变成这副光景。"

赵殿元把轮椅停在香樟树下，说："我给你讲讲这花园的故事吧。"

听完这个惊心动魄外加缠绵悱恻的故事，谢招娣似乎认出了赵殿元，盯着他看了很久，终于说道："这花园，几铟？"

第74章
五百万咨询服务费

赵殿元想起老徐曾经说过的话，潘家花园是所有中介的终极梦想，十个亿的大单，光中介费就两千万，房子车子全都有了，这辈子都不用发愁，没想到这种可遇不可求的事情居然被自己摊上了。

到底是经历过生死的人，哪怕天文数字也不会让他乱了方寸，赵殿元告诉谢招娣，这花园目前开价十亿人民币，这还不算税费、中介费，以及后续的清理打扫和装修费用，总之这是一笔大数字，得考虑清楚。

枝叶繁茂的香樟树下，鸟语花香，曾经在上海滩跑过单帮，在吉隆坡卖过肉骨茶，经历过战乱、海啸、金融危机的百岁老人只淡淡说了一句话："铜钿嘛，生不带来，死不带走，侬港对不啦。"

钱教授和潘家宁瞠目结舌，有钱任性，莫过于此，十亿啊，在人家嘴里就是轻飘飘的几个铜钿而已，这还让不让人活了。

赵殿元心如止水，他明白单凭自己是完成不了这桩买卖的，于是给孙姐打了个电话，饶是孙姐见多识广也不免震惊，不到五分钟就骑着电动车赶到，先确认这不是恶作剧，再谈其他。

潘家花园的产权复杂，而且持有人是外籍身份，而谢招娣也是华侨身份，交易流程也会复杂一些，但是这都不是问题，中介就是干这个的。

"咱们这就签个意向书吧，奶奶。"孙姐生怕大鱼跑了，她也不管能不能联系上房主，把买家留住就是胜利。

"不急。"谢招娣摆摆手，又指了指赵殿元，"我只认伊，不和其他人打交道。"

"好嘞，奶奶。"孙姐甜甜回应，"您太有眼力了，小赵是我们的金牌中介，最棒的。"

谢招娣做了一辈子生意，哪有她搞不明白的事情，十亿的大单，肯定不能按照常规项目那样操作，价钱有的谈，中介费也有的谈，她甚至可以抛开中介，找几个专职的房产律师去办都是成立的，她之所以用中介，纯粹是因为这个合眼缘的小伙子。

这个小插曲带来的结果是赵殿元重披中介战袍，孙姐向上级请示过，不管最终中介费谈成多少，都会拿出一个相当大的比例给赵殿元，总公司倒不在乎这千百万的中介费，他们在意的是潘家花园交易带来的广告效应。

天下没有不透风的墙，王沪生家里很快就得到消息，天上掉下来的亲妈不但不是来投靠碰瓷的，反而是天大的财主，财力大到可以买下潘家花园的程度。

七十九岁的王沪生召集儿子儿媳以及孙子商讨对策，这门亲肯定是要认的毋庸置疑，关键在于如何挽回先前拒人千里之外造成的隔阂。

孙子小王说，买些高级补品送上门表示诚意，什么人参鹿茸、冬虫夏草，越高级越好。

儿媳妇说，把老太婆请到家里吃个饭，我亲自下厨，让伊体验一下家庭的温馨。

儿子老王光抽烟不说话，但是往日总是紧皱的眉头今天彻底舒展开来，家庭矛盾说到底就是钱的问题，如今来了个有钱的祖母，这个问题不就迎刃而解了吗，谁还会为六七十平方的房子打破头啊。

"小蔡，侬港哪能办合适？"王沪生问坐在身边的中年美妇。

"要我说啊，啥都不用拿，直接上门，扑怀里喊一声妈，比啥都强。"小蔡撇撇嘴，道出颠扑不破的真理。

王沪生说："都是好办法，先登门拜访，再邀请到家里吃饭，伊拉住在什么地方问清楚了吗？"

小王在二十九号群里问了一句，很快得到回复："晓得了，伊拉住淮海中路上的东湖宾馆别墅区。"

王沪生眉头一挑："有腔调，那是以前杜月笙的公馆。"

当王沪生率领包括小蔡在内的全家人来到东湖宾馆的时候，却没能第一时间见到谢招娣，工作人员说谢女士正在会客，要求他们先等一等，王沪生怒不可遏，说哪有亲儿子见娘还要等的道理，但是听说谢女士在和市政府相关人员谈潘家花园的修缮方案，立刻就偃旗息鼓了。

"阿拉可以等，没关系的。"王沪生说。

"潘家花园以后是不是就得叫王家花园了？"小王忍不住憧憬起来，

"等装修好了,叫一帮朋友来热闹热闹,开个轰趴。"

"要改名也是叫谢家花园,想住进去除非阿拉都改姓谢。"老王给儿子泼了盆冷水。

"对额。"儿媳妇附和道,"交关大的花园,凭什么让我们住,不光要改姓,以后还要尽赡养义务,等老太婆百年之后,这花园才能交给阿拉。"

小王眨眨眼:"老太婆现在不就一百岁了吗,怎么百年之后。"

小蔡听着不插嘴,默默给王沪生捏着肩膀。

王沪生说:"到辰光大家一道住进去,我和小蔡住一楼,二楼给你们住,不过我听说,超过面积的房产税是要交的,一记头交关多钞票。"

小王说:"那阿拉可以不住,租出去,挂在爱彼迎上做高级民宿,或者租给有钱人,我查过价格,这样级别的花园洋房,一个月头租三十万不成问题,那我就不用跑滴滴了,收收租不要太适意。"

一家人谈笑间就将潘家花园的未来安排得清清楚楚了。

潘家花园的交易比想象的更快,原房主的继承人们经历十年纷争,早已精疲力竭,现在房子的处置权在长宁区法院,房子卖掉之后,继承人们分钱就好了,现在来谈事情的是文保方面的人,因为潘家花园属于上海市优秀历史建筑,翻新是不能改变原来的结构外观的,这一点要讲清楚。

半小时后,王沪生获准入内,他忍不住对儿孙吐槽一句:"搞得像觐见慈禧太后一样。"

小蔡提醒他:"注意表情。"

王沪生努力想挤出眼泪来,但是实在没有表演天赋,只能假装呜咽两声,喊着姆妈一溜小跑进去,想象中母慈子孝的场景并没有出现,反而更像是领导接见群众,东湖宾馆别墅区的高级套房给华侨谢招娣头上增添了光环,搞得王沪生一家人不敢造次。

谢招娣也没亏待儿孙们,她早已预备了红包,一人一个,连小蔡都没拉下,但也仅此而已,似乎连共进晚餐的机会都不给,王沪生不甘心,问她百岁老母亲:"姆妈,让阿拉尽尽孝吧,大家住一道也方便照顾。"

"潘家花园,是要捐出去做博物馆的。"谢招娣看穿了儿子的企图,直接斩断了他的想法,她不是没有感情的人,但对这个长得酷似瘸阿宝的儿子实在亲不起来,再说她又不缺儿子,和三任丈夫生了四个儿子,三个女儿，孙男娣女一大群，不差这几个。

话不投机半句多，王沪生客套了几句告辞离开，回去的路上一家人拆开红包检查，每人的红包里都装着一百美元，少到不能再少。

"阿拉上海人过年给孙子发压岁钱都不止这些。"王沪生气得鼻子都歪了，"老太婆噶小气。"

其他人也都愤愤不平。

少顷，王沪生叹了口气又说："到底是阿拉亲娘，明朝再去瞧瞧伊。"

"别空手去。"小蔡提醒了一句。

……

赵殿元不费吹灰之力就成了中介行业的顶尖人物，每个人都羡慕他走狗屎运，尤其老徐，只恨自己没这个机缘，但是孙姐告诉他，潘家花园的交易根本不需要中介服务，政府开辟绿色通道直接就给办了，老徐才没那么捶胸顿足。

"不过该给的费用人家一点不少。"孙姐又补充道，"律师费、中介费、车马费，都是单独的合同，小赵提供的私人信息咨询服务这一笔就是五百万。"

"多少？"老徐的下巴差点掉地上，"咨询什么了就五百万！"

"你问他呗，你又不是没他号码。"孙姐撇撇嘴走开了，她表面上平静，其实内心不比老徐好受，五百万可不是小数目，再添点都能在附近买个老破小了。

老徐想了想还是没忍住，发微信问赵殿元，要不要助手，一起为谢奶奶服务。

此时赵殿元正在华师大钱教授的研究室里叼着笔头冥思苦想，他承接的任务是尽量恢复潘家花园的原貌，包括花园和室内，要求是恢复到一九四二年前后的状态，虽然记忆中有印象，但这些细节很难用文字描述出来，材料工艺等不是专业人士也说不出来，他只能尽其所能地大致写出家具式样、颜色，以及摆放位置。

五百万咨询费，这个价码是谢招娣主动提出的，合同签了，第一笔预付款也到账了，赵殿元的银行卡里现在躺着一百万人民币，不买房的话，在外地小县城过一辈子都够了。

手机震动了两下，是老徐和孙嘉同时发来信息，老徐在套近乎，孙嘉说的话倒是让赵殿元心里一动。

孙嘉说她有个朋友路子特别野,能帮人上户口,当然不是上海的户口,而是外省小县城的城镇户口,办齐全套户籍资料也只需要五十万,五十万就能拥有一个合法的身份,这价格不算贵。

赵殿元在犹豫,他不是舍不得五十万,他当然明白没有合法身份是无法高质量地生活在当下的,连高铁都坐不了,他只是觉得,自己只是一个过客,早晚是要回去的。

潘家宁拎着一袋外卖盒走进来,坐在赵殿元旁边,递给他咖啡、奶茶和打包的小杨生煎,还贴心地把一次性筷子掰开。

"你知道谢招娣现在的名字是什么吗?"潘家宁说,"谢婉华,很有韵味吧,我觉得她的一生写成小说一定很好看,拍成电视剧更好看,大女主自强不息,哎呀想想都心潮澎湃,你说让谁来演比较合适?"

| 第 75 章 |

感情戏

赵殿元不认识现在的女演员,他只知道周璇和胡蝶,所以这个话题讨论不下去,吃完外卖,赵殿元去丢垃圾,潘家宁注意到桌上放着摊开的软皮本,写满密密麻麻的字,忍不住拿过来观看,看了一眼就忍俊不禁,原来这是赵殿元的学习笔记,他在努力学习汉语拼音和简体字,这本是小学生该学的东西,一个二十五六岁的青年再去学未免有些晚了。

但是翻了几页,潘家宁就不笑了,取而代之的是深深的赞叹,赵殿元太认真了,不管是字母还是汉字,铁钩银划,堪比书法,不愧是旧社会私塾戒尺打出来的底子,转念一想,假如赵殿元与自己生在同年,以他的心智和毅力,肯定从小就是学霸,前途不可限量。

转念又一想,即便是现在开始也不算晚,赵殿元才二十多岁,心智体力都属于顶峰时期,别管他从事任何行业,都能迅速做到优秀,干中介不就是明证,她不禁浮想联翩起来,等赵殿元丢垃圾回来,她已经脑补了许多场景了。

"晚上我们一起去玩剧本杀吧,朱古力也去,还有几个新朋友。"潘家宁凑到赵殿元跟前说道。

"剧本杀是什么?"赵殿元没有立刻答应,他能猜到这是一种游戏,自从穿越以来,是潘家宁带着自己认识这个世界,学会用手机、坐地铁、说流行的网络语言,像一个真正的二十一世纪的年轻人那样生活,有时候他会觉得潘家宁像个年纪轻轻的长辈,但更多时候,他觉得潘家宁就是杨蔻蔻。

这种感觉很不好,赵殿元不愿意将对杨蔻蔻的感情转移到其他人身上,哪怕是长得酷似蔻蔻,甚至有血缘关系的晚辈也不行,也是一种背叛,但事实如此,两人天天待在一起,耳鬓厮磨的,就像现在,小姑娘偎在身边,香味都飘进鼻子里来了。

"沉浸式情景角色扮演游戏，民国谍战题材，专门为你准备的。"潘家宁没有注意到赵殿元的心猿意马，兴高采烈介绍道，"不过你要请我们干饭，朱古力听说你挣了许多钱，吵着要宰你一顿海底捞。"

"可是我已经答应孙姐了，今天请公司同事吃饭。"赵殿元想了想，又找补了一句，"要不一起吧。"

"那算了，聊不到一起去，那你吃完过来，对了，明天周六，我们去玩卡丁车吧。"潘家宁又有了新提议，她年轻爱玩，所有好玩的都想带着赵殿元一起玩。

"卡丁车是什么？"赵殿元还是不懂。

"我找个视频给你看。"潘家宁在大众点评上搜着，又说道："好玩的多了，要不趁暑假我们去外地玩，租个车自驾，去海边，潜水、冲浪、跳伞，好玩的多了去了，我买一个运动相机，拍下来剪辑出来一定好看。"

潜水、冲浪、跳伞还有运动相机，赵殿元都搞不太懂，但他能猜到是花费昂贵的娱乐，就像以前租界里那些有钱的洋人大班打马球、高尔夫、赛狗一样，普通老百姓连看一眼的资格都没有，遑论去玩，但现在似乎人人都可以去玩了，不对，姚宏绪不会去玩这些，老徐也不会，但自己具备了资格，一只脚迈进了富人的门槛，五百万人民币是个什么概念，他大致了解，像姚宏绪那样的普通打工人，一辈子也就挣这么多吧。

手机屏幕上，卡丁车在室内场地中飞驰，赵殿元却心不在焉，他想买一辆车，最好是一辆雪铁龙，他喜欢车，这个梦想本来是无法实现的，但在今天却变得唾手可得，他在手机上查过，最便宜的雪铁龙才十来万人民币，但是牌照就难办了，且不说没有上海户口，就是有了户口也得摇号，听说新能源车政策友好一些，就是用电池的车，想想都觉得神奇，这世界变化太快，汽车都能不烧汽油了，那还叫汽车吗。

"聚餐完了等你来玩，回头我把地址发给你。"潘家宁说。

钱教授事务繁忙，并不是所有时间都在研究室里待着，大多数时候只有赵殿元和潘家宁两个人，二人只是兼职客串，并不是在编人员，所以时间上很自由，差不多到饭点的时候就从研究室出来了，恰好两辆车来接，一辆宝蓝色的宝马3系，一辆是火红色的特斯拉，孙嘉和吴涛同时从车里探出头来，向他们要接的人招手。

赵殿元上了孙嘉的宝马，潘家宁本不想上吴涛的车，但是看到朱古力坐在车里,只好也钻进车里。

"特斯拉先请。"孙嘉做了个有请的手势。

"女士先请。"吴涛说,这辆车不是他的,是借小姑婆的。

"我不是和你客气,我怕你追我。"孙嘉开了个玩笑,吴涛只好耸耸肩先走。

"你很闲吗?我记得人家警察都忙到过劳,你怎么整天出来逛?"潘家宁心情没来由的恶劣起来,不好拿朱古力撒气,就只好撒到吴涛头上。

"干嘛对人家小吴这么凶?"朱古力打抱不平。

"没事没事,我调岗了,不出外勤了,我还想换个工作。"吴涛娴熟地打着方向盘,轻轻点着刹车,满面春风。

潘家宁翻了个白眼,没有交谈的欲望了,忍不住回头看,宝马车跟在后面,树荫遮蔽下,看不清车里的赵殿元和孙嘉。

孙嘉的长相总会让赵殿元想起苏州娘子,当年的苏州娘子和现在的孙嘉差不多年纪,三十来岁,一白遮百丑,即便长了一张过于丰满的大圆脸也不难看,最主要的是气质上的接近,干练飒爽,市侩但不小人。

"我爸爸联系上了章家的后人,章家那个大女儿现在也八十多岁了,是个退休教师,但她没兴趣和我们来往,她儿孙也都挺忙的,连群都不愿意加,不过章家那个儿子倒是蛮有兴趣和老邻居来往的,他们一家刚从美国飞回来,还在隔离中,过几天解除隔离就能碰头了。"孙嘉简明扼要介绍完重点,看着前面的特斯拉,忽然来了一句:"吴涛和潘家宁蛮配的。"

赵殿元不接茬,提起另一件事:"我考虑好了,五十万的户口,我愿意办。"

孙嘉笑道:"侬是爽利人,五十万真的不贵,关键是可靠,全套档案给你做齐,完全合法的身份,以后你干什么都方便,买车、买房、结婚、贷款,啥子都可以了。"

赵殿元说:"我想买辆车。"

孙嘉说:"你需要吗,车是消费品,会折旧的,你用车和我讲就是了,我借给你,你会开现在的车吗?明天周末,我带你去郊外学车吧,咱们去崇明岛上,顺便找个农家乐住一晚。"

"明天有约了。"赵殿元不是傻子,岂能感受不到孙嘉的热情似火,但是面对一张近似苏州娘子的脸他只能退避三舍。

"那行，改天。"孙嘉没有流露出丝毫的不悦，"对了，你现在还住二十九号吗，那条件也太艰苦了吧，连洗手间都没有的，不如调一间，我帮你看好了，两室一厅的房子，和别人合租，每个月象征性交一千元就OK。"

赵殿元脱口而出："不会是你家的房子吧？"

孙嘉哈哈大笑："侬都会抢答了。"

赵殿元也笑了笑，然后说："我还是想住在二十九号，住在那里，我能感觉蔻蔻在身边。"

孙嘉沉默了一会说："既来之则安之。"

晚上吃哥老官火锅，老徐酒喝多了失态，抱着赵殿元哭，说："兄弟我羡慕你，一单生意解决问题，从此啥都不愁了，我还得继续努力啊。"

后来是赵殿元埋单，没让孙嘉开车送，自己打车去赴潘家宁的剧本杀局。

很可惜，他堵车了，等到了地方剧本杀已经开始了，他只能坐在后排旁观，看着一群青年男女穿着模仿民国时期的戏服在一起念台词，讲故事，抽丝剥茧，他打了个哈欠，从随身包里拿出一本书来阅读。

钱教授研究室里最多的就是历史书，近代史的书籍对赵殿元来说就是未来史，他看得手不释卷，津津有味，不知不觉剧本杀结束了，大家各自回家，吴涛提议送潘家宁，潘家宁说我们三个打一辆车正好，你送那几个朋友吧。

吴涛无奈，只好带着另外几个哥们走，在车上一哥们问他："后面来的那个就是你的对手吗，我看很普通啊。"

"普通？我说他杀过七八个人你信吗？"吴涛没好气的回道。

"那你怎么不抓他？"哥们还以为他在开玩笑，"那可是你的情敌啊，还不公报私仇一下。"

"因为我也佩服他啊。"吴涛在心底说，哪个少年没有侠客梦，十步杀一人，千里不留行的豪侠之士就在身边，赵殿元是个有故事的人，是个从历史中走出来的人，那个风雨飘摇的年代，人命如蝼蚁，大众对生命看得很淡，不但看淡别人的生命，也看淡自己的生命，经历过生死，手上还有这么多人命，只能说赵殿元的心态就一个字，稳，和这样的人斗，哪有什么胜算。

吴涛把车送回巨鹿路小姑婆家时，赵殿元和潘家宁也各自到家，赵殿元打开LED台灯，继续看书，在历史上经历自己缺席的波澜壮阔的大时代，他刚看到抗美援朝这一段，看得血脉贲张，恨不得加入其中，跨过鸭绿江，用枪炮发出中国人压抑百年的怒吼。

……

潘家宁洗了澡出来，朱古力问她："吴涛不好吗？"

"好你留着啊。"潘家宁一句顶回去，她从小到大被学校和家长保护得极好，哪怕上了大学也没谈过恋爱，至今对爱情充满了不切实际的幻想，甚至相信一见钟情，而第一次见吴涛时却没留下什么印象。

"上海户口，家里有房，学历啊身高相貌也都可以，还在体制内工作。"朱古力咂舌道，"简直完美，COCO，你不会看上赵老爷爷了吧，那可是你的曾祖辈，算起来他应该是你的曾姨丈吧？"

"别瞎说，我没有，我不是。"潘家宁否认三连，心里却在怦怦跳，她不能否认朱古力说到自己心坎里了，但是这事儿肯定是不成立的，且不说这论不清的亲戚关系，就是爸妈那一关也过不了。

忽然手机响了，是老妈发来的微信，告诉家宁说我和你爸爸已经决定把重心逐步向上海转移，西宁的房子在中介挂牌出售了，下一步先把你爷爷转移到上海这边来，你留意一下有没有合适的房子，将来用你的名字买一套，争取婚前就有自己的房产。

潘家宁顺手查了一下房价，一颗心顿时凉了，光是自己现在租住的这一套小两室，自家砸锅卖铁都买不起。

如果当年太祖母没把潘家花园捐献给国家就好了，那样即便后来被强占，八十年代落实政策也能回到自家手中，潘家宁惋惜不止，暗想如果能穿越回去，一定要阻止太祖母的冲动。

| 第 76 章 |

神秘长辈

周末,杨浦军工路上的一家卡丁车赛场内,马达声和尖叫声此起彼伏,这回潘家宁没约其他朋友,只有赵殿元一个人,两人玩了卡丁车,又去一家 VR 游戏馆体验了一把,完了去五角场合生汇楼上吃饭,这让赵殿元想起当年和杨蔻蔻一起的日子,在日军进占租界之前,他们有过这样短暂而甜蜜的生活,大世界、南京路,留下多少难忘回忆。

吃完饭,两人在星巴克喝咖啡,潘家宁将一张纸放在赵殿元面前,带着献宝一般的表情,喜滋滋地看着他:"那张纸的内容我找人翻译出来了。"

或许是潘家宁找的人不够专业,或许是原文太过晦涩,翻译的水平达不到信雅达的程度,好歹把意思表达出来了,这是一段充满神棍色彩的文字,说什么收集十二份真心的爱能够去往乐土圣域,但也可能因为诚意不足坠入黑洞深渊,古希伯来文字里肯定没有黑洞这种词汇,这是译者自己发挥的,总之是无尽的黑暗的意思。

文字是对六芒星护身符的注释,这枚古老的青铜质地的犹太护身符是当年赵殿元在霞飞路上的白俄旧货铺淘来的,彼时大批犹太难民从欧洲逃到上海,为了生存变卖随身细软也在情理之中,后来偶然间被改造木炭汽车的犹太师傅看到,愿意出高价购买,他的话犹言在耳,在犹太人的古老传说中,有爱的加持就会产生奇迹。

赵殿元将护身符摘下放在桌上,告诉潘家宁这段故事,潘家宁好奇地拿起护身符摩挲着,理工科的女生无法理解一枚金属在人类情绪加持下产生时间虫洞的科学原理,既然是神奇的宝贝,应该熠熠生辉才对,怎么看起来如此陈黯朴素。

护身符是用一根红线串起来的,已经磨损得快要断了,在征得赵殿元同意后,潘家宁把自己脖子上的吊坠绳子解下来替换上。

"这个中国结是我自己编的,好看吗?"潘家宁顺口一问,吊坠上有个小小的丝线编的中国结确实出自她的手笔,造型简单大方,和妈妈用粗绒线编的大型中国结相比各有千秋。

赵殿元还没来得及回应,一个端着咖啡的中年人走到他俩身旁,彬彬有礼道:"可以坐在这里吗?"

星巴克里到处都是空位置,为什么要坐在别人旁边呢,潘家宁正狐疑,那人已经坐下,自我介绍道:"章立,立早章,立早立,加州理工学院教授,物理研究者。"

赵殿元反应很快:"你是章澍斋的什么人?"

突然蹦出来一个姓章的来,说和章家人没关系才怪,章立笑道:"是的,我刚解除隔离,疫苗也是打过的,两位放心。"

潘家宁奇道:"你怎么知道我们在这里?"

章立说:"我加群了,一直没说话而已,昨天你不是在群里说了嘛,要来五角场这边玩。"

潘家宁吐了吐舌头,她是把行程发在群里还说求偶遇什么的,怪不得人家找过来,忽然她意识到章立的专业和职业,顿时来了兴趣:"教授,你能科学解释赵殿元的来历吗?"

章立摇摇头:"科学还没发展到那个地步,我无法解释。"

赵殿元并不在意科学解释,他只关心章家后人,先叹息说你爷爷可惜了,又问你父亲身体怎么样,算起来他也是马上八十岁的人了。

"父亲名字叫章思明,七十九周岁,早年受过太多苦,身体确实不太好,不然他会亲自来见您。"章立也叹了口气,抬起头仔细看着赵殿元,似乎对这位历史中走来的人特别感兴趣。

"和我爷爷一样,受过太多苦。"潘家宁想起自己的爷爷,和章立的父亲是同龄人,只是一个在北大荒,一个在西北,南方人的身子骨在苦寒之地打熬,光是物质条件上的艰苦也就罢了,心理上的负担更沉重,那一代人,太苦了。

"我来,就是邀请您去我家做客。"章立提到了正题,"觉得在群里邀请不太正式,还是当面请好一些。"

"你太客气了。"赵殿元能从四十来岁的章立脸上找到一点点章澍斋的影子,不一定是容貌,更多是那种知书达理的文化人气息。

"那走吧。"潘家宁端起咖啡,手机却响了,接了个电话就嘟起了嘴:

"教授早不找晚不找,现在找我。"

"钱教授找你什么事?"

"不是钱伯伯,是我们交大的教授,我的导师。算了,我去学校,你自己去见章爷爷吧。"潘家宁赶着去坐十号线地铁,章立带赵殿元回家,章家就在不远处的国定路上,和钱清源家有些类似,都是大学教职工扎堆的小区,只是这里属于复旦大学。

路上章立简单介绍了自家的情况,父亲的青年时代是在北大荒度过的,恢复高考后的第一批大学生,从复旦毕业后没几年留学去了美国继续深造,后来一直在复旦从事教育工作,直到退休后才赴美随儿子生活。

赵殿元听了只是点头,他不是这个时代的人,自然无法做出对比评价,如果是其他人就会明白,章家的状态算是比较好的,在八十年代出国,儿子同样留学美国,父子都是名牌大学教授,这几乎是顶配的人生了。

章立又讲了一些美国的近况,说自己已经将重心转到国内,放弃绿卡,加州的房子也卖了,等孩子年满十八岁也会选择中国国籍。

"二十一世纪是属于中国的。"章立说,"一个五千年的古老文明,世俗社会,有力的政府,高效的人民,没有理由一直屈居第二。"

章家的面积比钱教授家大一些,章思明的年纪比韩美玲略小几岁,但衰老程度更甚,满面老人斑,蜷缩在一张宽大的椅子里,当客人进屋后,老人的精神显好了许多,伸出颤巍巍的手和赵殿元打招呼,絮絮叨叨说着什么,因为口齿不清晰,还需要章立做翻译。

"我爸爸说,当年在北大荒的时候,有几次差点坚持不下去,是一个长辈的关怀让他有了熬过去的信心,至今他还保留着和那位长辈的通信,后来,也是在这位长辈的帮助下,他才能顺利地出国交流。"章立说道,"不过很可惜,这几天整理房间,怎么都找不到那些信件了。"

赵殿元心里一动:"是不是二十九号的某位长辈?"

章立摇头:"不是,是一位很神秘的长辈,在那个年代有能力帮助他人的,又能在改革开放后继续保持影响力的,绝非等闲之辈,等到我去美国留学的时候曾经遇到过一桩麻烦事,准确地说是吃了官司,对于初到美国的留学生来说简直是灭顶之灾,也是这位长辈搞定的。"

赵殿元盘点了一下二十九号的后人们,似乎没有谁具备这种能力。

会客透支了章思明的精力,老人精神有些不济,章立说难得一聚,咱们拍个合影吧,用手机给赵殿元和父亲拍了一张合影,然后送赵殿元出门,一直送上车才回家,将照片输入电脑,用软件合成了一张苍老的赵殿元面孔拿给父亲看。

"是他。"年迈的章思明唏嘘起来,多少往事浮上心头。

……

赵殿元回到长乐里,先去潘家花园看工程进度,长宁区政府特事特办,房产交易已经完成,现在产权属于谢婉华女士,捐赠还在走法律流程,谢女士并不是完全无条件地捐赠这所花园,她是有附带条件的,具体条款还没想好。

花园里一人高的杂草清除干净了,乱糟糟的树杈也修剪过了,谢婉华坐在香樟树下乘凉,见赵殿元来了,邀请他一起坐下饮茶。

"先让工人收拾出一间屋来做你的办公室,方便指挥他们干活。"谢婉华说,"尽量恢复原先的样子,只有最初的样子才是最好的。"

赵殿元恶补了很多建筑和装修方面的知识,更深入研究了潘家花园的装修工艺,这儿的上一任主人正是一九四九年移居香港的筱绿腰,那同样是个具有怀旧情结的人,所以潘家花园的硬装基本是依据原貌,只需要做修复性的处理即可,只是当年的红木家具很难照搬原样了。

"你知道我为什么要买下潘家花园吗?"谢婉华听完赵殿元的汇报,并不顺着说下去,而是提起另一个话题。

"人一辈子都在还欠自己的债。"赵殿元说,"你年轻的时候有这个梦,现在有条件了,自然要实现。"

谢婉华轻轻摇头:"那确实是一个梦,但也仅仅是一个梦而已,更主要的原因是我在履行一个约定,那个人在我最困难的时刻,帮过我两回,第一回是一九六五年,在马来西亚,我的橡胶园破产,他提供了资金支持;第二回是在印尼,一九九八年,如果不是他派人援救,我们全家死无葬身之地。"

赵殿元说:"救命之恩,值得涌泉相报,只是十亿还是太多了,你的儿孙难道没有怨言。"

谢婉华再次摇头:"不不不,他不是那种人,我的家产也确实没有这么多,这些钱其实是他自己的,只是我负责执行而已,这十亿,是十几年前存下的,当时是他打电话让我买的比特币,他让我尽量多买一些,但我还是没听他的,只买了一二百美元的。"

赵殿元说:"你们是几十年的老朋友了,这种友情太难得了。"
谢婉华说:"是啊,何止几十年,简直是一辈子的朋友。"
南风微醺,香樟树枝叶摇曳,泛起陈年旧事的涟漪。

| 第 77 章 |

刘放歌

午后的阳光透过树叶斑驳地洒在草地上,潘家花园小楼依旧,恍惚间时光仿佛凝固,赵殿元听听百岁老人将半个世纪的沧桑娓娓道来,海外华人的口述历史比书本上的记载更让人感同身受,感叹不已。

谢婉华口中这位一辈子的老朋友叫"老刘",也是一位海外华侨,做人相当低调,但是做的事情一点都不低调,谢婉华和他相识是在五十年代初的香港,那时候老刘还年轻,做的是往大陆走私药品、汽油的勾当,高利润、高风险,刀口舔血的买卖还有另一重含义,这些物资的最终去向都是朝鲜半岛,用在了立国之初的那场战争中。

让谢婉华印象最深的也是抗美援朝,几年前还被日本占领半壁江山的国家,突然就和全球最厉害的军队打了个平手,虽然海外华人的地位并未因此发生什么大的改变,但在人们心中,祖国已经不再是那个任人欺凌的东亚病夫了。

谢婉华只是一个普通华侨,她的经历颇具代表性,以个体的视角看世界如同管中窥豹,不得要领,但是当时间线拉长,一个世纪那么长,很多事情就变得清晰明白了,老刘在她漫长的人生中,就像是一个谪仙,总会在最危急的关头出现,解决麻烦,拂衣而去,神龙不见首尾,故事不多,但每个都精彩绝伦。

活了一百岁,早已看透世事,谢婉华和章立的观点一致,只是描述不同,谢婉华觉得未来的商机尽在中国,打个不太恰当的比方,中国就像是上个世纪五十年代的美国,冉冉升起,光芒四射,但又比一个强大好战的美国温和与负责,谢婉华读书不多,赵殿元能理解她的意思,中国即将再现汉唐荣光,她这一代人经历了黎明前的黑暗,看到了曙光,生长在新世纪的年轻人们则能完完全全地目睹盛世华章。

时间水一般流逝,转眼已近黄昏,赵殿元收到好几条邀约吃饭的信息，他得贵人相助，从沪漂打工仔一跃成为有钱有闲阶层，不是下馆子就是吃外卖，已经很久没在二十九号的灶披间开过伙了。

"玩去吧，不用陪着我。"谢婉华摆摆手，她给赵殿元的感觉就像是一位慈祥又宠溺的老祖母，眼神中又带了一些说不清道不明的深情脉脉。

八十年前，谢婉华还叫谢招娣的时候，在二十九号只住过几个月时间，和赵殿元的交集也极少，楼梯上遇到打个照面点点头而已，赵殿元搞不懂为什么时隔多年之后，反倒是谢招娣对自己的恩惠最深。

离开潘家花园，赵殿元先去赴吴涛的约，吴涛的爷爷吴麟，也就是当年的吴家二小子要请赵殿元吃饭，这种场合一定是少不了潘家宁的，大家约在附近一家饭店包厢，小姑婆和孙建国是同时到的，片刻后章立也来了，除了王家的人没到，二十九号老邻居算是来了一半。

吴麟也是八十多岁的老人了，他是个坚定的唯物主义者，从不信什么神佛妖魔，对他来说，穿越者基本与前者并列，所以他对赵殿元的身份是存疑的，哪怕再多人作证他也不相信。

"如果是真的，为什么不报告政府，让政府好好研究一下，也好改变历史，让我们的国家民族少走一些弯路。"吴麟这样说。

孙建国说："格么子和外星人一样的，就算发现了外星人也不好大张旗鼓地公开的，侬港对不啦，会引起人心惶惶的，会颠覆大众的认知的，我晓得阿拉小区就有一个外星人，平常就怪怪的，神神秘秘，我有一次见到他……"孙建国压低声音，"我从窗户外看到的，格宁是个狗头人，估计是从狗头星来的。"

潘家宁哈哈大笑："爷叔，那个人不是什么外星人，很可能是Furry Fandom，非要翻译的话，叫兽类外形布偶装爱好者，是一个小众群体，年轻人稀奇古怪的爱好啦。如果我没猜错，这个人是学美术的，或者搞艺术工作的。"

孙建国明白了："对对对，是美院毕业的，现在的年轻人啊，太会玩了。"

小姑婆说："侬又打岔，让章家哥哥的儿子说，应该喊侄子吧，就叫名字好了，章立，你说穿越是不是成立的。"

章立两手一摊："就像原始人如何解释打雷下雨等自然现象一样，我这个物理学教授也无法解释时间穿越，理论上是可以的，但是实际操作不成立，我们的基础科学还没突破，无法给出一个满意的解释。"

小姑婆说:"就说你信不信吧?"

章立说:"我当然信,就站在面前,为什么不信。"

小姑婆说:"格么就好了,说不定像小赵这样的人,世界上有很多呢,小赵,我叫你小赵不介意吧,别管你是哪一年生的,但是在这个世界上活的时间没有我们久。"

赵殿元笑道:"论辈分,论年纪,都行,大家随意好了。"

包间里闹哄哄的,各说各话,看着这些人,赵殿元不禁想起当年也是如此,章家、吴家总在一起,孙家是二房东,地位也还可以,梅英是每况愈下,后来和田飞混到一起去了,周家以前都是不高不低的存在,现在依然如此,周家人至今连影子都不露的,而王家以往是二十九号最底层的家庭,连周家都不如,现在也是自成体系,和小红一样,不太和其他家庭往来。

这些人,无论相不相信赵殿元穿越者的身份,都不会影响他们的生活,该颐养天年的不会长生不老,买不起房子的依然买不起,他们在这座城市的生活不会因为一个人的出现发生改变,大家似乎也都接受了这样一个人的存在,完全不当成什么秘密,反正说出去也没人信。

慢慢地,主角变成老人们,小姑婆提议,以后这样的聚会要经常举办,阿拉老人们要常聚,年轻人你们聚你们的,以后开枝散叶,二十九号还会有更多的后代。

孙建国举起酒杯:"我提议,为了亲如一家的二十九号,大家干杯。"

上了年纪的人,几杯红酒下肚,记忆的闸门打开就再也收不住,回忆往昔,感慨现在,大家的共鸣是现代的年轻人生活得太安逸了,简直有点身在福中不知福,哪里晓得当年的艰苦,当年的挣扎。

"现在好白相的不要太多。"孙建国说,"我记得八十年代时,买电视都要凭票的。"

吴麟说:"改革开放初期嘛。"

章立说:"好在长辈们都熬过来了,日子越过越好,我父亲当年在北大荒,有一次出去寻羊群遭遇暴风雪,差点冻成冰疙瘩。"

小姑婆也深有感触:"很多同学永远留在了当地,我也差一点回不来。"

章立说:"吴阿姨去的是肖尔布拉克吧,那地方条件也是很艰苦的,听说连饮水都不能保障。"

小姑婆说:"条件艰苦可以克服,遇到坏人就没办法绕过去了,当年我们连的连长,不是部队啊,就是这么个叫法,连长是基层干部,不是个好东西,我那时候年轻漂亮,上海小姑娘嘛,洋气会打扮,他就盯上我了,我暗地里准备了一把刀,如果他侵犯我,我就杀了他,然后自杀。"

酒局的气氛忽然转向,所有人都凝神屏息,听小姑婆的下文,潘家宁更是紧张得一颗心怦怦跳,她在想如果自己在那样的年代遇到那样的人,是否有小姑婆的勇敢。

"刀子磨好了,没用上。"小姑婆说,"连长喝多了酒,自己一跤跌死了。"

大家如释重负,这是最好的结局,坏人得到老天的惩罚,好人毫发无伤,天意如此啊。

吴麟说:"没有手机,打电话要到厂部去打,联系只能靠写信,一封信从肖尔布拉克到石河子也要一个星期,等我知道消息赶过去哪里来得及。"

小姑婆叹了口气:"那辰光,我可想爸爸了,爸爸在的话,没人敢欺负我,我一个小姑娘离家万里,只能靠一把小小的水果刀保护自己,你们不晓得,连长一米八,二百多斤大块头,我根本打不过他的。"

大家又都唏嘘起来。

"不过爸爸有个朋友,经常寄东西给我,上海的糖果、玩具、衣服什么的,你们不要小瞧这些东西,那辰光简直是我活下去的精神支柱。"小姑婆说着,忽然就泪目了。

"是啊,刘叔叔也经常给我寄东西。"吴麟叹道,"只是包裹上从来不写具体的发信地址,想写信感谢他都没路子。"

这场怀旧局喝得尽兴,回去的路上是吴涛开车,爷爷和小姑婆坐在后排,空气中都弥漫着红酒的气息,忽然小姑婆没来由地问了一句:"涛涛,刑事案的追诉期是多久?"

吴涛思索了一下回答道:"按照应该判的刑期来推的,最高刑期不满五年的,追诉期五年,最高刑期十年的,追诉期十五年,最高刑期是死刑或者无期徒刑的,追诉期二十年,但是这都是在没立案的基础上,如果警方已经知道,那是不存在追诉期的,比如南大那个刁爱青的案子就是,过多久都不会放过凶手。"

小姑婆幽幽的声音从后排传来："何止二十年，五十多年了……"

吴涛心里一紧，今天小姑婆喝多了，吐露的是埋藏多年的心声，那么说，那个人不是自己跌死的，其实就是小姑婆下的手。

"涛涛你别多想。"小姑婆说，"我也是猜测，连长不是跌死的，是被刘叔叔除掉的，刘叔叔一直在默默保护我们，爸爸被抓的那天，是他从爸爸手里把我接过去的。"

"这个刘叔叔叫什么名字？"吴涛问道，按照年龄推算，刘叔叔应该早已作古，但历史上应该留下他的名字。

"刘放歌。"小姑婆说。

第78章
故园惊梦

吴涛没有去公安内网上查刘放歌这个名字，因为注定毫无结果，他只是回家后随便百度了一下，果然没找到想要的内容，或许这只是一个化名，或许真正的大佬总是低调从事，不为人知，而历史的迷雾就是由无数个这样的分子组成的。

此时赵殿元也回到了长乐里二十九号阁楼上，他拿出新网购来的投影仪，连上手机投屏，现代人的娱乐方式实在是太缤纷了，居然能在家里放电影，赵殿元喜欢看电影，尤其老电影，四十年代的、五十年代的、六七十年代的、改革开放后一直到现在的电影，现实题材的那种，可以从影片中清晰地感受到时代的变迁，思想的进步和开放，早期的就不说了，充满了斗争思想，八十年代初的电影里，主人公还在为国家的落后而泪流满面，奋发图强，四十年后的电影就充满了民族自豪感……

相比电影，赵殿元更喜欢看B站的视频，当然不是那种鬼畜视频，而是带解说的历史类视频，房间的隔音效果和以前一样差，他把音量调到最低，只看字幕和弹幕，作者将浩荡历史剪辑成极简版的视频，非常方便理解，比钱教授那些大部头历史小说简单多了，但也缺了深度，只适合浮光掠影地了解历史的大致进程。

视频刷起来就止不住，直到凌晨三点钟赵殿元才被困意催去休息，早上七点生物钟又让他醒来，下楼出门的时候，姚宏绪已经在灶披间里热火朝天地为家人准备早餐了，打了个招呼走出长乐里，在便利店买了一份早点，对着朝向马路的玻璃窗进餐，行人在初升的阳光下脚步匆匆，路边的法国梧桐郁郁葱葱。昨夜看的那些黑白颜色的视频片段浮现眼前，不经历那些时代不会明白，能无忧无虑地活着，不愁吃喝，不怕战乱和瘟疫，在人类几千年的历史中都是难得的。

手机在响，潘家宁发来信息说今天不能去钱教授那边了，因为家里有事,父母今天搭乘飞机把爷爷送到上海看病,这下有的忙了。

赵殿元能感到潘家宁把自己当成长辈和朋友的复合体,事无巨细都要来吐个槽,他不能辜负这种信任,就问需不需要帮忙。

"有需要我肯定不会客气的。"潘家宁回了一句,此刻她还赖在床上玩手机,越是事多越不想动弹,今天要去接机,还要帮爸妈紧急租一处医院附近的房子方便照顾,爷爷这回是旧病复发,西宁的医院已经束手无策,只好紧急送到上海医治,幸亏爸爸的老同学们都很给力,联系医院、床位、救护车、主治医生这些不用小辈操心,如果没这些老关系,仅凭一个沪漂的女儿根本来不了。

上午潘家宁跑中介,幸亏有孙姐帮忙,在最短时间内就锁定了一处房子,两居室月租六千尚能接受,付三押一,合同当场签了,中午随便吃点饭就去瑞金医院,和爸爸的医生同学一起坐救护车去虹桥机场等候西宁来的航班,下午四点半,航班准点抵达,计划接了爷爷先去医院办住院手续,再回出租房收拾东西。

爷爷情况不妙,加上老年痴呆说不清楚,这回怕是凶多吉少,老爸老妈一脸肃然,一家人坐在救护车上默不作声,静静看着窗外,救护车警笛长鸣穿越北翟路地下通道上中环,前方车辆纷纷避让,让出一条生命通道。

"现在素质普遍都高了。"老潘说。

"可不,长三角比西部宜居,要我说,早该回来的,早回来奋斗几年,也比现在买不起房子强。"老妈回应道。

担架上的爷爷口齿不清地说了些什么,老潘侧耳上去听了听,附在老人耳畔说:"爸,到上海了,回家了。"

救护车一路飞驰,前方是层层叠叠、无穷无尽的高楼大厦。

抵达瑞金医院,办理了住院手续,老人家舟车劳顿,今天就先不做检查,安置下来,找好护工。老潘两口子和女儿一起看刚租的房子,这里是上海最繁华的黄浦区,房价昂贵,这么一套小小的房子远不如他们在西宁的家大,但是价钱翻了好几倍。

"我们家的老房子没上交的话,现在起码值上亿。"老潘感慨道,"上海寸土寸金,好地段占地好几亩的花园洋房还了得。"

老妈没好气道:"过去的事有什么好说的,我们家当年在三马路上还有房子呢。"

老潘说:"老爷子小时候在潘家花园生活过几年,我就没这个机会了,连大门都没进过,自家的祖宅没去看过,说起来都没人信。"

潘家宁刚想说点什么,老爸接了个电话脸色大变,说医院有电话来让我们赶紧过去。

从花园坊到瑞金医院步行也就几分钟路程,结果虚惊一场,爷爷并没有病危,反而睡了一觉精神大振,吵着要出去走走,所以医生将家属叫了过来。老潘看到父亲神采奕奕的样子有些担忧,悄悄问医生这是不是回光返照。

医生说老爷子的身体还没差到随时会走的地步,老年人嘛,活的就是一个心情,多陪陪他,让他开开心心的,比什么良药都管用。

老潘深以为然,回到病房问父亲想去哪里转转,年逾八十的老父亲罹患阿尔兹海默症,记忆、认识和语言都有些障碍,今天却出奇得口齿清晰,说想去小时候住过的地方白相白相。

这下老潘可犯了难,潘家花园早在半个世纪之前就不属于潘家了,可不是想去就去的地方,他俯下身子劝解父亲,就算是溥仪想回紫禁城看看也得买票,现在那地方不是咱家,不是想去白相就能白相的。

就在老人发作的前一秒,潘家宁说话了:"我有办法。"

……

在孙女的努力下,老人终于回到阔别六十五年的故园,轮椅停在龙柏树下,老人喃喃自语着什么,老潘侧耳听了翻译出来:"草长莺飞二月天,拂堤杨柳醉春烟。"

潘家宁鼓掌叫好,瞥一眼旁边,用胳膊肘碰了碰赵殿元,后者会意也跟着鼓掌,老人如顽童,得了病的老人更像是孩子,是需要哄的。

家宁妈只顾看着整修中的洋楼赞叹:"这不能叫洋房,这得叫公馆,这院子真大,停十辆车都没问题,我听说这边车位的价格都涨到五十万了,有钱还买不到呢,你们家以前就住这里啊,真不小。"

老潘自豪起来:"什么话,潘家花园可是沪上有名的花园洋房,是咱家,别你们你们的。"

家宁妈说:"和我没关系,我没享受过资本家的大宅子,不过你们家老奶奶也真是,为什么一定要捐献呢,又不是偷来抢来的,还不如那些走掉的人呢,九十年代拿着老地契回来,政府照样认账,都发还给原房主的后代了。"

老潘说:"性质不同,你说的那些人是资本家,而我的爷爷奶奶都是正宗的革命者,曾祖母这么做肯定是他们两人做工作的结果,做表率嘛,再说了,不捐献也不行啊,那个年代,再住在这样的地方不是与广大人民为敌吗。"

两口子在这边聊着,那边龙柏树下,潘家宁蹲在轮椅旁和爷爷说话,或许是许久没见孙女了,老人兴致很高,喋喋不休地说着什么,潘家宁能听懂他的话,向赵殿元翻译说:"爷爷在讲小时候的故事,他说自己有一个孪生弟弟叫潘安,打仗的时候遭遇敌人扫荡,为了避免暴露位置大家一起遭殃,这个弟弟是被母亲亲手捂死的。"

这种惨烈的历史细节通常只有口述史里才能看到,亲耳听当事人讲述的感觉又不一样,对比之下赵殿元忽然觉得潘骄和杨丽君伉俪,比自己和蔻蔻经历的更艰险悲壮。

"爷爷因为生在延安所以取名潘延。"潘家宁知道赵殿元对潘家的历史感兴趣,这段时间她也做了不少功课,趁着爷爷在场,一并讲述出来,当年潘骄化名水桥,和杨丽君在延安相识相爱,两人并不知道对方的真实身份,直到解放战争胜利,两人一起奔赴上海新的工作岗位,才知道原来彼此早年有过婚约。

"爷爷是一九四二年出生,一直过着颠沛流离的生活,随部队南下来到上海时不过七岁而已,当时为了更好地融入工商界开展工作,曾祖住进了潘家花园,在这里生活了大概六七年的时间,就⋯⋯身陷囹圄了。"

那边老潘在招手:"家宁,过来一下。"

潘家宁让赵殿元守着爷爷,颠颠跑了过去,老爸拉着她背转身子,压低声音问:"那小子现在做什么职业?"

"爸,您可真是没大没小,连钱伯伯都认可他的身份,钱伯伯的母亲总不会帮着他作假吧,论辈分,您得喊他爷爷。"

"荒谬。"老潘摇头,"这或许是一个高明的骗术,骗得了别人,骗不了我,他一定是有所图的。"

潘家宁说:"人家图什么呢?"

老潘眼皮一翻:"图我女儿。"

潘家宁无语了,看向赵殿元和爷爷,一老一少在龙柏树下对话,说的什么听不清楚。

赵殿元觉得老人看着自己的眼神有些怪异,蹲下来问道:"你认识我吗?"

"你是刘同志。"老人口齿含糊地说道,"刘同志,来家里做过客的。"

"不过小伙子看起来倒也不太像坏人。"老潘又找补了一句,"他没有正式工作的话,咱家可以请他照顾你爷爷,肯定比外面的护工可靠,一天给他二百块钱还不行吗?"

潘家宁白了一眼,心说人家身家五百万,稀罕你一天二百了,但还是忍住了,多增加互动了解是好事,回头自己还得劝赵殿元接受这份工作呢。

潘家花园正在进行内部整修,无法进入室内缅怀,一家人在花园里转了转就回去了,路上潘家宁提了一嘴做护工的事儿,赵殿元当即答应,于是老潘将父亲交托给小赵,带着老婆孩子走亲戚去了,去浦东潍坊路探望家宁外婆。

瑞金医院病房里,赵殿元服侍老人家躺下,来到走廊,拿出一张身份证审视着,这是一张真的假身份证,是孙嘉帮自己搞到的,230400打头的黑龙江鹤岗身份证,照片上的人和自己略有相似,名字叫刘放歌。

无处不在的老刘、刘叔叔、刘同志究竟是谁,他充满了疑问。

| 第79章 |

假如回到过去

浦东，潍坊四村，一场家庭聚会不欢而散。

本来是温馨叙旧的氛围，聊着聊着转到家宁的工作落户和婚姻上，又转到潘家搬回上海的话题，大舅舅说当年你们就不该去西宁，白白耽误了三十年，现在再想重新开始，房价可不是九几年的房价了，大舅舅喝得有点多，借题发挥把妹夫训斥了一顿，老潘是知识分子，不和他一般见识，带着妻女告辞离去。

去往浦电路地铁站的路上，老潘点燃一支香烟，表情有些落寞，潘家宁问他是不是真的被大舅舅说中了心事，后悔当年的决定了。

"人的一生，岂能用户籍和房产来衡量价值？"老潘轻轻摇头，"你大舅舅说的是道理，但只是小市民阶层的道理，在我这里行不通，我在西宁教书育人这么多年，给国家培养了成千上万的优秀人才，这难道不是成就，不比一套七八十平米的水泥鸽子笼更有意义？"

潘家宁听得热血沸腾：“是啊，我也是爸爸培养出来的。”

老妈在一旁嗤之以鼻：“得了吧，培养出来又如何，送到北上广去朝九晚五，拼尽六个钱包也买不起个老破小，还意义呢。”

老潘说：“在北上广朝九晚五也比在西部放羊强，这就是意义。”

老妈挽住他的胳膊：“好好好，有意义，有格局。”

一家人上了地铁，六号线转九号线，老潘让妻女先回家，自己还要去医院查个岗，看看小赵有没有尽心尽力。

赵殿元果然尽心尽责，守着老人寸步不离，他不像别的陪床那样抱着手机玩，而是在看书，这年头能沉下心来看书的人可不多了，老潘顿时对他好感大增，说老爷子睡着了就别守着了，咱们出来聊聊。

聊也没什么好聊的，医院是个特殊的场所，人间一切最极致的悲欢离合，生老病死都在这里发生，悟性高的人在医院住上几天就能对人生有了新的理解,所以,谈人生是最好的话题。

"我们家用了三代人的时间才重新回到上海。"老潘用这句话作为开场白,他不知道为什么要给这个年轻人讲这些,或许是为了展现潘家辉煌而苦难的历史,或许是职业病发作想教育一下年轻人,或许仅仅是想找个人倾吐一下。

"我的祖父水桥是上海大资本家的儿子,用现在的话说叫富二代,他舍弃了万贯家财,奔赴延安投身革命,奉献了一辈子,我的父亲潘延,应该算是红二代,扎根西部,娶妻生子,同样为国家奉献了一辈子,我呢,算是西部二代吧,明明考上了上海的大学,却服从分配回到西部教书,转眼就快退休了,说奉献了一辈子也不为过,八十年前,潘家在上海有花园洋房,有巨万家产,有工厂产业,现在呢,连一个老破小都买不起,我们潘家的发展史,是向下走的。"

赵殿元无言以对,默默点头。

"可是潘家的发展史,和国家的发展史是反着的,我们家向下走,整个国家和民族是向上走的,我不是说国家的欣欣向荣靠的是潘家的牺牲,我想说的是,国家有今天,靠的是整整三代人的付出,潘家只是其中一份子,咱们就不去比那些倒在征途中的烈士了,就是和农民比,都要强许多,实现工业化靠的是什么,是剪刀差,是牺牲农民的利益,七十年代发展大三线,一声令下多少万人拖家带口来到西部,那几十年,每个人、每个家庭都在牺牲,可以说三代人干了别的国家五代人的事儿,吃了八代人的苦。"

面对老潘的慷慨陈词,赵殿元唯有再度点头赞同。

老潘掏出香烟来,想想这里是医院,又放了回去:"唉,要说后悔,那也后悔,人生总会有那么几次站在命运的十字路口,一个不留神就万劫不复,可是谁又能有前后眼呢,就比如现在,全世界都在围堵我们,针对我们,不惜捏造谣言,不惜武力威胁,我们该怎么办,谁能预料?谁敢预料?就像我们回首历史一样,站在一九一一年,站在一九三七年,站在一九四五年,站在每一个节点上,谁敢说哪条路是对的,谁敢说将来会怎样?"

"没有什么神预测,因为结果都是干出来的,不是猜出来的。"老潘顿了顿,又从天下大势回到潘家,"我是教理科的,但我也很喜欢文学,我甚至喜欢看穿越小说,尤其是穿越回古代的那种,那种开后宫满足个人私欲的就不提了,大多数穿越文是为什么而创作?是因为我们中华民族历史上太多伤痛了,看历史会痛彻心扉,可是又不能穿越回去改变他,只能写成书抒发一下,总结一句话,就是用古人酒杯浇今人块垒。"

"其实我也顶着马甲写过一篇,写一个现代人穿越到四十年代的故事。"老潘嘿嘿一笑,"写起来确实很爽,因为主角熟知历史,在各方势力中游刃有余,充当多面间谍,与延安,与重庆,与盟军都有联络,一直到抗战胜利稳稳着陆,继续为我党服务,探听情报立下汗马功劳,等解放后就去了香港,为抗美援朝输送紧俏物资,还弄了个爵士当当哩。"

赵殿元大感兴趣:"后来呢?"

"后来就更厉害了。"老潘洋洋自得起来,"家财万贯,呼风唤雨,是港督的座上宾,在欧美、东南亚到处都有产业和人脉,时不时还悄悄回国述职,接受的是周总理的单线直接领导。"

赵殿元心痒痒了:"书名是什么,发在哪里?"

老潘一摊手:"被封掉了。"

……

周一,赵殿元再次来到钱教授的研究室,清晨的校园静悄悄,只有小鸟在枝头唱歌,钱教授的工作习惯是从下午开始到夜间,潘家宁家里有事也没来,只留他一人在历史文献的海洋中遨游。

钱清源的研究方向是近代史,上海史,他工作室里堆积的资料浩如烟海,现在看来就是枯燥的文献,但是拿到当年去,就是绝密到不能再绝密的情报,随便拎出来一段话,都价值连城。

比如日本在上海设立的全部情报机关的名称、驻地、职责范围和人员配置,他们在何时何地做了什么,他们的情报来源渠道,他们的外线密谍,一览无遗,陆军参谋本部下属的各特务机关、海军军令部下属的各特务机关、外务省的、驻华使领馆的、民间右翼团体的,什么梅机关、野机关、静安机关、尚公馆,什么黑龙会、血盟会、樱花会,什么俄侨自治协会、万和商社、东亚政治经济研究所、日守研究所、中支那经济咨询委员会,还有大量以经济机构为掩护的商社、公司等,事无巨细,洋洋洒洒。

光是这些肯定是不够的,还有各种密电码、密语、接头暗号、安插在对方的特工真实身份,赵殿元如饥似渴地阅读着,好记性不如烂笔头,他同时做着笔记,加强记忆。

中午，潘家宁帮他点的外卖送到，外卖单上还有给他的附言："就知道你会忘记干饭。"

如果蔻蔻生活在现代，或许也会总把吃饭说成干饭吧，赵殿元将热敏纸打印的外卖单从袋子上取下来，叠好夹在书里，继续攻读，直看到眼睛酸涩，伸了个懒腰看看窗外，日头西沉，不知不觉已经傍晚，又该去医院值夜班了。

去医院的路上，赵殿元发信息给章立，向这位加州理工学院的物理系教授请教时光虫洞的问题，章立说理论上是可行的，我们身处的世界就有着无数的时光虫洞，但都是极其微小的，甚至不够细菌大小的物体穿越，维持的时间也不能保证，所以在操作上不能成立。

"但我个人是相信时间可以穿越的。"章立又说，"只是我们无法人为地操控它，只能等待上苍的恩赐。"

隔了一会，章立又发来一条："有时间我们细聊。"

今天再遇到老潘，对方的态度明显好多了，不但赞扬了他的吃苦精神，还给他留了晚饭。

"不管你是谁，你从哪儿来，只要肯卖力气，吃饱穿暖是没问题的，再加把劲，动点脑子，致富也不是不可能。"老潘拍着赵殿元的肩膀谆谆教诲。

赵殿元带了满满一书包的书，还有一盏充电式 LED 小台灯，等夜深了，病人熄灯休息之后，他会到走廊里找个地方继续看书，连护士都赞叹这个年轻人的好学精神，觉得他是准备来年考研的大学生。

只有赵殿元自己明白为什么如此努力，病房走廊上悬着一台液晶电视，正在播报天气预报，一个新的热带风暴气旋正在菲律宾以东海面形成，按惯例是会向着台湾、福建沿海袭来，要么直接登陆，要么北上江浙沪，一场台风带来的暴风雨又将降临上海。

想复原一个现象，最简单的办法就是重演，满足所有的条件，这种办法虽然不科学但很有效，想研究透彻时间穿越的原理恐怕一百年都不够，他只能用这种原始的办法复原现场，重回一九四二年。

对此他充满了信心，他知道那个老刘、刘叔叔、刘同志不是无缘无故出现的，那是穿越回去的自己，化名刘放歌的自己，不但救出了蔻蔻，还永远守护着二十九号的亲人们。

| 第 80 章 |

他回去了

一双手悄悄从背后蒙上赵殿元的眼睛,其实他早就察觉身后的脚步声,只是故意装作不知道罢了,还能有谁呢,以前蔻蔻喜欢这样干,现在潘家宁也喜欢这样干。

"是不是有什么好消息要告诉我?"赵殿元问道。

"你怎么不问是谁,也许是护士小姐姐呢。"潘家宁欢乐地蹦到他面前,拎起手中的袋子,"给你带的好吃的,蝴蝶酥,好消息和坏消息各有一个,你先听哪个?"

"坏消息。"

"坏消息是田飞的后人找到了,他和梅英留下一个儿子,但是很不幸,儿子二十年前就死了,儿子的儿子孙子八年前也车祸死了,没有留下后代。"

"唉……世事无常,那好消息呢?"

"好消息是,周家的后人碰巧是我们交大的学弟,也是学建筑的,大三,叫周博睿。"

赵殿元掐指一算,章家、吴家、孙家、周家都寻到后人了,差田飞和梅英,但梅英这边不还有个小红吗,谁也没说必须严丝合缝那些人,多一个少一个的应该没关系。

"差不多够用了。"他说。

潘家宁说:"二十九号的后代差不多集齐了,以后经常联系走动,想想也挺有意思的,街坊邻居保持近百年的情谊,都够上吉尼斯世界大全的了……等等,你说够用是什么意思?"

"够我回去用的人数了,我想复原场景,等待一个雷雨天,兴许就可以穿越回去了。"赵殿元严肃回答,"台风就快来了,抵达上海的时候,就是我回去的日子。"

"回去……"潘家宁正掏蝴蝶酥的手停住了,喃喃自语起来,"回哪里去,还能回得去吗,如果迷失在时间长河中怎么办……我是说假如你的设想成立,但是哪里计算得不精确,穿越到更久远的古代怎么办?"

赵殿元摇摇头:"哪有什么精确计算,连粗略计算都没有的,这不是人力能操控的事情,我期待的是上苍的恩赐。"

潘家宁松了口气:"那好吧,可以试试,如果不行,咱们就明年夏天再等台风来,不行就后年,反正一九四二在那里又不会走,等再久也没关系。"

"好,那咱们就试试。"赵殿元满怀信心,这倒不是盲目的自信,因为各方信息都从侧面证实自己确实穿越回去了,只是没有任何迹象表明蔻蔻也在。

有微信群这种东西,召集人手做事情就方便许多,但是也得讲究策略,台风暴雨的天气把人家喊来搞活动,不给点好处是不行的。

"就像王沪生那样的老头子,你喊他去二十九号,他能去才怪呢。"潘家宁说,"得用策略,直接放在二十九号不行,必须潘家花园,那地方大家才有兴趣去,搞个聚会,卖个关子,就说有事情宣布,多管齐下,才能保证全部到场。"

赵殿元犯难了,那张纸上说需要爱的祝福才能出现奇迹,靠哄骗来的老街坊们能有什么爱心。

"不管了,就这么办吧,今年台风少,过了这个村就没这个店了。"潘家宁帮他下了决定,但还有一句话她藏在心里没说,这件事她虽然大力支持,但并不抱什么希望,甚至不希望赵殿元回到那个遍地荆棘的时代。

"对了,你爸爸写过一本穿越小说,你知道名字吗?"赵殿元忽然岔开话题。

"哦,我知道,他经常发给我显摆呢,后来发在网站被封掉了,不过盗版还挺多,我帮你搜一搜。"

……

九月上旬,在太平洋上盘桓数日的热带风暴"灿都"终于抵达舟山附近,传说中的魔都结界再次生效,台风不会在上海直接登陆,但引发的强风和暴雨依然会造成严重影响,上海市政府已经发布红色预警,提醒市民减少外出。

在这种天气把人召集起来确实挺困难，好在潘家宁的主意起了作用，大家都对神秘的潘家花园兴趣浓浓，顶风冒雨也愿意来，吴家的代表是小姑婆，吴涛本来答应来的，但是所里有任务只能缺席，章家的代表自然是章立，他是最积极参加的，对一位科学家来说，亲眼见证奇迹出现是可遇不可求的好事，田飞和梅英这一脉缺席，好在有小红家的废物孙子代替，这哥们四十来岁了一事无成，精神似乎都有点问题了，坐在角落里抱着手机玩游戏，请他来的成本不高，一顿饭外加二百块钱红包即可，孙家来的人最齐全，孙建国和孙嘉都到场了，还帮忙张罗酒水饮料冷餐会，周家的代表是周文的儿子周博睿，潘家宁的大三学弟，跟着学姐忙前忙后的热情满满。

老王家的积极性最差，小王要趁着恶劣天气出去跑活儿多挣钱，老王根本没兴趣参与，王沪生本来也不愿意来，送鸡蛋送洗衣液都没用的，后来赵殿元把谢婉华请来，老王就改了主意，带着小蔡盛装出席。

潘家花园一楼客厅被收拾出来，旧地板打蜡抛光，摆上收集来的红木旧家具，虽然达不到原样标准，起码恢复了当年七成的气派，窗外狂风骤雨，水晶吊灯微微摇晃，古色古香的四叶木质吊扇慢慢转着，配合着远处若隐若现的闪电，真有点话剧《雷雨》真实场景的气氛了。

"这天气，这场地，太适合玩剧本杀了。"朱古力搓着手兴奋道，她是来帮忙的，负责和潘家宁一起预备餐食酒水，长条餐桌、蜡烛台、银餐具，太有感觉，太有氛围了。

客人入席，谢婉华最年长，坐长条桌的尽头，其他人分坐两边，另一头的位子是给另一位年长者留的，按照出生日期算，赵殿元已经一百多岁了。

大家只当是一场游戏，七嘴八舌地聊着天，章立和朱古力坐一起，就问这个面生的小姑娘，侬是谁家的后代呀？朱古力嘻嘻笑说我谁家的也不是，我就是来打酱油的，章立就问她的祖籍来历，顺着往上捋竟然捋出了所以然，朱古力的曾祖父是当年光华火油公司的朱老板，和章家属于世交。

"那我应该喊你世叔了？"朱古力瞪大了眼睛，"哎呀真是冥冥之中天注定，我的祖辈和大家也都有交集。"

"静一静，大家听我说。"潘家宁拍着巴掌喊道，餐厅内渐渐安静下来，目光转向她。

"大家看一下手上的剧本，我们按照这个演。"潘家宁说，"让我们重现历史，把赵殿元送回他所属的年代。"

"哈哈，还真玩剧本杀啊。"朱古力笑道，此时门铃声传来，潘家宁使了个眼色，朱古力赶紧跑去开门，不一会儿，钱教授拎着水淋淋的雨伞进来了，裤脚鞋子全都湿透。

"今天的雨太大了，好多路面积水车过不来，我是蹚水过来的，家宁啊，这么有意思的事情怎么不叫伯伯，要不是小赵给我讲，我可就错过了。"钱教授放下雨伞，找了个座位坐下："你们继续，我就是旁观者。"

潘家宁不好意思地道了歉，事情太多，居然把钱伯伯忘了真是罪过。

"下面有请主角登场。"潘家宁手一指，一身白衣的赵殿元出现在门口，他换上了来时的行头，新理了头发，宛如从历史中走来。

"咱们开始吧，按顺序来。"潘家宁是主持人，在她的安排下，小红的孙子作为田飞和梅英的替代，按照剧本上写的内容，上前帮赵殿元整理一下衣领，还拿起他挂在脖子上的护身符，摩挲了一下，叹了口气，又和赵殿元握了握手。

下面一阵窃笑。

赵殿元自己也觉得出戏，可是除了这样做，他想不出更好的办法了。

接下来是周家，周博睿端起饭碗，在上面浇了一勺菜，送到赵殿元面前，后者吃了几口，将碗交还。

周博睿也摸了摸赵殿元的护身符，退下。

王沪生端着酒杯过来了，高脚杯里装的是石库门黄酒，赵殿元一饮而尽。

接下来是吴家，但小姑婆拿不出两把手枪，只能用两把玩具枪代替，放在赵殿元手中。

孙嘉在呜呜地哭。

孙建国将朗格怀表掏出来，挂在赵殿元衣襟上，

孙嘉接着扮演孙家阿奶，对着空气拍了拍，仿佛那里摆着一口六百斤重的柏木大棺材："放心去，格给侬用了。"

演到这里，大家都笑场了，潘家宁也捂着眼哭笑不得，哪有什么悲壮气氛，连剧本杀的认真程度都达不到。

章立将雨衣披在赵殿元身上。

流程结束。

赵殿元环视众人，深深一鞠躬："感谢大家，我去了。"

大家交头接耳，没人相信他真的能回到一九四二。

"家宁，我留了封信给你，在研究室的桌上。"赵殿元冲潘家宁笑了笑，回身便走，大家起身相随，公馆大门推开，外面瓢泼大雨，地动山摇。

赵殿元大踏步地走进雨中，再不回头。

潘家宁下意识地想追过去，被朱古力一把拉住："不用追，过一会他就回来了。"

十分钟之后，赵殿元还没回来，正当有人提议去外面找找的时候，他回来了，满身湿透，满脸懊丧。

大家一阵哄笑，似乎这早在所有人的预料之中。

"奇迹不是那么容易出现的。"章立说，"如果可以人为操控，那还叫什么奇迹。"

赵殿元不死心："可能是地点不对，放在二十九号兴许就成了。"

只有潘家宁支持他，号召大家移步二十九号。

"这么大雨，我哪也不去，我这个岁数，感冒发烧是要翘辫子的。"王沪生当即把头摇得像拨浪鼓。

小蔡也附和："我们老王年纪大了，淋个雨不得要老命。"

"我这把老骨头都不怕，你们小辈倒是金贵。"谢婉华看一眼不成器的大儿子，恨铁不成钢。

潘家宁赶紧圆场："距离很近，这边有伞有雨衣，谢谢大家了，一定不会亏待大家的。"

好说歹说，王沪生终于松动，一行人披挂整齐，带上道具和剧本，移步二十九号，虽然七十七号距离二十九号只有短短三百米不到的距离，但走到地方也几乎全身湿透。

二十九号不比潘家花园，这里面积过于逼仄，站都站不下，外面雷声滚滚，室内阴暗潮湿，赵殿元不禁恍惚中重回昨日。

"大家忍一忍，走完流程我们就回去，各就各位，准备开始。"潘家宁站在阁楼门口发号施令，忽然二楼房门开了，一个女人抱着孩子出门，狐疑地看着这伙人。

"不好意思打扰了，我们马上就好。"潘家宁赶紧道歉。

"帮帮忙，我孩子发高烧，他爸爸还在加班不能请假，我叫车也叫不到，再烧下去会出大事的。"女人焦灼道。

赵殿元上前摸了摸孩子额头，滚烫，起码四十度。

"嫂子别急，我帮你叫车。"赵殿元说。

"极端天气，根本叫不到车，得打120叫救护车。"潘家宁已经在 app 上操作了，网约车平台都爆满，附近根本没车，加钱调都调不到。

"我给孙子打电话！让伊开车来接。"王沪生拿出手机打给小王，可是孙子这会儿在嘉定，一时半会过不来。

"先物理降温，把温度控制住，千万别急。"章立也跟着出谋划策。

"孩子发烧耽误不得，我们村有个孩子就是，发烧一宿没去医院，大脑烧傻了，别耽误，赶紧去医院。"小蔡跺脚道。

朱古力反应也挺快，当即打了120，可是急救中心说今天突发事件特别多，救护车全都派出去了，起码得等一个半小时才能有车。

"等不及了，小周你年轻，你出去拦车，家宁，我抱孩子，你导航到医院，嫂子你跟着就行。"赵殿元当机立断，从女人手里接过滚烫的病孩，裹上雨衣就往外走，潘家宁调出最近的医院手机导航，周博睿到底是年轻大学生，举着伞冲进雨中，一阵大风吹来，伞折了，他干脆扔了伞继续跑。

"大家先回去吧，今天怕是搞不成了。"潘家宁丢下一句话，举着伞，跟着赵殿元走进雨中。

二十九号只剩下一帮老年中年面面相觑，今天这是闹得哪一出啊。

潘家宁举着伞遮挡着暴雨，赵殿元抱着孩子深一脚浅一脚走着，风声呼啸，雨声轰鸣，只听潘家宁在耳畔大喊："非要去吗？"

赵殿元明白潘家宁说的不是医院而是一九四二年，他大声回答："要的！"

"为了她吗？"潘家宁继续大声问。

赵殿元沉默了一下，在国家民族的宏大叙事前，个人的私情似乎算不上什么，至少没那么重要，他不能确定自己执意要回去，是因为杨蔻蔻，还是因为使命的召唤，或者二者都有。

"回头再说。"赵殿元回避了这个问题，三人顶风冒雨出了长乐里，却不见周博睿的人影，这孩子不熟悉地形怕是跑丢了，路面上没有车辆，积水已经到小腿位置，只能靠走的了。

走出去几十米远，忽然一辆高底盘的改装版国产越野车驶来，大灯闪耀，周博睿探出头来摆手，大家赶紧上车，原来这是一位热心车主专门开车出来救援抛锚车辆的。

"这车不错，以后咱们也买一辆。"潘家宁碰了碰赵殿元的胳膊。

"这车物美价廉，就是牌照难拍，今天这雷打得真猛。"车主说。

瓢泼大雨下白昼如同黑夜，一道惨白的闪电划破长空，顿时又照耀得如同白昼，紧跟着是一串串惊雷。

有高底盘越野车助阵，转眼就到了医院，四人下车，赵殿元忽然想起一件事，把孩子交给潘家宁抱着："我还没感谢人家呢。"说着回头冲已经倒车离开的越野车奔去。

潘家宁没当回事，抱着孩子直奔急诊室，等安顿下来却不见赵殿元归来，给他发信息打电话也没反应。

她似乎猜到了什么，顿时浑身僵冷，眼泪夺眶而出。

他回去了。

| 第 81 章 |

尾声

赵殿元就这样失踪了，如同他的到来一般，突然出现，突然消失，后来潘家宁请吴涛查了医院门口的监控，只看到雨雾中一辆电车驶过，赵殿元在跳上车之前似乎留恋地朝医院方向看了一眼。

这辆电车并不是属于四十年代的那种老式车辆，但也不该行驶在这条路上，而且转过街角，电车就凭空消失了。

因为赵殿元是黑户，连失踪人口都算不上，他的离去不会带来任何法律上的麻烦，在钱教授研究室里，潘家宁看到了赵殿元留下的书信，打开信封，一张银行卡掉落出来，潘家宁没去管，抖开信纸，字是用软笔写的小楷，工整严肃，内容没什么感情色彩，主要是分配他带不走的财产。

赵殿元的身外之物不多，主要是谢婉华支付的一百万款项，但他并未完成合同，所以大部分资金要退还，他只留下十分之一，分成三份，一份给小红，一份给老徐，还有一份是给潘家宁的，注明这是赞助家宁买房子的钱。

潘家宁将信仔细叠好，叹了口气，呆呆坐着，研究室里堆满了书籍资料，满满当当，可她心里却空落落的。

学弟周博睿发来信息，说发烧孩子的病情已经好转，家长一定要表示感谢，请学姐出马应付一下，本来潘家宁不想去的，后来学弟又说孩子家长和赵殿元也是朋友，她就打起精神去了。

孩子的爸爸叫姚宏绪，和赵殿元是两顿酒的朋友，他问起赵殿元的下落，潘家宁只能说他回去了，回老家去了。

"回老家发展也好，怎么手机号也换了，微信也换了。"姚宏绪说，"其实我到上海发展也算是回老家，我爷爷本来是上海人，跟着曾祖母改嫁到外地的，跟的是继父的姓，我们家本来应该姓田的。"

潘家宁心思根本不在这上面，只哦了一声。

……

一年后，潘家宁即将硕士毕业，她家的房子几经波折还是没买成，依然租房居住，二十九号的后人们时常走动，亲如一家。

潘家花园整修一新，按照谢婉华的要求，挂上了"长宁区职工夜校"的牌子，算是区属的事业单位，夜校的第一任校长，正是从西宁调过来的老潘。

淮海中路，潘家宁走出交通大学站，外面骄阳似火，车流滚滚，她听到包里手机在响，一通翻找终于把手机拿出来，是个陌生号码，不耐烦地接了："哪位？"

"是潘家宁女士么？您好，恭喜您……"

潘家宁直接把电话挂了。

对方锲而不舍地再度打来，潘家宁接了没好气道："您在歧视我的智商么？我看起来很好骗吗？"

"对不起潘女士，给您造成误会了，我不是骗子，我是律师，受我的委托人所托，在今天给您致电，是要告诉您，有人赠与了一套房产给您。"

潘家宁哈哈大笑："骗术 2.0 吗，您给我说说，哪里的房产，需要我缴很多税金对吧，最好现在就转账给您。"

对方说："赠与税委托人已经预留，您只要接收房产就行，地址是淮海中路一八五〇号，房子在三楼，随时可以看房，您有没有时间？"

潘家宁愣住了，淮海中路一八五〇号，就是著名的武康大楼。

"我现在就有时间，就在附近。"潘家宁冷静地回答着，但内脏却在狂跳。

二十分钟后，潘家宁见到了律师，大夏天西装革履的果然不像是骗子，律师带她来到武康大楼三楼的一套大房间，用钥匙打开门道："您看一下吧。"

木地板上蒙了一层灰尘，许久没人住的房子就是这样，家具都蒙着轻纱，墙上悬挂着字画，看得出原主人很有品位，潘家宁蹑手蹑脚走着，仿佛生怕惊醒了沉睡中的人。

卧室的墙上挂着一个相框，是两人合影，潘家宁驻足观看，相片中的男人大约六七十岁，两道剑眉，她一眼就认出这是老年版的赵殿元，而赵殿元身旁的伴侣就像是老年版的自己，两人依偎着面对镜头，柔情蜜意尽在脸上。

这就是杨蔻蔻吧，潘家宁忽然明白了，小红目击到的那辆载着杨蔻蔻离去的黑色轿车，其实就是返回一九四二年的赵殿元所驾驶的，他成功了，他救出了爱人。

赵殿元脖子上似乎挂着什么东西，潘家宁跷起脚来仔细看，原来是一个小小的中国结。

一瞬间她泪流满面。

律师拎着皮包站在卧室门口："刘老先生是去年六月去世的，遗嘱注明将这套房子赠与潘家宁女士，也就是您。"

潘家宁计算了一下，老年赵殿元去世的时间正好和青年赵殿元穿越而来的时间一前一后。

"那她呢？"潘家宁看向照片中的女性。

律师看了看相框，又看了看潘家宁，自以为猜到了什么，查了一下小本子说："杨女士是一九九六年五月三日去世的。"

"那是我的生日。"潘家宁默默道。

图书在版编目（CIP）数据

长乐里：盛世如我愿/ 骁骑校著. -- 上海：上海文艺出版社，2023（2023.4重印）
ISBN 978-7-5321-8474-3
Ⅰ.①长… Ⅱ.①骁… Ⅲ.①长篇小说－中国－当代
Ⅳ.①I247.5
中国版本图书馆CIP数据核字(2022)第162708号

发 行 人：毕　胜
策　　划：番茄出版
责任编辑：冯　凌
封面设计：钱　祯
插　　图：莘　玥

书　　名：长乐里：盛世如我愿
作　　者：骁骑校
出　　版：上海世纪出版集团　上海文艺出版社
地　　址：上海市闵行区号景路159弄A座2楼 201101
发　　行：上海文艺出版社发行中心
　　　　　上海市闵行区号景路159弄A座2楼206室　201101　www.ewen.co
印　　刷：上海中华印刷有限公司
开　　本：890×1240　1/32
印　　张：13
插　　页：2
字　　数：413,000
印　　次：2023年2月第1版　2023年4月第2次印刷
ＩＳＢＮ：978-7-5321-8474-3/I.6686
定　　价：68.00元
告 读 者：如发现本书有质量问题请与印刷厂质量科联系　T:021-69213456